Literatur – Kultur – Geschlecht

Studien zur Literatur- und
Kulturgeschichte

Herausgegeben von
Anne-Kathrin Reulecke und Ulrike Vedder

in Verbindung mit
Inge Stephan und Sigrid Weigel

Große Reihe
Band 56

Julie Miess

Neue Monster

Postmoderne Horrortexte
und ihre Autorinnen

2010
BÖHLAU VERLAG KÖLN WEIMAR WIEN

Gedruckt mit freundlicher Unterstützung durch
die Gerda-Weiler-Stiftung für feministische Frauenforschung Mechernich,
www.gerda.weiler-stiftung.de sowie
durch die Walter de Gruyter Stiftung

Zugl. Berlin, Humboldt-Univ., Diss. 2008. Überarbeitete Fassung

Bibliografische Information der Deutschen Nationalbibliothek:
Die Deutsche Nationalbibliothek verzeichnet diese Publikation in der
Deutschen Nationalbibliografie; detaillierte bibliografische Daten sind
im Internet über http://dnb.d-nb.de abrufbar.

Umschlagabbildung:
© Foto: Joshua Bernard. Die Figur Howling Wolfinica wurde designt von Yasushi
Nirasawa (*character design*) und Kenji Ando (*sculptor*).
Hersteller: Yellow Submarine

© 2010 by Böhlau Verlag GmbH & Cie, Köln Weimar Wien
Ursulaplatz 1, D-50668 Köln, www.boehlau.de

Alle Rechte vorbehalten. Dieses Werk ist urheberrechtlich geschützt.
Jede Verwertung außerhalb der engen Grenzen des Urheberrechtsgesetzes
ist unzulässig.
Druck und Bindung: Strauss GmbH, Mörlenbach
Gedruckt auf chlor- und säurefreiem Papier
Printed in Germany
ISBN 978-3-412-20528-7

*Für meine Eltern
Barbara Miess und Michael Miess*

Danksagung

Ich danke allen, die mir in den Jahren der Monsterforschung beigestanden haben.

Renate Hof danke ich für ihren brillanten fachlichen Rat und für die Energie, mit der sie mich im Vollenden der Dissertation unterstützte; für all die Zeit, die sie mir und den Monsterheldinnen in ihrem in luxuriöser Häufigkeit stattfindenden Forschungscolloquium gewidmet hat, und für all das gute Essen. Gabriele Dietze hat mich von Anfang an in meiner Themenwahl bestärkt und ermutigt. Ohne ihre überragende theoretische und praktische Kenntnis der Popkultur und ihre freundschaftliche Unterstützung hätte die Arbeit nicht fortschreiten können, ebenso wenig ohne Inge Stephans Rat, mich mit meinem Thema zuerst an Gabriele Dietze zu wenden. Umso mehr freue ich mich, dass Inge Stephan das Resultat für diese Reihe aufgenommen hat.

Ich danke Armin Geraths, Dorothea Haselow und Anya Heise-von der Lippe für Rat und Hilfe in NaFöG-Fragen, der Berliner Graduiertenförderung und dem Berliner Programm zur Förderung der Chancengleichheit für Frauen in Forschung und Lehre für die Gewährung von Promotionsstipendien.

Carsten Junker, Susann Neuenfeldt und Julia Roth sind für mich von DoktorandenkollegInnen zu Doktorgeschwistern geworden. Ihre Themenstellungen, ihre Begeisterung und Diskussionsfreude waren eine Inspiration für jedes einzelne Kapitel meiner Doktorarbeit, ebenso die analytische Lektüre von Michael Duszat, Hannes Schaser, Lisa Schubert und Alexandra Wagner vom Forschungscolloquium um Renate Hof. Für Rat und Inspiration danke ich auch Sladja Blazan, Antje Dallmann, Markus Heide, Dorothea Löbbermann, Anne Mihan, Simon Strick und dem 2003 gegründeten selbstverwalteten anglistischen Doktorandinnencolloquium der FU, HU und TU Berlin. Ich danke Ilona Pache vom Zentrum für transdisziplinäre Geschlechterstudien, dem Forschungscolloquium um Eva Boesenberg und allen Teilnehmenden des amerikanistischen HabilitandInnen- und DoktorandInnen-Symposiums der Universität Leipzig und der Humboldt-Universität zu Berlin. Günter Lenz danke ich für seine Worte bei der ersten Projektvorstellung, Martin Klepper dafür, dass er meine Disputationskommission vollständig machte.

Die Grundlagen meiner wissenschaftlichen Arbeit verdanke ich den Lehrenden, deren Veranstaltungen mich als Studentin an der Freien Universität Berlin geprägt haben, namentlich Scott Bukatman, Horst Denkler,

Winfried Fluck, Elke Hentschel, Antje Hornscheidt, Heinz Ickstadt, Claudia Lembach, Ruth Mayer, Winfried Menninghaus und Helmut Richter.

Ohne die Erfahrung, dass Horst Denkler, der meine Magisterarbeit betreute, meine Beschäftigung mit dem Horrorgenre bedingungslos ernst genommen hat, gäbe es dieses Buch nicht; auch nicht ohne meinen besten Studienfreund Alexander Lohse und ohne meine Familie, die von Beginn des Studiums an für mich da waren.

Helene Basus und Angelika Malinars fachliche wie moralische Unterstützung in der Phase der Magisterarbeit war die Grundlage für meine weitere wissenschaftliche Arbeit. Von ganzem Herzen danke ich meinen Eltern, Barbara Miess und Michael Miess, für ihren Rückhalt und die Aufmerksamkeit, mit der sie die Zeitungslandschaft nach Artikeln zu gender- oder monsterorientierten Themen (oder beidem zugleich) durchsuchten.

Barbara Miess und Inge Friebe danke ich für die Sorgfalt und Kompetenz, mit der sie das zur Verteidigung eingereichte Manuskript Korrektur gelesen haben. Barbara Miess danke ich für die Schlussredaktion der Druckfassung.

Jens Friebe danke ich für seine Bereitschaft, sich immer wieder mit Monstern auseinanderzusetzen, für all die anregenden Debatten und die tatkräftige Hilfe. Für das intensive Lektorat der Druckfassung danke ich den Doktorgeschwistern ebenso wie Jens Friebe und Monika Martin. Jörg Buttgereit und Thea Dorn danke ich für Inspiration und Fachgespräche, Hadwig Franz und Peter Franz stellvertretend für alle, die mir wertvolle Literaturhinweise gegeben haben.

Ich danke allen Freundinnen und Freunden, darunter meinen Bandkolleginnen und den Kolleginnen bei de Gruyter Mouton. Ich danke Manuela Gerlof für ihren Rat bei der Verlagssuche. Sandra Hartmann und Dorothee Rheker-Wunsch von Böhlau danke ich für ihre Hilfe und ihre Geduld; mein Dank gilt auch den Reihenherausgeberinnen Anne-Kathrin Reulecke, Inge Stephan, Ulrike Vedder und Sigrid Weigel. Josh Bernard danke ich für Howling Wolfinica, Frank Benno Junghanns, Karla Klöpfel und Marcia Schwartz für Grafikdesign und Word.

Anke Beck von der Walter de Gruyter Stiftung und Gudrun Nositschka von der Gerda-Weiler-Stiftung für feministische Frauenforschung danke ich für die großzügige Gewährung von Druckkostenzuschüssen.

Inhalt

Einleitung 13

KAPITEL 1
GOTHIC – HORROR – MONSTER: EINBLICK IN GESCHICHTE UND
DEFINITIONEN DES GENRES 29

    Gibt es *'Female Gothic'* und *'Male Gothic'*? 30

    Synthesen: *Gothic Horror* – das Groteske, das Unheimliche, das Abjekte   36
        Horror, *Gothic, American Gothic Tales: Gothic Horror* ohne
        Begriffshierarchien 36
        Das Fantastische 43
        Das Groteske 45
        Fusion der Formationen: Der Modus des *Gothic* 47

    Into a New Genre: Die Bedeutung des Genrebegriffs für die aktuelle
    Entwicklung des *Gothic Horror* 50

    Monster, Normen, Differenzen 55

    I Created A Monster: Imaginationshoheit und narrative Autorität 65

KAPITEL 2
VOR DER UTOPIE: REALE VORBILDER UND FIGUREN DES ÜBERGANGS 73

    Gewalt, Geschlechterverhältnis und Gesellschaft – einige Eindrücke.... 73

    True Crime 77

    Zwischen Fakt und Fiktion. Zur Konjunktur der mehrfachen
    Mörderin im *True Story Cinema*: Patty Jenkins' *Monster* (2003)
    als Neubewertung weiblicher Aggression? 81

    Fiktionen 87
        Ulla Hahns *Ein Mann im Haus* (1991) – Rache am Patriarchen 87
        Thea Dorns *Die Brut* (2004) – Entzauberung des Muttermythos 99
        Joyce Carol Oates' *Foxfire* (1993) und die Verfilmung von 1996 –
        Juvenile Delinquency-Erzählungen für Mädchen 112

Monster und Musik: *Riot Grrrls – Heavy Metal Girls – Girl Monster* .. 124
 Riot Grrrls 124
 Heavy Metal Women – Glamour, Girls, gesprengte Ketten? 127
 "Girl Monster vs. Fembot" – *The Cutting Edge of Music and Monsters* 139
 Zum Schluss 141

KAPITEL 3
FEMALE MONSTER-HEROES: VON LIEBENSWERTEN LAMIEN, HIRNKÖNIGINNEN UND WEIBLICHEN WERWÖLFEN 147

 Die Vielseitigkeit der Vampirin:
 Von der Femme fatale zur alleinerziehenden Gorgone 147
  Das Femme-fatale-Stereotyp 147
  Todesarten: Carmilla, Lucy, Dracula, Ruthven 151
  Krankheit oder moderne Frauen (1984): Carmillas Umkehrung ... 154
  "Immunity" (1996): Das sympathische Monster 158
  Sonja Blue (seit 1989): Die Vampirin als 'hartgesottene' Heldin ... 161
 '*I Was A Female Werewolf*': Werwolftum als Selbstermächtigung 164
 Female Serial Killers: Val McDermids *The Mermaids Singing* (1994) und Thea Dorns *Die Hirnkönigin* (1999) 172
 Zum Schluss 181

KAPITEL 4
MONSTROUS GENDER, POSTHUMAN GENDER, MULTIPLE GENDER 185

 Strukturelle Analogien des Monströsen: Phantasma des Posthumanen und multiple Persönlichkeit 185
 '*What if Frankenstein('s Monster) Was A Girl?*', oder: *Do Cyborgs Live in A Genderless Utopia?* John Mostows *Terminator 3* (2003) 194
 Multiple Persönlichkeiten und unstete Identitäten in Horrorfilmen: *Dr. Jekyll and Sister Hyde*, *Dédales* und *Psycho* 201
 '*What Happened to Difference in Cyberspace?*' – Die (Un)möglichkeit des *Disembodiment* 217
  Who the Hell is She? – "The Girl Who Was Plugged In" (1973) ... 218
  If She Calls Me, Is It Her? – "The Winter Market" (1986) 222
 Zum Schluss 231

KAPITEL 5
MONSTRÖSES ERZÄHLEN – SPRACHE DES UNSAGBAREN: ELFRIEDE JELINEKS *DIE KINDER DER TOTEN* (1995) UND TONI MORRISONS *BELOVED* (1987) 235

Einstieg 235

Elfriede Jelinek: *Die Kinder der Toten* – "Eine Geschichte, die nie ganz sterben kann und nie ganz leben darf" 238

Die Rückkehr der "Alpenzombies": Jelineks neuer Hypertext des Horrors 238

Funktionen des Unsagbarkeitstopos 243

Toni Morrison: *Beloved* – "Something beyond control, but not beyond understanding" 248

Bäume, Geister, Tiermenschen – Die Realität ist das Unheimliche 248

Unsagbarkeitstopos II – *Unspeakable Thoughts (Un)spoken – Rememory* 260

Definitionsmacht – narrative Autorität – Imaginationshoheit 265

"I'm not comfortable with these labels": Probleme konventioneller Genredefinitionen 266

Imaginationshoheiten 272

Synthesen 279

SCHLUSS UND AUSBLICK 283

Verzeichnis der Illustrationen 291

Bibliographie 293

Index 317

Einleitung

> Sex crimes are always male [...]. Women may be less prone to [fantasies of profanation and violation], because they physically lack the equipment for sexual violence.
>
> *Camilla Paglia,* Sexual Personae

Die Vorstellung, dass das Aggressionspotential ein wesentliches Unterscheidungskriterium zwischen Frauen und Männern sei, ist ein bekanntes Klischee – sowohl, was Gewalttaten, als auch, was ihre Darstellung anbelangt. Doch die folgenden empirischen und fiktionalen 'Fälle', die seit 1991 in *true crime*-Verfilmungen, Kriminal- und 'Hochliteratur' zu finden sind, scheinen dieser Vorstellung zu widersprechen:

Eine mittellose Frau, die gelegentlich als Prostituierte arbeitet, tötet mehrere Männer in Folge, den ersten in Notwehr, die anderen aus Rache, möglicherweise auch aus Freude an der neu gewonnenen Macht. Ihre Freundin verrät sie, sie wird verhaftet und zum Tode verurteilt. Das Urteil wird 2002 vollstreckt. Der Fall Aileen Wuornos wird mit Charlize Theron in der Hauptrolle 2003 von Patty Jenkins unter dem Titel *Monster* verfilmt.

Eine Frau mischt ihrem langjährigen Liebhaber, der mit einer anderen Frau verheiratet ist, ein Schlafmittel ins Getränk und fesselt ihn an ihr Bett. Sie verbindet seinen Mund, damit die Nachbarn seine Schreie nicht hören. So hält sie ihn mehrere Wochen lang gefangen, bis sie den Ausgezehrten und Traumatisierten an einem Samstagvormittag aus ihrem Auto heraus freilässt. *Ein Mann im Haus* (1991), die Erzählung über das Verhältnis von Maria und Egon, stammt von der deutschsprachigen Lyrikerin Ulla Hahn.

Eine Mutter versteckt den Leichnam ihres Kindes, nachdem es von der Dachterrasse gefallen ist. Sie fingiert einen Überfall mit Kindesentführung, um ihre Karriere und ihre Partnerschaft nicht zu gefährden. In Thea Dorns *Die Brut* (2004) wird der Mythos des Mutterinstinkts hinterfragt.

*

> The presence of the monstrous feminine in the popular horror film speaks to us more about male fears than about female desire or feminine subjectivity.
>
> *Barbara Creed*, The Monstrous-Feminine

In traditionellen Horrortexten ist der Akteur männlich. Doch auch die folgenden weiblichen Monster finden sich in der jüngeren Literaturgeschichte:

Eine Krankenschwester und Vampirin namens Emily beißt die Hausfrau und Mutter Carmilla in den Hals. Carmilla wird wie Emily zur Untoten und führt eine Zwischenexistenz, die kein Tod, aber auch kein Leben ist. In Elfriede Jelineks Theaterstück *Krankheit oder moderne Frauen* (1984) sind die Vampirinnen ein Paradigma der Frau in der patriarchalischen Gesellschaft.

Ein junges Mädchen wird wegen ihrer zunehmenden weiblichen Formen von einem Mitschüler gedemütigt und schließlich verprügelt. Sie verwandelt sich und fällt nachts erst kleine Hunde, dann schließlich ihren Mitschüler Billy an. Als Werwölfin fühlt sie sich wohl in ihrem Körper. Suzy McKee Charnas' Kurzgeschichte "Boobs" (1989) entwirft ein Monster, das sich nicht für lustvolle männliche Unterwerfungsfantasien eignet.

Eine Reihe offensichtlich ritueller Morde an männlichen weißen Bildungsbürgern erschüttert eine Stadt. Die Ermittler suchen nach einem männlichen Mörder. Begangen hat die Morde jedoch eine junge Frau. In Dorns *Die Hirnkönigin* (1999) geht es nicht nur um eine Umkehrung von Täter-, sondern auch von Opferstereotypen.

*

Der Cyberspace erscheint zunächst als Ort, an dem der Körper kein Gewicht mehr hat. Dennoch entsteht auch virtuelle Identität nicht unabhängig vom Geschlecht. Traditionell ist auch das Geschlecht des Posthumanen männlich:

> The men of the *Freikorps* 'fortified themselves with hard leather body armor to assert their solidity against the threat of fluid women.' Hence, *Robocop* and *Terminator*: Bodies armored against a new age [...] The cyborg adorns itself in leather and introjects the machine. (Bukatman 306)

2004 tritt in der 1984 begonnenen Terminator-Serie mit *Terminator 3: Rise of the Machines* zum ersten Mal ein weiblicher Cyborg auf. Einem Fenster in Zeit und Raum entsteigt eine junge Frau, die trotz ihrer Nacktheit nicht schutzlos wirkt. Seltsam maschinenhaft setzt sich die Frau in Bewegung und eignet sich an, was sie begehrt – ein silbernes Lexus-Cabriolet, einen Anzug aus rotem Krokodilleder, eine Sonnenbrille und eine Handfeuerwaffe –, wobei sie die Vorbesitzer der Dinge tötet. Bei der Frau handelt es sich um einen Cyborg der Serie T-X, auch *Terminatrix* genannt.

***

"We live in a time of monsters", heißt es in Jeffrey Cohens *Monster Theory* (1996). Ähnlich wie Rosi Braidotti in "Teratologies" (2000) ist auch Cohen der Meinung, dass eine Kultur danach beurteilt werden kann, welche Monster sie erzeugt. Braidottis Definition des monströsen Anderen als negativ bewerteter Andersartigkeit, die sie in "Teratologies" vornimmt – "pejorative otherness, or monstrous others" (164) –, macht außerdem deutlich, dass an der

Einleitung 15

Gestaltung des Monströsen Machtverhältnisse ablesbar werden. Wenn das Horrorgenre ein Konzentrat gesellschaftlich-kultureller Vorstellungen von 'monströser Andersartigkeit' ist, kann es im Zuge seiner derzeitigen Renaissance – in der nicht nur Filmklassiker der 1970er Jahre wiederentdeckt werden, sondern eine neuartige Verbindung von Gender und Genre entsteht – auf veränderte Machtverhältnisse und neue Subjektpositionen hin befragt werden, sowohl auf der Textebene als auch auf der empirischen Ebene der 'Horrorschaffenden'. Welche Monster erzeugt die gegenwärtige westliche Kultur? Und *wer* innerhalb dieser Kultur setzt sie in künstlerische Darstellungen um, beziehungsweise, wer wird dabei wahrgenommen?

Die Veränderungen, die das kulturelle Phänomen der Renaissance des Horrorgenres mit sich bringt, werden zunächst auf der 'Textebene' augenfällig, das heißt, auf der Inhaltsebene von Literatur und Film. Es gibt Darstellungen neuer weiblicher Monster: Beispielsweise nimmt in John Fawcetts kanadischem Film *Ginger Snaps* (2000) das Mädchen Ginger als Werwölfin die Rolle eines traditionell männlichen Monsters ein, so auch Kelsey in McKee Charnas' bereits 1989 erschienenen Kurzgeschichte "Boobs". Beide werden als angriffslustige und aktive weibliche Figuren entworfen. Das ist deshalb besonders ungewöhnlich, weil das Genre bisher vor allem Monster kennt, die sich aus dem Blickwinkel männlicher Subjektpositionen formieren, ob sie männlich, weiblich oder sexuell ambivalent gezeichnet sind.[1]

Ist der Täter/das Monster männlich, steht er/es stets in Relation zu weiblichen Opfern (Bild 1).[2] Norman Bates in *Psycho* wird zum Monster, das wiederum durch ein 'weibliches Anderes' (Marion Crane als begehrliche, zugleich bedrohliche Frau) zum mörderischen

Bild 1. "The horror boys of Hollywood". Von Arnold Steig, *Vanity Fair*, 1935.

---

1 Prozesse des *othering* können selbstverständlich nicht nur aus der männlichen, sondern auch aus einer Vielzahl weiterer Perspektiven stattfinden. Hier geht es in jedem Fall um das *othering*, das aus einer Machtperspektive heraus erfolgt. Das Andere tritt oft auch als *ethnic other* in Erscheinung, wie auch Braidotti in "Teratologies" beschreibt, es besteht eine strukturelle Analogie zwischen *female* und *ethnic other*. Die Titel zweier populärer Horrorfilme bringen das auf den Punkt: *She* und *Them!* (Interessanterweise heißt das auf Deutsch beides *Sie*.) Ein kleines Pronomen reicht, um das Grauen, das von diesen Figuren ausgeht, anzudeuten.

2 Boris Karloff als Frankensteins Monster, Charles Laughton als Dr. Moreau, Warner Oland als Dr. Fu Manchu, Peter Lorre als Dr. Gogol, Bela Lugosi als Dracula und John Barrymore als Maestro Svengali (vgl. Berenstein 198).

Bild 2a. Medusa in der Disney-Trickfilmserie *Hercules*, 1998–1999.

Akt getrieben wird. Ein sexuell ambivalenter Täter wie Buffalo Bill in Thomas Harris' Roman *Silence of the Lambs*, 1991 von Jonathan Demme verfilmt, ist angelegt als Bedrohung heterosexueller Männlichkeit. Ist das Monster schließlich doch einmal weiblich, erscheint es ebenfalls zuerst als direkte Verkörperung bedrohlicher weiblicher Andersartigkeit (von der mythologischen Gorgone Medusa bis zur Femme fatale und der bedrohlichen Mutter [Bild 2a vereint ersteres und letzteres]). Monster gelten gemeinhin also entweder als männlich oder aber als männliche Angst- und Wunschfantasien, in beiden Fällen stehen sie zuerst für eine männliche Subjektivität.

Diese 'männliche Übermacht' schlägt sich deutlich im wissenschaftlichen Interessenfokus nieder, der in der Forschungsliteratur des Genres sichtbar wird. In den bahnbrechenden Werken anglophoner feministischer Filmkritikerinnen der frühen 1990er, vor allem in Carol Clovers *Men, Women, and Chain Saws. Gender in the Modern Horror Film* von 1992 und in Barbara Creeds *The Monstrous-Feminine: Film, Feminism, Psychoanalysis* von 1993, steht der Blickwinkel einer männlichen Subjektposition im Zentrum des Forschungsinteresses. Clover beschreibt die Identifikation junger männlicher Filmzuschauer mit der Opferheldin, dem sogenannten "female victim-hero" oder "final girl". Creed bezieht sich auf Julia Kristevas Begriff des Abjekten in *Powers of Horror. An Essay on Abjection* (1982), um zu argumentieren, dass Frauen, besonders Mütter, innerhalb des Genres häufig als eine monströse, tödliche Bedrohung für Männer erscheinen, ein Gedanke, den Elisabeth Bronfen in ihrem *Zeit*-Artikel "Die Müttermonster blasen zum Angriff" von 2002 erneut verfolgt.

Auch auf breiterer kulturkritischer Ebene besteht zunächst ein zentrales Interesse an "Männerfantasien", wie zwei mittlerweile klassische Texte illustrieren können. Klaus Theweleit erstellt 1977 mit *Männerphantasien*, seinem riesigen Fundus an Texten und Bildern zur Ursachenforschung des Faschismus, eine "Phänomenologie der männlichen Ängste und Wünsche", wie es im Klappentext heißt.[3] Theweleit beschreibt den angsterregenden weiblichen Körper als zentralen Topos: "Die Masse wird benannt mit den mythologischen Namen, mit denen wir die Schrecken des […] Unterleibs der erotischen Frau

---

3   Auch Bukatman bezieht sich in seiner Beschreibung des Cyborg, die ich oben genannt habe, auf Theweleit.

Einleitung   17

[...] bezeichnet fanden: Hydra, Medusenhaupt, Gorgonenhaupt." Auch Bronfen untersucht in *Nur über ihre Leiche* (1994) Zusammenhänge bedrohlicher Weiblichkeit. Dabei befragt sie Werke von Autoren und Autorinnen (wie Edgar Allan Poe, Donatien Alphonse François de Sade, Emily Brontë, Sylvia Plath) danach, "welche Lüste, welche Ängste sich in der *Männerphantasie* der poetischen Koppelung von Weiblichkeit und Tod manifestieren."[4]

Es gibt also offensichtlich eine Reihe von Monstern, die als Ausdruck männlicher Ängste und Wünsche zu verstehen sind und deren Beschreibung als Stereotype auch eine subversiv-kulturkritische Funktion hat. Dennoch ist es auffällig, dass mit dem Fokus auf den Zusammenhang von Monster und männlicher Subjektivität sowohl der Gedanke, das Monster könne männliche *und* weibliche Fantasien verkörpern, verloren geht, als auch die Möglichkeit, es könne Monster geben, die Repräsentationen weiblicher Subjektpositionen sind.[5] So beschreibt die Forschungsliteratur nicht nur kritisch das kulturelle Phänomen der Männerfantasie, sondern perpetuiert gleichzeitig die 'Hegemonie' der Männerfantasie, indem sie den Fokus auf die männliche Perspektive nachvollzieht. Dass Horror und weibliche Subjektpositionen jedoch durchaus vereinbar sind, zeigt die neue Generation von Monsterheldinnen. So gehört das Werwolfmädchen Ginger aus Fawcetts Film *Ginger Snaps* zu einer Generation von Monsterheldinnen, für die das Schema der Männerfantasie nicht mehr ausreicht.

Die Verschiebung auf der Textebene findet auf der Produktionsebene Entsprechung. An der Entstehung einer neuen Generation von Monsterheldinnen ist auch eine neue Generation von Horrorautorinnen maßgeblich beteiligt: Suzy McKee Charnas' Plot des weiblichen *teenage werewolf* aus dem Jahr 1989 findet sich in John Fawcetts *Ginger Snaps* wieder, zur Jahrtausendwende schreiben Val McDermid und Thea Dorn mit *The Mermaids Singing* und *Die Hirnkönigin* zwei der ersten Serienkillerinnen-Romane, 2000 verfilmt die Regisseurin Patty Jenkins mit *Monster* die Geschichte der US-amerikanischen Serienmörderin Aileen Wuornos.

---

4   Hier greife ich ebenfalls auf den Paratext zurück – es handelt sich auch hier um den Klappentext. Dass die 'männlichen Ängste und Wünsche' beziehungsweise 'die Männerphantasie' zum werbenden Schlagwort wird, verweist zusätzlich auf das traditionell stärkere öffentliche Interesse an der männlichen Imagination und damit auf die Vorstellung einer 'männlichen Imaginationshoheit'. Zur Relevanz von Klappentext, Cover etc. vgl. Gérard Genettes grundlegende Untersuchung *Paratexte. Das Buch vom Beiwerk des Buches*.

5   Das postive 'queere' Potential des Monsters ist in der Theorie bereits besser erforscht, vor allem in rezeptionsästhetischer Hinsicht, etwa von Judith Halberstam in "Bodies that Splatter: Queers and Chain Saws" (1995). Mit seinem poetischen Zombiefilm *Otto, or Up With Dead People* erschafft Bruce LaBruce 2007 den ersten homosexuellen Zombie der Filmgeschichte, den schönen melancholischen Otto (Jey Crisfar).

Diese Teilhabe von Autorinnen an der Horrortextproduktion ist ebenso auffällig wie die Darstellung eines weiblichen Werwolfs. Denn obwohl die *Gothic novel*, die die Vorlage und Formel des gegenwärtigen Horrortexts liefert, eine Tradition von Autorinnen (Ann Radcliffe, Mary Shelley et al.) aufweisen kann und daher häufig als "weibliches Genre" klassifiziert wird,[6] trägt die fixe Vorstellung vom Monster als Männerfantasie möglicherweise – weil sie ein indirekter Fokus auf eine männliche Subjektivität ist – dazu bei, dass in Definitionen des Horrorgenres häufig von einer männlichen *Imaginationshoheit* ausgegangen wird. Generell herrscht die Vorstellung, dass Horrortexte (Horrorliteratur und vor allem auch Horrorfilme)[7] von Männern geschrieben/erdacht/gemacht werden.

Die Horrorautorin als feste Instanz wird auch heute immer noch häufig ganz aus Definitionen des Genres ausgeblendet: Eine neuere Theorie zur Horrorliteratur der Gegenwart, Birgit Greins *Terribly effective. A Theory of Contemporary Horror Fiction* (2000), stützt sich beispielsweise auf Werke von Stephen King, Dean R. Koontz, Thomas Harris, Clive Barker, Dan Simmons und Whitley Strieber. Autorinnen genre-typischer Horrorromane kommen nicht vor: weder Joyce Carol Oates und Val McDermid noch Angela Carter und Anne Rice.[8] Vor dem Hintergrund der Erfahrung der Horrorautorin Lisa Tuttle scheint dies kein Zufall, denn sie beschreibt, dass Werke von Horrorautorinnen immer wieder als "etwas anderes als Horror" definiert werden, als etwas nicht Klassifizierbares oder als *Gothic*, als *romance*, als *fantasy*, nur nicht als Horror (3).

Die Ausblendung der Horrorautorin könnte also sowohl mit konventionellen Bildern des Monströsen (beispielsweise der Femme fatale) und der ihnen zugeordneten Perspektive (Männerfantasie) zu tun haben, als auch damit, dass – traditionellen Theorien der *Gothic novel* folgend – Werke von Autorinnen per se nicht als Horror definiert wurden, sondern als '*Gothic*' im Sinn einer weniger radikalen Form.

---

6   Zur Kritik des Begriffs vom weiblichen Genre siehe Barbara Hahn, *Unter falschem Namen* 10.
7   LaBruce bricht in *Otto, or Up With Dead People* auch radikal mit dieser Vorstellung, indem er als zentrale Figur neben Otto die obsessive Zombiefilmregisseurin Medea Yarn (Katharina Klewinghaus) inszeniert. Als 'real existierende' Regisseurinnen sind beispielsweise Doris Wishman (*Deadly Weapons*, 1974), Kathryn Bigelow (*Near Dark*, 1987), Mary Lambert (*Pet Sematary*, 1989) und Mary Harron (*American Psycho*, 2000) zu nennen.
8   Die Naturwissenschaftlerin und (Thriller)autorin Barbara Kirchner (u. a. *Die verbesserte Frau* [2001] und *Schwester Mitternacht* [2002, zusammen mit Dietmar Dath]) weist in "Es hat sich ausgegruselt, meine Herren" (1999) beispielsweise auf die Autorinnen Poppy Z. Brite, Barbara Hambly, Lucy Taylor und Nancy Collins hin. Ausgewählte Werke siehe Bibliographie dieser Arbeit. Zu Collins' *In the Blood* (1992) siehe Kapitel 3.

Die traditionelle Unterscheidung eines drastischen *male Gothic horror* und eines subtilen *female Gothic terror* ist insofern problematisch, als die Opposition des Subtilen und des Drastischen die Geschlechterklischees der passiv-sanften Frau und des aktiv-aggressiven Mannes aufruft.

Die zentrale Frage ist also, welche verborgenen Mechanismen bei der Bildung bestimmter Genrekonventionen wirksam sind – vom männlichen Täter bis zur männlich konnotierten Autorinstanz – und welche Möglichkeiten des Normbruchs in neuen Horrortexten inszeniert werden. Es wird sich zeigen, dass der Bruch mit konventionellen Darstellungen von Monstern und Opfern stets auch ein Bruch mit Genrekonventionen ist.[9]

Dies weist 'Genre' als Analysekategorie einen hohen Stellenwert zu. Wenn zu Beginn des 21. Jahrhunderts von einer Renaissance des Horrorgenres gesprochen wird, ist jedoch nicht die Rede von einer Rückkehr zu formalen Definitionen. Der Genrebegriff selbst hat sich verändert.[10] Wenn man revidierten Gattungstheorien folgt, die, wie Renate Hof 2008 in *Inszenierte Erfahrung* schreibt, "vor allem die Funktion literarischer Texte betonen und darauf abzielen, [diese] zu anderen sozio-kulturellen Diskursen in Bezug zu setzen" (8), kann sichtbar gemacht werden, wie Formen weiblicher Autorschaft mit bestimmten Vorannahmen belegt werden, aber auch, wie diese Vorannahmen Autorinnen wiederum herausfordern, sich – unter anderem mit Neufassungen kultureller Geschlechterbilder – in ein Genre einzuschreiben, aus dem Definitionsgemeinschaften sie bisher ausgeblendet haben.

Tuttle formuliert in der Einleitung zu *Skin of the Soul. Horror Stories by Women* (1990) eine Kritik am gegenwärtigen Stand des Horrorgenres und gleichzeitig ein Plädoyer für alternative Perspektiven: "The idea behind this book was to begin to open up the field; to try to provide some alternatives,

---

9 Dennoch ist zunächst festzuhalten, dass der Genrebegriff Ende des 20. Jahrhunderts in der Theorie des Horrors zu Recht verstärkt problematisiert worden ist (vgl. Brittnacher; *Penguin Dictionary of Literary Terms*; Halberstam). Elemente des Horrors werden – von Charlotte Perkins Gilman über Sylvia Plath bis Elfriede Jelinek – im Verlauf des 20. Jahrhunderts mehr und mehr auch als effektsteigernde literarische Stilmittel eingesetzt. Es mag zunächst erstaunen, dass ich beispielsweise im dritten Kapitel Elfriede Jelineks Theaterstück *Krankheit oder moderne Frauen* mit Texten zusammenbringe, die sich formal enger am Horrorgenre orientieren. Doch mit der Inszenierung der Figuren Emily und Carmilla zeigt sich bei Jelinek eindrucksvoll, dass und wie die Motive und Mittel des Horrors auch in Texten, die dem Genre scheinbar formal nicht zuzuordnen sind, zur Effektsteigerung eingesetzt werden.

10 Vgl. dazu beispielsweise David Duff, *Modern Genre Theory* und John Frow, *Genre*. Einen guten Überblick geben die Einträge zu 'Gattung' und 'Gattungstheorie' in Ansgar Nünning, Hg. *Lexikon der Literatur- und Kulturtheorie*. Zur synonymen Verwendung der Begriffe 'Genre' und 'Gattung' siehe Andrea B. Braidt, "Kein Gender ohne Genre: Zum Zusammenhang von Geschlecht und Gattung in der Filmwahrnehmung" (2008), S. 152.

some sort of counter-balance, to what is currently a man-dominated, largely man-defined, genre" (7). Meine Studie setzt die "Eröffnung des Feldes", von der Tuttle spricht, auch auf theoretischer Ebene fort. Dabei setze ich mich mit einer Reihe von neuen Texten auseinander, die nach der Publikation von Tuttles Anthologie, seit Beginn der 1990er Jahre also, entstanden sind.

Grundlegend ist dafür zunächst ein Blick auf die Geschichte und Definitionsgeschichte von Horrortext, weiblichem Monster und empirischer Autorin. So werden im ersten Kapitel die vom Feminismus der 1970er inspirierten namhaften Bestimmungen eines *'female Gothic'* kurz skizziert, etwa Ellen Moers' *Literary Women* (1978) und Juliann Fleenors *The Female Gothic* (1983). Trotz ihres feministischen Ansatzes scheinen diese Texte die traditionelle Dichotomie, welche die Horrorspezialistin Tuttle kritisiert, eher zu bestätigen als aufzubrechen. Kapitel 1 will diesem Widerspruch nachgehen, um die Ursachen und Zusammenhänge der merkwürdigen 'Vergeschlechtlichungen' der Genres des Unheimlichen[11] (Horror wird als 'männlich' wahrgenommen; *Gothic* als 'weiblich') klarer zu erfassen und die Widersprüchlichkeit dieser Zusammenhänge zu entwirren. Das Einführungskapitel setzt sich mit genretheoretischen und kulturkritischen Analysen des Monströsen und des Horrors auseinander – oder, anders gesagt, mit folgenden Fragen: Was meinen wir eigentlich, wenn wir von "Horror" reden, was, wenn wir von "*Gothic*" reden? Was oder wer ist eigentlich ein Monster, was sind seine Funktionen innerhalb des Genres und als Teil des kulturellen Imaginären? In welchem Zusammenhang stehen gesellschaftliche Identität (Subjektpositionen/Handlungsmöglichkeiten) und narrative Form – Gender und Genre? Worauf gründet sich die Vorstellung einer männlichen Imaginationshoheit des Horrors?

Es geht, um dies vorauszuschicken, also nicht darum, die Faszination der Schreckensdarstellung zu untersuchen. Hierzu gibt es bereits eine Tradition prominenter Deutungen, richtet man den Blick beispielsweise auf Aristoteles' Betrachtungen zu Distanz und Lustgewinn der Rezipierenden von Gewaltdarstellungen in seiner *Poetik* und auf Edmund Burkes ästhetische Theorie des Erhabenen von 1757, *A Philosophical Enquiry into the Origin of Our Ideas of the Sublime and Beautiful*.

Es geht auch nicht um eine neuerliche konstitutive Merkmalsbestimmung des Horrors. Ganz im Gegenteil: Es geht darum, die – teils aus 'Vergeschlechtlichungen' resultierenden – traditionellen Definitionsgrenzen der Genres des Unheimlichen generell in Frage zu stellen. Konstitutiven Definitionen (etwa eines *male horror* und eines *female Gothic*) wird eine erweiterte Definition

---

11 Ich benutze den Begriff des 'unheimlichen Texts', weil *Gothic* und Horror damit schon an dieser Stelle zusammen gebracht werden können. Mehr dazu im Abschnitt zum erweiterten Horrorbegriff.

entgegengesetzt, wobei ich 'Definition' im (wissenschafts)geschichtlichen Sinn verstehe. Meine erweiterte Definition ist eine Funktionsbestimmung des *Gothic horror*, die sich an der Historizität von Genredefinitionen orientiert und sie als Wissensformationen betrachtet.[12] Mary Russo spricht in *The Female Grotesque* (1995) auch von der Diskursformation ("discursive formation") des Grotesken.

In einer erweiterten Definition des *Gothic horror* laufen, wie im ersten Kapitel gezeigt wird, diverse historische Diskursformationen zusammen, von Radcliffes Essay "On the Supernatural in Poetry", der geprägt ist von Burkes Theorie des Erhabenen, bis zu Freuds psychoanalytischer Bestimmung des "Unheimlichen" (1919), wobei der Grundgedanke des psychoanalytisch fruchtbaren Horrortexts wiederum Einfluss auf zahlreiche Bild- und Filmtheorien des späten 20. und frühen 21. Jahrhunderts nimmt.[13]

Zu den fusionierenden Diskursformationen einer erweiterten Horrordefinition gehören außerdem die klassischen wie gegenwärtigen Deutungen des Abjekten und des Grotesken: Wolfgang Kaysers *Das Groteske in Malerei und Dichtung* (1961), Michail Bachtins *Literatur und Karneval* (1965) und Julia Kristevas *Pouvoirs de l'horeur* (1982). Ein Beispiel dafür, wie solche Diskursformationen gegenwärtige Auseinandersetzungen mit Horrortexten prägen, ist Barbara Creeds feministisch-psychoanalytischer Essay "Kristeva, Femininity, Abjection" (2000), der den Bezug zwischen dem Abjekten und der Darstellung des weiblichen Filmmonsters herstellt.[14]

Zu Beginn des 21. Jahrhunderts wird eine Definition den unterschiedlichen Texten des *Gothic horror* am ehesten gerecht, wenn sie zulässt, dass Texte im klassischen genrespezifischen Sinne – *heroine plus Gothic castle plus villain* etc. – parallel zu Texten existieren, in denen *Gothic horror* vor allem als 'Modus' funktioniert. Aus diesem Spannungsfeld ergibt sich – dies ist ein wesentliches Fazit von Kapitel 1 – ein neuer Genrebegriff, der die Inszenierung von Monsterheldinnen wie Ginger als Veränderung fassbar macht und es – in der Gesamtperspektive auf die Definitionsgeschichte – ermöglicht, Aussagen über Imaginationshoheiten zu treffen.

---

12 Eine solche 'Definition' ist Instrument zur Analyse und eben nicht, wie im wörtlichen Sinn, konstitutiv.

13 Zum Zusammenhang von Horrorgenre und psychoanalytischer Theorie vgl. besonders Arno Meteling, *Monster. Zur Körperlichkeit und Medialität in modernen Horrorfilmen*; Elisabeth Bronfen, "Arbeit am Trauma" und Gabriele Dietze, "Bluten, Häuten, Fragmentieren. Melanie Klein und der Splatterfilm als Schwellenraum", beide in der Anthologie *Splatter Movies. Essays zum modernen Horrorfilm* (2005). Als ein früheres Werk mit thematischen Berührungspunkten ist Jacques Lacans *Kant mit Sade* (O. *Kant avec Sade*, 1966) zu nennen.

14 Der Essay ist eine gekürzte Fassung des gleichnamigen ersten Kapitels von *The Monstrous Feminine: Film, Feminism, Psychoanalysis* (1993).

Im Mittelpunkt des zweiten Kapitels steht die Frage, inwieweit die Konventionen des Monströsen und die damit verbundenen Imaginationshoheiten schon in kriminologischen Diskursen ihre Wurzeln haben, in der unterschiedlichen Vorstellung und Bewertung realer männlicher und weiblicher Aggression. Hier kommen Paglias eingangs genannte Worte ins Spiel: "Women may be less prone to [fantasies of profanation and violation, JM], because they physically lack the equipment for sexual violence" (22, 24). In *When She Was Bad. Violent Women And the Myth of Innocence* (1997) argumentiert Patricia Pearson dagegen, dass die Vorstellung der 'weniger aggressiven Frau' zwar eine Norm, nicht aber Natur sei, nur eine von mehreren Perspektiven, ein Mythos. Während Pearsons Text dazu tendiert, immer beeindruckendere Reihen von Gegenbeweisen aufzulisten, beschäftigt sich Petra Henschels und Uta Kleins Anthologie *Hexenjagd. Weibliche Kriminalität in den Medien* (1998) stärker mit der *Bewertung* der Unterscheidung weiblicher und männlicher Gewalttaten, indem sie die mediale Darstellung krimineller Handlungen von Frauen untersucht.

Kapitel 2 ist also ein Kapitel über 'wahre' Verbrechen, *true crimes*, das sich zunächst mit *true crime* im Sinne 'empirischer Verbrechen' und ihrer Bewertung auseinandersetzt. *True crime*-Literatur ist im angloamerikanischen Raum überdies ein eigenes Sachbuchgenre. Gestützt wird die Auseinandersetzung also auch durch einen Überblick von *true crime*-Literatur über Mörderinnen und eine Untersuchung fiktionaler Texte, die von *true crime*-Vorlagen inspiriert sind: Ulla Hahns *Ein Mann im Haus*, Thea Dorns *Die Brut* und Patty Jenkins' Verfilmung des Falls Aileen Wuornos, *Monster*. Der letzte Teil von Kapitel 2 unternimmt einen Exkurs; er beschäftigt sich mit (Körper)inszenierungen von Musikerinnen der Heavy-Metal-Szene und der Riot-Girl-Bewegung.[15] Selbstverständlich ist die Tätigkeit als Heavy-Metal-Musikerin kein Verbrechen, es geht um die Pose der Aggression, darum, wie Heavy-Metal-Musikerinnen sich in aggressiven und häufig zugleich erotischen Posen inszenieren. In den Inszenierungen dieser Bühnenpersönlichkeiten zeigt sich die Spannung zwischen klischeehafter Männerfantasie und Umarbeitung, zwischen Attraktivitätsmacht und Handlungsmacht besonders deutlich. Aufschlussreich ist schließlich, dass das Musikerinnen- und Künstlerinnenkollektiv Chicks on Speed im Oktober 2006 eine Musikkompilation heraus-

---

15 Es gibt zwei geläufige Schreibweisen von Riot Girl, die eben verwendete und das onomatopoetische Riot Grrrl. Ich verwende hier hauptsächlich die Schreibweise Riot Girl, allerdings taucht das Grrrl des Effekts halber in den Überschriften der Abschnitte auf, in denen sie das Thema sind. Riot Girl wird in dieser Arbeit nicht wie englische Fremdworte sonst kursiv gesetzt, weil sich der Begriff auch im deutschsprachigen popfeministischen Diskurs etabliert hat. Ähnliches gilt für den 'Nerd' als geläufigen Begriff auch der deutschsprachigen Jugendkultur (vgl. Kap. 2, S. 114).

gebracht hat, die den Titel "Girl Monster" trägt und das unabhängige Arbeiten von internationalen Musikerinnen diverser musikalischer Genres als im positiven Sinne monströs vorstellt. Ein Text, der Teil des CD-Booklets ist, entwirft unter Bezug auf Creeds Begriff des "monstrous feminine" die binäre Opposition von "girl monster" und "fembot", wobei die "fembot" die Verkörperung jener Musikerinnen ist, die sich mit den Mitteln der plastischen Chirurgie, mit Implantaten und Straffungen, dem Schönheitsideal des Mainstream anpassen.

Die eigentlichen Neuen Monster treten in Kapitel 3 mit Textbeispielen zu Vampirinnen, Werwölfinnen und Serienmörderinnen in Erscheinung. Bilder des weiblichen Monsters wie der 'Femme fatale' und der 'bedrohlichen Mutter' werden häufig schon als machtvolle weibliche Monster verstanden, während ich sie zuerst als Ausdruck machtvoller Männerfantasien betrachte.[16] Vor dem Hintergrund dieser populären Konventionen zeigt sich deutlich die subversive Kraft neuer, 'offener' Figurationen wie der freundlichen Vampirmutter Celeste in Toni Browns Erzählung "Immunity" von 1996. Eine Betrachtung dieser neuen Bilder wirft darüber hinaus noch einmal verstärkt die Frage danach auf, wer in Definitionen des Genres als Zielgruppe gesehen und wer als SchöpferIn von Bildern des Monströsen ernst genommen wird.

Im vierten Kapitel thematisiere ich mit dem Begriff des 'Posthumanen' eine nochmals andere Auflösung bekannter Verkörperungen. Multiple Persönlichkeit und posthumanes Wesen – der Cyborg, die A. I. (*Artificial Intelligence*) – bewohnen virtuelle Welten. Was bedeutet das für die sogenannte Geschlechtsidentität? Das Phantasma des Posthumanen wird oft und in ganz unterschiedlichen Kontexten gebraucht, führt aber, ähnlich wie der Begriff Monster, häufig zu (Begriffs)verwirrungen. Der Frage, was die Auflösung von Verkörperungen für die Fiktion bedeutet, gehe ich zum einen anhand des *multiple personality*-Thrillers nach, zu dessen frühen Formen auch *Psycho* gehört. Am Beispiel der Filme *Dr. Jekyll and Sister Hyde* und *Dédales* lässt sich zeigen, wie das Verschwimmen von Geschlechtergrenzen mit der multiplen Persönlichkeit auf ganz eigene Weise repräsentiert wird und was das für die Erwartungshaltung der RezipientInnen bedeutet. Zum anderen wird die Interpretation fiktionaler Texte über Cyborgs und A. I.s (u. a. *Terminator 3*; William Gibsons "The Wintermarket") mit den Fragestellungen der Cyberfeministin Jenny Sundén verknüpft, mit "What Happened to Difference in Cyberspace? The Return of the She-Cyborg" (2001) und mit "What if Frankenstein('s Monster) was a Girl? Typing Female Machine Bodies in the Digital Age" (2003).

---

16 Die Formulierung "Elektra ist keine gewaltige Frau, sondern eine gewaltige Männerfantasie" gebraucht die Protagonistin Kyra in Dorns *Die Hirnkönigin*. In Kapitel 3 gehe ich näher auf die Textstelle ein.

Das fünfte Kapitel schließlich stellt zur Diskussion, wie die Darstellung des Monströsen konkret gesellschaftspolitisch nutzbar gemacht werden kann. Sowohl die US-amerikanische Literaturnobelpreisträgerin Toni Morrison als auch die österreichische Literaturnobelpreisträgerin Elfriede Jelinek sind Autorinnen, die Horror als Modus nutzen. In Morrisons *Beloved* nimmt das Grauen der Sklaverei im Erscheinen und Umgehen des Geists Beloved Gestalt an, in Jelineks *Die Kinder der Toten* bricht der Boden des ländlichen Österreich auf und entlässt Scharen von Untoten in die Wälder, die als Verkörperungen des Unheimlichen Ausdruck der verdrängten Verbrechen des Dritten Reichs sind. Wenn Jelinek in einem *FAS*-Artikel von Georg Diez 2004 mit den Worten zitiert wird, sie habe "in der *Gothic novel* ihre Form gefunden", verweist das auf ihre Suche nach Ausdrucksformen für ein reales Grauen, das mit der Sprache der Realität kaum zu erfassen ist.

Die Texte meiner Wahl stammen aus räumlich wie stilistisch unterschiedlichen Gebieten. Ich beziehe mich neben nordamerikanischen Texten auch auf englische und deutschsprachige Texte (gewissermaßen eine 'transatlantische' Konstellation), da 'Gothic horror' wie 'Gender' internationale Gegenstände gegenwärtiger Kulturkritik sind. Ich konzentriere mich jedoch auf westliche Texte. Dabei beziehe ich mich auf Braidotti, deren Kritik an hegemonialen Perspektiven sich zuerst gegen westliche Theorien von Subjektivität richtet: "Pejorative otherness, or 'monstrous others', helps to illuminate the paradoxical and dissymetrical power relations within Western theories of subjectivity" (164).

Nicht zuletzt weil diese Untersuchung auch einen Exkurs zur Bühnen-Performance der (Heavy Metal-)Musikerin unternimmt, erfordert sie eine antihierarchische Perspektive auf pop- und hochkulturelle Werke[17] – auf literarische Texte, Filme oder eben auch musikalische Inszenierungen.

Insgesamt orientiert sich die folgende Analyse der 'Neufassungen des Monströsen' an einem produktionsästhetischen, genre- und gendertheoretischen Ansatz. Wesentlicher Bestandteil meines produktionsästhetischen Ansatzes – eines Ansatzes also, der den künstlerischen Schaffensprozess und seine Entstehungsbedingungen einbezieht – ist der Begriff der Imaginationshoheit, der unter anderem auf den Begriff der Deutungshoheit anspielt. Mit diesem Begriff versuche ich den Zusammenhang von Autorschaft, Definitionen des Horrorgenres und den darin verhandelten Bildern des Imaginären zu fassen. Dazu gehört ein Verständnis des 'Imaginären', der diesem eine ausgeprägte kulturelle und soziale Wirkmacht zuspricht: Geschlechterstereotype

---

17 Vgl. dazu Winfried Fluck, *Populäre Kultur* (1979), S. 60–61. Zu einer aktuellen 'Standortbestimmung' der Kulturwissenschaften siehe Doris Bachmann-Medick, *Cultural Turns* (2006).

von der Mythologie bis zum Slasherfilm sind ein zentraler Teil dieses Imaginären.[18] Judith Butlers Charakterisierung des Stereotyps zeigt dessen soziale und kulturelle Reichweite: "Stereotypes are not just images we have of gender, but they are an accumulated effect of social relations that have become naturalized over time. If we think of an image of hypermasculinity and we say that this is a stereotype or a norm, implicitly we are talking about relations between masculinity and femininity, about male and female bodies and how these have become configured" (Butler, *Philosophin*).[19]

Der Begriff *Gender*, mittlerweile bekannt als soziale und kulturelle Wissenskategorie, soll der Analyse helfen, Veränderungen der gesellschaftlichen, kulturellen und sprachlichen Handlungsspielräume der Geschlechter zu erkennen. Als Hintergrund präsent sind die Auswirkungen der mit dem 19. Jahrhundert etablierten bürgerlichen Geschlechterordnung, auf deren dichotomischem Prinzip weiblicher Sanftheit und Häuslichkeit und männlicher Aggression und öffentlichem Geltungsdrang die meisten heute noch geläufigen Geschlechterstereotype gründen.

Die 'Geschlechterfrage' spielt in den Definitionen des *Gothic horror* von Anfang an eine zentrale Rolle, von den auf Ann Radcliffe gründenden Theorien des *female Gothic* und *male Gothic* bis zur Filmtheorie, Creeds *Monstrous Feminine* und Clovers breitem Überblick zum Slasherfilm der 1970er und -80er Jahre, *Men, Women, and Chain Saws*.[20]

Mir geht es vor allem um die Frage nach der Darstellung einer neuen weiblichen Subjektivität. Damit ist keine neuerliche Essentialisierung im Sinne einer spezifisch weiblichen Schreckensliteratur gemeint; neue weibliche Subjektpositionen können schließlich, wie John Fawcetts Film *Ginger Snaps* zeigt, auch von einem männlichen Verfasser stammen. Wird eine solche neue

---

18 Zum Begriff des Imaginären und der Kultur siehe Winfried Fluck, Das kulturelle Imaginäre; Wolfgang Iser, Das Fiktive und das Imaginäre; Peter Schneck, Bilder der Erfahrung. Kulturelle Wahrnehmung im amerikanischen Realismus.

19 Diese Definition gibt Butler in der Fernsehdokumentation *Judith Butler – Philosophin der Gender*. Die Dokumentation wurde 2007 auf Arte ausgestrahlt.

20 Gabriele Dietze und Sabine Hark schreiben in ihrer Einleitung zur Anthologie *Gender kontrovers* (2006), "Unfehlbare Kategorien?", dass Hof schon früh darauf hingewiesen hat, Gender nicht als reine oder dominante Kategorie der Marginalisierung zu verstehen. Auch wenn Geschlechterverhältnisse in der vorliegenden Arbeit im Zentrum des Erkenntnisinteresses stehen, wird die Intersektionalität von Gender mit Kategorien wie *Race* und Klasse thematisiert werden (vgl. dazu auch Tißberger, Dietze et al. [2006] 7; Dietze, Hornscheidt et al. [2007]). An dieser Stelle möchte ich eine Anmerkung zu meiner Terminologie machen: Wenn ich im Folgenden von 'Rasse' als Kategorie spreche, gebrauche ich den englischen Ausdruck *Race*. Zur Verwendung der Begriffs 'Rasse' und '*Race*', beziehungsweise der Problematik der Übersetzung von *Race*, siehe Carsten Junker, "Weißsein in der akademischen Praxis. Überlegungen zu einer kritischen Analysekategorie in den deutschen Kulturwissenschaften" (2005).

Subjektivität entworfen, ist jedoch eine gewisse Form der *gender-consciousness* zu vermuten; und dies ist, nach meinem gegenwärtigen Stand der Beobachtung, noch häufiger in Texten von Autorinnen der Fall.[21] Repräsentationen einer solchen neuen Subjektivität finden sich allerdings außer bei "Ginger" auch in einer Reihe weiterer neuer weiblicher Charaktere des nordamerikanischen Unterhaltungskinos – die 'authentische' Aileen Wuornos in Patty Jenkins' Film *Monster* (2003), die von Uma Thurman verkörperte "Bride" in Quentin Tarantinos *Kill Bill I&II* (2003–2004) – und erscheinen damit als ein allgemein gesellschaftliches Desiderat.

Dass *Gothic horror* mit seinen Monstern als kulturelles Phänomen heute auch mit einem allgemeinen kulturwissenschaftlichen Diskurs des Begriffs der Norm und vor allem der Differenz verbunden ist, zeigen Judith Halberstams *Gothic Horror and the Technology of Monsters* (1995), Cohens *Monster Culture* und Braidottis "Teratologies" (2000) deutlich.[22] Mit Bestimmungen wie "the monster dwells at the gates of difference" (Cohen) und "the freak, not unlike the feminine and the ethnic 'others', signifies devalued difference" (Braidotti) schließen sie sich der (hierarchie)kritischen Diskussion von "traditionell vorherrschenden Unterscheidungskriterien und bestimmten Ausgrenzungsmechanismen" (Hof, "Beyond" 8) an.[23]

Der "Umgang mit Differenzen" hat, wie Hof deutlich macht, auch und vor allem innerhalb der Geschlechterforschung keinesfalls nur negative Konnotationen: "[D]iverse Differenztheorien – ebenso wie die Frage nach der sexuellen Differenz – [entwickelten sich] vor allem aus dem Streben heraus, die angebliche Natürlichkeit von Unterscheidungen zurückzuweisen" (Hof, "Beyond" 7). Schließlich können 'Differenzen' auch, wie Braidotti in "Teratologies" im Zusammenhang mit dem 'monströsen Anderen' formuliert, von der Konnotation des Ausgrenzungsmechanismus befreit und positiv umgedeutet werden:

---

21 Eine herausragende Ausnahme ist beispielsweise ein Text des 19. Jahrhunderts, Herman Melvilles "The Tartarus of Maids" (1855).

22 In seinen Vorlesungen am College de France hat sich Michel Foucault bereits Mitte der 1970er Jahre damit beschäftigt, welche Normalisierungstechniken an den Personengruppen sichtbar werden, die eine Gesellschaft als monströs, als 'anormal' empfindet. Ich konzentriere mich auf Studien wie Braidottis, weil der Gender-Aspekt dort stärker im Vordergrund steht.

23 Vgl. dazu auch die (feministische) Debatte um den Differenzbegriff, beispielsweise die sich aufeinander beziehenden Texte rund um "The Doxa of Difference" (1997), dort treten Braidotti, Rita Felski und Drucilla Cornell in Diskussion. Einen Überblick zum Begriff der Differenz gibt Braidotti außerdem mit der Monographie *Nomadic Subjects* (1994) und dem Artikel "Embodiment, Sexual Difference, and the Nomadic Subject" (1993); Homi Bhabha mit "Cultural Diversity and Cultural Differences" (1995); Seyla Benhabib mit "Sexual Difference and Collective Identities: The New Global Constellation" (1999) und Hof mit "Beyond Gender? Vom Umgang mit Differenzen" in *Un/Sichtbarkeiten der Differenz. Beiträge zur Genderdebatte in den Künsten* (2001).

"We need to learn to think of the anomalous, the monstrously different not as a sign of pejoration but as the unfolding of virtual possibilities that point to positive alternatives for us all" (172). Die Untersuchung der Neuen Monster zeigt beides: die traditionellen Unterscheidungskriterien *und* die neuen, positiven Umdeutungen, die Konvention und die Neufassung, deren Schlagkraft sich erst vor dem Hintergrund des Stereotyps, der Konvention, zeigt.

Festzuhalten bleibt: Es ist nicht neu, die Zusammenhänge von Gender und Horrorgenre zu diskutieren (siehe Clover; Creed). Neu ist, die Perspektive von der Männerfantasie wegzubewegen. Rezeptionsästhetische Ansätze, die das Interesse von Frauen an drastischen Horrordarstellungen beschreiben, gehen bereits in diese Richtung, wie Halberstams "Bodies that Splatter: Queers and Chain Saws" (1995) und Patricia Whites "Female Spectator, Lesbian Specter: The Haunting" (2000). Die Analyse neuer weiblicher Monster steht für einen weiteren Schritt, nämlich für die längst fällige Auseinandersetzung mit der Kluft zwischen gegenwärtigen Selbstwahrnehmungen von Frauen und den kulturellen Bildern, die als Ausdruck dieser sich ändernden Wahrnehmungen zur Verfügung stehen: "Feminists knew this well before Deleuze theorised it in his rhizomatic philosophy, that there is a hiatus between the new subject-positions women have begun to develop and the forms of representation of their subjectivity which their culture makes available to them" (Braidotti "Teratologies", 172). Neue Horrortexte von Autorinnen beginnen diese Kluft zu schließen.

Kapitel 1
Gothic – Horror – Monster:
Einblick in Geschichte und Definitionen des Genres

Zwischen Radcliffes *Gothic novel The Mysteries of Udolpho* (1794) und der Ende der 1980er erschienenen Werwolferzählung "Boobs" von McKee Charnas liegen die drei großen sozialen (Frauen)emanzipationsbewegungen oder -wellen des 19. und 20. Jahrhunderts und diverse feministische Strömungen.[1] Die Probleme der verfolgten Heldin bei Radcliffe sind also ganz andere als die der Werwölfin bei McKee Charnas, ebenso wie die Probleme der Imaginationshoheit, mit der die Autorinnen sich auseinanderzusetzen haben. Der literarhistorische und gesellschaftliche Hintergrund, vor dem *Gothic novels* der Romantik und postmoderne, 'postfeministische'[2] Horrortexte entstehen, ist von unterschiedlichen politischen Machtgefällen bestimmt. Nach der Aufhebung ihrer gesetzlichen Manifestationen werden solche Gefälle heute eher im beruflichen Alltag westlicher Kulturen spürbar. Doch bei allen ästhetischen und historischen Veränderungen bleiben Geschlechterverhältnisse vom 18. bis zum 21. Jahrhundert ein zentrales Thema des *Gothic horror*. Die Auseinandersetzung mit dem Genre erlaubt daher eine geschärfte Perspektive darauf, wie sich die (Macht)verhältnisse der Geschlechter wandeln. Es wird sich zeigen, dass die 'Geschlechterfrage' in unmittelbarem Zusammenhang mit den generellen Begriffsverwirrungen steht, die die Definitionen des Genres prägen.

---

1   Das Wort Frauen kann in Klammern gesetzt werden, weil die Frauenbewegungen des 19. und 20. Jahrhunderts in engem Zusammenhang mit anderen sozialkritischen Strömungen stehen – wie die zweite Frauenbewegung mit der afroamerikanischen Bürgerrechtsbewegung in den USA der 1960er. Glänzend adaptiert wird dies in Erica Jongs Roman *Fanny* (1980).

2   Der bereits in den 1920ern gebrauchte Begriff 'postfeministisch' wird heute öfter gebraucht, um die Zeit "nach der politisch aktiven Phase des zweiten Feminismus" (Dietze, "Multiple Choice" 204) zu benennen. In meinem Sprachgebrauch soll er vor allem andeuten, dass die westliche Gesellschaft bereits von den Errungenschaften mehrerer feministischer Strömungen profitiert, nicht aber, dass die Benachteiligung von Frauen und die Widerstände dagegen in der westlichen Kultur bereits überwunden wären. Auch die im Folgenden verwendete Begrifflichkeit der 'ersten, zweiten und dritten Welle' (bzw. *First*, *Second* und *Third Wave*) der Frauenbewegungen soll die Vielfalt vergangener und gegenwärtiger Feminismen nicht eingrenzen, sondern dient als Orientierungshilfe.

Gibt es 'Female Gothic' und 'Male Gothic'?

Radcliffes *The Mysteries of Udolpho* hat die *Gothic novel* des 18. Jahrhunderts mitbegründet und ist zugleich Gegenstand zentraler begrifflicher Unterscheidungen, die Definitionen des Genres bis heute prägen.[3] Wie Radcliffe selbst in ihrer Poetik des Schrecklichen – "The Supernatural in Poetry" von 1826 – mit Bezug auf Edmund Burke[4] deutlich macht, gehört zu ihren ästhetischen Prinzipien die Gestaltung des erhabenen Schreckens, den sie als erhabenen oder sublimen 'Terror' begrifflich von Horror unterscheidet: "Terror and horror are so far opposite, that the first expands the soul, and awakens the faculties to a high degree of life; the other contracts, freezes, and nearly annihilates them" (150).

Zugleich wird bereits an Radcliffes eigenem Werk sichtbar, dass die eindeutige Zuordnung von *tale of terror* und *tale of horror* nicht aufrecht zu erhalten ist:

> [I]n a chamber of Udolpho […] hung a black veil […] which afterwards disclosed an object, that had overwhelmed [Emily] with *horror*; for, on lifting it, there appeared […] a human figure […] dressed in the habiliments of the grave. What added to the *horror* of the spectacle, was, that the face appeared partly decayed and disfigured by worms, which were visible on the features and hands. […] Had [Emily] dared to look again, her delusion and her fears would have vanished together, and she would have perceived, that the figure before her was not human, but formed of wax. (662, Herv. JM)[5]

Der von Radcliffe detailliert geschilderte Anblick eines verwesenden, durch Wurmfraß an Händen und Gesicht entstellten menschlichen Leichnams bewirkt ein überwältigendes Gefühl des Horrors in der Protagonistin Emily – selbst wenn es sich um Hände und Gesicht einer Wachspuppe handelt.

Doch obwohl nicht nur in Radcliffes eigenem Werk durchaus Horrordarstellungen zu finden sind und sie sich in "The Supernatural in Poetry" vor

---

3 Eine Übersicht zur Komplexität des Genres gibt David Punters Anthologie *A Companion to the Gothic* (2000).

4 Edmund Burke, A Philosophical Enquiry into the Origin of our Ideas of the Sublime and the Beautiful (1757). In diesem Zusammenhang möchte ich mit Ästhetik des Häßlichen von Karl Rosenkranz (1853) und Grenzwerte des Ästhetischen (2002) von Robert Stockhammer, Hg. auf weiterführende klassische wie gegenwärtige Texte zur Ästhetik des Hässlichen verweisen. (Der Ausdruck 'klassisch' ist dabei der der Alltagssprache und bezieht sich nicht auf die Epoche der Kunst – so auch im übrigen Sprachgebrauch dieser Arbeit, wenn nicht extra gekennzeichnet.)

5 Diese Art der Schreckensdarstellung erscheint wie eine Anspielung auf eine Textstelle aus Aristoteles' *Poetik*, die noch heute häufig als Erklärungsmodell für die Faszination von Texten des *Gothic horror* gewählt wird: "Was wir nämlich in Wirklichkeit nur mit Unbehagen anschauen, das betrachten wir mit Vergnügen, wenn wir möglichst genaue Abbildungen vor uns haben, wie beispielsweise von unansehnlichen Tieren oder Leichen".

allem auf Textbeispiele von Shakespeare bezieht, wird sie selten mit dem Attribut Horror zusammengedacht. Dagegen gilt Matthew Gregory Lewis' Werk *The Monk* von 1796 mit seinen ungeklärten widernatürlichen Ereignissen und der drastischen Darstellung von Gewalt und Zerstörung zugleich als typische *Gothic novel* und als einer der ersten Horrorromane. Diese Gegenüberstellung begründet einen populären Zweig der Theorie zur *Gothic novel*, die Vorstellung einer Radcliffe'schen "school of terror" und einer Lewis'schen "school of horror". Radcliffe wird zur Autorin des subtilen Schreckens stilisiert, Lewis zum ersten *Horror*autor.

Die an Radcliffe und Lewis gekoppelte dichotomische Zuordnung von Horror und Terror spielt besonders auch in der Interpretation namhafter Kritiker des 20. Jahrhunderts eine zentrale Rolle, in Devendra Varmas *The Gothic Flame* von 1966 und Robert Humes "Gothic versus Romantic: A Re-evaluation of the Gothic Novel" von 1969. Hier wird offensichtlich, dass die an Radcliffe und Lewis orientierte Unterscheidung von *Gothic* und Horror in einem größeren Zusammenhang mit der Autorinnen und Autoren traditionell zugedachten Imaginationshoheit steht: Hume versteht '*horror Gothic*' als männlich geprägte Form, betrachtet sie als privilegiert und wertet Radcliffes Werk als "not serious" ab. Eine ähnliche Problematik weist Gabriele Dietze für Stuart Halls Studie *Popular Arts* (1964) nach. Hall konzeptualisiert den "gesamte[n] Markt weiblicher Phantasie von Romances bis zu *Gothic novels* [...] implizit als Negativfolie niederer Populärkultur im Vergleich zu Popular Arts" (Dietze, *Hardboiled Woman* 259).

Mit der von der zweiten Welle des Feminismus geprägten Kritik der 1970er wird der Begriff '*female Gothic*' etabliert und mit positiver Bedeutung aufgeladen. Zu den bekanntesten theoretischen Texten dieses *female Gothic* gehören das gleichnamige Kapitel in Ellen Moers' *Literary Women* (1978), Sandra Gilberts und Susan Gubars *The Madwoman in the Attic* (1979) und die 1983 erschienene Anthologie *Female Gothic* von Juliann Fleenor. Robert Miles' Essay "Ann Radcliffe und Matthew Lewis" (2000) zufolge stammt der Begriff des *female Gothic* sogar ursprünglich aus Moers' Kapitel, das sich neben der Beschäftigung mit Radcliffes Werk besonders mit Mary Shelleys *Frankenstein* auseinandersetzt und sich dabei auch stark auf die Biographie der Autorin als Mutter bezieht.

Die Unterscheidung zwischen *male Gothic* respektive Horror und einer von Autorinnen geprägten Literatur des *Gothic* vollzieht sich hier eher implizit[6] und funktioniert gewissermaßen umgekehrt wie bei Hume. Dennoch empfinde

---

6 Explizit gebraucht wird der Begriff *male Gothic* zum Beispiel von Robert Miles in dessen Essay "Ann Radcliffe und Matthew Lewis" (44). Titelgebend ist er für Andrianos *Our Ladies of Darkness. Feminine Daemonology in Male Gothic Fiction* von 1993.

ich es als problematisch, wenn diese Einteilung in Bestimmungen des *Gothic* der 1990er und der Jahrtausendwende übernommen wird (vgl. Grein, "Das dunkle Element" 36; Miles 44) und dabei weder die Tradition der Dichotomie in der männlich geprägten Kulturkritik der 1960er ausreichend thematisiert wird, noch die essentialistischen Konnotationen, die die Vorstellung eines 'spezifisch weiblichen' Verfahrens heute mit sich bringt.[7]

Ich plädiere für ein Verständnis von *female Gothic*, das den Hintergrund der 1970er berücksichtigt. In diesen Zusammenhang gehört beispielsweise, wie bei Moers' Analyse von *Frankenstein*, der Einbezug 'spezifisch weiblicher' Erfahrungen in die Gestaltung des Monsters,[8] der in einem gegenwärtigen Text kritisch zu bewerten wäre. Auf diese Weise kann die Genre-Bestimmung des *female Gothic* in Zusammenhang mit der historisch politischen Funktion gesehen werden, die das Postulat eines weiblichen Schreibens zu dieser Zeit hatte. Zugleich wird deutlich, dass die Vergeschlechtlichung von Genres eine neue kritische Perspektive erfordert.

In den 1990er Jahren entfernen Kritikerinnen und Kritiker sich, entsprechend der Entwicklungsgeschichte der *Gender Studies* aus der Frauenforschung der 1970er Jahre, dann auch immer weiter vom Begriff des *female writing*,[9] während das Thema *Gothic* weiter von Interesse bleibt. Die Titel der Untersuchungen sprechen jetzt verstärkt vom Zusammenhang von Gender und Genre, wie Randi Gunzenhäusers *Horror at Home: Gender, Genre und das Gothic Sublime* (1993), Werner Wolfs "Angst und Schrecken als Attraktion. Zu einer gender-orientierten Funktionsgeschichte des englischen Schauerromans" von 1996 und Silke Arnold de Simines *Leichen im Keller: Zu Fragen des Gender in Angstinszenierungen des 18. Jahrhunderts* (2000).[10]

Schnittmenge all der bisher genannten theoretischen Werke, von den *female Gothic*-Theorien bis zu den Texten um Gender und Genre, bleibt jedoch die Feststellung, dass *Gothic*-Texte von Autorinnen sich vor allem in der häuslichen Sphäre abspielen[11] und die Darstellung der Schrecken eher subtil

---

7   Vgl. auch Hof, *Die Grammatik der Geschlechter* 129; und Oates, "Where is an author" 3–4. Zu "Where is an author" siehe auch Kap.1, Fußnote (=FN) 64f. und Kap. 2, FN 64.
8   Der frappierende Zusammenhang der Geschichte von Frankensteins Monster und neuen medizinischen Erkenntnissen auf dem Gebiet der künstlichen Befruchtung, bis hin zum ICSI-Verfahren, wird heute noch rege diskutiert, so beispielsweise auf der Bremer Konferenz "Textmaschinenkörper. Genderorientierte Lektüren des Androiden" in Bremen 2003.
9   Vgl. dazu Hadumod Bußmann und Renate Hof, *Genus* (2005); Jutta Osinski, *Einführung in die feministische Literaturwissenschaft* (1998).
10 Zu einer generelleren Auseinandersetzung mit der Interdependenz von Gender und Genre, siehe etwa Mary Gerhart, *Genre Choices, Gender Questions* (1992) und den in der Einleitung, FN 10 genannten Aufsatz von Braidt, "Kein Gender ohne Genre".
11 Siehe das Stichwort aus Gunzenhäusers Titel, "Horror at Home".

bleibt, im Wesentlichen also den Eigenschaften entspricht, die Radcliffes "terror school" attestiert werden. Die Dichotomie eines weiblichen 'häuslichen' und eines männlichen 'weitreichenden' Horrors wird also auch dann zunächst implizit bestätigt, wenn *'female'* durch Gender ersetzt wird.

Es wird allerdings deutlich, dass die Suche nach den Ursachen der Dichotomie mit den 1990ern an Bedeutung gewinnt. Wenngleich etwa Miles 2000 beim Begriff des *female Gothic* bleibt, stellt er seine "series of antitheses: terror/horror; sensibility/sensation; poetic realism/irony; explained/unexplained supernatural; Radcliffe/Lewis"[12] in Zusammenhang mit beweglichen Größen, etwa unterschiedlichen gesellschaftlichen Produktionsbedingungen: "[T]he early female writers of the Gothic are primarily interested in rights, for their class, for their sex, and often both together; whereas the early writers of the male Gothic are more absorbed by the politics of identity" (45).

Und Gunzenhäuser übernimmt in ihrer Analyse zwar den Begriff *'female Gothic romance'*, doch auch bei ihr wird offensichtlich, dass es ihr nicht an der Unterscheidung von *female Gothic romance* und *male Gothic romance* als solcher gelegen ist, sondern an der Bedeutung, die der Bewertung von Unterschieden zukommt. So stellt sie auf fiktionaler Ebene zwar zunächst ein Machtgefälle fest: "Female Gothic romances spielen vorwiegend im weiblich apostrophierten, umfriedeten Raum. Das Haus stellt den bevorzugten Ort für die Ängste der Protagonistinnen dar [...]. Im privaten Heim findet das Machtgefälle, das zwischen Männern und Frauen besteht, seinen Ausdruck, es wird durch die Familienverhältnisse ständig bestätigt" (21). Sie betrachtet jedoch kritisch, dass die Machtverhältnisse auf der fiktionalen Ebene des Genres mitunter unmittelbar in die Definitionen des Genres einfließen.

Das heißt, es geht Gunzenhäuser nicht um die Bestimmung eines spezifisch weiblichen 'häuslichen Horrors', sondern zuerst um die kritische Auseinandersetzung mit dem von ihr beobachteten Phänomen, "dass sich gewisse Konstanten in literaturwissenschaftlichen Definitionen finden lassen (in Formulierungen zur Romantik ebenso wie in solchen zur Postmoderne), in denen genrespezifische Überlegungen direkt an gender-spezifische geknüpft sind" (19).

Dies führt unmittelbar zu einer Prämisse meiner Untersuchung. Hier stehen nicht länger die konstitutiven Bedingungen des Horrors im Zentrum, sondern es wird gefragt, aus welcher Position zu welcher Zeit konstitutive Bedingungen festgelegt wurden. Über Ansätze wie etwa Gunzenhäusers hinausgehend baut darauf die Frage nach von Autorinnen verfassten Texten auf, die Miles' 'Serie der Antithesen' unterlaufen.

Wie ich in der Einleitung bereits angedeutet habe, lässt sich zusammenfassend sagen: Es ist nicht die an die Terror/Horror-Opposition geknüpfte Unter-

---

12 Zum Begriff des *explained supernatural* vgl. bspw. Grein, "Das dunkle Element".

scheidung eines 'männlichen' und 'weiblichen' *Gothic*-Subgenres an sich, die problematisch ist. In Radcliffes eigener Konzeption wird 'Terror' schließlich als Gegenstand des Erhabenen im Edmund Burke'schen Sinn gegenüber einem die Sinne paralysierenden Horror bevorzugt. Meine Kritik setzt dort an, wo entsprechende Unterscheidungen auf deterministische Weise mit Klischees von Weiblichkeit verschränkt werden: wenn etwa Paglia in *Sexual Personae* einen Zusammenhang zwischen biologischen Geschlechtsunterschieden und männlicher Imaginationshoheit herstellt[13] – wenn Theorien, "die Frauen [...] eine besondere Irrationalität, Sanftmut und Häuslichkeit [zuschreiben, als] Legitimationsstrategien [dienen], die weniger eine Deutung als vielmehr eine Rechtfertigung des jeweiligen status quo zum Ziel [haben]" (Hof, "Perspektiven" 7).

Eine kritische Betrachtung der Trennung von *male horror Gothic* und *female Gothic* ist umso relevanter, als sich der Ausblendungseffekt, den die Unterscheidung produziert, der Horrorautorin Lisa Tuttle zufolge noch in den frühen 1990ern als wirkmächtig erweist:

> Women writers tend to be redefined as something else – not horror but Gothic; not horror but suspense; not horror but romance, or fantasy, or something unclassifiable but different. It has almost become a circular, self-fulfilling argument: horror is written by men, so if it's written by women, it isn't horror. [...] I don't know how many times I have heard it suggested that although there are a few women writing horror, they write gentler or less visceral or more subtle or softer horror than their male colleagues ... The same soft/hard dichotomy that haunts women writing science fiction and fantasy plagues us as horror writers. What it comes down to is just another way of saying women don't write horror. (3)

Meine Kritik setzt auch dort an, wo sich geschlechtsspezifische Unterscheidungen auf den Bereich der Rezeption ausdehnen. "Why are the overwhelming majority of those who read Gothics women?" fragen Norman Holland und Leona Sherman in ihrem rezeptionsästhetischen Text "Gothic Possibilities" von 1977: "[T]he spring of 1975 saw 50 new titles. The writers are almost all women. One or two men write Gothics, but they write under women's names. Similarly, although there are a few male readers, the overwhelming majority are women, mostly in their thirties and forties" (215–216).

Bereits Jane Austen führt die Annahme, dass die *Gothic novel* in dieser Hinsicht ein weibliches Genre sei, in *Northanger Abbey* als Klischee vor, wenn Henry Tilney die Meinung John Thorpes ("men don't read novels")

---

13 Vgl. den ersten Epigraphen dieser Arbeit. Von der problematischen Kausalität zwischen Gewaltdarstellung und Fähigkeit, Gewalt auszuüben, abgesehen, wird hier noch die Frage sein, inwieweit die physischen Voraussetzungen Frauen überhaupt daran hindern, Gewalt auszuüben, und inwiefern auch die Untersuchungen zu weiblicher und männlicher Aggression von bestimmten Vorannahmen geprägt sind.

widerlegt: "I remember finishing it [Radcliffes *Mysteries of Udolpho*, JM] in two days – my hair standing on end the whole time" (1061).

Die Begrenztheit der Bestimmung männlicher und weiblicher Genres zeigt schließlich in aller Deutlichkeit der Fall des Sciene-Fiction-Autors Robert Silverberg, der die Geschlechtsidentität des vermeintlich männlichen Kollegen James Tiptree, jr. zu bestätigen sucht: "It has been suggested that Tiptree is female, a theory that I find absurd, for there is to me something eluctably masculine about Tiptree's writing. I don't think the novels of Jane Austen could have been written by a man nor the stories of Ernest Hemingway by a woman". Dies verdeutlicht, so Hof in "Beyond Gender. Vom Umgang mit Differenzen" (2001), "die Fallen, in die die Literaturkritik gerät, wenn sie sich auf bekannte gesellschaftliche Klischeevorstellungen von 'Weiblichkeit' und 'Männlichkeit' einlässt" (3). Tatsächlich handelt es sich bei Tiptree um die US-amerikanische Schriftstellerin Alice Sheldon, die ihre Science-Fiction-Romane unter männlichem Pseudonym schrieb, um normativen Vorannahmen zu entgehen. Die Zuordnung von Werken nach dem Geschlecht ihrer Verfasser erweist sich nur noch dann als konstruktiv, wenn sie strategisch funktioniert wie in Tuttles Anthologie *Skin of the Soul. New Horror Stories by Women*, mit der die Herausgeberin explizit auf die zuvor beschriebene Ausblendung reagiert.

Ohne den Zusatz 'new' hätte darin auch dieses Beispiel Eingang finden können:

> I saw the dull yellow eye of the creature open [...]. His yellow skin scarcely covered the work of muscles and arteries beneath; his hair was of a lustrous black, and flowing [...] but these luxuriances only formed a more horrid contrast with his watery eyes, that seemed almost of the same color as the dun white sockets in which they were set, his shrivelled complexion and straight black lips.

Dies ist ein Auszug aus Shelleys *Gothic novel Frankenstein*. Moers, die den Begriff des *female Gothic* stark macht, charakterisiert zugleich die Szene, in der Frankensteins Monster die Augen öffnet, als "very good horror" (93).[14]

---

14 Kaum ein Text hat das Genre so geprägt wie *Frankenstein*. Shelleys traurige Kreatur ist im 20. Jahrhundert eines der berühmtesten Monster des Hollywoodfilms geworden. Gleichzeitig zeigen sich an diesem Werk die seltsamen Wege der Horrordefinition: Die Instanz der Horrorautorin scheint ein Widerspruch in sich zu sein, obwohl eine der berühmtesten westlichen Monsterikonen von einer Autor*in* stammt. Wie ich eingangs ebenfalls angedeutet habe, wird der Analyse von Frankenstein hier nicht vertieft. Zu den literaturwissenschaftlichen Klassikern über Frankenstein gehört George Levine und U.C. Knoepflmacher, *The Endurance of Frankenstein* (1979), zu den Neuerscheinungen Dorothy Hoobler und Thomas Hoobler, *The Monsters: Mary Shelley & the Curse of Frankenstein* (2006).

Synthesen: *Gothic Horror* – das Groteske, das Unheimliche, das Abjekte

Horror, *Gothic*, *American Gothic Tales*: *Gothic Horror* ohne Begriffshierarchien

"The writers of Gothics are almost all women" und "women don't write Horror" sind normative Definitionen, die Bewertungsprozesse unsichtbar machen. Dem setze ich nun eine erweiterte, an der Historizität von Definitionen orientierte Funktionsbestimmung des *Gothic horror* entgegen. Mit dieser erweiterten Definition sollen Hierarchisierungen wie die von *male horror* und *female Gothic* und die des 'Seriösen' und 'Realitätsfernen' in Frage gestellt werden, die sich häufig auch bedingen – "Wie der Mann der Frau [...] ist die Tragödie der Komödie übergeordnet", pointiert Ina Schabert 1997 (157) die Problematik traditioneller literarhistorischer Verbindungen von Geschlecht und Genre.

Eine Reihe horrortheoretischer Ansätze übt bereits Kritik an einer strengen Unterscheidung zwischen Horror, *Gothic*, *Gothic novel*, *Gothic romance*,[15] *American Gothic romance*, *male Gothic*, *female Gothic* oder *female Gothic romance*, aber auch an der Trennung zwischen *Gothic* einerseits und Realismus andererseits. John Skipp versucht sich in *Cut! Horror Writers on Horror Film* ganz vom Begriff des Genres zu befreien: "Horror is, at root, an emotion, not a genre. It's the psychic cuisenart into which we throw all our fears: about damage and loss, about death and disease, about the failure of our bodies, our minds, and our dreams" (242). Linda Williams wiederum vollzieht eine Fusion von Horror als Genre und Emotion und hebt damit die Grenzziehung zum Realistischen auf: Sie charakterisiert Horror als ein sogenanntes Bodygenre, neben Melodram und Pornographie, als Genre, das die körperliche Regung des

---

15 Die Unterscheidung zwischen *novel* und *romance* hat besonders im 19. Jahrhundert einen hohen Stellenwert. Hawthorne hatte die Thematik bereits im Vorwort zu *The Scarlett Letter* formuliert, in seinem Vorwort zu *The House of the Seven Gables* von 1851 hebt er als Unterschiede hervor, dass die *romance* die Wahrheit des menschlichen Herzens mit dem eigenen Ermessen des Autors darzustellen sucht, in Abgrenzung zur realistischen *novel* und ihrer Gestaltung der Welt, wie wir sie kennen, des Wahrscheinlichen und des alltäglichen Verlaufs menschlicher Erfahrung. M. H. Abrams spricht von *romance novels*, deren Vorläufer Ritterromane des Mittelalters und die *Gothic novel* des späten 18. und frühen 19. Jahrhunderts – im Sinne ihrer epochenspezifischen Ausprägung des englischen bürgerlichen Romans – sind und subsumiert darunter Werke Poes (dessen einziger längerer Text *Gordon Pym* ist, da die Langform nicht Poes ästhetischen Grundsätzen entspricht), James Fenimore Coopers, Hawthornes, Melvilles bis hin zu Werken von William Faulkner und Truman Capote. Abrams zufolge ist 'novel' Überbegriff für 'realistic novel' und 'romance novel'. Jede *romance* ist auch *novel*, aber *novel* ist nicht gleich *romance*. In *The American Novel and its Tradition* setzt Richard Chase *romance* und *novel* allerdings gleich.

Schauers darstellt und auslöst. Halberstam schließlich argumentiert in *Skin Shows: Gothic Horror and the Technology of Monsters*,[16] dass *Gothic* sogar als wesentlicher Bestandteil der Gattung Roman gesehen werden kann: "Rather than the Gothic residing in the dark corners of realism, the realistic is buried alive in the gloomy recesses of Gothic. It may well be that the novel is always Gothic" (11).

Ich schlage vor, die irritierende Begriffsvielfalt der Gattungsbezeichnungen, die die Worte Horror oder *Gothic* tragen, in einen übergreifenden Begriff des *Gothic horror* zu überführen, den ich von Halberstams Buchtitel "Gothic Horror and the Technology of Monsters" übernehme. Die Bezeichnung *Gothic horror* ist deshalb ein besonders geeignetes begriffliches Werkzeug, weil sie sowohl die binäre Opposition von *Gothic* respektive Terror einerseits und Horror andererseits als auch den daran gebundenen Gegensatz von *female Gothic* und *male horror* in sich auflöst, und, in Anspielung auf Halberstams Werk, darüber hinaus die Hierarchie von realistischem Roman und *Gothic novel* nivelliert.

Ein solcher Begriff des *Gothic horror* trifft sich mit dem Verständnis von 'American Gothic', wie es Joyce Carol Oates mit den ausgewählten Texten ihrer Anthologie *American Gothic Tales* vorführt. Oates' Wahl chronologisch angeordneter Beiträge macht deutlich, dass Autorinnen den Geist des *American Gothic* entscheidend mitbestimmen.[17] Die traditionelle Unterscheidung in *male Gothic romance* und *female Gothic romance* spielt keine Rolle bei der Auswahl. Darüber hinaus zeigt Oates' Wahl exemplarisch, dass *Gothic* und Horror kein Gegensatzpaar sein müssen. Oates' Wahl zufolge ist die Idee des *Gothic* gerade in der US-amerikanischen Ausprägung weder ein rein epochenspezifisches Phänomen, noch eine grundsätzlich sanftere und subtilere Ausprägung der Schreckensliteratur,[18] auch keine nur an übernatürlichen und daher realitätsfernen Inhalten interessierte Textform. Oates' Wahl steht für eine erweiterte Definition von *Gothic* und Horror, deren Realitätsbezug zentral ist. Sie beginnt bei *Wieland, or the Transformation* (1798) von Charles Brockden Brown. Dass Brown als einer der maßgeblichen Begründer des US-amerika-

---

16 Halberstams Titel kann als Anspielung auf Teresa de Lauretis' 1987 geprägten Begriff der "Technology of Gender" gelesen werden. Der Begriff der Technologie veranschaulicht eine konstruktivistische Interpretation der Geschlechterverhältnisse. Vgl. bspw. die Darstellung zur Ringvorlesung "Technologien des Geschlechts" an der TU Berlin (www2.tu-berlin.de).

17 Ebenso beispielhaft wie Brown, Melville, Poe, H. P. Lovecraft, William Faulkner, Don DeLillo, Raymond Carver, Stephen King und Nicholson Baker sind, in der Wahl von Oates, Charlotte Perkins Gilman, Edith Wharton, Gertrude Atherton, Shirley Jackson, Sylvia Plath, Ursula K. Le Guin, Oates selbst, Anne Rice, Lisa Tuttle, Melissa Pritchard, Nancy Etchemendy und Katherine Dunn.

18 Dagegen spricht beispielsweise, dass King zu den ausgewählten Autoren gehört.

nischen Romans gilt, verweist bereits auf den besonderen Stellenwert, den *Gothic horror* auch in größeren literarischen und kulturellen Zusammenhängen haben kann.[19]

An der ebenfalls ausgewählten Erzählung "The Tartarus of Maids" (1855) von Herman Melville wird beispielhaft, dass das Gedankengut des *Gothic* in der US-amerikanischen Literatur weiterhin eine elementare Ausdrucksmöglichkeit bleibt, deren ästhetisches wie kritisches Potential überdies weniger umstritten scheint als etwa in traditionellen deutschen Literaturgeschichtsschreibungen. Während Nathaniel Hawthorne im Vorwort zu *House of the Seven Gables* einen zentralen Beitrag zur Poetik des *Gothic* liefert und Edgar Allen Poe in seinen Geschichten den Protagonisten prägt, für den Horror zum Seelenzustand wird, nutzt Herman Melville die Atmosphäre des Unheimlichen zu einer deutlichen Kritik der gesellschaftlichen Verhältnisse. Die Produktionsmethoden des Industriezeitalters werden in Melvilles "Tartarus" zu einem Kampf mit Monstern: "In one corner stood some huge frame of ponderous iron [...]. Before it – its tame minister – stood a tall girl, feeding the iron animal with half-quires of rose-hued note paper" (69). Das eiserne Monster, das in Melvilles "Tartarus" unermüdlich nach Nahrung verlangt, ist eine Maschine in einer Papierfabrik. Der Ich-Erzähler erlebt die Eindrücke beim Besuch der Fabrik, in deren Produktionshallen ausschließlich Frauen an den Maschinen arbeiten, als etwas zutiefst Erschreckendes, er reagiert körperlich, wie nach einem Schock: "'Your cheeks look whitish yet, Sir', said the [principal proprietor], gazing at me narrowly" (76). So ist "The Tartarus" eine Horrorgeschichte im allerwörtlichsten Sinn und zugleich eine Geschichte von Arbeitsverhältnissen in einer Zeit des Umbruchs, wobei der kritische Blick auf die Verhältnisse auch das Geschlechterverhältnis einbezieht.[20]

---

19 "The literary form which suited both Brown's political allegiances and literary aspirations was at the moment Brown began to write the 'new novel' which is to say the Gothic romance in its doctrinaire Godwinian form", schreibt Leslie Fiedler in *Love and Death in the American Novel* (1960). Neben der Wahrnehmung von *Wieland* als erstem amerikanischen Roman gilt Browns *Edgar Huntley or Memoirs of a Sleepwalker*, ein Text, der auch Berührungspunkte mit der sogenannten *captivity narrative* hat, als Beispiel für das Typische der frühen amerikanischen Gothic novel im Vergleich zur europäischen Form: Brown ersetzt den korrupten Kleriker und den wollüstigen Adligen durch das Bild des 'wilden Indianers': "In the American Gothic, that is to say, the heathen unredeemed wilderness and not society becomes the symbol of evil." (Fiedler). Dieser Gegensatz kehrt sich im 20. Jahrhundert wieder um, als die Städte zum Dickicht werden und die *frontier* sich nach Vollendung der Westexpansion als dauerhaftes Gedankengut im amerikanischen Geist fixiert. Vgl. dazu Heinz Ickstadt, "Gewalt im amerikanischen Roman"; Fiedler; Richard Chase, *The American Novel and its Tradition* (1957); Gunzenhäuser 18.

20 Vgl. dazu auch Carsten Junker, Julie Miess, Susann Neuenfeldt und Julia Roth, "Was, wenn Bartleby eine Frau wäre?".

Gothic und ein geschärfter Blick auf die menschliche Realität sind also kein Widerspruch, sondern stehen, wie George McMichael die Worte von Oates zitiert, oft gerade in engem Zusammenhang: "To perceive our situation as fundamentally grotesque and 'Gothic' [...] is nothing more than to make 'a fairly realistic assessment of modern life'" (2178). Tod, Wahnsinn, Einsamkeit, Entsetzen, Ich-Zerfall sind gleichermaßen Themen des *Gothic horror* wie die zentralen Krisenerfahrungen der mit dem 19. Jahrhundert fortschreitenden Säkularisierung und Industrialisierung.

Als besonders repräsentativ für mein Verständnis von *Gothic horror* betrachte ich schließlich Oates' Aufnahme von Sylvia Plaths Erzählung "Johnny Panic and the Bible of Dreams" (1952) in die Reihe der *Gothic Tales*. Sie ist ähnlich legitimiert wie meine Aufnahme von Jelineks *Die Kinder der Toten* in das 5. Kapitel hier. Gerade die Realitäten des 20. Jahrhunderts haben, nach den Erfahrungen zweier Weltkriege und der industrialisierten Vernichtung menschlichen Lebens, Züge des Fantastischen und des Dämonischen. Wenn das erzählende Ich in "Johnny Panic" einer institutionalisierten Ordnung gemäß die Träume der Mitmenschen notiert, erinnert dies an die Dämonie totalitärer Systeme:

> Every day from nine to five I sit at my desk facing the door of the office and type up other people's dreams. Not just dreams. That wouldn't be practical enough for my bosses. I type up also people's daytime complaints: trouble with mother, trouble with father, trouble with the bottle, the bed, the headache that bangs home and blacks out the sweet world for no known reason ... Well, from where I sit, I figure the world is run by one thing and this one thing only. Panic with a dog-face, devil-face, hag-face, whore-face, panic in capital letters with no face at all – it's the same Johnny Panic, awake or asleep. (286)

Wenn sich in *Gothic*-Texten des 20. Jahrhunderts die Ununterscheidbarkeit von Alltagsrealitäten und des Unheimlich-Grotesken vertieft, kommt eine besondere Dimension des Grotesken auch den von Machtunterschieden geprägten Geschlechterverhältnissen zu. Ganz explizit wird dies etwa in Charlotte Perkins Gilmans "The Yellow Wallpaper" (1899). Hier wird die Protagonistin nicht länger mit dem Tod bedroht und von einem Schurken durch finstere Kerker gejagt wie in den frühen *Gothic novels*, die entstanden, als Autorinnen wie Shelleys Mutter Mary Wollstonecraft eben begonnen hatten, sich zum Thema Frauenrechte zu artikulieren.[21] Es geht nun um das destruktive Potential – den Horror – einer Benachteiligung, die beispielsweise in Form radikal unterschiedlicher gesellschaftlicher Partizipation erkennbar wird: in der Zuordnung der Frau zur privaten und des Mannes zur öffentlichen Sphäre.[22]

---

21 Mary Wollstonecraft, *A Vindication of the Rights of Woman* (1792).
22 Zum Zeitpunkt der Veröffentlichung von "The Yellow Wallpaper" ist die Benachteili-

Es lässt sich auch mit der Gesellschaftskritik der ersten Frauenbewegung verbinden, wenn die unter der an Entmündigung grenzenden Bevormundung durch ihren Mann leidende Erzählerin optische Halluzinationen bekommt und eine mit ihr identifizierte Frauengestalt fantasiert, die hinter der alten gelben Tapete ihres Zimmers gefangen ist und dort umherkriecht:

> I got so angry I bit off a little piece [of wallpaper] at one corner – but it hurt my teeth. Then I peeled off all the paper I could reach standing on the floor. It sticks horribly and the pattern just enjoys it! All those strangled heads and bulbous eyes and waddling fungus growths just shriek with derision! [...] [John] stopped short by the door. "What is the matter?" he cried. "For god's sake, what are you doing!" I kept on creeping just the same, but I looked at him over my shoulder. "I've got out at last" said I, "in spite of you and Jane. And I've pulled off the most of the paper, so you can't put me back!" Now why should that man have fainted? But he did, and right across my patch by the wall, so that I had to creep over him every time! (101–102)

Gleichzeitig verweist schon der Begriff des Kriechens – *to creep*, im Englischen noch deutlicher unheimlich konnotiert als im Deutschen, wenn man an den Begriff *creepy* denkt – auf die unheimliche Atmosphäre der Erzählung. Das Schlafzimmer wird zur Gruft. Das einsame Haus, in dem die Erzählerin kuriert werden soll, ist ebenso *Gothic* wie die 'groteske und arabeske' gelbe Tapete in ihrem Ruheraum, deren mäanderndes Muster an Tod und Verfall erinnert, an Pilze und die verzerrten Fratzen von Erhängten.[23] Wie in "The Tartarus of Maids" bekommt die Realität gesellschaftlicher Herrschaftsbeziehungen Züge des Unheimlichen und Grotesken.

Doch nicht nur das *American Gothic* Melvilles und Gilmans steht für eine erweiterte, 'realitätsbezogene' und nicht länger an binären Oppositionen orientierte Definition des *Gothic horror*. Genauer betrachtet ist eine solche Definition – wie für Halberstam – für einige Kritiker und Kritikerinnen des *Gothic* wesentlich. So hebt etwa Walter Schemme den Kontrast von diesseitigem Terror und übersinnlichem Horror auf, indem er es gerade als charakteristisch für die *Gothic novel* beschreibt, dass die Grenzen von diesseitigen und jenseitigen Inhalten aufgelöst werden und der reale Schrecken mit den Mitteln des Irrealen beschrieben wird. Der reale Abgrund der menschlichen Seele kommt mit der unheimlichen, von unerklärlichen, verstörenden Ereignissen durchzogenen Atmosphäre des *Gothic* zum Ausdruck:

> Im Zentrum der Handlung steht hier der *terror* – der angsterregende Schrecken, die Grausamkeit und das Übernatürlich-Bedrohliche, *vor allem auch in der menschlichen Natur selbst*. Es ist das Besondere des gotischen Romans, dass er im Vollzug

---

gung von Frauen nicht zuletzt auch noch gesetzlich festgeschrieben; das Wahlrecht erhalten sie in den USA erst 1920.
23 Den Begriff des 'Grotesken und Arabesken' übernehme ich von Poes Erzählungssammlung *Tales of the Grotesque and the Arabesque* (1840).

seiner leidenschaftlichen Diesseitsorientierung auf einen Bestand trifft, dessen künstlerische Darstellung nur dadurch möglich scheint, dass man vor allem die sinnlich eindringlichen Signale des Irrationalen, Übernatürlichen, Mythischen und Unbewussten aussendet. (Schemme 591, Herv. JM)

In *The Gothic Imagination* löst Linda Bayer-Berenbaum die Widersprüchlichkeiten zwischen einem erklärbar-diesseitigen *female terror Gothic* und einem unerklärlich-jenseitigen *male or horror Gothic* ebenfalls mit einem Verweis auf die grundlegende Gemeinsamkeit des Realitätsbezugs auf: "Nonetheless, a basic orientation to reality is apparent in all Gothic works" (Bayer-Berenbaum 20). Der über die Epochen und Schulen reichende zentrale Aspekt ist die bewusstseinserweiternde Funktion des Gothic: "[T]he essential tenet is an expansion of consciousness and reality that is basic to every aspect of the Gothic, from setting to metaphysical claims" (ebd. 21).

Parallel dazu hält das Genre auch im 20. und 21. Jahrhundert weiterhin Texte bereit, die nicht nur von realen menschlichen Ängsten handeln, sondern tatsächlich Monster aufmarschieren lassen, die unser Realitätsverständnis überschreiten – der klassischen Aufteilung in *explained* und *unexplained supernatural* nach also Texte, innerhalb derer übernatürliche Ereignisse unerklärt bleiben, wie in vielen Texten des US-amerikanischen Bestsellerautors Stephen King oder in Lisa Tuttles Kurzgeschichte "Replacements" (1996): Zum Entsetzen des Protagonisten Stuart Holder 'adoptiert' seine Frau eine seltsame Kreatur, die aus Holders Perspektive grotesk und abstoßend erscheint, – "something horrible. It was about the size of a cat, naked looking […]. The face, with tiny bright eyes and a wet slit of a mouth, was like an evil monkey's" – und zieht sie ihm immer mehr vor. Das Grauen erreicht seinen Höhepunkt, als sich die vampirische Natur des Wesens offenbart: "That evening he walked in on his wife feeding the creature with her blood. It was immediately obvious that it was that way round. The creature might be a vampire – it obviously was – but his wife was no helpless victim. She was wide awake and in control, holding the creature firmly, letting it feed from a vein in her arm" (471).

In Tuttles Erzählung geht es um eine Umkehrung der traditionellen Macht- und Abhängigkeitsverhältnisse zwischen Mann und Frau, die hier wiederum in das Gewand einer im klassischen Sinne fantastischen Horrorerzählung gekleidet werden, manifest in der kleinen Kreatur, mit deren Hilfe die Frau für alle vergangenen Versäumnisse an ihrem Ehemann Rache nimmt.

Die Vielfalt der genannten Texte lässt sich in der folgenden Definition fassen, die zugleich die Unterscheidung von *gothic* und Horror entlang einer *male–female*-Achse nachdrücklich in Frage stellt: Die *Gothic novel* der englischen Romantik ist zunächst Ursprung dessen, was im 20. Jahrhundert als *Horror*genre bekannt werden wird. Damit ist das Genre *Gothic* in erster Linie

Ursprungsform und nicht Parallelform des Horrorgenres. Und damit haben gerade Autorinnen wie Radcliffe und Shelley das Horrorgenre von Anfang an maßgeblich geprägt. Ebenso haben auch Autoren die *Gothic novel* geprägt: Horace Walpole, Matthew Gregory Lewis und Lord Byron die englische *Gothic novel* des 18. Jahrhunderts, Charles Brockden Brown, Nathaniel Hawthorne, Edgar Allan Poe und Herman Melville die US-amerikanische *Gothic romance* (die wiederum von der englischen *Gothic novel* beeinflusst ist und allein schon deshalb nicht nur "literature of horror for boys"[24] sein kann). Obwohl die Unterscheidung von *terror* und *horror* innerhalb des Radcliffe'schen Kosmos durchaus Sinn macht, muss die Übernahme durch spätere Theorien, besonders als Basis einer Unterscheidung von *Gothic* als weiblichem Genre und Horror als männlichem Genre, schon allein vor den genannten geschichtlichen Hintergründen zu einiger Verwirrung führen. Denn ein als *Gothic* klassifiziertes Werk enthält stets Darstellungen des Schrecklichen und Grauenerregenden – also des Horrors; und die epochenspezifische *Gothic novel* bestimmt bis heute die Konventionen des Horrorgenres, auch des Horrorfilms.[25] Realitätsferne ist nicht charakteristisch für Texte des *Gothic horror* – wie Melvilles "Tartarus" und Perkins Gilmans "Yellow Wallpaper" zeigen. Selbstverständlich gibt es nach wie vor auch im klassischen Sinne fantastische Texte des Genres, die eine eher eskapistische Funktion haben. Aber auch ein im klassischen Sinn fantastischer Text wie "Replacements"

---

24 Auch wenn es hier eine Verkürzung darstellt, das Zitat aus dem Kontext zu nehmen: Fiedler bezeichnet in *Love and Death in the American Novel* den gesamten amerikanischen Roman als "literature of horror for boys". Vgl. dazu auch Gunzenhäuser 45–61.

25 Es geht mir hier nicht darum, eine neuerliche erschöpfende Geschichte der Faszination und Ästhetik des Horrors zu schreiben, daher werde ich die zahlreichen Subgenres des Horrorfilms – Slasherfilm, Splatterfilm, *rape-revenge*-Film – hier nicht im Detail definieren. Allgemeiner gehaltene Quellen zum Genre des *Gothic horror* sind beispielsweise Manuel Aguirre, *The Closed Space* (1990), Joe Andriano, *Immortal Monster* (1999), Valdine Clemens' *The Return of the Repressed* (1999), Steven Schneider, *Freud's Worst Nightmares* (2002) und *Filmgenres. Horrorfilm* (2004), Hg. Ursula Vossen sowie Baumann, Brittnacher, Clover, Gelder, Hg. und Halberstam. Zum Thema 'Funktion von Gewaltdarstellungen' siehe Aristoteles, *Poetik*, Simone de Beauvoir, "Soll man de Sade verbrennen?" (O. "Faut-il brûler Sade?", 1951), Karl Heinz Bohrer, "Das Böse. Eine ästhetische Kategorie?" (1988), Ickstadt sowie Gerwin Klinger, "Bring mir den Kopf von Stefan Effenberg. Erzeugen Bilder erst die Gewalt, oder sind sie nur deren Ausdruck?" (*SZ* 19.1.1999). In Zusammenhang mit dem Werk de Sades kann auch die Pornographiedebatte Aufschluss geben, an der sich im Zuge der Frauenbewegung der späten 1960er/1970er eine Reihe namhafter Autorinnen beteiligen. Während Andrea Dworkin im Werk de Sades beispielhafte Misogynie ausmacht (*Men Possessing Women*, 1979), stehen Susan Sonntag und Angela Carter in "The Pornographic Imagination" (1967) und "The Sadeian Woman" (1979) der Position de Beauvoirs nahe.

kann selbstverständlich einen gesellschaftskritischen – hier: feministischen – Subtext haben.

Das Fantastische

Der Begriff des Fantastischen bildet im Wortsinne traditionell einen Gegensatz zum Realistischen. Doch auch hier suchen Kritiker vermehrt nach Möglichkeiten definitorischer Erweiterung: Ähnlich wie für Halberstam sind beispielsweise auch für Theo D'Haens "fantastic postmodernism" und "poststructuralist postmodernism" einer realistischen Literatur nicht länger unterzuordnen, sie sind, wie er in "Postmodern Gothic" (1995) schreibt, gleichermaßen Variationen der Gegenwartsliteratur.[26]

Begriffsdefinitionen wie "fantastic postmodernism" führen noch einmal zu der Frage, welche Rolle 'das Fantastische' innerhalb des Begriffsgeflechts um *Gothic* und Horror spielt. Auch Definitionen des Fantastischen können heute zur Entwicklung eines erweiterten Horrorbegriffs fruchtbar gemacht werden. Der Begriff des 'Fantastischen' wurde und wird in ganz unterschiedlichen Zusammenhängen gebraucht. Als Überbegriff umfasst er Horror, Fantasy und Science Fiction. Dem allgemeinen Verständnis nach ist Horror – respektive *Gothic horror* – zunächst "eine Gattung des Phantastischen, in deren Fiktionen das Unmögliche in einer Welt möglich und real wird, die der unseren weitgehend gleicht, und wo Menschen, die uns ebenfalls gleichen, auf diese Anzeichen der Brüchigkeit ihrer Welt mit Grauen reagieren" (Baumann 109).

In Roger Caillois' und Tsvetan Todorovs einflussreichen Texten zur Fantastik haben das "Widerwärtige und das rabiat Sinnliche" des *Gothic horror* zwar keinen Raum, wie H. R. Brittnacher in *Ästhetik des Horrors* (1994) beklagt.[27] Die "Anzeichen der Brüchigkeit [der] Welt" treffen auf *Gothic horror* als Sub-

---

26 Vgl. dazu Antje Dallmanns Untersuchungen des "Urban Gothic" in ConspiraCity New York: Großstadtbetrachtung zwischen Paranoia und Selbstermächtigung, 2009, S. 236–237.

27 Brittnacher bemerkt kritisch, dass beide Theorien – *Einführung in die phantastische Literatur* (1972, O. Introduction à la littérature fantastique, 1970) von Todorov und *Das Bild des Phantastischen. Vom Märchen bis zur Science Fiction* (1974, O. De la féerie à la science-fiction, 1958) von Caillois – zu eng gefasst sind: "Einerseits also soll sich die Eigentümlichkeit des Phantastischen aus seiner Abweichung vom Märchen bestimmen lassen, als das Wunderbare, das sich im Herzen des Alltags ereignet (Caillois), andererseits soll das Besondere des Phantastischen in seinem prekären Schwebezustand zwischen Skepsis und Glauben bestehen (Todorov)" (17). In diesem Zusammenhang beklagt er auch, dass das Erregende wie das Hässliche der fantastischen Literatur weder in Caillois' noch in Todorovs Theorien einen Platz finden, "das Widerwärtige und Dunkle nicht in Caillois' feenhafter Märchenwelt, das rabiat Sinnliche und handfest Schreckliche nicht in Todorovs delikater literaturtheoretischer Bestimmung" (ebd.).

genre jedoch gleichermaßen zu wie auf *Gothic horror* als radikale Ausprägung des Fantastischen. Jörg Hienger beschreibt als Gemeinsamkeit der Theorien Todorovs und Caillois', dass sie Fantastik als Ergebnis einer "ontischen Kollision" betrachten. Innerhalb einer im Text erzählten Wirklichkeit geschieht etwas, das eben diesen Wirklichkeitsbegriff in Abrede stellt (vgl. 15).[28] Die in RezipientInnen wie ProtagonistInnen erzeugte Unschlüssigkeit – der "epistemologische Spannungszustand zwischen zwei erzählten Weltordnungen, einer altertümlich magischen und einer neuen, naturwissenschaftlichen" (Ruthner, "Jenseits" 69) –, ist auch klassischer Bestandteil von Horrordefinitionen.

Der Dualismus zwischen diesseitiger und jenseitiger Welt mag nur für einen Teil der Horrorliteratur prägend sein; Peter Rusterholz sieht die Definition des Übersinnlich-Fantastischen denn auch als Bestandteil eines "historischen Phantastik-Begriffes" (181). Doch selbst wenn Horrortexte der Gegenwart oft nicht länger "den Einbruch des Übernatürlichen in eine gewohnte Welt [...], sondern die Unheimlichkeit des Vertrauten" beschreiben (Ruthner, "Schrecken" 210), bleibt das existenzielle Gefühl einer ontologischen Unsicherheit über traditionelle Definitionsgrenzen hinaus prägend. Heute bestimmt die Spannung zwischen 'ontologischer Sicherheit' und 'ontologischer Unsicherheit' nicht mehr die Form und wird doch wieder zum zentralen Thema, etwa wenn die Verhältnisse von Körper und (Geschlechts-)Identitäten neu verhandelt werden.

Mittlerweile ist das Fantastische genau wie *Gothic horror* nicht mehr nur im traditionellen Sinne als Gattung zu verstehen, sondern als Stil- und Strukturprinzip, "als besonderer ästhetischer Gestus einer auf Provokation eingestimmten Moderne" (Brittnacher 17). Ein erweitertes Verständnis von Fantastik ermöglicht auch einen Zugriff auf den Bereich der Pop- und Rockmusik: Dietmar Dath etwa zählt in einem Essay über die britische Band Motörhead "Heavy-metal über die Horror-Erzählung bis zum Hellraiser-Splatterfilm" zur "populären Phantastik der Gegenwart" (*FAZ* 14.9.2002).

---

28 Wenn die im Text erzählte Wirklichkeit im Gegensatz dazu "durch keine Antinomie mit sich selbst zerfallen ist" (Brittnacher 17), vielmehr dem gängigen Realitätsbewusstsein von Autor wie Rezipienten insgesamt nicht entspricht, handelt es sich um den Bereich des Wunderbaren, das hier als Überbegriff für Fantasy und Science Fiction steht. Hienger illustriert den Sachverhalt anschaulich, indem er feststellt, dass sich der fliegende Teppich aus der Fantasy und das Raumschiff aus der Science Fiction nicht prinzipiell unterscheiden, denn beide Fortbewegungsmittel stehen nicht im Widerspruch zu den Gesetzen der dargestellten Wirklichkeit (Hienger 15). Ergänzend gesagt: während die Untoten der Fantastik meist im Widerspruch zur Wirklichkeit der ProtagonistInnen stehen. Fantastik ist bei Caillois und Todorov also nicht Überbegriff dreier Subgenres, sondern steht hinsichtlich seines Wirklichkeitsbegriffs in Kontrast zum Wunderbaren.

Das Groteske

Zu den Erweiterungsvorschlägen gegenüber herkömmlichen Genredefinitionen gehört auch der Vorschlag von Helga Abret, die Definition der Fantastik zu einem globalen Groteskebegriff zu erweitern.[29] Umgangssprachlich verhält es sich mit dem Begriff des Grotesken häufig ähnlich wie mit dem Begriff Horror, er dient als Sammelbecken für alles Merkwürdige, Verstörende, Verwirrende und Abstoßende. In Texten des Gothic – übrigens bedeutet *Gothic* im amerikanischen Englisch auch 'grotesk' – nimmt das Groteske in den Fratzen von Freskenfiguren und bisweilen auch in der Fratze des Schurken, des *Gothic villain*, Gestalt an: "Gothic [...] refers to an ornamental excess (think of Gothic architecture – gargoyles and crazy loops and spirals)" (Halberstam 2).

In Wolfgang Kaysers klassischer Definition des Grotesken spielt das Unheimliche im Freudschen Sinne eine zentrale Rolle: "Das Unheimliche ist [...] das ehemals Heimische, Altvertraute. Die Vorsilbe »un« an diesem Worte ist aber die Marke der Verdrängung" (Freud 267; vgl. 248). Entsprechend heißt es in Kaysers Definition des Grotesken: *"[D]as Groteske ist die entfremdete Welt.* [...] Dazu gehört, daß, was uns vertraut und heimisch war, sich plötzlich als fremd und unheimlich enthüllt. [...] Das Grauen überfällt uns so stark, weil es eben unsere Welt ist, deren Verläßlichkeit sich als Schein erweist" (136)[30] Auch diese Begrifflichkeit ist ein Argument für den Realitätsbezug des Horrortexts: Wenn 'unheimlich' im Sinne Freuds und grotesk im Sinne Kaysers verstanden wird, ist der Horrortext als unheimlich-grotesker Text – wie ich es schon für ein modernes Verständnis von *Gothic* gezeigt habe – nicht länger nur Darstellung des Un-realen und Übersinnlichen, sondern in besonderer Weise Ausdruck dessen, was eine Kultur in ihrer alltäglichen Realität verdrängt.

Ein sehr guter Überblick der klassischen Theorien oder Diskursformationen[31] des Grotesken, der Theorien Kaysers und Michail Bachtins,[32] findet sich in Mary Russos *The Female Grotesque: Risk, Excess, and Modernity* (1995). Russo hebt die Nähe von Kaysers Definition mit dem Horrorgenre und Freuds Begriff des Unheimlichen hervor: "The comic grotesque has come to be associated above all with the writings of Mikhail Bakhtin on carnival in *Rabelais and His World*, while the grotesque as strange and uncanny is associated with

---

29 Vgl. Ruthner, "Jenseits" 70. Zum Begriff des Grotesken siehe auch Peter Fuß, *Das Groteske. Ein Medium des kulturellen Wandels* (2001).
30 Vgl. dazu auch Thomas Anz, Literatur und Lust. Glück und Unglück beim Lesen (1998) 198.
31 Mary Russo bezeichnet die Groteskebegriffe Bachtins und Kaysers als "discursive formations".
32 Bachtin bezieht sich vor allem auf Texte der frühen Neuzeit.

Wolfgang Kayser's *The Grotesque in Art and Literature*, with the horror genre, and with Freuds essay 'On the Uncanny'" (7).[33]

Zudem bringt Russo auf den Punkt, wie sich der Referenzrahmen des Begriffs 'grotesk' in der Moderne verändert, vom grotesken Wasserspeier zu einem Adjektiv mit mysteriösen Konnotationen, das eine bestimmte Art der Erfahrung beschreibt: "The shift of reference from discernible grotesque figures or style to the rather vague and mysterious adjectival category of "experience" marks the modern turn towards a more active consideration of the grotesque as an interior event and as a potentially adventurous one" (7).

Vor allem aber lässt das Stichwort eines *female grotesque* aufhorchen. Kurz zusammengefasst ist Russos "female grotesque" mit Creeds "monstrous-feminine" vergleichbar: Wie das 'monströse Weibliche' ist *female grotesque* mitunter eine Tautologie, denn oft ist die kulturelle Repräsentation des Weiblichen deckungsgleich mit der des Grotesken, ebenso wie mit der des Monströsen: das Weibliche, das Groteske, das Monströse stehen gleichermaßen für das Andere der (gesellschaftlich-)kulturellen Norm, wie Russo in Bezug auf Kristeva schreibt: "The privileged site of transgression for Kristeva, the horror zone par excellence, is the archaic, maternal vision of the female grotesque" (Russo 10, vgl. 12).

Innerhalb der eher genre-theoretischen Formationen des Fantastischen und Grotesken nimmt die *abjection* als Innovation (feministisch-)psychoanalytischen Denkens eine Sonderstellung ein. Der Begriff des *abject* oder der *abjection* kommt jedoch schon implizit ins Spiel, wenn Russo von "female grotesque" als Kristevas "horror zone par excellence" spricht, und taucht in Definitionen des literarischen und filmischen *Gothic horror* immer wieder auf, namentlich in Creeds "Kristeva, Femininity, Abjection" (2000). Kristeva hat den Begriff in *Powers of Horror. An Essay on Abjection* (1982) maßgeblich geprägt. Bezeichnenderweise verweist Kristevas Titel in einem Atemzug auf das Abjekte wie auf den Begriff des Horrors. In seiner Studie *Ekel. Theorie und Geschichte einer starken Empfindung* (1999), die neben Aurel Kolnais phänomenologischer Abhandlung "Der Ekel" von 1929 zu den zentralen Untersuchungen des Ekelhaften innerhalb des deutschen Sprachraums gehört, übersetzt der Komparatist Winfried Menninghaus den Begriff mit "abjekt/das Abjekte".[34] Das Abjekte ist eine ungefähre Entsprechung dessen, was im Deutschen als 'das Ekelhafte' bezeichnet werden würde. Es ist faszinierend und abstoßend zugleich: "Many victims of the abject are its fascinated victims […]. [A]bjection is above all ambiguity" (Kristeva 9). Kristeva analysiert die

---

33 Als eine beispielhafte Kritik der zweiten Frauenbewegung an Freuds Begriff des Unheimlichen ist Helene Cixous "Fiction and its Phantoms" (1976) zu nennen.
34 Ekel. Theorie und Geschichte einer starken Empfindung des Komparatisten Winfried Menninghaus (1999).

Mechanismen der Empfindung des Abjekten anhand von kollektiven Angstfantasien wie der 'bedrohlichen (Über)mutter'[35] (vgl. 56), Körperflüssigkeiten und Zerfallsprozessen (vgl. Kristeva 71). Sie analysiert sie überdies anhand einer Literatur des Abjekten und des Horrors, zu deren zentralen Vertretern Kristeva neben Celine auch Baudelaire, Lautréamont, Kafka, Bataille und Sartre zählt.[36] Auch Kristeva geht es implizit um eine Erweiterung der Definitionen, geht es darum zu verdeutlichen, dass die Darstellung des Horrors nicht lediglich ein kulturelles Randthema ist, sondern dass Literatur möglicherweise immer auch eine Repräsentation kultureller Krisen ist: "By suggesting that literature is its privileged signifier, I wish to point out that, far from being a minor, marginal activity in our culture, as a general consensus seems to have it, this kind of literature, or even literature as such, represents the ultimate coding of our crises, of our most intimate and most serious apocalypses" (208).

Fusion der Formationen: Der Modus des *Gothic*

Ob sie als *sites* und Topoi bezeichnet werden (Halberstam), als Visionen (Oates), Diskursformationen (Russo), als Strömungen, Strukturen oder Techniken:[37] Aus dem gemeinsamen Nenner der genannten Ideen (vom Grotesken bis zum Abjekten), die sich überschneiden und aufeinander gründen, lässt sich ein Verständnis von *Gothic horror* herausdestillieren, das sich auf eine Auswahl wie die von Oates anwenden lässt. Autoren wie Sylvia Plath, Don DeLillo und Nicholson Baker einzubeziehen bedeutet für Oates "to suggest the richness and magnitude of the Gothic-grotesque vision and the inadequacy of genre labels if by 'genre' is meant mere formula" (*American Gothic* 8).

Wenn ich im Folgenden von Horrortexten spreche, spreche ich von vielfältigen Texten, die bei weitem nicht nur spektakuläre Aspekte haben und sich nicht auf Formen beschränken, deren Hauptinteresse in der Lust am Grauen

---

35 Dabei gilt, was ich schon in der Einleitung in Zusammenhang mit Theweleits *Männerphantasien* et al. gesagt habe. Ich verstehe Kristevas Text als deskriptiv, nicht als affirmativ. Einfach gesagt: Nicht etwa Kristeva ist sexistisch, es ist die von ihr beschriebene Norm, die sexistisch ist. Zu Kristevas Konzept der bedrohlichen Mutter hat auch Creed in "Kristeva, Femininity, Abjection" ausführlich geschrieben.

36 An dieser Stelle wird anschaulich, dass die Nennung der Namen von Autoren und Autorinnen ganz bestimmten Mechanismen unterworfen ist. Kristeva nennt die Autoren bis auf Bataille ohne Vornamen, ihre Nachnamen haben Autorität genug. Dass damit bei Autorinnen oft anders umgegangen wird, beschreibt B. Hahn in *Unter falschem Namen*.

37 Die Bezeichnungen für die Diskursformationen des *Gothic horror* sind ähnlich vielfältig wie das Wortfeld der Gattungsbezeichnungen des *Gothic horror* selbst.

liegt.³⁸ Es geht um Texte, die menschliche Abgründe darstellen, Albträume visualisieren, Monster erschaffen, um diesseitige Texte mit wahnsinnigen Protagonisten, um jenseitige Texte, die von Werwölfen bevölkert sind, um gesellschaftskritische Texte, die reales Grauen in Bilder des Horrors fassen. All diese Texte können Auskunft geben über die (kulturellen, gesellschaftlichen, politischen) Verhältnisse und die Umbrüche dieser Verhältnisse, vor deren Hintergrund sie entstehen. Das gilt für die epochen- und genrespezifische englische *Gothic novel* der Romantik, deren Verbindung zu den Schrecken der französischen Revolution de Sade in seinem Essay "Une idée sur les romans" beschreibt. Es gilt für den Anstieg fantastischer Produktionen in den zwanziger Jahren des zwanzigsten Jahrhunderts und für Texte des Surrealismus und des Magischen Realismus.³⁹ Und schließlich gilt es auch für ein genre-untypisches Werk wie *Die Kinder der Toten* der österreichischen Autorin Elfriede Jelinek, ein Roman der 'Hochliteratur' von 1995, in welchem klassische Motive und Mittel des jenseitigen Horrors zum Paradigma der unaussprechlichen

---

38 Zwischen den Horrordarstellungen des qualvoll leidenden Prometheus in Hesiods Theogenie und dem vielschichtigen Horror der Texte bspw. Oates' und Jelineks liegt eine komplexe Entwicklungsgeschichte des Horrors in Textform, die sich zudem dort besonders zu verzweigen beginnt, wenn es um die Opposition von tendenziell konservativen und tendenziell progressiven Texten geht: "[P]ositiven Deutungen des Phantastischen als eines innovativen ästhetischen Prinzips steht der alte Verdacht von der Phantastik als trivialem Vertreter der ästhetischen Restauration entgegen. [...] Da [die Phantastik, JM] von fremden und unbesiegbaren Mächten erzähle, [...] verkünde sie einen 'unheilbaren Pessimismus' und unterstelle, 'die Welt sei dem Menschen letztlich unzugänglich, sie lasse sich nicht manipulieren'" (Brittnacher 17–18). Im Alten Testament mag die Textbotschaft zwar mittels Schreckensdarstellungen intensiviert werden, die Botschaft selbst ist jedoch eine, die die Rezipienten in (Ehr)furcht vor den Mächten des Göttlichen versetzt und damit ihre Erkenntnis gering hält; im gotischen Roman des 18. Jahrhunderts sind die Erkenntnisse dagegen mit der Entdeckung der Abgründe des Menschen verbunden und haben damit eine viel durchgängiger aufklärende Tendenz. Die hier diskutierten Texte des *Gothic horror* sind eher der 'aufdeckenden' Seite zuzurechnen.

39 Einen Überblick zur (literatur)wissenschaftlichen Auseinandersetzung mit dem Surrealismus gibt beispielsweise Ansgar Nünning, Hg., *Metzler Lexikon Literatur- und Kulturtheorie* (2004). Eine erweiterte Definition des Horrors, die vielen Spielarten des Genres gerecht zu werden versucht, trifft sich vor allem mit Definitionen des magischen Realismus wie der von George Saiko: "Nicht um die Außenseite also, sondern um den unter- und hintergründigen Boden der Realität geht es, um ihre fluktuierende Grenze" (zitiert nach Ruthner, "Schrecken" 210). Einen Abriss zu Abgrenzungen und Gemeinsamkeiten von *Gothic* und magischem Realismus liefert Lucie Armitt in einem Beitrag zur Anthologie *A Companion to the Gothic*: "The Magical Realism of the Contemporary Gothic" (2000). Auch wenn der magische Realismus – wie der Surrealismus – wieder eine eigene Diskursformation ist, die sich trotz einiger struktureller Ähnlichkeiten an einigen Punkten vom Prinzip des *Gothic* abgrenzen lässt, zeigen Saikos Kriterien die enge Verwandtschaft zur *Gothic imagination* im Sinne Bayer-Berenbaums.

Verbrechen der Nationalsozialisten werden und über den Jelinek selbst sagt, sie habe "in der *Gothic novel* ihre Form gefunden".[40]

Doch auch wenn Abgrenzungen wie die zwischen *Gothic* und Horror, *male* und *female Gothic*, realistischen und übersinnlich-fantastischen Texten bei einer solchen Auswahl hinfällig werden, soll das erweiterte Verständnis von Horror nicht in eine Beliebigkeit der Textauswahl münden. Selbst wenn es sich um Krimis handelt, die vom realen, 'diesseitigen Horror' einer zwischenmenschlichen Abhängigkeit berichten, oder schließlich gar um einen Text der Hochliteratur, der Motive des Horrors als Paradigma für das unfassbare Geschichtsverbrechen des Nationalsozialismus einsetzt, müssen die Texte bestimmte Charakteristika aufweisen, um im Rahmen meiner erweiterten Definition berücksichtigt zu werden.

Diese Charakteristika lassen sich im Begriff des *Gothic mode*, des Modus, fassen, der das Augenmerk statt auf zeitgebundene, normierende Musterkriterien auf Stimmung, Ton und Atmosphäre lenkt, so dass ganz unterschiedliche Textformen Schnittmengen bilden können:[41]

> The modes start their life as genres but over time take on a more general force which is detached from particular structural embodiments [...]. Exhausted genres such as the Gothic romance may survive in their modal form – quite spectacularly so in the case of the Gothic mode, which passes through early-Victorian stage melodrama into the stories of Edgar Allan Poe and the novels of Charles Dickens, and thence into the vampire novel, the detective novel, and a number of other narrative genres, and more directly from melodrama into a range of Hollywood genres including the 'old house' movie, *film noir*, and the contemporary horror movie. (Frow 66)

Kristevas Wahl für die Demonstration der *pouvoirs de'l horeur* kann, wie die von Oates in *American Gothic Tales*, in diesem Zusammenhang als beispielhaft betrachtet werden: Baudelaire, Kafka, Bataille, Sartre ...[42] Diese Autoren sind keine Horrorautoren im Sinne Stephen Kings, aber zu ihren Texten gehört ein bestimmter Ton, der erzeugt wird durch die Darstellung des Ekelhaften und der Gewalt; die beabsichtigte "Schockwirkung" mit dem Ziel, den Reizschutz

---

40 In Kapitel 5 wird die Auseinandersetzung mit den Konnotationen dieses schon in der Einleitung (S. 21) erwähnten Zitats vertieft.

41 Dass die "horror story" "a mode more than a genre" ist – ein Modus –, besagt beispielsweise die aktuelle Definition des *Penguin Dictionary of Literary Terms*. Es gibt in der aktuellen Genreforschung eine längere Debatte über die Abgrenzung und Schnittmenge von Modus und Genre (vgl. Genette, *Einführung in den Architext* [O. *Introduction à l'Architexte*, 1977]). Frow liefert in seiner Studie *Genre* am Beispiel *Gothic* eine anschauliche Bestimmung des Begriffs *mode* (vgl. 65).

42 Würde ich die Reihe fortsetzen, nähme ich mindestens noch folgende Autorinnen mit auf: Acker, Atwood, du Maurier, Kane, Jelinek (ausgewählte Werke siehe Bibliographie dieser Arbeit).

der Rezipierenden zu durchbrechen, die Erzeugung des Gefühls des Schauderns. Vor allem gehört dazu auch die Inszenierung abgründiger, extremer Charaktere – die Inszenierung des Monströsen.

Auch wenn er sich gegen eine bestimmte normative Art der Definition richtet, kann der Begiff des Modus zugleich – wie Stephen Heath in "The Politics of Genre" beschreibt – durchaus in einem konstruktiven Zusammenhang mit Genres gesehen werden; ein Zusammenhang, der sich zugleich gegen einen statischen Genrebegriff richtet: "Modes as such, however, belong to the pragmatics of language, are possibilities of language use; a genre is a characteristic mobilization of one or more of those possibilities to some specific end: such a definition taking genres as a fact of all discourse, not of literature alone" (167).

Into a New Genre: Die Bedeutung des Genrebegriffs für die aktuelle Entwicklung des *Gothic Horror*

Wenn *Gothic* auch, wie Bayer-Berenbaums Idee der 'Gothic Imagination' veranschaulicht, nie *nur* ein streng umgrenztes Genre war, kann die gegenwärtige definitorische Erweiterung des Genres, in der Horror, *Gothic* und das Fantastische fusionieren, doch auch als 'modernes' und '*post*modernes' Phänomen gesehen werden. Parallel zum kritischen Diskurs der traditionellen Definitionen des *Gothic* lässt sich beobachten, dass sich das kritische Interesse an der Kategorie Genre im Allgemeinen seit Ende der 1970er verstärkt. Zum einen wurde, wie Julia Roth in ihrer Magisterarbeit zur kulturkritischen Funktion von Toni Morrisons Essays beschreibt, regelrecht eine Ära "Beyond Genre" ausgerufen – so Paul Hernardis *Beyond Genre: New Directions in Literary Classifications* (1972) oder eine Ära der "blurred genres" – siehe *Blurred Genres: The Refiguration of Social Thought* von Clifford Geertz (1980), wobei argumentiert wurde, dass Genres anachronistisch und postmoderne Texte "nach herkömmlichen restriktiven generischen Maßstäben nicht zu bewerten und einzuordnen seien" (Roth, *Interventionen* 8).[43] Zum anderen weist Ralph Cohen in "Do Postmodern Genres Exist?" bereits auf die Unumgänglichkeit von Genre hin, auf ein "(poststrukturalistische[s] bzw. dekonstruktivistische[s]) 'writing against genre while being in it'" (20).

Auf meinen Ansatz übertragen heißt das: Es geht nicht darum, die traditionelle Konnotation des Fantastischen als 'übersinnlich-jenseitig' in Abrede zu

---

43 Vgl. auch Carsten Junker und Julia Roth, Weiß sehen. Dekoloniale Blickwechsel mit Zora Neale Hurston und Toni Morrison (2010), S. 17.

stellen, sondern darum, sie in einen (literatur)geschichtlichen Zusammenhang zu stellen, der Veränderungen zulässt. Definitionen wie die des 'Übersinnlich-Fantastischen' können dann ernst genommen werden, wenn man sie vor ihrem jeweiligen gesellschaftsgeschichtlichen Hintergrund sieht; wie im Falle dieser Untersuchung, vor dem Hintergrund des jeweiligen Standes der Geschlechterverhältnisse. Um diese Veränderungen zu erfassen, braucht man nicht nur eine erweiterte Definition. Man braucht zugleich den Genrebegriff, "the new genre", selbst wenn der 'freiere' Begriff des Texts gegenüber dem Werk bevorzugt wird:

> [T]he point is to shift from work to text. Where a work resembles, is readable within genre limits that it follows as a condition of its respresentation to the reader, the text differs, transgresses these limits in order to implicate the reader in a writing that disturbs representations. [...] [T]he text is [...] on [the side] of *jouissance*, coming off from any stability of the self in an abruptness of dispersal, the reader pushed out of genres. But then, inevitably, into a new one, that of the writing of the process of the subject in language; a genre that can be given a history [...]. (Heath 173)

In seinem Essay "The law of genre" diskutiert Jaques Derrida die Unverzichtbarkeit von Genres als referentieller Basis, damit Kommunikation überhaupt möglich ist und Diskurse stattfinden können (vgl. Duff 228). Damit kommt ein grundlegender Punkt ins Spiel, der in Zusammenhang mit (de)konstruktivistischen Ansätzen stets mitgedacht werden sollte und der ganz zentral auch dieses Buch betrifft: Auch wenn ich davon ausgehe, dass Gender[44] gesellschaftlich konstruiert ist, erzeugen die Geschlechterverhältnisse als Setzungen immer noch Effekte in der Realität der Gegenwart. Solange sie wirken, müssen sie auch bezeichnet werden.

Ähnlich verhält es sich mit den Unterscheidungstechniken, die in Genres erkennbar werden. Sie sind Effekte gesellschaftlicher Wertesysteme, die es jedoch auch ermöglichen, marginalisierte Formen des Wissens sichtbar zu machen. Daher überrascht es nicht, wenn in neueren genretheoretischen Ansätzen von *politics of genre* (Stephen Heath), einem *system of genres* (ders., 171), *economies of genre* (Frow 2), Genres als Epistemen ("genres actively generate and shape knowledge of the world" [ebd.]) und symbolischen Akten ("genres can be understood as a form of symbolic action" [2]) die Rede ist.

Die Kategorie Genre bleibt also konstruktiv, vorausgesetzt, man betrachtet Genres als "Kommunikationssysteme"[45] respektive "Phänomene sprachlicher

---

44 Die Kategorien Gender und Genre, abgeleitet von *genus*, Klasse/Art, werden in romanischen Sprachen mit ein und demselben Wort bezeichnet.
45 Vgl. dazu Stephen Heath, "The Politics of Genre" (2004) 169; Alastair Fowler, "Kinds of Literature. An Introduction to the Theory of Genres and Modes" (1982) 256; Duff, *Modern Genre Theory*.

Kommunikation", wie René Pfammater: "[Gattungen] funktionieren als Ordnungsprinzipien historischen Materials und ermöglichen so die Bestimmung von Traditionszusammenhängen; auch können sie instrumentelle Grundausrüstung bei der Interpretation sein" (22).

David Duff läutet in *Modern Genre Theory* das Ende der "Ära Beyond Genre" ein:

> [I]t is less and less plausible to portray our own era as one that has, in any decisive sense, moved 'beyond genre'. Indeed the word now seems to have lost most of its negative charge, and to be operating instead as a valorising term, signalling not prescription and exclusion but opportunity and common purpose: genre as the enabling device, the vehicle for the acquisition of competence. (Duff 2)

Ein neues Verständnis von Genre bietet die Möglichkeit, die verborgenen *politics*, die bei der Bildung bestimmter Konventionen wirksam sind, in ihrer Funktion und Kontingenz wahrzunehmen: "If genres are forms of history, they are also […] historical forms articulated within socio-historical contexts. […] As socio-historical operations, genres are open-ended, subject to modification as new utterances change understanding of them" (Heath 170).

So erzeugen Genres nicht nur Hierarchisierungen zwischen 'niederer und hoher', 'weiblicher und männlicher' etc. Literatur, sondern sie veranschaulichen als Wissensformationen – und mit den *politics*, die in ihnen wirken – den Konstruktionscharakter und die Veränderlichkeit solcher Hierarchisierungen:

> The politics of genre turns on the distinctions it makes and the hierarchies those distinctions readily support: between high and low, sacred and secular, poetic and prosaic, literary and non-literary genres. To challenge and transform such hierarchies involves a range of shifts in perception and genre judgement […]. (Heath 172)

In Zusammenhang mit den Vorstellungen von *male* und *female Gothic* hat sich bereits angedeutet, welche zentrale Bedeutung den sogenannten *Genre politics* bei der Analyse von Sprecherpositionen und Rezeption zukommt. Denn je nach Haltung der Verfasserin oder des Verfassers stellen sie Subjektpositionen bereit oder verweigern sie, blenden bestimmte Autorengruppen aus und erklären andere für privilegiert, nehmen Einfluss auf Leseerwartungen und auf die Produktivität von Autoren und Autorinnen.[46]

Damit haben 'Genres' auch eine zentrale Bedeutung als *Bewertungskontext*. Auf Texte des *Gothic horror* bezogen lässt sich die These aufstellen, dass

---

46 Für einen größeren Zusammenhang beschreibt Toni Morrison ein ähnliches Phänomen, die politische Herausforderung, die die Tradition des US-amerikanischen Romans für schwarze Autorinnen darstellt, "[with] the terms of representation it sets (the novel as formally, generically, representative of a specific moment of subjectivity with specific and and limiting race and gender terms)".

gerade die mit der Definitionsgeschichte verbundenen Vorannahmen Autorinnen herausfordern, sich mit Neufassungen des Monströsen in den Bereich des *Gothic horror* einzuschreiben. Ein Entwicklungsprozess, wie die Herausforderung von Traditionen durch Autorinnen, wird überhaupt erst sichtbar durch das Kommunikationssystem Genre.

Holland und Sherman charakterisieren – mit einem Unterton, der das formelhafte Aufzählen der Merkmale gleichzeitig ironisiert – *Gothics* als Texte mit einem gleichbleibenden Raster:

> [W]oman-plus-habitation and the plot of mysterious sexual and supernatural threats in an atmosphere of dynastic mysteries within the habitation [...] that has changed little since the eigteenth century. Horace Walpole invented, so to speak, the Gothic house in *The Castle of Otranto* (1764), and Ann Radcliffe brought all the elements of the genre together in *The Mysteries of Udolpho* (1794). To be sure, the modern Byronic lover combines the separated hero and villain of the eighteenth century, but that is about the only change." (215–216)

Teil dieses Rasters ist auch das Machtverhältnis der Geschlechter, das etwa mit Browns *Wieland* und dessen eigener Ehefrau, mit Elisabeth, die unter den Händen von Frankensteins (männlicher) Kreatur stirbt oder mit Lewis' *Monk* Ambrosio und der jungen Antonia in extremen Kontrasten entworfen wird. "'I am appointed thy destroyer, and destroy thee I must'", sind die Worte des Familienvaters Wieland zu seiner Gattin, als er unter dem Einfluss eines seltsamen Fremden in seine eigenen Abgründe blickt. "She was there, lifeless and inanimate, thrown across the bed, her head hanging down and her pale and distorted features half covered by her hair. Every where I turn I see the same figure – her bloodless arms and relaxed form flung by the murderer on its bridal bier" (467), so erinnert sich der verzweifelte Viktor Frankenstein an den Anblick seiner toten Braut. Ambrosio schließlich ist der vollkommen böse *villain*, ein regelrechtes Raubtier, Antonia die Verkörperung der *damsel in distress*, der "verfolgten Unschuld"[47] ("his prey"):

> 'Compose yourself, Antonia. Resistance is unavailing, and I need disavow my passion for you no longer. You are imagined dead: Society is for ever lost to you. I possess you here alone; You are absolutely in my power, and I burn with desires [...]. Can I relinquish these limbs so white, so soft, so delicate; These swelling breasts, round, full, and elastic!' [...]. With every moment the Friar's passion became more ardent, and Antonia's terror more intense. She struggled to disengage herself from his arms: Her exertions were unsuccessful [...]. The aspect of the Vault, the pale glimmering of the Lamp, the surrounding obscurity, the sight of the Tomb, and the objects of mortality which met her eyes on either side, were ill-calculated to inspire her with those emotions by which the Friar was agitated [...].

---

47 Zum Begriff der "Standardrolle *damsel in distress* als 'verfolgte Unschuld'" vgl. Dietze, *Hardboiled* 18.

> Heedless of her tears, cries and entreaties, He gradually made himself Master of her person, and desisted not from his prey, till He had accomplished his crime and the dishonor of Antonia. (382–384)

Neben der inhaltlichen Konvention des Spukschlosses und der Erzählinstanz, die sich auf ein geheimes Manuskript beruft, gibt es also auch ein bestimmtes Muster an männlichen und weiblichen Figuren – Helden, Schurken, Opfer und Monster –, das von Shelleys, Lewis' und Browns *Gothic novels* (*Frankenstein*, *The Monk*, *Wieland*) bis zu dem von Hitchcocks *Psycho* inspirierten Slasherfilm *The Texas Chainsaw Massacre* (1974) von Tobe Hooper reicht.

Wie Burgen und Abteien nehmen die Schlossherren, Mönche und verfolgten Frauen im Verlauf der Geschichte des Genres neue Gestalt an, die Konstellationen aber bleiben bis weit in die Ära des Slasherfilms hinein strukturell ähnlich: Zwar wird der unheimliche Ort, das Schloss, zum Motel oder zu einem Haus im ländlichen Texas und der Mönch zum Psychokiller, das Machtgefälle der Geschlechter aber bleibt.

So ist es gerade die Struktur eines über die Epochen wirkenden "traditionsbildenden Inventars an Schauermotiven", wie Brittnacher (225) formuliert, die seit der Jahrtausendwende, mit der Renaissance des ohnehin stets präsenten Genres, verstärkt zur Neubearbeitung gereizt hat. Wenn in den zentralen Texten, um die es in diesem Buch geht, der Psychokiller zur Psychokillerin wird, erweist sich dieser Wandel vor dem Hintergrund von Gattungskonventionen als besonders effektiv.

Der Begriff des Formelhaften spielt also durchaus weiter eine Rolle, allerdings nicht im Sinne jenes starren Rasters, das Oates als "mere formula" kritisiert. Es geht nicht länger darum, die formelhaften Konstituenten stets von neuem zu bestimmen, sondern sie im Sinne von John Caweltis *The Six Gun-Mystique* (1984) als "soziales Ritual und kollektiven Mythos" zu verstehen.

Gothic novels sind, wie Halberstam formuliert, Technologien, die das Monster als einen 'beweglichen, durchlässigen, unendlich interpretierbaren Körper' (vgl. 21) hervorbringen. Vor dem Hintergrund des Verständnisses der *Gothic novel* als Technologie, die das Monster immer neu nach dem Bild unserer Ängste erschafft, ist es gerade auch das musterhafte Inventar, das mit dem Konventionsbruch Aufschluss über (gesellschaftliche und kulturelle) Entwicklungen geben kann, beispielsweise von 'Weiblichkeitsbildern' wie der *damsel in distress* zur neuen Monsterheldin. Damit geht es in diesem Buch um mindestens zwei Ebenen des Konventionsbruchs: den Zugriff auf ein Genre, dass mit Vorannahmen von männlicher Imaginationshoheit verbunden wird, und die Veränderung der Machtverhältnisse auf der Erzählebene.

Monster, Normen, Differenzen

> Faced with a monster, one may become aware of what the norm is and when this norm has a history – which is the case with discoursive norms, philosophical norms, socio-cultural norms, they have a history – any appearance of monstrosity in this domain allows an analysis of the history of the norms.[48]
>
> *Jacques Derrida,* Points...Interviews

Innerhalb des traditionsbildenden Inventars an Schauermotiven sind es vor allem die monströsen Protagonisten des Horrors, die für Normen und Normbrüche stehen. Wenn ich wieder zu Braidottis "Teratologies" zurückkomme und Horrortexte der Gegenwart als Konzentrat des kulturellen Imaginären ernst nehme, zu dessen zentralen Bestandteilen die Fantasien vom 'monströsen Anderen' gehören, werden gerade Verwandlungen und Neuordnungen des Monströsen interessant: Braidottis pointierte Bestimmung des Monströsen lautet, dass es traditionell eine Verkörperung von Differenz im abwertenden Sinne ist und als eine solche Verkörperung des bedrohlich Fremden und Anderen hilft, Machtverhältnisse in Bezug auf die Konzeption von Subjektivität sichtbar zu machen. Entsprechend charakterisiert Russo das Groteske, das stets eine Qualität des Monsters ist. Der Begriff der 'Norm' ist dabei von besonderer Bedeutung, wie Russo unter Bezug auf Michel Foucault und Teresa de Lauretis schreibt:

> [T]he grotesque in each case is only recognizable in relation to a *norm* [...]. As Michel Foucault has argued [...], normalization is one of the great instruments of power in the modern age [...]. Normalization as it is enforced in what Teresa de Lauretis has referred to as the 'technologies of gender' has been harsh and effective in its highly calibrated differentiation of female bodies in the service of a homogeneity called gender difference – that is, the (same) *difference* of women from men. (10, 11–12, Herv. JM)[49]

Wenn das Monströse und Groteske nur in Relation zu einer bestimmten Norm erkennbar werden (und umgekehrt, wie das vorangestellte Zitat von Derrida andeutet), wird sich ein veränderter Umgang mit Normen und Differenzen in Kultur und Gesellschaft also nicht zuletzt auch in Neufassungen des Monströsen manifestieren.

---

48 Übersetzung aus dem Französischen. Ich zitiere die englischsprachige Fassung, weil darin mit 'Monster' und 'Norm' die hier zentralen Begriffe genannt werden.

49 Zum Verhältnis der Begriffe der Norm und des Pathologischen siehe Foucault, *Überwachen und Strafen: Die Geburt des Gefängnisses* (1994, O. *Surveiller et punir – la naissance de la prison*, 1975). Der Text ist thematisch eng verbunden mit Foucaults bereits genannten Vorlesungen *Die Anormalen* aus den Jahren 1974–1975.

Der Begriff 'Monster' ist ähnlich wie der des *Gothic horror* mit vielfachen Bedeutungen aufgeladen: Wenn wir 'Monster' hören, denken wir möglicherweise an Godzilla oder King Kong – das Monströse impliziert das Gigantische und das Wilde, Urgewalt und eine sich rächende Natur.[50] Außerdem erinnert 'Monster' an monströse humanoide Gestalten, wie Frankensteins Monster. Und 'Monster' lässt uns an Grenzgänger denken, zwischen Leben und Tod, zwischen Mensch und Tier, an Vampire und Werwölfe.

David Skal bezeichnet Frankensteins Monster, Dracula und das Doppelwesen Jekyll/Hyde als "major horror icons" (21). Seine Kulturgeschichte des Horrors von 1993 trägt den Titel *The Monster Show*. "America's worst year in history, 1931, should become its best year ever for monsters", schreibt Skal über den Zeitraum, in welchem die Universal-Verfilmungen von Frankenstein und Dracula Boris Karloffs trauriges, eckiges Gesicht und Bela Lugosis elegante Gestalt zu unauslöschlich im kulturellen Imaginären des 20. Jahrhunderts eingeprägten Bildern machten. 1941 kam Lon Chaney in der Rolle des Werwolfs als *The Wolfman* hinzu.

Doch nicht nur Bilder von Godzilla, King Kong, Dracula, Frankensteins Monster und des Werwolfs leuchten vor dem geistigen Auge auf, wenn das Wort Monster fällt, die Reihe geht weiter: Möglicherweise denken wir an die Ausstellungen von 'menschlichen Monstren' im Mittelalter, an die siamesischen Zwillinge Chung und Eng, an John Merrick, den Elefantenmenschen; wir denken an den Serienmörder Harmann, an den Kannibalen Armin Meiwes, an die Figur des Hannibal Lecter in *Das Schweigen der Lämmer*, an die Serienmörderin Aileen Wuornos, an die Mutter, die ihre neun toten Babys in Blumenkästen vergrub, an die Mutter, die ihre zwei Kinder allein in der Wohnung verdursten ließ, an Monika Weimar, an Täterinnen, die in der Boulevardpresse als "Horrormütter" und "Ungeheuer" bezeichnet werden. Wir denken an künstliche Menschen, an Nachfahren von Frankensteins Monster, an Olimpia, die künstliche Eva, an Genmanipulation, an geklontes Leben, an Androiden, an Menschen mit Superkräften, an Wonder Woman, an die aus Polygonen zusammengesetzte kurvenreiche Lara Croft, an Kampfroboter, an Cyborgs. All diese teils realen, teils fiktiven Bilder sind auf die eine oder andere Art mit Vorstellungen des Monströsen verbunden: "Reales und Eingebildetes, Fabelhaftes und Pathologisches, Hypertrophes und Denaturiertes steigen hier aus dem Souterrain des Bewusstseins, der Traumwelt, der Welt des Albs und der Straffantasien, aus dem zoologischen und humanbiologischen Kosmos ans Licht und verschmelzen in einer Masse aus phantasmagorischen Bildern" (Willemsen 2).

---

50 Gerade der Film *King Kong* (der in der ersten Filmversion von 1933 in der deutschen Übersetzung (!) den Untertitel "und die weiße Frau" trägt) ist beispielhaft für die Inszenierung des *monstrous ethnic/racial other* aus einer weißen Perspektive.

Wie im Abschnitt zu den Definitionen des *Gothic horror* stelle ich nun zuerst verschiedene Definitionen des Monströsen vor und entwerfe dann ein Verständnis des Monsters, das Widersprüche nicht auflöst, aber Erweiterungen zulässt – auch dahingehend, dass ein Monster nicht notwendig 'etwas Schlechtes' ist.

Bild 2b. "A hairy virgin conceived by the force of imagination". Von Pierre Boaistuau, *Histoires prodigieuses*, 1560.

Zunächst gibt es 'faktische', das heißt empirische Monster, wobei der Begriff Monster in diesem Zusammenhang immer kritisch zu sehen ist. Der aus dem Griechischen stammende Begriff der Teratogenese heißt wörtlich übersetzt "Ungeheuerentstehung' und bezeichnet in der Medizin den Entstehungsvorgang für Fehlbildungen.[51] Zur Zeit der Renaissance besteht ein verstärktes Interesse an diesen Entstehungsvorgängen, wobei allerdings nicht physiologische, sondern metaphysische Erklärungen im Vordergrund stehen.

So schreibt Montaigne in seinen Essays: "We know by experience that women transmit marks of their fancies to the bodies of the children they carry in their womb ... There was presented to Charles, King of Bohemia and Emperor, a girl from near Pisa, all hairy and bristly, who her mother said had been thus conceived because of a picture of Saint John the Baptist hanging by her bed."[52] (Bild 2b)

Roger Willemsen beschreibt in seinem Essay "Wir alle sind Launen der Natur. Eine Reise in das Innerste unserer Ängste" (2000) die erstmalige Überlieferung von "Missbildungen und Phantasmen" in Fortunius Licetus' *De Monstris* (1655), "vom Monstrum Humanum Amorphum bis zu Doppelköpfen, Rumpfmenschen, Mehrarmigen, Vieräugigen, Flügelmenschen, Elefantenköpflern und Krallenfüßlern." (2) Sogenannte Freakshows machten den Gedanken des fehlgebildeten Menschen als Monster bis ins 20. Jahrhundert hinein zur Jahrmarktsattraktion. Herausragende filmische Adaptionen der Thematik sind Todd Brownings *Freaks* (1932) und David Lynchs *The Elephantman* (1980).

---

51 Vgl. Pschyrembel 1556. Die Teratologie bezeichnet im Griechischen ebenso die Lehre von den Fehlbildungen wie die Lehre von den Zeichen und Wundern (vgl. Willemsen).
52 Vgl. Huet 13. Da ich mit Huets englischsprachigem Text *The Monstrous Imagination* arbeite und hier die Frage der Imagination und nicht Montaignes Essays im Zentrum steht bzw. stehen, zitiere ich Montaigne nicht im französischen Original, sondern nach Huet.

In einer der ergreifendsten Szenen von Lynchs Film ruft John Merrick, der an Tumorbildung an Gesicht und rechter Körperhälfte leidet: "Ich bin kein Tier! Ich bin ein menschliches Wesen! Ich ... bin ... ein Mensch!" Damit ist ein wesentlicher Aspekt des Monsters umrissen: der Mensch, dessen Körper von dem, was als Norm betrachtet wird, abweicht.

Eine weitere Ausprägung des empirischen beziehungsweise des realen Monsters ist der Mensch, dessen ungeheuerliche Psyche ihn zu monströsen Handlungen treibt.[53] Die Umgangssprache kennt viele Begriffe für dieses Phänomen: die Bestie in Menschengestalt ("La bête humaine"), den Teufel in Menschengestalt. Klein schreibt dazu in "Kriminalität, Geschlecht und Medienöffentlichkeit" (1998): "Die Medien perpetuieren ein irrationales Verhältnis der Gesellschaft zur Kriminalität. [D]ie Lesenden [möchten sich] abgrenzen können von dem Unnormalen, dem Fremden, die Taten sollen nicht mit Menschen in Verbindung gebracht werden, die unsere Nachbarn oder wir selbst sein könnten. Nicht normale Menschen haben die Tat begangen, sondern Hexen, Ungeheuer und Bestien." (17)

Gerade die Berichterstattung über wahre Verbrechen (*"true crime"*) arbeitet mit einer Terminologie des Horrors und des Monströsen: Die Mutter, die ihre Kinder tötet, wird zur Horrormutter, der Serienmörder zum Monster. Die Regisseurin Patty Jenkins spielt mit diesen Namensgebungen, wenn sie ihre Verfilmung des Falls von Aileen Wuornos *Monster* nennt – der Film meint mit Monster eigentlich ein Riesenrad, das in Wuornos' Heimatort steht, aber wir assoziieren Monster zuerst mit der Protagonistin des Films. Damit gibt es eine weitere Bedeutung von Monster: der abgründige Mensch, der psychisch Kranke, der paraphile Mensch.

Mir geht es um das Monster als kulturelle Repräsentation, das heißt, um die fiktionalen Monster des Horrorgenres. Die eben beschriebene kulturelle Konstruktion realer Menschen als Monster – die gesellschaftliche Realität also – steht allerdings in engem Zusammenhang mit den Bildern fiktionaler Monster. Die häufig an Geschlechterstereotype gebundene Wahrnehmung männlicher und weiblicher Gewalt und Kriminalität beispielsweise fließt auch in das kulturelle Bild des fiktionalen Monsters ein. Eine nähere Untersuchung dieser Wahrnehmung schafft die Voraussetzung dafür, Konventionen und Neufassungen des Monsters als kulturelle Repräsentation zu verstehen.

Ebenso wie bestimmte Wahrnehmungen weiblicher Kriminalität fließen die Ängste und Wünsche einer Kultur in das Bild des Monströsen ein. Für den Zusammenhang zwischen Bildern des Monströsen und dem kulturellen Imagi-

---

53 "Human monsters" und deren "monstrous acts" wurden in der Ankündigung der Konferenz "Monsters and the Monstrous" (Budapest, 2005) aufgelistet, die eine informative Aufzählung der zahlreichen Ausprägungen des Monströsen darbot.

nären prägt Braidotti den Begriff eines monströsen beziehungsweise teratologischen Imaginären: "Late postmodernity is in the grip of a teratological imaginary" (156). Der Prozess des *othering*[54] und der damit verbundene Diskurs des Differenzbegriffs, der in Kulturwissenschaft und Gender Studies mittlerweile unabdingbar ist, spielt dabei eine zentrale Rolle. Prozesse des *othering*, das ist ein ganz wesentlicher Gedanke in "Teratologies", werden gerade auch in Repräsentationen des Monströsen sichtbar: "The freak, not unlike the feminine and the ethnic others, signifies devalued difference. By virtue of its structural inter-connection with the *dominant subject position*, it also helps to define sameness or normalcy among some types. Normality is the zero degree of monstrosity" (164, Herv. JM).[55]

Cohen, den ich bereits mit der plakativen Aussage "We live in a time of monsters" zitiert habe, stellt sieben Thesen des Monströsen auf, darunter "The Monster's Body is a Cultural Body" (I) und "The Monster Dwells at the Gate of Difference" (IV).[56] Die Vorstellungen, die eine Kultur von ihren Monstern hat, können Aufschluss über diese Kultur geben, erlauben also einen kulturkritischen Blick. Und ein wesentlicher Bestandteil der kulturellen Vorstellung des Monströsen ist, inwiefern sie mit der Konstruktion von Differenzen verbunden ist. Aus welcher Perspektive wird was beziehungsweise wer als fremd und bedrohlich anders wahrgenommen? Der Titel von Ruth Anoliks US-amerikanischer *Gothic*-Anthologie von 2007 setzt das Thema in Fokus: *Horrifying Sex: Essays on Sexual Difference in Gothic Literature*.

Zunächst erscheint es möglicherweise schon als ungewöhnlich, dass das Monster als Repräsentation des *Sexual Other*, oder, allgemeiner gesprochen, des 'Anderen' und 'Fremden' der menschlichen Kultur und Gesellschaft, in Erscheinung tritt. Es mag erstaunlich klingen, dass veränderte weibliche Subjektpositionen möglicherweise nicht zuletzt in Horrortexten anzutreffen sind. Die geläufigste Vorstellung davon, was ein Monster eigentlich ist, besteht

---

54 Im Vorwort zu *Gender Trouble* schreibt Judith Butler im Zusammenhang mit dem Begriff des 'Anderen': "I read Beauvoir who explained that to be a woman within the terms of a masculinist culture is to be a source of mystery and unknowability form men, and this seemed confirmed somehow when I read Sartre for whom all desire, problematically presumed as heterosexual and masculine, was defined as trouble. For that masculine subject of desire, trouble became a scandal with the sudden intrusion, the unanticipated agency, of a female "object" who inexplicably returns the glance, reverses the gaze, and contests the place and authority of the masculine position. [...] I asked, what configuration of power constructs the subject and the Other, that binary relation between 'men' and 'women'?" (vii–viii).

55 Vgl. auch Braidotti, *Mothers, Monsters, and Machines*. Braidotti verweist im Anschluss an das Zitat auf Canguilhem 1966. Zu Canguilhem siehe auch Halberstam.

56 VI Fear of the Monster is Really a Kind of Desire und VII The Monster Stands at the Threshold [...] of Becoming."

wahrscheinlich darin, dass es sich bei einem Monster um eine jenseitig-fantastische Gestalt handelt, die mit der Realität menschlicher Existenz – wozu auch das Verhältnis der Geschlechter gehört – wenige Berührungspunkte hat.[57] Doch bei genauerer Betrachtung ist das Monster schon seit der Entstehung der englischen *Gothic novel* des 18. Jahrhunderts stets auch eine Verkörperung des (sexuell) bedrohlichen (menschlichen) Anderen gewesen.

Es ist keine Innovation, dass das Monster menschliche Gestalt annimmt und menschliche Ängste verkörpert. Im Gegenteil, Monster als Verkörperungen von *sexual difference* sind heute selbst zu Konventionen geworden: der faszinierende männliche Schurke, die verruchte Femme fatale, der männliche Killer mit beunruhigend weiblichen Zügen (wie das androgyne Cyborgmodell T-1000 in *Terminator 2*[58], oder *Silence of the Lambs'* Buffalo Bill). Es gibt also keine lineare Entwicklung vom übersinnlichen Monster aus dem Jenseits (Vampir, Gespenst, Dämon), das dann 'automatisch' eine Genrekonvention ist, zur 'automatisch' unkonventionellen Darstellung des monströsen realen Menschen. Das menschliche Monster, der *Gothic villain*, ist schon mit den ersten *Gothic novels* entstanden, und übernatürliche Monster, Monster aus dem Jenseits, treten auch noch in gegenwärtigen Texten auf, von Kings *Christine* bis Tuttles *Replacements*. Während das Monster aus dem Jenseits also eine Parallelexistenz innerhalb des Genres führt, haben sich die Rollen des diesseitigen männlichen Monsters/Täters und des weiblichen Opfers dauerhaft etabliert (siehe auch Hollands und Shermans hyperbolische 'woman plus habitation'-Formel): der (männliche) *Gothic villain* und die *damsel in distress* der *Gothic novel* des 18. Jahrhunderts finden sich auch in Vampirerzählungen des 19. Jahrhunderts – beispielsweise der verführerische Lord Ruthven (in William Polidoris *Vampyre*) und sein unschuldiges Opfer Miss Aubrey, und ihre Positionen haben immer noch Bestand im Slasherfilm der Gegenwart (von *Psycho* über *Halloween* bis *Scream*), verkörpert vom männlichen weißen Serienkiller und der *Scream Queen*.

Gleichzeitig gehen die Eigenschaften von Monster, Helden, Schurken und Opfern oft ineinander über: In *Frankenstein* zum Beispiel ist die Kreatur Monster, Opfer und Schurke zugleich. Die *damsel in distress* – Wielands Schwester Clara, *Udolphos* Emily – ist Opfer und Heldin zugleich. Ihre Entsprechung ist die weibliche Hauptfigur des Slasherfilms des 20. und 21. Jahrhunderts, für die Carol Clover den Begriff des "final girl" und "female victim-

---

57 Innerhalb des Hollywoodfilms hat sich der Bruch von jenseitig-fantastischen Weltraummutanten zum diesseitigen menschlichen Monster im Zeitraum von 1950–1960 noch einmal vollzogen, als Norman Bates als Mann von nebenan die von der atomaren Bedrohung des Kalten Krieges mit der Sowjetunion inspirierten *Creature Features* der 1950er ablöste.

58 Eine ausführliche Beschreibung des T-1000 ist in Kapitel 4 zu finden.

hero" etabliert hat. Gerade in jüngeren Texten verschwimmen die Grenzen zwischen Helden und Monstern – in der Figur des Hannibal Lecter, oder in der Figur des Vampirs Lestat, oder in der Figur des von Arnold Schwarzenegger verkörperten Terminators.

Diese Verschmelzungen erzeugen also OpferheldInnen und MonsterheldInnen. Das Stichwort des 'Helden' erlaubt es auch, eine Figurenkonstellation als ähnlich zu bezeichnen, die sich in Geschichten ("*stories*") um die Figur des Gerechtigkeitskämpfers (*just warrior*) findet. In *Athena's Daughters. Televisions's New Woman Warriors* (2003) betrachten Frances Early und Kathleen Kennedy die "story of the male just warrior" als eine der einflussreichsten der westlichen Kultur überhaupt: "Told through the centuries in myth, history, and literature, and, more recently, in film and on television, the story of the male just warrior saturates our consciousness ... His story is essential to masculine identity." Die Rolle, die Frauen innerhalb der Geschichten des *just warrior* zufällt, erinnert, wenn Gut und Böse auch klarer aufgeteilt sind, an das Geschlechterverhältnis in konventionellen Texten des *Gothic horror*: "The male just warrior fights and dies for the greater good, whereas the female beautiful soul epitomizes the maternal war-support figure in need of male protection." (Early und Kennedy 1)[59]

Beide Subjektpositionen, die des guten männlichen Gerechtigkeitskämpfers wie des ambivalenten männlichen Monsterhelden, finden Entsprechung in einer Position, die Carmilla Griggers in "Phantom and Reel Projections. Lesbians and the (Serial) Killing Machine" (1995) als "predatory position" – Raubtierposition – beschreibt: "Well into the twentieth century, the predatory position itself was historically thought as always ultimately male" (163). Die Position des männlichen Raubtiers ist eine Position der Aggression, der Aktivität und der Macht. Steigs Zeichnung für *Vanity Fair* aus dem Jahr 1935, die unter dem Titel "The Horror boys of Hollywood" die 'Allstars' des Genres versammelt, – darunter Dracula, Frankensteins Monster und die Figur des *mad professor* (Bild 1) – ist, neben einer anschaulichen Inszenierung des weiblichen Opfers, auch eine hervorragende Illustration dieses Phänomens.

Rhoda Berenstein schreibt dazu in ihrer filmtheoretischen Untersuchung *Attack of the Leading Ladies* (1996): "The reader [of Vanity Fair] is provided with a humorous and detailed caricature of the standard model of classic horror – this is a family portrait, of sorts, a tableau that depicts horror as male terrain, and positions women as tortured, unconscious, or dead" (199). Ich

---

59 Auf ein verstärktes Interesse an veränderten Weiblichkeitsbildern in der Popkultur verweist auch die Anthologie *Action Chicks. New Images of Tough Women in Popular Culture* (2004).

erinnere auch noch einmal an die Konstellationen Ambrosio – Antonia (*The Monk*) und Wieland – Catherine (*Wieland, or, the Transformation*).

Ob der männliche Schurke Verführer und Genie ist, beängstigend und faszinierend zugleich (der Mönch Montoni, Lord Ruthven, Hannibal Lecter), oder ob er ein gequälter männlicher Psychokiller wie Norman Bates in Hitchcocks *Psycho* ist, der von einem ängstigenden weiblichen Anderen (hier: "Mother!") getrieben wird: Im Verhältnis zum männlichen, raubtierartigen, aktiv-aggressiven *Subjekt* ist die Frau, wenn nicht Opfer, dann *Objekt* der Angst und gleichzeitig der Lust. Von der Gorgone Medusa über die Femme fatale und die Vampirin bis hin zur bedrohlichen Mutter ist die Vorstellung monströser Weiblichkeit nicht, wie die des männlichen Monsters als Raubtier, mit der Vorstellung einer starken Subjektposition verbunden. Das weibliche Monster erscheint zuerst als eine Verkörperung von Differenz im abwertenden Sinne.

Dass ein 'männlicher Fokus' selbst diverse Spielarten des weiblichen Monsters prägt, zeigt auch Creeds grundlegender Text *The Monstrous-Feminine. Film, Feminism, Psychoanalysis* von 1993. Creeds an Kristevas *Powers of Horror* orientierter Text ist bereits eine Kritik der gängigen Konzeptualisierung der Frau im Horrorgenre, speziell im Horrorfilm: "In almost all critical writings on the horror film, woman is conceptualized only as victim. [...] Barbara Creed challenges this patriarchal view by arguing that the prototype of all definitions of the monstrous is the female reproductive body", wie es im Klappentext der Originalausgabe heißt. Das Komplexe daran ist jedoch, dass die Monster, welche Creed beschreibt, auch wieder Bestandteil einer "patriarchal view" sind – denn sie legen die Perspektive männlicher Ängste und Wünsche (kurz: Männerfantasien) nahe:

> The female monster, or monstrous-feminine, wears many faces: the amoral primeval mother (*Aliens*, 1986); vampire (*The Hunger*, 1983); witch (*Carrie*, 1976); woman as monstrous womb (*The Brood*, 1979); woman as bleeding wound (*Dressed to Kill*, 1980); woman as possessed body [...]. All human societies have a conception of the monstrous-feminine, of what it is about woman that is shocking, terrifying, horrific, abject... 'Probably no male human being is spared the fright of castration at the sight of a female genital' Freud wrote in [...] 'Fetishism'. (Creed, *Monstrous-Feminine* 1)

In dieser Perspektive bleibt das weibliche Monströse die typischste Verkörperung des Anderen. Die männliche Perspektive schien lange Zeit gemeinsamer Nenner des Rasters des Monströsen zu sein, welches Geschlecht das Monster auch immer hatte. Creed selbst beschreibt die Ambivalenzen, die das weibliche Monster als Männerfantasie erzeugt:

> I am not arguing that simply because the monstrous-feminine is constructed as an active rather than passive figure that this image is 'feminist' or 'liberated'. The presence of the monstrous feminine in the popular horror film speaks to us more about male fears than about female desire or feminine subjectivity. However, this

presence does challenge the view that the male spectator is almost always situated in an active, sadistic position and the female spectator in a passive, masochistic one.
(Creed, *Monstrous-Feminine* 7)

Auch wenn die Präsenz des konventionellen weiblichen Monsters, das mehr über männliche Ängste als über weibliche Wünsche verrät, die Wahrnehmung des männlich-aktiv-sadistischen Zuschauers und der weiblich-passiv-masochistischen Zuschauerin in Frage stellt, der Interessenfokus der Forschung bleibt bei den männlichen Ängsten.

Neue Perspektiven der Rezeption des Horrors hat Halberstam in *Skin Shows. Gothic Horror and the Technology of Monsters* bereits gefordert. Dabei grenzt sie sich von Clovers Konzept in *Men, Women, and Chain Saws* ab: Clover sieht die subversivste Funktion des Horrorfilms darin, dass sich der männliche Zuschauer mit einer weiblichen Heldin – dem *female victim-hero* oder *final girl* – identifiziert, die zunächst vom Monster/Täter angegriffen wird und sich dann zu wehren beginnt. Clover bezieht sich dabei unter anderem auf einen Werkkommentar Stephen Kings in *Danse Macabre*, der die Anziehungskraft der Verfilmung von *Carrie* auf heranwachsende Jungen beschreibt, obwohl die zentrale Figur *Carrie* ein junges Mädchen (und Opfer und *Monster* zugleich) ist und die Horrorereignisse mit einem traumatischen Menarche-Erlebnis ihren Anfang nehmen: "The Brian de Palma adaption of my novel Carrie appealed directly to the fifteen-year-old boys that provided the spike point for movie-going audiences" (5). Davon leitet Clover in ihrer Einleitung zu *Chain Saws*, "Carrie and the boys", auch ihre zentrale These ab: "[This] identification [of male viewers with screen females in the horror-film world, screen females in fear and pain] and the larger implications of both those things are what [my] book is about" (ebd.). Selbst das Subgenre des *rape-revenge*-Films (etwa der auch unter dem Titel *Day of the Woman* bekannte Film *I Spit On Your Grave* von 1977), dessen Protagonistinnen rachesuchende vergewaltigte Frauen sind, ist für Clover Teil eines Systems, innerhalb dessen sich junge männliche Zuschauer mit der Opferheldin identifizieren.

Halberstam hält dem im Kapitel "Queers and Chainsaws" mit einer Analyse des zweiten Teils des Slasherfilm-Klassikers *The Texas Chainsaw Massacre* entgegen, dass eine weibliche Figur wie die wehrhafte Stretch in *TCM2* sich nicht nur als Identifikationsfigur für junge heterosexuelle Männer anbietet:

Men, Women, and Chainsaws by Carol Clover proposes that the radical potential of the horror film lies in the identification it forces between the male viewer and the female victim (a masochistic viewer position). [...] Clover is less clear about the potential identification that horror allows between the female viewer and the male or female aggressor. [...] If, traditionally, splatter films have not been watched by women and girls because female bodies were precisely the ones most likely to splatter, then a space of viewership has to be reopened in order to reconstitute potential gazes. As we have seen throughout this study, Gothic contains great potential for a kind of interactive dynamic between text and viewers." (139, 144)[60]

Dass es sich bei der Identifikationsfrage jedoch um eine komplexe Problematik handelt, wird vor allem in einem weiteren Zusammenhang deutlich, der starke strukturelle Ähnlichkeit mit dem Aufwand einer Zuschauerin hat, sich beispielsweise mit dem männlichen Killer-Genie Hannibal Lecter zu identifizieren. Es geht um "Buffy, the Vampire Slayer", die ich knapp als *final girl*-artige Figur beschreiben würde, die 1997 ihre eigene Fernsehserie bekommen hat. Vivian Chin fragt eingangs in "Buffy? She's Like Me, She's Not Like Me – She's Rad" (2003): "How can a woman of color be a fan of the blond and very white Buffy the vampire slayer? In order to enjoy Buffy the Vampire Slayer, how might an Asian American female viewer watch the show? What kind of *mental gymnastics* must she perform to see herself both like and unlike Buffy?" (92, Herv. JM).

Auch wenn Halberstams Hinweis auf die erweiterten Zuschauerperspektiven als Kritik Clovers wichtig ist, bestehen gerade im konventionellen Horrorfilm durchaus mangelnde Identifikationsangebote für Zuschauerinnen – sie müssen "mental gymnastics" vornehmen, wie Chin sie für sich als Amerikanerin mit asiatischem Hintergrund beschreibt. "Mental gymnastics" sind erforderlich, weil die Charaktere in Slasherfilmen, die männlichen *Stalker* und *Slasher* und die weiblichen *Scream Queens* oft stark stereotypisiert sind. Erst mit 'konventionsbrüchigen' Filmen wie *Ginger Snaps* (2000) und *Monster* (2003), beginnt ein neues Bildrepertoire zu entstehen (zumindest was das Geschlechterverhältnis anbelangt). Im Sinne Sharon McDonalds würde es sich bei Slasher und Scream Queen um *closed images* und bei der Werwölfin um ein *open image* handeln: "In contrast to closed images that can be likened to stereotypes, open images have the capacity to be interpreted, read, and to an extent repopulated" (22–23).

Wie schwierig populäre *images* (kulturelle Repräsentationen, kulturelle Bilder) der Horrorrenaissance als Identifikationsfiguren mitunter zu 'lesen' sind, untersucht auch Lee Parpart in "'Action, Chicks, Everything': Interviews with Male Fans of Buffy, the Vampire Slayer". Mittels eines Online-Fragebogens findet Parpart heraus, dass die befragten heterosexuellen Männer Buffy keinesfalls als postfeministische *girl power*-Heldin lesen, sondern eher abweisend auf eine entsprechende Vorstellung reagieren.

Für mich sind nun vor allem Texte von Interesse, in denen neue kulturelle Bilder verfügbar werden, jene *open images*, von denen McDonald spricht. Ein solches *open image* ist die Monsterheldin, *the female monster-hero*. Dabei

---

60 Ich weise hier auch noch einmal auf Halberstams erweiterten Gebrauch des Begriffs *Gothic* hin; sie wendet ihn auch auf Slasherfilme an.

bedeutet *open image* nicht, dass ein solches kulturelles Bild, ein solches *image*, herrschende Verhältnisse selbstverständlich zu ändern vermag. Die Macht kultureller Bilder, gesellschaftliche Realitäten – wie die Benachteiligung, der Frauen zumindest in bestimmten Bereichen nach wie vor ausgesetzt sind – zu verändern, steht hier immer wieder zur Debatte. Eine solche Wirkungsmacht von Bildern wird nicht etwa als gegeben vorausgesetzt. Wie auch Early und Kennedy für *Televisions New Woman Warriors* formulieren: "The contributors to this anthology are both intrigued by the possibilities that the new woman warrior offers for alternative storytelling and acutely aware of her limitations as a model for feminism(s)" (6). Ich würde den Satz allerdings umdrehen und den positiven Aspekt als Ausblick nennen: Während ich mir bewusst bin, dass der subversiven Funktion der Monsterheldin als "model for feminisms" bestimmte Grenzen gesetzt sind, richtet sich mein zentrales Erkenntnisinteresse auf die Möglichkeiten, die die Monsterheldin für eine neue Art des Erzählens und als Repräsentation alternativer weiblicher Subjektpositionen und Aktionsspielräume bietet.

Im Verlauf der Analyse wird auch deutlich werden, dass der Begriff 'Monster' bei weitem nicht nur abwertend zu verstehen ist. Ist das Monster traditionell eine Verkörperung des 'Fremden' und 'Anderen', so geht es bei den Neufassungen des Monströsen in letzter Konsequenz darum, das Fremde und Andere aus einer Perspektive wahrzunehmen, die es nicht länger als nur bedrohlich zeigt, sondern es annimmt und als Angriff auf traditionelle Dualismen sogar begrüßt.[61]

I Created A Monster: Imaginationshoheit und narrative Autorität

Wie Huet in *The Monstrous Imagination* schreibt, fällt der Frau historisch gesehen eine Imaginationsmacht des Monströsen zu, die sich deutlich von der Autorität unterscheidet, fiktionale Monster zu erschaffen und darzustellen. Huet beschreibt die fatale, noch bis ins 19. Jahrhundert virulente Vorstellung, angeborene Missbildungen des Kindes könnten möglicherweise durch Fantasien der Mutter während der Schwangerschaft hervorgerufen werden – siehe das Beispiel der "hairy virgin", von der Montaigne berichtet. Die der schwangeren Frau zugedachte Imaginationsmacht stand im Gegensatz zur Fähigkeit

---

61   Gleichzeitig möchte ich betonen: Bei meinem Verständnis des Monströsen geht es nicht darum, das Monströse zu verkleinern und zu verharmlosen, ihm also seine eigentliche Funktion, seine monströse Seele, wenn man so will, zu nehmen – selbst wenn der Begriffszusammenhang von Monstrum und monstrare etymologisch nicht endgültig geklärt ist, bleibt das Monströse immer etwas '(Auf)zeigendes'.

der künstlerischen Gestaltung des Monströsen, welche dem männlichen Genius zugedacht wurde.

Entsprechend benennen Victoria Brownworth und Judith Redding die Imaginationshoheiten innerhalb des Kanons der traditionellen Vampirfiktion: Die weibliche Perspektive fehlt in den meisten Anthologien. Brownworths und Reddings Anthologie *Night Bites* (1996) füllt dieses Lücke, wobei das eigentlich Interessante an den ausgewählten Texten nicht die weibliche Perspektive als solche ist, sondern, dass die Vorstellung des Anderen neu ausgelotet wird: "The idea behind *Night Bites* was to expand the thematic structure of the vampire myth, using the concept of the vampire or vampirism to explore the range of "otherness" within society, all told from the vantage point missing in most anthologies of vampire stories – that of women" (xiv).[62]

Aus dieser Aussage geht nicht hervor, ob mit dem fehlenden weiblichen Blickwinkel reale (bzw. empirische) Autorinnen oder ein Mangel an der Darstellung weiblicher Subjektivität auf der Textebene gemeint sind. In den Texten geht es mit neuen weiblichen Monstern jedenfalls um die Aufwertung ehemals negativ bewerteter Differenzen – die afroamerikanische Autorin Toni Brown schreibt zum Beispiel über eine sympathische Vampirin, die Gorgone, Lamie und alleinerziehende Mutter zugleich ist. Neben dem Konventionsbruch auf der Erzählebene erfolgt auch ein Bruch mit konventionellen Genredefinitionen – alle Beiträge der Anthologie stammen von Autorinnen. Die Textauswahl der Anthologie ergänzt den fehlenden weiblichen Blickwinkel also sowohl auf der Text- als auch auf der Produktionsebene.

Mit dem Phänomen der Neufassung des Monströsen – dem veränderten Blick auf das Konzept des Anderen, dem veränderten Umgang mit Differenzen – kommt die Horrorautorin wie von selbst ins Spiel. Wie ich schon in der Einleitung betont habe, kommen ungewöhnliche Perspektiven und Brüche mit Gender-Konventionen selbstverständlich auch in den Werken männlicher Autoren und Regisseure vor, von Melvilles Kurzgeschichte "The Tartartus of Maids" bis zu John Fawcetts Film *Ginger Snaps*.[63] Den 'All Women'-Horroranthologien von Tuttle und Brownworth geht es nicht darum, einen spezifisch weiblichen Horror zu entwerfen – ("The idea behind this book was [...] to try to provide some alternatives [...] to what is currently a man-dominated, largely man-defined, genre"), sondern sie blenden alternative Darstellungsmöglichkeiten des Horrors und gleichzeitig die Instanz der Horrorautorin in Genredefinitionen ein. Ihr Ansatz ist dabei nicht essentialistisch, sondern strategisch – strategischer Essentialismus, wenn man so will.

---

62 Vgl. dazu auch die deutschsprachige Anthologie *Blaß sei mein Gesicht. Vampirgeschichten von Frauen.* Hg. von Barbara Neuwirth (1990).

63 Vgl. dazu auch Petra Mayerhofer, "Frauen in der US-Amerikanischen Sciencefiction" (2000).

In Oates' Anthologie von 1996 lässt sich noch eine andere Strategie vermuten als der 'strategische Essentialismus', den Tuttle und Brownworth verfolgen. Ich erinnere an Fiedlers Charakterisierung in *Love and Death in the American Novel*, die gewiss nicht eins zu eins zu verstehen ist, mir aber dennoch aufschlussreich zu sein scheint: Der amerikanische Roman ist "literature of horror for boys". Literarhistorisch ist *American Gothic*, nicht zuletzt weil Gewaltdarstellungen zu seinen wesentlichen Gestaltungsmitteln gehören, immer wieder als männliches Genre wahrgenommen worden. Möglicherweise geht es Oates gerade um die Selbstverständlichkeit der Aufnahme von Autorinnen in die Definitionen des *American Gothic*.

Oates nimmt sowohl die gemeinhin unterrepräsentierte Autorin auf als auch unterrepräsentierte Autoren. Ihre Textauswahl steht für eine Erweiterung von Genredefinitionen in gendertheoretischer, aber auch in formaler Hinsicht: Plath und DeLillo stehen neben Poe und King. Wie bei Tuttle und Brownworth/Redding ist es jedoch die ungewöhnliche Perspektive, die eigentlich im Zentrum steht. Als besonderen Blickwinkel hebt Oates denn auch den Melvilles hervor, dessen Kurzgeschichte "The Tartarus of Maids" sie als Anthologiebeitrag wählt, obwohl dieser Text weit weniger bekannt ist als die häufiger als Werk des *Gothic* anthologisierte Geschichte von "Bartleby, the Scrivener": "'The Tartarus of Maids' is notable for exhibiting a rare feat of sexual identification, for virtually no male writers of Melville's era, or any other, have made the imaginative effort of trying to see from the perspective of the other sex, let alone trying to see in a way highly critical of the advantages of masculinity" (4).[64]

Dass ein männlicher Autor eine weibliche Perspektive einnimmt, ist gerade im Bereich der *Gothic novel* nicht ungewöhnlich, denn die erzählende verfolgte Opferheldin – wie Wielands Schwester Clara in Charles Brockden Browns *Wieland* – gehört zum festen Inventar der *Gothic novel* des 18. und frühen 19. Jahrhunderts. Es ist jedoch ungewöhnlich, dass ein männlicher Autor des 19. Jahrhunderts sich mit der Benachteiligung von Frauen im Beruf auseinandersetzt. Oates' Kommentar zu "The Tartarus" ist ein Beispiel dafür, dass es durchaus von Erkenntnisinteresse sein kann, die reale Person des Autors, in diesem Fall den *männlichen* Autor Melville, in Überlegungen zur Textebene einzubeziehen.

Auf der Ebene der Genredefinition – so wie hier im Schreiben über Perspektiven, die typisch oder weniger typisch für das Genre sind – kann über die Instanz der Autorin gesprochen werden, ohne den spätestens in den 1950ern

---

[64] Möglicherweise geht es Oates gerade um die Selbstverständlichkeit der Aufnahme von Autorinnen, denn dezidiert feministischen Positionen steht sie kritisch gegenüber, wie in ihren theoretischen Äußerungen in ihrem Essay "Where is an author?" von 1999 deutlich wird.

erreichten Diskussionsstand der Literaturwissenschaft (vgl. Janidis, Lauer et al. 181) zu verletzen, dass reale Autorin und Textebene nicht undifferenziert verwischt werden sollten. Imaginationshoheiten werden nicht an einzelnen Texten sichtbar, sondern an Klassifizierungen wie der des Horrorgenres als 'männlichem Genre'. Wenn ich von Imaginationshoheit spreche, dann ist Imaginationshoheit auf der 'realen Weltebene' gemeint, auf der Ebene außerhalb des Narrativs. Ich kann nur Aussagen über Imaginationshoheiten machen, wenn ich Kontexte einbeziehe. Der terminologischen Abgrenzung halber möchte ich unter 'Imaginationshoheit' – im Gegensatz zu den Autoritäten innerhalb eines Narrativs – also die Macht- und Autoritätsverhältnisse der empirischen Horrorautoren und Horrorautorinnen verstanden wissen.

"Ist es ein Zufall, dass Mary Shelley als *Autorin und wertende Instanz* in [*Frankenstein*] erst in jüngster Zeit und gerade von der feministischen Kritik wahrgenommen wurde?" (111, Herv. JM)[65] fragt Gunzenhäuser zur Einleitung des Abschnitts "Geburt des Helden, Tod der Autorin" und beschreibt dort überzeugend eine regelrechte Tradition der Ausblendung Shelleys:

Während sich die literaturwissenschaftliche Auseinandersetzung mit *Frankenstein* in den 1960ern verstärkt, lässt sie Shelley als Autorin gleichzeitig verblassen.[66] Während das Monster und sein Schöpfer beispielsweise von Harold Bloom 1965 als Archetypen der großen romantischen Figuren und ihrer Identitätskrisen gelesen werden, wird die Leistung der Verfasserin Shelley abgewertet: "*Frankenstein* lacks the sophistication and imaginative complexity of the works by Byron, Blake and Shelley" (Bloom 122).[67] George Levine wertet *Frankenstein* noch 1979 als "minor novel" ab, den Protagonisten des Texts jedoch gleichzeitig als modernen Helden auf, einen Helden, den Shelley

---

65 Dabei bleibt offen, wie genau eine Autorin als wertende Instanz im Text wahrgenommen werden kann. Laut Foucault ist die "Autorfunktion" literarischer Diskurse "Ergebnis einer Konstruktion, die das Vernunftwesen Autor erst erschafft; der 'Autor' ist die psychologisierende Projektion einer Art und Weise, mit Texten umzugehen" (Jannidis, Lauer et al. 195). Zur Verbindung mit feministischen Fragestellungen siehe Elisabeth Grosz, "Sexual Signatures: Feminism after The Death of the Author" (1995). Wie bei Oates' Text von 1999 wird hier die Anspielung auf die einflussreichen Texte der französischen (post)strukturalistischen Tradition deutlich, Roland Barthes' "Der Tod des Autors" (1968) und Foucaults "Was ist ein Autor?" (1969).

66 Schlicht "Shelley" zu schreiben, wenn Mary Shelley gemeint ist, scheint zunächst ungewohnt, da der Name traditionell zuerst mit Mary Shelleys Ehemann, dem Schriftsteller Percy Shelley, assoziiert wird. B. Hahn hat die Bedeutung des Namensgebrauchs von Autoren und Autorinnen – Kafka für Franz Kafka, aber stets *Rahel* Varnhagen – in *Unter falschem Namen* pointiert untersucht. Ich werde im folgenden nach einmaliger Nennung von Marys Vornamen 'Shelley' schreiben, wenn ich mich auf Mary Shelley beziehe, und sollte tatsächlich einmal Percy Shelley gemeint sein, werde ich das mit einem P. vor Shelley kenntlich machen.

67 Bloom meint mit Shelley selbstverständlich Percy Shelley.

in gewissermaßen 'traumwandlerischer' Weise geschaffen haben muss, ganz im Gegensatz zu ihrer 'stilistischen Schwerfälligkeit': "This argument puts Mary Shelley in some rather remarkable company, but, of course, the point is not to equate her little 'ghost story' with that of the great thinkers" (Levine 8).

Verschiedenste kritische Schulen verkleinern die imaginierende Instanz Shelley, selbst die ersten feministischen Deutungen (wie Moers; Marcia Tillotson; Gilbert und Gubar) schmälern Shelleys Imaginationshoheit, wie Gunzenhäuser beispielsweise zu Moers kritisch anmerkt:

> Mary Shelley ist nach Meinung der Kritikerin in die Gestalt eines Mannes geschlüpft, um ihre eigene Erfahrung, noch dazu die weiblichste aller Erfahrungen, die der Mutterschaft, an seiner Figur zu exemplifizieren. Auf kuriose Weise verschiebt sich somit das Bild von Männlichkeit und Weiblichkeit – Viktor Frankenstein und seine Kreatur sprechen für die Autorin und für die Frau schlechthin. Geschlecht wird zum Joker in einem Interpretationsspiel, je nachdem, welches Geschlecht gerade benötigt wird: das biologische der fiktionalen Figur (als male oder female) oder das biologische der wirklichen Schöpferin. (118)

Das heißt, es gibt eine Tradition der Kritik, die Shelley, wie Gunzenhäuser es zuspitzt, die "Teilhabe an der Autorfunktion" abspricht (Gunzenhäuser 122).[68] Das wiederum muss Einfluss auf die Deutung des Textes nehmen: "Die Interpretation von *Frankenstein* hängt davon ab, wessen Text gelesen, wer als Autoritätsinstanz akzeptiert wird" (Gunzenhäuser 123).[69] Die Interpretation hängt also davon ab, welche Imaginationshoheiten bei Bestimmungen des *Gothic horror* definiert werden.

Wenn wir uns von der faktischen Ebene der Genredefinition ab- und der fiktionalen Textebene zuwenden und in diesem Zusammenhang von der Problematik der Autorität der Erzählerin die Rede ist, handelt es sich im Gegensatz zur Problematik der Imaginationshoheiten bestimmter Autoren um Probleme narrativer Autorität. Das folgende Beispiel, das in der Forschungsliteratur zum Thema Horror immer wieder auftaucht, gehört in den Bereich dieser Problematik, und zwar Poes Satz von der schönen weiblichen Leiche aus "The Poetic Principle": "The death ... of a beautiful woman is, unquestionably, the most poetic topic in the world – and equally is it beyond doubt *that the lips best suited for such topic are those of a bereaved lover?*" (Herv. JM).[70]

Zum einen unterstreicht der zitierte Satz von der schönen weiblichen Leiche zunächst die immer noch populäre Objektposition weiblicher Figuren innerhalb des Genres. Vor allem aber macht Poe eine wichtige Bemerkung zum

---

68 Zum Foucaultschen Begriff der Autorfunktion siehe auch Hof, *Grammatik* 152.
69 Vgl. dazu auch Moers 94, Mario Praz' Kommentar zu Shelley.
70 Zitiert unter anderem von Bronfen in *Over Her Dead Body* und Oates, "Thrill".

Blickwinkel, zur Subjektivität, die die Literatur der Angst und Transgression prägt: Es ist der hinterbliebene Geliebte[71], dessen Perspektive auf das schöne Objekt von Ängsten und Wünschen sich am besten eignet ("the lips best suited..."). Die *narrative Autorität* des Blicks auf die schöne weibliche Leiche liegt bei einem männlichen Erzähler.

Das entspricht der Problematik narrativer Autorität in Texten des *Gothic*, die Gunzenhäuser anschaulich macht. Die Autorität von Erzählerinnen des *Gothic* wird dadurch, dass ihnen traditionell die Opferrolle zufällt, nicht eben gestärkt:

> Erzählerinnen der *Gothic romance* haben [...] offensichtlich mit größeren Autoritätsproblemen zu kämpfen als männliche Erzähler. Diese Probleme sind nicht auf biologische Geschlechtszugehörigkeit zurückzuführen. Vielmehr haben sie damit zu tun, wem jede(r) einzelne Lesende mehr oder weniger bereitwillig Autorität zugesteht, also mit der relativen Positionierung des Gegenübers zum Ich, das sich unter anderem durch die Einordnung in Kategorien wie Geschlecht oder Rasse definiert. Die Opferrolle [der *Gothic romance*] fällt traditionell dem *schönen Objekt* zu, der Frau. Raum- und Zeitkonstellation des Gothic sublime bestätigen bestehende Machtverhältnisse zwischen den Geschlechtern. (Gunzenhäuser 20, 23; Herv. JM)

Susan Lanser schreibt in *Fictions of Authority* (1993), dass Machtverhältnisse auf all den Ebenen, die das klassische Kommunikationsmodell erfasst, als Konventionen sichtbar werden: "I maintain that both narrative structures and women's writing are determined not by essential properties or isolated aesthetic imperatives but by complex and changing conventions that are themselves produced in and by the relations of power that implicate writer, reader, and text." (5)[72]

An dieser Stelle möchte ich das Stichwort Lansers – "the relations of power that implicate writer, reader und text" – aufgreifen und zu einem kurzen, aber wichtigen Exkurs nutzen: Ich habe die Erfahrung gemacht, dass es, wenn ich von meinem Thema spreche, mitunter nicht ganz klar zu sein scheint, ob es

---

71 "Bereaved lover" könnte theoretisch auch eine Frau sein; dies jedoch eher, wenn man das Zitat aus dem historischen Zusammenhang nimmt und als gegenwärtige Aussage liest.

72 Neben Lanser möchte ich auf Hofs Anthologie *Inszenierte Erfahrung* (2008) verweisen, die sich mit Autobiographie, Tagebuch und Essay als Genres zwischen Fakt und Fiktion beschäftigt, ebenso auf die Anthologie *Who Can Speak? Authority and Critical Identity* (1995), Hg. Judith Roof und Robyn Wiegman, zu deren Beiträgen u. a. "Subjectivity, Experience, and Knowledge" von Sandra Harding gehört. Zusätzlich möchte ich an dieser Stelle einige Basistexte zur Erzähltheorie nennen, an deren Terminologie ich mich als in den 1990ern/2000ern ausgebildete Literaturwissenschaftlerin orientiere: sowohl an der traditionelleren *Theorie des Erzählens* von Franz Stanzel als auch an *Die Erzählung* von Genette. Eine Übersicht der Theorien bieten beispielsweise Mieke Bal, *Narratology* (1997) und Sonja Fielitz, "Informationsvergabe" (2001).

um die faktische Ebene der Autorschaft, die fiktionale Ebene der Monsterheldin und/oder Erzählerin oder die faktische Ebene der Lesenden geht, ob es also um *writer*, *text* oder *reader* geht. Als ich beispielsweise in einem Beitrag schrieb, dass eine bestimmte Position des Monströsen, die "predatory position"[73], männlich kodiert sei, schrieb die bearbeitende Redakteurin folgende Frage in mein Manuskript: "Here is where I think you need to consider the gender of the writer/text. Do both male and female readers figure the male as the source of horror? I really do think that question needs to be addressed."

Die Frage hatte mich überrascht, denn mir ging es an dieser Stelle nicht um das Geschlecht des Autors oder Lesers. Fragen lässt sich, welche Instanz es ist, die die *predatory position* männlich besetzt. Ich behaupte, die Vorstellung, dass die *predatory position* männlich besetzt ist, entspricht der kulturellen Norm. Diese Norm wird weder nur von einem Autor, noch nur von einer Leserin gesetzt. "Der Effekt des Geschlechterdiskurses [äußert sich] in der nicht abschließbaren und *nicht intentionalen* [...] *Re-Inszenierung von Normen* und [konstituiert] auf diese Weise Identitäten" (Nünning 79, Herv. JM), lautet eine Zusammenfassung von Butlers Verständnis der 'Performativität'.

Lanser nennt in *Fictions of Authority* auch das Stichwort der 'diskursiven Autorität', wobei deutlich wird, dass das Zugeständnis dieser Autorität ebenso wenig deutlich intentional verläuft wie die Besetzung der *predatory position*: "In Western literary systems for the past two centuries, [...] discursive authority has, with varying degrees of intensity, attached itself most readily to white, educated men of hegemonic ideology" (6). Hier hört es sich beinahe an, als hefte sich die diskursive Autorität innerhalb westlicher literarischer Systeme selbst an die weißen, gebildeten Männer ("attached *itself*").

Um noch einmal auf den redaktionellen Kommentar Bezug zu nehmen (wobei das Folgende auch unabhängig von der Diskussion um die 'predatory position' gilt): Ich setze voraus, dass das männliche Monster selbstverständlich bei Leserin *und* Leser ein Gefühl des Horrors erzeugen kann – und auch, dass sowohl Autor als auch Autorin männliche Monster *und* weibliche Monster als Verkörperungen bestimmter Ängste darstellen können. Meine Fragen angesichts von Konventionen ('male predatory position') und Neufassungen des Monströsen (Werwölfinnen etc.) richten sich an alle Bereiche des Kommunikationsmodells: *Wem* wird innerhalb der Genredefinition auf der Produktionsebene die Autorität zugewiesen, Dinge zu definieren (beispielsweise zu definieren, was monströs ist)? Welche Handlungsspielräume hat die monströse Figur im Text, wie 'allegoriefähig' ist sie? (Aber auch: welche Handlungsspiel-

---

[73] Vgl. Griggers Äußerung in "Phantom and Reel Projections" ("Well into the twentieth century, the predatory position itself was historically thought of as always ultimately male" [163]).

räume hat die Erzählinstanz?) Welche Identifkationsangebote hält das Monster für die RezipientInnen bereit?

Keineswegs sollen Autorin und Erzählerin überblendet und damit die unterschiedlichen Bestandteile des klassischen Kommunikationsmodells außer Kraft gesetzt werden. Ich gehe nach wie vor von der faktischen Ebene der Produktion (*writer*; das Monster wird geschaffen), der fiktionalen Ebene des Texts (*text*; das Monster als Repräsentation, Erzählinstanzen als Repräsentation) und der wieder faktischen Ebene der Rezeption aus (*reader*; das Monster wird wahrgenommen, zum Beispiel in seiner traditionell männlichen Raubtierposition). Lansers Zitat zu den "relations of power that implicate writer, reader, and text" macht deutlich, dass die Machtproblematik dennoch die faktische *und* fiktionale Ebene betrifft. Ich werde, um Verwirrung zu vermeiden, jeweils kenntlich machen, von welcher Ebene ich spreche.

Noch einmal zusammengefasst: Es geht hier um zwei Ebenen weiblicher Subjektivität (die beiden Ebenen, die auch in Brownworths Anthologie zu finden sind): *Erstens* geht es mit den neuen Monsterheldinnen um die Darstellung weiblicher Subjektivität, die mit einer gewissen Form der '*gender-consciousness*' verbunden ist, sich also mit der Fragestellung narrativer Autorität – und der Autorität weiblicher Figuren, ihrer Referenzbereiche, Handlungsspielräume, Allegoriefähigkeit – auseinandersetzt. Weil viele dieser Darstellungen von Horrorautorinnen stammen, geht es *zweitens* um die Instanz der Horrorautorin, die mit der Darstellung dieser neuen Subjektivität ins Spiel kommt und deren Präsenz gleichzeitig die Imaginationshoheiten bisheriger Genredefinitionen in Frage stellt.

Es ist also auch deshalb relevant, auf Umbesetzungen des Monsters hinzuweisen, weil es nicht eins zu eins um ein (kaum erstrebenswertes) Monopol der Gewaltdarstellung geht, sondern um eine Frage der Imaginationshoheit. Wenn das Monströse, das Groteske, *freak* und Mutant zuerst Ausdruck von Fantasien und Ängsten einer Kultur sind, wie Rosi Braidotti in "Teratologies" schreibt, dann fällt die Annahme der Vorherrschaft (respektive Hoheit) einer bestimmten Gruppe (männliche Autoren), Repräsentationen dieser Fantasien und Ängste zu imaginieren und in der künstlerischen Darstellung verfügbar zu machen, in den Aufgabenbereich einer kulturkritischen gendertheoretischen Untersuchung.

Kapitel 2
Vor der Utopie:
Reale Vorbilder und Figuren des Übergangs

Gewalt, Geschlechterverhältnis und Gesellschaft – einige Eindrücke

Mit den Worten "There is no female Mozart because there is no female Jack the Ripper" verleiht Paglia in *Sexual Personae* (247) ihren Überlegungen zur 'Natürlichkeit' einer männlichen Imaginationshoheit Nachdruck. Paglias Folgerung zu Jack the Ripper kann als Illustration des verbreiteten kulturellen Phantasmas vom männlichen Genie dienen, das die Vorstellung eines männlichen Aggressionstriebs mit der Vorstellung künstlerischer Kreativität verbindet und als Kontrast das Bild der sanftmütigeren, aber auch weniger fantasiebegabten Frau entwirft.

Obwohl bei der Analyse von Texten des Horrorgenres ganz wesentlich zwischen realer Gewalt und Gewaltdarstellung unterschieden werden muss, erschließt sich die Funktion, die die Gewalttätigkeit von Frauen in der literarischen und filmischen Darstellung neuer Monsterheldinnen haben kann – und auch die besondere Rolle der Horrorautorin – also gerade mit Blick auf alte und neuen Vorstellungen und Bewertungen weiblicher Aggressivität.

Anlässlich des internationalen Frauentages erschien im Jahr 2003 in einer *Taz*-Beilage ein Beitrag mit dem Titel "Risikofaktor Mann" (*Taz* 8./9.3.2003). Die zentrale Fragestellung des Autors Jürgen Neffe, Biochemiker und Leiter des Berliner Büros der Max-Planck-Gesellschaft, lautet: "Warum geht der starke Anstieg von Gewaltkriminalität in den vergangenen Jahren fast ausschließlich auf das Konto von Männern? Wie kann und soll die Gesellschaft auf das Aggressionspotential der männlichen Bevölkerungshälfte reagieren?" (*Taz* 8./9.3.2003: i).

Neffe bezieht sich zunächst auf eine Analyse des Osnabrücker Sozialwissenschaftlers Dieter Otten und dessen Buch *MännerVersagen. Über das Verhältnis der Geschlechter im 21. Jahrhundert* (2000). "Verbrechen ist männlich", so Ottens plakative These. Der Prozentsatz männlicher Täter liegt bei Sexualdelikten laut seiner Untersuchung bei 99,9 Prozent. Zu anderen Ergebnissen kam jedoch ein Beitrag der Konferenz "Macht – Fantasie – Gewalt (?).

Täterfantasien und Täterverhalten in Fällen von (sexueller) Gewalt".[1] Die Psychologin Ursula Enders sprach in ihrem Vortrag "Strategien von Täterinnen und Tätern bei sexuellem Mißbrauch an Mädchen und Jungen" von einem Täterinnenanteil von 25 Prozent.[2] Die Täterinnen fänden sich in diversen Bereichen, auch in Arbeitsbereichen mit Schutzbefohlenen, bei Babysitting und Kinderbetreuung. Enders beschrieb außerdem einen hohen Frauenanteil unter den Produzenten illegaler pornographischer Filme sowie in der Zuhälterei. Die Vorstellung, Frauen seien weniger gewalttätig, bezeichnete Enders als "romantisierend".

Jede Statistik, so legen die Beispiele nahe, ist also immer das Ergebnis einer bestimmten Fragestellung und daher nie vollkommen objektiv. Hartmut Bosinski von der Sexualmedizinischen Forschungs- und Beratungsstelle Kiel stellte in seinem Konferenz-Beitrag "Tätertypologien bei Vergewaltigern aus forensisch-sexualmedizinischer Sicht" fest, dass die Zahl der Frauen, die zu Täterinnen werden, in der deutschen Forschung unbekannt sei, was aber nicht bedeute, dass es keine Täterinnen gebe. In den seltenen Untersuchungen zum Thema fänden sich jedenfalls keine so genannten "eigenmotivierten" Täterinnen, lediglich Beihelferinnen. Zu erklären sei dies möglicherweise mit der Bedeutung des Hormons Testosteron und einem "geringeren Leidensdruck" bei Frauen. Bosinski selbst spricht von einer einzigen Täterin, die ihm in seiner bisherigen Laufbahn begegnet sei, eine homosexuelle, pädophile Grundschullehrerin. In den USA, fügte Bosinski ergänzend hinzu, sind angeblich 20 Prozent der Sexualstraftäter Frauen, es gibt eigens darauf ausgerichtete Kliniken. Entsprechende Straftaten werden also begangen, aber häufig nicht sichtbar gemacht. Die Frage nach der Zahl sexuell motivierter Täterinnen wurde im Verlauf der Konferenz weiterhin diskutiert und blieb offen.

"Der Kurzschluss zwischen Biologie und Bandenkriminalität", zwischen "Evolution und moralischer Entgleisung" (*Taz* 8./9.3.2003: iii)[3] ist maßgeblich geprägt von der Verhaltensforschung, besonders von Konrad Lorenz, der 1963 in *Das sogenannte Böse* die Gewaltbereitschaft von Männern als so überwältigend beschrieb, dass sie auf ein angeborenes Handlungsmuster schließen lasse, einen "Aggressionstrieb" (ebd.). Neffe argumentiert gegen den behavior-

---

1 Die Konferenz war eine Veranstaltung des "Interdisziplinären Forum Forensik" und fand vom 2.–3. Februar 2005 in Bremen statt.
2 Hierbei handelt es sich um die Angaben im mündlichen Vortrag; in der schriftlichen Ausführung, das heißt im Abstract zur Konferenz, findet sich die Angabe von 15 Prozent.
3 Da es sich bei Neffes Artikel um einen längeren Beitrag im Wochenendmagazin der *Taz* handelt, nenne ich entgegen der Stilkonvention dieser Arbeit für kurze Artikel aus Tageszeitungen auch die Seitenzahlen des Artikels.

istischen ebenso wie gegen den biologischen Determinismus:[4] "Mit Genetik hat das nichts zu tun, sondern mit Funktion und Stellung in der Gesellschaft. Vor allem Männer geraten mitunter in eine regelrechte Testosteronfalle. [...] Jugendliche in städtischen Problembezirken können höhere T-Werte entwickeln als solche in behüteten Gegenden" (*Taz* 8./9.3.2003: iv). Neffes Fazit: "Gewalt ist in der Regel ein erlerntes Verhalten. [...] Mannsein ist nur einer unter vielen Risikofaktoren. [...] Die populäre Annahme – von der Wahl des Spielzeugs bis zur Konfliktlösung zeichne sich früh ein autonomer Weg zum Stereotyp ab –, kann wissenschaftlich nicht bestehen" (*Taz* 8./9.3.2003: iv, vi).

Zwar ist der unterschiedliche Umgang mit Aggressionen bei Männern und Frauen ein bekanntes Phänomen. So neigen Frauen, wie auch die forensische Psychiaterin Nahlah Saimeh in Thea Dorns Portrait-Sammlung *Die neue F-Klasse* (2006) erklärt, "dazu, [...] Aggressionen, Frustrationen nach innen, also autodestruktiv abzureagieren, wohingegen Männer ihre Wut, ihren Hass eher nach außen tragen" (285). Wesentlich erscheint mir in diesem Zusammenhang jedoch ein Zitat der Dresdener Entwicklungspsychologin Ursula Staudinger, das den Gedanken der gesellschaftlich geprägten – und damit auch beweglichen – Muster der Selbst- und Fremdaggression noch einmal untermauert: "Mädchen sind [...] grundsätzlich nicht weniger aggressiv als Jungen. Schon sehr früh lernen sie allerdings, mit ihrer Aggressivität anders umzugehen" (*Taz* 8./9.3.2003: vi).

Im Rahmen des Titelthemas des Magazins *ZEIT WISSEN* vom Januar 2007 werden unter der Überschrift "Vorurteile – Wahr ist vielmehr ..." eine Reihe von populären Vorurteilen in Bezug auf Geschlechterverhältnisse entkräftet, darunter auch das der weiblichen Friedfertigkeit: "Männer sind aggressiv, Frauen friedlich. Stimmt. Aber nur, wenn Frauen sich zu erkennen geben müssen. Bleiben sie hingegen in Experimenten anonym und bleibt ihr Geschlecht unbekannt, reagieren sie genauso aggressiv, ermittelten die Princeton-Psychologinnen Jenifer Lightdale und Deborah Prentice mit Hilfe von Computerspielen" (Schnurr 19). Dass zumindest Lorenz' These vom männlichen Aggressionstrieb heute weitgehend überholt ist, wie Neffe an anderer Stelle seines Artikels bemerkt, scheint sich vor allem im human- und naturwissenschaftlichen

---

4 Zu den populärwissenschaftlichen Vertretern des Kurzschlusses zwischen Biologie und bestimmten Eigenschaften oder Fähigkeiten gehört beispielsweise, für den deutschsprachigen Raum und für das Jahr 2006, Eva Herman. Nachhaltiger wirkten die Alltagstheorien des australischen Ehepaars Pease (*Why Men don't Listen and Women Can't Read Maps*), die wiederum Ende 2007 von Leander Haußmann für einen Spielfilm adaptiert wurden. Der Argumentation der um den Erhalt herkömmlicher Verhältnisse besorgten 'Rechtfertigungsliteratur' dient vor allem, dass naturwissenschaftlichen Disziplinen, die sich mit der Biologie des Menschen auseinandersetzen, in der Alltagspraxis meist mehr Autorität zugestanden wird als der geistes- und kulturwissenschaftlichen Geschlechterforschung.

Bereich auszuwirken. In (kulturellen) Definitionen von Weiblichkeitsbildern und Imaginationshoheiten wirkt sie weiterhin nach.

Eine Strategie, mit der hartnäckig proklamierten Dichotomie weiblicher Sanftheit und männlicher Aggressivität umzugehen, ist der Versuch, diese Unterscheidung faktisch zu widerlegen. Die US-amerikanische Autorin Patricia Pearson zitiert in *When She Was Bad. Violent Women and the Myth of Innocence* (1997) aus James Messerschmidts soziologischem Werk *Masculinities and Crime* (1993): "Masculinity emphasizes practices towards authority, control, competitive individualism, independence, aggressiveness, and the capacity for violence" (8). Dagegen setzt Pearson eine Auswahl an Statistiken über Täterinnen in den USA: "Women commit the majority of child homicides in the U.S., a greater share of physical child abuse, an equal rate of sibling violence and assaults on the elderly, about a quarter of child sexual abuse [...]" (ebd.). Es gehe nun darum, dies auch öffentlich wahrzunehmen: "How do we come to perceive what girls and women do? Violence is still universally considered to be the province of the male. Violence is masculine" (ebd.). Diese einseitige Wahrnehmung, so Pearson, führt nicht nur dazu, dass Frauen sich nicht als autonome Wesen betrachten können, sondern bedeutet auch, dass das Phänomen von Aggression und Gewalt nicht in vollem Ausmaß verstanden werden kann:

> It affects our capacity to promote ourselves as autonomous and responsible beings. It affects our ability to develop a literature about ourselves that encompasses the full array of human emotions and experience. It demeans the right our victims have to be valued. And it radically impedes our ability to recognize dimensions of power that have nothing to do with formal structures of patriarchy. Perhaps above all, the denial of women's aggression profoundly undermines our attempt as a culture to understand violence, to trace its causes and to quell them. (Pearson 243)

Dass die eigentliche Problematik nicht damit zu lösen ist, die Behauptungen der einen oder anderen Seite – Aggression ist männlich einerseits, Frauen sind ebenso aggressiv andererseits – zu beweisen, macht die Soziologin Karin Gabbert, Verfasserin einer Dissertation mit dem Titel *Über Gender und Sexualität im US-Militär* deutlich. Sie sagt im Zusammenhang mit der Soldatin Lynndie England, deren Foto, das sie bei der Misshandlung irakischer Gefangener zeigt, 2004 um die Welt ging: "Das Bild der folternden Soldatin ist nur scheinbar sensationell. [...] Unter Medienaspekten ist die Frau als Täterin das Unerwartete, wirkt also stärker [...]" (*Taz* 12.5.2004). Gabbert kritisiert damit eine öffentliche Wahrnehmung, die die Brutalität einer Frau als Skandal beschreibt und damit den eigentlichen Skandal, das heißt, den brutalen Umgang mit Gefangenen, hinten anstellt.

Es kann kaum bewiesen werden, ob die Unterschiede im Aggressionsverhalten von Frauen und Männern in der menschlichen Natur liegen oder nicht.

Der Gedanke von der Naturalisierung eröffnet aber die Möglichkeit, zu fragen, wie die angenommenen Unterschiede öffentlich *bewertet* werden.

True Crime

Unter dem Suchbegriff 'Mörderinnen' beziehungsweise *female killers* erscheinen bei *Amazon.de* und *Amazon.com* eine Reihe von Titeln, die demonstrieren, inwiefern die Wahrnehmung weiblicher Kriminalität an bestimmte Klischees von Weiblichkeit gebunden ist:[5] *Die starken schönen Bösen – Mörderinnen im Film*, 1992 (Alexandra Frink [ed.]); *Schwarze Witwen und Eiserne Jungfrauen. Geschichte der Mörderinnen*, 1997 (Christian Bolte und Klaus Dimmler); *Die zarte Hand des Todes. Wenn Frauen morden*, 2004; *Wicked Women: Black Widows, Child Killers, and other Women in Crime*, 2000 (Betty Sowers Alt und Sandra Wells); *Dead Ends: The Pursuit, Conviction and Execution of Female Serial Killer Aileen Wuornos, the Damsel of Death*, 2003 (Michael Reynolds).[6] Nur ein Titel setzt die Täterin in die traditionell männlich kodierte "predatory position" (Griggers 163) und rückt dabei stärker von der stereotypen Assoziationen von 'weiblich' und 'schön' oder 'zart' ab: *The New Predator: Women Who Kill: Profiles of Female Serial Killers*, 2000 von Deborah Schuhmann-Kauflin.

Angesichts dieser Titel ist es aufschlussreich, was Dorn in ihrer Filmkritik zu *Monster* (als Verfilmung des Lebens und Sterbens der 'Serienkillerin' Aileen Wuornos ebenfalls ein *true crime*-Text) schreibt: "Die amerikanischen Medien neigen dazu, den weiblichen Serienmördern verharmlosende Nicknames wie Giggling Grandma oder Old Shoe Box Annie zu geben, während die männlichen Kollegen The Slasher oder The Strangler genannt werden" (*Die Welt*, 14.4.2004).[7] Auch Buchtitel wie *Die zarte Hand des Todes* machen zwar auf die Präsenz von Täter*innen* in der Gesellschaft aufmerksam, schreiben den Mythos einer 'sensationell anderen' Art des Tötens jedoch weiter fort. In dieser Tradition befindet sich beispielsweise auch *Schwarze Witwen und Eiserne Jungfrauen*, denn die Kurzbeschreibung lautet: "Dass zarte Frauen-

---

5 Stand 16.1.2007.
6 Eine Auswahl weiterer Titel zum Thema: Death Row Women: The Shocking True Stories of Americas Most Vicious Killers (1994, John Dunning); Murder Most Rare. The Female Serial Killer (1998, Michael D. Kelleher und C. L. Kelleher); Deadlier Than the Male: Stories of Female Serial Killers (1997, Terry Manners); Furchtbar feminin. Berüchtigte Mörderinnen des 20. Jahrhunderts (2006, Kathrin Kompisch), vgl. dazu auch Jenny Zylka, "Mord ist mehr als ihr Hobby" (*Taz* 21.12.2006).
7 Thea Dorn, "Keine femme fatale. Gequältes Fleisch" (*Die Welt* 14.4.2004).

hände brutale Gewalttaten vollbringen können, schockiert in besonderem Maße. Dieses Buch erzählt von weiblichen Wesen, die ihrer außergewöhnlichen und erschreckenden Taten wegen berühmt-berüchtigt wurden. Es sind Giftmischerinnen, Serienmörderinnen, Attentäterinnen, Hexen, Femmes fatales und Monstres femelles. Sie haben wirklich gelebt oder in Literatur und Kunst eine Rolle gespielt". Sollte nicht eigentlich, wie Gabbert im Fall von Lynndie England zu bedenken gibt, die Gewalt als solche schockieren? Warum schockiert es in besonderem Maße, dass zarte Frauenhände Gewalttaten vollbringen können?

Diese besondere Schockwirkung baut auf der Vorstellung der von Natur aus friedfertigeren Frau auf, die zum Stereotyp geworden ist. Klein schreibt in ihrer Einleitung zur Anthologie *Hexenjagd*: "Frauen, die wegen einer vermeintlich kriminellen Handlung gegen die Vorstellungen über die passive, nicht-aggressive Frau verstoßen, passen nicht in das stereotype Geschlechterbild, das Männlichkeit mit Aktivität und Aggressivität bis zu Gewalttätigkeit gleichsetzt" (9). Das Fatale an der "These vom weiblichen Geschlechtscharakter" ist, dass sie (implizit und explizit) zur Abwehr weiblicher Emanzipationsbestrebungen eingesetzt wird.

Klischeevorstellungen über weibliches Verhalten und Empfinden fasst Klein treffend als "Alltagstheorien", mit denen in der medialen Darstellung weiblicher Kriminalität gearbeitet wird. Dabei gibt es zwei Grundmuster: "Straffälligkeit und Nicht-Straffälligkeit einer Frau werden mit biologischen Eigenschaften von Frauen erklärt und müssen immer etwas mit Sexualität zu tun haben" (10). Den Autorinnen der Anthologie *Hexenjagd* geht es nun nicht um die Gegenüberstellung verschiedener Theorien zur Frauenkriminalität, sondern darum, "welche Mythen über Frauen von diesen Theorien produziert wurden" (ebd.). Denn, so Klein weiter: "Auch wenn ein großer Teil biologistisch argumentierender Theorieansätze heute wissenschaftlich obsolet ist, so sind doch wesentliche Elemente in Alltagstheorien präsent" (ebd.).[8]

Wie diese Alltagstheorien eingesetzt werden, zeigt sich zum Beispiel im Entwurf der typischen Giftmörderin. Diesem Phantasma ist auch das Eingangskapitel von *Schwarze Witwen und Eiserne Jungfrauen* gewidmet, das die Überschrift "Gesche Gottfried und der Giftmord als weibliche Kunstform" trägt. Kristin Makac berichtet in ihrem Beitrag zu *Hexenjagd* über Gutachten zum Fall von Maria Rohrbach, der vorgeworfen wird, ihren Mann langsam vergiftet und anschließend zerstückelt zu haben. Da der Kamin der Wohnung

---

8 In Deutschland zeigt sich gegenwärtig eine Renaissance von Geschlechterstereotypen in den Medien, beispielhaft in der von Günter Jauch moderierten TV Show "Typisch Mann – Typisch Frau" und im sensationellen Erfolg von Mario Barth mit seinen an Rollenklischees aus den 1950ern orientierten 'Wörterbüchern' Deutsch – Frau / Frau – Deutsch.

des Ehepaars eine erhöhte Konzentration an Thallium aufwies, ging man davon aus, Rohrbach habe den Kopf ihres Mannes – der Kopf war zum Zeitpunkt der Untersuchung noch nicht aufgefunden worden – darin verbrannt. Als Maria Rohrbach in einer Wiederaufnahme des Prozesses, bei dem sie zu lebenslanger Haft verurteilt worden war, freigesprochen wurde, stellten Gutachten wiederum fest, dass Kaminruß *immer* auch Thallium enthält. Offenbar sind auch faktische Nachweise stets mit der Erwartungshaltung der Person oder Personengruppe verbunden, die den Nachweis erbringen.

Der Giftmord und die vermeintliche Natur der Frau wurden deshalb für zueinander passend erklärt, folgert Klein, weil der Giftmord, wie der Kriminologe Otto Pollak 1950 in *The Criminality of Women* schreibt, eine 'maskierte' Kriminalität darstellt und die Frau 'eine besondere Fähigkeit zur Täuschung und Verheimlichung' ihrer Straftaten habe (vgl. 12). Wenn Frauen ein Tötungsdelikt begehen, haftet der Tat häufig der Verdacht der "Heimtücke" an (vgl. 13).

Die Vorstellung der heimtückisch agierenden Täterinnen nimmt großen Einfluss auf das Strafmaß bei Tötungsdelikten:

> In der Rechtsprechung wird unter Heimtücke das bewusste Ausnutzen der Arg- und Wehrlosigkeit des Opfers verstanden. Da viele Frauen in einem offenen Kampf physisch unterlegen wären, werden sie von diesem Rechtsverständnis benachteiligt, denn gerade die Tötung eines Mannes, der über Jahre hinweg seine Frau misshandelt, kann nur in einer 'arglosen' Situation geschehen, da sonst das Leben der Frau selbst bedroht wäre. Tötungen von Frauen durch Männer enthalten dagegen häufig keine Mordkriterien, da Männer sind, schon allein durch ihre oft körperliche Überlegenheit, nicht darauf angewiesen sind, die Arg- oder Wehrlosigkeit ihrer weiblichen Opfer ausnützen zu müssen. (Klein 13, vgl. auch Saimeh in Dorn, *F-Klasse* 285)

Wie sich diese ungleichen Bedingungen bei der Bewertung von Straftaten in einem konkreten Fall auswirken, zeigt der Beitrag von Dagmar Oberlies in *Hexenjagd* zum Fall des Boxers Gustav "Bubi" Scholz. Scholz erschoss 1985 seine Ehefrau, angeblich unter Alkoholeinfluss und ohne Absicht, und wurde in den Printmedien anschließend wörtlich als Opfer betitelt: "'Vor Gericht macht Bubi eher den Eindruck eines Opfers, denn eines Täters. Zerknirscht, reumütig den Tränen nah, rührte er bei vielen Prozessbeobachtern wohl eher Mitleid als Abscheu auf' (2.2.85)" (Oberlies 78). Klein fasst die Bewertung von Fallgeschichten wie denen von Scholz und Rohrbach zusammen: "Bei dem männlichen Täter ist es die Frau, das Opfer, das den Mann zur Verzweiflung treibt und morden lässt, bei der Täterin ist es dagegen ihre Persönlichkeit; ihre Aggression wird auf dem Hintergrund ihrer gestörten Persönlichkeit betrachtet" (Klein 13).

In diesem Wissen befassen sich die weiteren Beiträge von *Hexenjagd* unter anderem mit der medialen Bewertung des Falls Monika Weimar: "'Schmallippig und eiskalt': Der Fall Monika Weimar" lautet der Aufsatz von Klein; der von Henschel heißt: "Die Wirkung der Hexenjagd: Gespräch mit Monika Weimar". Beispielhaft ist auch ein weiterer Beitrag von Henschel, der sich mit der öffentlichen Darstellung eines Gattenmordes beschäftigt, den die Ehefrau des Opfers 1988 gemeinsam mit zwei Freundinnen beging – und der der Öffentlichkeit mit Schlagzeilen wie "Mörderische Lesbenliebe" vermittelt wurde.

Der Beitrag zu Weimar illustriert, welche Rolle stereotype Frauen- und Mutterbilder bei der öffentlichen Bewertung spielen.[9] Der Beitrag zum Fall der 'Gattenmörderin' Petra K. zeigt, dass der Pakt zwischen drei Frauen – das *bonding*[10] – offensichtlich ebenso unerhört zu sein scheint wie die Tat, die sie begangen haben. Umgehend attestiert die Boulevardpresse den drei Frauen eine lesbische Beziehung, die überdies dämonisiert und pathologisiert wird: Der Titel von Henschels Beitrag, "'Eine krankhafte Sache': Mörderische Lesbenliebe", ist aus zwei Schlagzeilen zum Fall zusammengesetzt.[11]

Den Untersuchungen der realen Fälle folgen zum Schluss des Bandes *Hexenjagd* zwei Artikel über weibliche Kriminalität in der Fiktion, "'Die Pfoten bleiben über dem Laken!': Frauenknast im Spielfilm" von Maria Schmidt und "Selbstmord und Mord in der Frauen-Protestliteratur" von Rachel Giora. Giora macht dabei eine ähnliche Beobachtung, wie ich sie in Kapitel 1 im Zusammenhang mit der Figur der 'weiblichen Monsterheldin' formuliert habe:

> Wenn Frauen nicht länger einer unterdrückten Gruppe angehören, wird ihre Kunst wohl auch ihre Stärke widerspiegeln, und ihr Zorn kann sich auf anderes richten. In der Zwischenzeit werden wir Zeuginnen einer 'sanften [sic!], aber sich allmählich beschleunigenden sozialen Revolution, in der Frauen viele Lücken schließen, soziale und kriminelle' (Adler), aber auch literarische und psychologische. Dieser Trend lässt sich aus der gegenwärtigen feministischen Literatur erschließen, die sich nicht länger nach nichtfeministischen (männlichen), unterdrückenden Normen richtet, indem sie die schwache, selbstzerstörerische Frau in den Mittelpunkt stellt. Die Frauen, die das gegenwärtige Bild beherrschen, sind stark, weil sie ihre Bedürfnisse und Wünsche erkennen und demgemäß handeln. (195)

Dass die Darstellung solcher Frauenbilder nicht im essentialistischen Sinn an eine weibliche Schreckensliteratur gekoppelt ist, habe ich eingangs bereits mit

---

9 Auf diese Klischees werde ich bei der Analyse von Dorns *Die Brut* zurückkommen.
10 Im Abschnitt zu *Foxfire* gehe ich genau auf die Bedeutung des *bonding*, respektive *'male bonding'* ein.
11 Ein weiterführendes Beispiel der unterschiedlichen Bewertung führt Neuenfeldt in ihrer Dissertation "Schau-Spiele des Sehens: Die Figur der Betrachterin im nordamerikanischen Essay. Über Flaneurinnen, Voyeurinnen und Stalkerinnen" vor: "Geschlechtsspezifische Untersuchungen zum Stalking sind sich jedoch darin einig, dass ein weibliches Subjekt in den häufigsten Fällen aus Liebeswahn und nur in den seltensten Fällen aus Schau-Lust stalkt. [...] Das heißt, hier wird einem weiblichen Subjekt nicht nur Schau-Lust abgesprochen, sondern deren Lust am aggressiven Beobachten hysterisiert" (o. S.).

Bezug auf John Fawcetts Film *Ginger Snaps* angedeutet. Auch Giora macht den gesamtgesellschaftlichen Einfluss feministischen Gedankenguts an einer Reihe von Beispielen deutlich: "[Entsprechende Frauenbilder] tauchen neuerdings auch in von Männern produzierten Arbeiten auf, das feministische Modell nachahmend. So zum Beispiel in den Filmen Dirty Harry kommt zurück (Clint Eastwood), Durchgedreht (Martin Ritt), Angeklagt (Jonathan Kaplan) [...]" (195). Gioras Formulierung von der 'Nachahmung' hat einen etwas negativen Beiklang, daher würde ich es anders formulieren: Repräsentationen neuer weiblicher Subjektivität sind im Gefolge der 'dritten Welle des Feminismus', mit der die Kategorie Gender nachhaltig im westlichen kulturellen Gedankengut installiert wurde, gesamtgesellschaftlich als Wunschgestalten auszumachen.

Zu betonen ist allerdings: Viele dieser Frauenfiguren, ob in den Werken von Autorinnen oder von Autoren, sind keinesfalls (nur) sympathisch. Zu ihren Eigenschaften als Figuren gehört, dass sie anderen Menschen Gewalt antun, sie möglicherweise sogar töten. Das gilt für die Protagonistin des Romans von Ulla Hahn wie für die Protagonistin des Romans von Thea Dorn und für die nach einem realen Vorbild gezeichnete Protagonistin des Films *Monster* (2003). Dass solche Figuren "ihre Bedürfnisse und Wünsche erkennen und demgemäß handeln", ist, ethisch betrachtet, zunächst einmal fragwürdig. Dennoch hat die fiktionale Darstellung der Frau, die auf die Täterseite wechselt, eine wichtige Funktion: Wenn man die Darstellung eines Verbrechens auch als die eines sozialen Gefüges betrachtet,[12] entzaubern Fiktionen von Täterinnen den Mythos vom schwachen, schönen und sanften Geschlecht.

Zwischen Fakt und Fiktion. Zur Konjunktur der mehrfachen Mörderin im *True Story Cinema*: Patty Jenkins' *Monster* (2003) als Neubewertung weiblicher Aggression?

Monster lautet der Titel der Verfilmung des Lebens von Aileen Wuornos, die 2002 in den USA hingerichtet wurde. Der deutsche Untertitel 'Sie nannten sie das Monster' verfälscht die ursprüngliche Doppeldeutigkeit des Titels: denn Monster, so erklärt es der Film, ist nicht etwa ein Beiname, den Wuornos in der Öffentlichkeit erhielt, sondern ein Riesenrad auf dem Rummelplatz von Wuornos' Heimatstadt. Dennoch spielt der Titel mit der Dämonisierung von

---

12 "Bei de Sade ist das Verbrechen soziales Gefüge, in dem sich der Mensch als Subjekt und der Mensch als Objekt unversöhnlich und doch notwendig begegnen" heißt es im Vorwort zu Simone de Beauvoirs Plädoyer für de Sade von 1951.

Wuornos' Straftaten[13] und verweist damit auf die mediale Verschränkung krimineller Handlungen mit dem Monströsen: "[D]ie Taten sollen nicht mit Menschen in Verbindung gebracht werden, die unsere Nachbarn oder wir selbst sein könnten. Nicht normale Menschen haben die Tat begangen, sondern Hexen, Ungeheuer und Bestien".[14] So geht es in diesem Abschnitt auch weniger um eine Filmanalyse, die sich dezidiert mit Bildeinstellungen auseinandersetzt. Es geht vor allem um eine Auseinandersetzung mit dem Phänomen, dass Filme wie *Monster* – und der nur wenig später erschienene thematisch ähnliche Film *Karla* (2006)[15] – auf eine neue Dimension des Interesses an weiblicher Kriminalität hinweisen.

Monster ist nicht die erste Adaption des Falles Wuornos. Bereits 1994 zeigt der US-amerikanische Fernsehsender Lifetime Television das Dokudrama *Overkill: The Aileen Wuornos-Story*, das, wie Pearson in *When She Was Bad*

---

13 Diese Taten nenne ich in der Einleitung plakativ als erstes Beispiel: "Eine mittellose Frau, die gelegentlich als Prostituierte arbeitet, tötet mehrere Männer in Folge, den ersten in Notwehr, die anderen aus Rache, möglicherweise auch aus Freude an der neu gewonnenen Macht."

14 Vgl. die erste Nennung des Zitats in Zusammenhang mit der Vorstellung des 'bête humaine', S. 58.

15 *Karla* ist eine Verfilmung des Falles der Kanadierin Karla Homolka. Anders als Aileen Wuornos, Protagonistin des bekannteren *true crime*-Films *Monster*, wurde Homolka jedoch nicht hingerichtet, sondern hat im Erscheinungsjahr der Verfilmung ihres Falls ihre Haftstrafe zuende verbüßt. Schon der Frauenname 'Karla' im Titel erzählt etwas über die Sensation, die eine Frau im *true crime*-Genre darstellt: Arbeitstitel war zunächst *Deadly*, doch offensichtlich wurde Homolkas Vorname als ein größerer Anreiz für das Filmpublikum betrachtet. Karla Homolka hat gemeinsam mit ihrem Ehemann mehrere junge Frauen gekidnappt, missbraucht und getötet und die Taten teilweise auf Video festgehalten. Zu den Opfern gehörte auch Homolkas jüngere Schwester. Wie im Fall von Wuornos tauchte ihr Fall schon vor der Verfilmung in der *true crime*-Literatur auf, unter anderem mit Stephen Williams' *Invisible Darkness: The Horrifying Case of Paul Bernardo and Karla Homolka* (1997) und *Karla: A Pact with the Devil* (2003). Das 'mordende Pärchen' ist keine so ungewöhnliche Vorstellung wie die Serienmörderin. Bonnie & Clyde beispielsweise, Bonnie Carter und Clyde Barrow, gehören zu den frühen Ikonen des *true crime*-Genres. Ihr Fall wurde verfilmt und in einem Song von Serge Gainsbourg und Brigitte Bardot besungen. Und Oliver Stones *Natural Born Killers* (1992) richtete sich zwar nicht nach einem bestimmten wahren Fall, setzte jedoch auf einen seltsamen Überrealismus, indem er zwei sozial schwache junge Menschen, eine Frau namens Mallory und einen Mann namens Mickey, aus einem Umfeld von zerrütteten, ununterbrochen TV-Shows konsumierenden Familien riss und auf eine rasende Mordtournee schickte. Mit dem gender-spezifischen Spannungsfeld des *mad couple* setzt sich auch Dorns im Februar 2008 erschienener Roman *Mädchenmörder* auseinander, "eine bizarre Tour de Force [eines] Serienmörders und [einer] Bürgertochter" und eine der "erste[n] road novel[s] der europäischen Literatur" (Presseinfo). Dorn vertieft darin den Gedanken, dass das Gewaltpotential des weiblichen Parts des *murderous couple* unterschätzt wird.

schreibt, auf frappierende Weise sichtbar macht, wie die unterschiedliche Bewertung von Männern und Frauen in der Populärkultur funktioniert:

> The awful rage that the real Aileen Wuornos displayed at her trial, bellowing at jurors that she hoped their daughters were raped, snapping at her victims' widows that they could 'rot in hell', was replaced by a TV Wuornos who handed money to homeless women at Sea World. The TV character has flashbacks to herself as a pretty blond girl dressing up in pearls before a mirror, trying to be a lady, as if that were all she still wanted for herself – as if the brutality of her life had not transformed her into someone monstrously hardened and destructive ... 'It's ironic', says the kindly wife of the lead detective, 'now the biggest case of your life comes along and you're hunting down a victim of child abuse.' (58)

Pearson gibt zu bedenken, dass der Aspekt der Ursachenforschung bei *true crime*-Filmen über männliche Serienmörder ungleich weniger relevant zu sein scheint:

> Imagine a TV movie about the Chicago serial killer John Wayne Gacy, assaulted by his father as a boy, containing such a statement. Or the movie Helter Skelter, about child abuse victim Charles Manson [...]. From infancy, Manson was unwanted, neglected, mistreated, bounced from one rejecting adult to another. [...] By the time [these men and Aileen Wuornos] come to public attention through [...] destructive efforts [of] self-empowerment, the men are full-blown predators. The woman is a child abuse victim, grown taller. (58–59)

Offensichtlich gibt es zwei zentrale Arten des Umgangs mit weiblicher Aggression: entweder die Dämonisierung der Täterinnen – wie bei Petra K., deren Mordtat mit ihrer homosexuellen Orientierung überblendet und als krankhaft bezeichnet wird –, oder die Überrepräsentation der Ursachen, wie Pearson am Fall Wuornos sichtbar macht. Beides unterscheidet sich wiederum von der Art und Weise, in der Fallgeschichten männlicher Täter erzählt werden. Wird der Aspekt traumatischer Kindheitserfahrungen bei der Darstellung männlicher Täter eingebracht, verlagert sich die Gewichtung. In Hitchcocks *Psycho* aus dem Jahr 1960, einer Adaption des 'wahren' Falls Ed Gein und zugleich eines der berühmtesten Kinowerke überhaupt, liegt der Fokus des Erzählens auf Norman Bates' Gegenwart als Psychokiller und nicht auf dem Leiden des Kindes Norman unter dem Einfluss seiner dämonischen Mutter.[16]

Bei der Kinofassung des Falles Wuornos von 2003 hat Jenkins sich offenbar bewusst mit der Problematik auseinandergesetzt, dass die Wahrnehmung

---

16 Das Verhältnis von Sohn und abjekter Mutter im nach der Romanvorlage von Ernst Bloch entstandenen Film *Psycho* ist auch noch einmal Gegenstand von Kapitel 4, S. 205. Der Fall Ed Gein wiederum hat neben *Psycho* unter anderem auch die Filme *The Texas Chainsaw Massacre* und *The Silence of the Lambs* beeinflusst. Vgl. dazu auch Michael Farin und Hans Schmid, Hg. *Ed Gein. A Quiet Man* (1996).

von Tatmustern wesentlich von traditionellen Geschlechterrollenmustern beeinflusst wird: Wuornos wird hier weder verniedlicht noch dämonisiert. Sie wird auch nicht zur Femme fatale stilisiert, ein Klischee, dem Darstellungen von Mörderinnen sonst oft folgen, wie Dorn in ihrer Filmkritik zu *Monster* treffend formuliert:

> Einen guten Film über eine Serienmörderin zu drehen, ist ungefähr so schwierig, wie den Piz Palü mit [...] High Heels zu besteigen. Zu erratisch ragt die Serienkillerin aus dem Flachland des erlahmten Geschlechterkampfes empor. [...] Die meisten Filme, die bislang über Serienmörderinnen gedreht wurden, stammen von Männern [...] Allerdings macht auch den raffinierteren Männern der Flirt mit der Serienkillerin nur dann Spaß, wenn sie so gut aussieht wie Sharon Stone in Basic Instinct [...] Ein Film nun, in dem die extrem ansehnliche Südafrikanerin Charlize Theron (Ex-Model, Ex-Ballerina) eine Serienmörderin spielt – das klingt nach einem weiteren Höhepunkt im Genre 'Stilett und Spitzenhöschen'. (*Die Welt* 14.4.2004)

Dass Charlize Theron Aileen Wuornos spielt, scheint zunächst ebenso erstaunlich wie die Besetzung der burschikosen Bandenanführerin Legs mit Angelina Jolie im Film *Foxfire*.[17] Wie Dorn schon deutlich macht, ist das kulturell verfügbare Bild der Schauspielerin Theron das einer Frau mit einem schönen Gesicht und einem perfekt geformten Körper. Für die Rolle der Wuornos musste Theron zunehmen.[18] Sie trägt einen Zahnaufsatz, der ihre geraden weißen Zähne in graue Ruinen verwandelt, weiteres Spezial-Makeup generiert ein Doppelkinn, das elegant frisierte blonde Haar wird zu einer strähnigen, herausgewachsenen Dauerwelle. Eine Reihe von Printmedien stellten Filmstills von Theron neben Fotos der 'echten' Wuornos; die Ähnlichkeit ist verblüffend (Bild 3a, 3b).

---

17 Darum geht es in einem eigenen Abschnitt zum Thema ab S. 112.
18 Spätestens seit der deutschen Telenovela *Verliebt in Berlin* dürfte das Wort 'Fatsuit' ein Begriff sein – Boulevardpresse und -TV erstaunten die Rezipienten mit Informationen darüber, wie die eigentlich schöne Schauspielerin Alexandra Neldel zu der unbeholfenen Protagonistin wurde: mit einer dicken, altmodischen Brille, Zahnspange und einem Anzug, der ihr – das ist das besonders Frappante daran – jedoch nicht ein ausgeprägt adipöses Aussehen wie Eddy Murphy im Film *The Nutty Professor* (1996, Dt. *Der verrückte Professor*) oder Gwyneth Paltrow in *Shallow Hal* (2001, Dt. *Schwer verliebt*) verlieh, sondern schlicht einen kleinen Bauchansatz unterhalb des Nabels.

Vor der Utopie: Reale Vorbilder und Figuren des Übergangs 85

Bild 3a. Die 'echte' Wuornos.   Bild 3b. Theron als Wuornos.

Um diese Verblüffung auszudrücken, setzt der Filmkritiker Roger Ebert den Begriff der 'Verkörperung' als Steigerung von *performance* ein: "What Charlize Theron achieves in Patty Jenkins' MONSTER isn't a performance but an embodiment. With courage, art and charity, she empathizes with Aileen Wuornos" (*Chicago Sun-Times* 9.1.2004: 29). Bei Owen Gleiberman ist die 'Obsession' die Steigerung der bloßen schauspielerischen Leistung respektive *performance*: "[Theron] becomes Aileen Wuornos [...]. This isn't just a performance, it's an act of obsession [...]" (*Entertainment Weekly* 9.1.2004: 62). Dass die Verkörperung innerhalb des filmkritischen Mainstream, für den die eben genannten Medien stehen, immer noch eine Steigerung der *performance* ist, macht die populäre Sehnsucht nach dem 'Wahren' und 'Echten' deutlich und ist besonders im Kontrast zu Butlers zentraler These interessant, die den Vorgang der *performance* nicht nur im Bereich des Schauspiels ansiedelt, sondern auf die gesellschaftliche Realität überträgt.

Der Berliner Kulturjournalist Andreas Busche stellt die allgemeine Faszination der 'Verkörperungsleistung' Therons dann auch kritisch in Frage:

> Die Art und Weise, wie bisher über Jenkins Film berichtet wurde, und die euphorischen Reaktionen auf Charlize Therons darstellerische Leistung als Serienmörderin Aileen Wuornos, für die sie im März erwartungsgemäß mit dem Academy Award ausgezeichnet wurde, haben die unvoreingenommene Sicht auf den Film, der gern mit selten produktiven Attributen wie provokant oder mutig bedacht wird, bereits vor seinem morgigen Deutschland-Start verstellt. Die allgemeine Begeisterung darüber, dass ein Exmodel in die Rolle einer Serienmörderin von der Statur einer Truckerin schlüpfen kann, sagt dabei zunächst mehr über den Zustand der Filmkritik aus als über Therons darstellerische Leistung. (*Taz* 14.4.2004)

Regisseurin Jenkins selbst beschreibt im Interview angesichts der Berlinale-Vorführung des Films im Februar 2004 jedoch einen speziellen Sinn des hohen 'Verwandlungsaufwands':

> Ich kannte einfach keinen Menschen, der Aileen auch nur ansatzweise ähnelte oder die Kraft und den Ausdruck hatte, diesen Part zu meistern. Wenn mir eine Schauspielerin eingefallen wäre, hätte ich sie auch besetzt. So musste ich nach einer suchen, die genug Mut für diese Metamorphose und den Abstieg ins Finstere aufbringt und sich nicht nur per Image für den menschelnden, herzzerreißenden Anteil der Geschichte eignet. Nur mit einer Repräsentation des letzteren hätte ich nicht leben können. (*Taz* 11.2.2004)

Gerade die Verfremdung (des Menschen Theron) erzeugt laut Jenkins also die Aura des Authentischen, Faktischen im Film. Nicht nur Therons Aussehen, auch wie sie Wuornos darstellt, nimmt dieser Wuornos-Präsentation sowohl die Konnotation der 'Männerfantasie' Femme fatale als auch, wie Dorn in ihrer Kritik schreibt, die des bloßen Opfers:

> Dass der Film zu keiner Verklärungsoper wird, liegt an Charlize Theron, die nicht nur bereit war, ihren Luxuskörper zu dem einer Alkoholikerin aufquellen zu lassen, sondern vor allem den Mut hatte, die Wuornos nicht netter zu spielen, als sie war. Bei aller Verletzlichkeit, die sie der Figur gibt, nimmt sie ihr nicht das Asoziale, Ordinäre, himmelschreiend Selbstherrliche. Den Oscar, Golden Globe und Silbernen Bären hat sie dafür absolut zurecht bekommen. (*Die Welt* 14.4.2004)

Jenkins' Wortwahl im Gespräch mit der *Taz* ist in mehrfacher Hinsicht bezeichnend: Zunächst muss die Schauspielerin, die Wuornos darstellt, eine *Metamorphose* vollziehen und *den Abstieg ins Finstere* wagen. Auch wenn das Monster im Film ein Riesenrad ist, kommt hier das Monströse ins Spiel: Die Darstellerin vollzieht eine Metamorphose wie der Mensch, der zum Werwolf wird, die Beschäftigung mit der Lebenswelt einer Serienmörderin kommt einem Abstieg ins Finstere nahe, ist also doppelt mit der Konnotation des Horrors aufgeladen: Der Abstieg weckt die Assoziation mit den Gruften und Kerkern des *Gothic*, mit dem Untergrund und der Hölle; die Finsternis vertieft diesen Eindruck.

Wichtig ist jedoch vor allem Jenkins' Stichwort vom "Image": Der starke Effekt der Rollenbesetzung mit Theron hat nicht zuletzt auch damit zu tun, dass – zumal bei einem solchen Film – die Entstehungsprozesse des Textes[19] durchsichtig werden, und dass diese Durchsichtigkeit dem Film auch wichtige Bedeutungsebenen hinzufügt: Eine Frau (Theron), die als glamouröse Prominente auch schon ein kulturelles Phantasma ist, verkörpert eine Frau (Wuornos), die tatsächlich in jeglicher Hinsicht ihr genaues Gegenteil ist:

---

19 Ich verstehe den Begriff Text so, dass er sich auch auf ein Filmnarrativ beziehen kann.

erfolglos, arm, dick, keiner Schönheitsnorm entsprechend, ohne Hoffnung. Die Verwandlung von Theron in Wuornos, auch wenn sie außerhalb der Inhaltsebene des Films liegt, spielt eine zentrale Rolle: denn durch das Phantasma der schönen Theron wird die filmische Verkörperung von Wuornos im Sinne markttechnischer Effizienz umso attraktiver.

Die Performance des Schauspielers beginnt nicht mit seiner Filmtätigkeit, sondern schon mit all seinen/ihren Auftritten in der realen Öffentlichkeit – daraus entsteht, was Jenkins mit Image meint. Die Figur wird auf spezifische Weise ins Verhältnis zur Konvention gesetzt. Wenn Jenkins im Interview sagt, die Schauspielerin dürfe nicht schon durch ihr öffentliches Image "für den menschelnden, herzzerreißenden Anteil der Geschichte geeignet sein", illustriert dies ihren Versuch, die lückenlose Erzeugung und Fortschreibung des Stereotyps vom weiblichen Opfer zu unterwandern. Diese Unterwanderung funktioniert auch als zumindest implizite Kritik an der verzerrten medialen Darstellung weiblicher Aggression. Indem der als authentisch inszenierte Fall der Täterin Wuornos in den Fokus des kulturellen Interesses rückt, liegt darin – eingedenk der Autorität des *true crime* als Sachgenre – auch eine Möglichkeit, den Blickwinkel auf empirische Verbrechensstatistiken kritisch zu verändern.

Fiktionen

Ulla Hahns *Ein Mann im Haus* (1991) – Rache am Patriarchen

Die vor allem als Lyrikerin bekannt gewordene deutschsprachige Autorin Ulla Hahn verschiebt den Blickwinkel schon einige Jahre bevor die 'authentische Mörderin' im Mainstream-Film Konjunktur hat. Mit ihrem Debütroman *Ein Mann im Haus* von 1991 lässt sie sich in die Reihe der HorrorautorInnen und SchöpferInnen des Monströsen aufnehmen. *Ein Mann im Haus* ist ebenso ein Text im *true crime*-Modus wie im Horrormodus. Das Abjekte und Groteske wird mit Poe'scher Detailversessenheit abgebildet. Versetzt werden diese Darstellungen mit der Schilderung von alltäglicher Gewalt wie Tierschlachtungen, Gewaltfantasien, die sich an der biblischen Mythologie und Literatur entzünden, und der Darstellung sexueller Unterwerfungshandlungen. Sogar einige formale Kriterien des *Gothic horror* werden erfüllt: es gibt den Schurken – der Küster Hans Egon in seinem Küstergewand erinnert an diabolische Mönchsfiguren des *Gothic* –, und es gibt *Gothic castles*, alte Kirchengebäude wie den Kölner Dom, die für die Protagonistin Maria eine zentrale Rolle spielen. Auch Hubert Winkels' Rezension des Romans im Magazin *Tempo* stellt durch den Vergleich mit Stephen King den Bezug zum Horrorgenre her:

"Ein Stück sadistische Prosa, die den grausamen Fiktionen eines Stephen King näher steht als [Hahns] eigenen Gedichten" (*Tempo* Mai 1991).

Winkels bringt in seiner Rezension implizit auch noch einmal populäre Stereotype zusammen: "Ein Weib nimmt Rache, bringt sich in die Täterposition und spielt mit ihren verfeinerten Mitteln die ganze Gewalt und Grausamkeit des 'feindlichen Geschlechts' im engen Raum der Intimität, der ihr traditionellerweise vorbehalten ist, lustvoll durch" (ebd.). Das Zitat verweist auf die mit der frühen *Gothic novel* verbundenen Vorstellungen ebenso wie auf gesellschaftliche Geschlechterstereotype: Der Frau ist der Raum der Intimität traditionell vorbehalten – siehe den viktorianischen Begriff vom *Angel in the House*. In die Täterposition muss sie sich erst bringen, ihre Mittel bleiben dabei "verfeinert", Gewalt und Grausamkeit sind möglicherweise gar nicht echt, sondern nur gespielt. Doch schon der Titel des Romans verweist darauf, dass zumindest der enge Raum der Intimität hier nicht länger nur dem Weib vorbehalten ist, schließlich lautet er: *Ein Mann im Haus*.

Ich bespreche *Ein Mann im Haus* textnah und ausführlich, weil Hahn auf mehreren Ebenen radikale Konventionsbrüche vollzieht. Erstens handelt es sich um eine literarische Adaption des Diskurses weiblicher Kriminalität, der diesen Diskurs um einige neue ungewöhnliche Gedanken bereichert. Zweitens geht es auf der Inhaltsebene um veränderte weibliche Subjektpositionen, das heißt konkret, um den Bruch mit traditionellen Täter/Opfer-Konstellationen. Drittens stellen die Szenarien, die Hahn entwirft, die Imaginationshoheiten in Frage, die sich in Definitionen von Gewaltdarstellungen finden, denn sie machen eine Widersprüchlichkeit von Autorin und Gewaltfantasie, wie sie Paglia in *Sexual Personae* provokant behauptet, hinfällig. Viertens – dieser Gedanke knüpft unmittelbar an Punkt 3 an – bricht Hahn auch mit klischeehaften Zuweisungen bestimmter Genres als 'männlich' und 'weiblich', indem sie mit einem skandalösen Prosatext ihr 'gefälliges' öffentliches Image der Dichterin unterläuft, deren Lyrikbände sich mit Liebe und Schönheit beschäftigen und Titel wie "Freudenfeuer" und "Epikurs Garten" tragen. Das Skandalöse des Textes rührt – fünftens – auch daher, wie Hahn mit Elementen des *Gothic horror* arbeitet und damit eine Schockwirkung erzeugt, ohne dass der Text in herkömmliche Genredefinitionen passt.

Die Stereotype weiblicher Kriminalität werden zunächst teilweise erfüllt: Ganz zu Anfang der Erzählung heißt es von Maria: "Sie [...] liebte es, Todesarten, Motive, Opfer und Täter durchzuprobieren". Dabei entspricht sie zunächst dem Bild der geschlechtstypischen Wahl von Tötungsarten, ihr Lieblingsszenario ist ein 'heimtückischer' Giftmord mit Pantherpilzen:

> Im Herbst konnte sie an keinem Gemüseladen vorbeigehen, ohne in ihrem Pilzgericht zu schwelgen. Man nehme ein leckeres Häufchen Waldchampignons [...] und rüste in einem gesonderten Töpfchen [...] gleicherweise den tödlich giftigen

Vor der Utopie: Reale Vorbilder und Figuren des Übergangs 89

> Pantherpilz, der dem Waldchampignon zum Verwechseln ähnlich sieht. Man versammle seine besten Freunde und seinen liebsten Feind an einem heiteren Oktoberabend [...] die Krönung sollte das Pilzgericht sein [...] Herbst für Herbst entwarf Maria neue Gelage. Früher hatten die Opfer häufig gewechselt. Seit drei Jahren gab es nur noch eins. Hansegon [...]. (8)[20]

Doch schon bald wird deutlich, dass die Figur Maria zwischen der Anpassung an verinnerlichte Geschlechterklischees und ihrer radikalen Unterwanderung hin- und hergerissen ist. Am Vorabend des Tages, an dem Marias langjähriger Geliebter Hans Egon mit seiner Ehefrau in einen Urlaub aufzubrechen plant, mit dem seine Frau "einen neuen Anfang machen" will, gebraucht Maria eine Sprache drastischer Gewalt. Als der Küster nach dem gemeinsamen Abendessen in Marias Wohnung sagt, er müsse gehen, ist Marias Antwort: "Aushöhlen müsste man dich [...] Aushöhlen, ausbeinen, ausbluten – eine dauerhafte Mumie, eine perfekte Fassade" (9). Das ist nicht länger eine geschlechterstereotype Terminologie, es ist eine Sprache von unverhohlener Aggressivität.

Wenn Maria Egon niederringt und es ihr gelingt, weil sie ihm Schlafmittel in das zuvor servierte Kerbelsüppchen getan hat, ist sie wieder nah am Stereotyp des weiblichen, heimtückischen Verbrechens: Die Tat ist eine Variante ihrer (klischeehaften) Giftpilz-Fantasie. Dann fesselt sie Egon an ihr Bett und wird zur Rächerin. Dabei wird der Mann nicht zum Mordopfer, sondern in eine lang andauernde Opferposition gebracht. Die 'rächende Frau' allein ist, wie die Giftmörderin, kein neues Weiblichkeitsbild. Die Radikalität der Figur Maria fügt sich jedoch in keine Tradition – Winkels' Stichwort vom "verfeinerten Sadismus" passt nur partiell. Das zweite Kapitel beginnt mit dem Satz "Seit die Nachbarskatze an Rattengift eingegangen war, erwachte Maria jeden Morgen früh vom Geschnatter der Vögel" (13). Da Maria nun als Figur mit einer Vorliebe dafür, Gift zu verabreichen, eingeführt ist, ist der scheinbar lapidare Hinweis auf die gestorbene Nachbarskatze ein weiterer Faden, der gemeinsam mit Worten wie "aushöhlen, ausbeinen, ausbluten" – die drastische Terminologie des Schlachtens – zu einem Netzwerk des Grauens verknüpft wird, das keinesfalls den Eindruck eines subtilen oder 'verfeinerten' Grauens hinterlässt, sondern Maria von Anfang an als tendenziell gewalttätig entwirft. Damit stellt sie auch von Anfang an den (mythisch aufgeladenen) Zusammenhang von Aggressivität und Maskulinität in Frage, den Messerschmidt in *Masculinities and Crime* beschreibt.[21]

---

20 Die personale Erzählinstanz benennt den Geliebten mit variierenden Namen: unter anderem mit Hansegon, Herr Hans Egon, Egon, mit der Berufsbezeichnung 'der Küster' und mit 'Küstermann'.

21 Vgl. S. 78 dieses Kapitels: "Masculinity emphasizes practices towards authority, control, competitive individualism, independence, aggressiveness, and the capacity for violence".

Was Maria dem Küster Hans Egon antut, wird mit Motiven für die Tat als Racheakt durchsetzt: "Sie hatte ihm die Hände gefesselt, da waren ihr seine Arme verschlossen, ihm den Mund verklebt, da war es mit seinem Reden, seinem Küssen vorbei, vorbei mit all dem Saugen und Lecken, Schmeicheln und Liebestun" (19). Es ist offensichtlich, dass Maria und der Küster bisher in einer Beziehung zueinander standen, die einem '*worst case*-Szenario' für die weibliche Seite angehört. Ihre Beziehung ist ein klischeehaftes, geschlechterstereotypes und geschlechterhierarchisches Unterwerfungsverhältnis, das die Frau in die Position des Opfers und den Mann in die Position des Täters setzt. Maria ist die über Jahre hinweg vertröstete Geliebte, der sich der Mann Hans Egon in Wahrheit vor allem seiner sexuellen Befriedigung wegen verbunden fühlt.

Doch selbst wenn Marias Tat in das Raster der 'Tat mit Motiv' passt, die in der Forensik besonders bei Serienmördern als Unterscheidungskriterium zwischen männlichen und weiblichen Tätern gebraucht wird: Die Radikalität ihrer Handlungen und die Terminologie des Schockierenden und Ekelhaften, in die ihre Handlungen gefasst werden, passen nicht länger in ein solches Raster. Die Aussage "Sex crimes are always male" wird in Frage gestellt, wenn die personale Perspektive die Genitalien des Küsters in erbarmungsloser Nahaufnahme zeigt: "Schlaff hing auf dem leicht gekrümmten, links abgewinkelten Schenkel das Küstergeschlecht" (19). Das Grauen steigert sich, als Maria sich dem nun hilflos ans Bett gefesselten Mann, der sie jahrelang hingehalten hat (der Nachname der Figur Maria ist sprechend, sie heißt Wartmann), sexuell nähert. Sie nähert sich ihm auf eine Weise, die die Konnotation einer Kastrationsdrohung weckt. In E. T. A. Hoffmans *Der Sandmann* sind es die Augen, die verletzt zu werden drohen. In *Das Unheimliche* deutet Freud diese Drohung als Kastrationsandrohung. Auch Marias Annäherung wirkt bedrohlich: "Während ihr Griff sich verstärkte, schlüpfte sie mit der Zunge unter seine Lider, fuhr über seine Augäpfel, die sich anfühlten wie warme Murmeln" (15–16).

Zu Anfang versucht der Küster noch, sich zu wehren, als Maria sein linkes Bein kurz aus den Fesseln löst, wird dabei jedoch zur Karikatur seiner Männlichkeit: "Das Bein raste gegen den zur Starre gezwungenen Körper, alles zuckte steif und steil in Richtung der Zimmerdecke, eine Karikatur der geballten, gegen Himmel und Herrschaft gereckten Faust" (20). Bei der Beschreibung des wehrhaften Beins beginnt sich abzuzeichnen, dass der erzählerische Blick der Detailversessenheit des *Gothic horror* und der entsprechenden Affinität zum Grotesken und Schockierenden verpflichtet ist: "Dieser Verbund aus bleichem Fuß, dürrem, gelbem Unterschenkel mit schütterem, schwarzen Bewuchs auf dem blanken Schienbein, aus blassem, nach innen ausgebuchtetem Oberschenkel und blauschimmerndem Knie […]. In vielfacher Vergrößerung schwamm sein pilzzerfressener Großzehnagel vor ihr auf und ab" (21).

Es findet nicht nur eine Umkehrung der Täter- und Opferrolle statt, sondern auch eine Umkehrung dessen, was als das 'abjekte Andere' empfunden wird. Der Konvention des Horrorgenres nach sind es vor allem weibliche monströse Figuren, die als körperlich ekelhaft geschildert werden, wie Creed in ihrem Essay "Baby Bitches from Hell: Monstrous Little Women in Film" an Beispielen wie der angeblich vom Teufel besessenen, Körperflüssigkeiten absondernden Regan aus *The Exorcist* anschaulich macht: "the male body [is not] put on display in relation to such things as sexual exhibitionism, dirt, urination, shrieking or masturbation" (Creed, "Baby Bitches" 2).[22] Hier ist es der männliche Körper, dessen Schilderung Ekel erregt:

> Was Küstermann umgab, war deprimierend und bedrohlich. Er stieß sie ab. 'Du stinkst, Hansegon' [...]. Sie wollte Küstermann wieder angenehm herrichten. [...] Sie begann bei den Füßen – vernachlässigte Werkzeuge: zwei Hühneraugen rechts, eins links, ein viertes entstand gerade aus einer entzündeten Hornhaut. [...] [D]ie hinteren Zehen klebten eng und verbogen zusammen, Fußpilz hatte die Haut dazwischen weißlich aufgeweicht" (37–38).

Es gibt eine Reihe solcher Stellen, deren Ekelhaftigkeit sich noch steigert. Der Küster, dem Maria den Mund mit einem Pflaster verklebt hat und ihn nur durch ein silbernes Röhrchen ernährt, speit, als sich das Pflaster einmal löst, vergorene Speisereste. Maria küsst ihn, nimmt die schon verdorbene Nahrung teilweise mit auf. Kolnai zufolge gehören sowohl verdorbene Speisen, körperliche Ausscheidungen als auch übermäßige menschliche Nähe, dort, wo sie von einer Seite ungewollt ist, zu den ekelhaften Phänomenen. Auch in Kristevas *Powers of Horror* wird "food loathing" als besonders starker Mechanismus der *abjection* beschrieben. Das heißt, die Darstellung des speienden Küsters und der ihn küssenden Maria kann als ein regelrechtes Konzentrat des Ekelhaften gelesen werden.[23]

Kaum ein Aspekt des Abjekten und Grotesken wird ausgelassen. Die Menschen in Marias Umfeld sind allesamt groteske Gestalten: so hat Hans Egons dralle Frau Hilde wie ihr Mann hässliche Füße, ist rotgesichtig und aufgequollen, und die dicke Fleischerin und die alte, spitznasige Haushälterin des Kaplans, die gleichzeitig wie ein Mädchen aussieht, drängen sich gemeinsam mit anderen klatschwilligen Frauen im Laden der Bäckerin, bilden gewisser-

---

22 William Friedkins *The Exorcist* (1973) ist wie *Psycho* ein Meilenstein in der Geschichte des Horrorfilms. Eine Reihe von Legenden kursiert um die ersten Aufführungen des Films, der bei einigen Zuschauern zu Übelkeit und Erbrechen geführt haben soll. Alle Tabubrüche und Elemente des Ekelhaften, die Creed in ihrem Zitat aufführt, werden in der Figur der besessenen Regan (Linda Blair) vereint.

23 Hier wird der Text zum 'Body Text' (siehe Williams' Begriff von Horror, Pornographie und Melodram als "Body Genres"), der auch bei den Lesenden körperlichen Ekel zu erzeugen vermag.

maßen einen engen dumpfen Denkraum wie in Kafkas Erzählung *Ein Landarzt*, in der der Arzt über den Vater des bettlägerigen Patienten mit der großen Wunde in seiner Seite sagt: "Im engen Denkkreis des Alten wurde mir übel".

Im weiteren Handlungsverlauf wird der Körper des Küsters immer abstoßender. Ans Bett gefesselt wird er, wie der Junge in *Ein Landarzt*, zum bettlägerigen Patienten, der beginnt, bei lebendigem Leib zu verfallen. Im US-amerikanischen Film *Seven* – dessen Autoren Hahns Buch sicher nicht gekannt haben, das Grauen des (ob bildlich oder tatsächlich) ans Bett gefesselten Menschen ist jedoch offensichtlich ein Topos – wird die Trägheit als eine der sieben Todsünden von der Hauptfigur, einem Serienkiller, inszeniert, indem er einen Mann (der in den Augen des Killers sündhaft ist) ein Jahr lang ans Bett fesselt. Die Szene enthält einen der großen Schockmomente der Filmgeschichte, vergleichbar mit dem Moment, als Lila in *Psycho* die mumifizierte Mrs. Bates umdreht. Die Ermittler betreten einen Raum, auf ihren Gesichtern Widerwillen wegen eines offenbar schwer erträglichen Geruchs, sie gelangen in einen weiteren Raum, von dessen Decke unzählige Duftbäumchen herabhängen, wie man sie an Rückspiegel von Autos hängt, und sie entdecken ein Bett, in dem eine reglose, ausgemergelte Gestalt liegt. Auf einmal jedoch beginnt die schon mumifiziert wirkende Gestalt, deren Gesichtszüge bereits die Struktur des Totenschädels erkennen lassen, zu husten und zu würgen. Dass der derart gequälte Mensch noch lebt, ist der schockierendste Moment dieser Szene. Die Nähe der schockierenden Textstellen in *Ein Mann im Haus* zu den großen Schockmomenten des Horrorfilms respektive Thrillers führt vor, dass die 'männliche Imaginationshoheit des Schrecklichen' eine Illusion ist. Inzwischen sollte deutlich geworden sein, dass Paglias Thesen in *Sexual Personae* eher als Provokation zu lesen sind denn als seriöse Bestandsaufnahme der Imagination des Monströsen.

Die Imagination des Schrecklichen wird in *Ein Mann im Haus* nach allen Regeln der Kunst auf die Spitze getrieben. Die ekelerregenden Schilderungen des Körpers von Hansegon, dem Küster, werden verschränkt mit Marias Gedanken an Gewalt in verschiedensten Formen. Maria denkt nicht nur an den heimtückischen, 'typisch weiblichen' Giftmord, sie denkt an biblische Gewalttaten, sie denkt an Schlachtungen und Morde:

> Allen voran liebte Maria den heiligen Bartholomäus, dem gottlose Schergen die Haut abzogen bei lebendigem Leibe. Mit wollüstigem Entsetzen erinnerte sie die schnellen Schnitte der Köchin ins Fell der Kaninchen. [...] Hatten sie lange genug auf dem Dachboden gehangen, holte Anna einen Tierbalg nach dem anderen in die Küche. Es galt, diese Gänge abzupassen und ihr dann das Zuschauendürfen bei der Prozedur der Häutung abzutrotzen. Mit mürbem Zischen fuhr das Messer die Bauchhaut entlang, in den Kopf und um den Kopf, das Fell wurde heruntergezerrt wie ein Handschuh, der klemmt. Das Messer musste immer wieder nachhelfen, wobei das Muskelfleisch nicht geritzt werden durfte. [...] Wenn der Hase dann

dalag, glatt und rot mit gebleckten Zähnen und milchig verlaufenen Augen, war die schwarze Magie vorbei, und Maria empfand nur noch Abscheu vor Anna, dem Hasen und sich selbst. (41)

Das Motiv des küchenfertig gehäuteten Hasen als verstörender Anblick erinnert auch an Roman Polanskis Film *Repulsion* (1965, Dt. *Ekel*), in dem die weibliche Hauptfigur (gespielt von Catherine Deneuve) in der Wohnung ihrer Schwester allmählich den Verstand verliert und ihr Wahnsinn unter anderem darin sichtbar wird, dass ein gehäuteter Hase im Kühlschrank sie nachhaltig verstört und fasziniert. Sie nimmt das auf einem Teller liegende, gehäutete Tier aus der Kühlung, so dass es bald zu einem verwesenden Kadaver wird. Später findet eine Arbeitskollegin den Schädel des Hasen in der Handtasche der jungen Frau. Mit dem Bezug zu einem Film von Polanski wird in *Ein Mann im Haus* die Traditionslinie des etablierten (maskulin konnotierten) Horrorgenres anzitiert. Durch konventionelle Definitionen ist ein Hypertext[24] des Horrors entstanden, der bisher von männlichen Autoren geprägt ist. Der Bezug auf diese Metaebene hat möglicherweise nicht zuletzt die Funktion, sich in eine maskulin konnotierte Tradition der Gewaltdarstellung einzuschreiben.

Die Bezüge zum 'Hypertext des Horrors' setzen sich fort. Marias halluzinatorisch wirkende Fantasien erscheinen als eine Mischung aus dem *Hellraiser*-Zyklus des – für die Detailliertheit seiner Schmerzensdarstellungen bekannten – Horrorautors Clive Barker[25] und alttestamentarischen Szenarien des Purgatoriums, wenn sie, am Strand liegend, ihre Urlaubslektüre *Reineke Fuchs* mit der Heiligengeschichte des Bartholomäus überblendet:

Heiligengeschichten und Karnickelbälge tauchten wie längst versunkene Fabelwelten aus den Nordseewellen auf. Halbgehäutete Hasen, denen Bauch- und Rückenfell um die Hinterbeine schlackerten, hielten Surfbretter in den rotglänzenden

---

24 Der Begriff des Hypertexts hat viele Konnotationen, etwa die Netz- respektive Cyperspacekultur der Jahrtausendwende. So sind beispielsweise Einträge in Online-Wörterbüchern wie Wikipedia von (Hyper)links durchsetzte Hypertexte. Genette wiederum beschreibt Hypertext bereits 1982 (*Palimpseste. La littérature au second degré*, Dt. *Palimpseste. Die Literatur auf zweiter Stufe*, 1993) als eine spezielle Ausprägung des von Kristeva geprägten Begriffs der Intertextualität (*Bakhtine, le mot, le dialogue et le roman*, 1967; Dt. *Bachtin, das Wort, der Dialog und der Roman*, 1972). Ich verwende 'Hypertext' weder im speziell cybertheoretischen Sinn noch im speziell Genette'schen Sinn, sondern als zeitgemäße Form der Intertextualität, in der bewusster Kommentar und unbewusste Zitate überlagern. Der Hypertext des Horrors existiert unabhängig von AutorInnen als eine Art stetig wachsender, veränderlicher Fundus. Spezifisch für eine bestimmte Autorin, einen bestimmten Autor ist dann wieder die individuelle Art des Zugriffs auf diesen Fundus.
25 Clive Barker ist berühmt für seine Hellraiser-Romane, die in den 1980ern auch mit großem Erfolg verfilmt wurden.

> Pfoten, von denen das Blut in perlenden Bögen sprang. Sie schrien erbärmlich. An den Masten der Segelboote tat der heilige Pfeildurchbohrte, Sebastian, unzählige Male den letzten Atemzug, röchelnd ins Kreischen der Möwen. Schöne Mädchen trugen halbkugelförmige Brüste mit Heiligenscheinen in ihren Händen, rechts und links pulste das Blut aus einem kreisrunden Loch, Kinder lagen im Sand, hingemetzelt durch die Soldaten Herodes', auf den Wellenkämmen schwamm tausendfach Johannes des Täufers' Haupt, Gurgeln, Speiseröhren und Halsschlagadern peitschten das Wasser wie Algen und Tang. (42)

Welche Art von Grauen ist es, das mit diesen drastischen Bildern des Ekelhaften und der Gewalt zur Sprache gebracht wird, deren Häufung den Lesenden mitunter unerträglich scheinen muss?

Marias Tat ist, wie eingangs schon angedeutet, ein Racheakt:

> Ihre gemeinen Küsse gingen auf ihn nieder, bis die Aufsässigkeit wich und der Zorn erschien, der Zorn verging, und die Scham erschien, die Scham verging, nur Schmerz blieb ... Sie berauschte sich an den Verwandlungen seiner Züge, genoß ihre Macht, genoß es, Küstermann küssend zu unterwerfen. Es war süß, auf der Seite der Täter zu sein. (72)

Das Zitat findet sich auch werbewirksam auf der Rückseite des Buches, der Kommentar dazu lautet: "[...] die Rache für die jahrelange Verfügbarkeit und Willfährigkeit, die von ihr erwartet wurde".

Das Grauen, das hier in Worte gefasst wird, ist also zuallererst das Grauen, das 'gelebte' Geschlechterstereotype für Frauen bedeuten müssen: der Küster, dessen richtiger Name nie greifbar wird – seine Frau nennt ihn Hansi, Maria nennt ihn Hansegon oder Küstermann, seine Frau wird mitunter als Frau Egon bezeichnet –, ist ein männliches Klischee. Zwei Buchstaben mehr, und aus dem Küster wird ein Künstler – Hansegon (Ego-n) ist Leiter des Kirchenchors und versteht sich selbst als Künstler, was dem Text in ironischen Kommentaren eingeschoben wird: "Er war eben eine Künstlernatur" (33). Die 'Künstlernatur' erscheint als Anspielung auf die Vorstellung vom 'naturgemäß' männlichen Genie.

Tatsächlich scheint er keineswegs originell zu sein, seine Vorlieben sind eher trivial:

> Küstermann war stolz auf seinen delikaten Geschmack, schätzte Liebesstunden, die inszeniert sein mussten wie große Opern. Nach all den Jahren in [...] Biberbettwäsche brauchte er Seide, Strapse und Stretch-BHs, deren Schalen die Brüste drückten und nackt präsentierten, Hemden mit angeschnittenen Hosen, eng und dicht bis zum Hals, nur die Spitzen der Brüste freigebend und den Schnitt zwischen den Beinen. Küstermann liebte breite Gürtel, die er Maria zuschnürte, bis sie nach Luft rang und ihr der Hintern unter dem Leder hervorquoll. [...] Sie sorgte [...] für all das, was nötig war, um in Küstermanns Künstlerleib [...] feierliche Lebenslust zu wecken (25–26).

Für ihn gelten andere Regeln als für Maria. Obwohl 'Ego-n' selbst trotz aller Versprechen seine Frau nicht verlässt, bewacht er Maria eifersüchtig:

> Einmal kam er in ein Haus, das sie für ein paar Tage mit zwei Freunden bewohnt hatte, und sagte schon an der Tür: 'Es riecht nach Betrug und Verrat'. [...] [I]n der Nacht war er über sie hergefallen, sie konnte die Worte, die er keuchte, nicht verstehen, weil er sie mit der einen Hand würgte, ihr mit der anderen ein Kissen aufs Gesicht drückte [...]. Er stieß sie, bis sie zu bluten begann unterm naßgeheulten Kissen, ließ sie liegen, ging duschen. (27)

Die Sexszenen (wobei eben zitierte Vergewaltigungsszene genannt werden muss) entwerfen Egon holzschnittartig als sadistischen patriarchalen Schurken und Maria als masochistisches willfähriges Opfer. Gerade vor diesem überdeutlich gezeichneten Hintergrund gewinnt die Umbesetzung der Täter- und Opferrolle Signalwirkung.

Marias Motiv, ihre Rache an Hans Egon, ist stellvertretend für die Rache am Mann als dem "armierten Geschlecht" (54). Die Formulierung vom "armierten Geschlecht" weckt die Assoziation mit Theweleits Beschreibung des Freikorps-Soldaten in *Männerphantasien*, das heißt, mit *der* Verkörperung von Hypermaskulinität schlechthin. Sowohl Bukatman bezieht sich in seiner Definition des traditionellen Cyborg, namentlich "the Armored Arnold" (Bukatman 301) aus der *Terminator*-Serie, auf Theweleit, als auch der Musikwissenschaftler Robert Walser bei seiner Definition des männlichen Heavy-Metal-Musikers.[26] Die Assoziation mit dem Phallus als Waffe, die nicht zuletzt auch die psychoanalytisch beeinflusste Horrorfilmtheorie wesentlich prägt, liegt ebenfalls nahe.[27] Marias Rache am armierten Geschlecht ist zugleich eine Rache an allen, die die forensische Terminologie als "geschlechtstypische Situationsverkenner" bezeichnen würde.[28] Der Apotheker, der Marias Goldschmiede betritt, ist ein solcher Situationsverkenner und Kleinstadtcasanova – die forensische Terminologie arbeitet tatsächlich auch mit dem Begriff "Vorstadtcasanova", um einen bestimmten männlichen Tätertypus zu charakterisieren: "'Wie charmant Sie lächeln, meine Liebe', sagte der Mann, stülpte die Augen vor und setzte auf der Theke seine Finger in Bewegung. 'Wenn ich da an meine Frau denke ...' [...]." Maria typologisiert ihn umgehend: "Kleinstadtcasanovas, dachte sie, zähmt man überall auf der Welt, wenn

---

26 Um den Cyborg geht es in Kapitel 4 im Detail, um den Heavy-Metal-Musiker ab S. 131 dieses Kapitels.
27 Vgl. u. a. Clover; Köhne, Kuschke und Meteling, Hg. *Splatter Movies*.
28 Der Begriff wurde in einem Beitrag der Konferenz "Macht – Phantasie – Gewalt" gebraucht, um einen Tätertypus zu charakterisieren, der, wenn ein anderer Mensch Nein zu sexuellen Handlungen sagt, die Ablehnung als Bestätigung interpretiert (was sinngemäß der traditionelle sexistische Spruch 'Wenn Frauen Nein sagen, meinen sie Ja' in Worte fasst).

man sie in dem Glauben belässt, sie könnten jederzeit und alles, was sie nur wollten" (55).

Während der Apotheker sie bedrängt, denkt Maria über die Funktion des Schmucks, den sie verkauft, nach: "Wieviel vergebliches Warten, wieviel Kränkung und Schmach, aber auch nur Gleichgültigkeit wurden hier schon in Gold und Platin gefasst. Meist waren die Frauen darauf bedacht, aus ihren Erniedrigungen möglichst viel herauszuschlagen" (56). Schließlich wird offensichtlich, dass es hier um *die* Frau, *den* Mann geht: "In den letzten Minuten war das Gesicht des Apothekers mit dem Küstermanns zu einer vagen Maske verschmolzen. Gleich danebenlegen sollte man dich, dachte Maria" (57).

Maria Wartmann nimmt für alle vergeblich wartenden Frauen am größenwahnsinnigen Kleinstadtcasanova Rache. Das Beispielhafte der Figuren wird durch ihre holzschnittartige Gestaltung, ihre Stereotypisierung, untermauert. In dieser Hinsicht gleichen sie stark dem Figurenpersonal der *Gothic novel*. Zentrales Merkmal der Bildwelten des *Gothic* sind harte Kontraste und Dichotomien, wie Bayer-Berenbaum in *The Gothic Imagination* beschreibt. Dazu gehört die Silhouette des unheimlichen Schlosses, die in einer mondhellen Nacht wie ein Scherenschnitt am Horizont sichtbar wird, aber auch Figuren wie die *damsel in distress* als reine Unschuld und der *Gothic villain* als abgrundtief böser Schurke. Die Figuren in *Ein Mann im Haus* folgen dem Muster des harten Kontrasts: Zuallererst trägt die katholische Maria Wartmann den Namen Maria, den Namen der heiligen Jungfrau und Mutter Gottes, "Maria voll der Gnade". Der Name 'Maria' steht für die unschuldige Frau, die gütige Frau und Mutter, die Frau, die nie etwas Böses tun würde. Der Küster Hans wiederum heißt – ob mit zweitem oder mit Nachnamen, wird nicht deutlich – Egon, ein Name, der deutlich sichtbar das 'Ego' in sich trägt. Der Küster heißt Egon und verkörpert einen zutiefst egoistischen Typ Mann, der sich als Krone der Schöpfung begreift und dessen königlichen Bedürfnissen jedeR dienen soll. Der Küster erscheint als *Gothic villain* – in der Tradition des verruchten Mönchs Ambrosio in *The Monk* –, wenn er in seinem prachtvollen Küstergewand durch das Kirchengebäude schreitet; und ursprünglich heißt Küster auch: Glöckner.[29]

Ein Mann im Haus ist in mehrfacher Hinsicht beispielhaft für ein neues, erweitertes Verständnis von *Gothic horror*. Selbstverständlich ist Hahns Roman keine *Gothic novel* in der epochenspezifischen Ausprägung. Es ist vielmehr ein Text, der mit Elementen aus der Entwicklungsgeschichte des Horrorgenres spielt. Maria und Egon als verfolgte Unschuld und als Schurke sind Elemente

---

29 Wenn die *Gothic novel*, wie de Sade schreibt, sich wesentlich auf die französische Revolution bezieht, kann die Entzauberung der Kirche als eines ihrer wesentlichen Anliegen betrachtet werden.

der *Gothic novel*. Die Gestaltung von Marias 'böser Mutter', die der Tochter wegen des Fehlens eines festen Partners heftig zusetzt, stellt Querverbindungen zu einem alten angstbesetzten Mythos her, der nie auf ein bestimmtes Subgenre beschränkt war, sondern von der antiken Mythologie über Märchen bis zum Horrorfilm reicht. Die Gewalt- und Ekelszenen wiederum entsprechen dem Verständnis von Horror als *body genre*, das heftige Emotionen darstellt und bei der Rezeption erzeugt.

Wie Hahns Roman keine *Gothic novel* ist, so ist er auch – trotz des Querverweises von Winkels zu Stephen King, den ich oben zitiert habe – kein Text, in dem das Übernatürliche in die Realität einbricht wie in den genre-typischeren Romanen von HorrorautorInnen wie Clive Barker, Anne Rice und Stephen King. Doch es ist sehr wohl ein Text der Grenzüberschreitungen, ein Text, in dem es um den 'Riss im Sein' geht, den ich als gemeinsamen Nenner von *Gothic-horror*-Texten der Gegenwart genannt habe. Besonders an einer Stelle in *Ein Mann im Haus* wird dieser Riss anschaulich gemacht, wenn er in der scheinbar harmlosen Alltagssituation des Telefonats mit der Mutter erscheint: "Das Gespräch mit der Mutter, dieser *unvorhergesehene Anspruch einer anderen Realität*, hatte Maria ermüdet. 'Es gibt keinen [Mann]', hatte sie der Mutter gesagt, und 'Es gibt einen'" (46). Zum einen gibt die Mutter mit ihren Fragen nach einem Partner noch einmal verinnerlichten gesellschaftlichen Konventionen und dem Frustrationspotential der stigmatisierten Rolle der Geliebten Nahrung. Die Formulierung "der unvorhergesehene Anspruch *einer anderen Realität*" erinnert jedoch nicht zuerst an einen alltäglichen Mutter-Tochter-Konflikt, sondern eher an Definitionen des Fantastischen aus dem späten 20. Jahrhundert. Die Deutung der Grundstimmung fantastischer Texte als 'ontologische Unsicherheit' (Todorov; Bukatman) wird in jüngeren Definitionen immer stärker auch als Ausdruck der Zerrissenheit menschlicher Existenz begriffen.

Spätestens seit dem 20. Jahrhundert – Clemens Ruthner nennt in "Jenseits der Moderne" (1995) die Texte Kafkas als zentralen Wendepunkt – werden Elemente von *Gothic* und Horror mehr und mehr zu Modi, Darstellungen von Gewalt und Ekel durchziehen die diversesten Texte, um den Verunsicherungen, denen das moderne Subjekt ausgesetzt ist, Schlagkraft zu verleihen. *Ein Mann im Haus* setzt sich auf diese Weise mit der Ambivalenz, der Zerrissenheit und dem Schmerz des weiblichen Subjekts auseinander. Ein Objekt gewinnt Subjektposition, das Abjekte gewinnt Subjektposition und erklärt einen Vertreter des armierten Geschlechts, der zunächst selbstverständlich Subjektposition bezogen hat, zum Abjekten.

Zwar baut auch dieser Prozess auf den Voraussetzungen von Geschlechterstereotypen auf. Zuerst hat der Mann agiert, dann erst reagiert die rächende Frau. Dennoch ist es nicht nur die Rache, die Maria zur düsteren Gestalt werden lässt, Maria ist auch – ungewöhnlich für eine weibliche literarische Figur – ein 'Psycho'. Die prominentesten literarischen/filmischen Psychopathen des 20. Jahrhunderts sind Männer (was den Film *Psycho* [1960] anbelangt, zumindest dem äußeren Anschein nach): Ernst Blochs/Hitchcocks Norman Bates und Bret Easton Ellis' namentlich von Norman Bates inspirierter Serienmörder Patrick Bateman in *American Psycho* (1991).[30] Maria Wartmann lässt sich reibungslos bei Norman Bates und Patrick Bateman einreihen: Sie alle erscheinen nach außen hin zutiefst normal.

Maria Wartmann und Patrick Bateman haben noch mehr Gemeinsamkeiten: Beiden glaubt niemand, dass sie Gewalttäter sind, sogar als sie es aussprechen.[31] Beide Charaktere erscheinen in Werken der frühen 1990er, der Wahnsinn beider scheint aus den 1980ern geboren, als die 'normkritischen' Strömungen der 1970er, die antimaterialistische Hippiebewegung ebenso wie die Frauenbewegung, konservativen Backlashes weichen. Bateman repräsentiert den vom Erfolgsdruck getriebenen Post- oder Antihippie, Wartmann hat von den Errungenschaften der *Second Wave* nicht profitiert und kämpft ihren ganz persönlichen Kampf mit den strukturellen Auswirkungen des Backlash.

Was Maria anbelangt, macht die Unfähigkeit ihres Umfeldes, ihr etwas Böses zuzutrauen, auch noch einmal anschaulich, wie stark das Stereotyp von der friedfertigen Frau wirkt. Als Maria nicht zum Kirchenchor erschienen ist, spricht sie auf die Nachfrage des Briefträgers hin doppeldeutig von ihrer Erkältung: 'Aber hören Sie denn nicht?' sagte Maria, schnaufte, hustete, griff nach dem Taschentuch. 'An Singen ist gar nicht zu denken. Ich bin eine Gefahr für meine Mitmenschen.' 'Und was für eine. Tatütata', der Briefträger, der gelegentlich zu Albernheiten neigte, grinste" (78). Die Lesenden, die von den Leiden des Küsters wissen, wissen auch, dass der Briefträger sich irrt.

Maria ist verwandt mit Norman Bates, Patrick Bateman – und mit Jelineks *Klavierspielerin* Erika Kohut. Auch Erika hat eine böse Mutter, auch Erika hat Gewaltfantasien und Aggressionen, die über das bloße sich Wehren hinausgehen, wenn sie einer anderen Pianistin Glasscherben in die Manteltasche legt. Es entstehen seit den 1980ern offensichtlich weibliche fiktionale Figuren eines

---

30 Die Gewaltdarstellungen in Bret Easton Ellis' *American Psycho* sind so umstritten, dass die deutsche Übersetzung 1995 indiziert wurde und erst zu Beginn des 21. Jahrhunderts wieder frei erhältlich war. Vor dem Hintergrund der männlichen Imaginations- und Blickhoheit des Horrors scheint es mir wichtig zu betonen, dass eine Regisseur*in*, Mary Harron, den Stoff 2000 verfilmte.

31 Diese 'Unglaubwürdigkeit' wird, was Bateman anbelangt, in der Verfilmung von Mary Harron (2000) besonders eindrucksvoll inszeniert. Der dutzendfache Mörder Bateman spricht seinem Anwalt eines Tages auf den Anrufbeantworter, er habe mehrere Menschen umgebracht und spart nicht mit den grausigen Details. Noch deutlicher als in der Romanvorlage bezeichnen diejenigen, die das Zeugnis hören, Bateman als zu harmlos und langweilig, um die Morde tatsächlich begangen zu haben.

'*Gothic horror*-Realismus', im Zuge dessen gesellschaftlich-kulturelle Aggressionsstereotype aufgegriffen werden. Diese Figuren sind unter anderem lesbar als literarische Auseinandersetzungen mit dem Spannungsfeld zwischen ersten Errungenschaften der zweiten Frauenbewegung und jenen gesellschaftlichen Strömungen, die den Status Quo zu erhalten wünschten. Mit Figuren wie Erika und Maria werden Stereotype aufgegriffen und teilweise umgekehrt, wobei die Umkehrung häufig als Racheakt, als Prozess der Re-aktion, kenntlich gemacht wird. Die Radikalität einer Figur wie Maria schießt jedoch über das auch schon konventionelle Bild der re-agierenden, rächenden Frau hinaus. Die Erkenntnis, dass auch Frauen gewalttätig sind, mag auf der empirischen Ebene wenig erfreulich sein. Auf der diskursiven Ebene hat Marias Lust am Ekel und an ihren Gewaltfantasien eine wichtige Funktion als deutliche Absage an die Vorstellung der von Natur aus friedfertigen Frau.

Thea Dorns *Die Brut* (2004) – Entzauberung des Muttermythos

Dorns Roman *Die Brut* stellt einen weiteren großen Mythos in Frage, der spätestens seit den 1970ern in der wellenförmigen Bewegung von Subversion und Backlash als (eben mythenhafte) Konstruktion ausgewiesen und dann von reaktionärer Seite wieder zur 'Natur' erklärt wird – den der liebenden Mutter. Das kulturelle Bild der stets und bedingungslos liebenden Mutter ist schon in vielen literarischen und filmischen Darstellungen ad absurdum geführt worden – von *Grimms Märchen* bis hin zu *Psycho*. In Grimms Märchen ist es jedoch meist die Stiefmutter, nicht die 'leibliche' Mutter, in *Psycho* wird das gestörte Verhältnis eines erwachsenen Mannes zu seiner Mutter gezeigt, nicht aber das eines – dem Naturalisierungsgedanken zufolge – an den Mutterinstinkt appellierenden Säuglings zu seiner Mutter. Dass es in *Die Brut* um die Beziehung zwischen Mutter und Säugling geht, macht das Besondere des Romans aus, das er den klassischen Darstellungen hinzufügt: Hier wird die so alltägliche wie (positiv) mythisch aufgeladene Beziehung drastisch mit ihrer (was ein Kleinkind anbelangt, selten thematisierten) Schattenseite gepaart.

Der Umschlag der Hardcover-Ausgabe trägt den Titel "Die Brut" in großen, haptischen roten Lettern. Traditionell ist das der Stil von genretypischen Horror- und Science-Fiction-Romanen, bei deren Covergestaltung gern mit abgesetzten Lettern in Gold, Silber, und, bei Horrorromanen, mit Rot gearbeitet wird. "Bastarde" hat Dorn ihre Texte bei einem Podiumsgespräch mit dem Titel "Das Gehirn muss kalt sein" genannt, eine Bezeichnung, die den erweiterten Genrebegriff ihrer Werke, der auf viele jüngere *Gothic horror*-Texte passt, so ironisch wie treffend charakterisiert.

Der *Brut* liegt wie *Ein Mann im Haus* eine personale Erzählsituation zugrunde, die sich auf eine weibliche Figur konzentriert. Als die Protagonistin Tessa Simon am entscheidenden Punkt ihrer Karriere als TV-Moderatorin schwanger wird und sich zum Abbruch entschließt, wird sie von ihrem Lebensgefährten auf sehr gefühlvolle Weise umgestimmt: "Jetzt weinte er, wie sonst nur ein Dreijähriger weinen konnte. 'Bekomm das Kind. Tessa. Bitte. Bekomm das Kind. Ich will ein Kind mit dir haben'" (85).

Die Charaktere in *Die Brut* gleichen weniger dem typischen Inventar der *Gothic novel* als Maria und Egon in *Ein Mann im Haus*, sie sind weniger 'flach', sie sind eher *'round characters'*.[32] Tessa Simon ist eine autarke Frau, eine 'Karrierefrau', und entspricht damit zwar einem kulturellen Bild, das heute auch schon teilweise zum Klischee geworden ist,[33] aber sie ist weder eine *damsel in distress* noch eine Masochistin. Sebastian Waldenfels, ihr Lebensgefährte, ist zwar Künstler – Schauspieler – aber er ist kein Egon Küstermann, kein glöcknerhafter Schurke. Er wird zunächst entworfen als ein warmherziger Mann, der witzig und sexy zugleich ist – kein Klischee, sondern fast eine Utopie. Im Laufe der Erzählung wird sich das allerdings wandeln.

Das Unheil erscheint zuerst im zutiefst alltäglichen Gewand. Tessas Laptop hat kurz vor einer wichtigen Sendung einen Defekt, und als sie das Emailprogramm ihres Lebensgefährten Sebastian benutzt, entdeckt sie im Ordner mit zu löschenden Dateien eine Mail seiner ehemaligen Lebensgefährtin Carola, die – eine seltsame Querverbindung zur Pilzerkrankung als Ekelgegenstand *par excellence* aus *Ein Mann im Haus* – Sebastian beschuldigt, sie mit Candida albicans infiziert zu haben. Es ist nicht klar, wer tatsächlich Träger der Krankheit ist, ob überhaupt Carola, Tessa oder Sebastian eine Candidamykose hat. Keine der Figuren wird als 'abjekter Körper' geschildert. Das defekte Arbeitsgerät und Tessas Unsicherheit, ob ihr Lebensgefährte sie betrügt, sind zunächst die einzigen Risse in der intakten Lebensrealität der Figuren.

Doch der beispielsweise am Werk Kings geschulten LeserIn der *Brut* muss auffallen, dass sich die Irritationen allmählich mehren, zunächst auf der äußeren formalen Ebene, der des Schriftsatzes: Spätestens seit King das Mittel in seinem ersten großen Erfolg *Pet Sematary* (Dt. *Friedhof der Kuscheltiere*)

---

32 Vgl. dazu u. a. Edward Morgan Forster, Aspects of the Novel (1927); Patrick D. Morrow, The Popular and the Serious in Select Twentieth Century American Novels (1992).
33 Vgl. die als dämonische, gefühlskalte Femme fatale in Rot mit dunklem Haar inszenierte Karrierefrau aus dem Vorwerk-Werbespot von 2005, die die junge blonde Frau mit abschätzigem Blick fragt: "Und? Was machen Sie beruflich?", woraufhin man Einblendungen der jungen blonden Frau als Hausfrau und Mutter sieht, und diese kess antwortet: "Ich führe ein sehr erfolgreiches kleines Familienunternehmen". Der Spot ist so angelegt, dass die Betrachtenden mit der Hausfrau und Mutter sympathisieren und die Fragende als Unsympathin erscheint.

eingesetzt hat, haben kursiv gesetzte Gedankengänge von Protagonisten eine Aura des Verstörenden. In Stewart O' Nans Serienmörderinnen-Roman *Speed Queen*, in dem Stephen King als Teil der Handlung des Romans auftaucht, wird der von King bevorzugte Kursivsatz ängstigender Gedanken sogar explizit als Stilmittel thematisiert. Die Protagonistin – die sogenannte "Speed Queen" – macht King, dem sie, so die Rahmenhandlung, ihre Lebensgeschichte auf Band spricht, folgenden Vorschlag:

> Sie könnten schreiben [die Stimme in meinem Kopf] war der Geist der einzigen Überlebenden, die auf der Suche nach ihrem Ehemann und ihrem Baby zurückkam. (Sie könnten es in Klammern oder *kursiv* setzen, damit wir wissen, dass es sich um eine Stimme in ihrem Kopf handelt wie in Friedhof der Kuscheltiere)" (O' Nan 22).

Eine Stimme im Kopf ist etwas anderes als ein bloßer Gedanke. So erzeugt der Schrägsatz, in den Tessas Innenwelt gefasst wird, auch in *Die Brut* den Eindruck des Paranoiden, selbst wenn Tessa und Sebastian ein alltägliches Paargespräch zu führen scheinen:

> 'Wie gut, dass deine Eltern [die Möbel] jetzt geschickt haben. Wir haben bestimmt noch ein paar warme Tage.' 'Ich hoffe doch.' Sebastian blinzelte [...]. *Meine Eltern haben mir die Möbel nicht geschickt. Sie standen die ganze Nacht bei Carola und mir auf dem Balkon. Ich war gestern Nacht bei Carola und habe sie geholt. Sag es. Los! Sag es!"* (49).

Ebenfalls ähnlich wie in den Texten Kings bildet sich in *Die Brut* nach und nach eine dichter werdende Metaphorik der Bedrohung. Wo in *Pet Sematary* Kieselsteine die Farbe von bleichen Knochen haben, denkt Tessa in einer Tiefgarage, die Garage hätte, wenn sie nicht abschließbar wäre, "im Stadtführer für Vergewaltiger drei Sterne verdient" (43). Das Ekelhafte kommt ins Spiel, wenn die im Kochen gänzlich ungeübte Tessa, beflügelt von ihrer Beförderung zu Kanal Eins, wenig später versucht, ein Mehrsternemenü für Sebastian zu kochen. Für die Zubereitung des exklusiven Gerichts werden ein 'Schweinenetz' sowie die 'Bauchlappen' eines Kaninchens benötigt, wozu Tessa eigens ein Filetiermesser kauft:[34]

> Die Zubereitung klang so kompliziert wie ein mittlerer chirurgischer Eingriff. [...] Ihr [wurde] klar, dass sie es trotz des neuen Filetiermessers wahrscheinlich nicht schaffen würde, die *Bauchlappen unverletzt auszulösen*, wie es das Rezept vorsah. [...] Als nächstes wollte das Rezept, dass sie die Knochen hackte. [...] Tessa legte

---

34 In Verbindung mit *Leselust*, einer Sendung des WDR, verwies Dorn als Gast im Jahr 2000 auf *Ein Mann im Haus* als ein weiteres Lieblingsbuch; die Zubereitung des Kaninchens könnte als Verweis auf Hahns Figur Maria und die Kaninchenbälge zurichtende Köchin Anna gelesen werden (dass das Bild des gehäuteten Hasen etwas Unheimliches an sich hat, habe ich eben schon in Zusammenhang mit Polanskis *Repulsion* beschrieben).

> die Wirbelsäule des Kaninchens (zumindest nahm sie an dass es die Wirbelsäule war) mit den etwas zerfleddert daran hängenden Rippen auf ein großes Holzbrett und begann zu hacken. [...] Das Muskel-, Fett- oder Was-auch-immer-Gewebe, das die Rippen zusammenhielt, ließ sich schwerer durchtrennen als die Knochen an sich... Ein säuerlich-ranziger Geruch schlug ihr entgegen, als sie das [Schweinenetz] entrollte, das der Metzger zum Kaninchen [...] gepackt hatte [...]. Es entpuppte sich als eine fast quadratmetergroße Membran, die von gelblichen Fettadern durchzogen war [...]. *Da hat das Schwein sein Gekröse drin*, hatte der Metzger sie aufgeklärt. (57–59)

Es intensiviert den (unheilvollen) Hauch des Ekelhaften, den diese Szenerie des Kochens anklingen lässt, als der dem Gericht anhaftende 'haut gout' mit Tessas erster Schwangerschaftsübelkeit überblendet wird (61–62).

Dass es hier nicht nur um die Inszenierung einer alltäglichen Schwangerschaftsübelkeit geht, sondern dass sich bereits Widerstände ankündigen, wird deutlich, wenn plötzlich nicht nur Dinge als ekelhaft geschildert werden, über deren Ekelhaftigkeit weitgehend Konsens besteht (rohe Tierinnereien), sondern Tessa auch angesichts von Sachbüchern zum Thema Schwangerschaft übel wird. Diese Art von Übelkeit erinnert, wie schon die Bäckereiszene in *Ein Mann im Haus*, an den "engen Denkkreis" aus Kafkas *Landarzt*, der dem jungen Arzt Übelkeit bereitet. In *Die Brut* manifestiert sich die Vorstellung eines 'engen, dumpfen Denkkreises', wenn in der Sachliteratur ganz bestimmte Frauenbilder vermittelt werden, im Zuge derer Mutterschaft ungebrochen romantisiert und Kinderlosigkeit mit einer ausweglosen Situation verglichen wird:

> Die Frau auf diesem Cover war noch runder, hatte noch latzigere Latzhosen an als die auf dem ersten und lächelte noch glücklicher. 'Wie fühlt sich das eigentlich an, schwanger zu sein?' So fragte neugierig eine Bekannte, ganz zu Anfang meiner ersten Schwangerschaft [...] Ich wusste nur in meinem Kopf, dass in meinem Bauch ein Kind wuchs. Da kam mir ganz spontan die Antwort: 'Ich fühle mich nicht mehr als Sackgasse!' Tessa ließ das Buch sinken. Sie konnte nicht sagen, was in diesem Moment stärker war, der Drang nach einer Zigarette oder die Übelkeit" (88).[35]

In Kontrast zur Verklärung der Schwangerschaft im Sachbuch bilden sich mit Tessas fortschreitender Schwangerschaft, neben der sich verdichtenden Metaphorik der Bedrohung, eine Kette der Verstimmungen, das heißt, tatsächliche Konflikte mit Sebastian und eine Wahrnehmung der Umwelt als zunehmend feindselig: "Einen Moment glaubte Tessa in dem Gesicht [der Hebamme] mit den breiten Wangenknochen so etwas wie Hass gesehen zu haben. Doch da

---

35 Im Anhang kennzeichnet Dorn das Zitat von der Sackgasse als tatsächliches Sachbuch-Zitat, entnommen aus Regina Hilsberg, *Schwangerschaft, Geburt und erstes Lebensjahr. Ein Begleiter für werdende Eltern. Empfohlen vom Bund Deutscher Hebammen (BDH)* ([1988] 2000). Ähnliche Gedanken finden sich in Hermans *Das Eva-Prinzip* (2006).

[...] war Elena schon wieder zu dem milden Lächeln zurückgekehrt, dass ihr Beruf vorsah" (141). Die Unsicherheit, ob sich um tatsächliche Feindseligkeiten handelt oder darum, dass Tessas Realitätsempfinden ins Wanken gerät, überträgt sich dabei auch auf die Rezipienten.

Der Eindruck der Verstimmung vertieft sich, als Tessa anonyme Telefonanrufe erhält (oder zu erhalten glaubt):

> Ihr Finger sauste der Taste mit dem roten Symbol entgegen, als sie zwei leise Wörter hörte: Du Schlampe. [...] Kein Zufallsanrufer konnte soviel Hass für eine Unbekannte aufbringen. Aber das allein war es nicht, was Tessa das erste Glas in schnellen Zügen leeren und zum zweiten Mal nach der Wodkaflasche greifen ließ. Die Stimme, die so hasserfüllt in ihr Ohr gekrochen war, gehörte einer Frau. (155)

Es bleibt unklar, ob es diese Anrufe so tatsächlich gibt und ob Sebastians ehemalige Freundin Carola, die zu Anfang als 'Überträgerin' der Candidamykose ins Spiel kommt, dahinter steckt. Wesentlich für die Grundthematik unterschätzten weiblichen Aggressionspotentials ist, dass eine Frau in der Rolle des obszönen Anrufers auftritt.

Die paranoide Verstimmung wird allmählich zum Horror. Als Tessas Redakteur beim prototypischen Business-Lunch erklärt, er habe für Notfälle wie plötzliche Wehen eine attraktive weibliche Vertretung organisiert, beginnen die Böden der Realität für Tessa weiter einzubrechen, während sie die eleganten Waschräume des Restaurants aufsucht:

> Tessa stöhnte auf. Der Kleine hatte ihr einen heftigen Tritt gegen die Rippen verpasst [...] So schlimm hatte er noch nie getreten [...] Noch mehr Tritte. Diesmal direkt in den Magen [...] Während Tessa sich in eins der feuerwehrroten Waschbecken übergab, stürmten Bilder aus Filmen auf sie ein, Gesichter mit panikgroßen Augen, Schwenk nach unten, aufplatzende Bauchdecken, tentakelige Monster, die kreischend im Dunkeln verschwanden. 'Hör doch auf! Verdammt! Hör auf!' Mit der flachen Hand schlug sie einmal kräftig gegen ihren Bauch. (147)

Beim Film, an den Tessa denkt, handelt es sich offensichtlich um den ersten Teil von *Alien* (Ridley Scott, 1978), in dem die parasitäre außerirdische Lebensform in einem berühmt gewordenen Schockmoment aus dem Bauch eines männlichen Besatzungsmitglieds hervorbricht, als die Crew gerade Mittagspause macht. Das phallusartige Alien schießt in einer Blutfontäne heraus und verschwindet blitzartig ins Dunkel des Raumschiffes Nostromo.

Die Steigerung des Paranoiden zum 'Horrortrip' vertieft sich weiter, als Tessa bei einer Premierenfeier Sebastians einer anderen Zuschauerin unterstellt, mit Carola unter einer Decke zu stecken. Die Frau reagiert nüchtern: "'Eine Bekannte von mir, die war letztes Jahr schwanger. Ab dem fünften Monat hat sie geschworen, Satanisten wollten sie entführen'" (168). Diese Stelle scheint an das Filmzitat von den "tentakeligen Monstern" anzuknüpfen, als Verweis auf Polanskis nächsten Film aus der 'Mieter-Reihe' nach *Repulsion*, *Rosemary's Baby* (1968), ein nicht zuletzt auch feministisches Werk, das die Dominanz des zunächst nett und aufgeklärt wirkenden jungen Ehemanns gegenüber seiner Frau als dämonischen Akt inszeniert, vor allem aber, untertrieben ausgedrückt, die Schattenseiten einer Schwangerschaft symbolisiert. Wie in *Ein Mann im Haus* kann die Anspielung auf Klassiker des Genres, das heißt, auf den Hypertext des Horrors, als Autorisierungsstrategie verstanden werden, die zum einen das Ausmaß des Grauens deutlich macht, sich aber auch indirekt mit in einen Hypertext einschreibt, der bisher oft als männlich wahrgenommen worden ist.

Als Tessa ihren Sohn per Kaiserschnitt entbindet, wird die Entbindung, wie die Zubereitung des Kaninchenrollbratens, mit schockierender Detailliertheit geschildert. Sie fantasiert die Operation als Zirkusnummer:

> Der Magier, der ihren Unterleib weggezaubert hatte, nickte. Hinter dem grünen Tuch wurden Geräte ergriffen. Scharfe Geräte. Geräte, die Tessa nicht sehen konnte. Geräte, die metallische Geräusche machten, wenn sie auf ihre Tabletts zurückgelegt wurden. Ein Geruch. Süß. Schwer. Verfaulte Bonbons. [...] Ein unbestimmter Druck wuchs in ihrem Unterleib. Phantomschmerz. *Du hast keinen Unterleib mehr. Du bist gefühllos* [...] Sie spürte einen Ruck in ihrem Unterleib, der doch gar nicht mehr da war. Schweiß. Schweiß [...] Etwas geschah, das konnte sie spüren, sie [...] wollte sehen, was der große Magier mit ihr tat [...] Eine fremde Handschuhhand von der anderen Seite des Vorhangs tauchte auf, hielt ihr Handgelenk, hinterließ einen roten Abdruck. *Rot!* Auf der anderen Seite des Vorhangs herrschte längst nicht mehr grün, sondern rot. *Lasst mich hinschauen!* Ihre Augen rasten, suchten, flatternde Lider. *Lasst mich sehen!* Und dann hörte alles, was bislang gewesen war, auf. Von der anderen Seite des Vorhangs ertönte ein Schrei [...] Eine Maske tauchte neben dem Vorhang auf, das grüne Kostüm besudelt. Der Magier war in Wahrheit ein Metzger. 'Ich gratuliere'. (177)

Auch hier unterstreichen die kursiv gesetzten Einschübe das Bedrohliche des Geschehens. Diese Beschreibung einer Entbindung unterscheidet sich vom durchschnittlichen, kulturell verfügbaren 'Geburtsnarrativ' dadurch, dass dort zwar meist der Schmerz beschrieben wird, die Geburt dann aber auch stark romantisiert und in enge Relation zu einem anschließenden Glücksgefühl gesetzt wird. In *Die Brut* wirkt die Gratulation des 'Metzger-Arztes' wie reine Ironie.

Damit beginnt Teil II der Erzählung. Das negative Gefühl, das die Geburtsszene erzeugt, wird aufgenommen und weiter ausgeführt. Schon bald scheint das Kind sich zwischen Tessa und die Welt zu schieben: *"Ich muss wieder mehr Nachrichten schauen, Zeitungen lesen. [...] Die Welt könnte untergehen, und ich kriege nichts mit"* (184). Tessas 'Außenseiterposition' setzt sich bei einem Besuch ihrer Schwester Feli fort. Während Sebastian mit der Schwester ausgelassen Wein trinkt und Musik hört, bleibt die Sorge, das Baby könne aufwachen, bei der abstinenten stillenden Mutter: "Was war hier los? Wollten sich die beiden wie Teenager ins Zimmer zurückziehen, um ungestört Musik zu hören, während Mama den Abwasch machte?" (193).

Das Thema 'Mutterschaft' wird in *Die Brut* nicht nur als private, sondern auch als öffentliche Problematik inszeniert. Die Kanzlerkandidatin Behrens[36] ist zum zweiten Mal Gast in Tessas Sendung und setzt sich mit der Enthüllung auseinander, dass sie als Studentin ein Kind zur Adoption freigegeben hat. Die Enthüllung ist umso problematischer, als familienpolitische Angelegenheiten das Spezialgebiet der Kandidatin sind.

An dieser Stelle behandelt *Die Brut* ein feministisches – beziehungsweise gendertheoretisches – Anliegen, das nach wie vor ebenso zentral wie brisant ist: Die Frau, der ihr privater Handlungsraum genügt, entspricht nach wie vor der kulturellen Norm,[37] der Frau als öffentlicher Person wohnt dagegen häufig noch ein Hauch von Skandal inne. Dass die Position der Frau als Figur des öffentlichen Lebens auch im 21. Jahrhundert noch kontrovers diskutiert wird und nicht nur im Gegensatz zum 'Angel in the House' des 19. Jahrhunderts steht, zeigt auch der eingangs bereits erwähnte Umgang aktueller Stimmen mit dem Thema des 'Fortpflanzungsauftrags' der Frau, von Frank Schirrmacher bis Eva Herman.

Dorns Roman hat sich in mehrfacher Hinsicht als geradezu seherisch erwiesen: 2006 legte die ehemalige Tagesschausprecherin Herman mit *Das Eva-Prinzip. Plädoyer für eine neue Weiblichkeit* gemeinsam mit der *Cicero*-Redakteurin Christine Eichel einen Text vor, der als regelrechter 'Backlash-Schocker' bezeichnet werden kann: eine im Wortsinn reaktionäre, deutlich verkaufsorientierte Erweiterung ihres erfolgreichen Artikels "Die Emanzipation – Ein Irrtum?" in *Cicero* (Nr. 6, Mai 2006). Dorn hatte bereits Ende 2005 mit einem länger geplanten Projekt, der Portraitsammlung *Die neue F-Klasse. Wie die Zukunft von Frauen gemacht wird*, begonnen. Ihr Werk, eigentlich eine Antwort auf die Thesen Schirrmachers,[38] passte nun auch als Antwort auf Herman. In mehreren Fernsehauftritten, deren Höhepunkt das ZDF-Nachtjournal vom 29.11.2006 darstellte, setzte sich Dorn mit Hermans religiös-biologistischen Parolen auseinander, die in beispielhafter Weise deutlich machen, wie sexistische Mythen auch heute noch funktionalisiert werden – beispielsweise ein Muttermythos, durch den der Wunsch nach Gleichberechtigung von Mann und Frau bei der frühkindlichen Erziehung für 'unnatürlich' erklärt werden kann.[39]

---

36 Als das Buch 2004 erschien, war eine deutsche Kanzlerkandidatin noch reine Fiktion. Gleichzeitig bekommt Dorns Figurengestaltung vor dem Hintergrund von Angela Merkels Wahlerfolg wenig später etwas Visionäres.
37 Vgl. oben: Diese Genügsamkeit manifestiert sich auch in der bereits beschriebenen Vorwerk-Werbung.
38 Vgl. u. a. Das Methusalem-Komplott.
39 Um zu illustrieren, dass der 'Backlash' des frühen 21. Jahrhunderts nur das Abbild eines früheren Backlash ist, sei an dieser Stelle auch Hermans US-amerikanisches Vorbild

In *Die Brut* wird der Konflikt mit solchen Normsetzungen in Szene gesetzt, wenn die Kanzlerkandidatin Behrens als Talkshowgast sagt: "Als ich mich entschieden habe, in die Politik zu gehen, habe ich mich entschieden, in die Öffentlichkeit zu gehen" (217). Der Konflikt wird unmittelbar benannt:

> Ich liebe Kinder [...] und ich möchte jeder Frau, die Kinder will, ermöglichen, dass sie sich diesen Traum erfüllen kann, ohne dafür auf ihr Berufsleben verzichten zu müssen [...] In den frühen Siebzigern hätte eine Frau, die ihre juristische Ausbildung erfolgreich beenden wollte, und die keine Eltern hatte, die sie bei der Betreuung unterstützt hätten – so eine Frau hätte kein Kind verantwortungsvoll großziehen können. (219–220).

Die Brisanz der Thematik wird im Text im Folgenden damit inszeniert, dass eine Zwischenruferin erscheint, die erbarmungslos: "Das ist doch gelogen!" ruft, und weiter: "'Drei Kinder habe ich großgezogen, und ich habe studiert, und jedes einzelne habe ich vom ersten Tag an geliebt" (220). Der Grad der Empörung der Zwischenruferin wird auch darin sichtbar, dass ihre "Augen brannten" (ebd.). "Kinder muss man lieben! Mit dem Herzen lieben", ruft sie noch, als ein Sicherheitsmann sie aus dem Raum führt, und: "Frau Simon, Sie sind doch auch Mutter! Sie müssen das doch auch spüren!" (221–222).

Doch auch für Tessa ist es nicht immer einfach, ihr Kind ganz 'selbstverständlich mit dem Herzen' zu lieben, denn der Konflikt zwischen Kind und Beruf, den Behrens in den 1970ern ansiedelt, wird für Tessa, zu Beginn des 21. Jahrhunderts, immer aktueller. Tessas Sohn Victor ist kein pflegeleichtes Baby. Er entpuppt sich als Kind, das auch mit dem etwas antiquierten Ausdruck 'Schreikind' bezeichnet werden könnte. Als der Lebensgefährte verkündet, dass er das Angebot bekommen habe, die Regie eines Films zu übernehmen und dieses Angebot als die "bisher größte Chance [s]eines Lebens" vorbringt, ist auch das, wie das Unterdrückungsverhältnis in *Ein Mann im Haus*, ein '*worst case*-Szenario' für die weibliche Seite. Die Situation kommt einem Vertragsbruch gleich: Die Hauptsorge um das Kind bleibt nun, entgegen Sebastians Versprechen ("Ich will dieses Kind. Und ich werde für dieses Kind da sein") bei Tessa. Diese Art von Vertragsbruch ist ebenso bezeichnend für die Auswirkungen, die ein konventionelles bürgerliches Geschlechterverhältnis für Frauen (immer noch) haben kann, wie die Rolle der ewig wartenden Geliebten in *Ein Mann im Haus*.

Die Bedrohlichkeit, die die Situation für Tessa hat, wird formal wieder durch kursiv gesetzte Gedanken und Erinnerungen kenntlich gemacht:

---

aus den 1980ern genannt, Terry Hekkers Bestseller *Ever since Adam and Eve* von 1980. Zum Backlash der 1980er siehe Faludi.

> *Du hättest es sehen müssen!* [...] Sie sah ihn vor sich, wie er an jenem tränenschweren Montag, als es um Leben und Tod gegangen war, mit ihr auf der Terrasse gesessen hatte: *Ich werde mich ändern. Meinen Beruf mache ich schon so lange, es bedeutet mir nichts, auf eine oder zwei Produktionen im Jahr zu verzichten. Ich will dieses Kind. Und ich werde für dieses Kind da sein.* (254)

Die Worte werden im Nachhinein als leer und phrasenhaft enttarnt, wenn Sebastian sein Vorgehen damit autorisiert, dass er seine Chance als (männliches) Schicksal begreift: "'Ich weiß. Es ist ein Dilemma. Einerseits will ich nichts lieber machen, als mit dir zusammen sein und sehen, wie Victor wächst, jeden Tag [...] Aber es ist so eine unglaubliche Chance. Wer weiß, ob ich so ein Angebot jemals wieder bekomme [...] Ich bin sicher, wenn er größer wäre, würde er sagen: *Papa, mach es!*'" (254).

Als es weiter heißt: "Tessa konnte ein Lachen nicht unterdrücken", zeigt das, dass auch Tessa die Phrasenhaftigkeit von Sebastians Worten erkennt. Er allerdings übergeht ihre Erkenntnis: "'Du würdest das doch schaffen', sagte er. 'Mit Katharina und allem'" (ebd.). Das sarkastische Auflachen scheint alles, was Tessa als Spielraum bleibt – ihre Entscheidung für das Kind (diese "Entscheidung auf Leben und Tod") lässt sich, im Gegensatz zum Handlungs- und Entscheidungsspielraum Sebastians, nicht ändern. Dass Tessa Sebastian nicht von seiner Entscheidung abbringt, macht einen wesentlichen Unterschied zwischen Dorns Strategien in *Die Brut* und dem vorangegangenen Roman *Die Hirnkönigin* aus.[40] Während Dorn in *Die Hirnkönigin* mit der Serienmörderin Nike einer kulturellen Leerstelle ("there is no female Jack the Ripper") eine neue Repräsentation weiblicher Subjektpositionen hinzufügt, zeigt sie in *Die Brut* bestehende Ungleichheiten, die zu Ausgrenzungsmechanismen werden können. Tessas Akzeptanz hat einen Realitätsbezug, den Dorn auch im Sachbuch *Die neue F-Klasse* aufgreift: Frauen verdienen durchschnittlich weniger als Männer, ein Grund dafür, dass es häufig nahe liegender ist, dass die Mutter berufliche Einschränkungen macht und nicht der Vater. Zudem ordneten gesetzliche Regelungen die frühkindliche Betreuung lange eher der Mutter als dem Vater zu und werden veränderten Bedingungen nur allmählich angepasst.[41]

Im Gegensatz zu Sebastians Karriere ist Tessas Karriere durch das Kind bedroht, auch wenn Tessa zunächst noch als mühsam beherrscht gestaltet wird:

> Es lag nicht an ihr. Sie hatte nicht abgebaut. Natürlich schlief sie so wenig wie noch nie. Natürlich konnte sie die Nächte vor den Sendungen nicht mehr völlig ungestört mit ihren Vorbereitungen verbringen. Aber sie war nicht schlechter geworden. Gut, sie hatte mitten in einer der Januar-Sendungen ihren Gast mit falschem Namen angesprochen... *Aber das passierte jedem.* (261)

---

40 *Die Hirnkönigin* wird in Kapitel 3 ab S. 172 detailliert besprochen.
41 Vgl. Dorn, *F-Klasse* 11, 25.

Die Gefährdung des Jobs wird mit einer zunehmend dämonischen Darstellung des Kindes verknüpft:

> Victors Gesicht war krebsrot angelaufen, Lackmuspapier seines Zorns. [...] Er schluckte den ersten Löffel, schaute sie an, seine großen blauen Augen wurden zu Schlitzen, Scharten, durch die er seine wortlose Wut schoss, und er begann wieder zu schreien. Verdammt! Was ist los mit dir! Ich verstehe dich nicht! Tessa schleuderte das Glas auf den Boden [...] Entschuldige. Es tut mir leid. Das wollte ich nicht. Victor hatte aufgehört zu weinen. Er schaute Tessa an. Eine Sekunde glaubte sie, ein Lächeln in seinen Augen gesehen zu haben. Boshaft. Voll Schadenfreude [...] *Du siehst Dinge. Victor ist noch kein Jahr alt. Er kann nicht boshaft sein.* (273-274)

Das Kind wird zum abjekten Körper:

> Sie wechselte seine Windeln, vielleicht war das der Grund, warum er so schrie, er war schon wieder verschmiert, den halben Rücken hinauf. Das Geschrei bohrte sich in ihren Kopf [...]. *Drill*. Das englische Wort mit seinem rollenden *rr* [...] beschrieb so viel besser, was das Geschrei ihr antat. Unsanft rieb sie Victor sauber, sie konnte ihn nicht mehr ertragen, den Geruch der Penatentücher [...]. Untrennbar war der Geruch verbunden mit dem faulig-süsslichen Geruch, den sie jetzt seit fast einem Jahr täglich roch, und von dem alle Welt behauptete, er sei *nicht schlimm*. (275)

Wenn Tessa bei der Säuglingspflege aggressiv wird oder den Geruch des Kindes als abstoßend empfindet, bricht dieses Bild der selbständigen, aufgeklärten, gut situierten und doch überforderten Frau mit dem geläufigen Bild der überforderten Mutter in den Medien, die vor allem von 'sozial schwachen' Frauen als überforderten Müttern berichten.[42]

Mit Tessas Überforderung und Sebastians Abwendung zieht in *Die Brut* die Katastrophe herauf. In der alles entscheidenden Nacht vor der Live-Ausstrahlung, die über den Fortbestand von Tessas zunächst so erfolgreicher Sendung *Auf der Couch* entscheiden soll, stürzt Victor von der Dachterrasse. Ob er allein stürzt oder ob sie ihn hinunter stößt, bleibt offen:

> 'Victor?' Tessa schaute nach draußen und sah [den Teddybären], der einige Meter neben der Decke lag. Die Decke war leer. [...] 'Victor!' Ihr Kind stand auf dem

---

42 Welchen Realitätsbezug das Szenario zwischen Victor und Tessa hat, zeigt der Fall einer Buchhändlerin und eines Wirtschaftsingenieurs, von dem *Die Zeit* am 13. Juli 2006 unter dem Titel "Tödliche Mutterliebe" berichtet. Der Fall ist beispielhaft dafür, wie schwer es ist, vor dem Hintergrund geläufiger Mutterschaftsmythen die Diagnose 'postnatale Depression' zu stellen und damit die Ängste der betroffenen Frauen ernst zu nehmen. Für die junge Buchhändlerin führt die fortwährende Verkennung ihrer Situation schließlich zur Eskalation. Als ihr Mann sie auf einen ihrer selbstanklagenden Monologe hin ungeduldig beschwichtigt, "springt die Frau mit einer heftigen Bewegung auf, stößt einen unartikulierten Laut aus und schleudert ihre Tochter mit Wucht zu Boden".

Teakholztisch. Ihr Kind war über den Liegestuhl, den sie vorhin zurechtgerückt hatte, auf den Tisch geklettert. Ihr Kind hatte sich auf dem Teakholztisch, den sein Vater direkt an die Brüstung gestellt hatte, aufgerichtet. Ihr Kind umklammerte mit beiden Fäusten die Brüstung. Ihr Kind griff mit einer Hand nach dem Stern, den sie ihm gezeigt hatte. […] Ihr Kind drehte den Kopf, lachte ihr ins Gesicht, die vier Schneidezähnchen, die in den letzten Monaten hervorgekommen waren, leuchteten. 'VICTOR!!!' Ihr Kind verschwand in der Nacht. (290)

Einem stark emotional aufgeladenen Mutterbild entsprechend nimmt Tessa sich sofort als Schuldige wahr. Sie projiziert diese Wahrnehmung auch auf Sebastian, als sie ein Telefonat mit ihm imaginiert:

– Er hat die ganze Zeit geschrien. Ich habe morgen Sendung. Ich war so froh, dass er endlich still war. – Du hast ihn unbeaufsichtigt auf der Terrasse herumkrabbeln lassen? […] Hast du geschrien, als du gesehen hast, dass Victor auf dem Tisch steht? […] Kann es nicht sein, dass dein Schreien ihn so erschreckt hat, dass er gestürzt ist? […] Kann es nicht sein, dass deine Hände ihn vorher noch berührt haben, vorher noch ein klitzekleines wenig gestoßen haben, bevor sie ihn zu halten versuchten? Kann es nicht sein, dass du sein Schreien nicht mehr ausgehalten hast? Ist es nicht so, dass du sein Schreien von Anfang an nicht ausgehalten hast? […] – Nein! Nein! Nein! Sie schleuderte das Telefon gegen die Wand. (292)

Vor diesem Hintergrund erscheint es als logische Konsequenz von Tessas Lebenssituation, Victors Tod als Entführung zu vertuschen. Trotz einer großangelegten polizeilichen Ermittlung, die den dritten Teil der Erzählung dominiert, belässt das Narrativ Tessas Tat offiziell als unaufgedeckt, von der Selbstverletzung bis zum anonymen Bekennerschreiben und der Beseitigung des Leichnams. So gibt es keine gesellschaftlich-moralische Wertung; was bleibt, ist Tessas individuelle 'Hölle des schlechten Gewissens'.

Die Brut ist ein außergewöhnlicher Text über eine Tat, die zugleich unvorstellbar und real erscheint. Der Text unterwirft die Figuren, die zunächst so unkonventionell erscheinen, nach und nach und, umso grauenhafter, weil kaum wahrnehmbar, den Zwängen konventioneller Geschlechterrollen.

Wenn man die medialen Debatten zwischen 2004 und 2008 mitdenkt,[43] wird die Situation Tessa Simons im Nachhinein umso repräsentativer für die traditionelle Wahrnehmung der beruflich erfolgreichen Frau in der Medienöffentlichkeit. Tessa Simon ist eine öffentliche Person, in Einschüben wird immer wieder ihr mediales Bild entworfen. Sie selbst denkt sich in diesen medi-

---

43 Wie wirksam diese Zwänge gegenwärtig noch sind, zeigt sich unter anderem darin, dass Herman, die, wie bereits angedeutet, genau diese Rollen erneut als erstrebenswertes, weil 'natur- und schöpfungsgewolltes' Arrangement propagiert, im Jahr 2006 mehrmals Gelegenheit erhält, sich öffentlich zu äußern. Im Fernsehduell mit Dorn im November 2006 versucht sie, Dorn als Kinderhasserin zu diffamieren, indem sie einen Interviewbeitrag Dorns zur fiktionalen Welt der *Brut* aus dem Zusammenhang nimmt und Dorn als faktische Meinung in den Mund legt.

alen Bildern und handelt danach. Die medialen Bilder sind, wie hier ganz deutlich wird, Manifestationen jener (Geschlechter)stereotype (beziehungsweise der entsprechenden Erwartungshaltungen), die Teil des kulturellen Imaginären sind.

> Tessa Simon, die erst zu Beginn diesen Jahres mit ihrer Sendung AUF DER COUCH den Aufstieg zu einer der führenden Talkmasterinnen des Landes geschafft hat, sagt, dass sie von ihrem Schreibtisch aus Blick auf die Dachterrasse hat und selbstverständlich alle paar Sekunden geschaut hat, ob Victor noch an seinem Platz lag. Doch bei allem Respekt für die berühmte Talkmasterin muss die Frage erlaubt sein, ob sich diese schreckliche Tragödie nicht hätte verhindern lassen, wenn Tessa Simon ihren Sohn besser beaufsichtigt hätte. (296)

Tessa denkt alle weiteren Stufen des Abstiegs in Zeitungsartikeln, Anklage, Ende von *Auf der Couch*, Scheidung von Sebastian:

> Ist Tessa Simon schuld? Mittlerweile ermittelt die Polizei im Fall des kleinen Victor... Die Staatsanwaltschaft will nicht mehr ausschließen, dass es zu einer Anklage gegen Tessa Simon wegen Verletzung der Aufsichtspflicht und fahrlässiger Tötung kommt.
>
> Tessa Simon gibt auf. Nachdem Anfang der Woche die Staatsanwaltschaft Anklage [...] erhoben hat, kam gestern auch das Aus für AUF DER COUCH. Der Sender gab bekannt, dass er sich eine Zusammenarbeit mit der Moderatorin, der vorgeworfen wird, mit schuld am Tod ihres kleinen Sohns zu sein, nicht mehr vorstellen kann.
>
> Kommt jetzt die Scheidung? Die Gerüchte verdichten sich, dass der Film- und Theaterschauspieler Sebastian Waldenfels sich von Tessa Simon scheiden lassen will. Die Talkmasterin sitzt zur Zeit in Untersuchungshaft. Ihr wird vorgeworfen, am Tod ihres gemeinsamen Sohns schuld zu sein. (296–297)

In Tessas Vorstellung steigert sich der subtile Vorwurf zum handfesten Verdacht. Ihre Erwartungshaltung ist, dass die mediale Öffentlichkeit einer Frau, die so ehrgeizig ihre Karriere verfolgt (die Vorbereitung auf die Sendung ist Arbeit an der Karriere), dass sie dabei ihr Kind außer Acht lässt, nur feindselig gegenüberstehen kann.

Die eingangs betrachteten Untersuchungen zur weiblichen Kriminalität in den Medien haben gezeigt, dass Verbrechen von Frauen und Männern unterschiedlich stark 'dämonisiert' werden. Zu Beginn des 20. Jahrhunderts erfolgt die Dämonisierung oder die Pathologisierung der Frau vor allem anhand der scheinbar unausweichlichen natürlichen Zwänge, denen der weibliche Körper unterliegt:

> Den Phasen des [weiblichen] Sexuallebens kommt [bei der Vorstellung über die Straffälligkeit von Frauen] eine große Bedeutung zu: Die Pubertät, die Prämenstruation, die Menstruation, die Postmenstruation, die Schwangerschaft, die Geburt, die Stillzeit und das Klimakterium stellen potentiell kriminogene Faktoren dar. [...]

Erich Wulffen spricht [in *Der Sexualverbrecher*, 1910] gar von 'der Frau als Sexualverbrecherin'. (Klein 15).

Wie diese Ansichten noch in den 1960ern fortleben, zeigt Klein anhand eines Werks von Hans von Hentig (*Das Verbrechen*, 1963), dessen Berechnungen lauten: "Die Menstruation ist praktisch das bedeutsamste Problem [...]. [E]s ergeben sich 75 Millionen Gefahrenpunkte im Verlauf des Jahres" (ebd.).

Jede Tat, so Klein in "Kriminalität, Geschlecht und Medienöffentlichkeit", müsse in einen erklärbaren Zusammenhang gebracht werden:

> [D]ie Tat muß von den Medien sinnhaft konstruiert werden. Dabei greifen Medien auf Klischeevorstellungen zurück, besonders, wenn es um den Unterschied zwischen den Geschlechtern geht. In den Medien herrscht eine weitgehende Eindeutigkeit über die Geschlechterordnung. [...] Frauen werden zwar heute nicht mehr so oft ausschließlich als Hausfrauen dargestellt wie noch in den 60er und 70er Jahren, treten jedoch in der Werbung wesentlich häufiger als Männer in häuslicher Umgebung auf. (18)[44]

Innerhalb dieses medialen Kosmos unterliegen die Wirkungsbereiche der Geschlechter also alten Konventionen: "Weibliche Tätigkeiten sind Hausarbeit, Familienfürsorge, Kindererziehung und Körperpflege, männliche Tätigkeiten sind im Beruf, in der Freizeit und im Abenteuer zu suchen", beschreibt Klein unter Bezug auf Waltraud Cornelissens Studie "Traditionelle Rollenmuster – Frauen- und Männerbilder in den westdeutschen Medien" (1993).[45] Der Eindruck, dass die straffällige Frau skandalöser erscheint als der straffällige Mann, entsteht, weil gerade gewalttätige Frauen diesem alltagstheoretischen, medialen Bild nicht entsprechen. Insofern scheint Tessa Simons Einschätzung ihrer Lage, was die Bewertung durch die Medien anbelangt, durchaus realistisch.

In den Gesprächen, die ich innerhalb der letzten beiden Jahre mit Dorn geführt habe, erhielt ich auch Einblicke in die Recherchearbeiten der Autorin. Schon in Zusammenhang mit der Arbeit am Serienkiller-Thriller *Die Hirnkönigin* hat sich Dorn intensiv mit Straftaten von Frauen und der Darstellung von weiblicher Kriminalität auseinandergesetzt. Dabei hat unter anderem Pearsons *When She Was Bad* eine zentrale Rolle gespielt, als Werk, das sich mit der Mythenbildung um weibliche Kriminalität beschäftigt.

Die Auseinandersetzung mit dieser Mythenbildung und die Wirkung dieser Mythenbildung wird in der Figur Tessa sichtbar. In der Podiumsdiskussion "Das Gehirn muss kalt sein" charakterisierte Dorn die Erzählung als die Geschichte einer Frau, die mit ihren inneren Dämonen kämpft. Die inneren Dä-

---
44 Vgl. auch hier die in FN 33 beschriebene Werbung von Vorwerk.
45 In Gisela Helwig und Hildegard M. Nickel, Hg., *Frauen in Deutschland 1945–1992* (1993).

monen, gegen die Tessa kämpft, scheinen sich nicht zuletzt von dem Druck zu nähren, den die gesellschaftlich-kulturellen Geschlechterstereotype für eine Frau als Figur der Öffentlichkeit noch heute auslösen können.[46]

Joyce Carol Oates' *Foxfire* (1993) und die Verfilmung von 1996 – *Juvenile Delinquency*-Erzählungen für Mädchen

> It took them 17 years to learn the rules. And one week to break them all.
>
> Tagline *zum Film Foxfire*

Oates' Roman *Foxfire* wurde 1996 von der Regisseurin Annette Haywood-Carter unter dem gleichnamigen Titel verfilmt.[47] Die Protagonistinnen sind in ihren letzten Highschool-Jahren. In gewisser Weise ist die Verfilmung daher auch ein 'Highschoolfilm'. Das Subgenre des Highschoolfilms ist gender- und allgemein differenztheoretisch aufschlussreich: hier werden Zugehörigkeiten und *otherings* ausgehandelt und Selbstfindungsprozesse absolviert. Auch der Werwolffilm *Ginger Snaps* mit seiner ungewöhnlichen weiblichen Werwölfin und Brian de Palmas Stephen King-Verfilmung *Carrie* sind gleichzeitig Highschoolfilme, in denen die Einübung der Geschlechterrollen verhandelt wird (seit den 1950ern und Filmen wie *I Was A Teenage Werewolf* hat gerade der Horrorfilm eine besondere Affinität zum Schauplatz Highschool).[48] Im Horror- wie im Highschoolfilm finden sich gleichermaßen oft stark überzeichnete, stereotypisierte Charaktere. Highschoolfilme wie *Clueless* (1995) und *Confessions of a Teenage Drama Queen* (2004) zeigen den Alltag junger Mädchen

---

46 Die 'monströse Mutter des Alltags' taucht auch in der Bremer Tatortfolge *Der schwarze Troll* von 2004 auf, zu dem Dorn das Drehbuch schrieb. Hier entzaubert Dorn den Mythos Mutterschaft, indem sie einen Plot rund um das Krankheitsbild des Münchhausen-Stellvertreter-Syndroms entwickelt.

47 Im Rahmen des Filmwettbewerbs *First Step Awards 2006* legte Birgit Großkopf eine Adaption von *Foxfire* vor, die Legs zur Prinzessin einer Berliner Plattenbausiedlung machte. Der Film kam im Herbst 2007 in Deutschland in die Kinos.

48 Seit den 1950ern wurden US-amerikanische Teenager als erste Zielgruppe von Horrorfilmen betrachtet, was auch mit den *Teen-Slasher*-Filmen der 1970er und -80er Entsprechung findet. Selbstverständlich kann das Horrorgenre deshalb jedoch nicht als reines Teenie-Genre betrachtet werden. *Psycho* beispielsweise, der als Pate des Slasherfilms gilt, passt nicht in diese Definition, ebenso wenig Romeros *Dawn of the Dead*. Theoretiker und Theoretikerinnen haben immer wieder darauf hingewiesen, dass die bedrohlichen, Paranoia generierenden Vernichtungsschauplätze des Slasherfilms auch als Ausdruck für das Grauen des Vietnamkriegs gesehen werden können. "The horror, the horror" (in der deutschen Version "Das Grauen, das Grauen") sind – eine erstaunliche Verbindung – die letzten Worte des sterbenden Deserteurs und Sektenführers (Marlon Brando) in Francis Ford Coppolas *Apocalypse Now*.

zwischen 'Cheerleading' und Selbstbehauptung. Highschoolfilme vom musiklastigen *Rock 'n' Roll Highschool* (1979) mit der US-amerikanischen Punkrockband The Ramones bis zum internationalen Kassenschlager *Ferris Bueller's Day Off* (1986, Dt. *Ferris macht blau*) stellen den rebellischen männlichen Teenager in den Mittelpunkt. Hier kommt auch die Gattung des *juvenile delinquency*-Films ins Spiel (der berühmteste darunter ist *Rebel Without a Cause* von 1951 mit James Dean), eine Gattung, die sich wiederum oft mit Horror- und Highschoolfilm kreuzt.[49] Die jugendlichen Delinquenten, die in der Highschool revoltieren, sind adoleszente, also: halbstarke, Jungen. Mädchen sind in diesen Filmen 'Promqueens' oder Mobbingopfer (*Carrie*), nicht wild und waghalsig. Sie fahren gemeinhin keine Autorennen wie die männlichen Teenager in *Rebel Without a Cause* und sie sind keine Rock 'n' Roll-Fans wie die männlichen Schüler der *Rock 'n' Roll Highschool*.

Besonders in dieser Hinsicht ist *Foxfire* ein ungewöhnlicher Film, ein Highschoolfilm voll Rebellionsromantik und Rock 'n' Roll für Mädchen. Einflüsse der US-amerikanischen *Riot-Grrrl*-Bewegung der frühen 1990er – die vor allem von Rockmusikerinnen im weitesten Sinne ausging und repräsentativ ist für den Generationenwechsel und eine gewisse 'Glamourisierung' innerhalb der sogenannten *Third Wave*[50] –, sind sowohl thematisch als auch ganz explizit in der Auswahl der Filmmusik erkennbar: Zu den ausgewählten Songs gehören unter anderem Stücke der Bands Luscious Jackson und L7. L7 haben dabei eine repräsentative Funktion, die Band hat zum Beispiel auch einen Gastauftritt in John Waters' Serienmörderinnenfilm *Serial Mom* von 1993, von dem im eigenen Abschnitt zum Thema Riot Girls noch die Rede sein wird. Wenn in *Foxfire* eine Gruppe Mädchen zu jugendlichen Delinquenten wird, wird der Begriff Riot Girls wörtlich genommen. Film wie Romanvorlage sind *gender-conscious* und deutlich auf der Seite der Mädchen, wobei das

---

49 Das eng an das Genre des *juvenile delinquency*-Films gebundene Subgenre, das Schule und Rock'n'Roll verbindet, beginnt in den 1950ern mit dem Film *Blackboard Jungle*. Bill Haleys "Rock around the Clock" ist der Titelsong des Films, in dem ein junger Lehrer sich unter Einsatz seines Lebens mit einer reinen Jungenklasse auseinandersetzt. Deutlich heiterer ist der Musikfilm der berühmten Punkband The Ramones, "Rock'n'Roll-Highschool", in der die (ausschließlich männlich besetzte Band) die Hauptrolle spielt. 2004 kommt der Mainstream-Erfolg *School of Rock* von 2004 mit Jack Black in der Rolle des Lehrers in die Kinos. Black stellt eine Band zusammen, doch auch hier kommt Mädchen vor allem die Rolle des begeisterten Fans zu. Vor diesem Hintergrund ist es kein Zufall, dass sich eine der wenigen anerkannten Heavy-Metal-Bands mit weiblicher Besetzung in den 1970ern "Girlschool" nannten. Vgl. dieses Kapitel, 2.5.2.

50 Der Einfluss der Riot Girls auf die dritte Welle hat auch Eingang in die Definition von 'Frauenbewegung' bei Wikipedia gefunden.

Filnarrativ die Kontraste von rechtschaffenen Mädchen einerseits und Machos und Patriarchen andererseits noch härter setzt als der Text von Oates.

Bild 4a. Angelina Jolie als Legs und die Foxfire-Bande.

Insgesamt folgt die Zusammenstellung der Gruppe der Mädchen, neben Legs und der vernünftigen Maddie die dickliche schüchterne rothaarige Rita, die ruppige, verletzliche Goldie (im Film mit Asian-American-Hintergrund) und die übersexualisierte Violet, schon in Oates' Erzählung zunächst einem Muster, dem Jugendromane wie 'Castingbands' traditionell folgen. Solche Gruppen bestehen aus möglichst unterschiedlichen Identifikationsfiguren, um ein möglichst breitgefächertes Publikum zu erreichen. Wenn in einer solchen Zusammenstellung – vor allem bei 'gecasteten', also bewusst nach bestimmten Markterfordernissen zusammengestellten Musikgruppen – das Anliegen der Vermarktung häufig schon implizit sichtbar wird, kann die andeutungsweise Vielfalt der Mädchen in *Foxfire* aber auch tatsächlich als *diversity* verstanden werden: Sowohl die Femme fatale (Violet) als auch die Tomboys (Goldie und Legs), die Vernünftige (Maddy) und das dickliche *nerd girl* (Rita)[51] finden Raum in der Gruppe. (Bild 4a)

Dass 'Nerd' oder *freak* nicht selbstverständlich Eingang in (Jugend)gruppierungen finden, lässt sich vielleicht noch einmal anhand des Beispiels der Castingband anschaulich machen: In traditionellen deutschen, englischen und US-amerikanischen Girl- und Boybands ist der Typus des Nerd und *freak* bisher nicht in Erscheinung getreten.[52] In der aktuellen US-amerikanischen Boyband US5 beispielsweise sehen die Bandmitglieder zwar aus wie Angehörige unterschiedlicher Jugendkulturen und sind unterschiedlicher Herkunft – auch ein Musiker aus Deutschland ist dabei –, aber sie entsprechen alle gleicher-

---

51 In der Realität sind dicke Kinder, oder 'Nerds' generell, Außenseiter der Kinder- und Jugendgesellschaft, deren Ausgrenzungsmechanismen meist offensichtlicher sind als die der Gesellschaft erwachsener Menschen. Eine gute Zusammenfassung der Bedeutung des englischen Wortes Nerd, das Sonderling, Streber und Außenseiter auf einen Nenner bringt, gibt *Wikipedia.de*.

52 Als Randbemerkung sei gesagt, dass der in den deutschen Boulevardmedien eine zeitlang recht bekannte Daniel Küblböck als komischer Einzelgänger und nicht als Teil einer Band auftrat.

maßen erkennbar *einem* Schönheitsideal.[53] Die Mädchen in der *Foxfire*-Verfilmung erscheinen auf eine jeweils sehr individuelle Art anziehend, in anderer Weise schön als die jungen Männer von US5. Damit hat die Gruppe Foxfire, die schließlich auch das 'Nerd-Girl' Rita aufnimmt, fast utopische Qualität.[54]

Die Filmerzählung macht deutlich, dass die Mädchen erst durch den Rückhalt der Gruppe zu einer Art innerer Schönheit finden, die dann auch nach außen hin sichtbar wird. Zunächst alle Außenseiter, gewinnen sie in der Gruppe Zuversicht und Rückhalt, sowohl die Klischees bedienende Violet als auch das drogenaffine, einsame Wohlstandskind Goldie. Besonders bei Rita wird dieser Rückhalt gegen Ende auch als äußere Veränderung sichtbar: anfangs immer mit hängendem Kopf und verschlossenem Gesicht, bewegt sie sich später lebhafter und sicherer. Und auch Maddy Wirtz, in deren Fokus die Geschichte erzählt wird, macht eine Entwicklung durch, indem sie zu einer Sprecherposition beziehungsweise zu einem Blickwinkel findet. In der Romanvorlage ist Maddy eine angehende Schreiberin, und ihr erstes Werk ist die Niederschrift der Ereignisse um die Gruppe Foxfire. Im Film wird diese Position auf eine einfache wie wirkungsvolle Weise dem visuellen Medium Film angepasst, indem Maggies Ausdrucksmittel hier die Fotografie ist.[55] Schon zu Beginn des Films dient dieses Ausdrucksmittel dazu, Geschlechterrollen umzubesetzen. Maddie und ihr Freund Ethan streifen durch ein Waldstück, Ethan ist nackt, gewissermaßen Maddys Aktmodell. Maddy fotografiert ihn, sie ist das Agens, das handelnde Subjekt, er das Objekt. Das ist besonders auffällig vor dem geschichtlichen Hintergrund der Aktmalerei als Kunstform: Noch zu Beginn des 20. Jahrhunderts war das Aktstudium für Frauen verboten (vgl. Neuenfeldt, "Essayistisches Ich" 268).

Die eigentliche Rebellion der Mädchen beginnt mit dem Auftauchen von Legs Sadovsky. Die burschikose, charismatische Anführerin der Mädchenbande

---

53 Ich gebrauche den Begriff des Schönen hier in einem sehr allgemeinen, umgangssprachlichen Sinne und nicht in Bezug auf ästhetische Theorien. Ebenfalls nur als Randbemerkung sei gesagt, dass fünf offensichtlich die ideale Zahl für eine Kleingruppe ist – siehe *5 Friends*, und auch *Foxfire* besteht aus fünf Mädchen.

54 Auch manche Gruppen in Kindererzählungen haben diese Qualität: Enid Blytons *5 Friends* mit der mutigen Georgina, die sich George nennt; oder die deutschsprachige Jugendbuchreihe *TKKG*, die selbstverständlich ein dickes Kind und ein Kind mit Sehschwäche in der Runde haben. Gerade die Werke der Autorin Enid Blyton sind jedoch kritisch auf Stereotype zu prüfen. Einige Texte wurden aufgrund rassistischer Stereotype sogar neu bearbeitet.

55 Der Figur Maggy Wirtz, die im Roman die Erzählperspektive einnimmt und als drahtig, sportlich, mit lockigem Haar, kindlich und ernsthaft zugleich umrissen wird, entspricht die Besetzung durch die Schauspielerin Hedy Burress mit Liebe zum Detail.

Foxfire, Legs Sadovsky, wird im Film von Angelina Jolie dargestellt.⁵⁶ Das Erscheinungsbild von Jolie als Bandenanführerin Legs, deren Figur Stereotypen von Weiblichkeit keinen Raum gibt, ist besonders frappant, wenn es mit Jolies Erscheinungsbild als *Lara Croft* verglichen wird, einer (Film)rolle, die Jolie in ähnlicher Weise zur Ikone gemacht hat wie die Rolle des Terminators Arnold Schwarzenegger.

Bild 4b. Jolie als Lara Croft im Film *Tomb Raider* 2001.

Bild 4c. Lara Croft im Computerspiel *Tomb Raider*.

Bild 4d. Jolie als Legs.

Lara Croft ist der Präzedenzfall einer Frau, die stark und autark erscheint, aber gleichzeitig ganz deutlich eine Männerfantasie ist. Ursprünglich die Heldin des Computerspiels *Tomb Raider*, mit Shorts, John-Lennon-Brille mit blau getönten Gläsern und engem T-Shirt, unter dem sich ihre großen Brüste abzeichnen, den Revolver im Anschlag, wurde sie in der Verfilmung mit Angelina Jolie zu einem weit bekannten kulturellen Bild, als Flintenweib,⁵⁷ das als 'Jungstraum' nicht länger bedrohlich war, sondern die Qualität eines Pin-Up-Bildes annahm (siehe Bild 4b, 4c).

---

56 Angelina Jolie wird Anfang des 21. Jahrhunderts von der Boulevardpresse zur 'schönsten' Frau der Welt gewählt, wobei 'schön' in diesem Zusammenhang bedeutet, dass sie einem von Medien und Werbung gesetzten hyperfemininen Ideal entspricht.

57 "'Flintenweib' ist ein auf deutscher Seite gebräuchliches Feindbild der sowjetischen Soldatin im Zweiten Weltkrieg. Es war Bestandteil der Propaganda und der Befehlsgebung in der Wehrmacht [...]. Zum ersten Mal tauchte der Begriff Flintenweib in der Literatur deutscher Freikorpsoffiziere auf, die während des russischen Bürgerkrieges auf der Seite der Revolutionsgegner kämpften. Ihre Begegnungen mit weiblichen Soldaten der Bolschewiki während der Kämpfe im Baltikum 1918–1920 verarbeiteten sie zu Sujets von Abenteuerromanen, die in den 1930er Jahren unter jungen Lesern sehr beliebt waren und hohe Auflagen erreichten" (Moll, www.dictionaryofwar.org).

Aus feministischer Sicht betrachtet erscheint Jolie als Protagonistin Legs in der *Foxfire*-Verfilmung von 1996 wie eine unkonventionelle Vorgängerin der Protagonistin Lara Croft in der *Tomb Raider*-Verfilmung von 2001. Der Bruch mit der Geschlechterkonvention steht hier, chronologisch gesehen, *vor* der Bestätigung des (wenn auch glamourösen Klischees) Lara Croft. Dennoch kann, zumindest für den DVD-Konsumenten oder die Video-Konsumentin, beim Anblick der Figur Legs der Eindruck des Konventionsbruchs entstehen: denn ich würde behaupten, wenn eine Zuschauerin, ein Zuschauer 2006 einen Film mit Jolie von 1996 sieht, sieht sie oder er immer auch Lara Croft vor seinem/ihrem geistigen Auge, und Legs, deren Stärke sich nicht hauptsächlich aus ihrer Attraktivitätsmacht speist, erscheint dann möglicherweise als Subversion der vor allem attraktivitätsmächtigen Lara (Bild 4d).

Die '1996er-Version' von Angelina Jolie tritt wie ein einsamer Cowboy – eigentlich eine Verkörperung US-amerikanischer Gründungsmythen – ins Bild des Films *Foxfire*, und entsprechend wird ihr erster Auftritt inszeniert. Zuerst sind nur zwei Beine in dunklem Denim und Bikerboots zu sehen, die im Regen auf das Schulgebäude zusteuern wie auf einen Saloon. Filmmusikalisch untermalt wird die Sequenz von einem rockigen Gitarrensolo, das die Assoziation der Figur in Lederjacke mit dem Phantasma des Rockers nahe legt. Der Hausmeister ruft die Gestalt, die sich auch den Filmzuschauern weiterhin nicht vollständig zeigt, während sie mit wiegenden Schritten den Schulkorridor entlanggeht, als vermeintlichem Jungen an: "Hey, young man, Stop when I'm talking to you." Dieses Anrufungs-Szenario erinnert an ein oft zitiertes Beispiel von Louis Althusser: Indem der so angerufene Mensch auf den Ruf des Wachmanns reagiert, wird er auch zum (unterworfenen) Teil des Systems. Legs allerdings wird für den Hausmeister nicht 'intelligibel'. Ihre Weigerung, sich umzudrehen, ist genau genommen gar kein aktiver Widerstand, schließlich ist sie kein 'young man'. Der Widerstand liegt jedoch darin, sich der 'kulturellen Intelligibilität' von vorneherein zu verweigern. In *Gender Trouble* erklärt Butler den Begriff der heterosexuellen Matrix in Zusammenhang mit dem der 'Intelligibilität': "I use the term [...] throughout the text to designate that grid of cultural intelligibility through which bodies, genders, and desires are naturalized" (151).

Weil Legs so entsprechend mit Bedeutung aufgeladen ist, erzielt die Szene, als die Gestalt das Klassenzimmer von Maddie, Rita und Violet betritt und das Gesicht eines Mädchens erkennbar wird, eine besondere Wirkung: Der vermeintliche junge Mann ist ein junges Mädchen mit dunkler, kurzer Unfrisur und ernstem Blick in 'geschlechtsneutraler' Kleidung: Jeans, Motorradstiefel, Lederjacke, die jedoch auch als hypermaskuline Kleidung gelesen werden könnten – Legs ließe sich gewissermaßen auch als *male impersonator*[58] be-

---

58 Zum Begriff der *male* und *female impersonation* bei Butler siehe hier, S. 136.

zeichnen. Wie ihre Kleidung auch 'gelesen' wird, sie tritt sofort als *female just warrior* in Aktion.[59] Für Klassenzimmerfilmszenen werden bezeichnenderweise häufig Biologiestunden gewählt (auch in *Ginger Snaps* spielen sich maßgebliche Teile der Handlung im Biologieunterricht ab). In dem Klassenzimmer, das Legs gerade betreten hat, sollen lebende Frösche seziert werden. Der Frosch, den Rita zu sezieren nicht übers Herz bringt, wird mit den folgenden Bildern nicht nur als Versuchstier, sondern als *Opfertier* inszeniert und nimmt damit effektvoll Ritas Situation als Missbrauchsopfer ihres Lehrers vorweg. Das Tier liegt auf dem Rücken, schutzlos die zarte, perlmuttfarben schimmernde Bauchhaut darbietend, und in einem nächsten Bild nimmt der Zuschauer das Tier genau aus Ritas Perspektive war: ein Close-Up von den golden glitzernden Augen des Froschs.

Als der Lehrer mit dem sprechenden Namen Buttinger Rita Nachsitzen unter seiner Aufsicht androht, setzt sie das Skalpell sofort auf Herzhöhe des Frosches an, was das Ausmaß ihres Leidensdrucks deutlich macht – kurz darauf eröffnet sich den Filmzuschauern, dass Buttinger Rita in solchen Nachsitzstunden sexuell belästigt. Indem Legs in letzter Sekunde zu Ritas Pult springt, ihr sanft das Skalpell aus der Hand nimmt, den Frosch aus dem Fenster springen lässt und hinterhersteigt, wird sie als eine ebenso mutige wie antiautoritäre Actionheldin ins Geschehen eingeführt.

Legs Befreiungsaktion des Froschs setzt die Initialzündung der Rebellion in Gang, die das Narrativ zur *juvenile delinquency*-Erzählung macht: die betroffenen Mädchen versammeln sich nach der Stunde in den Räumen der Schultoilette und beginnen, über Buttinger zu sprechen. Als Rita das angedrohte Nachsitzen antritt und Buttinger sich ihr nähert – eine beklemmende, langsame Szene ohne Filmmusik, in der Rita wie versteinert sitzt, während die Hand des Lehrers auf ihrem Oberkörper langsam tiefer wandert –, betreten die anderen Mädchen nach und nach das Zimmer: Violet, Maddie, schließlich Legs. Es entsteht ein Handgemenge, währenddessen der Lehrer die Mädchen schlägt, aber schließlich von ihnen geschlagen wird. Eine Art *rape-revenge*: Legs fasst Buttinger fest in den Schritt und fragt: "How does it feel", und Rita schreit ihn schließlich an: "If you ever touch me again, I'll …", dann folgt eine Kastrationsmetapher. Als letzte betritt Goldie die Szenerie und wird zur beifälligen Zeugin: "Buttinger is such a fuck!" Legs, wieder *just warrior*, schickt die Mädchen weg. Der Peiniger liegt geschlagen am Boden, und Legs richtet ihn in Cowboymanier mit ihrem stiefelbewehrten Fuß auf, um ihn noch einmal zu fragen, ob er verstanden hat. Der gemeinsame illegale Widerstand hat die ungleiche Gruppe, die zunächst nur ihr Außenseitertum verbindet, zusammen-

---

59 Ich gebrauche den Begriff in Anlehnung an den von Redding vorgestellten Begriff des *male just warrior*, im Fall von Legs allerdings ohne jegliche übersinnlichen Kräfte.

geführt: "[F]ive teenage girls [...] form an unlikely bond after beating up a teacher who has sexually harassed them. They build a solid friendship but their wild ways begin to get out of control", lautet die Zusammenfassung des Films auf der Internetseite *IMDb.com* ("The Internet Movie Database").[60]

Denkwürdig sind bei der Beschreibung des Films auf *IMDb.com* auch die sogenannten *plot keywords*, die das Allgemeine und das Besondere merkwürdig gleichsetzen: "Tattooing / Independent Film / Portland Oregon / Based On Novel / Drugs / Feminism / Friendship / Lesbian / Family / Youth." Dabei lassen sich tatsächlich Verbindungen zwischen den Stichworten herstellen: zum *feministischen* Selbstverständnis der Riot-Girl-Musikerinnen, deren Umriss hier immer wieder erkennbar wird, gehört neben der Inszenierung in zerrissenen, mitunter ironisch puppenhaften Spitzenkleidern und Motorradstiefeln auch Tattoos.[61]

Das Keyword *Lesbian* ist dagegen irreführend: Was der Film *Foxfire* zeigt, ist zuallererst *girl bonding* – was ich als Anspielung auf den etablierten Begriff des *male bonding* verstanden wissen möchte. Teil dieses *girl bonding*, das auf *Amazon.com* als "unlikely bond" bezeichnet wird, ist auch ein schwärmerisches Zusammengehörigkeitsgefühl, das sich besonders zwischen Maddie und Legs entwickelt. Dabei gibt es auch Momente von Nähe, die romantisch oder sinnlich scheinen. Es geht im Film aber ebenso wenig um ein Coming Out wie um eine Suchtproblematik. Das Sich-Hingezogen-Fühlen der Mädchen zueinander erscheint als logische Konsequenz; als gleichzeitige Abwendung von einer als korrupt und gnadenlos empfundenen Machtwelt von Jungs (Wortführer und Highschool-Sportskanone Dane) und Männern (Lehrer Buttinger).

Der Film zeigt keine auffallende '*queer-consciousness*', es wird nicht hinterfragt, dass Maddy zu Legs sagt: "If I told you that I loved you, would you get it the wrong way? You know I'm not ..." Das Wort *lesbian* bleibt unausgesprochen. Maddys Aussage lässt sich auf mindestens zwei Arten verstehen: die eine Deutung ist positv: Es geht in *Foxfire*, wie eben schon beschrieben,

---

60 Internetseiten wie *IMDb.com* oder die des damit verlinkten Online-Medienbestelldienstes *Amazon* werden in dieser Arbeit noch häufiger auftreten, denn Zuschauerrezensionen, Best-of-Listen etc. sind gendertheoretisch oft sehr anschaulich. *IMDb.com* beschreibt Filme nach den Kategorien Genre / Tagline / Plot Synopsis / Plot Keywords: Als Genre wird für *Foxfire* "Drama" angegeben.

61 Diese Ästhetik erinnert zum einen an die Comicfigur *Tank Girl*, die Mitte der 1990er vor allem durch die Verfilmung zu einer Galionsfigur eines stärker im Mainstream verhafteten *Girlism* wurde (vgl. dazu den Abschnitt über die Riot-Girl-Bewegung in diesem Kapitel). Zum anderen wird diese Ästhetik Anfang des 21. Jahrhunderts in den USA 'sportlich' aufgegriffen: Das Gotham City Roller Derby Team in NYC ist ein Mädchenteam, zu deren Prinzipien Tätowierungen, brutale Spielregeln, aber auch sexy Posen gehören. Die Spielerinnen haben Fantasienamen wie z.B. Blissy Sadistic. (www.charmcityrollergirls.com; www.gothamgirlsrollerderby.com/).

nicht zuerst um etwas, was sich sofort mit der Zuschreibung *lesbian* fassen lässt, also um ein auch sexuelles Begehren, sondern es geht zuerst um die Begeisterung der Mädchen füreinander, den Spaß, den sie miteinander haben. In diesem Sinne ließe sich Maddys "the wrong way" einfach so verstehen, dass es ihr eben nicht um zuerst um Sex geht, sondern um ein euphorisches *girl bonding*. Beim Wort genommen ist die Formulierung "the wrong way" hingegen problematisch. Denn das hieße, *I love you* im Sinne von 'Ich begehre dich' wäre genau dieser "wrong way". Diese Frage lässt der Film offen. Ein wesentlicher Punkt ist, im Film wie in der Romanvorlage, dass Maddys schwärmerische Perspektive auf Legs etwas angenehm Uneindeutiges hat, etwas Offenes und etwas frei Interpretierbares. Ihre Liebe entspricht keinem Stereotyp, sie entspricht eher McDonalds' *open image*, dem kulturellen Bild mit der Kapazität, interpretiert und mit neuer Bedeutung aufgeladen zu werden.

Es gibt noch eine Reihe von Konventionen des 'Jungsfilms', die in *Foxfire* aufgegriffen und von den Mädchen für sich beansprucht werden. Die nächste gemeinsame Aktion der Mädchen ist ein Einbruch in die Schule, der wie die Befreiung des Froschs und die Lektion für den übergriffigen Lehrer wieder im Sinne des Gerechtigkeitskampfes steht. Weil die Mädchen nach der Rache an ihrem Lehrer vom Unterricht suspendiert werden, holen sie nachts Maddys fotografische Werke aus dem Schulgebäude. Als Goldie während der Aktion gedankenverloren ein brennendes Streichholz wegwirft, wird die Sprinkleranlage ausgelöst.

Damit beginnt eine Szene, die bei Zuschauern, die ein kritisches Bewusstsein um Geschlechterklischees entwickelt haben, eine freudige Gänsehaut auslösen kann: Die Sprinkler und der Feueralarm gehen los, es entsteht eine Atmosphäre von Chaos, die dann in jugendliche Anarchie umschlägt. Die Mädchen schreien und rennen durch die gefluteten Flure, während das Wasser unaufhörlich weiterströmt und Lichtsignale blitzen. Die Sirene des Feueralarms mischt sich unter die einsetzende Filmmusik, treibender Surf-Rock 'n' Roll mit rasenden Gitarren, die Mädchen rennen durch die Gänge mit einer Begeisterung, als würden sie auf einem Rockkonzert tanzen – oder wären auf der *Rock 'n' Roll High School*, die, wie oben erwähnt, vornehmlich den Jungen gehört.

Der Film stellt auch Bezüge zu typischen Motiven des Horrorfilms bereit, was vor dem Hintergrund der Vorstellung, dass Horrorfilme sich vor allem an junge Männer richten (vgl. Clover), zusätzlich an Bedeutung gewinnt. Zuflucht finden die Mädchen in einem leer stehenden verfallenen Haus, das sie mit ihrer quirligen Lebendigkeit gewissermaßen *unhaunted* machen. Beim Betreten des Hauses machen sie selbst Anspielungen auf den Topos des *haunted house*. "It's haunted", wispert eine von ihnen mit einer Mischung aus Ironie und Ehrfurcht, und eine andere ruft fragend, die Stimme von Mrs. Bates in *Psycho* imitierend, in den Hauseingang: "Norman?!!" Dieser Moment weist die Mädchen als Kennerinnen des Genres aus und fügt damit der Vorstellung des männlichen adoleszenten Horrorfans eine Möglichkeit hinzu. Überdies umarmen die Mädchen die imaginären Geister des Hauses, indem sie sich ihren Ängsten stellen. Zur Strategie des *de-haunting* (man könnte auch 'Austreibung der bösen Geister' sagen) gehören zwei weitere Szenen, die ähnlich ansprechend sind für BetrachterInnen, die nach neuen Identifikationsmöglichkeiten suchen wie die eben beschriebene 'Rock 'n' Roll-Highschool-Szene': ein 'Budenzauber' mit wildem Tanz zur Musik von The Cramps[62] und das Banden-Initiations-Ritual.

Das Banden-Initiations-Ritual des Romans beginnt mit einer Tätowierung:

> Legs drew her lips back from her teeth and smiled, hard. [...] Whispering, "Hold still, baby, O.K.?" And so Maddy did. As the others craned their necks watching the sweet glisten of blood. So Maddy was tattooed in FOXFIRE as, in a dream, Legs had envisioned their sacred emblem, red-stippled dots defining themselves into the shape of a tall erect flame [...] she knew this was pain this was madness to mutilate her flesh yet in truth it was sweetness she felt. *So happy my heart swelled to bursting.* Later, when the bleeding stopped, they would rub alcohol into their little wounds and tap in red dye to form the flame-tattoo [...], but, now, while the bleeding was fresh, they pressed together eagerly to mingle their blood their separate bloods as Legs instructed so that from that hour onward they were bloodsisters in FOXFIRE all five were one in FOXFIRE and FOXFIRE was one in all.

Mehr und mehr gerät das Ritual zu einer Art entfesseltem Voodoo-Zauber:

> Partly undressed, giddy and excited, they clutched at one another: the crosses around their necks collided, clattered. A single swooning fall gripped them. [...] There was a drunken joy to the flickering candle flames. [...] Goldie [...] broke loose, hugging the others one by one to smear her blood against theirs her brying laughter rising and contagious [...] then Goldie seized Legs in a bear hug tugging Legs' black shirt completely off [...] so her small pale breasts were exposed, Legs laughing angrily but Goldie wasn't to be dissuaded shaking and shimmying smearing blood onto Legs' chest [...]. (41–42)

In der Verfilmung wird diese Stimmung zwischen Sinnlichkeit und Verschwesterung kongenial bebildert; auch hier wird die Spannung zwischen den Mädchen nicht als – auch als Männerfantasie taugliche – lesbische Liebesspiele zwischen heterosexuellen Frauen inszeniert, sondern als intimes Gruppenritual, während dessen der nackte weibliche Oberkörper keine Pin-Up-Girl-Konnotation hat, sondern eher wie der entblößte männliche Oberkörper wirkt: als Ausdruck einer anstrengenden körperlichen Tätigkeit vielleicht, körperlicher

---

62 Mehr zu The Cramps siehe Kapitel 3 im Zusammenhang mit Nancy Collins' Sonja Blue-Romanen.

Arbeit, bei der das Hemd hinderlich wäre, schlicht als Ausdruck von Zwängen befreiter Körperlichkeit. Unterstrichen wird dieser Aspekt im Film, indem das Entblößen der Oberkörper nicht in einer Art Taumel geschieht, sondern langsam und selbstverständlich.

Im Kerzenschein eines Raumes des Abbruchhauses holt Legs ruhig ihre Tätowierutensilien heraus und zieht ihr Hemd aus. Die Kameraeinstellung zeigt ihre nackten Brüste, fährt nah an ihre Haut heran, so dass schließlich nur ihre untere Gesichtspartie und der Körper oberhalb der Brüste zu sehen ist, wo sie auf der Höhe ihrer Achsel das Flammensymbol zu stechen beginnt. Die gesamte Szene ist ruhiger als in der Romanvorlage. Legs nimmt die Tätowierungen vor, die Mädchen der Gruppe legen sich dazu vertrauensvoll in ihre Arme. Doch auch hier wird die Atmosphäre des Rituellen eingefangen und die Energie und Feierwütigkeit der Mädchen deutlich: Nach und nach ziehen sie ihre Hemden aus, um sich ebenfalls tätowieren zu lassen und trinken dazu Schnaps aus der Flasche, was der Szene eine bacchantische Seemannskneipenromantik verleiht.

Es gibt eine Reihe von Begriffen für Verbünde unter Männern, beispielsweise der bereits genannte des *male bonding*. Ein anderer solcher Begriff ist der des *Ladism*. Ladism bedeutet sinngemäß: 'mit den Jungs abhängen, trinken, Fußball gucken, sich daneben benehmen'. Das gesellschaftliche Stereotyp besagt noch heute, dass Frauen offensichtlich keine Neigung zu diesen Dingen haben: "Ich bin ein Dichter, ein Denker, ein Richter, ein Henker [...] so steh ich vor dir / und was sagst du zu mir? Bring den Müll raus, pass aufs Kind auf, und dann räum hier auf / Geh nicht spät aus, nicht wieder bis um eins. Ich höre was du sagst aber versteh nicht was du meinst" heißt es in einem aktuellen Song des deutschsprachigen Sängers Roger Cicero, dessen Lyrics die Texter verfasst haben, die auch für die Sängerin Anette Louisan schreiben und dabei zielgerichtet mit Geschlechterstereotypen arbeiten, ob sie sie umdrehen (Louisans "Das Spiel") oder bestätigen (Ciceros männlicher 'Dichter & Denker'). Die Zeilen in Ciceros Songtext implizieren, dass der Mann gerne trinkt, feiert und über die Stränge schlägt, während es der Frau zukommt, ihn mehr oder weniger gütig zur Vernunft zu mahnen. Die Foxfire-Girls in Roman wie Film widersprechen diesem Klischee. Besonders daran ist auch, dass der Konventionsbruch sowohl vor dem geschichtlichen Hintergrund der 1950er (als der Roman spielt) als auch dem der 1990er (wohin die Handlung des Films verlagert ist) gleichermaßen funktioniert. Im Roman bricht der Verbund der Mädchen mit der Konvention der Banden von Jungen in den 1950ern, den "Aces" und "Hawks", wie sie im Roman heißen:

> The self-assured FOXFIRE girls in their silky scarves and black corduroy jackets evoke strong feelings among the boys at Perry High School, especially among the gangs: the Viscounts, the Aces, the Dukes ... each of these all-male gangs has its

"female auxiliary," an ever-shifting pool of steady girl-friends and available, or promiscuous, girls, but FOXFIRE's no "auxiliary," FOXFIRE can' be appropriated. FOXFIRE can't even be approached. (110)

Im Film wird mit der – noch allgemein gültigeren – auch zur Jahrtausendwende nach wie vor üblichen Konvention des Ladism gebrochen, der im Zuge von Backlashes, die Frauen als häuslich, vernünftig und auf den Kleinfamiliengedanken fixiert entwerfen, immer wieder erstarkt.[63]

Auch mit der Darstellung von Foxfire geht es nicht zuletzt um die Unterwanderung der herkömmlichen Bewertung weiblicher Aggressivität: Foxfire ist keine Hilfstruppe. Der Gedanke wird im Roman auch noch einmal aufgegriffen, als Legs bei ihrer Verhaftung befragt wird, für welche (Männer)bande sie arbeitet. Merkwürdig ist allerdings, dass Oates selbst im Zusammenhang mit dem Phänomen des US-amerikanischen Serienkillers die Frau als "distaff half", also auch als bloße Handlangerin bezeichnet – in einem Essay, der ein Jahr nach *Foxfire* veröffentlicht wurde. Das kulturelle Bild von Frauen als 'Gefolgschaft von Freundinnen und Betthäschen' ist offensichtlich ein so hartnäckiges, dass selbst eine Kritikerin mit *gender-consciousness* nicht vor ihm gefeit ist.[64]

---

[63] Vgl. dazu auch Jens Friebe, "Kathleen Hannah – 'The Left One'" (2008). Friebe beschreibt darin den Umgang der Riot-Girl-Ikone Hannah mit der traditionellen Dominanz von Männern in der amerikanischen Punk- und Hardcore-Szene und verweist u.a. auf den Dokumentarfilm *American Hardcore*.

[64] Oates' essay "Where is an author" zeigt ihre kritische Haltung zur feministischen Theorie und bringt damit implizit eine "anhaltende Kontroverse" zur Sprache, mit der sich an der Produktion von Schriftstellerinnen orientierte Arbeiten häufig auseinandersetzen müssen (vgl. Hof, *Grammatik* 123). "What difference does it make who is speaking?" zitiert Oates Foucault, und fügt hinzu: "it seems, in fact, to make a difference to most readers." Als ein Beispiel nennt sie die feministische Kritik; problematisch ist allerdings, dass sie diese Kritik auf Fragestellungen der 1970er Jahre reduziert: "Does a woman [...] possess a special language, distinct from male language? Or is it purely Woman, and no individual, who possesses such a language? And what of the 'androgynous' artist? As a writer, and a woman, or a woman, and a writer, I have never found that I was in possession of a special female language springing somehow from the female body [...] To be marginalized through history, to be told repeatedly that we lack souls, that we aren't fully human, therefore can't write, can't paint, can't compose music, can't do philosophy, math, science, politics, power in its myriad guises – the least of our compensations should be that we're in possession of some special gift brewed in the womb and in mother's milk." Wie Hof feststellt, basiert die anhaltende Kontroverse, die hier angesprochen wird, im Grunde auf einem Missverständnis: "Einerseits wird von Literaturkritikerinnen die Besonderheit einer Frauenliteratur betont, andererseits von Autorinnen der Dogmatismus dieser Klassifizierung hervorgehoben. In dieser anhaltenden Kontroverse um ein weibliches Schreiben spiegelt sich die nach wie vor bestehende Unsicherheit gegenüber dem Begriff *gender*. [...] Die allseits zu beobachtenden und in dieser Form unnötigen Unstimmigkeiten zwischen Schriftstellerinnen

Monster und Musik: *Riot Grrrls – Heavy Metal Girls – Girl Monster*

Riot Grrrls

Der Filmemacher John Waters ist Spezialist für Normbrüche. Und zwar in zweierlei Hinsicht: er bricht nicht nur mit bestimmten Normen, sondern zeigt auch deren Brüchigkeit auf. Seine Werke sind nicht nur anarchistisch, campy[65] und zutiefst respektlos, sondern gleichzeitig auch hochgradig gender-, *class*- und *race-conscious*.[66] So auch sein Film *Serial Mom* (1993), der in liebevoller Detailtreue mehrere Ebenen der Horrorgenrekonvention unterläuft. Wie der Titel bereits andeutet, haben wir es mit einer Serienmörderin zu tun, allerdings mit einer Serienmörderin, die gleichzeitig eine Vorzeigemutter aus der US-amerikanischen weißen Mittelschicht ist und mit ihrer Familie in vorstädtischer Idylle lebt. *Serial Mom*, dargestellt von Kathleen Turner, ist jedoch nicht nur ein echtes 'Muttertier', das jegliche Kränkung an einem ihrer Schutzbefohlenen unbarmherzig rächt. Sie ist auch ein ausgewachsener Horrorfan. So steht sie zum Beispiel in regem Briefkontakt mit mehreren inhaftierten Serienmördern (Charles Manson, Ted Bundy), und wenn die hinreißende burschikose Freundin ihres Sohnes sich einen Splatterfilmklassiker ansieht, beispielsweise Herschell Gordon Lewis' *Blood Feast*, schleicht sich Serial Mom später heimlich zum Fernseher und sieht sich die grausamsten Szenen nochmals in Zeitlupe an. Dass sich gerade ein junges Mädchen und eine Vorzeigemutter für Lewis' Werke begeistern, ist einer der zentralen offensichtlich sorgfältig

---

und feministischen Literaturwissenschaftlerinnen basieren auf einem Mißverständnis, das eng mit den zum Teil unklaren Auslegungen des Begriffs gender zu tun hat" (Hof, *Grammatik* 123). Zu diesem Missverständnis siehe auch Miess, "Lemmy, I'm a Feminist, but I Love You all the Way" (2007).

65 Was Susan Sontag in "Notes on 'Camp'" (1964) in der 10. und 41. Notiz schreibt, liest sich wie eine Poetik Waters': "10. [...] To perceive Camp in objects and persons is to understand Being-as-Playing-a-Role. It is the farthest extension, in sensibility, of the metaphor of life as theater. [...] 41. The whole point of Camp is to dethrone the serious. Camp is playful, anti-serious. More precisely, Camp involves a new, more complex relation to 'the serious.' One can be serious about the frivolous, frivolous about the serious."

66 Der Film *Hairspray* mit Divine und Ricki Lake beispielsweise spielt in den frühen 1960ern und thematisiert vor einer campy Kulisse (aufgesprayte Frisuren, ausladende Tanzoutfits) den Widerstand gegen Diskriminierung und Segregation. Tracy (Ricki Lake) kämpft dafür, dass ihre schwarzen Freunde gemeinsam mit ihr eine TV-Tanzshow besuchen können, die sonst nur an bestimmten Tagen für Schwarze zugänglich ist.

ausgesuchten Konventionsbrüche, denn wie beschrieben gilt die Fankultur des *Splatter-Aficionados* als Domäne junger Männer.[67]

Bild 5. L7.

Zu einem der Höhepunkte des Films gehört ein Auftritt der Band L7. L7 ist eine der zentralen Bands der bereits erwähnten Riot-Girl-Bewegung der frühen 1990er Jahre (Bild 5).[68] In Waters' Film stellen L7 die fiktive Band Camellips dar. Ihre Kostümierung besteht aus obszönen Hosen, die im Schritt mit einer Kamelmaul-artigen Verdickung ausgestattet sind, was ihnen das Aussehen überdimensionaler Venuslippen verleiht. Serial Mom gerät während der Verfolgung eines jungen männlichen Opfers zufällig in den Konzertsaal. Der 'Moshpit', der Bereich vor der Bühne, in dem wild getanzt wird, ist bei Punkrock- und Heavy-Metal-Konzerten traditionell die Zone junger Männer. Beim Konzert der Camellips steht mit Serial Mom plötzlich eine Frau mittleren Alters mit Tupfen-Kleid und sorgsam frisierten Haaren vor der Bühne und tanzt begeistert mit.

In der Realität begannen Bands wie L7 genau diese Räume für Frauen zu erobern – den Raum auf der Bühne wie den Raum davor. Gemeinsam mit Bands wie Hole, Bratmobile, Bikini Kill, Babes in Toyland und Lunachicks verbanden sie radikalen Feminismus in ihrem Songwriting und ihren Bühnen-

---

67 Ein Gegenbeispiel zu dieser in den 1980ern verfestigten Theorie ist auch die seit 2008 aktive feministische Horror-Fan-Site axwoundzine.com, in den Worten der Gründerin Hannah Forman: "It is my hope that 'Ax Wound' will create a dialogue about gender in the horror/slasher/gore genre – a genre typically thought to reinforce patriarchal values. I want both the zine and the website to provide a safe, stimulating environment for feminists who struggle with their enjoyment of these films, and a place to explore what these films are about, and why we love them so much".

68 Da die Bewegung zahlreiche popkulturelle Kanäle nutzte und noch heute nutzt, existieren bereits viele Texte zum Thema. Hier geht es lediglich darum, das Phänomen Riot Girlism kurz zu umreißen und in den Kontext dieses Kapitels einzufügen. Eine Auswahl an Texten, die die Anthologie *Lips Hits Tits Power? Feminismus und Popkultur* (1998) vorstellt, listet sowohl Texte zu Frauen in der Rockmusik als auch allgemeinere Texte zu den Kategorien Gender und Race. Eine Auswahl: *Bodies That Matter* und *Gender Trouble* von Judith Butler; *Simians, Cyborgs, and Women* von Donna Haraway; *Rock She Wrote*, hg. von Evelin McDonell und Ann Powers; *Black Noise. Rap Music and Black Culture* von Tricia Rose; *Never Mind the Bollocks. Women Rewrite Rock* von Amy Raphael; *Bulletproof Diva* von Lisa Jones; *Black Looks* von bell hooks. Außerdem sind noch zu nennen: das US-amerikanische Magazin *Bitch* und die internationale Webseite *Girl Scenes* und die Interviewsammlung *Angry Women in Rock*, Hg. Andrea Juno.

shows mit dem Glamour der Rockmusik, ohne dabei schmerzliche Themen wie Abtreibung und sexuellen Missbrauch auszusparen. Ihre Ästhetik, auf Albumcovern wie in der Inszenierung der eigenen Person, hat viel mit dem Monströsen und Grotesken zu tun: Auf dem Cover einer Babes in Toyland-Single beispielsweise posiert die Sängerin mit blauem Auge und verrutschter Haarschleife im blutverschmierten Brautkleid. Der Stil der Riot Girls bestand generell in leicht zerrissenen (Spitzen)kleidern (als Parodie des Bilds vom braven Mädchen), Motorradstiefeln und wild zerzaustem Haar. In dieser Pose ergriffen die Musikerinnen die E-Gitarre, das Klischee eines Phallussymbols, und spielten schnellen, harten, atonalen Noiserock – neben dem Heavy Metal eine weitere 'monströse' Spielart des Rock'n'Roll. Parallel zu dieser neuen Präsenz in der Musik wurde das Medium des Fanzines genutzt, um Position zu beziehen – außerhalb eines von den Netzwerken männlicher Autoren durchdrungenen Musikjournalismus. So war die Bewegung nicht auf die Musikszene beschränkt, sondern nutzte mehrere popkulturelle Kanäle, wie auch Punkt 8 des "Riot Grrrl Manifesto" beschreibt:

> Riot grrrl is … BECAUSE we don't wanna assimilate to someone else's (Boy) standards of what is or isn't 'good' music or punk rock or '*good*' writing AND THUS need to create forums where we can recreate, destroy and define our own visions. (Baldauf und Weingärtner [Hg.], 27)

In der Anthologie *Lips Tits Hits Power? Popkultur und Feminismus* (1998) der österreichischen Autorinnen Anette Baldauf und Katharina Weingärtner wird die Geschichte der US-amerikanischen Riot-Girl-Bewegung nachgezeichnet und der Einfluss deutlich gemacht, den die Bewegung beispielsweise auch für popkulturell interessierte Frauen in Deutschland hatte.[69] Der Bezug des Riot-Girl-Phänomens zum eigentlichen Gegenstand dieses Kapitels lässt sich unter anderem mit dem Beitrag "Bad Girls" aus *Lips Hits Tits Power* illustrieren, der sich ähnlich wie der Beitrag von Giora in *Hexenjagd* mit fiktionalen Repräsentationen von neuen, im positiven Sinne monströsen weiblichen Subjektpositionen auseinandersetzt. Dabei untersucht die Autorin Lisa Jervis die Filme *Freeway*, *Girlstown* und auch *Foxfire* und unterstreicht dabei den Unterschied zwischen Bad Girl und Femme fatale:

> Im Film sind *bad girls* keine wirkliche Neuerfindung. Sie existieren als Femmes fatales, die ihre Liebhaber zum Mord anstiften, als Gangsterbräute, die sich ständig in Unterweltler verlieben, oder als durchgedrehte Verlagschefinnen, die unschuldige

---

[69] Die Beiträge umfassen Interviews mit amerikanischen Musikerinnen und Autorinnen, aber auch Essays und Stimmungsbilder von deutschsprachigen Musikjournalistinnen wie Kerstin und Sandra Grether. Dem Geist von *Lips Hits Tits Power* folgend erschien 2007 die von Sonja Eismann herausgegebene Anthologie *Hot Topic. Popfeminismus Heute*.

Häschen in den Kochtopf werfen. Und schließlich werden Frauen zu Mörderinnen, um sich und ihre Kinder zu retten. In Filmen wie Freeway, Girlstown und Foxfire tauchte in jüngster Zeit *ein neuer Typ von bad girl* auf. Weder Komplizin, noch Verführerin (an Männerrollen gekoppelte Frauentypen), nicht Mutter oder irrationale Schreckschraube, sondern feministische Kämpferin, die sich nur auf sich selbst verlässt. Von der Wut darüber angetrieben, wie es und andere Frauen in der Gesellschaft behandelt werden, wird dieses bad girl nicht nur in eigener Sache aktiv, sondern – und das ist entscheidend – es fordert auch für andere Frauen Rache und Vergeltung. (72, Herv. JM)

Im Verlauf der 1990er Jahre wurden die Ideen der Riot Girls wie alle großen Trends in mehrfacher Hinsicht vom (westlichen) Mainstream adaptiert: Die Comicserie *Tank Girl* wurde unter dem gleichnamigen Titel als Realfilm produziert und lief international im Kino. Mitte der 1990er Jahre wurde in der deutschen Jugendzeitschrift *Bravo Girl* vielfach über sogenannte 'Girlies' berichtet, die nun keine Musik mehr machten, sondern nur noch eine ähnliche Ästhetik wie die Akteurinnen der Riot-Girl-Bewegung pflegten.

Dennoch hat das Riot oder Bad Girl einen bleibenden Eindruck hinterlassen. 2006 ist sie endgültig zum Monster geworden: mit dem Dreifach-Album *Girl Monster*, herausgegeben vom Musikerinnenkollektiv Chicks on Speed, auf dem internationale Musikerinnen von Björk bis Juliette Lewis versammelt sind. Doch bevor ich darauf zu sprechen komme, möchte ich noch ein musikalisches Genre thematisieren, dessen Geschichte schon etwas älter ist als die Riot-Girl-Bewegung und das längst fester Bestandteil der (Pop)musikkultur ist: Heavy Metal.

Heavy Metal Women – Glamour, Girls, gesprengte Ketten?[70]

> The purpose of a genre is to organize the reproduction of a particular ideology, and the generic cohesion of heavy metal until the mid-1980s depended upon the desire of young white male performers and fans to hear and believe in certain stories about the nature of masculinity. [...] Metal is a fantastic genre, but it is one in which real social needs and desires are addressed and temporarily resolved in unreal ways.
>
> *Robert Walser*, Running with the Devil

"Monsters of Rock" heißt bezeichnenderweise ein seit Jahren regelmäßig stattfindendes Heavy-Metal-Festival. In der Ästhetik des Heavy Metal ist die Nähe von Gesamtinszenierung (Musik, Bandnamen, Bühnenoutfit, Album-

---

70 Die Teile dieses Abschnitts, die sich mit der Musikerin Doro Pesch und der Band Kittie beschäftigen, sind in Anlehnung an zwei Artikel in der *Taz* entstanden, die ich 2002 geschrieben habe: "Glamour, Girls, Gesprengte Ketten" über Kittie (22.2.2002) und "Mein Kumpel, die Amazone" über Doro Pesch (4.11.2002).

cover) und Monstrosität noch offensichtlicher als im Punk- und Alternative- oder Indierock.

So ist das Emblem der Band Motörhead, die zu den den Mitbegründern der New Wave of British Metal der 1970er gehören, das sogenannte *Warpig*, ein monströser, kettenbehangener Schädel mit Stoß- und Fangzähnen und nietenbewehrter Pickelhaube. Dath, der Heavy-metal, Horrorliteratur und Horrorfilm gleichermaßen zur "populären Phantastik der Gegenwart" zählt, charakterisiert das Songwriting der von ihm durchaus geschätzten Band als "Motörhead-Gesuhle in Leichenteilen und Eingeweiden", die Bandmitglieder als "vier finstere, mit Ketten behangene Rabauken" (*FAZ* 14.9.2002). Die ebenfalls in den 1970er Jahren gegründete Band Kiss verbindet ihre Inszenierung bis heute mit Aspekten des Glamrock[71] (zu dessen Vertretern damals eher Künstler wie David Bowie oder Marc Bolan zählten) und verkörpert so eine ganz andere Seite des facettenreichen Konzepts Heavy Metal. Doch auch Kiss arbeitet noch deutlicher als andere mit den Requisiten des Horrors. Ihre Live-Konzerte gleichen einer Geisterbahnfahrt: Sänger und Bassist Gene Simmons spielt ein Instrument, das in Form einer Axt gearbeitet ist; zum Höhepunkt der Liveshow spuckt Simmons grellrotes Kunstblut.

Wie der US-amerikanische Musikwissenschaftler Robert Walser in *Running with the Devil: Power, Gender, and Madness in Heavy Metal Music* deutlich macht, werden die Nähe zum Horrorgenre und zu einigen zentralen Themen des Genres – Aggression, Macht, Gewalt, Tod – bereits aus der Namenswahl der Bands ersichtlich:

> The names chosen by heavy metal bands evoke power and intensity in many different ways. Bands align themselves with electrical and mechanical power (Tesla, AC/DC, Motörhead), dangerous or unpleasant animals (Ratt, Scorpions), dangerous or unpleasant people (Twisted sister, Mötley Crüe, Quiet Riot), or dangerous and unpleasant objects (Iron Maiden). They can invoke the auratic power of blasphemy or mysticism (Judas Priest, Black Sabbath, Blue Öyster Cult) or the terror of death itself (Anthrax, Poison, Megadeth, Slayer). Heavy metal can even claim power by being self-referential (Metallica) or by transgressing convention with an antipower name (Cinderella, Kiss). Some bands add umlauts (Motörhead, Mötley Crüe, Queensrÿche) to mark their names as archaic or *Gothic*. (2, Herv. JM)

Die Nähe von harter Musik und Horror hat Kontinuität: Auch neuere Bands wie Gwar (1980er) oder Slipknot (1990er) arbeiten mit den Bildwelten des Horror. Gwar etwas ironischer, Slipknot mit einer solchen Intensität, dass sie wie das Videospiel *Counterstrike* und eine Reihe von Horrorfilmen in den deutschen Medien als mögliche Auslöser für den Amoklauf des Erfurter Schülers Robert Steinhäuser 2002 diskutiert wurden. Ich will die bei solchen Ereignissen stets von neuem geführte Grundsatzdiskussion der Wirkung von

---

71 Vgl. dazu Walser 130.

Gewaltdarstellungen auch in diesem Zusammenhang nicht weiter vertiefen, weil es nur eine Verkürzung sein kann, derart komplexe Taten mit dem Einfluss popkultureller Bilder zu begründen und man dann auch nach den Strukturen fragen müsste, innerhalb derer Jugendliche zu wenig Unterstützung im Umgang mit der Konsumkultur erfahren, die sie umgibt. Die Darstellung von Gewalt interessiert mich auch an diesem Punkt vor allem insofern, als sie die Funktion hat, reale gesellschaftliche Machtverhältnisse ins Bild zu setzen. Gerade weil diese Verhältnisse in den Konstellationen des klassischen Horrorpersonals – männlicher Täter/weibliches Opfer – überzeichnet werden und im Heavy Metal bestimmte Posen des Horrorgenres in die Realität einer musikalischen Live-Show überführt werden, stellt sich hier vor allem die Frage, wie Musiker*innen* sich innerhalb eines Genres bewegen, dessen Live-Performances offensichtlich in besonderer Weise von aggressiven Posen geprägt sind.

Im Gegensatz zur im Alternative-Rock-Bereich[72] verorteten Musik der Riot Girls ist Heavy Metal ein konservatives musikalisches Genre. Entsprechend begrenzt sind die darin verfügbaren Positionen der Akteure. Sie gründen auf traditionellen Vorstellungen von Maskulinität in westlichen Industrieländern, die immer auch in Verbindung zu bestimmten Blickrichtungen stehen: "Western constructions of masculinity often include conflicting imperatives regarding assertive, spectacular display, and rigid self-control. Spectacles are problematic in the context of a patriarchal order that is invested in the stability of signs and that seeks to maintain women in the position of object of the male gaze" (Walser 108).[73] Darin sieht Walser einen direkten Bezug zur Konstruktion von Männlichkeit im Heavy Metal: "Today's heavy metal musicians must negotiate the same contradictions. Like the story of Orpheus, heavy metal often stages fantasies of masculine virtuosity and control" (ebd.).

Die mit Maskulinität assoziierten Fantasien von Virtuosität und Kontrolle werden in Heavy-Metal-Bands von Anthrax bis Whitesnake musikalisch und visuell ausagiert. Das Klischee der Gitarre als Phallussymbol habe ich bereits in Zusammenhang mit dem *Riot Girlism* erwähnt. Heavy Metal betont diesen Aspekt in besonderer Weise, denn die Gitarre dient hier speziell dazu, 'zu zeigen was man hat', zur Demonstration technischer Fähigkeiten: "Metal songs usually include impressive technical and rhetorical feats on the electric guitar, counterposed with an experience of power and control that is built up

---

72 Da im deutschsprachigen Pop-/Rockmusik-Diskurs keine adäquate Übersetzung für Alternative Rock geläufig ist, wurde er wie der Begriff Heavy Metal in den Sprachgebrauch übernommen.
73 Diese Position als Objekt des männlichen Blicks entspricht Jaques Lacans Definition traditioneller maskuliner Subjektpositionen und femininer Objektpositionen, die mit dem Zugang zur symbolischen Ordnung (der patriarchalen Gesellschaft) verbunden sind: Die Frau macht sich kein Bild, die Frau ist das Bild.

through vocal extremes, guitar power chords, distortion, and sheer volume of bass and drums" (ebd.).

Die musikalische Machtdemonstration findet optisch Entsprechung in der Überzeichnung von Gesten des Rock'n'Roll-Live-Repertoires: "Visually, metal musicians typically appear as swaggering males, leaping and strutting about the stage, clad in spandex, scarves, leather, and other visually noisy clothing, punctuating their performances with phallic thrusts of guitars and microphone stands." Der Zugriff auf die Bildwelten des Horrors ist Teil dieser Ermächtigungsstrategien: "Like opera, heavy metal draws upon many sources of power: mythology, violence madness, the iconography of horror" (Walser 109).

Auf diese Weise stets von neuem errichtete Geschlechtergrenzen scheinen schwer überschreitbar, ungleiche Geschlechterverhältnisse schwer überwindbar zu sein: "Heavy Metal is, inevitably, a discourse shaped by patriarchy. Circulating in the contexts of Western capitalist and patriarchal societies, for much of its history has been appreciated and supported primarily by a teenage male audience" (109).[74]

Auch hinsichtlich der Wahrnehmung der Zielgruppe steht Heavy Metal also dem Horrorgenre nahe. Walser bringt sogar das Stichwort des *male bonding* ins Spiel, das ich schon in Zusammenhang mit dem *juvenile delinquency*-Film erwähnt habe: "Male bonding itself becomes crucial to the reception of metal that depends on masculine display, for it helps produce and sustain consensus about meaning" (116).

Selbst wenn sich die Fankultur des Heavy Metal gegen Ende der 1980er Jahre verändert und Heavy-Metal-Liveshows seither verstärkt auch von Frauen besucht werden – diese Entwicklung verläuft zeitlich parallel zum Aufkommen der Riot-Girl-Bewegung und der *Third Wave* – lassen sich die Geschlechterverhältnisse des Heavy Metal vor allem in den *Images*, den 'Körperinszenierungen', zur selben Zeit noch als prekär zusammenfassen: "Indeed, since 1987, concert audiences for metal shows have been roughly gender-balanced. But metal is overwhelmingly concerned with presenting images and

---

74 Das Klischee des deutschen Heavy-Metal-Fans lässt sich folgendermaßen zusammenfassen: "Unter einer Heavy-Metal-Band stellt man sich ausgewachsene Männer wie die Musiker von Metallica und Slayer vor. Ihre Konzerte werden von ebenso männlichen Fans besucht, die sich hinterher auf ihr Motorrad setzen und zurück in ihr Einfamilienhaus in Spandau fahren, um dort die Jeanskutte an die Wand zu hängen oder von ihrer Frau mit neuen Aufnähern besticken zu lassen" (Miess, *Taz* 26.2.2002). Wie ich schon im Zusammenhang mit *Gothic novel* und Slasherfilm angesprochen habe, sollte die Zuschreibung vornehmlich 'männlicher beziehungsweise weiblicher Rezeption' allerdings nie unhinterfragt übernommen, sondern als von Definitionsgemeinschaften geprägte Setzung mit Vorsicht betrachtet werden. So mag zwar das Publikum von Live-Konzerten relativ anschaulich für eine Prüfung hinsichtlich des 'Frauenanteils' sein, schwieriger wird es jedoch schon beim privaten Gebrauch von Tonträgern.

confronting anxieties that have been traditionally understood as peculiar to men" (Walser 110).

Besonders deutlich wird dieser Fokus auf männliche Ängste und Wünsche noch einmal, wenn für Walser zur detaillierteren Analyse der Inszenierung des männlichen Heavy-Metal-Künstlers ebenso der Bezug zu Theweleits Charakterisierung des Freikorps-Mannes in *Männerphantasien* naheliegt wie für Bukatman, wenn er in *Terminal Identity* über die Repräsentation des Cyborg schreibt – "[they] fortified themselves with hard leather body armor to assert their solidity against the threat of fluid women" (vgl. Walser 116; Bukatman 306). Wenn der Heavy-Metal-Musiker wie der Cyborg traditionell eine Verkörperung des Hypermaskulinen ist, das sich in Abgrenzung zu Weiblichkeitsbildern definiert, welche Möglichkeiten der Inszenierung gibt es dann für Musikerinnen – besonders seit den 1990ern? Und wie nehmen Musikerinnen ihre Rolle innerhalb des Genres wahr?

Bild 6a. Cover Art Doro. Album *Fight*, 2002.

Bild 6b. Cover Art Doro. Album *Warrior Soul*, 2006.

Auf dem Cover ihres Albums "Fight" (2002) trägt Doro Pesch ihre schwarze Lederkluft als exoskelettähnliche Rüstung um den schön geformten Körper. Mit wehenden blonden Haaren posiert die "Queen des Heavy Metal" vor den Ruinen einer versunkenen Roboterzivilisation. Seit 1980 nutzt die Musikerin Dorothea Pesch die Bildwelten von Fantasy, Science Fiction und Horror für eine Selbstdarstellung zwischen Cyborg und Amazone (Bild 6a, 6b).

Als Dorothea Pesch 1980 mit ihrer ersten Band begann, hatte sie von der *New Wave of British Heavy Metal*, die kurz zuvor von wütenden jungen Musikern wie Motörhead in Englands Industriezentren ausgelöst wurde, noch nichts gehört. Sie bemerkt zu ihren Motiven: "Ich hatte so viel Energie und so viele Aggressionen, dass einfach Heavy Metal daraus wurde. Obwohl der Begriff selbst noch gar nicht verbreitet war."

1982 gründete sich die Band Warlock, die sich bald als feste Größe des internationalen Heavy Metal etablierte. Pesch hatte als Bandleaderin eine führende Rolle inne, und als die Band 1986 von Nordrhein-Westfalen nach New York zog, musste sie schmerzliche Entscheidungen treffen: "Zwei wollten lieber in Bars abhängen als im Proberaum. Ich sagte, OK, ihr seid raus. Das tat weh, aber ich musste es tun." 1988 war auch das letzte männliche Gründungsmitglied ausgewechselt. 1989 benannte sich die Band in Doro & Warlock um – Peschs Position war nun auch im Bandnamen sichtbar. Anfang der 1990er war die erste Hochphase des Heavy Metal vorbei, aber Pesch veröffentlichte unermüdlich weiter Platten, fortan mit einer Band, die nur noch den Namen Doro trug.

Seither ist sie auch offiziell als 'Einzelkämpferin' ausgewiesen. Seither scheint sie auch eine besondere Faszination auf die großen alten Herren der Heavy Metal-Geschichte auszuüben. Gene Simmons von Kiss war Produzent der Platte "Doro" (1990), mit Lemmy Kilmister von Motörhead sang sie auf "Calling the Wild" (2000) im Duett.[75] Ihre Autorität in der Heavy-Metal-Szene kann sich kaum allein damit begründen lassen, dass Pesch als Amazone in Leder Männerfantasien verkörpert.

Bild 7a. Joan Jett.   Bild 7b. Joan Jett.   Bild 8. Lita Ford.

---

75 Was Peschs Musik betrifft, ist das nicht selbstverständlich. Denn die Musik von Kiss und Motörhead wird auch über die Grenzen des konservativen Heavy-Metal-Fans hinaus anerkannt, ob als campy und glamourös (Kiss) oder als 'gesellschaftsverzweifelte Kunst' (siehe Daths Einordnung von Motörhead). Doro Peschs Musik dagegen liegt, wenn man Heavy-Metal und seine diversen Ausprägungen als eine Art Koordinatensystem betrachtet, im mittleren Bereich; beim Hardrock, der gemeinhin auch nur unter Hardrockfans als angesehen gilt. Keine wahnwitzig schnellen Gitarren wie bei Slayer, kein Kopfgesang wie bei Judas Priest, Stilmittel, die das besondere Interesse von Mitmusikern gleich erklären könnten. Auch Doro Peschs Texte bewegen sich in den Konventionen des Hardrock, tiefernst, bisweilen voll Pathos. Dennoch erscheint sie neben den Autoritäten beziehungsweise Ikonen des Metal (Kilmister, Simmons).

Bild 9. Girlschool.

Tatsächlich setzt sich Pesch als Frau energisch durch in einem Genre, das nur eine Hand voll Musikerinnen wahrnimmt, darunter vor allem Lita Ford und Joan Jett (Bild 7a, 7b, 8) von der Mitte der 1970er gegründeten Frauenpunkrockband The Runaways und die 1978 gegründete *All-Woman*-British-Metal-Band Girlschool (Bild 9).[76]

Das funktioniert möglicherweise gerade auch deshalb, weil Pesch zwar hart arbeitet, aber eben nicht zu hart ist, was ihre (politische beziehungsweise sozialkritische) Einstellung betrifft: Feministische Kritik müssen Musikerkollegen nicht befürchten, denn Pesch hat eine erstaunliche Erfahrung gemacht: "Es ist nicht einfacher für einen männlichen Musiker im Musikbusiness zu überleben als für jeden anderen. Ich habe es immer als ein 'Unisex-Ding' empfunden." Einerseits ist diese Aussage 'gender-unconscious', vielleicht sogar ignorant. Andererseits könnte es zukünftige Metalmusikerinnen ermutigen, wie Pesch die zweifellos vorhandenen Probleme von Frauen im Musikbusiness einfach wegdenkt.

Bild 10. Kittie, Cover Debutalbum *Spit*, 2000.

Eine Frau, die ganz selbstverständlich 'bonding' mit Lemmy Kilmister betreibt, ist möglicherweise auch ein reizvolles *Role Model*. "I drive with Lemmy down Woodland Hills / you know it's feeling good / it's overkill", singt Pesch in ihrem Song "Salvaje" von 2002.

Während Pesch gewissermaßen zur ersten Welle des Mainstream-Heavy Metal der 1980er Jahre gehört, können die Musikerinnen der kanadischen Band Kittie (Bild 10) als ein Beispiel für eine neue Generation 'postfeministischer' Metalmusikerinnen

---

76 Girlschool arbeiten seit ihren Anfängen häufig mit der Band Motörhead zusammen: "Sie waren mit ihrem rotzigen Rock das weibliche Pendant zu MOTÖRHEAD. Die Nähe zwischen beiden Bands war nicht nur musikalischer, sondern auch freundschaftlicher Art, was sich unter dem Namen MOTÖRSCHOOL 1981 und der EP "St. Valentines Day Massacre" zeigte, wo man sich gegenseitig coverte" (www.metalglory.de/reviews).

gesehen werden. "Ich könnte blau sein und eine Ziege und würde trotzdem Heavy Metal spielen" lautet das Credo der weiblichen Teenager aus Kanada, die ihre Seele dem Death Metal verschrieben haben. Auf ihrem zweiten Album "Oracle" (2002) etwa findet sich das ganze Arsenal dieser Unterart des Heavy Metal: mystische Texte, Gesang in erstaunlich tiefer Stimmlage und Gitarrenbombast.

1996, noch vor ihrer High School-Zeit, haben Gitarristin und Sängerin Morgan Landers, ihre Schwester Mercedes, die Schlagzeug spielt, die Bassistin Talena Atfield und Fallon Bowman angefangen, gemeinsam Hits der bekannten Grunge/Alternative-Bands Nirvana und Silverchair nachzuspielen. "Wir hatten einfach genug davon, auszusehen wie alle anderen. Wir wollten etwas Besonderes machen", äußern sie in ihrer Biographie. Heavy Metal, besonders aber Death Metal mit seinen okkulten Themen, ist im Spiel mit der Symbolik des Bösen eine ideale Form zur Grenzüberschreitung, für Musiker und Fans gleichermaßen. Mit ihrem Wunsch nach Auflehnung sind Kittie also einerseits ganz normale Teenager. Andererseits aber sind sie Mädchen in einer Männerdomäne. Sie haben mehrere LPs veröffentlicht und waren wiederholt auf Welttournee. "All das passiert ganz selbstverständlich", kommentiert Morgan die Karriere der Band, also das, was sich aus dem Wunsch nach dem Besonderen ergeben hat.

Dabei ist Kitties Erfolg gerade keine Selbstverständlichkeit. Wie im Fall Pesch ist der viel größere Tabubruch als das musikalische Spiel mit der Finsternis, dass drei junge Mädchen eine Subkultur entern, in der Frauen eher barbusig auf Plattencovern auftauchen und deren Akteure immer noch größtenteils Männer sind. Wobei es keinen Unterschied macht, ob es sich um Death, Speed oder Doom Metal handelt.[77]

Die Bands, die Kittie als Einfluss nennen, sind allerdings nicht die Musikerinnen von Girlschool, die Runaways mit Lita Ford und Joan Jett oder Doro, sondern Pantera oder Fear Factory. Wie Nirvana und Silverchair sind Pantera und Fear Factory *All male-* oder *Guy Bands*, die allerdings im Gegensatz zu Bands, die ausschließlich aus Frauen bestehen, nicht explizit als solche bezeichnet werden, wie Kittie, die sich über die Frage nach der Zusammenarbeit in einer All-Girl-Metalband genervt zeigen, in Interviews zu bedenken geben.

Sonderausgaben zum Thema "Women in Rock" wie die des Magazins Meat Edge betrachten Kittie als ausgrenzend. In diesem Zusammenhang setzt Morgan Landes das Beispiel mit der blauen Ziege ein, als die sie "trotzdem Heavy Metal spielen" würde, vergleichbar mit der Selbstverständlichkeit, als die Pesch ihre Arbeit als Musikerin betrachtet. Die Idee, dass "Woman in

---

77 Zur Diversität der Kategorien gibt Walser in *Running with the Devil* einen guten Überblick.

Rock-Issues" reale Ausgrenzung möglicherweise öffentlich machen und nicht etwa erzeugen, ist Kittie gar nicht bewusst, ebenso wenig wie der Gedanke, welche außergewöhnliche Position sie tatsächlich beziehen.

Tatsächlich sind Kittie in dem, was sie repräsentieren, noch außergewöhnlicher als Pesch. Peschs außergewöhnliche Leistung besteht vor allem in etwas, das die Öffentlichkeit nicht sofort wahrnimmt, in etwas, das außerhalb ihrer öffentlichen Inszenierung liegt – die Organisation des Bandgefüges, das Networking mit den Autoritäten des Genres. Die Position der Rock*sängerin* allein ist jedoch nicht ganz so ungewöhnlich, sondern eine Position, die für Frauen in der Musik am ehesten verfügbar ist. Bei Kittie gibt es jedoch auch Leadgitarristin, Bassistin und Schlagzeugerin, für diese Positionen gibt es wenige Vorbilder. Die in den 1970ern zu Ruhm gelangte Lita Ford ist noch heute die einzige namhafte Heavy-Rock-Gitarristin.[78] Die Heavy-Metal-Leadgitarristin ist auch gegenwärtig noch ebenso wenig 'emblematisch' wie eine weibliche Sexualverbrecherin. Die Gleichsetzung mag polemisch wirken, an Tragweite gewinnt sie jedoch, wenn man Paglias Gleichsetzung von Mozart und Jack the Ripper bedenkt, die auch Pearson ihren Überlegungen zur Serienmörderin trickreich als Epigraph voranstellt. Pearson entkräftet Paglias Zitat, indem sie die Fälle wie den Wuornos' und Homolkas beleuchtet. Es ist nicht nötig, eins zu eins mit dem Umkehrschluss – If there is a female Jack the Ripper, there also is a female Mozart – zu argumentieren, um auf die Existenz von außergewöhnlichen Musikerinnen hinzuweisen. Grundsätzlich stößt die Frau, die ihre Aggression nach außen wendet – wobei es selbstverständlich ein grundlegender Unterschied ist, ob diese Aggression als unmittelbare Gewalthandlung erfolgt (The Ripper) oder in künstlerische Darstellung (The Artist) umgewandelt wird –, nicht etwa an die Grenze ihrer Natur, ihr sind vor allem Grenzen darin gesetzt, was sie sich aufgrund gesellschaftlicher Umstände, wozu auch der Mangel an Vorbildern gehört, zuzutrauen vermag.

Die gesellschaftlichen Grenzen sind noch deutlich zu erkennen: Das Bewusstsein um das subversive Potential ihrer Position fehlt Musikerinnen wie den Frauen von Kittie. Die nächste Generation weiblicher Metalmusikerinnen dringt zwar in die rauen Gefilde des Death Metal vor und spielt alle Instrumente, blendet feministische *issues* jedoch aus. Ein feministisches Bewusstsein wird jedenfalls nicht als Programm formuliert, als hafte ihm die Aura des Freudlosen an, als ließe sich der Zwischenschritt, Ungleichheiten zu benennen, einfach überspringen, indem die Illusion eines gleichberechtigten künstlerischen Utopia erzeugt wird. Damit gibt es hier keine sichtbaren Berührungs-

---

78 Ich möchte den Unterschied betonen: sie ist nicht die einzige, sondern die einzige namhafte, das heißt, die einzige, die innherhalb des Genres (Hard)Rock medial wahrgenommen wird.

punkte zur Riot-Girl-Bewegung oder zur dritten Welle des Feminismus. Dass es diese Berührungspunkte dennoch gibt, werde ich am Beispiel von Joan Jett, Gitarristin der Runaways, zeigen.

Doch zunächst komme ich noch einmal auf die Fankultur des Heavy Metal zurück. Was die Fankultur des Heavy Metal anbelangt, sind die Verhältnisse strukturell ähnlich wie bei der Fankultur des Horrorfilms. So erinnert, was Walser im Zusammenhang mit der Metal-Rezeption beschreibt, auch an Halberstams Kritik an Clovers vornehmlich männlich konnotiertem Modell der Horrorfilmrezeption: "Since many 'glam' metal performers appeal in particular to young women, an analysis of heavy metal that understands it only as a reproduction of male hegemony runs the risk of duplicating the exscription it describes" (131).[79]

Walser argumentiert, dass besonders die Richtung des so genannten Glam Metal androgyne Rollenvorbilder erschafft, mit denen gerade auch weibliche Fans sich identifizieren können.[80] Die Androgynität, von der Walser spricht, entsteht mit der Gleichzeitigkeit von 'female impersonation' beim Bühnenoutfit – männliche Musiker tragen langes Haar, Makeup, hohe Schuhe und enge Hosen – und der Demonstration von traditionell als männlich empfundenen Eigenschaften, Kraft und Aggression bei der Bühnenshow.

Was die Möglichkeit der Identifikation anbelangt, erinnere ich an das Stichwort "mental gymnastics", das ich in Kapitel 1 genannt habe. Ich denke, dass weibliche Fans durchaus an 'Glam metal performers' Gefallen finden können, ebenso wie an den armierten, hypermaskulinen Vertretern des Genres. Die Identifikation mit ihnen, die natürlich auch möglich ist, erfordert jedoch einen gewissen Grad an mental gymnastics. Denn lange Haare und Makeup stehen nicht notwendigerweise für eine Art von Weiblichkeit, mit der der junge weibliche Musikfan sich identifizieren kann.

Die Art von Weiblichkeit, die Walser hier beschreibt – lange Haare, Makeup –, gleicht eher der Art von Weiblichkeit, wie sie beispielsweise der Travestiekünstler Divine in John Waters' Film *Female Trouble* verkörpert. Divine und *Female Trouble* sind wiederum von zentraler Bedeutung für Butlers theoretische Überlegungen, die sie zur Geschlechtsidentität anstellt – imitiert die Travestie Geschlechtsidentitäten oder bringt sie sie auch hervor? Und, Butlers wesentliche (rhetorische) Frage: "Ist weiblich sein eine natürliche Tatsache oder eine kulturelle Performanz?" Der Titel *Gender Trouble* ist,

---

79 Zum Stichwort "symbolic order" siehe auch Walser 131.
80 Der Begriff Glam Metal bezieht sich auf den angloamerikanischen Glam Rock der 1970er, zu dessen wichtigsten Vertretern der junge David Bowie gehört. Das Spiel mit (Geschlechts)identitäten war maßgeblich für die Inszenierungen des Glam Rock, die unter anderem die "heterosexuelle Matrix" unterwanderten – Bowie machte seine 'uneindeutige' sexuelle Orientierung zu einem seiner Markenzeichen.

schreibt Butler, eine Anspielung auf Waters' Film, weil Divines Darstellung von Frauen darauf verweist, dass die als real empfundene Geschlechtsidentität immer auch die Nachahmung bestimmter weiblich konnotierter *features* ist:

> "Female Trouble" is also the title of the John Waters film that features Divine, the hero/heroine of *Hairspray* as well, whose impersonation of women implicitly suggests that gender is a kind of persistent impersonation that passes as the real. Her/his performance destabilizes the very distinctions between the natural and the artificial, depth and surface, inner and outer through which discourse about genders almost always operates. Is drag the imitation of gender, or does it dramatize the signifying gestures through which gender itself is established? Does being female constitute a "natural fact" or a cultural performance, or is "naturalness" constituted through discursively constrained performative acts that produce the body through and within the categories of sex? (viii)[81]

Als ich selbst in den frühen 1980ern begann, das in München produzierte Jugendmagazin Bravo zu lesen und darin – entsprechend der damaligen Konjunktur des Genres – auch häufig Bildstrecken von Heavy-Metal-Bands zu sehen waren, dachte ich beispielsweise beim Anblick der (ausschließlich mit Männern besetzten) Band Iron Maiden, da mein Schulenglisch noch nicht weit vorangeschritten war, nicht an das Folterinstrument der Eisernen Jungfrau und auch nicht an Margret Thatcher, sondern ich übersetzte den Bandnamen als 'Mädchen, ironisch gemeint'. Die Musiker sahen in meinen Augen eben genau wie Travestiekünstler aus, die weibliche Geschlechtsidentität parodistisch (beziehungsweise *ironisch*) imitierten: Sie waren meiner kindlichen Wahrnehmung nach eindeutig Männer, mit ihren harten, kantigen Gesichtern, Bartschatten und muskulösen Armen, trugen jedoch Schminke und lange Haare. Das heißt, ich empfand sie keinesfalls als androgyne Identifikationsfiguren, sondern eher als Parodien, wie Butler im Zusammenhang mit "schwulen und lesbischen Kulturen" schreibt: "Nicht nur Divine, sondern die Praktiken der Geschlechtsidentität in schwulen und lesbischen Kulturen überhaupt themati-

---

81 Um die Übertragung der Butlerschen Terminologie ins Deutsche beispielhaft zu zeigen, zitiere ich hier die selbe Stelle in der deutschsprachigen Übersetzung des Suhrkamp-Verlages: "*Female Trouble* ist auch der Titel eines Films von John Waters, dessen Hauptdarsteller/in Divine auch als Held/in von "Hairspray" auftritt. Divines Darstellung von Frauen weist implizit darauf hin, dass die Geschlechtsidentität eine Art ständiger Nachahmung ist, die als das Reale gilt. Sein/Ihr Auftritt destabilisiert gerade die Unterscheidungen zwischen natürlich und künstlich, Tiefe und Oberfläche, Innen und Außen, durch die der Diskurs über die Geschlechtsidentitäten fast immer funktioniert. Ist die Travestie eine Imitation der Geschlechtsidentität? Oder bringt sie die charakteristischen Gesten auf die Bühne, durch die die Geschlechtsidentität selbst gestiftet wird? Ist 'weiblich sein' eine 'natürliche Tatsache' oder eine kulturelle Performanz? Wird die 'Natürlichkeit' durch diskursiv eingeschränkte Akte konstituiert, die den Körper durch die und in den Kategorien des Geschlechts (*sex*) hervorbringen?" (9).

sieren das 'Natürliche' häufig in parodistischen Kontexten, die die performative Konstruktion des ursprünglichen und wahren Geschlechts hervorheben" (9).

Wenn ich die langhaarigen Männer des Metal heute auch ohnehin eher als Imitatoren historischer Männerbilder sehe – auch im Mittelalter trugen Ritter langes Haar und eine Art Strumpfhosen, und zur Zeit der Renaissance gepuderte Langhaarperücken und gepuderte Gesichter[82] –, würde ich sagen, dass es sich, wenn man davon ausgeht, dass die langen Haare und die enge Hose als 'hyperfeminin' gelesen werden, hier weniger um Inszenierungen von Androgynität handelt, sondern um eine (*unbewusste*) Parodie des 'Natürlichen'. Damit wird möglicherweise gerade an den Bühnenshows des Heavy Metal die "performative Konstruktion des ursprünglichen und wahren Geschlechts" erkennbar.

Ich behaupte jedoch auch, dass die Inszenierung eines männlichen Heavy-Metal-Musikers in Lack und Leder etwas anderes repräsentiert als die Inszenierung von Doro Pesch in Lack und Leder. Ich erinnere an Theweleits *Männerphantasien*, aus dem sowohl Bukatman im Zusammenhang mit dem Cyborg als auch Walser im Zusammenhang mit dem Heavy-Metal-Musiker zitieren: "The men of the *Freikorps* 'fortified themselves with hard leather body armor to assert their solidity against the threat of fluid women.'" Wenn Bukatmans Zitat, das ich schon in meiner Einleitung genannt habe und das in Kapitel 4 noch einmal eine Rolle spielen wird, den Bezug zum Cyborg herstellt, weckt das auch Assoziationen mit der Inszenierung des Heavy-Metal-Musikers: "The cyborg adorns itself in leather and introjects the machine, becoming part punk, part cop, part biker, part bike, part tank, part Freikorps-superhero." Der armierte Körper gehört also zum Bilderrepertoire, das der Anblick des männlichen Performers aufruft. Zum Bilderrepertoire, das die Performer*in* (Ford, Pesch) aufruft, gehört dagegen auch die Femme fatale: "Ihre Lockmittel sind ein üppig geschwungener Körper, nachlässig eingehüllt in glitzernde Stoffe, Schuppen und Schlangenhäute, endlos langes Haar und begehrlich verderbte Lippen" (www.sphinx-suche.de).[83]

Zweifellos unterliegen solche Assoziationen auch den Projektionen der Betrachtenden und sind damit beweglich. Die Frage ist jedoch, *wie* beweglich sie sind. Denn in letzter Konsequenz sind diese beiden Erscheinungsbilder von Heavy-Metal-Musiker und -Musikerin an Stereotype gebundene *closed images*, die dem Betrachter / der Betrachterin nicht viel identifikatorischen Spielraum lassen. Doro illustriert das Spannungsfeld, in dem sich die Repräsentationsform der neuen Monsterheldin entwickelt. Sie rückt zwar von der passiven Position

---

82 Vgl. den Untertitel zu Mel Brooks' Robin Hood-Verfilmung von 1993: "Men in Tights" (in der deutschen Fassung übersetzt mit "Helden in Strumpfhosen").
83 Mehr zur Femme fatale siehe besonders den Anfangsabschnitt von Kapitel 3.

der Männerfantasie ab und bezieht eine aktive Position in einem dezidert von Männern geprägten Musikgenre, inszeniert sich andererseits aber als Femme fatale; ihre Ermächtigung erfolgt nicht nur, aber doch wesentlich über den Weg der 'Attraktivitätsmacht'.

Eine interessante alternative Möglichkeit der Inszenierung zeigen Girlschool: Die Musikerinnen tragen, um einen Begriff von William Gibson zu verwenden, "gender-neutrale" Kleidung (vgl. Bild 9), beziehungsweise einen ähnlichen Stil wie die Musiker von Motörhead: wenig körperbetont, etwas martialisch. Vielleicht ist die Kleidung auch nicht wirklich 'gender-neutral', sondern Girlschool eignen sich umgekehrt wie ihre männlichen Kollegen den männlichen Dresscode an, eine Aneignung, die zumindest im Mainstream noch selten stattfindet. Noch sind *Drag Queens* häufiger als *Drag Kings*, mit denen sich unter anderem ein neueres Werk Halberstams, *Female Masculinity*, auseinandersetzt.[84] Darüber, welchen *appeal* eine Inszenierung wie die der Band Girlschool für den weiblichen Fan haben könnte, schreibt auch Walser in seiner Analyse, die ansonsten eine Reihe von neuen Perspektiven eröffnet, noch nichts. Es gilt also, die noch unpopuläreren Möglichkeiten des Spiels mit Identitäten – die Aneignung männlicher Dresscodes, Frauen als *male impersonators*, Drag Kings – weiter im Auge zu behalten.

"Girl Monster vs. Fembot" – *The Cutting Edge of Music and Monsters*

Eine aktuelle Form der neuen Monsterheldin, die sich stärker vom Image der Femme fatale entfernt, tritt mit einer Musikkompilation des Musikerinnen- und Künstlerinnenkollektivs Chicks on Speed auf den Plan. Chicks on Speed haben im Oktober 2006 eine Zusammenstellung von Songs herausgebracht, die den Titel *Girl Monster* trägt und das – von einer "vast and inevitably masculine industry machine" (so das 'Pil and Galia Collective' im CD-Booklet) – unabhängige Arbeiten von internationalen Musikerinnen als im positiven Sinne monströs vorstellt. Ein dem Booklet beiliegender Text entwirft unter Bezug auf Creeds *monstrous-feminine* den Gegensatz von "girl monster" und "fembot", wobei die *fembot* die Verkörperung jener Musikerinnen ist, die sich mit den Mitteln der plastischen Chirurgie, mit Implantaten und Straffungen, dem Schönheitsideal des Mainstream anpassen, und *girl monster* etwas, das sich noch stärker als in der Darstellung Creeds – "the presence of the monstrous feminine in the popular horror film speaks to us more about male fears than about female desire or feminine subjectivity" – von der Männerfantasie wegbewegt.

---

84 Vgl. dazu auch Carrie Paechter, "Female Masculinities/Feminine Masculinities" (2006).

Hier zeigt sich das Monströse vor allem im Handeln der Musikerinnen und weniger in ihrem Äußeren. Auf dem Album vertreten sind so unterschiedliche und unterschiedlich populäre Künstlerinnen und Bands wie Björk, Gudrun Gut, Barbara Morgenstern, Soffy O., Le Tigre, um nur einige wenige zu nennen. Ihr eigenständiges Arbeiten und ihr Griff zur Gitarre oder zur Rhythmusmaschine qualifizieren sie als *girl monster*, die im Kontrast zu von männlichen Produzenten aufgebauten Femmes fatales stehen: "The history of pop is littered with male backroom dictators trying to turn the raw talents and unfocused good looks of innocent, eager young women into their very own femme fatale divas, at whose feet the world will fall and worship, making their creators very rich in the process."[85]

Die Figur des *fembot* zeichnet sich nicht nur durch eine spiegelglatte, glänzend schöne Oberfläche aus, sondern auch durch ihre 'innere' Kompatibilität mit dem Mainstream des (Musik)marktes. Paul Morleys Charakterisierung Kylie Minogues lautet: "Kylie is colder than he imagined, which he likes. As he reluctantly pulls away his hand he notices the sharp metal glint of her fingernails, which matches the metal and shine of the tools he has given her." Die Schilderung der "Dronette" Kylie wird durch eine Liste von Make-up-Artikeln, die sie gebraucht, vervollständigt. Das bestätigt, wie das Pil und Galia-Kollektiv in ihrem Essay, das der Kompilation beiliegt, schreiben, "the idea of the fembot as consumer package, pre-assembled by a vast and inevitably masculine industry machine that she can never hope to transcend."

Auch das Phänomen der Musikerin als Sängerin, das ich in Zusammenhang mit Pesch bereits angedeutet habe, wird in Zusammenhang mit der Unterscheidung von "girl monster vs. fembot" gestellt. Frauen, die (Pop)musik machen, treten traditionell oft als Sängerinnen in Aktion. Peschs Position bei Warlock und dem späteren Projekt Doro ist dabei eher ungewöhnlich, denn die Sängerin hat keinesfalls automatisch die Position des Bandleaders inne. In konventionellen Zusammenhängen ist sie die reine Verkörperung des *fembot*, eine ferngesteuerte Androidin und Marionette: "Pop music never really allowed the girl monster to take centre stage. Casting the female vocalist, the frontwoman, as a puppet on a string, it neatly cut out any potential for mass hysterics." Mit einer Songsammlung wie *Girl Monster* ändert sich das: "The girl monster, the fembot's abject double, considers rejecting gender as different altogether, until it looks in the mirror and sees it still there. It tries to embrace the monstrous feminine [...] It rrriots with the riot girls, screams from the top of Yoko Ono's lungs, picks up a guitar only to smash it".

---

85 Um eine ähnliche Beziehung geht es in James Tiptrees "The Girl Who Was Plugged in" und William Gibsons "The Winter Market", auf die ich in Kapitel 4 zu sprechen komme.

Vor der Utopie: Reale Vorbilder und Figuren des Übergangs   141

Wie passen die Vertreterinnen der musikalischen Genres, über die ich oben gesprochen habe, in das *girl monster/ fembot*-System? Den Zusammenhang zu den Riot Girls hat das eben genannte Zitat schon hergestellt. Die *girl monster* der Kompilation von 2006 haben die auch äußerliche Monstrosität der Riot Girls der 1990er internalisiert und in Energie umgewandelt. Eine Heavy-Metal-Musikerin wie Doro erscheint, nicht nur weil sie wie die *fembot* mit dem Material Metall assoziiert ist, wie eine Fusion aus beiden: sie hat die glatte Oberfläche der *fembot*, aber die Aggressivität des *girl monster*. Sie ist Übergangsfigur, gleicht aber auch einem utopischen Modell, das am Schluss des Essays zum *Girl Monster*-Album steht: "The final showdown between the erotic robotic and that thing we thought we'd locked away won't be a mud wrestling match but a cold fusion, an explosive meeting of matter and antimatter when the monsters of the world unite and take over."

Etwas ähnliches passiert gerade: Joan Jett, Gitarristin der Runaways, die mit "I love Rock 'n' Roll" in den 1980ern auch als Solokünstlerin einen Welthit hatte, trat in den 1990ern als Plattenproduzentin der Riot-Girl-Band Bikini Kill in Erscheinung und hat sich auf der aktuellen Platte "Impeach my Bush" (2006) der in Berlin lebenden kanadischen Elektronikmusikerin Peaches an der Gestaltung zweier Songs beteiligt. Peaches wiederum erlangte möglicherweise nicht nur wegen ihrer tanzbaren, aggressiven Musik, die Rockgitarren und Drumcomputer fusioniert, einen internationalen Ruf und Zusammenarbeitsangebote von Madonna wie von Iggy Pop, sondern war auch deshalb interessant, weil sie und ihre Tänzerinnen bei ihren energetischen live-Auftritten vorzugsweise farbenprächtige Outfits mit appliziertem Dildo trugen, damit die maskulinen Ermächtigungsstrategien des Rock auf glamouröse Weise parodierten und der kulturellen Symbolik ein neues, ungewohntes Bild hinzufügten.

Zum Schluss

Neffes, Pearsons und Henschel/Kleins Texte haben am Beispiel der Bewertung männlicher und weiblicher Kriminalität gezeigt, wie "traditionell vorherrschende Unterscheidungskriterien und Ausgrenzungsmechanismen" (Hof, "Beyond" 7) innerhalb des Geschlechterverhältnisses funktionieren. Damit ist deutlich geworden: Auch Faktenwissen entsteht durch interessengeleitete Versuchsanordnungen. Diese Interessen sollten also mitgedacht werden, wenn es heißt: "Giftmord ist eine weibliche Kunstform" oder auch "Sex crimes are always male". Die Kritik am Objektivitätsbegriff lässt sich auch auf einen größeren Zusammenhang übertragen; sie ist zugleich ein wesentlicher Punkt aktueller Wissenschaftskritik und lässt sich besonders treffend in Anspielung auf einen Essaytitel von Donna Haraway formulieren: "*Knowledge is situated*".

Jenkins' filmische Adaption der Täterin Wuornos, Maria aus Ulla Hahns *Ein Mann im Haus* und Tessa aus Thea Dorns *Die Brut* spielen mit dem Klischee vom "monstre femelle", das in Alltagstheorien und *true crime*-Literatur zu finden ist. Alle drei Figuren sind allerdings noch keine Neufassungen des weiblichen Monsters, die das monströse Andere (Braidottis "monstrously different") als etwas im positiven Sinne Subversives begreifen. Würde man die Entwicklung des kulturellen Bildes der neuen Monsterheldin als stufenweise betrachten, stünden die Filmfigur Wuornos, Maria und Tessa auf einer ersten Stufe. Sie bewegen sich zu großen Teilen innerhalb der Geschlechterkonvention. Dennoch zeigen sie, dass das Spektrum verfügbarer Repräsentationsformen weiblicher Subjektivität sich erweitert. Ihre Funktion ist, Ausgrenzungsmechanismen und Bewertungspraktiken zu reflektieren. Wenn Tessa und Maria im Konflikt mit gesellschaftlichen Normen und Erwartungen gezeigt werden und stets zwischen Unterwerfung und Aufbegehren hin- und hergerissen sind, stellen sie geläufige Vorstellungen geschlechtsspezifischer Aggressivität, oder, noch viel allgemeiner gesagt, geschlechtsspezifischen Verhaltens, generell in Frage.

Wie unmittelbar der gesellschaftliche Bezug ist, hat unter anderem die öffentliche Diskussion in der deutschen Medienlandschaft im Herbst 2006 gezeigt. Tessa beispielsweise ist eine Figur, die das natur- *und* schöpfungsgegebene Frauen- und Mutterbild, das Eva Herman 2006 mit *Das Eva-Prinzip* so zugespitzt wie verkürzt propagiert, schon 2004, als Ängste vor Überalterung der Gesellschaft und einem 'Aussterben der Deutschen' verstärkt öffentlich formuliert werden, entzaubert. Zwar geschieht das auf fiktionaler literarischer Ebene, aber doch in der Struktur einer *true crime story* und mit einem ausgeprägten Realitätsbezug, der in der Gestaltung der Kanzlerkandidatin Behrens oder in Bezug zu deutschsprachigen Sachbüchern der Babypflege deutlich wird, die noch im späten 20. Jahrhundert Formulierungen wie 'Schwanger zu sein bedeutet, sich nicht mehr als Sackgasse zu fühlen' Raum geben.

Zu den traditionell vorherrschenden Unterscheidungskriterien, die als Legitimationsgrundlage für die Ausgrenzung von Frauen aus bestimmten Bereichen dienen, gehört auch, dass Kontrolle, kämpferischer Individualismus, Unabhängigkeit, Aggressivität und Gewaltbereitschaft gleichermaßen mit Maskulinität assoziiert werden.[86] In diesen Zusammenhang gehört die ebenfalls in Kapitel 2 beschriebene Vorstellung von Rebellentum und Rock 'n' Roll als

---

86 Ich beziehe mich auf James Messerschmidts soziologisches Werk *Masculinities and Crime* (1993): "Masculinity emphasizes practices towards authority, control, competitive individualism, independence, aggressiveness, and the capacity for violence" (85).

Domänen junger Männer, die ihren Zusammenhalt mittels *Ladism* und *Male Bonding* stärken. Beispiele aus Popmusik und Werbung haben gezeigt, dass das Stereotyp der sanftmütigen, braven Spaßverderberin und des amüsierwütigen, individualistischen männlichen Rebellen nach wie vor erstaunlich populär ist. Im Anschluss daran habe ich Ansätze vorgeführt – von Oates' literarischer Gestaltung einer Mädchenbande im Roman *Foxfire* bis zur Musikerinnenbewegung der Riot Girls –, die versuchen, diese Stereotype zu unterlaufen.

Die Strategien der Riot Girls, der Heavy-Metal-Musikerinnen und des Chicks on Speed-Kollektivs lassen zwei wesentliche Verfahren im Umgang mit Differenzen erkennen: Heavy-Metal-Sängerin Doro Pesch und die Musikerinnen der Heavy-Metal-Band Kittie setzen Differenzen implizit mit "traditionell vorherrschenden Unterscheidungskriterien und Ausgrenzungsmechanismen" gleich. Weil die eigenen Erfahrungen stets positiv gewesen sind (oder so wahrgenommen wurden), erklären sie das Wunschbild der Gleichberechtigung zur Tatsache. Die Strategie ist ambivalent: Sie entwirft zwar ein positives Bild, verleugnet jedoch gleichzeitig, dass Frauen in bestimmten Bereichen – so wie im konkreten Fall der Heavy-Metal-Musikszene – noch heute benachteiligt sind.[87]

Die *Third Wave*-Feministinnen oder – um das in den 1990er Jahren auch in Deutschland immer zentraler werdende Wort Gender einzubringen – Gender-Aktivistinnen der musikorientierten Riot-Girl-Bewegung betreiben dagegen 'strategischen Essentialismus'. Dies macht Punkt 8 des "Riot Grrrl Manifesto" anschaulich: "Riot grrrl is... BECAUSE we don't wanna assimilate to someone else's (Boy) standards of what is or isn't 'good' music or punk rock or '*good*' writing AND THUS need to create forums where we can recreate, destroy and define our own visions." Dem liegt die Idee zugrunde, dass unterschiedliche Lebens- (und Arbeits)bedingungen von Männern und Frauen unmittelbar mit patriarchalischen Ausgrenzungsmechanismen in Zusammenhang stehen, und dass dies vor allem durch eine starke Betonung weiblicher Subjektpositionen relativiert werden kann. Eine solche Strategie wird in den Prämissen der Riot-Girl-Bewegung ebenso erkennbar wie im Vorgehen der Horrorautorin Lisa Tuttle, die ihrer Gothic Horror-Anthologie 1989 den Untertitel "Horror Stories by Women" gibt und in ihrem Vorwort kritisch auf die traditionelle Imaginationshoheit männlicher Autoren hinweist.

---

87 Ich kann die Verheißung, die dieser Strategie innewohnt, nachvollziehen und erinnere in diesem Zusammenhang auch an ein positives Beispiel des 'idealistischen Ansatzes', die Gothic-Anthologie von Oates, die, ohne weiter zu thematisieren, dass Autorinnen häufig aus den Definitionen des Horrorgenres herausfallen, selbstverständlich Texte von Autoren *und* Autorinnen aufnimmt.

In den unterschiedlichen Strategien des *Just Do It* einerseits und der Benennung der Ungleichheit andererseits, die sich im Umgang mit dem Stereotyp der friedfertigen, passiven Frau und dem des aggressiven, aktiven Mannes zeigen werden, wird gleichzeitig auch ein grundlegender Konflikt des Feminismus sichtbar.[88] Besonders in der alltäglichen gesellschaftlich-kulturellen Auseinandersetzung ist der Konflikt nach wie vor präsent. Wenn im alltäglichen Sprachgebrauch das Stichwort 'Differenzfeminismus' fällt, verbindet sich mit dem Begriff häufig die Vorstellung, es handele sich um einen überkommenen Begriff aus den 1970er Jahren, der die deterministische Idee 'spezifisch weiblichen Handelns' fortschreibe; daraus resultiert dann wiederum eine Befürchtung wie die der Musikerinnen von Kittie, die Thematisierung unterschiedlicher Bedingungen stelle diese erst her.

Das Missverständnis besteht darin, dass die (von gendertheoretischer Seite gestellte) Frage nach der sexuellen Differenz die Unterschiede eben nicht erst herstellt, sondern im Gegenteil die Funktion hat, deterministische Unterscheidungen (wie: Frauen sind von Natur aus sanftmütiger als Männer) zurückzuweisen. Damit wären Differenzfeminismus und 'strategischer Essentialismus' etwas, das auch die jungen Musikerinnen der Band Kittie nicht zu fürchten brauchten. Es geht mir mit dieser Studie in letzter Konsequenz also auch darum, eine Kluft zwischen Theorie und Alltagspraxis zu schließen. Ein Gedanke, über den innerhalb der Theorie der Gender Studies längst Konsens besteht, sollte auch in der Popkultur flächendeckend Eingang finden: Es gibt einen positiven "Umgang mit Differenzen", der keine deterministische, sondern eine strategische, subversive, aufklärende Funktion hat.

Ganz zweifellos ist der Umgang mit Differenzen kompliziert, gerade auch, wenn die verschiedenen Ebenen der kulturellen Darstellungen mitbedacht werden, die alternative Figurationen von '*monstrous gender*' erkennen lassen: Während Kitties und Doro Peschs Prinzip des '*Just Do It – but don't name it*' auf dem traditionellen Missverständnis beruht, dass es der Feminismus ist, der Unterschiede verstärkt, gibt es in Literatur und im Film, wie ich in Kapitel 3 zeige, auch weibliche Figuren, die Wunschbilder verkörpern und gleichzeitig eine 'feministische Funktion' haben, die auch reflektiert wird. Die Strategien der Riot Girls verweisen bereits auf die Prinzipien der fiktional-fantastischen Texte des dritten Kapitels meiner Untersuchung. Diese Texte stellen weiblichen

---

88 Pil und Galia schreiben, dass es die Spannung zwischen der Vorstellung von vollkommener Gleichberechtigung der Geschlechter und dem Wunsch, eine eigene weibliche Identität beizubehalten ist, die wechselnde kulturelle Wellen und Bewegungen produziert. Zur Jahrtausendwende steht dabei einiges nebeneinander: "In the last decade we had radical feminism, the re-discovery of the suburban housewife, Sex and the City and girl power, nu-crafts revivals, the Donnas [eine Band, JM] [...], porn actresses as feminist icons and republican chastity".

Stereotypen wie der verfolgten Unschuld und der Femme fatale neue Bilder weiblicher Monster entgegen, die nicht länger im abwertenden Sinne monströs sind, sondern das Monströse feiern – oder das Abjekte selbst positiv bewerten. Mit diesen Verkörperungen werden Ausgrenzungsmechanismen nicht nur sichtbar gemacht, wie im Falle Marias und Tessas, sondern 'Bilder' erschaffen, die der Realität vorauseilen. Die neuen Monsterheldinnen sind gewissermaßen Verkörperungen eines strategischen Essentialismus. Indem sie neue Vorbilder im kulturellen Imaginären verankern, wirken sie der Tatsache entgegen, dass radikale Frauenfiguren bisher noch nicht repräsentativ sind. Dabei werden sie als gewalttätige monströse weibliche Charaktere nicht in einem Handstreich zu Vorbildern erklärt, sondern ihre Gewalttätigkeit hat auf der Ebene der Repräsentation (im literarischen Text, im Film) die Funktion, diejenigen Wahrnehmungen geschlechtsspezifischer Gewalt- bzw. Sanftheitsdispositionen zu unterwandern, die entsprechende Asymmetrien bisher als festgelegt erscheinen ließen.

Beispielhaft ist hier, was der Medienwissenschaftler Michael Mangold in einem ganz anderen Zusammenhang – in Bezug auf die Integration von MigrantInnen in Deutschland – über die Funktion von Neubesetzungen bestimmter Rollen in TV-Serien sagt:[89]

> Uns von der Bundesinitiative [Integration und Forschung] geht es nicht um Naturalismus. Wenn ich mir zur Aufgabe stelle, nur abzubilden, was faktisch ist, kann ich die Dinge nicht verändern. Wir wollen die Dinge aber verändern und Vorbilder im Fernsehen verankern – um berufliche Orientierung zu bieten und alternative Geschlechterrollen aufzuzeigen. Gegenwärtig gibt es für junge türkischstämmige Männer zum Beispiel keine Vorbilder, nach denen sie ihr Verständnis vom Mannsein in Deutschland ausrichten können. (*Taz* 22.2.2007)

Ich will diesen Überlegungen lediglich etwas hinzufügen: Gegebene Benachteiligung zu thematisieren und zu reflektieren (was Mangold als Naturalismus bezeichnet) sollte nicht völlig hinter der Erschaffung neuer positiver Bilder zurückstehen. Darüber hinaus gehört auch zur Erschaffung positiver Bilder die Reflexion dessen, wovon sie sich abheben, damit die positiven Bilder nicht mit der Verleugnung real existierender Klischees einhergehen. Dennoch gebe ich Mangold Recht, dass die Realität verzerrt werden darf, ja sogar verzerrt werden muss, im positiven Sinne. Auf Geschlechterverhältnisse übertragen

---

89 Die Journalisten Daniel Bax und Hannah Pilarczyk hatten Mangold zunächst entgegengehalten: "Aber wenn man nur türkischstämmige Anwälte im TV zeigte, würde das doch auch die Realität verzerren". Auf die Thematik meiner Arbeit übertragen hieße das: wenn man nur aggressive, machtvolle Frauen zeigte, würde das doch auch die Realität verzerren (wobei an anderer Stelle deutlich geworden sein sollte, dass es hier nun nicht um die Gleichsetzung von Anwalt und Monster geht, sondern um die Funktion bestimmter Positionen).

hieße Mangolds Schlußsatz: Für Frauen gibt es noch zu wenig populäre Vorbilder, die "kämpferische[n] Individualismus [und] Unabhängigkeit" verkörpern. Also müssen sie geschaffen und verfügbar werden.

Kapitel 3

Female Monster-Heroes: Von liebenswerten Lamien, Hirnköniginnen und weiblichen Werwölfen

Die Vielseitigkeit der Vampirin: Von der Femme fatale zur alleinerziehenden Gorgone

Das Femme-fatale-Stereotyp

> Everybody knows she's a Femme fatale
>
> *The Velvet Underground & Nico*

Obwohl das Stichwort Vampir möglicherweise zuerst an eine männliche Figur, Bram Stokers *Dracula*, denken lässt, und dann erst an Sheridan Le Fanus weiblichen Vampir *Carmilla*, ist die Vampirin keine so seltene Horrorgestalt wie Werwölfin und Serienmörderin. So versammelt die 1968 erschienene *Bibliothek Dracula* in den beiden Bänden zum Thema Vampirismus eine epochenübergreifende Reihe internationaler Erzählungen namhafter Autoren über weibliche Vampire: *Die Braut von Amphipolis* (Phlegon), *Die Empuse* (Philostratos), *Die Braut von Korinth* (Johann Wolfgang von Goethe), *Helena* (Heinrich Heine), *Die liebende Tote* (Théophile Gautier), Ellis in "Gespenster" (Iwan Turgenjew) und schließlich *Carmilla* (Le Fanu).[1]

Ist die Vampirin möglicherweise eine Wegbereiterin der neuen Monsterheldin? H. R. Brittnacher zufolge stehen die Vampirinnen, die ab 1850 vermehrt in Erscheinung treten – wie Carmilla und Clarimonde, die liebende Tote –, für eine Umkehrung des Verhältnisses von männlichem Täter und weiblichem Opfer: "[E]s sind die jahrzehntelang von aristokratischen Wüstlingen gebissenen Frauen, die ihrerseits zu Vampiren geworden sind und ihre verlorene Unschuld an den männlichen Nachkommen ihrer einstigen Peiniger rächen" (176).[2] Die Frage ist allerdings, wie weit die Umkehrung der Verhältnisse

---

[1] Einzig unter den ebenfalls mit eingereihten Gedichten stammen zwei von Autorinnen: "Troglodytin" von Gertrud Kolmar und "Heimweg" von Ingeborg Bachmann.

[2] Dabei bezieht sich Brittnacher vor allem auf Mario Praz, der in *Liebe, Tod und Teufel. Die schwarze Romantik* (1930) eine Art Trend beobachtet, als Vampirinnen wie "Die Braut von Korinth", *Carmilla* und Théophile Gautiers "liebende Tote" literarisch in Erscheinung treten: "Wir werden sehen, dass der Vampir in der zweiten Hälfte des 19. Jahrhunderts wieder eine Frau ist, wie in Goethes Ballade" (91).

geht: Wenn Brittnacher im Zusammenhang mit der rächenden Vampirin von einer "Schlacht des Geschlechterkampfes" spricht, stehen die Teilnehmer dieses Kampfes in einem Verhältnis, das ich schon in Zusammenhang mit Hahns *Ein Mann im Haus* beschrieben habe. Die Vampirin wird zwar zur "prägnanteste[n] Ausprägung des Bildes der rächenden Frau", zu einer Art Racheengel, doch der Akt männlicher Gewalt erfolgt zuerst. Der Mann agiert, die Frau re-agiert. Das ist keine Umkehrung der Verhältnisse, sondern eine geschlechterstereotype Kampfkonstellation.

Handlungsspielraum und Referenzbereich der klassischen Vampirin sind jedoch vor allem deshalb eingeschränkt, weil ihre Gefährlichkeit zuallererst in ihrer Verführungskraft besteht. Ihre Macht erschöpft sich in ihrer Attraktivität, die, wie bei Johanthan Harkers nächtlicher Begegnung auf Schloss Dracula, häufig an eine angstbesetzte Vorstellung von weiblicher Andersartigkeit gebunden ist:

> In the moonlight opposite me were three young women [...]. All three had brilliant white teeth that shone like pearls against the ruby of their voluptuous lips. There was something about them that made me uneasy, some longing and at the same time some deadly fear. I felt in my heart a wicked, burning desire that they would kiss me with those red lips. [...] They whispered together, and then they all three laughed [...]. (181)

Die Vampirin in klassischen Vampirerzählungen kann nur so gefährlich sein, wie sie auch verlockend ist; sie ist eine typische Femme fatale:

> [Die] männerzerstörerische Verführungskraft [der Femme fatale] offenbart sich in einer kalten, idolgleichen Schönheit, die aber mit allen Attributen der Weiblichkeit ausgestattet ist. [Die Femme fatale] kann sich in einer lasziven, sinnlich anziehenden Passivität präsentieren, aber ebenso in einem aufreizenden Gebaren. Ihre Lockmittel sind ein üppig geschwungener Körper, nachlässig eingehüllt in glitzernde Stoffe, Schuppen und Schlangenhäute, endlos langes Haar und begehrlich verderbte Lippen. (www.sphinx-suche.de)

Die Femme fatale ist ein Weiblichkeitsstereotyp von besonderer Kontinuität: "Die Vorstellung [...] reicht von Lilith, Adams erster Frau, bis zum auf Zelluloid gebannten Hollywoodvamp jüngster Tage. [Femmes fatales] können als Circe, Medusa, Sirene, Sphinx und Vampir erscheinen" (ebd.). Hat die Femme fatale ihren Ursprung schon in den antiken Empusen und Lamien[3] der Antike,

---

3 Empuse: Blutrünstige weibliche Spukgestalt aus der griechischen Mythologie. Sie steht der dunklen Göttin Hekate nahe und ähnelt in vielem der ebenfalls dämonischen Lamia. Auch weist sie deutliche Verwandtschaft mit dem Vampir auf. Die Empuse, die nachts oder mittags in Erscheinung tritt, tut dies bald als schönes Mädchen, bald als hässliches Gespenst. In Philostratos' Leben des Apollonios von Tyana wird von einem jungen Mann erzählt, den eine Empuse in Gestalt einer schönen Phönizierin verführt

Bild 11a. "Femme fatale", Isaura Simon 2002.

Bild 11b. Pin-Up-Vampirin, Jennifer Janesko o. J.

ist diese Art der Inszenierung auch dann noch virulent, als selbst der Hollywoodvamp anachronistisch scheint, als bereits die Ideen dreier Frauenbewegungen in das kollektive Bewusstsein der westlichen Kultur diffundiert sind: Eine computergenerierte vampirische Schöne von 2002 (Bild 11a) erweckt einen ähnlichen Eindruck wie Stokers drei Vampirinnen, ebenso die Auswahl einer umfangreichen Internet-Bildergalerie von weiblichen Vampirgestalten aus Comic und Film, die der Betreiber der Internetseite wie folgt kommentiert: "I just can't get enough of these vampire women, these crimson nymphs, these graveyard succubi. Ever since I was a child, their entrancing eyes and hungry grins gave me shivers, and not entirely those of fear" (www.necronomi.com/projects/darkdesire, vgl. auch Bild 11b).[4]

In der folgenden Aufzählung Brittnachers – "Die dunkelhäutigen und -haarigen Femmes fatales belebten wieder den antiken Mythos [...] der Lamien, Empusen und Striges, aber auch den Archetypus der großen Mutter, der vertriebenen Urgottheit schlechthin" (177) – verdichten sich weitere problematische Konnotationen der Femme fatale: Die 'dunkelhäutigen und dunkelhaarigen Femmes fatales' verweisen auf die Blickrichtung einer weißen Norm, wie sie Braidotti in "Teratologies" in Zusammenhang mit Darstellungen des *freak* problematisiert, und ihr Bild wird mit dem der Übermutter überblendet, wie es Creed in *The Monstrous-Feminine* als weit verbreitete eigenständige Kategorie abjekter Weiblichkeit beschreibt.

Ob die Vampirin als Femme fatale nun tatsächlich auch für den Archetypus der großen Mutter steht (Rider Haggards *She* ist eine solche Mutterfigur), oder ob das – aus konservativer Perspektive gesehen – eigentlich Bedrohliche an ihr ist, dass ihre Sexualität gerade nicht 'zielgerichtet' ist, wie das Glossar

---

und aus deren Fängen er nur mit knapper Not errettet werden kann (www.sphinx-suche.de). Siehe auch Brittnacher 177; Wisker, "Bites"; Paglia. *Sphinx-suche.de* ist ein Internetglossar.

4 Bild 11b entstammt nicht der Galerie, trifft sich jedoch mit der ästhetischen Vorliebe des Sammlers.

Sphinx-suche.de nahe legt ("Der weibliche Vampir, eng verwandt mit der Femme fatale oder dem Vamp, saugt den Männern ihr letztes Blut aus, was hier auch gleichbedeutend sein kann mit Sperma [und] ist dabei nie Mutter, das Sperma fällt bei ihr auf unfruchtbaren Boden"), eins ist offensichtlich:

Bei der Vampirin, die mit der 'sinnlich anziehenden, passiven' Femme fatale überblendet wird, handelt es sich weniger um eine Repräsentation weiblicher Handlungsmacht, als um eine Figuration, die eine besondere Vorlage zum Konventionsbruch liefert.

Dies macht auch die feministische Kritik deutlich, wenn sie sich mit der viktorianischen Hochphase der Femme fatale-Narrative auseinandersetzt. Gabriele Dietze zählt Rider Haggards *She* (1886), Oscar Wildes *Salome* (1894), George MacDonalds *Lilith* (1895) und die Figur der Lucy in Stokers *Dracula* (1897) zu den repräsentativen Femme fatale-Darstellungen des *fin de siècle* und zeigt die kritische Wahrnehmung dieser "erotisch bedrohlichen Weiblichkeitsimagination" (*Hardboiled Woman* 62) im Blickwinkel der diskursprägenden Feministinnen der *Second Wave*: In der Auslegung von Sandra M. Gilbert und Susan Gubar erscheint die Konjunktur der Femme fatale als männliche Paranoia vor der Bewegung der Suffragetten, verbunden mit einer archaischen Angst vor der Andersartigkeit des weiblichen Körpers, die durch das Erstarken der "Medizinalisierung der Diskurse über 'das Weib'" (ebd.) befeuert wurde; Elaine Showalter sieht in der Gestaltung der Göttin in Rider Haggards *She* einen Ausdruck der Angst vor einer möglichen weiblichen Übermacht in der Literatur und dem damit verbundenen Verlust jener Virilität, die zur Erhaltung des britischen Empire notwendig schien (vgl. ebd.). Es ist deutlich, dass die feministische Kritik die Femme fatale nicht als Repräsentation weiblicher Macht versteht.

Auch Gina Wisker argumentiert in ihrer Charakterisierung der Vampirin, die deren Verwandtschaft mit der Femme fatale unterstreicht, dass dieses Frauenbild weniger für weibliche Macht als für die Angst vor dieser Macht steht: "In conventional fictions, women vampires connote unlicensed sexuality and excess, and as such, in conventional times, their invocation of both desire and terror leads to a stake in the heart – death as exorcism of all they represent ... [Their] voracious sexuality is a product of male transfer of what is both desired and feared" ("Bites" 170).

Als ein Fazit zum Handlungsspielraum weiblicher Figuren in herkömmlichen Vampirerzählungen kann Brownworth und Reddings Kommentar in der Vampiranthologie *Night Bites* gelten: "Women with active sexuality, like Le Fanus Carmilla, must, of moral and social necessity, be evil, while the passive honor- and love-bound women like Stoker's Lucy Harker [sic] are obviously doomed to become victims of rampant vampiric sexuality" (xii).

Im Gegensatz dazu befindet sich der männliche Vampir in einer Tradition der immer auch positiv konnotierten männlichen Schurkenfiguren des Genres und führt damit die Tradition des späten 18. und frühen 19. Jahrhunderts fort: "Die *Gothic villains* liehen dem romantischen Vampir ihr Profil [...]. Der literarisch ambitionierte Vampirismus sucht ein charismatisches, bei aller Grausamkeit auch faszinierendes Monstrum zu entwickeln" (Brittnacher 124). Lord Ruthven, vampirischer Protagonist aus William Polidoris *The Vampyre* (1819) und beispielhaft für das charismatische und grausame Monstrum, steht in der Tradition Byronscher Charaktere und nimmt in einer Monster-Ikone der 1990er Jahre erneut Gestalt an: die des ebenso faszinierenden wie bedrohlichen Serienkillers, wie Hannibal Lecter in *Silence of the Lambs*.

Der weiblichen Figur bleibt in konventionellen Vampirgeschichten außer der Rolle der Femme fatale vor allem die Opferrolle. Die prominenteste Opferposition besetzt die unschuldige Frau, die Brittnacher der Femme fatale unter der Bezeichnung "Femme fragile" entgegenstellt: "Gegen den notorisch sittenverdorbenen Aristokraten schickten die empfindsamen Romane moralisch untadelige Heldinnen in die Schlacht. [S]terbend behauptet die Femme fragile in ihrer zarten, durchsichtigen und mädchenhaften Unreife die Schönheit jener Unschuld, die der lasterhafte Vampir ihr zu rauben suchte" (175). Damit ist die Femme fragile strukturell analog zur Opfer-Heldin der traditionellen Gothic novel, zur *damsel in distress*, und hat auf diese Weise ebenso Kontinuität wie der charismatische männliche Vampir.

Todesarten: Carmilla, Lucy, Dracula, Ruthven

Carmilla wie Dracula haben historische Vorbilder – Dracula den Pfähler Vlad Țepeș, Carmilla die 'Blutgräfin' Elisabeth Báthory[5] – und teilen die Eigenschaft, dass sie als Gestalten aus dem Rahmen ihrer Erzählungen herausgestiegen und zu gewissermaßen frei flottierenden kulturellen Ikonen geworden sind. Le Fanus Erzählung über die lesbische Vampirin wurde 25 Jahre vor Bram Stokers *Dracula* veröffentlicht und hat Stokers Werk stark beeinflusst. Dennoch hat Dracula Carmilla bald an Ruhm überholt.

Dracula erscheint im 20. Jahrhundert in Texten von Kinderbüchern (beispielsweise Willis Halls *The Last Vampire,* 1982) bis zu diversen Produktionen der britischen Hammer-Film-Studios, die den Schauspieler Christopher Lee auf ewig mit der Rolle des Vampirs verschränkten. Der Name "Dracula" ist längst zum Synonym für Vampir geworden. Der Name Carmilla alias Millarca alias Mircalla Karnstein ist vor allem zum soft-pornographischen Klischee geronnen. In einer Reihe von 'B-Film'-Produktionen der 1970er Jahre treiben

---

5 Ähnlich wie Dracula ist Elisabeth (ungarisch: Erzsébet) Báthory eine halb historisch dokumentierte, halb mythische Figur. Es heißt, sie habe junge Frauen gequält, um in ihrem 'verjüngenden' Blut zu baden. Siehe dazu *Horrorlexikon*; Bolte und Dimmler.

lesbische Vampirinnen mit dem Nachnamen Karnstein ihr Unwesen, wie in der sogenannten Karnstein-Trilogie *The Vampire Lovers*, *Lust for a Vampire* und *Twins of Evil*.[6] Diese Art der Umsetzung des Gedankens der 'sexuellen Befreiung' der Hippie- und 1968er-Ära zielt jedoch vor allem auf heterosexuelle männliche Zuschauer ab.

Der Verharmlosung und frivolisierenden Herabwürdigung des weiblichen Vampirs in seiner späteren unterhaltungsindustriell ikonisierten Form entspricht eine im Vergleich mit den männlichen Pendants ungleich stärkere Dämonisierung in den literarischen Vorlagen.[7] Dies zeigt sich beispielsweise in der Gestaltung vampirischer Sterbeszenen. Draculas Tod wird in Stokers Text erstaunlich schnell abgehandelt:

> As [...] [Dracula's] eyes saw the sinking sun, [...] the look of hate in them turned to triumph. But, on the instant, came the sweep and flash of Jonathan's great knife. I shrieked as I saw it shear through the throat; whilst at the same moment Mr. Moriss's bowie knife plunged into the heart. It was like a miracle; but before our very eyes, and almost in the drawing of a breath, the whole body crumbled into dust and passed from our sight. (459)

Die Tötung der schönen Carmilla wird bei Le Fanu dagegen in drastischen Details geschildert:

> The next day the formal proceedings took place in the Chapel of Karnstein. The grave of the countess Mircalla was opened; and the General and my father recognized each his perfidious and beautiful guest [...]. The features, though a hundred and fifty years had passed since her funeral, were tinted with the warmth of life. Her eyes were open; no cadaverous smell exhaled from the coffin. [...] The limbs were perfectly flexible, the flesh elastic; and the leaden coffin floated with blood, in which to a depth of seven inches, the body lay immersed. Here then, were all the admitted signs and proofs of vampirism. The body, therefore, in accordance with the ancient practice, was raised, and a sharp stake driven through the heart of the vampire, who uttered a piercing shriek at the moment [...]. Then the head was struck off, and a torrent of blood flowed from the severed neck. (145)

---

6   Siehe Creed, *Monstrous-Feminine* 60, 115. Brownworth und Redding interpretieren diese Filme als Strategie zum Umgang mit weiblicher Homosexualität: "It seems that Hollywood could only understand lesbians if they were vampires" (xii). Das heißt nicht, dass B-Filme mit Vampirthematik, gerade unter dem Aspekt des *camp* betrachtet, nicht eine ganz eigene Ästhetik haben können. Ich verweise unter anderem auf die erotischen Vampirfilme des spanischen Regisseurs Jesus Franco, darunter *Vampyros Lesbos* (1971) mit Susann Corda. 2009 erhält Elisabeth Báthory mit Julie Delpys *The Countess* die Weihen einer 'A-Film'-Adaption.

7   Männlicher und weiblicher Vampir, Dracula *und* Carmilla, sind zunächst beide ambivalent, abstoßend und anziehend zugleich. Die Vampirfigur ist an sich abjekt, weil sie für den Leichnam steht, einen seelenlosen Körper (Kristeva 3). Doch der weibliche Vampir ist doppelt abstoßend: die Vampirin ist nicht nur seelenlos, sondern wird auch noch mit der 'ruchlosen' Femme fatale assoziiert.

Auch Lucys Tötung – nach dem Biss des Vampirs ist sie von der liebenden, passiven Frau zur aggressiv gierigen Vampirin geworden – wird in grausigen Details mit unverhohlener sexueller Aufladung geschildert, mit dem das Herz penetrierenden Pfahl, blutigem Schaum auf den Lippen, den Konvulsionen des Sterbens:

> Arthur placed the point over the heart, and as I looked I could see its dint in the white flesh. Then he struck with all his might. The Thing on [sic] the coffin writhed; and a hideous, blood-curdling screech came from the opened red lips. The body shook and twisted and quivered in wild contortions; the white sharp teeth champed together till the lips were cut, and the mouth was smeared with a crimson foam. But Arthur never faltered. He looked like a figure of Thor as his untrembling arm rose and fell, driving deeper and deeper the mercy-bearing stake, whilst the blood from the pierced heart welled and spurted up around it. His face was set, and high duty seemed to shine through it […] And then the writhing and quivering of the body became less, and the teeth seemed to champ, and the face to quiver. Finally it lay still. The terrible task was over. (328)[8]

William Polidoris Gentleman-Vampir Lord Ruthven schließlich wird gar nicht zur Rechenschaft gezogen, er überlebt: "The guardians hastened to protect Miss Aubrey; but when they arrived, it was too late. Lord Ruthven had disappeared, and Aubrey's sister had glutted the thirst of a VAMPYRE!" (85).

Obwohl Vampirinnen ekelerregender und abstoßender als ihre männlichen Pendants dargestellt werden, sowohl was ihre Erscheinung, als auch was ihre Tötung anbelangt, gibt Wisker zu bedenken, dass Carmillas Macht- und Täterposition durchaus auch positiv gelesen werden kann. Zwar beschreibt sie Carmilla zunächst als "beautiful, rootless Countess Marcilla Karnstein, who lives for centuries by vampirising young women, […] a devious, threatening figure" (170),[9] doch der Eindruck des Abjekten, schreibt Wisker unter Bezug auf Nina Auerbachs *Our Vampires, Ourselves* (1995) weiter, entstehe vornehmlich in den Beschreibungen Carmillas durch die männlichen Hauptfiguren: "It is only through the descriptions of Lauras father and the general, both patriarchal restrictive figures, that Carmilla is seen as ghostly, dangerous, to be destroyed" (170).

Hier zeigt sich ein allgemeines Problem der Textinterpretation: Zwar bietet *Carmilla*, wie alle fiktionalen Texte, Anknüpfungspunkte für die verschiedensten Betrachtungsweisen: aus feministischer, aus marxistischer, aus postkolonialer und aus vielen weiteren Perspektiven. Auch Shakespeares Werk ist schon feministisch gelesen worden. Die Frage ist, wie überzeugend eine Analyse wirken kann, die die Carmilla-Figur unabhängig von den Beschreibungen

---

8 Zu den Frauenfiguren in *Dracula* vgl. auch Wisker, "Bites".
9 Die Überschrift des Abschnittes in Wiskers Aufsatz lautet: "Bleeding Hearts and Heaving Bosoms: Conventional Representations of Women as Vampires."

der patriarchalen Hauptfiguren des Texts betrachtet. Zwar gehe ich mit Donna Haraway davon aus, dass jedes Wissen situiert, das heißt in einem bestimmten Kontext verankert ist und deshalb nicht 'objektiv' sein kann. Wenn ich Carmilla aber als subversive feministische Figur interpretiere, erfordert das einen besonderen Aufwand (jene *mental gymnastics*, über die Vivian Chin spricht), während der kritische Blick darauf verloren geht, welches Weiblichkeitsbild im Kontext der Beschreibungen durch den General und den Vater oder in den drastischen Details der Sterbeszene entsteht. Besonders in der Adaption im Laufe des folgenden Jahrhunderts ist Carmilla zur stereotypisierten Figur, zum *closed image*,[10] kurz, zum Klischee geworden. Deshalb plädiere ich für eine kritische feministische Lesart *Carmillas*, die den geschichtlichen und gesellschaftlichen Entstehungskontext der Erzählung ebenso berücksichtigt wie den (historisch-politischen und kulturellen) Kontext der jeweiligen Lesart. Die kulturelle Ikone Carmilla, die sich wie Dracula und Frankensteins Monster verselbständigt hat, kann gerade dann in einem neuen Licht erscheinen, wenn die unterschiedlichen Kontexte ihres Erscheinens mitgedacht werden, die spezifischen Aspekte der Genreentwicklung und -verfremdung.

Krankheit oder moderne Frauen (1984): Carmillas Umkehrung

Elfriede Jelinek gibt in *Krankheit oder moderne Frauen* (1984) gerade dem klischeehaften Moment der gefährlich-erotischen lesbischen Vampirin eine feministische Wendung. Das Theaterstück verweist, hier für die 1980er, in beispielhafter Weise auf die konservativen Positionen (die ideologische Grundlage der mehrfach erwähnten 'Backlashes'), die bisher nach jeder großen Frauenbewegung[11] verlautbaren ließen, alle Ziele seien erreicht und Feminismus daher obsolet.

Die beiden Hauptdarstellerinnen Carmilla und Emily werden als Konzentrate des Anderen inszeniert. Die patriarchalische Perspektive, von der aus dieses Andere gesehen wird, entsteht mit der Gestaltung der männlichen Hauptfiguren Dr. Heidkliff und Hundekoffer.[12] Der Name Carmilla ist, wie

---

10 Zu Sharon McDonalds Begriff des *closed image* in *Images of Women in Peace and War* siehe auch Kap. 1, S. 64. sowie dieses Kapitel, S. 181–182.
11 Betty Friedan beschreibt den Backlash nach den Errungenschaften der 1920er in *The Feminine Mystique*, bevor Susan Faludi ihn mit *Backlash*, ihrer Auseinandersetzung mit den konservativen Gegenschlägen der 1980er in diesem Zusammenhang explizit benennt.
12 Wie der Name Carmilla eine Anspielung auf Le Fanus in der Steiermark angesiedelte Vampirerzählung ist, sind die übrigen Namen – Emily, Heidkliff und Hundekoffer – Anspielungen auf Emily Brontë, auf Heathcliff, den männlichen Protagonisten von *Wuthering Heights*, und, schließlich ganz profan, auf einen ekelhaften Gegenstand: Hundekoffer heißt nichts anderes als Hundehaufen.

beschrieben, beispielhaft für die Vampirin als männerbedrohende Femme fatale. In Jelineks Stück wird sie zur unterdrückten, duldenden Hausfrau in einem hierarchisch-patriarchalisch organisierten System: "Ich bin nichts Halbes und nichts Ganzes. Ich bin dazwischen. Ich bin von liebenswürdiger Geringfügigkeit ... Ich bin gottlos. Ich bin eine Dilettantin des Existierens. Ein Wunder, dass ich spreche ... Ja, ich bin jetzt leider tot ... Ich bin keine Lieblingsspeise. Trotzdem fressen mich die Kinder auf. Ich habe keine Zeit fürs Kino. Dafür putze ich und bin fein heraus" (14, 15, 19, 20).

Carmillas Ehemann Benno Hundekoffer dagegen hat einen ähnlich prestigereichen Beruf wie der Arzt Heidkliff, er ist Steuerberater und formuliert seinen Stolz darauf: "Ich heile und helfe. Ich zeuge auch. Ich bin der Löwe, der die Zunge herausstreckt" (19). Dr. Heidkliff wiederum ist gleichzeitig Gynäkologe und Kieferorthopäde, ein Beruf, der vor allem darauf ausgerichtet scheint, dem Symbol monströser Weiblichkeit schlechthin, der Vagina Dentata, die Zähne zu ziehen. In der Inszenierung, deren 'Stills' in der Druckausgabe des Prometh-Verlags zu sehen sind, wird Heidkliffs Profession anschaulich umgesetzt mit einem medizinischen Gerät, das das Setting des ersten Aktes dominiert: eine monströse Mischung aus einem gynäkologischen und einem Zahnarztstuhl.[13]

Emily, verlobt mit Heidkliff, wird in der Bühnenanweisung als Krankenschwester und Vampirin eingeführt: "Emily tritt auf. Sie trägt eine schicke Krankenschwesternuniform, aus der in Höhe der Brust (nicht aber aus dem Herzen!) elegant zwei, drei Pflöcke ragen. Keine Spur Blut" (19).[14] In ihren Äußerungen steht sie zwischen Unterdrückung und Auflehnung gegen das patriarchalische System: "Ich bin das andere, das es aber auch noch gibt ... Ich bin eigentlich Schriftstellerin ... Ich renne dem Fleisch hinterher. Ich bin nicht nur Fadenspenderin eines Helden! [...] Ich bin leider lesbisch. Ich bin anders als Sie. Ich gebäre nicht. Ich begehre dich ... Ich wünsche mir diese beiden wesentlichen Zähne ausfahrbar gemacht. Ich brauche einen ähnlichen Apparat wie ihr Männer ihn habt" (9, 21, 33).

Carmilla stirbt, als sie in Heidkliffs Praxis ihr sechstes Kind zur Welt bringt, doch ihr Tod wird in Kauf genommen: "Carmilla hängt tot im Sessel, was aber niemand zu merken und niemand zu stören scheint. Zwischen ihren Beinen Blut" (Bühnenanweisung, 19). Während Carmilla auf dem monströsen Stuhl stirbt, erscheinen ihre fünf älteren Kinder als erschreckend gleichgültige Brut, sie tollen fröhlich aggressiv in der Praxis umher.[15] Hundekoffers ganzes

---

13 Vgl. die Aufführungsfotografien in der Prometh-Ausgabe.
14 Die Formulierung von der "schicken Krankenschwesternuniform" verstehe ich als Anspielung darauf, dass die Krankenschwesternuniform ebenso wie Outfits aus Lack, Leder und Latex in der Pornographie als fetischisierte Kleidung eingesetzt wird.
15 Die, wie es in der Regieanweisung steht, von fünf Erwachsenen auf Rollschuhen dargestellt werden sollen.

Interesse gilt nicht seiner toten Frau, sondern dem Baby, seinem Sohn und Erben: "Schauen Sie doch, Schwester! Kiloweis vom Besten! Güteklasse A! Mein herrliches Blut." Er merkt nicht einmal, dass Emily die tote Carmilla durch einen Biss in den Hals zu ihrer Gefährtin macht: "Emily saugt. Benno bewundert sein Kind" (beide 24).

Jelineks Carmilla verhält sich zur Originalfigur wie das Negativ zur Fotografie. Aus patriarchaler Perspektive betrachtet, ist sie die perfekte Frau, die sich abhebt vom Alptraum der sexuell aktiven, lesbischen Femme fatale, die Le Fanu entwirft. Jelineks Stück führt jedoch gleichzeitig vor, wie der aus einer traditionellen männlichen Perspektive gesehene Traum im Blickwinkel einer Frau zum 'Horror' werden muss. Neben Carmilla stehend, die tot im gynäkologischen Stuhl hängt, betreibt der Arzt Heidkliff gleichgültig *male bonding* mit Hundekoffer: "Wir verdienen etwa gleich viel...Wir sind total unterschiedliche Individuen. Wir sind total dasselbe. Wir sprechen nicht mit Unterschieden" (25). Nicht mit Unterschieden sprechen heißt hier auch: nicht mit Frauen sprechen, sie sind in der Perspektive beider Männer schließlich das Andere.

Der Horror des Vampirs wird mit den Schrecken verbunden, die die Geschlechterhierarchie für Frauen bedeuten kann. Vampirismus wird zur "Metapher sexueller Macht und Ohnmacht" (Claes 110). Denn wenn Carmilla und Emily ihre unsichere Position, ihre 'Zwischenexistenz', beschreiben ("Ich bin nichts Halbes und nichts Ganzes"; "Ich bin das andere ..."), können diese Zeilen zwar zunächst ganz einfach als Beschreibung des Vampirs – als Beschreibung eines klassischen Monsters – gelesen werden: "Das fehlende Spiegelbild des Vampirs ist ein unverzichtbares Motiv [...] in dem das Zwischendasein des Vampirs, der nicht dem Leben und nicht dem Tod zugehört, seinen Ausdruck findet" (Brittnacher 121). Gleichzeitig ist diese Selbstbeschreibung jedoch auch eine Beschreibung der marginalisierten Position der Frau:

> Die Frau ist das Andere, der Mann ist die Norm. Er hat seinen Standort, und er funktioniert, Ideen produzierend. Die Frau hat keinen Ort. Mit dem Blick des sprachlosen Ausländers, des Besuchers eines fremden Planeten, des Kindes, das noch nicht eingegliedert ist, blickt die Frau von außen in die Wirklichkeit hinein, zu der sie nicht gehört. (Friedrich 93)[16]

Wie das eine (Vampirismus) zum Bild des anderen (Marginalisierung der Frau) wird, wird auch in einem Werkkommentar Jelineks deutlich: "Die Vampire in *Krankheit oder Moderne Frauen* sind in diesem Stück paradigmatisch für die weibliche Existenz, die nie ganz da ist und nie ganz weg ist" (Jelinek, "Republik" 91).[17]

---

16 Jelinek über Ingeborg Bachmann, zitiert in Regine Friedrichs Nachwort zur 1984er Druckausgabe des Stücks.

17 Stefanie Carp, "Das katastrophale Ereignis der zweiten Republik". Interview mit Elfriede Jelinek in *Theater der Zeit* 3 (Mai/Juni 1996). In den Worten Friedrichs:

Jelinek benutzt die konventionelle Figur des weiblichen Vampirs aber nicht nur als Paradigma weiblicher Existenz, sondern deckt mit der Gestaltung der Figuren umgekehrt auf, dass diese Figur in konventionellen Texten eine misogyne Perspektive verkörpert. Es ist eine zentrale subversive Strategie des Stücks, dass der stereotype, patriarchalische Blick – eine Perspektive, die in der konventionellen Vampirerzählung unsichtbar, also die Norm ist – auf der Bühne anhand der männlichen Akteure sichtbar gemacht wird.

> [Die Charaktere Heidkliff und Hundekoffer] folgen dem ihnen als göttlich geltenden Gebot der Einheit von Sexualität und Fortpflanzung, wonach neben der männlichen Lust keine andere zugelassen ist und Frauen, die mehr verlangen, verfolgt und vernichtet werden, verstoßen sie doch gegen das Gebot der sexuellen Ökonomie […]. Jelinek stellt fest, auf dem Markt verdinglichter Sexualität habe der Mann die alleinige Nachfragemacht, die als ein Nichts bestimmte Frau müsse sich anbieten, ohne selbst zur Nachfragenden werden zu können. (Claes 112)

In der Möglichkeit, diesen Blickwinkel zu visualisieren, besteht auch eine besondere Funktion des Dramas. Die Brutalität der Perspektive wird dem Publikum zugänglich gemacht, wenn Hundekoffer und Heidkliff gänzlich unberührt von Carmillas Tod bleiben, Hundekoffer sich nur um seinen neugeborenen Stammhalter kümmert und Carmilla damit auf die Funktion einer Gebärmaschine reduziert wird. Der monströse, chimärenhafte Zahnarzt-Gynäkologenstuhl des Bühnenbildes bezieht sich nicht nur auf das monströs-weibliche der Vagina Dentata, sondern auch auf die ebenso monströse männliche Aggression, die sich gegen weibliche Sexualität und Körperlichkeit richtet.

Auch als lesbisches Paar fallen die Vampirinnen in die Strukturen ihrer vorherigen Lebensumstände zurück, wie das Bühnenbild des II. Aktes illustriert: "Die Arztpraxis ist verschwunden. Dafür ein reizendes Schlafzimmer im Stil der 50er Jahre … Nur: Statt der Betten stehen elegant gefertigte mit Erde gefüllte Särge im Stil dieser 50er da … Links in den Ehebetten liegen gemütlich Emily und Carmilla, letztere mit Lockenwicklern" (Bühnenanweisung, 41). Damit sind Emily und Carmilla ein Beispiel für eine Erkenntnis, die vor dem zeitlichen Hintergrund der zweiten Welle des Feminismus zu sehen ist, als sich der geschlechterkritische Blick verstärkt auf eine Benachteiligung von Frauen zu richten begann, die zwar nicht mehr *de jure*, *de facto* jedoch immer noch vorhanden war. Auch traditionelle kulturelle Repräsentationen konnten als Teil dieser Benachteiligung gesehen werden, die sich noch in den 1980er

---

"Jelinek montiert ihre Figuren, wie Frankenstein sein Monster, zu Prototypen […]. Der weibliche Vampir ist ein Wesen, das keine Spuren im Spiegel der Kultur und Geschichte hinterlässt, ein Wesen, das immer wieder zum Verschwinden gebracht werden kann, so oft es auch auftauchen mag. Die Frau kann jederzeit von der männlich beherrschten Ordnungsmacht an ihren natürlichen Platz zurückverwiesen werden" (Friedrich 87–89).

Jahren auffällig darin zeigte, "dass es für die weibliche Existenz keine anderen Bilder als die von Männern geprägten [gab]" (Claes 113).

In der Wirklichkeit, auf die Jelineks Stück sich bezieht, gibt es diese Bilder tatsächlich nicht. Ich erinnere an das Zitat von Braidotti über die Kluft zwischen neuen weiblichen Subjektpositionen und kulturell verfügbaren Bildern für diese Subjektivität. Eine Kluft, die sich jedoch zu schließen beginnt: "In the [...] context of the second millenium a feminist quest for a new imaginary representation has exploded. Myths, metaphors, or alternative figurations have merged feminist theory with fictions" (Braidotti, "Teratologies" 171). So gesehen befinden sich Jelineks Carmilla und Emily in einer frühen Entwicklungsphase hin zum kulturellen Bild der 'neuen weiblichen Monsterheldin'. Jelinek hinterfragt das Konzept des weiblichen Monsters als das bedrohliche, monströse Andere nicht dadurch, dass sie ein positiv zu bewertendes Gegenstück entwirft, sondern Carmilla und Emily bleiben paradigmatisch für 'das Andere'. Aber sie haben eine wichtige subversive Funktion: sie lassen erkennen, *dass* und *wie* 'das Andere' konstruiert wird.

"Immunity" (1996): Das sympathische Monster

Bleibt man innerhalb der Begrifflichkeit der (sogenannten feministischen) *Waves*, so ist die Vampirerzählung "Immunity"[18] der afroamerikanischen Autorin Toni Brown innerhalb der Ausläufer der *Third Wave* entstanden. Im Gegensatz zur kulturpessimistischen Perspektive des Dramas um Carmilla und Emily ist hier ein Ansatz erkennbar, neue Bilder von Weiblichkeit zu imaginieren. Browns Erzählung lädt zur Identifikation mit einer Kreatur ein, die die prominentesten traditionellen weiblichen Monster in sich vereint: sie verkörpert Vampirin, Lamie, Medusa und monströse Mutter.[19] Am Ende wird sich dieses Konglomerat typischer weiblicher Monster als neue Monsterheldin entpuppen, die weder als Opfer noch als abstoßend monströs erscheint.

Die positive Neubewertung der genannten Kreaturen mit der Darstellung von "Immunity's" Heldin Celeste ist vor dem Hintergrund ihrer mythischen Tradition kein einfacher Ansatz. Angefangen mit Medusa: Medusa ist dem antiken Mythos nach eine von drei Gorgonen, weibliche Kreaturen von legendärer Hässlichkeit, deren Haartracht aus einem Knäuel lebendiger Schlangen

---

18 Vgl. Kap. 1 zu Tuttles Kurzgeschichte "Replacements". "Immunity" ist ebenfalls eine klassisch jenseitige Horrorerzählung. In diesem Zusammenhang ist auch die Erzählung "The Last Train" zu nennen, die wie "Immunity" in der Anthologie *Night Bites* erschienen ist. Auch hier werden Lesererwartungen ad absurdum geführt. Die Bösen sind gerade die, die gemeinhin die Norm repräsentieren.

19 Damit ist sie gewissermaßen ein Konzentrat von Brittnachers Femme-fatale-Definition.

besteht. Auch ihr Blick ist erschreckend, der jedes Lebewesen, das sie ansieht, zu Stein erstarren lässt. Der Mythos besagt weiter, dass Medusa schließlich von Perseus geköpft wurde. Nach einer traditionellen psychoanalytischen Lesart repräsentiert der Medusa-Mythos das monströse Weibliche als typisches Objekt männlicher Angst, mit anderen Worten, das abjekte "*monstrous feminine*" in Reinform: "We can see that the medusan myth is mediated by a narrative about the difference of female sexuality as a difference which is grounded in monstrousness and which invokes castration anxiety in the male spectator" (Creed, *Monstrous-Feminine* 2).[20]

Browns Verwendung des Medusa-Motivs ist die Weiterentwicklung einer Strategie, die während der zweiten Welle des Feminismus häufig verwendet wurde: die Neuaneignung des Weiblichkeitsbildes der Medusa, wie beispielsweise in Hélène Cixous' Text *Le Rire de la Medusa* von 1975. Browns Hauptfigur Celeste ist eine sympathische afroamerikanische Mutter. Sie tröstet ihre Tochter, die nachts Angst vor Vampiren hat, und erzählt ihr, weshalb sie als Nachkommen schwarzer Afrikaner immun gegen Vampirbisse sind:

> "Nia," Celeste said, taking her hand and leading her slowly toward the stairs, "you have nothing to fear from vampires. Let me tell you a story. Long ago when our ancestors still lived in Africa, another people came to visit us [...]. They called themselves Lamia. The Lamia were a people similar in some ways to the ones they now call vampires. [...] We made an agreement with these Lamia." She paused as if trying to remember. "To never hurt each other, to be as if sisters. All African people are protected by that agreement. That's why there are no stories about black people being bitten by vampires, Nia. Have you ever heard of any?" (76).[21]

Am Ende der Erzählung zeigt sich, dass Celeste selbst eine Vampirin ist, die immer mehr der antiken Medusa ähnelt:

> Her skalp began to tingle as her kinky, corded hair began to move, transformed into pencil-thin snakes that writhed sinuously. Her skin deepened to a shiny black. Her fingernails also blackened and grew long and pointed [...]. She opened her mouth to accomodate the sharp row of teeth that grew there [...]. (78–79)

Eine Gorgone, ehemals eine Kreatur, die gefürchtet und zerstört werden musste, wird hier zur Figur, mit der die Lesenden sympathisieren und sich sogar identifizieren können. Zum einen, weil sie gleichzeitig als junge Frau von nebenan entworfen worden ist, zum anderen weil sie als Monster – auch

---

20 Creed bezieht sich an dieser Stelle auch auf Freuds Essay "Der Kopf der Medusa", in dem Medusas Kopf als Symbol des weiblichen Genitals beschrieben wird.
21 Hier wird zugleich die Ausklammerung von Schwarzen aus dem Horrorgenre thematisiert. Zur Intersektionalität der Kategorien *Race* und Gender im Horrorgenre vgl. v. a. Michaela Wünschs Dissertation "Von Untoten und Kannibalen – Weiße Männlichkeit im Horror" (Humboldt-Universität zu Berlin) und "Who's Afraid of the White Man's Mask? The Horror of Invisibility in the Stalker Film" (2006).

wenn ein Monster als solches stets ambivalent ist, halb abstoßend, halb faszinierend – auf neue Weise ästhetisiert wird, mit Attributen von Glamour: die glänzende schwarze Haut, die sich sinnlich windenden Schlangen.

Celeste ist nicht nur eine Vampirin mit dem Aussehen einer Gorgone, sie ist auch halb Lamie. Die Lamie der Dämonologie des Altertums hat Arbeiten von Philostratos' *De Vita Apollonii* (170 AD) bis zu John Keats' Gedicht "Lamia" von 1819 inspiriert. Dem Mythos zufolge ist sie Monster mit dem Körper einer Frau, eine Menschenfresserin, die das Blut von Kindern trinkt. Die Lamie wird auch oft als Hexe und Dämonin beschrieben, als altertümliche Femme fatale. Keats' Gedicht beschreibt schon eine Lamie, die nicht mehr nur monströs ist, seine "Lamia" wird zuallererst als liebende Frau dargestellt, nicht als unmoralische Bestie. Aber sie wird auch in Relation zur Perspektive der beiden männlichen Charaktere des Gedichts, Hermes und Lycius, entworfen; und so bleibt sie Verführerin, deren Entstehen und Verlöschen sich unter männlichen Blicken vollzieht.

In Celestes Geschichte gibt es diesen Blick nicht. Celeste ist eine Lamie, doch die Erzählung setzt sie nicht in die Position des Objekts der Begierde. Sie ist – ein Kunstgriff, der auch einen komischen Effekt hat – eine alleinerziehende Mutter. So wird mit der Gestaltung von Celeste auch die Vorstellung der abstoßenden Mutter – der psychoanalytischen Theorie ebenso wie der Horrorfilme von *Psycho* bis zu den *Alien*-Sequels (in weitestem Sinne Adaptionen des ängstigenden Anteils der Mutterfigur) – überwunden.

Kristevas psychoanalytischem Ansatz in *Powers of Horror* zufolge ist das Mütterliche ("the maternal") deshalb abjekt, weil es keine Grenzen respektiert: "Rituals of defilement, based on the feeling of abjection and all converging on the maternal, attempt to symbolize the other threat to the subject: that of being swamped by the dual relationship [between mother and child]" (64). Auch Celeste treibt ihr Lamien-Naturell dazu, hin und wieder Blut aus den Handgelenken ihrer Tochter Nia zu saugen und damit scheinbar exakt dem Konzept der transgressiven, bedrohlichen Mutter aus Kristevas psychoanalytischem Modell zu entsprechen, und doch, nicht ganz: "Celeste had not lied about Nia's protection [...]. She would not be harmed by the tiny sips of blood Celeste sometimes took from her wrist" (Brown 78). Und auch wenn Celeste am Ende die Gestalt der Medusa annimmt, bleibt sie gleichzeitig liebende Mutter: "She murmured 'Good night, Nia,' as she disappeared into the night" (79).

Stereotype Assoziationen mit dem Bild der Mutter werden also sogar doppelt unterwandert: Weder verhält sich die Mutter nur instinkthaft schützend und wohlwollend zu ihrer Tochter – sie beißt sie – noch ist sie nur abstoßend – sie tröstet sie; kein Klischee von Weiblichkeit, weder die Lamie noch die instinkthaft liebende Mutter, gewinnt die Oberhand. Alle Klischees, die Celeste anfangs zu verkörpern scheint, werden am Ende unterwandert. Weiblichkeit und Monstrosität (die im Bild der abjekten Mutter verschmelzen) stehen, ebenso wie Ethnizität, aus der Perspektive der dominanten Norm im schlimmsten Fall für eine negativ bewertete Differenz. In "Immunity" werden die herkömmlichen Hierarchien innerhalb der Verhältnisse von Geschlecht und *Race* gekippt. Das Monströse wird akzeptiert; und, wie es sich am besten auf Englisch formulieren lässt: *Mother is no longer the other.*[22]

Sonja Blue (seit 1989): Die Vampirin als 'hartgesottene' Heldin

Neben der neuen vampirischen Mutter, in deren Gestalt das Monströse aufgewertet wird, wird auch mit Nancy Collins' Figur der Sonja Blue eine Neufassung des weiblichen Vampirs sichtbar. Sie scheint – mindestens implizit – vom Geist der lebendigen, rabiaten Riot-Girl-Bewegung geprägt. Die Romane um Sonja Blue, etwa *Sunglasses After Dark* (1989), *In the Blood* (1992) und *Paint it Black* (1995), vereinen Aspekte der US-amerikanischen *Hard-boiled detective novel* mit denen der Vampirerzählung.[23] Sonja Blue erscheint als "hartgesottene"[24] und kraftvolle Heldin: "She's a wild woman ... crafty, shrewd, fiercely independent and more than a little crazy" (15).

---

22 Populäre Beispiele alternativer Entwürfe der vampirischen Mutter finden sich auch in Anne Rices "Vampire Chronicles" *Interview With the Vampire*, *The Vampire Lestat* und *Queen of the Damned*: Lestats Mutter Gabrielle, die in *The Vampire Lestat* zu Lestats vampirischer Gefährtin wird; Akasha, die archaische "life-giving and devouring first mother of all" und ihre Nachfahrin und Mörderin Maharet in *Queen of the Damned*, dem dritten Teil der "Vampire Chronicles". Die andauernde Popularität des Stoffes zeigt sich auch darin, dass *Queen of the Damned* 2001 verfilmt wurde, mit der Popsängerin Alyiah in der Hauptrolle, die wenig später bei einem Flugzeugabsturz ums Leben kam. Akasha kann durchaus auch in der Tradition des klassischen monstrous-feminine gesehen werden – eine berühmte Vorläuferin von Akasha ist die Mutter und Femme fatale in H. Rider Haggards *She*, wie auch Bette Roberts in "The Mother Goddess" (2002) nachweist. Lestats Mutter Gabrielle hat jedoch nichts mehr von einem grenzüberschreitenden, vereinnahmenden Muttermonster, wie Lestat in einem seiner – als Lestat, der vampirische Rockstar, verfassten – Songs besingt, wobei der inzestuöse Gehalt dieser Beziehung im Text nicht weiter skandalisiert wird: "In my dreams, I hold her still, / angel, lover, Mother. / And in my dreams, I kiss her lips, / Mistress, Muse, Daughter. // She gave me life / I gave her death / My beautiful Marquise. / And on the Devil's Road we walked / Two orphans then together." (Rice, *Lestat*) Auch hier ist *Mother* nicht länger *the Other*. Nur als Randbemerkung zum Effekt des Wortes *She* als Romantitel: Stephen King, der seine Werke häufig mit Pronomina betitelt, hat zwar bisher "She", "It" und "Them" benutzt, nicht aber "He".

23 Bis 2010 sind insgesamt fünf Blue-Romane erschienen, außer den genannten noch *A Dozen Black Roses* (1996) und *Darkest Heart* (2000).

24 Dietze übersetzt die Genrebezeichnung mit "hartgesottener amerikanischer Privatdetektivroman": "Das Wort hartgesotten (*hard-boiled*) lässt Eigenschaften wie unsentimental,

Bild 12a. Ruthven in der "predatory position". Titelbild des Romans *The Return of Lord Ruthven* von Frank J Morlock.

Bild 12b. Blue in der "predatory position". Titelbild des Romans *In The Blood* von Nancy Collins.

In diesem Zusammenhang gibt auch der Paratext Aufschluss.[25] Auf dem Cover der White Wolf Press-Ausgabe von *In the Blood* wird Sonja Blue in der für den männlichen Schurken typischen Position, die Griggers die "predatory position" nennt, dargestellt (siehe Bild 12b). Sie beugt sich über ihr Opfer, oder vielmehr, presst den Kopf ihres Opfers mit ihren langen Fingern und spitzen Nägeln nach unten. Lord Ruthven, der klassische vampirische Schurke, wird meist in einer solchen "predatory position" dargestellt – wie überhaupt der männliche Vampir, betrachtet man Filmplakate und Buchcover (Bild 12a).[26]

Sonja Blue ist Vampirin und Vampirjägerin zugleich, a "leather-clad vampire-cum-vampire-hunter", wie auf dem Klappentext der White Wolf-Ausgabe zu lesen ist. Doch auch wenn sie schwarzes Leder trägt, ist Sonja Blue keine vampirische Neo-Femme fatale wie die Figur der Selene (Kate Beckinsale) im Film *Underworld* (2003), die die Kontinuität des Femme-fatale-Stereotyps verkörpert, "[a] female vampire [who] strides around in black leather, looking pretty and killing werewolves."[27] Sie würde auch keine Aufnahme in die Vampirschönheiten-Galerie der Seite www.necronomi.com finden (Bild 3b), wie das folgende Zitat zeigt, das die Assoziation mit der Riot-Girl-Ästhetik weckt: "Sonja Blue was dressed in a pair of faded, much-worn blue jeans, a Cramps 1990 Tour T-Shirt, a ragged leather jacket a size too big for her, scuffed engineer boots and sunglasses" (35).

---

illusionslos, gewalttätig und einsam anklingen, allesamt Attribute, die fast synonym zu konfliktbereiter Männlichkeit stehen" (Dietze, *Hardboiled* 9).
25 Zur Bedeutung des Paratexts vgl. Einleitung S. 17, FN 4.
26 Titelbild der Fortsetzung des Originals von William Polidori.
27 Charkterisierung von Selene in Robert Cadnums (der sich über die Beschreibung "citizen and voter" autorisiert) Internetguide "Beauty is the Beast: Female Werewolves and Vampires" (www.amazon.com/gp/richpub/syltguides/fullview) unter dem Zwischentitel "Bite Me Anytime: Fem Vampires".

Sonja Blues weite Kleidung steht in Kontrast zur Vampirin Selene, deren Funktion als Jägerin mit "looking pretty in black leather" gleichgesetzt wird. Ihr Band-T-Shirt mit The Cramps-Motiv hat dabei eine besondere Bedeutung. Nicht nur in den 1970ern und -80ern, auch in der jüngsten Gegenwart erscheinen Frauen in der Fankultur um Genrefilm und Rockmusik häufiger als in Pin-up-Ästhetik gehaltene T-Shirt-Motive oder *postergirls*, seltener als aktive Teilnehmerinnen der Rock 'n' Roll-Kultur (auch wenn seit den 1990ern, als die Retroästhetik sich als kulturelles Phänomen etabliert, Pin-up-Ästhetik als campy beschrieben und ihr Zitatcharakter betont wird). Das T-Shirt selbst zu tragen kann also, in letzter Konsequenz, gelesen werden als ein Heraustreten aus dem Universum einer männlichen Konsum- und Fankultur und damit auch als ein Akt der Selbstermächtigung.[28]

Sonja Blues Erscheinungsbild unterscheidet sie von ihrer populären Kollegin, der adretten blonden Buffy (*the Vampire Slayer*), mit der eine Vampirjägerin 1997 zur TV-Serienheldin und damit zu einer popkulturell einflussreichen Figur wurde.[29] Hier wird einmal mehr deutlich, dass, wenn ich von der Entwicklung der Monsterheldin spreche, umso mehr im frühen 21. Jahrhundert, keine rein lineare Entwicklung gemeint sein kann. Während die in den späten 1990ern auftretende Buffy eher in der Tradition klassischer Genrevorbilder steht – von Clovers *female victim-hero* des Slasherfilms der 1970er und -80er, beziehungsweise deren frühem Vorbild, der *damsel in distress* der *Gothic novel* – und damit Jägerin und Opfer zugleich ist, verkörpert die früher entstandene Sonja Blue zwei aktive Positionen, Monster *und* Jägerin. Buffy bezieht eine eingeschränkte Machtposition, weil sie in der Tradition jener Rächerinnen steht, deren Re-aktion stets eine Aktion meist männlicher Aggressoren vorausgeht. Blue ist Rächerin und Aggressorin zugleich.

---

28 The Cramps haben schon in Kap. 2 im Abschnitt zum Film *Foxfire* eine Rolle gespielt. In Kap. 2 habe ich beschrieben, inwiefern Rock'n'Roll mit Maskulinität verschränkt ist, von der Repräsentation bis zum Fantum. The Cramps gehören zum zunächst mit männlichem Fantum assoziierten Punkrock, bei genauerem Hinsehen lädt die Band Mädchen und Frauen jedoch ironisch zur Identifikation ein: The Cramps ist wie The Curse (vgl. dazu den Abschnitt zu *Ginger Snaps*) ein anderes Wort für Menstruation. Die zentralen Figuren der Band sind ein Mann und eine Frau: "Founding members Lux Interior (the psycho-sexual Elvis/Werewolf hybrid from hell) and guitar-slinging soulmate Poison Ivy (the ultimate bad girl vixen) are the architects of a wicked sound that distills a cross of swamp water, moonshine and nitro down to a dangerous and unstable musical substance" (www.thecramps.com).

29 Siehe Kap. 1, S. 64. Vgl. auch Early und Kennedy und Dath, *Sie ist wach*.

'*I Was A Female Werewolf*': Werwolftum als Selbstermächtigung

> Of course, everyone knows that females are a bit more likely to be werecats than werewolves.
>
> "Beauty is the Beast: Female Werewolves and Vampires,"
> Internetguide auf Amazon.com

Dem eingangs genannten Zitat lässt sich zunächst entgegnen, dass es eine Reihe von Texten gibt, in denen weibliche Werwölfe in Erscheinung treten: Die in *The Phantom Ship* eingebettete Erzählung *The White Wolf of the Heart Mountain* erzählt die Geschichte der Heirat mit einer Werwölfin; in den Werken *Lady into Fox* (David Garnett, 1922) und *Das Wolfsmädchen von Josselin* (Arlton Eadie, 1965) ist die Werwölfin bzw. -füchsin sogar titelgebend (vgl. Brittnacher 201).[30]

Und doch ist das Zitat insofern aussagekräftig, als der Werwolf, neben dem Vampir, nicht nur zu den Prototypen des Monströsen gehört, sondern, neben dem Serienmörder, auch in Literatur und Film des 20. Jahrhunderts zu den traditionell männlichen Monstern. Schon allein der Name Werwolf ist doppelt maskulin markiert: Da das mittelhochdeutsche Wort 'wer' zuerst 'Mann' bedeutet, heißt Werwolf wörtlich 'Mannwolf'.[31]

Creed schreibt in "Baby Bitches from Hell": "Males do become monsters at puberty, but their transformation into rough beasts (e.g., *I Was a Teenage Werewolf*, 1957) are perfectly in keeping with the male role of sexual predator" (2). Die aktive Position der Bestie und des Raubtiers ist zunächst also nicht für eine weibliche Besetzung vorgesehen. Das ist ein Nachteil, denn sie kann durchaus als positiv empfunden werden:

> Monstergeschichten sprechen von der Sehnsucht nach einer archaischen Kraft, die es erlaubt, sich anzueignen, was man begehrt [...]. Sie fassen die Sehnsucht ins Wort, soziale Konflikte und unvermeidliche Kompromißbildungen nicht länger hinnehmen zu müssen, sondern durch Möglichkeiten brachialer Konfliktlösung ersetzen zu können. (Brittnacher 219)

Gerade der legendäre Werwolf scheint für die positiven Seiten monströser Existenz zu stehen:

> Das werwölfische Dasein, das freie Umherschweifen, verbunden mit der Macht über das Leben anderer, wird auch als Bereicherung oder zumindest Entlastung erfahren. [...] Im Werwolfmythos kommen nicht nur spezifische Ängste, sondern auch

---

30 Klassiker des Werwolffilms sind *The Wolfman* (1931) und *I Was A Teenage Werewolf* (1957).

31 Zur historischen Dokumentation des männlichen Werwolfs gehört der Zusammenhang von Werwolftum und Hexerei. Männer werden zur Zeit der Hexenverfolgung wenn, dann eher als Werwölfe hingerichtet.

> heimliche Verheißungen zum Ausdruck: die Sehnsucht nach einer atavistischen Existenz vor den Zumutungen der Individuation, der Wunsch nach der Sicherheit einer instinktiv geleiteten Lebensführung statt einer immer wieder Reflexion abverlangenden Orientierung an den Werten der Zivilisation. (Brittnacher 212)

Eine mögliche Erklärung dafür, warum Texte über weibliche Werwölfe wenig prominent sind, gibt Brittnacher mit Bezug auf Ingeborg Vetters *Lycanthropismus in einigen deutschen Horrorgeschichten um 1900*. Obwohl die Femme fatale zunächst auch als *sexual predator* verstanden werden könnte, wird das 'raue' Raubtier Werwolf hier von der Femme fatale des *fin de siècle* abgegrenzt, weil sie zuerst *Objekt* der Begierde ist: "Die delikate und exquisite Grausamkeit der Femme fatale schreckte zwar den Leser, diente sich aber auch insgeheim männlichen Unterwerfungsfantasien an. Ein zottiges weibliches Ungeheuer als Objekt einer – und sei sie noch so obskuren – Begierde war kaum denkbar oder literarisch durchsetzbar" (201). Frauen tauchen in Werwolf-Erzählungen zuerst als Opfer auf: "Seine Verdichtung findet das Bild des unschuldigen Leidens im Bild jener Frauen, die von Werwölfen geschwängert werden [...]" (Brittnacher 210).

In der aktuellen Fankultur um genretypische Werke zeigt sich nun paradoxerweise ein Interesse an der Figur des weiblichen Werwolfs, das zunächst doch wieder mit dem Stereotyp der Femme fatale zusammenhängt. Die Motive der Rezeption scheinen hier gerade männliche Unterwerfungsfantasien zu sein, wie Robert Cadnums Internetguide "Beauty is the Beast: Female Werewolves and Vampires" nahe legt, der bereits im Zusammenhang mit der Vampirin Selene aus *Underworld* erwähnt wurde und das weibliche Monster zum Objekt der Begierde erklärt. Unter der Überschrift "Look at That Tail: Fem Werewolf Movies" bespricht Cadnum unter anderem die Filme *Cursed*, *Blood Moon*, *The Howling*, *My Mum's a Werewolf*, *Huntress: Spirit of the Night* und auch *Ginger Snaps*, Werke der späten 1980er und -90er,[32] wobei meist nur knapp vermerkt wird, dass Frauen im Film vorkommen und was und ob sie überhaupt etwas anhaben. Lediglich der Kommentar zum Film *Wolfhound* lässt Kritik erahnen:

---

32 Weitere Filme aus Cadnums Reihe sind *An American Werewolf in Paris* (mit Julie Delpy), *Wolf* (mit Michelle Pfeiffer) und *Cat People* (mit Nastassja Kinski). Dass das "Female Werewolf"-Thema als regelrechtes Subgenre verstanden wird, zeigt auch die Liste (unter der Rubrik Listmania) mit dem Titel "Favorite Female Werewolf Novels" von W. Montgomery, der oder die sich selbst mit der Selbstbeschreibung "Avid Werewolf Aficionado" autorisiert. Zu den gelisteten Werken gehören *Naked Brunch. A Howlingly Funny Novel of Love Run Wild*; *Nadya: The Wolf Chronicles* und *Bitten (Women of the Otherworld*, Book 1), wie die zentralen Filmbeispiele Cadnums ebenfalls Werke der späten 1980er und -90er.

> Most werewolf fans remember *The Howling* (Special Edition) as one of the best films, especially transformation-wise, and, with a multitude of females, such as the leather-clad nymphomaniac. *Full Eclipse*, with its multitude of werewolves, has some memorable females. *Darkwolf* has a bad plot, but it does have a female werewolf in it. *Huntress: Spirit of the Night* is stuffed with nudity. *Wolfhound* (Unrated Edition) is another badly-plotted werewolf movie that mostly exists to show some skin.

Offensichtlich drückt die Beschäftigung mit der Werwölfin allein noch kein verstärktes Interesse an neuen Monsterheldinnen aus. Doch auch wenn die Werwölfin in konventionellen Zusammenhängen des Genres ebenfalls 'femme-fatalisiert' wird, gibt es eine Reihe neuerer *female-werewolf*-Filme – wie *Ginger Snaps* – die in beispielhafter Weise positive Identifikationsmöglichkeiten für weibliche Fans eröffnen.

Angela Carter hat bereits in den 1970ern eine Reihe von Werwolfmärchen geschaffen, die sowohl mit dem Bild der Frau als Opfer wölfischer Gewalt als auch mit der Werwölfin, die auf Umwegen doch wieder dem Bild der Femme fatale entspricht, brechen. Die subversive Rotkäppchen-Adaption "The Company of Wolves" (1977) beispielsweise inszeniert das Werwolf-Werden auch als Akt der (weiblichen) Selbstermächtigung: "Since her fear did her no good, she ceased to be afraid [...], she freely gave the wolf the kiss she owed him [...], she knew she was nobody's meat [...]. See! Sweet and sound she sleeps in granny's bed, between the paws of the tender wolf" (Carter 220).

Es ist bezeichnend, dass Carter gerade die hoch konventionalisierte Form des Märchens wählt. Der Text ist beispielhaft dafür, wie der deutliche Konventionsbruch den Effekt der Neufassung und Neubewertung des Monströsen steigert. Der böse Wolf, stellvertretend für den sexuell aggressiven Mann, wird zum "tender wolf"; Rotkäppchen zur jungen Frau, die nicht länger geängstigt und getäuscht wird, sondern ein eigenes Bewusstsein entwickelt ("She knew she was nobody's meat").

Mit Carters Text von 1977 ist gewissermaßen vorweggenommen, was Braidotti 2000 in "Teratologies" erneut als Desiderat beschreibt: das Andere wird umgedeutet und positiv besetzt, das Monströse angenommen und begrüßt, ein neues Bild weiblicher Subjektivität geschaffen. Carters 'früher' Ansatz, veränderte Handlungsmöglichkeiten von Frauen ebenso mitreißend wie lehrstückhaft ins Bild zu setzen, ist auch in Bezug zum geschichtlichen Hintergrund der zweiten Frauenbewegung zu sehen. Die Kurzgeschichte "Boobs" und insbesondere der Film *Ginger Snaps* können dann als Ausdruck davon verstanden werden, wie neue weibliche Subjektpositionen sich vom spezifischen politischen Hintergrund der Bewegung lösen und breiter kulturell verfügbar werden.

Kelsey, Protagonistin und Ich-Erzählerin von McKee Charnas' Kurzgeschichte "Boobs", entwickelt als erste in ihrer Klasse weibliche Formen. Als sie deshalb von ihrem Mitschüler Billy mit sexuellen Anspielungen belästigt wird – beispielsweise mit dem titelgebenden Spitznamen, schließlich sogar mit einem Schlag, der ihr die Nase bricht –, lautet der Rat ihrer Stiefmutter Hilda: "I'm sorry about this, honey, but really, you have to learn it sometime. You're all growing up and the boys are getting stronger than you'll ever be. If you fight with boys, you're bound to get hurt. You have to find other ways to handle them" (19). Obwohl sie den Rat gibt, "ways to handle the boys" zu finden, beschreibt Hilda die Existenz als Mädchen beziehungsweise Frau auch als nachteilig, gewissermaßen, um in der Terminologie Braidottis zu bleiben, als "pejoratively different": "they're stronger than you'll ever be." So beginnt die Erzählung damit, auf lakonische Weise in Szene zu setzen, wie weibliche Sexualität dämonisiert und das Konstrukt weiblicher Unterlegenheit naturalisiert wird.

Am Morgen nach dem Zwischenfall mit der gebrochenen Nase bekommt Kelsey ihre erste Menstruation.[33] Was das Thema Menstruation mit dem Werwolf-Mythos zusammenbringt, ist die Doppeldeutigkeit des Wortes *curse*, das im Englischen sowohl Fluch bedeutet als auch ein verschleiernder Ausdruck für die Menstruation ist. Die Erzählung überführt die klischeehafte Assoziation Vollmond/Menstruation/Weiblichkeit umgehend in die Assoziation Vollmond/Fluch/Werwolf.

Im Gegensatz zu einer anderen prominenten weiblichen Figur des Genres aus den 1970er Jahren, Stephen Kings Telekinetikerin *Carrie*, beendet Kelseys erste Menstruation ihre Opferposition sofort.[34] Der Fluch, der für die tragische Figur der Carrie ein Symbol des biblischen 'Fluchs Evas' bleibt, wird in "Boobs" neu interpretiert. Der Fluch des Werwolfs ist nicht länger ein Fluch, der weibliche Sexualität mit negativ bewerteter Monstrosität ("devalued monstrosity") gleichsetzt, sondern ein Segen, der Kelseys Widerstand in Gang setzt.

---

33 Die Menstruation ist weit mehr als ein Anlass pubertärer Sorgen. Sie ist gleichzeitig in den verschiedensten Zusammenhängen dazu verwendet worden, Weiblichkeit als monströse Andersartigkeit zu dämonisieren. In der psychoanalytischen Auslegung Kristevas bedeutet die Menstruation, neben der Ausscheidung, eine der wesentlichen Arten der Verunreinigung ("types of defilement") und ist vielfach mit Bedeutung aufgeladen, auch was Geschlechtsidentität und Geschlechterverhältnis betrifft: "Menstrual blood [...] stands for the danger issuing from within the identity (social or sexual); it threatens the relationship between the sexes within a social aggregate and, through internalization, the identity of each sex in the face of sexual difference." (Kristeva 71)

34 Stephen Kings Frühwerk *Carrie* (1974) wurde bereits 1976 von Brian de Palma verfilmt. Die Verfilmung beginnt ebenfalls mit der ersten Menstruation der Protagonistin und endet mit einem Tötungsakt als Racheszenario. In der Anfangsszene des Films steht Carrie unter der Dusche der Mädchenumkleideräume und versteht nicht, warum auf einmal Blut an ihren Beinen hinabfließt. In Todesangst ruft sie um Hilfe, und ihre Klassenkameradinnen bombardieren sie mit Tampons und Binden.

Damit wird das Ereignis der ersten Menstruation zum Epiphanie-Erlebnis. Die 'Werwolf-Werdung' liest sich als positiver, gleichsam freiwilliger Prozess: "It felt – interesting. Like something I was doing, instead of just another dumb body-mess happening to me because of some brainless hormones said so" (McKee Charnas 24). Mit Kelseys Verwandlung deutet McKee Charnas das Bild des 'unschuldigen weiblichen Leidens' um:

> I realized all of a sudden, with this big blossom of surprise, that I didn't have to be scared of [...] anybody. I was strong, my wolf-body was strong [...]. I looked myself over in the big mirror on my closet door [...]. After [a] first shock, it was great. [...] I was thin, with these long, slender legs but strong, you could see the muscles, and feet a little bigger than I would have picked. But I'll take four big feet over two big boobs any day. (24–25)

Kelseys Machtzuwachs wird in der nächsten Vollmondnacht noch deutlicher, als sie Billy nach einer Reihe weiterer Demütigungen nachts in einen Park lockt und zerfleischt. Die Tötung erinnert an die alptraumhafte Situation einer Vergewaltigung, sonst gemeinhin mit einem männlichen Täter und einem weiblichen Opfer assoziiert: "I tore through the bushes and leaped for him, flying [...]. [H]e was just sucking in a big breath to yell with when I hit him like a demo-derby truck. I jammed my nose past his feeble claws and chomped down hard on his face" (34–35). Obwohl Billy sich nun in einer mitleiderregenden Situation befindet, begünstigt die Erzählstrategie des Textes, die Ich-Perspektive Kelseys, eine Identifikation mit dem Monster.[35]

In einem kurzen Nachwort zu "Boobs" beschreibt McKee Charnas Reaktionen auf ihre Erzählung: Gardner Dozois, (männlicher) Herausgeber des Magazins *Asimov's*, der die Kurzgeschichte kaufte,

> [...] found our heroine a bit too 'unsympathetic'. [...] My stepdaughter had reacted in a similar fashion, objecting that Kelsey is too cold-blooded about wolfish violence. [...] It may be of interest [...] that the people at the word processing center [...], where I did my final edit of this story, [...] had a very different reaction. These are (for the most part) working women in their twenties and thirties. [...] They said they liked the story very much, but several of them objected to the killings of the dogs. (38)

Frauen, so die Botschaft dieser Anekdote, können Horror also nicht nur schreiben, sondern wollen ihn auch lesen beziehungsweise sehen. Und sie identifizieren sich, wenn Perspektive und Charakterisierung es zulassen, genauso mit dem Monster wie die als Norm betrachtete Zielgruppe der männlichen Teenager.

---

35 Auch anlässlich dieses speziellen *rape-revenge*-Plots (oder *harassment-revenge*-Plots) werden die Grenzen von Clovers Modell der Identifikationsmöglichkeiten deutlich.

Das weibliche Monster ist das handelnde Subjekt der Geschichte, und aus dieser Perspektive erscheint es nicht länger als im abwertenden Sinne monströs. Ähnlich wie Celeste in "Immunity" stellt es/sie sogar einen Widerspruch zum Konzept des Monströsen dar, das im Blickwinkel der dominanten Norm stets für "pejorative Otherness" steht, wie Braidotti in "Teratologies" kritisch anmerkt. Das weibliche Monster in "Boobs" wird zur Verkörperung einer weiblichen Wunschfantasie davon, sich ebenfalls 'anzueignen, was man begehrt', wie Brittnacher im Zusammenhang mit dem Werwolf schreibt; in letzter Konsequenz ist dies nicht nur eine Fantasie von Macht, sondern auch von Freiheit: Kelsey streift nachts angstfrei allein im Park umher, während der kleine Macho Billy plötzlich Angst vor ihr hat. Damit ist "Boobs" beispielhaft dafür, wie der literarische und filmische Text der Monsterheldin die Norm unterläuft, indem er sich von einem weiblichen Agens ausgehend an das reale weibliche Subjekt und seine Wünsche richtet.

Der Film *Ginger Snaps* von 2000[36] scheint wesentlich inspiriert von McKee Charnas' Kurzgeschichte. In einem Interview mit dem Magazin *Rue Morgue* von 2000, das als repräsentativer Werkkommentar in die offizielle Homepage des Films aufgenommen wurde, lässt die Drehbuchautorin Karen Walton zwar nichts über einen möglichen Einfluss McKee Charnas' verlauten, doch beide Texte haben einen ähnlichen Plot, gewoben aus den zentralen Themen erste Menstruation, Pubertät – den Wirren der Adoleszenz – und ihrer seltsamen Assoziation mit dem Werwolf-Mythos.

Im Gegensatz zu Kelsey verwandelt Ginger sich nicht freiwillig: "B, I just got the curse" sagt Ginger verzweifelt zu ihrer Schwester Brigitte. Die Schwestern stehen nachts auf einem verlassenen Spielplatz, als sie plötzlich Blut bemerken, das Gingers Oberschenkel hinab rinnt. Eigentlich sind beide Schwestern zum Spielplatz gekommen, um einen ausgeklügelten Streich gegen die verhasste Highschool-Queen vorzubereiten; die Szene endet jedoch damit, dass Ginger von einer seltsamen Kreatur gebissen wird, die plötzlich aus den Büschen hervorbricht. "It is said that bears go after girls on the rag 'cause of the smell", sucht Brigitte wenig später nach einer rationalen Erklärung, aber die Betrachtenden wissen, dass die Kreatur aus dem Gebüsch kein Bär war.

Ginger Snaps spielt anschaulich mit den semantischen Konventionen des Wortes *curse*: Zwei Szenen nach der Biss-Szene sieht man Brigitte vor einem riesigen Supermarktregal voller Binden und Tampons stehen. "This one comes with a free calendar" sagt Brigitte zu Ginger, die sich neben ihr vor Krämpfen

---

36 Mittlerweile ist *Ginger Snaps* zu einem Kultfilm geworden, es gibt ein Sequel: *Ginger Snaps. Unleashed* (2003) und ein sogenanntes Prequel: *Ginger Snaps. The Beginning* (2004).

krümmt. Wie die Filmzuschauer bereits vorhersehen können, wird sich Ginger in einen Werwolf verwandeln und dem Begriff vom Fluch der Menstruation eine ganz neue Wendung geben.

Besonders raffiniert an der Darstellung ihrer Verwandlung ist, dass Ginger zunächst in mehreren Phasen die wesentlichen Repräsentationsformen durchläuft, die das Horrorgenre – von viktorianischen Femme-fatale-Narrativen bis zu aktuellen Mystery-TV-Serien mit ihrem Aufgebot vampirischer Dämonen – traditionell für weibliche Monstrosität bereithält. Im ersten Stadium der Transformation wächst Gingers sexuelles Begehren. Von einem unbeholfenen *Goth girl* in weiten schwarzen Klamotten (Bild 13a) wird sie zur Femme fatale, zu einem Vamp im wahrsten Sinne des Wortes (ebd.).

Bild 13a. Ginger vorher und in fortschreitender Metamorphose.

Bild 13b. Ginger in vollendeter Metamorphose.

Tag für Tag sieht sie mehr aus wie die konventionelle verführerische Vampirin der *Necronomi.com*-Bildergalerie. Als die Transformation voranschreitet, steigert sich der Eindruck des Abstoßenden: Ihr Gesicht ist nun zu einer dämonischen oder hexenhaften Fratze geworden, und ihr Bauch wird von einer Reihe Zitzen geziert, die denen einer Wölfin gleichen.

Doch das Stadium der Femme fatale, ebenso wie das Stadium des abjekten *monstrous-feminine*, ist nur vorübergehend: Am Ende ist Ginger zu einer untypischen Figur, zum "zottigen weiblichen Ungeheuer" geworden (Bild 13b), auf das sich männliche Unterwerfungsfantasien schwerlich projizieren lassen. In einem kurzen Moment – als sie sich schließlich sterbend zur Seite rollt – sind ihre Brüste erkennbar, doch sie erscheinen eher als Teil ihrer tierischen

Anatomie. Von ein paar Haaren mehr am monströsen Kopf abgesehen, gleicht sie der geschlechtlich unmarkierten Kreatur der Spielplatz-Szene.

Es gibt kein glückliches Ende. Nachdem Ginger, getrieben von werwölfischer Aggression, die mehr und mehr Teil ihrer selbst wird, mehrere Menschen getötet hat – auch den sympathischen männlichen Protagonisten Sam –, tötet Brigitte sie in einem Akt der Verzweiflung. Hier zeigt sich die ambivalente Botschaft des Films. Einerseits zeigt das Ende des Films den konventionellen Blickwinkel: Das weibliche Monster ist bedrohlich und muss zerstört werden. Auf der anderen Seite gelingt es mit der Darstellung der Werwölfin Ginger definitiv, die Konvention der durchweg männlichen "predatory position" zu brechen. Darüber hinaus wird weibliche Sexualität und Körperlichkeit bei weitem nicht nur dämonisiert. So wird etwa das Thema der Menarche realistisch und mitfühlend behandelt, wenn Brigitte verwirrt vor dem Supermarktregal mit Hygieneartikeln steht, oder die Schwestern bei der Schulkrankenschwester Rat suchen, eine erheiternde Szene, in der die Schwester die Mysterien der weiblichen Pubertät in wenigen ruppigen Worten enthüllt. Menstruation wird als eine große pubertäre Sorge ernst genommen, das heißt gleichzeitig, dass heranwachsende Mädchen hier, wie im Fall der Erzählung "Boobs", direkt als Zuschauerinnen des Films angesprochen werden.

Die ausgedehnte *sanitary-pad-buying*-Szene in *Ginger* – der Zoom auf ein Supermarktregal mit Verpackungen, deren türkisfarbenes und violettes Farbenspiel wie Pop-Art aussieht – und beispielsweise auch die ebenfalls mit Zoom arbeitende *pregnancy-test*-Szene in *Kill Bill II*[37] – sind Übertreibungen des Gemeinplatzes 'Frauensache', die mit der ironischen Inszenierung des weiblichen Blicks (auf das Bindenregal, auf den Teststreifen) dennoch ganz klar darauf verweisen, dass diese Filme sich explizit auch an weibliche Zuschauer richten. Was "Boobs" und *Ginger Snaps* so ungewöhnlich macht, ist also neben dem Bruch mit der konventionellen Darstellung des männlichen Werwolfs vor allem, dass auch die narrativen Strategien mit scheinbar fixen Zuschauererwartungen brechen, sich offen an eine weibliche Zielgruppe richten und damit Kings und Clovers "fifteen-year-old boys" als "spike point for movie-going audiences" alternative Möglichkeiten hinzufügen, die in der *queer theory* – siehe Halberstams Lesart von *TCM 2* – bereits angedacht worden sind.[38]

Während "Boobs" konsequenter ist und das Monströse feiert, spiegelt *Ginger Snaps* gewissermaßen den Status Quo der westlichen Gegenwartskultur.

---

37 In dieser Szene schließt sich die weibliche Hauptdarstellerin – The Bride (Uma Thurman) in einem Badezimmer ein und wartet, ob sich das Display eines Schwangerschaftstests blau verfärbt. Die Spannung wird gesteigert, indem das Teststäbchen in Großaufnahme gezeigt und mit einer tickenden Uhr, ebenfalls in Großaufnahme, gegengeschnitten wird.

38 In diesem Zusammenhang sei auch auf die Webseite *Queerhorror.com* verwiesen.

Die geronnenen Klischees der dominanten Norm wirken nach wie vor – das Monster als das Andere muss vernichtet werden. Und doch tun sich in der Vernichtungssaga Risse auf, die vor allem durch die ungewöhnliche Perspektive des Films entstehen. Im Gegensatz zu den Tötungsszenen Lucys oder Carmillas fühlt Gingers Vernichterin Brigitte auch keinen Triumph; sie schmiegt sich weinend an den toten Körper. Das Monster ist nicht mehr so eindeutig verwerflich, dass seine Vernichtung als glückliches Ende zelebriert werden könnte.

Female Serial Killers: Val McDermids *The Mermaids Singing* (1994) und Thea Dorns *Die Hirnkönigin* (1999)

> Our fascination and revulsion for the "monstrous" among us has to do with our uneasy sense that such persons are forms of ourselves, derailed and gone terribly wrong.
>
> *Joyce Carol Oates,*
> *"'I Had No Other Thrill or Happiness': The Literature of Serial Killers"*

Anders als Vampir und Werwolf, die stets Metaphern bleiben, entstammt der Serienkiller dem Gebiet der wahren Verbrechen und hat damit eine äußerst problematische Rolle inne. Er ist zunächst kein Symbol, kein Zeichen und keine Fantasie; der Serienkiller ist real, ebenso wie seine Opfer. Dennoch ist er seit den 1990ern gerade in den USA zu einer seltsam mythisch überhöhten Figur, zu einer Monster-Ikone wie Vampir, Werwolf und künstlicher Mensch, geworden.[39] Das gilt für Fiktion und Wirklichkeit, wie Oates in "'I Had No Other Thrill or Happiness': The Literature of Serial Killers" anschaulich macht.[40] Auch der Titel "*Monster*" des Films von Patty Jenkins über die Se-

---

39 Zum Begriff der Monster-Ikone siehe David Skal, *The Monster Show* (1993).
40 *The Literature of Serial Killers*, die Oates in ihrem Essay untersucht, umfasst allein zehn Titel (nur eine Auswahl), darunter eine zweibändige Enzyklopädie. Einige Titel: *Probing the Mind of a Serial Killer* (Jack A. Apsche); *Death Benefit* (David Heilbroner); *The Stranger Beside Me: Ted Bundy* (Anne Rule); *Killing for Company: The Story of a Man Addicted to Murder* (Brian Masters); *A Father's Story* (Lionel Dahmer); *True Crime: Serial Killers and Mass Murderers*, vol. 2 (Valerie Jones and Peggy Collier). Von Oates selbst erschien 1995 der Roman *Zombie*, der stark an die Geschichte Jeffrey Dahmers angelehnt ist. Jeffrey Dahmer ist ein Beispiel für die merkwürdige Popularität des amerikanischen Serienmörders, die Oates in ihrem Essay beschreibt. Dahmers Opfer waren heimatlose, verarmte junge Männer, deren Notlage er ausnutzte, um sie in seine Wohnung zu locken. Sogar sein Vater Lionel Dahmer hat ein Buch über ihn geschrieben, an dem die seltsame Mischung von *true crime*-Bericht und mystischer Überzeichnung deutlich wird. Co-Autor war Thomas A. Cook, "a gifted mystery novelist" (Oates, "Thrill" 263).

rienmörderin Aileen Wuornos spielt mit der Assoziation der 'wahren Verbrechen' des Serienkillers mit dem Monströsen. Wenn ich in diesem Kapitel mitunter in einem Atemzug von Monsterheldinnen und Serienmörderinnen spreche, dann über die Figur des Serienmörders als Monster-Ikone, für die ebenfalls gelten kann, was Wisker über Vampire schreibt: "[They] have some rather nasty social habits, but as metaphors they offer a fascinating parallel and perspective on our own lives" (177).

Wenn das Konzept des Werwolfs in rezeptionsästhetischer Hinsicht besonders anschaulich ist, dann zeigt sich am Konstrukt der Serienkillerfigur eine prekäre Assoziation von Gewalttätigkeit mit Imaginationshoheit: Während weiblichen Mörderinnen meist niedere Mordmotive unterstellt werden, ist der Serienkiller der männliche Tätertypus, der am häufigsten als seltsam verdrehtes kreatives Genie angesehen wird.[41] Obwohl die männliche Imaginationshoheit in Kapitel 2 bereits im Zusammenhang mit Hahns Roman und Dorns Roman von 2004 in Frage gestellt wurde, ist es wichtig anzumerken, dass eine entsprechende Relativierung auch für stärker formalisierte, das heißt, im traditionellen Genre-Sinne typische Texte gelten kann. Damit treten auch die Leerstellen in Greins Liste des Gegenwartshorrors – Barker, Harris, King, Koontz – noch einmal deutlich hervor.

Joyce Carol Oates assoziiert die Faszination, die von der Figur des Serienkillers ausgeht, ebenfalls mit männlichen Tätern, Frauen spielen dabei nicht die gleiche Rolle. Der männliche Serienkiller ist hochgradig fantasievoll, wie Oates im Essay "I Had no Other Thrill or Happiness" beschreibt:

> The psychopathic serial killer is a deep fantasist of the imagination, his fixations cruel parodies of romantic love and his bizarre, brutal acts frequently related to cruel parodies of "art" [...]. The individual who violates taboo is undefined, unlike those of us who know ourselves defined, and so it is a temptation to project extraordinary powers – romantic, dark, "Satanic" – upon him. (255, 261)

Es ist auffällig, dass Frauen im Gegensatz dazu auf eine Weise bezeichnet werden, die ihre Taten verharmlost, obwohl es Täterinnen gibt, die die Rolle des Serienkillers durchaus ausfüllen, von der ungarischen Gräfin Elisabeth Báthory im 16. Jahrhundert bis zur US-Amerikanerin Aileen Wuornos in den 1990ern. Ich erinnere an die Spitznamen, die die amerikanische Öffentlichkeit weiblichen und männlichen Mördern gibt: Old Shoebox Annie versus The Strangler, Giggling Grandma versus The Slasher.[42]

---

41 Dies weist auch Neuenfeldt eindrucksvoll in ihren Untersuchungen zur "Figur der Portraitistin" nach, am Beispiel des Diebstahls der Mona Lisa, bei dem auch Pablo Picasso zu den Verdächtigen gehörte (*Voyeurinnen*, o. S.). Vgl. außerd. Kap 2. der vorl. Arbeit und dort vor allem Paglias Zitat von Mozart und Jack the Ripper.
42 Siehe Pearson 153; Dorn, "Femme fatale" (*Die Welt*, 24.4.2004).

Mörderinnen scheinen sich für 'romantische, dunkle, satanische Projektionen' ungleich schlechter zu eignen als Männer, wie an Oates Kommentaren deutlich wird, die das Phänomen der unterschiedlichen Bewertungen unterstreichen:

> Sexual fetishes, the great passion of the male psychopath, seem not to engage [female murderers] at all [...] Virginia McGinnis is the antithesis of the fantasy-driven murderer. The Ice Lady methodically planned her crimes, which were essentially insurance frauds [...] Aileen Wuornos [siehe *Monster*, JM] is another who resists classification [...] she gives the explanation that she killed in each instance in self-defense [...] They kill for money, or because they are in positions where killing is easy (baby-sitting, nursing) and they have a grudge against the world. Most often, they are merely the distaff half of a murderous couple whose brainpower is supplied by a man ("Thrill" 251)

Es sind, wie ich schon als Prämisse formuliert habe, nicht die Unterscheidungen zwischen den Geschlechtern, die problematisch sind; problematisch wird es dann, wenn die Bewertungen dieser Unterschiede stets zu Ungunsten des weiblichen Parts ausfallen. Warum sollte weiblicher Welthass nicht auch von jener Leidenschaft geprägt sein, die den männlichen Serienmörder längst zum literarischen Gegenstand verklärt hat? Warum sollte bei einem mordenden Paar automatisch der Mann der 'Denker' sein, während der Frau die "brainpower" aberkannt wird?

Val McDermids Serienkiller-Thriller *The Mermaids Singing* wird im Klappentext damit beworben, dass die LeserInnen einer Serienkiller-Figur begegnen werden, die Genrekonventionen in noch nie dagewesener Weise sprengt: "[This text] explores the tormented mind of a serial killer unlike any the world of fiction has ever seen." Oates' bereits zitierte Charakterisierungen lassen es erahnen, was die Welt der Fiktion bisher gesehen hat. Bisher kennt die Welt der Fiktion wie der Fakten vor allem männliche Serienkiller: "The overwhelming majority of serial killers are Caucasian males between the ages of twenty and forty" ("Thrill" 247). Die kollektive Vorstellung von einem Serienmörder ist also die des männlichen Weißen.[43] Damit entspricht er der Monsterkonvention des männlichen Inhabers der aktiven und aggressiven "predatory position", dem die Vorstellung eines ängstigenden weiblichen und ethnischen Anderen als Triebfeder dient.

Es kann, wie oben beschrieben, auch ein gestörtes Verhältnis zur eigenen Homosexualität sein, das den Killer um- und antreibt, wie im Falle Jeffrey Dahmers oder des fiktiven Buffalo Bill in *Silence of the Lambs*. Die maskuline Konnotation bleibt jedoch der gemeinsame Nenner beider Perspektiven; es

---

43 Der Begriff des *Caucasian* wird im US-amerikanischen Diskurs um *political correctness* seit längerem problematisiert.

scheint, dass Irritationen innerhalb des strengen Konzepts von (heterosexueller) Männlichkeit etwas zutiefst Bedrohliches sind, ob sie durch eine gestörte Mutterbindung ausgelöst werden oder zuerst dadurch entstanden sind, dass eine vorherrschende Norm Homosexualität nach wie vor zum Problem erklärt.

Die Welt der Fiktion, um mich noch einmal auf den Klappentext von *The Mermaids Singing* zu beziehen, kennt die Konventionen des Horrorgenres und damit das Machtverhältnis zwischen (wie auch immer motiviertem) männlichem Täter und meist weiblichem Opfer. Die Opfer des Serienkillers verkörpern noch innerhalb des bekannten Täter/Opfer-Rasters ein Extrem. Im typischen Serienmörder-Narrativ sind sie die Ausgestoßenen der Gesellschaft, nicht nur ihrer Geschlechts-, auch ihrer Klassenzugehörigkeit wegen: "drifters, prostitutes, the disenfranchised [...], those seemingly lacking identity."[44]

"The soul of torture is male", lautet das vorangestellte Zitat in *The Mermaids Singing*; das Zitat stammt von der Eintrittskarte des Museums für Kriminologie und Folter, San Gimignano, Italien.[45] Indirekt wird auch mit diesem Zitat die Vorstellung der 'von Natur aus' männlichen Aggression deutlich. "The soul of torture is male" könnte auch eine Überschrift zu den Geschlechterstereotypen in der Forensik sein. Die als Generalisierung formulierte Annahme von der männlichen Seele der Gewalt ist eine wichtige Hintergrundinformation dafür, dass männlichen Autoren des Horrorgenres die Imaginationshoheit zugeschrieben wird.

Die Opferrollen in *The Mermaids Singing* stellen tiefe Brüche mit den Konventionen des *true crime*-Genres wie des fiktionalen Thrillers dar; die Opfer sind erfolgreiche, gutaussehende Männer. Die Vorstellung der 'männlichen Seele der Gewalt' wird jedoch aufrechterhalten, indem die Hauptfiguren des Romans, die Ermittler der Morde, das Verbrechen als das eines homosexuellen Mannes charakterisieren. Der Gesuchte erhält den Namen "Queer Killer".

Gegen Ende der Ermittlungen unternimmt eine der Hauptfiguren, die Polizistin Carol Jordan, einen neuen Schritt. Sie beginnt, mit der Vorstellung eines "killer transvestite" zu spielen. Carol Jordans männlicher Kollege, der Profiler Tony Hill, reagiert mit einer Reihe von Geschlechterstereotypen auf Jordans Gedanken:

---

44 Oates, "Thrill" 247. Selbstverständlich geht es nicht darum, die Position der Frau in der Gesellschaft pauschal als identitätslos zu beschreiben. Wie jedoch auch an der Unterrepräsentation der Horrorautorin in den Definitionen des Genres deutlich wird, geht es darum, bestimmte gesellschaftlich-kulturelle Phänomene kritisch zu betrachten.

45 Siehe die unpaginierten Seiten vor Anfang des Textes. Das andere vorangestellte Zitat zitiert aus T. S. Eliots "The Love Song of J. Alfred Prufrock": I have heard the mermaids singing, each to each..." Alle Titel der Carol Jordan / Tony Hill-Reihe sind dem Werk von T. S. Eliot entnommen.

We're dealing with a sexual sadist, agreed? Sado-masochism is the power trip of sexual fetishes. But transvestism is the diametric opposite of that. TVs want to assume the supposedly weaker role that women have in society. What underpins transvestism is the belief that women have a subtle power, the power of their gender. [...] The two just don't go together. [...] The same goes for a transsexual. (257)

Tony Hills stereotype Erwartungshaltung richtet sich nach der Vorstellung "the soul of torture is male" und führt den generalisierenden Effekt dieser Vorstellung damit noch einmal vor. Außerdem werden noch eine Reihe weiterer Klischees mit abgehandelt: Frauen bleibt nur eine 'subtile Macht' ("subtle power of their gender"), nur die 'Waffen einer Frau' – verführerische Schönheit zum Beispiel –, die nur eine Illusion von Macht sind. Sadomasochismus (sic!) dagegen ist ein "power trip" und deshalb männlich konnotiert. Auch diese Vorstellung verweist auf die Erwartungshaltung, die bezüglich der Autorschaft des Horrorgenres existiert; ich erinnere an Tuttles Erfahrung als Horrorautorin, die mit der Begründung "women write less visceral, more soft and subtle" nicht als solche anerkannt wird. "Power trip" und "subtle power of women's gender" bilden immer noch einen tief im kulturellen und gesellschaftlichen Gedankengut verankerten Widerspruch.

Die Erwartungshaltung, die im Text selbst inszeniert wird, spiegelt den tatsächlichen Lesevorgang: die allgemeine kulturell-gesellschaftliche Erwartungshaltung gegenüber dem Horrortext wird inszeniert und performativ umgesetzt, indem der Leser/die Leserin von *The Mermaids Singing* trickreich getäuscht wird. Es gibt in diesem Text zwei Ebenen der Fokalisierung. Die Perspektive des Killers wechselt sich ab mit einer klassischen auktorialen Perspektive. An keiner Stelle des Texts wird behauptet, dass die in der ersten Person gehaltenen Passagen, in denen der Killer spricht (eine Art elektronisches Tagebuch auf Disketten), von einem Mann geschrieben wurden. Am Ende des Texts erfolgt die Auflösung, dass der vermeintliche "Queer killer" eine transsexuelle Frau[46] namens Angelica ist. Angelica quält und tötet ihre Opfer, um sich für ihre unerwiderte Liebe zu rächen.

Ein großer Teil der Rezipienten des Romans wird an dieser Stelle damit konfrontiert sein, wie die Erwartungshaltung gegenüber dem konventionellen Serienkiller-Thriller ihre Lektüre beeinflusst. Auch ich bin als Leserin, wie die fiktiven Ermittler, auf die verfügbaren Repräsentationen des Serienmörders hereingefallen, obwohl ich aufgrund meiner Themenstellung eigentlich an Konventionsbrüche hätte denken sollen. Ich habe geglaubt, es handele sich bei der Sprecherposition in den Tagebuchpassagen um die Stimme eines männlichen Täters, dessen Gestaltung vom wahren Fall der populären Serienmörder

---

46 Zu einer kritischen Auseinandersetzung mit dem Begriff der "Transsexualität" siehe Riki Wilchins, *Gender Theory*.

Jeffrey Dahmer oder Dennis Nilsen beeinflusst sei, eben weil diese Form des Thrillers eng mit der Figur des Serienkiller-Typus verbunden ist, wie ihn auch Oates charakterisiert.

Es gibt sogar einen direkten Bezug zum Fall des Serienmörders Nilsen, wenn der vermeintliche *Queer Killer* notiert: "I went off to do some studying in the Centrals Library. They had nothing new in, so I settled for an old favourite, *Killing for Company*. Dennis Nilsen's case never ceases both to fascinate and repel me. He murdered fifteen young men without anyone even missing them" (McDermid 71). Der Bezug zu Nilsen und zu *Killing for Company* als einem Klassiker der *true crime*-Literatur kann ebenfalls als erzählerische Strategie gedeutet werden, den Verdacht auch bei den Lesern des Romans auf einen männlichen Täter zu lenken: Denn auch diese Art des Fan- und Spezialistentums ist männlich konnotiert.[47]

Auch wenn Konventionen in *The Mermaids Singing* von Anfang an gebrochen werden, indem die Rolle des Opfers mit privilegierten Männern besetzt wird: die weibliche Serienmörderin als literarische Figur hat einen so eingeschränkten Referenzbereich, dass der Kniff mit dem vermeintlichen "Queer Killer" ebenso gut funktioniert wie in jenem berühmten englischsprachigen Rätsel, das anhand des Wortes 'surgeon' illustriert, welche Rolle das soziale Geschlecht auch im Englischen mit seinen zunächst 'geschlechtsneutral' wirkenden Substantivformen spielt.[48]

Ist Angelica, als sie sich schließlich als *transsexual killer* entpuppt, wirklich ein Phänomen, das die Welt noch nicht gesehen hat? Im Grunde nicht: Am Ende bleibt *The Mermaids Singing* nicht konsequent dabei, (Lese)erwartungen zu widersprechen, was die Gestaltung des Killers anbelangt. Tony Hill und Carol Jordan folgern zum Schluss, dass Angelica eigentlich gar keine 'echte' transidentische Persönlichkeit und damit keine Frau ist: "'No wonder she had to go abroad for the sex-change operation...' ' [The NHS psychologists] decided she was not an appropriate candidate for a sex change because of her lack of insight into her sexuality. They concluded that she was a gay man who couldn't cope with his sexuality because of cultural and family conditioning" (398–399). Damit hätte Angelica in *Silence of the Lambs'* Buffalo Bill bereits ein fiktionales Vorbild und wäre kein noch nie dagewesenes Phänomen.

---

47 Vgl. den Abschnitt zu John Waters' Film *Serial Mom* in Kap. 2.
48 "A father and his son are in a car crash. The father is killed instantly but the son is only injured and is taken to the hospital. He is rushed to the operating room, the doctor comes in, looks at the patient on the operating table, and says, 'I can't operate on him, he's my son'. How can this be?" Gerhart entwickelt aus diesem Beispiel ein zentrales Fazit ihrer Studie *Genre Choices, Gender Questions*: "[O]ften, the ability to interpret at all is sustained and enhanced by genre and gender testing" (223).

Die Imaginations- und Aggressionshoheit, die traditionell dem männlichen Täter zugedacht wird, wird also nicht wirklich umverteilt. Wenn der Leser/die Leserin der konservativen Interpretation der beiden Ermittler als letzter Instanz Glauben schenkt, sind Veränderungen in diesem Narrativ auf der Ebene der Figurengestaltung nur in Bezug auf die passiven Figuren, die Opfer, möglich. Dennoch ist der Text insofern *gender-conscious*, als er Klischees immer wieder thematisiert, beispielsweise, wenn Tony schließlich erkennt, dass der vermeintliche Handy Andy eigentlich Angelica ist, als er selbst zu ihrem Gefangenen wird: "I should have realized you were a woman. The subtlety, the attention to detail, the care you took to clear after yourself [...]", und Angelica antwortet: "You psychologists are all the same. You've got no imagination" (356). Vor dem Hintergrund des Gesamtwerks der Autorin Val McDermid lässt sich vermuten, dass hier auch ein ironisch-kritisches Bewusstsein um Geschlechterzuschreibungen hindurchschimmert, denn McDermids bisher einziges nicht-fiktionales Werk heißt *A Suitable Job for a Woman*, eine Sammlung von Portraits von Gerichtsmedizinerinnen.

Von zentraler Bedeutung ist bei *The Mermaids Singing* also, dass der Text normierte Lesererwartungen sichtbar macht. Vor allem aber stellt er (wie auch das folgende Textbeispiel *Die Hirnkönigin*) einen Bruch mit der konventionellen Definition des Horrorgenres dar, dass die Imaginationshoheit von drastischen Schreckens- und Gewaltdarstellungen bei männlichen Autoren liegt. Paglias provokantem Ausgrenzungskriterium ("women are less prone to fantasies of violation") lässt sich also auch hinsichtlich stärker formalisierter Horror-Thriller etwas entgegensetzen.

In Textstellen, die nicht nur für die Opfer, sondern möglicherweise auch für die Leser quälend sind, tötet Angelica ihre männlichen Opfer mit von der spanischen Inquisition inspirierten Folterinstrumenten. Ein Auszug aus Angelicas elektronischem Tagebuch:

> My Judas chair [...] is a masterpiece of the type. [...] Much like a primitive carving chair, except that there is no seat. Instead [...] there is a sharply barbed conical spike [...]. While he'd been still unconscious, Paul had been held above the spike by a strong leather strap [...], binding him to the back of the chair. [...] His eyes bulged with effort as he tried to keep himself in place. [...] As time passed, he sank lower on the spike, and his screams moderated to whimpering groans. (189–191)

Diese Gewaltszenen erinnern an de Sades *120 Tage von Sodom* und an Bret Easton Ellis' *American Psycho*. Die Drastik solcher Darstellungen zieht eine eigene, andauernde Diskussion über die Funktion von Gewaltdarstellungen nach sich, von de Beauvoirs Verteidigung de Sades in *Faut il bruler Sade* (1955) bis zur Debatte um Splatterfilme, Ego Shooter und Heavy-Metal-Musik, die sich Fällen von gegenwärtiger Jugendgewalt (in Columbine wie in Erfurt) stets anschließt. Hier sind mehrere Funktionen der Gewaltdarstellungen erkennbar: Auf der Ebene des Texts bringen sie – unabhängig davon, ob Angelica am Ende als 'legitime' Frau gilt – den Begriff der männlichen Seele der Gewalt ins Wanken. Vor allem aber erschüttern sie herkömmliche Genredefinitionen. Wenn die Frau, die Tony Hills Erwartungshaltung widerspricht, auch noch nicht zu Ende gedacht ist – die Horrorautorin existiert.

In Thea Dorns von ihr als "Krimi/Horror-Bastard" bezeichnetem Roman *Die Hirnkönigin* (1999) können die RezipientInnen von Anfang an ahnen, dass sie es, wie auch der Titel schon andeutet, mit einer Mörder*in* zu tun haben. Parallel dazu legen die ermittelnden Instanzen auch hier das Profil des männlichen Täters zu Grunde. Die geläufige Vorstellung "the soul of torture is male" wird damit von Beginn an unter Spannung gesetzt.

Nike, die Hirnkönigin, hat nicht viel gemein mit den Kategorisierungen, die Oates für den Serienkiller nennt. Sie ist eine Mörderin, die von ihren Fantasien getrieben wird, und sie ist eine sehr imaginative Mörderin. Die Hirnkönigin hat sowohl die "brainpower", Homers *Ilias* auswendig rezitieren zu können, als auch "brainpower" im ganz wörtlichen Sinne: Sie bewahrt die Gehirne ihrer Opfer in Einmachgläsern auf wie ein verrückter Wissenschaftler – und auch das ist ungewöhnlich, denn die Figur des *mad scientist* im US-amerikanischen Horror- und Science-Fiction-Film ist, geprägt von Beispielen wie dem viel zitierten Jekyll-and-Hyde-Plot, den "Horrorboys of Hollywood" der 1930er (siehe Bild 1) und den paranoiden US-amerikanischen *Saucer-Movies* der 1950er, ebenfalls prototypisch männlich.[49]

Nike enthauptet ihre männlichen Opfer und tanzt für sie, gekleidet als griechische Göttin:

> Er konnte den Blick nicht von ihr wenden. Seine Augen, zwei trübe, blutverschlierte Bälle, waren aus den Höhlen gekrochen. Reglos hockten sie in den Eingangslöchern und bestarrten das weiße Fleisch, das vor ihnen tanzte [...]. Keine Sekunde ihres Anblicks wollte er sich entgehen lassen. Sollten seine Netzhäute zerreißen, seine Glaskörper bersten – es war ihm egal. Ihm. Dem abgehackten Kopf. (Dorn, *Hirnkönigin* 8)

Die Fokalisierung verharrt nur kurz in der männlichen Perspektive. Die klischeehafte patriarchalische Subjektposition des *dirty old man*, der die tanzende Frau anstarrt, wird wie ein Schalter abgestellt; die Perspektive ist die eines toten Mannes. Die durchgehende Reflektorfigur der Erzählung ist die Journalistin Kyra Berg, die an einer Artikelserie über Mörderinnen arbeitet. Dass sie als Frau über gewalttätige Frauen schreibt und damit ein verändertes Frauenbild öffentlich verfügbar macht, lässt sich als Doppelung und damit als Ermächtigung ihrer Subjektivität verstehen.

---

49 Dr. Moreau, Dr. Fu Manchu, Dr. Gogol (siehe Steigs Zeichnung "horror boys in Hollywood") et al.

Nike wiederum ist eine Art postmoderner weiblicher Gothic villain, beängstigend *und* faszinierend. Sie wird nicht von einer bedrohlichen Mutter als 'monströsem weiblichem Anderen' getrieben wie der typische Psychokiller in der Tradition von Norman Bates, sondern von bärtigen gebildeten weißen Männern mittleren Alters, also Vertretern privilegierter gesellschaftlicher Positionen, die für Nike plötzlich zum 'bedrohlichen Anderen' werden, das es zu vernichten gilt.

Obwohl Nike zweifellos bedrohlich auf Männer wirkt, verkörpert sie nicht das "monstrous feminine" im Sinne Creeds. Sie ist eine ätherische Erscheinung, fast körperlos; ihre Haut ist alabasterfarben. Ihr Körper ist vollkommen unbehaart, denn sie leidet an "alopecia areata universalis", die in ihren Worten jedoch keine Krankheit, sondern "etwas Göttliches" ist (Dorn, *Hirnkönigin* 279). Sie ist das genaue Gegenteil einer grenzüberschreitenden, bedrohlichen Körperlichkeit, und damit das genaue Gegenteil der übersexualisierten Femme fatale. Ihre Monstrosität überschreitet die Grenzen der konventionellen Sexualökonomie.[50]

Der Roman ist zweifach gegenläufig: hinsichtlich seiner Hauptfigur *und* hinsichtlich der konventionellen Imaginationshoheit. In einer Besprechung des Romans schreibt Andrea Rödig:

> [Thea Dorn] mag zunächst Konstrukte. Der Autorin ist aufgefallen, dass es keine weiblichen Serienmörder gibt. Und es geht ihr auf die Nerven, dass Frauen zu zimperlich sind, um anständig über Gewalt zu schreiben. Beides zusammen ergibt einen Thriller, mit dem Dorn wie im Reagenzglas testet, ob sich eine Serienmörderin ohne Tatmotiv glaubhaft darstellen lässt und der ihr Anlaß gibt, sich ein wenig im weiblichen Splattern zu üben. (*Die Wochenzeitung, Zürich* 7.10.1999)

Auch wenn die Rezensentin möglicherweise skeptisch ist und Nike als eine Art Versuchskaninchen betrachtet, besteht in der Darstellung dieser Figur, auch als Versuchsanordnung, die Möglichkeit, das Stereotyp des 'männlichen Fantasten' und der 'fantasielosen' Frau zu unterlaufen.

Die daraus resultierende Konstellation von weiblichem Täter und männlichem Opfer – eine Frau wird von einer 'ängstigenden männlichen Natur' getrieben – mag zunächst als eine einfache Umkehrung binärer Unterscheidung erscheinen, mehr Bestätigung als Unterwanderung. Wie in den Narrativen des weiblichen Werwolfs ist die Darstellung des neuen Monsters jedoch an eine Reihe 'umbrüchiger' Strategien gebunden: Einer der zusätzlichen Effekte des Hirnköniginnen-Narrativs sind die Überlegungen zum komplexen Verhältnis des Konzepts des Weiblichen mit dem Konzept des Monströsen. Sogar der

---

50 Der Begriff "Sexualökonomie" (Orig.: "economy of sex") stammt aus Gayle Rubins "The Traffic in Women. Notes on the Political Economy of Sex" (1975). Erstübersetzung in Dietze und Hark, Hg.

ebenso klassische wie wegen seiner essentialistischen Konnotation stets problematische Begriff der Männerfantasie rückt ins Zentrum des Geschehens, wenn die Protagonistin Kyra Berg herausplatzt: "*Elektra! Elektra!* Hör mir auf mit *Elektra.* [...] Was ist denn *Elektra*? Sophokles, Hugo von Hoffmansthal, Richard Strauss [...]. Elektra ist keine gewaltige Frau, Elektra ist eine gewaltige Männerfantasie. [...] Eine *wirklich* gewalttätige Frau, eine Frau, die durch und durch skrupellos, *böse* ist, würde diese Gesellschaft heftiger erschüttern als alle Revolutionen" (Dorn, *Hirnkönigin* 22).

Kyra als Autorin und Journalistin hat ein ausgeprägtes Bewusstsein für das komplexe kulturelle Phänomen, das auch der zentrale Gegenstand dieser Untersuchung ist: Das klassische weibliche Monster ist ein Klischee, die Autorität oder Hoheit, dieses Monster zu imaginieren und in der Kunst als Repräsentationsform sichtbar zu machen, wird mit einer Tradition männlicher Autoren verbunden. Die weibliche Schöpferin, oder "Creatrix",[51] fehlt in diesem Zusammenhang, ebenso wie das Bild einer machtvollen Frau, deren Macht nicht länger Ergebnis der Unterwerfungsfantasien männlicher Künstler ist.

Dass die Schwierigkeit, zwischen dem weiblichen Objekt (der "gewaltigen Männerfantasie") und dem weiblichen Subjekt (der "gewaltigen Frau" als neuer Monsterheldin) zu unterscheiden, in *Die Hirnkönigin* direkt angesprochen wird, ist ein Höhepunkt der diversen subversiven Strategien des Texts. Ein letzter wichtiger Nebeneffekt von Dorns inhaltlich experimentellem Roman ist, dass sie, ebenso wie McDermid (und auch Hahn) die geläufige Naturalisierung "Frauen sind zu sanft, um aggressiv zu sein" – in diesem Falle, zu sanft, um "anständig über Gewalt" zu schreiben – widerlegt, indem ihr das weibliche Splattern selbst mühelos gelingt.[52]

Zum Schluss

In *Images of Women in Peace and War* (1987) schreibt McDonald über die Macht von Symbolen, die Art und Weise unserer Vorstellung weiblicher Subjektivität zu verändern: "In contrast to closed images that can be likened to stereotypes, open images have the capacity to be interpreted, read, and to an extent repopulated" (22–23). Die liebenswerte Lamie, die Werwölfin mit Pubertätssorgen und das weibliche Psychokiller-Genie sind solche *open images*.

---

51 Zum Begriff der Creatrix siehe Bronfen, *Dead Body*.
52 Weiterführende fiktionale Texte zum Thema extremer Gewalt von Frauen sind u. a. Helen Zahavis radikaler *rape-revenge*-Roman *Dirty Weekend* (1993), der thematisch verwandte Film *Baise Moi* von Virginie Despentes und Corali Trinh Thi (2001) und Jörg Buttgereits Film *Nekromantik II* (1991).

Sie führen vor, dass *closed images* wie der männliche Killer-Genius oder die Femme fatale das Ergebnis von Definitionen sind, die sich aus den narrativen Traditionen des Horrorgenres ergeben. Indem sich das Monster verändert, macht es sichtbar, dass Normen das Ergebnis historischer Prozesse sind. Das 'sympathische' oder 'selbstermächtigte', jedenfalls positiv konnotierte weibliche Monster hinterfragt beispielsweise die Norm, die Weiblichkeit entweder mit bedrohlicher Sexualität oder mit Passivität und Tugendhaftigkeit gleichsetzt.

Eine Frage, die ich ganz zu Beginn des Entstehungsprozesses dieses Buchs formuliert habe, war: Gibt es Grenzen der Konstruktionsmöglichkeiten der neuen Monsterheldin, und wenn ja, wo liegen diese Grenzen? Tatsächlich geht es um die Frage nach Position und Handlungsspielraum einer weiblichen literarischen oder filmischen Figur. Die Grenzen der Konstruktionsmöglichkeit haben damit zu tun, wie geeignet die Monsterheldin als repräsentative Figur ist, welchen Referenzbereich sie hat.[53]

Eine Antwort darauf, wo die Grenzen der Konstruktionsmöglichkeiten liegen, ist: Gender ist nach wie vor von Gewicht, weil Eigenschaften wie Aggressivität, Aktivität ebenso wie Genialität nach wie vor so stark mit Männern identifiziert werden, dass ein geschlechtsneutral dargestelltes Monster mit diesen Eigenschaften automatisch als 'männlich' gelesen würde. Ein Monster, das wirklich geschlechtlich unmarkiert ist, wird erst möglich, wenn diese Eigenschaften Frauen ebenso wie Männern selbstverständlich zugeschrieben werden; wenn die geschlechtliche Markierung von Eigenschaften überhaupt ihre Wirkung verliert. Weil geschlechtliche Zuschreibungen immer noch Gewicht haben, sind Celeste, Kelsey und Nike Kreaturen in der Übergangsphase, weibliche Wesen, die die Binarität von männlichem Monster/Täter und weiblichem Opfer unterlaufen, ohne sie ganz zum Verschwinden zu bringen. Vielleicht verweisen sie auf eine utopische zukünftige Welt, in der das Geschlecht eines Lebewesens nicht mehr von Gewicht ist.

Die Monsterheldin kann als eine neu verfügbare kulturelle Repräsentationsform neuer weiblicher Subjektpositionen betrachtet werden; ihre Darstellung ist eine Möglichkeit, die von Braidotti kritisierte Kluft ("between the new subject-positions women have begun to develop and the forms of representation of their subjectivity which their culture makes available to them") zu verringern.

Erzählungen über die Monsterheldin, innerhalb derer die Normen monströser Andersartigkeit zu mutieren beginnen, widerstehen der konventionellen Dämonisierung des weiblichen Anderen. Ein wichtiger Nebeneffekt dabei ist,

---

53 Zum Begriff des Referenzbereichs weiblicher Figuren siehe auch Junker, Miess, Neuenfeldt und Roth, "Bartleby".

dass sie ebenso der Ausblendung von Autorinnen aus Definitionen des Genres entgegenwirken. Ein weiterer Nebeneffekt ist, dass sie sich nicht länger in frühere Konzepte eines abgegrenzten *Female Gothic* einordnen lassen, sondern zeigen, dass *New Female Gothic* vor allem die Darstellung veränderter weiblicher Subjektivität und Handlungsmöglichkeit bedeutet. Der Haupteffekt jedoch ist, dass diese neuen Erzählungen machtvolle und auch sexuelle weibliche Wesen feiern – sie machen sich gewissermaßen stark für 'das Recht, ein Monster zu sein' – und damit eine zwar allmähliche, doch kontinuierliche Entwicklung zeigen: "We need to learn to think of the anomalous, the monstrously different not as a sign of pejoration but as the unfolding of virtual possibilities that point to positive alternatives for us all" (Braidotti, "Teratologies" 172).

Kapitel 4
Monstrous Gender, Posthuman Gender, Multiple Gender

> Only SF and fantasy literature can show us women in entirely new or strange surroundings. It can explore what we might become if and when the present restrictions on our lives vanish, or show us new problems and restrictions that might arise. It can show us the remarkable woman as normal where past literature shows her as the exception.
>
> *Pamela Sargent*, Women of Wonder

Strukturelle Analogien des Monströsen: Phantasma des Posthumanen und multiple Persönlichkeit

In welchem Zusammenhang steht die Idee des Monströsen mit der Idee des Posthumanen? Der (filmische und literarische) Diskurs des Posthumanen verhandelt die Grenzen des Menschlichen; "menschliche ProtagonistInnen werden mit ihren digitalen, alienen oder animalischen Anderen konfrontiert"[1] – diese Begriffsbestimmung führt unmittelbar zur Funktion des Monsters. Auch der Diskurs des Monströsen verhandelt die Grenzen des Menschlichen. Halberstam beschreibt in *Skin Shows: Gothic Horror and the Technology of Monsters* die Zwischenexistenz – "in-betweenness" – als eines der Hauptcharakteristika des *Gothic monster*. Dieses 'Dazwischen sein' vereint ein Monster wie Frankensteins Kreatur mit dem Cyborg, wie auch Donna Haraway in ihrem richtungsweisenden Essay "A Manifesto for cyborgs: Science, technology, and socialist feminism in the 1980s" (1985) feststellt (vgl. 68). Und auch Cyborg und Vampir sind, wie Sundén in "What Happened to Difference in Cyberspace? The Return of the She-Cyborg" (2001) bemerkt, gleichermaßen Grenzwesen:

> Cyborgs are boundary creatures, not only human/machine but creatures of cultural interstice as well; and the vampire Lestat inhabits the boundaries between death and life [...] gay and straight, man and woman, good and evil. He nicely exemplifies a style of cyborg existence, capturing the pain and complexity of attempting to adapt to a society, a lifestyle, a language, a culture [...] even in Lestat's case a species, that is not one's own. (217)[2]

---

1 Der Begriff des 'alienen' Anderen, der in der Ausschreibung zur Konferenz "Das Geschlecht des (Post-)Humanen" (Berlin 2005) gebraucht wird, scheint auf Ridley Scotts Filmklassiker *Alien* anzuspielen.
2 Lestat ist der Protagonist aus *Interview with the Vampire* (1976) von Anne Rice.

Die Funktion als 'Grenzwesen', als besondere Ausdrucksform menschlicher Ängste vor dem 'Fremden und Anderen', eint also die Repräsentationsform des Cyborg mit Monstern wie Vampir und Werwolf. Das wird in einer Fragestellung von Ann Balsamo in "Reading Cyborg Women" (1996) noch einmal besonders deutlich: "How does our technological imagination imbue cyborgs with ancient anxieties about human difference?" (18) Mit jenen *ancient anxieties about human difference* ist auch das Monster als Fantasie vom 'Anderen' aufgeladen. Die Idee des Monströsen als beunruhigend uneindeutig und andersartig nimmt schon in einem Therianthropen (Tiermenschen) wie dem Minotaurus Gestalt an, sie ist die jahrtausendealte Vorstufe des Phantasmas vom Posthumanen.

Eine der 'beunruhigendsten' Differenzen, die in den Diskursen des Posthumanen und des *Gothic horror* thematisiert werden, ist die Geschlechterdifferenz. 'Körper' und 'Identität', beziehungsweise die Veränderlichkeit der mit Körper und Identität verbundenen Zuschreibungen, sind, wie Halberstam und Livingston in Bezug auf Haraway schreiben, die zentralen Knotenpunkte im Diskurs des Posthumanen:[3]

> Posthuman bodies are not slaves to masterdiscourses but emerge at nodes where bodies, bodies of discourse, […] intersect […]. Posthuman embodiment, like Haraways 'feminist embodiment', then, is not about fixed location in a reified body, female or otherwise, but about nodes in fields, inflections in orientations […]. Embodiment is significant prosthesis. (2)

Mit dem Begriff des *embodiment*, den Halberstam hier in Zusammenhang mit dem posthumanen Körper gebraucht, wird 'der Körper' um eine Dimension des Diskursiven erweitert.[4] Im Begriff der 'Verkörperung' klingt der zentrale Gedanke an, der spätestens seit Butlers *Bodies That Matter* zu den Prämissen gendertheoretischen Denkens gehört: Der Körper existiert nicht unabhängig davon, wie er zu einer bestimmten Zeit unter bestimmten kulturellen Bedingungen wahrgenommen und beschrieben wird. Wie die Narrationen des Monströsen eröffnen die Narrationen des Posthumanen Räume, in denen Fragen nach Identität und Körperlichkeit neu gestellt werden: "[Posthuman narratives] show how the body and its effects have been thoroughly re-imagined through an infra-disciplinary interrogation of human identity and its attendant ideologies" (Halberstam und Livingston 4).[5]

---

3   1995, als Halberstam ihre Monographie zu den *Technologies of Monsters* veröffentlichte, erschien auch die gemeinsam mit Ira Livingston herausgegebene Anthologie *Posthuman Bodies*.
4   Vgl. Kap 2: Der Filmkritiker R. Ebert setzt '*Embodiment*' als Steigerung von '*Performance*' ein.
5   Auf die Formulierung "the body and its effects" komme ich später noch einmal im Zusammenhang mit Butlers *Bodies that Matter* zu sprechen.

Welche zentrale Bedeutung Geschlechterdifferenzen im Diskurs des Posthumanen haben, wird mit Blick auf die anhaltende Beschäftigung (cyber)feministischer Theoretikerinnen mit dem Thema deutlich, Repräsentantinnen der *Third Wave* greifen die Fragestellungen der *Second Wave* auf und richten sie, im Falle Sundéns, auch an die Literatur der vergangenen Jahrhunderte: "What might [women] *become*?"[6] fragt Pamela Sargent 1975, Sundén fragt 2003: "What if Frankenstein['s Monster] Was A Girl?". Ebenso deutlich wird der Zusammenhang von 'Gender und Cyborg' in der Aufgabenstellung neuerer Konferenzen zum Thema: "Textmaschinenkörper: Genderorientierte Lektüren des Androiden" lautet zum Beispiel der Titel einer Konferenz, die 2003 in Bremen stattfand, und auch die eingangs erwähnte Konferenz in Berlin 2005 fragt in Zusammenhang mit "Neudefinitionen des Menschlichen in der zeitgenössischen Kultur"[7] explizit nach dem "Geschlecht des (Post-)Humanen".

Die Fragen nach der Wandelbarkeit herkömmlicher Geschlechterbilder und nach der Entstehung neuer weiblicher Subjektpositionen, die im vorangegangenen Kapitel am Beispiel der (Neu)fassungen 'klassischer' Monster verhandelt worden sind, lassen sich hier noch weiter zuspitzen. Während Monster wie Vampire und Werwölfe vor allem für die *Verkörperung* menschlicher Ängste stehen, scheint mit dem 'posthumanen Körper' noch stärker der Gedanke von der möglichen Auflösung des Körpers in Fokus zu rücken. Der prominenteste posthumane Körper, der bereits erwähnte Cyborg, ist eine der zentralen Figuren des posthumanen Diskurses, " [a] figuration of posthuman identity in postmodernity" (18), wie Ann Balsamo das Verhältnis von Cyborg und Posthumanität zusammenfasst. Der Cyborg ist ein 'konstruierter Körper' im Wortsinn; ein Körper, der also auch in besonderer Weise dekonstruierbar – und wandelbar – ist.

Der Cyborg war ursprünglich kein 'Fabelwesen', sondern gehörte in den Bereich der Weltraumforschung und der Militärtechnologie (vgl. Haraway, "Manifesto"; Sundén, "What if"). Der Begriff Cyborg setzt sich zusammen aus den Worten *cyber*netic und *org*anism. Geprägt wurde er 1960 von Manfred Clynes und Nathan Kline zur Beschreibung eines selbstregulierenden Mensch/Maschine-Systems für Einsätze im Weltraum. In ihrem einflussreichen "Manifesto for Cyborgs" betont Haraway jedoch, dass ein Cyborg zugleich real und ein "ironic political myth" (65) ist: "A cyborg is a cybernetic organism, a hybrid of machine and organism, a creature of social reality as well as a

---

6 Zur Adaption von Gilles Deuleuze und Felix Guattaris Begriff des 'Werdens' vgl. Braidotti, "Meta(l)morphoses" (1997), "Metamorphoses: Towards a Materialist Theory of Becoming" (2002), "Becoming Woman, or Sexual Difference Revisited" (2003) sowie Dorothea Olkowski, "Body, Knowledge and Becoming-Woman: Morpho-logic in Deleuze and Irigaray" (2000).
7 Die Konferenz fand am 14. – 15. Januar 2005 an der Freien Universität Berlin statt.

creature of fiction" (ebd.). Haraway sieht ihren Essay in einer utopischen Tradition, die eine Welt ohne Geschlechtsidentität imaginiert und Schöpfungsmythen in Frage stellt: "[T]he utopian tradition of imagining a world without gender [...] is perhaps a world without genesis [...]. The cyborg incarnation is outside salvation history" (67).

Der Cyborg ist also zum einen ein reales Produkt militärischer Forschung, zum anderen aber ein Konzept, das Neudefinitionen des Menschlichen, gerade auch der Geschlechterdifferenz, zulässt. In "The Return of the She-Cyborg" beschreibt Sundén, Cyberfeministin der Generation 'post Haraway', ebenfalls das Potential des Cyborg, (Geschlechter)grenzen zu überschreiten und rigiden Vorstellungen des vergeschlechtlichten Körpers neue Bedeutungsebenen hinzuzufügen: "Where our interaction with technology breaks down stable identity categories, the permanence of sexed bodies as a means of establishing gendered difference are challenged and new possibilities and meanings can be created" (219). Im Bild des Cyborg fallen der technische und der soziale Konstruktionsbegriff zusammen.

Das Feld des Posthumanen ist ähnlich weit wie der Bereich des *Gothic horror*. So wie das im Lauf der Jahrhunderte entstandene Spektrum des *Gothic horror* von fantastisch-übersinnlichen Narrativen bis zu *true crime*-Narrativen reicht, gehört zu den Themen und Gegenständen des Posthumanen sowohl das ICSI-Verfahren[8] zur künstlichen Befruchtung als auch die Filmsaga um den berühmten von Arnold Schwarzenegger verkörperten *Terminator*.[9] Das Stichwort des Posthumanen wird in Zusammenhang gebracht mit den klassischen Reproduktionsmythen Goethes und Shelleys, mit Gustav Meyrinks *Golem*-Adaption aus dem frühen 20. Jahrhundert, mit den Narrativen des filmischen Cyberpunk von *Blade Runner* bis *Matrix* (1999), mit militärischen Technolo-

---

8 Intrazytoplasmatische Spermieninjektion.
9 Der Tagungsband der Bremer Konferenz umfasst unter anderem die Beiträge "Männerträume, Frauenkörper, Textmaschinen. Zur Geschichte eines Motivkomplexes" von Rudolf Drux, "Künstliche Menschen oder der moderne Prometheus" von Eva Kormann, "Das Monster kehrt zurück – Golemfiguren bei Autoren der jüdischen Nachkriegsgeneration" von Cathy Gelbin, "Reproduktive Un/Ordnungen. Überlegungen zu kulturellen Darstellungen biomedizinischer und kybernetischer Reproduktion" von Tanja Nusser, "Ich erinne, also bin ich. Maschinen-Menschen und Gedächtnismedien in Ridley Scotts *Bladerunner* (1982/1992)" von Silke Arnold-de Simine und "*Matrix* – Erlösung von Körper und Geschlecht?" von Elke Brüns. Die Konferenz in Berlin 2005 untersuchte unter anderem den kybernetischen Organismus als Gegenstand militärischer Forschung, aber auch die Repräsentation des Autos, das sich in einem Werbespot von Renault zu einem tanzenden Roboter transformiert, dessen Bewegungsabläufe wiederum einer Choreographie des Musikers Justin Timberlake nachempfunden sind (im Beitrag von Anja Schwarz, FU Berlin).

gien und mit medizinischen Reproduktionstechnologien des 20. und 21. Jahrhunderts.

Zu den kulturell verfügbaren Bildern des weiblichen künstlichen Menschen im weiteren Sinne, die heute häufig unter dem Begriff Cyborg subsumiert werden, gehören so unterschiedliche Figuren wie die der Romantik und des *fin de siècle*, E. T. A. Hoffmanns 'Olimpia' und Villiers de'l Isle-Adams 'Eve future' (1886), die 'falsche Maria' des frühen 20. Jahrhunderts aus Fritz Langs *Metropolis*, Tiptrees 'Plugged in Girl' P. Burke aus den 1970ern, die eine Cyberpunkette *avant la lettre* ist, Gibsons Antiheldinnen der 1980er, Lise in "The Wintermarket" und die Figur der Chrome in "Burning Chrome", die Computerspielheldin der 1990er, Lara Croft, und die Terminatrix in John Mostows Film *Terminator 3: Rise of the Machines* (2003).

Olimpia, die Eva der Zukunft und Fritz Langs Maria sind, in der Logik des Science-Fiction-Genres, keine Cyborgs, sondern Androidinnen. Sie sind Nachbauten von Menschen, die wie echte Menschen aussehen, aber den Körper eines Roboters haben. William Gibsons weibliche Figur 'Chrome' in "Burning Chrome" dagegen ist eine körperlose künstliche Intelligenz (A. I.; *artificial intelligence*), ein ins Netz eingespeistes Ego. Auch Lise aus Gibsons "The Wintermarket" wird zu einer solchen A. I.[10] Alice Sheldons alias James Tiptrees 'P. Burke' ist ein monströs hässliches, aber menschliches Mädchen, das mittels *plug ins* das künstliche Mädchen Delphi (ein sogenanntes "remote") fernsteuert.

Lara Croft wiederum ist als Figur eines Computerspiels zwar ein aus Polygonen zusammengesetztes grafisches Konstrukt, das Genre, innerhalb dessen sie generiert wurde, das Computerspiel (in diesem Fall das Spiel *Tomb Raider*), entwirft sie jedoch nicht als künstlichen Menschen. Ein künstlicher Mensch, eine Frau aus Pixeln, ist sie nur von der empirischen Welt aus gesehen, vom Benutzer/der Benutzerin, der oder die die Spielkonsole bedient. Innerhalb der Textebene des Computerspiels ist Lara Croft eine Frau, genauer gesagt: die Männerfantasie von einer Kriegerin.

Aufschlussreich ist dabei auch die Verfilmung des Spiels mit Angelina Jolie in der Hauptrolle: Sie macht am deutlichsten, dass Lara auf der Ebene des Narrativs eine Frau aus Fleisch und Blut ist, im Gegensatz zu einer Figur wie Gibsons 'Chrome', die auf der Ebene des Narrativs, der Kurzgeschichte "Burning Chrome", nur innerhalb des Computers existiert. Einfach gesagt: Auf der Ebene des Narrativs hat Lara einen Körper. Sheldons P. Burke bewegt sich zwischen Verkörperung und Körperlosigkeit, und erst Chrome und Lise

---

10 Zunächst ist sie ein Mensch mit Ganzkörper-Prothese, einem Exoskelett, das ihren gelähmten Körper bewegt (was sie einem Cyborg ähneln lässt, aber noch nicht zum Cyborg macht). Als sie ihren disfunktionalen Körper am Ende leid ist, lässt sie sich ins Netz einspeisen und existiert dort weiter.

scheinen wahrhaft *disembodied*, köperlos. Offensichtlich sind auch sie aber doch noch weiblich.

Da sich die Figuren trotz definitorischen Herausforderungen (Cyborgs oder Androidinnen? Künstliche Intelligenzen oder Computerspielheldinnen?) bei näherer Betrachtung relativ schnell voneinander abgrenzen lassen, werde ich mich hier nicht detailliert mit der faszinierenden Geschichte des künstlichen Menschen seit Pygmalion auseinandersetzen – wie Fußnote 9 andeutet, findet diese Auseinandersetzung in vielfältiger Weise statt –, sondern die Frage nach dem Geschlecht des Posthumanen konkret an neue fiktionale Texte stellen, die möglicherweise neue Antworten darauf geben. Dazu gehört auch die Frage des Zusammenhangs von Gender und Cyborg-Mythos. Erstaunlich ist nämlich, dass der Cyborg, dessen Potential für die feministische Theorie Haraway schon 1985 beschreibt, in der literarischen und filmischen Praxis nur sehr allmählich feministisches Potential entfaltet. Während die Konzeption des im Wortsinne 'konstruierten' künstlichen Menschen vielseitiges Potential für subversive Geschlechterbilder bereithält, halten kulturelle Bilder des Cyborg noch häufig an Geschlechterstereotypen fest und handeln den Zusammenhang von Körper und Geschlechtsidentität meist auffällig traditionell ab (es gibt den Terminator als typische männliche Figuration und es gibt Lara Croft als klassisch weibliche Figur, deren Attraktivitätsmacht ihre stärkste Waffe ist). Damit setzt sich vor allem der nächste Abschnitt auseinander, der die Terminator-Saga untersucht.

Zu den Figurationen des Posthumanen gehören neben dem Cyborg auch die 'virtuellen Persönlichkeiten', die den Cyberspace bevölkern. Können diese Figurationen eher als der manifeste Cyborg Antworten auf die Frage geben, wie eng die menschliche Identität an den (biologischen) Körper gebunden ist? Was wird über den Körper an Differenzen generiert und konstruiert? Wenn der Körper das Refugium der Differenz ist, was passiert mit den konstruierten (Geschlechter-)Differenzen, wenn die virtuellen Räume des Cyberspace betreten werden und der biologische/'materielle' Körper im sogenannten '*meat space*' zurückgelassen wird, das heißt, wenn es zum *disembodiment* kommt? Können Figurationen des posthumanen Körpers – vom Cyborg bis zur virtuellen 'entkörperten' Persönlichkeit, die nur noch online existiert – so inszeniert werden, dass normative Vorstellungen wie die hartnäckige Assozation von Weiblichkeit und Körperlichkeit respektive 'Fleischlichkeit' einerseits und Männlichkeit und Geistigkeit andererseits (vgl. dazu auch Sundén "She-Cyborg", "What if"; Balsamo; Mark) radikal durchbrochen werden? Welche Funktion können die Figurationen des Posthumanen, wie der Cyborg oder die virtuelle Persönlichkeit im Cyberspace, als antistereotype Bilder weiblicher Subjektivität in alternativen Texten haben?

Die Reihenfolge der einzelnen Abschnitte dieses Kapitels folgt dem Prozess von *Embodiment* und *Disembodiment*. Im Abschnitt zu *Terminator 3* geht es um Cyborgs, die einen Körper haben und sich auf die eine oder andere Weise innerhalb bekannter Dimensionen (innerhalb des *meat space*, nicht im Cyberspace) bewegen, zugleich aber, als 'konstruierte', künstliche Körper, auch altgediente Binarismen (von Maskulinität und Femininität bis zu Natur und Kultur) in Frage stellen. Als Mythos und Metapher haben sie damit Auswirkung auf den traditionellen 'Zusammenhang' von Körper und (Geschlechts)identität, der besonders durch die Ideen des Poststrukturalismus (und besonders von Foucault) in Frage gestellt wird: "Foucault's biopolitics is a flaccid premonition of cyborg politics, a very open field" (Haraway, "Manifesto" 66).

Im dann folgenden Abschnitt geht es um eine Zwischenstufe der 'Entkörperung'. Diese Zwischenstufe ist eine Art Exkurs in die (mehr oder weniger) alltägliche Gegenwart. Es geht um ein Krankheitsbild, das erst seit den 1980er Jahren in der psychiatrischen Praxis aktenkundig wurde – und, wie der Abschnitt dazu zeigen wird, in besonderer Relation zu *Second Wave* und Backlash steht: MPD, *multiple personality disorder*.[11] Strukturell ähnlich wie ein Mensch, der im Cyberspace (bspw. in *Second Life*)[12] einen Avatar, eine virtuelle Persönlichkeit, anlegt, beherbergt der Körper des Multiplen mehrere Persönlichkeiten, die auch unterschiedlichen Geschlechts sein können. Das heißt, auch hier kann die Identität vom Körper abgekoppelt werden. Wenn also in der Überschrift dieses Kapitels von 'multiple gender' die Rede ist, kann sich das gleichzeitig auf die 'multiple user domains' des Cyberspace (oder, realistischer gesprochen, des Internet) wie auf die multiple Persönlichkeit beziehen. Sherry Turkle richtet die Frage "What is the self?" in ihrer Studie "Constructions and Reconstructions of the Self in Virtual Reality" an beide Seiten und betont zugleich einen wesentlichen Unterschied. MPD-Patienten leiden unter der Spaltung, für Menschen in Net-Communities wie *Second Life* ist die Bildung der '*alter*-Persönlichkeit' ein Spiel: "What is the self when it divides its labor among its constituent alters or avatars? Those burdened by posttraumatic dissociative syndrome, MPD, suffer the question, MUDs play with it" (web.mit.edu/sturkle/www/constructions.html).[13]

---

11 Dt.: Multiple Persönlichkeitsstörung.
12 Die Online-Welt *Second Life* ist spätestens seit 2007 ein populärer Ort im Netz. Man kann dort Beziehungen eingehen und Geschäfte tätigen, es gibt sogar eine Währung.
13 MUD ist ein Akronym für *Multi-User Dungeon*. Turkle definiert MUD einleitend: "There are over 300 multi-user games based on at least 13 different kinds of software on the international computer network known as the Internet. Here I use the term 'MUD' to refer to all the various kinds. All provide worlds for social interaction in a virtual space, worlds in which you ran present yourself as a 'character,' in which you can be anonymous, in which you can play a role or roles as close or as far away from your 'real self' as you choose. In the MUDs, the projections of self are engaged in a resolutely postmodern context. Authorship is not only displaced from a solitary voice, it

Der Verbindung zwischen MPD und der Idee des Posthumanen widmet auch Halberstam und Livingstons Anthologie *Posthuman Bodies* zwei Beiträge, darunter "Identity in Oshkosh" von Allucquere Rosanne "Sandy" Stone, eine Auseinandersetzung mit multipler Identität als prägender Erfahrung für die "posthuman condition": "Stone explores how MPD, which she follows through a Wisconsin rape trial, represents a crisis in accountability and agency, raising potent question about 'how cultural meaning is constructed in relation to bodies and selves'" (viii).[14]

Stones in Zusammenhang mit der Krankheit MPD gestellte Frage 'how cultural meaning is constructed in relation to bodies and selves' ist zugleich eine der Fragen, die noch heute ebenso grundlegend wie aktuell für die Geschlechterstudien ist. Da MPD-PatientInnen meist mehrere andersgeschlechtliche *alter*-Persönlichkeiten ausbilden, betrachtet die klinische Psychologin und feministische Theoretikerin Margo Rivera in ihrer Untersuchung "Am I a Boy or a Girl?" 1987 – drei Jahre bevor Butler das feministisch-konstruktivistische Schlüsselwerk *Gender Trouble* veröffentlicht – dieses Krankheitsbild denn auch als beispielhaft für die soziale Konstruktion von Geschlechtsunterschieden: "The experience of these alter personalities as they fight with each other for status, power and influence over the individual is powerfully illustrative of the social construction of masculinity and femininity in our society" (Rivera 43).[15]

Stone stellt in "Identity in Oshkosh" den Bezug zwischen der multiplen und der virtuellen Persönlichkeit her, indem sie die Frage, "Can multiple selves inhabit a single body" im Zusammenhang mit virtuellen Welten für irrelevant erklärt: "Compared to real space, in virtual space the socioepistemic

---

is exploded. The self is not only decentered but multiplied without limit. There is an unparalleled opportunity to play with one's identity and to 'try out' new ones. MUDs are a new environment for the construction and reconstruction of self."

14 Stone nimmt den Begriff der 'Konstruktion kultureller Bedeutung' wörtlich. Sie nutzt eine Bildersprache der Mechanik, die technische Terminologie der *nuts and bolts*, die sich hinter der nahtlosen Oberfläche der Realität verbergen, um zu beschreiben, wie die MPD-Patientin Sarah X. während einer Verhandlung im Gerichtssaal vor den Augen der Anwesenden zu ihrer *alter*-Persönlichkeit Franny wird (beziehungsweise *switch*): "[It is] [t]he moment of interruption, when the seamless surface of reality is ripped aside *to reveal the nuts and bolts* by which the structure is maintained" (35). Wie Werwolf und Cyborg ist auch die MPD-Patientin ein 'Grenzwesen': "Sarah was a *liminal creature*, marked as representing something deeply desired and deeply feared" (35, Herv. JM). Stone zieht hier auch den Vergleich mit der medialen Faszination des "Axtmörders"; ihre Formulierung erinnert damit an Oates' Typologisierung des Serienmörders, die ich im vorigen Kapitel besprochen habe. Auch Hacking erwähnt in *Rewriting The Soul* den Fall der Axtmörderin Lizzie Borden (vgl. 231).

15 Der Untertitel der Untersuchung lautet: "Multiple Personality as a Window on Gender Differences".

structures by means of which the meanings of the terms self and body are produced operate differently" (31). Das ultimative Experiment, so Stone, wäre es, eine multiple Persönlichkeit in eine multiple user domain einzuloggen: "Plugging a MPD person into the MUDs [*Multi-User Domains*]" (ebd.).[16] Was passiert mit der Geschlechterdifferenz, wenn ein Mensch mehrere Avatare oder andere Identitäten beherbergen kann?

Der letzte Abschnitt dieses Kapitels beschäftigt sich mit Fiktionen rund um virtuelle digitale Räume, zu denen auch die genannten Multi User Domains gehören. 'Cyberspace' ist eine Art Sammelbegriff für diese Räume. Der Cyberspace ist das Gegenuniversum des *meat space*, wie Cyberfeministinnen und andere Theoretikerinnen die dreidimensionale Realität, wie wir sie kennen, nennen. Spätestens mit dem Aufkommen des Cyberpunk-Genres in den 1980ern ist der Cyberspace ein bevorzugtes Thema der Science Fiction. Mit der Kultur des Internet sind Foren und MUDs, in die sich Nutzerinnen mit neuen (Geschlechts)identitäten einloggen und damit die Grenzen des Körpers aufzulösen beginnen, längst Teil der gegenwärtigen Realität: "MUDs are a context for constructions and reconstructions of identity; they are also a context for reflecting on old notions of identity itself [...] psychology confronts the way in which any unitary notion of identity is problematic and illusory" (Turkle, web.mit.edu/sturkle/www/constructions.html).

Gloria Mark schreibt in "Flying Through Walls and Virtual Drunkenness: Disembodiment in Cyberspace?" (1997): "Should we really speak about *disembodiment*, or rather should we imagine a background-foreground relationship with our bodies where they exist more in the background as we enter a digital environment? To what extent do we project our own bodies into a virtual world?" (http://duplox.wz-berlin.de/docs/panel/gloria.html, Herv. JM).[17] Was sie hier andeutet, ist eine Grundsatzfrage, die ich an die Fiktionen und Theorien des Cyberspace stellen möchte: Lassen sich der Körper (und die an ihn gebundenen Zuschreibungen) tatsächlich 'loswerden'? Wie gehen AutorInnen mit den Möglichkeiten um, die der Plot des Posthumanen bietet, was verraten Inszenierungen der Befreiung oder des Festhaltens am Körper und seinen Zuschreibungen über die kulturelle Wahrnehmung der Geschlechterverhältnisse?

---

16 Stones Terminologie gleicht der Terminologie des Cyberpunk. "The Girl Who Was Plugged In" lautet eine Kurzgeschichte von James Tiptree alias Alice Sheldon, die den als Erfinder des Cyberpunk gefeierten William Gibson maßgeblich inspirierte.

17 Vgl. dazu auch Sara Cohen, "Grotesque Bodies. A Response to Disembodied Cyborgs" (2006). Wie bedeutsungsvoll die spezielle Verbindung mit dem Körper im Hintergrund sein kann, zeigt Alice Sheldons/James Tiptrees Erzählung "The Girl Who Was Plugged In".

'What if Frankenstein('s Monster) Was A Girl?', oder: *Do Cyborgs Live in A Genderless Utopia?* John Mostows *Terminator 3* (2003)

Verglichen mit Figurationen von Olimpia bis Lara Croft kommt die Terminatrix aus dem dritten Teil der *Terminator*-Saga einem 'echten' Cyborg, einem Hybriden aus Organismus und Maschine, am nächsten. Ihr Körper ist zwar 'konstruiert', bewegt sich aber doch noch, anders als etwa Gibsons Protagonistin Chrome, 'gewichtig' im dreidimensionalen Raum. In welchem Verhältnis steht sie zu Haraways Konzept des Cyborg als Bewohner eines "genderless utopia"?

Bild 14. Schwarzenegger als Terminator T-100.

Auch wenn die Gestalt, in der die Terminatrix in die Welt kommt, wegen ihrer Formveränderbarkeit beliebiger wirkt als das unveränderliche Schwarzeneggersche Original (Bild 14),[18] scheint sie eine besondere Funktion als ein neues kulturelles Weiblichkeitsbild auf der Kinoleinwand zu haben. Vor dem Hintergrund des Werkkontexts der *Terminator*-Reihe ist die Terminatrix, trotz einer langen Tradition von künstlichen Evas als Männerfantasien, ähnlich 'revolutionär' wie die Werwölfin.

Die Ankunft des Terminators in der irdischen Gegenwart hat im ersten Teil der Terminator-Reihe, James Camerons *Terminator* von 1984, etwas zutiefst Biblisches.[19] Nackt und bloß erscheint der Terminator in der Welt, allerdings ausgestattet mit dem gewaltigen Körper von Arnold Schwarzenegger. Dann folgt die Beschaffung der passenden Kleidung. Bald ist der gigantische, muskulöse Körper Schwarzeneggers in eine schwarze Motorradkluft aus Leder ge-

---

18 Ein 'klassischer' Cyborg – ein komplexer mechanischer Körper, der von organischem Gewebe umhüllt ist – ist auch innerhalb der *Terminator*-Saga strenggenommen nur der T-100, den Schwarzenegger zu einem ähnlich unvergesslichen kulturellen Bild gemacht hat wie dereinst Boris Karloff Frankensteins Monster. Die Terminatrix dagegen ist, wie ich noch näher beschreiben werde, ein *shape-changer*. Sie kann ihre Form beliebig verändern. Zum Stichwort der Morphologie vgl. auch Butler, *Bodies* 72.

19 Die gesamte *Terminator*-Saga spielt wie später der *Matrix*-Zyklus mit der Terminologie des 'Auserwählten' und 'Welterretters' (der Auserwählte ist allerdings der menschliche [und männliche] Protagonist John Connor und nicht der Cyborg, der Terminator selbst).

hüllt. Schwarzeneggers kantiges, wie aus Stein gemeißeltes Gesicht erscheint ausdruckslos, weil die Augen von einer schwarz getönten Sonnenbrille verdeckt werden (Bild 14). So entsteht eine 'Ästhetik der Hypermaskulinität', wie ich sie oben schon in Zusammenhang mit dem musikalischen Genre des Heavy Metal beschrieben habe (siehe Bild 15a, 15b). Dass sich der Terminator die (hyper)maskuline Identität gewissermaßen anzieht, lässt die Assoziation mit Butlers zentralem Gedanken der Performativität von Geschlecht zu, und, allgemeiner gesprochen, mit dem Diskurs von Körper und Kultur, der nach dem Zusammenhang beider fragt.[20]

Zur Ausstattung des T-100 gehören außerdem ein schweres Motorrad der Marke Harley Davidson und eine *Pumpgun* – das verstärkt den Eindruck, dass sich das "armierte Geschlecht"[21] hier in einer fast parodistischen Form präsentiert: "Machine bodies in Hollywood science fiction (as pictured in films like *Robocop* and *The Terminator*) typically illustrate an exaggerated, metallic masculinity that highlights the traditional couplings between male bodies and machinery [...] the maleness of these cyborg bodies is not only left intact but strenghtened through a full-body armor of virile hardness" (Sundén, "What if" 2).

Bild 15a. Cover Art Manowar. Album *Kings of Metal*, 1990.

Bild 15b. Manowar.

Die von Theweleit analysierten Inszenierungen der Freikorps-Männer, die Männlichkeitsrituale des Heavy Metal und die Repräsentation des mit Schwarzenegger besetzten Cyborg lassen sich, wie Scott Bukatman in *Terminal Identity* beschreibt, auf *ein* (ästhetisches) Prinzip zurückführen:

---

20 Ich erinnere an Butlers einleitend zitierte Bestimmung der Hypermaskulinität: "If we think of an image of hypermasculinity and we say that this is a stereotype or a norm, implicitly we are talking about relations between masculinity and femininity, about male and female bodies and how these have become configured".
21 Vgl. die Worte der Protagonistin Maria in *Ein Mann im Haus*, Kap. 2, S. 95.

The men of the *Freikorps* 'fortified themselves with hard leather body armor to assert their solidity against the threat of fluid women.' Hence, *Robocop and Terminator*: bodies armored against a new age (political and technological). The cyborg adorns itself in leather and introjects the machine, becoming part punk, part cop, part biker, part bike, part tank, part *Freikorps*-superhero. (306)[22]

Die hypermaskuline, manifeste Maschine steht als anachronistische Metapher des Industriezeitalters im Kontrast zu einem neuen *innerlichen* 'Körperverständnis' elektronischer Technologie "with its concealed and fluid systems" (Bukatman 306, Springer 11–12).[23] Die sich verändernden Körperinszenierungen der Terminator-Flotte von 1984 bis 2004 – bis hin zu *Terminator 3*, in dem die Bedrohung, "the threat of fluid women", mit der Terminatrix Gestalt annimmt – entsprechen Bukatmans Stichwort der "*fluid systems*" als innovativer Technologie, die die alten Techniken des Industriezeitalters ablöst.[24]

Bild 16a. Robert Patrick als T-1000.

Der T-100 in der Gestalt des lederbewehrten Schwarzenegger aus dem ersten Teil ist die Verkörperung einer unveränderlichen Form: Sein Gewebe wird zwar schließlich so stark zerstört, dass auf der einen Gesichtshälfte nur noch der metallene Schädel mit rubinrot leuchtender Augendiode sichtbar bleibt (dies weckt die Assoziation mit einem postmodernen Phantom der Oper), doch sein Gerüst trägt unverändert maskuline Züge. In *Terminator 2* (1991) tritt dagegen auch ein neuer, ungleich wandelbarerer Terminator auf den Plan, das Modell T-1000. Der von Schwarzenegger verkörperte T-100, der auch im zweiten Film eine tragende, aber nun 'freundliche' Rolle hat, wird im Vergleich dazu zum seltsam rührenden Anachronismus: "Schwarzenegger, as the 'nice' Terminator, is predictably

---

22 Diese Textstelle habe ich in der Einleitung schon in Auszügen zitiert, nenne es an dieser Stelle jedoch nochmals in voller Länge, weil es die Brücke zwischen diversen Ausprägungen des Monströsen schlägt.

23 "It is this feminization of electronic technology and the passivity of the human interaction with computers that the hypermasculine cyborg in film resists" (Springer nach Bukatman 306). Hier stellt sich bereits eine Frage, die ich an diesem Punkt noch zurückstellen möchte: die Frage danach, in welchem Bezug Springers Bestimmung der 'fluid systems' zu Gibsons vornehmlich weiblichen A. I.s steht – zu Lise, Chrome oder auch zu Rei Tei, dem künstlichen weiblichen Popstar aus dem Roman *Idoru* (1996). Damit beschäftigt sich Kap. 4 ab S. 222.

24 Ich möchte hier auch nicht weiter auf die unzähligen interessanten Aspekte des ersten *Terminator*-Films eingehen (beispielsweise T-100/Schwarzeneggers berühmte Worte "Hasta la vista, Baby", die verschiedenen Zeitdimensionen und die Charaktere John und Sarah Connor).

mechanical and trustworthy – he always looks like Arnold" (Bukatman 305, 306).[25]

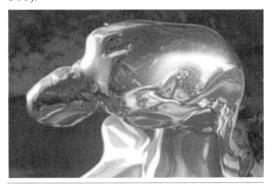

Bild 16b. Der Reformationsprozess des T-1000.

Das neue Modell, der T-1000, ist dagegen eine irritierend uneindeutige Maschine, kein fester, klar umrissener Panzer mit harten maskulinen Zügen wie der T-100. Er trägt zwar die Züge eines schmalen, androgyn wirkenden Mannes; als fortschrittliches Modell qualifiziert ihn jedoch, dass er aus einer Art Quecksilber besteht und jede beliebige Gestalt annehmen kann.

Bukatman beschreibt den neuen Terminator zusammenfassend als "unsettling, and androgynous, liquid metal T-1000".[26] Dargestellt wird diese neue Version von Robert Patrick, einem im Vergleich zur 'Marke Schwarzenegger' relativ unbekannten Schauspieler (Bild 16a). Wenn er sich unter Einwirkung von Gewalt oder um die Form zu verändern, verflüssigt (Bild 16b, 16c), ist er ein Gegenentwurf zum armierten, gepanzerten, 'ontologisch eindeutigen' Cyborg, den Schwarzenegger zuvor verkörpert hat.[27]

Für die verflüssigungsfähige, veränderliche Gestalt des T-1000 bedient sich der für die Spezialeffekte verantwortliche Dennis Muren des digitalen *Morphings*.[28] Wie die Darstellung des Flüssigen gelesen werden kann, haben Kriti-

---

25 Eine fast väterliche männliche Figur mit einem "reassuringly armored body" (Bukatman 305).
26 In einem für *Terminal Identity* ausgewählten Filmstill aus *Terminator 2* wird die Nutzlosigkeit einer penetrierenden, 'phallischen' Waffe gegenüber den Stärken des T-1000 sichtbar. Es zeigt Patrick/T-1000, wie er sich mit unbewegtem Gesicht eine Metallstange, die in seinen Rücken eingedrungen und am Bauch wieder ausgetreten ist, aus dem Leib zieht. Dort, wo das Metall ihn penetriert hat, scheint er wie geschmolzen, ein Spalt zieht sich außen auf seinem Polizeioberhemd von der Schulter bis zum Gürtel: "Note the uselessness of the phallic weapon against the fluid interiority of this year's model" (Bukatman 307).
27 Bukatman merkt in Zusammenhang mit *Total Recall* (1990), der Verfilmung von Philip K. Dicks "We Can Remember It For You Wholesale", an, dass es für Schwarzenegger schwierig ist, eine ontologisch verunsicherte Figur zu repräsentieren.
28 Auf den Umriss des menschlichen Körpers angewandt, weckt die Technik des Morphing auch die Assoziation mit dem Körperkult, der sich seit der Aerobic-Bewegung der frühen 1980er steigert und gegenwärtig darin gipfelt, dass Schönheitschirurgie zu einer alltäglichen Praktik geworden ist: "[M]orphing becomes a paradigm for the surfeit of body-reshaping technologies available today, from aerobics to cosmetic surgery [...].

kerInnen von Theweleit bis Creed gezeigt. Band 1 von Theweleits *Männerphantasien* trägt den Untertitel: "*Frauen, Fluten, Körper, Geschichte*", und Creed beschreibt sowohl in *The Monstrous-Feminine* als auch in "Baby Bitches from Hell" die Verschränkung monströser Weiblichkeit mit der Darstellung von (Körper)flüssigkeiten. Im Gegensatz zu der Vorstellung, dass Wasser Leben ist, steht Wasser nicht nur für bedrohliche Weiblichkeit, sondern ganz generell für den Tod: Tote organische Materie verflüssigt sich, wenn sie zerfällt und vergeht. Eine Zusammenfassung diverser Kritikerperspektiven auf die bedrohlichen Konnotationen des 'Flüssigen' gibt Bukatman im Zusammenhang mit der Inszenierung des Modells T-1000:

> Dery and Springer both emphasize an aspect of Theweleits study that Foster bypasses: the characteristic masculine aversion to the soft, the liquid, and the gooey – elements associated with the monstrous feminine. The fear of women among the Freikorps-men, Theweleit points out, is more than mere castration anxiety [...] Ultimately, women exemplify that flow that threatens to wash away all that is rational (all that is the subject) in a final, cataclysmic flood [...]. (303)

Die Terminator-Trilogie kann als eine Erzählung gesehen werden, die die traditionelle Männerfantasie von bedrohlichen 'Frauen und Fluten' zunächst inszeniert (*Terminator*, *Terminator 2*), im dritten Teil jedoch zu unterwandern beginnt. Mit der Repräsentation des T2 (respektive T-1000) werden im zweiten Teil der Saga noch eine Reihe von Konventionen eingehalten: Beide Cyborg-Hauptfiguren des Films sind männlich; zugleich bleiben 'weibliche Züge' negativ konnotiert, denn der Plot entwirft Androgynität und die Fähigkeit des T2, sich zu verflüssigen, als bedrohlich und abjekt. The 'monstrous feminine' bleibt Ausdruck 'konservativer' Angstfantasien.

Inwiefern ist es also ein Konventionsbruch, wenn der T3 im dritten Teil der Terminator-Saga, *T3: Rise of the Machines*, eine Frau ist? Ist sie nicht auch eine männliche Angstfantasie des 'bedrohlich Weiblichen'? Sundén beispielsweise betont die Kontinuität desaströser Weiblichkeitsbilder; sie sieht die Terminatrix als direkte Nachfolgerin der Femme-fatale-Maschine Maria aus *Metropolis*, sieht beide also auf einer Linie des traditionell negativ konnotierten *monstrously feminine*: "from the

Bild 17a. Kristanna Loken als Terminatrix.

The T-1000 combines the mutability of the Thing with the techno-organicism of the Alien. Electronic technology becomes a new site for anxiety: it can't even be relied upon to keep its shape" (Bukatman 304).

classic example of the false Maria [...] to the dangerously high-heeled slick red leather terminatrix in Terminator 3 – they tend to be rather explosive incarnations of sexual danger with disastrous cultural implications. The fear that became uncontrollable is entwined with the fear of female sexuality that gets out of hand" (Sundén, "What if" 3). (Bild 17a, 17b, 17c)

Bild 17b. Loken als Terminatrix. Man beachte den rechten Arm.

Bild 17c. Schwachstelle: Magnetismus.

Sundéns Argument trifft sich einerseits mit dem Punkt, den ich in Kapitel 3 im Zusammenhang mit dem Stereotyp der Femme fatale zu bedenken gegeben habe. Andererseits ist die Terminatrix vor dem Hintergrund der gesamten Terminator-Trilogie ein emanzipatives kulturelles Bild, das gesellschaftliche Umwälzungen illustriert. Sie ist die dritte Stufe eines Prozesses der Schwächung und der Auflösung, dem sowohl das männliche Monopol auf die Rolle des zentralen Actionhelden zum Opfer fällt, als auch das Prinzip männlicher (westlicher) Subjektkonstruktion überhaupt. Seiner erstarrten Objektivierung gegenüber wird das Amorphe, Transitorische als überlegen dargestellt, und zwar – im Gegensatz zur gängigen Identifikation des amorphen 'Weiblichen' mit der Natur – als *technisch* überlegen, also als 'moderner'.

Die T-X beansprucht die Position für sich, mit der T-100 in den 1980er Jahren in die Welt kam: sie ist eine weibliche Figur mit messianischen Zügen, eine Einzelgängerin und -kämpferin, autark, aggressiv und aktiv. "I like your car" sagt sie, nachdem sie nackt wie dereinst T1/Schwarzenegger 1984 durch ein Zeitfenster in die Gegenwart gekommen ist, zu einer Frau in einem silbernen Lexus, und "I like your dress". Ihre Worte sind eine Karikatur US-amerikanischen *Small talks*, doch hier bedeuten sie, dass sie sich die Dinge nehmen wird, die sie begehrt, und zwar auf Kosten des Lebens derjenigen, die sie besitzt. Ich habe im Zusammenhang mit der Werwölfin beschrieben, dass der Vorgang des 'Nehmens, was man begehrt' innerhalb der Konventionen des

Gothic horror eine ungewöhnliche Handlungsoption für eine weibliche Figur ist.

Nachdem sie ihre Ausstattung zusammengestellt hat, sitzt die Terminatrix in ihrem dunkelroten Krokodillederoutfit im silbernen Lexus. Als sie in eine Polizeikontrolle gerät, richtet sich ihr medusenhaft starrer Blick, der wie der Autofokus einer Überwachungskamera umherwandert (eindrucksvoll inszeniert die Schauspielerin Kristanna Loken das Maschinenhafte der Figur), auf eine gigantische Fassadenwerbung für die Dessous-Marke Victoria's Secret. Augenblicklich vergrößert sie ihre Brüste (wie der T-1000 kann sie mühelos ihre Form verändern), bis sie eine Größe und Form angenommen haben, wie sie in der Realität nur per Fotoshop in Hochglanzmagazinen oder durch plastische Chirurgie erzeugt werden können. Offensichtlich als sexistischer Publikumslacher intendiert, könnte der Vorgang auch als eine humorvolle und zugleich kritische Auseinandersetzung mit der Zurichtung des weiblichen Körpers verstanden werden, zu der Stereotypen von Weiblichkeit führen können, man denke an die "body reshaping technologies" der Schönheitschirurgie (vgl. Bukatman 304). Absicht der T-X ist dabei offensichtlich, den sich nähernden Cop zu betören, was ihr auch gelingt. "I like your gun", sind daraufhin ihre doppelsinnigen Worte, und in einem Akt, der auch als Bestrafung für die sexuelle Belästigung – oder zumindest die Verführbarkeit/Bestechlichkeit des Polizisten – gelesen werden könnte, streckt sie den Polizisten nieder, und die Waffe gehört ihr.

Auch dem Klischee der in handwerklichen Dingen ungeschickten Frau wird bei der Darstellung der Terminatrix sehr effektvoll begegnet, denn zu ihrer besonderen Ausstattung gehört, dass sie ihre äußeren Extremitäten in jedes beliebige Werkzeug verwandeln kann (siehe Bild 17b). Zu den Momenten des Films, die mit der Konvention am stärksten brechen, gehört schließlich ihr Kampf mit dem von Schwarzenegger verkörperten T-101: Der Kampf ist kein 'Catfight', wie man ihn als Topos des Frauenkampfes kennt; die T-X ist dem maskulinen Maschinenkörper mehr als ebenbürtig.

Die Frage nach dem Geschlecht des Posthumanen lässt sich für den Fall der Terminatrix mit 'weiblich' beantworten, denn auch wenn die T-X theoretisch – beziehungsweise der Logik des Narrativs zufolge – jede Form annehmen könnte, behält sie während des gesamten Films das Erscheinungsbild einer Frau. Damit ist ihr Körper nach wie vor von Gewicht. Doch auch wenn die Frage *Do cyborgs live in a genderless utopia?* mit Nein beantwortet werden muss, kann für die Terminatrix gelten, was für die repräsentative Funktion der Monsterheldin gilt, die ich im vorigen Kapitel untersucht habe: Ähnlich wie bei *Ginger Snaps* lässt sich die Inszenierung der Terminatrix damit assoziieren, dass das kritische Bewusstsein um Geschlechterhierarchien aus den diversen Strömungen des Feminismus allmählich in den kulturellen Mainstream sickert.[29] Ihre Darstellung kann als ein weiterer Versuch betrachtet werden, kulturelle Bilder für neue weibliche Subjektpositionen verfügbar zu machen.

Die Terminatrix kann dann als Konzentrat des Postfeminismus gelesen werden, wenn der Begriff – wie eingangs definiert – nicht in dem Sinne verstanden wird, dass die Benachteiligung von Frauen bereits überwunden wäre, sondern dass die westliche Gesellschaft bereits von den Errungenschaften mehrerer feministischer Strömungen profitiert. Auch wenn in ihrem Bild teilweise noch das Klischee der Femme fatale bedient wird, ist diese *fluid woman* nicht länger nur ein *abject object*. Ihre metallisch-glänzende 'Körperflüssigkeit' steht weniger für die bedrohliche (Körper)flüssigkeit des *monstrous-feminine*, das Creed beschreibt, als vielmehr auch für Funktionalität und technischen Fortschritt, der nicht länger nur eine männliche Errungenschaft ist.

Multiple Persönlichkeiten und unstete Identitäten in Horrorfilmen: *Dr. Jekyll and Sister Hyde*, *Dédales* und *Psycho*

Um eine andere Art der Metamorphose geht es in den folgenden Textbeispielen. Hier scheinen sich Körper und Geschlechtsidentität mitunter voneinander abzukoppeln, was jedoch nicht immer zu einer Aufhebung von (Geschlechter)stereotypen führt. Eine gemeinsame Grundidee dieser Texte ist der Doppelgänger-Mythos, den Robert Louis Stevenson mit *Dr. Jekyll and Mister Hyde* (1886) beispielhaft bearbeitet. Lucius Hendersons filmische Adaption des Themas aus dem Jahr 1912 gehört zu den ersten (Horror)filmen Hollywoods.[30] Der Doppelgänger erlaubt dem angesehenen jungen Arzt, seine seelischen Abgründe nach außen zu kehren und sich sexuellen und gewalttätigen Ausschweifungen hinzugeben. Hier kommen zwei grundlegende Horrormotive zusammen: das Motiv des *mad scientist*, der mit dem Horrorfilm des 20. Jahrhunderts zur Monsterikone wurde, von Dr. Jekyll über Dr. Fu Manchu bis zu Dr. Strangelove, und das alte Motiv des Doppelgängers, das die Assoziation mit dem Diskurs des Posthumanen mit seinen Fragestellungen zu Körper und Identität herstellt.

---

29 Das Drehbuch stammt von Tedi Sarafian, die auch das Drehbuch für die Comic-Verfilmung *Tank Girl* geschrieben hat. *Tank Girl* ist eine zentrale Heldin der Riot-Girl-Bewegung.

30 Als die berühmteste Stummfilmversion gilt generell die von John S. Robertson (USA, 1920), als klassische Adaption die von Rouben Mamoulian aus dem US-amerikanischen 'Monsterjahr' 1931. Auch der *Nosferatu*-Regisseur F. W. Murnau drehte eine unauthorisierte Adaption des Themas, *Der Januskopf* (D, 1920) (siehe auch *Wikipedia.com*).

Die für ihre farbenfrohen Filme bekannte britische Produktionsfirma Hammer lieferte 1971 unter der Regie von Roy Ward Baker eine neue Adaption des längst klassischen Jekyll-and-Hyde-Motivs, die den Aspekt des Geschlechterverhältnisses in die gespaltene Persönlichkeit einzubringen schien: aus *Dr. Jekyll and Mr. Hyde* wurden *Dr. Jekyll and Sister Hyde*. Auch hier experimentiert ein junger Arzt namens Dr. Jekyll heimlich mit einer Substanz, die der Menschheit zur Unsterblichkeit verhelfen soll. Schließlich erprobt er den Wirkstoff in Ermangelung menschlicher Freiwilliger – wie alle *mad scientists* – an sich selbst. Schon zu Anfang ist auffällig, auf welche seiner Eigenschaften er bei der Niederschrift des Versuchsprotokolls besonderen Wert legt: dreißig Jahre alt, männlich – männlich! wird mehrmals unterstrichen. Denn während im klassischen Jekyll-and-Hyde-Plot die Grundsubstanz des Unsterblichkeitselixiers aus animalischen Anteilen zu bestehen schien, sind hier 'weibliche Hormone' die Basis des Medikaments, und Jekyll scheint zu ahnen, dass die Zuschreibung 'männlich' bald vielleicht nicht mehr so eindeutig funktionieren wird.

Hans Schifferle beschreibt den Vorgang der Verwandlung von Jekyll zu Sister Hyde in *Die hundert besten Horrorfilme* als emanzipatorischen Akt: "Wenn Sister Hyde förmlich hervorspringt aus dem Mann in Gestalt Martine Beswicks, ist dies wie eine sexuelle Befreiung. In einen Traum von Rot ist sie dann gekleidet – Rotkäppchen als zornige, selbstbewusste Frau, die unbedarften Mädchen und geilen Böcken gefährlich wird" (40). Gefährlich ist Sister Hyde auch deshalb, weil Ort der Handlung das London der 1880er Jahre ist, was eine thematische Verbindung zum Jack the Ripper-Fall begünstigt. Was wir heute als Taten des so genannten Jack the Ripper interpretieren, waren, dem Plot von *Dr. Jekyll and Sister Hyde* nach, die Taten einer Frau.[31]

Es lässt sich durchaus als eine Kritik überkommener Geschlechterhierarchien interpretieren, wenn "Hyde als zornige, selbstbewusste Frau [...] geilen Böcken gefährlich wird". Wenn Hyde gefährlich wird, heißt das, dass die alte Täter/Opfer-Struktur, die sich schon bei Lewis' Ambrosio ("You are absolutely in my power, and I burn with desires") und der unschuldigen Antonia findet, umgekehrt wird: Beim Versuch, das Experiment und seine Folgen zu vertuschen, räumt Sister Hyde einige Menschen, die Verdacht schöpfen, einfach aus dem Weg, darunter auch mehrere Männer. Wenn man Paglias provokante Worte – "there is no female Mozart because there is no female Jack the Ripper" – bedenkt, hat der Entwurf Sister Hydes als wahrem Jack the Ripper auf jeden Fall subversives Potential – denn im Umkehrschluss würde es nun

---

31 Es gibt ein besonders interessantes Werk zum Thema 'Gender und Jack the Ripper', ein Sachbuch über den Fall von der Thriller-Autorin Patricia Cornwall: *Portrait of a Killer: Jack the Ripper – Case Closed* (2002). Cornwall vertritt darin die These, der Maler Walter Sickert sei Jack the Ripper gewesen.

heißen "If there is a female Jack the Ripper, there also is a female Mozart".[32] Welch revolutionäres Potential allein dem Namen Jane the Ripper innewohnen würde, hat Dorns Gegenüberstellung der Spitznamen für männliche und weibliche Mörder bereits gezeigt.[33] Gleicht also Sister Hyde der Serienmörderin Nike, der Hirnkönigin, die ich im dritten Kapitel vorgestellt habe, ist ihre (Subjekt)position ähnlich innovativ?

Schifferle beantwortet diese Frage mit ja: "Bakers Androgynitäts-Schocker ist zu einer Reihe von Transsexuellen-Filmen zu rechnen, die in den späten 60ern und frühen 70ern en vogue waren, als die Hippies die Unterscheidung zwischen Mann und Frau nicht mehr so einfach machten [...]" (ebd.). Dagegen ist zunächst anzumerken, dass "Sister" Hyde nicht nur in der Tradition einer Reihe von "Transsexuellen-Filmen der 1960er und 70er" steht, sondern in mindestens zwei weiteren, älteren Traditionen: Bereits in den 1930er Jahren begann eine Reihe von Filmen, die ich als 'Braut- und Tochter-Filme' bezeichnen möchte: *The Bride of Frankenstein, Dracula's Daughter*. Auffällig ist, dass diese weiblichen Monster immer in Bezug zu einer *männlichen* Monsterfigur gesetzt werden, die zuerst da war. So auch hier: Selbst wenn es 'revolutionär' erscheint, dass Sister Hyde eine Frau ist, bleibt Ausgangsperson, der 'Wirt', um es in Hackings Terminologie[34] zu formulieren, männlich.[35]

Es fragt sich also, ob die Unterscheidung zwischen Mann und Frau auch in *Dr. Jekyll and Sister Hyde* tatsächlich so schwer fällt, wie sie die Hippies laut Baker machten. Denn wenn Jekyll zur Frau wird, wird er, von einem gendertheoretischen Standpunkt aus betrachtet, eher zum 'female impersonator' als zur Frau, zu einer Art Travestiekünstler, der ja eigentlich stets Geschlechterklischees verkörpert. Die Rollen von Mann und Frau sind in diesem Zusammenhang sehr deutlich zu unterscheiden. Hyde (Martine Beswick) ist zwar kein verkleideter Mann, aber sie inszeniert sich wie ein verkleideter Mann. Bakers Film ist weniger ein Androgynitätsschocker als ein 'Travestieschocker'.[36]

Ralph Bates (Jekyll) und Martine Beswick (Hyde) sind zwar eine hervorragende Besetzung der Rollen, sie wirken beide auf ihre Weise anziehend und sehen sich tatsächlich sehr ähnlich. Aber im Endeffekt verkörpert Bates als

---

32 Vgl. auch Foucaults Stichwort der Akzeptabilitätsbedingung im Essay "Was ist Kritik?".
33 Vgl. Kap. 2, S. 77 und Kap. 3, S. 173.
34 Vgl. FN 41 dieses Kapitels.
35 Das steht auch in Zusammenhang mit einer weiteren Film- oder Erzähltradition: Der *mad scientist* ist immer männlich. Selbst die Hirnkönigin, eine der wenigen '*mad she-scientists*' der Literaturgeschichte, ist dem Kopf ihres Vaters, eines besessenen Altphilologen, entsprungen und so im Grunde auch nicht unabhängig von der Figur eines männlichen *mad scientist* zu denken.
36 Ich möchte jedoch keineswegs bestreiten, dass *Sister Hyde* sich in eine Galerie der 100 besten Horrorfilme aufnehmen lässt. Unter Aspekten des *camp* betrachtet ist es ein sehr ansprechender Film.

Jekyll männliche und Beswick als Sister Hyde weibliche Stereotype. Jekyll ist ein Genie, ein besessener Wissenschaftler, so mit seiner Arbeit verheiratet, dass er die Avancen seiner reizenden jungen Nachbarin gar nicht wahrnimmt – das männliche Genie, das sich ganz mit seinem Projekt identifiziert, ist, wie bereits angedeutet, kein Original, sondern ebenfalls Ausdruck eines Geschlechterstereotyps. Und als Jekyll sich im Zuge seines Experiments in die weibliche Hyde verwandelt, betrachtet er/sie zunächst fasziniert ihre Brüste im Spiegel und erinnert damit an Geschlechterklischees US-amerikanischer Higschool-Komödien. Die 'heterosexuelle Matrix', wie Butler gesellschaftliche Normsetzungen charktersiert, bleibt fest installiert – das Faszinierende für den Mann ist und bleibt der (erotische) Körper der Frau.

Sister Hyde wiederum bleibt, vor allem was ihr Aussehen betrifft, ein weibliches *closed image*. Die Verwirrungen, zu denen es aufgrund der Verwandlung kommt, erschöpfen sich in den Charakteristika einer Travestiekomödie: So kommt es zu Irritationen in der Nachbarschaft, weil Jekyll elegante Damenkleider geliefert bekommt. Auf diese Weise setzt der Film mit dem 'Mann in Frauenkleidern' schließlich auch von Klischees genährte Angstfantasien von Homosexualität ins Bild, ein hartnäckiger Topos, der beispielsweise auch in Jonathan Demmes zwanzig Jahre später erschienenem Film *Silence of the Lambs* mit der Figur des Buffalo Bill in Erscheinung tritt.

Der Gedanke der '*alter*-Persönlichkeit' oder des Avatars, den ich in Zusammenhang mit dem Phänomen der multiplen Persönlichkeitsstörung und der Existenz im Cyberspace beschreibe, nimmt in *Sister Hyde* reale Gestalt an. Das heißt, sie ist nicht 'virtuell' wie die zusätzlichen Persönlichkeiten, die MPD-PatientInnen (bis ins Dutzendfache und mehr) ausbilden. Obwohl die filmische Inszenierung der (nicht-operativen) Verwandlung eines Männerkörpers in einen Frauenkörper in *Sister Hyde* ein ergiebiges Thema wäre, stellen sich hier keine weiteren Fragen zur Konstruktion der Geschlechtsidentität. Erstaunlicherweise entstehen keine weiteren ontologischen Unsicherheiten.[37] Der Plot des Films bleibt im Grunde konservativen Geschlechterbildern verhaftet: Als biologischer Mann ist Jekyll ein besessenes Genie, als biologische Frau interessiert sich Hyde für schöne rote Kleider.

Auch in Hitchcocks *Psycho* von 1960 verwandelt sich ein Mann in eine Frau.[38] Anders als bei der an der Schnittstelle von Science Fiction und *super-*

---

37 Paul Verhoevens Philipp K. Dick-Verfilmung *Total Recall* ist beispielhaft für eine existenzielle Verunsicherung seiner Charaktere, die in *Jekyll and Sister Hyde* nicht auftritt. In *Total Recall* fragt Arnold Schwarzenegger als Douglas Quaid verzweifelt: "Who the hell am I?" In Quaids Fall geht es allerdings nicht um Irritationen der Geschlechtsidentität, sein Fall ist eher in einen Verschwörungsplot eingebunden.

38 Zwischen *Psycho* und *Sister Hyde* besteht eine merkwürdige Verbindung, die gleichzeitig Fakt und Fiktion vermischt. Der Hauptdarsteller, der Jekyll spielt, nennt sich

natural horror angesiedelten Verwandlung in *Sister Hyde* geht es hier um eine real vorstellbare psychotische Störung und auch um eine real vorstellbare 'Travestie', wenn sich der biologische Mann Norman als seine tote Mutter verkleidet. Ähnlich wie in *Sister Hyde* herrscht auch hier am Ende wieder Klarheit über die Binarität der Geschlechter. Wenn Norman sich als seine Mutter Norma fühlt, kommt es zwar zu einer Trennung von materiellem/ biologischem Körper und Geschlechtsidentität, doch die ontologischen Unsicherheiten, die dieser Plot produziert, bleiben nicht bestehen. Zum Showdown entdeckt Lila Crane im Keller die mumifizierte Leiche von Norma Bates, und so wird der weibliche Körper, wenn auch tot, wieder manifest für die Filmzuschauerinnen. Die weibliche Identität Normans hat gewissermaßen einen Ort und einen Ursprung.

Selbst wenn in der letzten Einstellung des Films das schöne schmale Gesicht von Anthony Perkins als Norman Bates mit dem gespenstischen Gesicht seiner mumifizierten Mutter überblendet wird und dies visualisiert, dass die Mutter auf der Ebene der Psychose ganz von ihm Besitz ergriffen hat, ergibt sich auf der Ebene gekannter Rollenbilder und -zuschreibungen eine klare Trennung – Norman Bates ist ein psychisch kranker Mann, der sich innerhalb der Tradition des männlichen Lustmörders bewegt. Krank gemacht hat ihn seine Mutter als Präzedenzfall abjekter Weiblichkeit.

2003 erscheint der französische Serienkiller-Film *Dédales*. Hauptfigur des Films ist Claude, eine multiple Persönlichkeit, deren Geschlecht und Alter stetig wechseln.[39] Ontologische Unsicherheit scheint das Leitmotiv zu sein. Wie in Texten über Reisende zwischen realen und virtuellen Welten wird in *Dédales* besonders eindrücklich mit den Zuschauererwartungen gespielt, die sich an der Vorstellung einer fassbaren Welt der Fakten und Normen festmachen.[40] Was ist die Bedeutung der Realität, des Körpers, des Geistes, der Identität (von der die Geschlechtsidentität Teil ist)? Wer ist Claude?

Ralph Bates, hat also denselben Nachnamen wie die fiktionale männliche Hauptfigur in *Psycho*.

39 Genau genommen verbindet der Film mindestens drei Wege der Transgression: Das Verschwimmen von Geschlechtergrenzen, das Verschwimmen von realer Welt und der Welt der Imagination, und schließlich ist der Film noch ein Beispiel für *Genre-blending*: so wird er auf der Internetseite von *Amazon.com* charakterisiert als "Crime/ thriller/mystery". Auch 'Horror' kann als Stichwort genannt werden: die Hauptfigur ist ein Serienmörder und damit eine Horrorikone, die das Genre seit den späten 1980ern bevölkert. Das Thema MPD hat eine Reihe weiterer Filme inspiriert, darunter die Hollywood-Produktion *Identity*.

40 Die Grenzüberschreitung allein, das muss zunächst noch einmal festgestellt werden, ist kein neues Thema. Sie ist ein grundsätzliches Thema des *Gothic horror*. Einfach gesagt: Entweder bricht – in klassischen Texten des Genres – das Übernatürliche in die bisher gekannte Welt ein, oder menschliche Abgründe tun sich auf. Doch wie ich schon

Im Filmvorspann von *Dédales* ist eine graue, seltsame Landschaft zu sehen. Ein Korallenriff? Körperinneres? Die Kamera beginnt, sich zu entfernen, und die seltsamen Konturen ergeben eine Form. Ein Labyrinth? Die sich vergrößernde Distanz der Kamera enthüllt schließlich, dass wir nicht auf eine Unterwasserlandschaft und auch nicht auf ein steinernes Labyrinth, sondern auf die feinen Linien einer Fingerspitze blicken. Der Fingerabdruck ist ein altes Bild für die unverwechselbare Identität des menschlichen Individuums. Der optische Trick mit der Großaufnahme ist ein erstes Anzeichen dafür, dass hier mit Erwartungen und (Seh)gewohnheiten gespielt wird. Der Fingerabdruck gewährt keinerlei Aufschluss mehr über die Identität von Claude, Heldin – Held? – des Films. Der große, filmübergreifende Trick, der die Rezipienten in die Irre führt, enthüllt sich, wenn sich am Ende Claudes 'Hauptidentität' – die Identität des Wirts – enthüllt.[41]

Eine Erzählstimme aus dem Off, die zunächst extradiegetisch erscheint, berichtet zu Anfang des Films über die Beschaffenheit des Individuums und seiner 'sozialen Rüstung':

> Das Individuum besteht aus der Summe der zahlreichen Persönlichkeiten, die es in sich birgt. Nur um das völlige Chaos zu vermeiden, haben wir uns daran gewöhnt, den Eindruck von Einheit nach außen zu vermitteln. Was andere den Charakter nennen, ist in Wirklichkeit nur der Panzer, der schützen soll, was wir wirklich sind. Der soziale Mantel, der zur Interaktion mit anderen bestimmt ist, der allerdings nur in Zeiten des Friedens seine Wirksamkeit zeigt. Denn im Falle eines Angriffs werden wir zu dem, was wir wirklich sind. Sobald wir in Gefahr sind, enthüllen wir für einen kurzen Augenblick, was wir sonst zu verbergen suchen. Das Nein ist ein schlechterer Lügner als das Ja.[42]

Die Stimme spricht weiter, während ein Szenenwechsel zum Flur einer psychiatrischen Abteilung stattfindet: "Wie viele Lügen sind notwendig, um den zerrissenen Vorhang zu flicken? Warum haben wir Angst, jemand könnte unsere *wahre Natur* erkennen? Claude hat alle Narben geöffnet, die Fäden gezogen, den großen Fluch offenbart, den Stiermenschen, der uns alle jagt" (Herv. JM).

---

in Zusammenhang mit konventionellen Vampir- und Werwolferzählungen gezeigt habe, kann die Kollision der Realitäten in durchaus geregelten Bahnen verlaufen. Auch in einem Genre, in dem die Grenzüberschreitung zu den Grundprinzipien gehört, gibt es Konventionen, an die wir als Zuschauer glauben und die wir erwarten, die also in bestimmten Werken auch gebrochen werden können.

41 In "Multiple Personality Disorder and its Hosts" (1992), einem Beitrag der *History of Human Sciences*, interpretiert Hacking "das psychiatrische Modell der Multiplen Persönlichkeit als eine Art parasitäres Konzept, das eines Wirts bedarf" (Dietze, "Multiple Choice" 214).

42 Ich zitiere die deutsche Tonspur. Die Originalfassung ist in französischer Sprache.

Die strukturelle Ähnlichkeit der Plots des Posthumanen und des *Gothic horror* wird mit den eben zitierten Zeilen noch einmal besonders deutlich. Sie illustrieren, dass auch *Dédales*, der zunächst vor allem als pathographischer Thriller erscheint, die wesentlichen Kriterien eines Horrortexts erfüllt: Die Abgründe einer menschlichen Seele werden sichtbar gemacht, die Terminologie ist die des *Gothic horror* und des Monströsen. Der Vergleich mit dem Öffnen der Narben entspricht der Drastik des Horrors, der "Stiermensch, der uns alle jagt", steht für die Verkörperung unserer Ängste, das Monster. *Dédales* ist nicht zuletzt ein Monsterfilm. Der Epigraph des Films ist von J. Cortázar und lautet: "Il n'y a qu'un seul moyen de tuer les monstres: les accepter" ['Es gibt nur ein Mittel, Monster zu töten: sie zu akzeptieren'].[43]

Das Monster ist hier, wie in *Psycho*, ein Mensch. Monströs an diesem Menschen scheint vor allem, dass der "soziale Mantel, der zur Interaktion mit anderen bestimmt ist" nicht mehr in die Kleiderordnung von Claudes Umwelt passt. Während der Wechsel der Geschlechtsidentität in *Psycho* jedoch auch mit einer Art Travestie einhergeht, finden die Wechsel in *Dédales* einzig in der Imagination der Hauptfigur statt. Filmisch umgesetzt wird dies dann jedoch auf eine Weise, die die Erwartungshaltung der Zuschauer vollkommen verwirren muss, denn bei bestimmten Identitätswechseln werden nur Veränderungen in Stimme und Gestik gezeigt, andere wiederum werden dann von anderen Schauspielern dargestellt.

Claude, wegen mehrfachen Mordes in der geschlossenen Psychiatrie, wird (zuerst) gespielt von Sylvie Testud. Sie ist schmal und wirkt kindlich-burschikos. Zunächst muss das Filmpublikum zumindest annehmen, dass es die 'Wirtsperson' Claude ist, die von Testud gespielt wird. Dass ihr junger, unorthodox wirkender behandelnder Arzt mit der Begründung "Wenn sie Stimmen hört, will ich sie auch hören" anordnet, Claude solle keine Neuroleptika bekommen, hat eine Bedeutung, die erst im späteren Verlauf der Suche nach Claudes Indentität offenbar wird. Als weitere zentrale Figur tritt ein melancholisch wirkender Mann mit dunklem Bart auf, der als eine Art visionärer *profiler* im Fall einer Reihe von Morden eingesetzt wird, als deren Täter sich Claude noch herausstellen wird. Die Kollegen bei der Polizei rufen den bärtigen Mann "Mathias". Auch dieser Name spielt bei der Auflösung der Identitätssuche eine zentrale Rolle.

Neben der von Testud verkörperten Claude, dem jungen Psychiater und dem bärtigen Melancholiker Mathias gibt es die Persönlichkeiten, zwischen denen Claude hin- und herwechselt oder *switcht*. Während der Therapiege-

---

43 Obwohl Cortázar Argentinier ist, zitiere ich hier französisch, weil das Zitat im Film auf Französisch schriftlich eingeblendet wird. In eckigen Klammern zitiere ich den deutschen Untertitel.

spräche wechselt sie zwischen den Identitäten einer Arzt-Persönlichkeit, die von den Mitpatienten Doktor genannt wird, eines kleinen Jungen namens Theseus, einer hartgesottenen jungen Frau namens Ariadne, eines Mannes namens Dédalus und einer männlich konnotierten, aggressiven und kräftigen Gestalt namens Minotaurus. Dabei verändert sie entsprechend Stimmlage und Körpersprache.

Wie der Minotaurus,[44] das Monster, das aus der Vergewaltigung einer Frau durch Zeus in Stiergestalt entstand, ist auch Claude durch eine Vergewaltigung gezeugt worden und daher Hass- und Liebesobjekt der Mutter, ein Zwischenwesen. So stellt die Erzählung explizit die Verbindung von Monster und Multiplizität her.

Die Suche nach der Hauptidentität von Claudes multiplen Persönlichkeiten mündet in eine Hypnosetherapie. In der entstehenden Rückblende erweisen sich die Figurationen trotz der raffinierten Anspielung auf den Mythos als kaum innovativ. Wie in *Psycho* wird die 'böse Mutter' – die das Kind Claude eine lange Zeit im Keller eingesperrt hat; mit einem Buch über das Labyrinth des Minotaurus als einziger geistiger Nahrung – hier maßgeblich für die Identiätsbildung des Menschen verantwortlich gemacht, und wie in *Psycho* ist es ein *Sohn*, dessen Verstand die Mutter zerstört hat: Als der gefesselte Patient Claude schließlich im Psychiatriebett aus der Hypnose auftaucht, wird das Gesicht des Kindes zum Erstaunen des Filmzuschauers nicht wieder zum Gesicht der von Testud gespielten Frau Claude überblendet. Das Gesicht des ans Bett gefesselten Patienten ist das eines Mannes; es ist das des jungen Psychiaters. Vor dem Hintergrund der Auflösung, dass Claude und der junge Psychiater ein und dieselbe Person sind, macht nun auch die 'Doktor'-Persönlichkeit Claudes Sinn, ebenso wie der Satz "Wenn sie Stimmen hört, will ich sie auch hören". Die Hypnose hat die Identitätsfrage geklärt.

Parallel zum Annäherungsversuch über die menschliche Psyche wird die kriminologische Annäherung an die Identitätsfrage über die technischen Mittel der Bildaufzeichnung inszeniert. Von einer von Claudes sieben Morden existiert ein Überwachungsband. Die Aufzeichnung des Bandes ist Teil des Filmnarrativs: Während es in Strömen regnet (was dem Geschehen die düstere Aura des *Film noir* verleiht), betritt Claude, auf dem Band als verschwommene Gestalt mit Kapuze sichtbar, einen Waffenladen. Als sich der Verkäufer kurz umdreht, lädt sie mit unverkennbarem Krachen das Gewehr, das er ihr kurz zuvor ausgehändigt hat; als sie seine Blickrichtung zur Überwachungskamera bemerkt, schießt sie auf das Objektiv. Der Zuschauer sieht die Szene kurz im charakteristisch verzerrten Schwarzweißbild der Überwachungs-

---

44 Neue Denkanstöße zum Mythos des Minotaurus gibt Mark Z. Danielewski in *House of Leaves* (2000) 109–111.

kamera, dann das Schwarzbild des zerstörten Objektivs. Die kurze Filmaufnahme der Überwachungskamera ist im Laufe der Geschichte mehrmals zu sehen. Fachleute von der Polizei spulen sie hin und her, zoomen, versuchen, sich mit unterschiedlichen Bildauflösungen Klarheit zu verschaffen. Die Sehnsucht nach der Autorität des Objektiven bleibt in *Dédales* weiter offensichtlich.

Hacking schreibt in seiner Einleitung zu *Rewriting the Soul*, dass die Erfindung der Kamera eine wesentliche Annäherung an eine objektive Perspektive bedeutete, ja sogar, dass die Kamera zur Zeit der Impressionisten als 'wahrhaft objektiv' erschien: "Visually [the world of the impressionists] was a new world, created not only by artists but also by the camera. The camera was truly objective because no human observer intervened between the object and the record" (5). Die Szene mit Claude und der Überwachungskamera, die uns den Eindruck vermittelt, als ob wir als Zuschauer selbst im Kontrollzentrum säßen, und die darauf folgende Störung der Perspektive lässt sich mit dieser Überlegung in einen engen Zusammenhang bringen. Kann das *Objektiv* der Überwachungskamera zeigen, wer Claude ist? Ist die fest installierte, automatisch gesteuerte Überwachungskamera, die eben *nicht* einmal von einem 'subjektiv agierenden' Kameramann, einer Kamerafrau geführt wird, vielleicht die größtmögliche Annäherung an etwas, das wir uns als 'Objektivität' vorstellen könnten? Gibt es eine 'wahre Natur' von Claude, die die Kamera uns zeigen könnte? Kann sie Claudes Geschlechtsidentität sichtbar machen?

Das Bild ist ohne Farbe, grobkörnig, streifig, die Gestalt mit der Waffe trägt die Regenkapuze tief ins Gesicht gezogen. Bevor die Kamera sie weiter erfassen kann, zerstört sie das Bild von sich, indem sie das Objektiv vernichtet. Das lässt sich auch als Versuch lesen, die Idee der Objektivität zu vernichten, ebenso wie die Idee der 'wahren Natur' (respektive "true person") eines Menschen, wie sie auch Hacking in Kapitel 16 von *Rewriting the Soul*, "Mind and body", verstärkt in Frage stellt (vgl. 228). Hacking macht plausibel, dass es auf die Frage "what the self, the person, consciousness, or whatever really is" (230) keine befriedigende Antwort geben kann. Als fruchtbar beschreibt er dagegen den Ansatz von K. Wilkes in *Real People* (1988), "to understand not objects but our concepts of objects" (230). Diese Formulierung erinnert an die Prämissen poststrukturalistischer Kulturkritik, an den zentralen Gedanken der Situiertheit von Wissen ("Situated Knowledge"),[45] auch von 'Faktenwissen' beziehungsweise 'der Wahrheit'.

Wenn die Mittel der Psychiatrie (Hypnose) und der technischen Bildaufzeichnung schließlich ein Bild von Claudes Identität ergeben, bleibt der Film damit hinter Hackings Kritik des Objektivitätsbegriffs zurück, alles scheint

---

45 Vgl. Haraway. "Situated Knowledge". Vgl. auch Kap. 2, S. 142.

aufgelöst: Claude entpuppt sich als vierzehnfacher Mörder (sieben Opfer in jedem Jahr, dieselbe Zahl an Menschen, die dem Mythos nach jährlich dem Minotaurus geopfert wurden), eine multiple Persönlichkeit seit der Zeit, als seine Mutter ihn als Kind im Keller gefangen hielt. Das fiktionale Erklärungsmodell des Films hat einen deutlichen Bezug zur (klinischen) Realität, in *Rewriting the Soul* beschreibt Hacking den engen theoretischen Zusammenhang von Kindesmissbrauch und MPD: "Most multiples, according to recent theorizing, dissociated when they were little children. That was their way to cope with early terror and pain, usually in the form of or accompanied by sexual abuse" (55, vgl. 55–68). Um das traumatische Ausmaß von Claudes Mutterbeziehung zu inszenieren, ist es Teil des Plots, dass Claudes Drang zum Morden mit dem Tod der Mutter zwei Jahre vor Claudes Verhaftung beginnt.

Vor allem aber gehört zur Lösung des Falls, dass die ungewöhnliche, von Testud verkörperte weibliche Figur, die zunächst als dominante Figur angelegt wird, nicht der 'Wirtskörper' ist. Claude Mathias ist ein Mann.[46] Nach und nach müssen sich für die Betrachtenden des Films die Puzzleteile zusammenfügen: woher der bärtige, melancholische Profiler so viel über den Serientäter wusste, warum er Bilder mit Leichenbergen gemalt hat, warum Claude in der Männerabteilung der Psychiatrie untergebracht wurde, vor allem aber, warum ein Zeuge zum Unwillen der Polizei keine klare Aussage über den vermummten Täter geben konnte: "Es war eine Frau mit einer Männerstimme ... Nein, ein Mann mit einer Frauenstimme ... Ja, jetzt weiß ich es: ein Mann mit einer Frauenstimme."

Aus dem Phänomen der MPD ergeben sich grundlegende Fragestellungen der menschlichen Identität: Was sind wir? Wie wird Identität konstruiert? Ist Claude ein Mann, weil es in seinem Ausweis steht? Oder weil er sich in der Hypnose an seine männliche Identität erinnert hat? Wie eng hängt die Identität eines Menschen mit seinem Körper, hier: dem sogenannten 'Wirtskörper', zusammen? Wie sind die Zusammenhänge mit der kulturellen Konstruiertheit bestimmter Rollen und Positionen, nicht nur bezüglich des Geschlechts, sondern auch bezüglich Alter, Ethnizität, Klasse und weiteren Distinktionskategorien? Der Film beantwortet diese Fragen nicht.

Dédales nutzt vor allem den spektakulären Aspekt des noch jungen Krankheitsbildes, den Hacking in *Rewriting the Soul* kritisch in Frage stellt. MPD

---

46 Ohne den 'geschlechtsneutralen' Namen Claude, der von Anfang an als 'eigentlicher' Name der Hauptfigur etabliert worden ist, hätten die Filmzuschauer schwer bis zur Aufklärung im Unklaren über das biologische Geschlecht des Protagonisten gehalten werden können, denn die Zuschreibung der Geschlechtsidentität beginnt schon beim Namen. "The name is the end of discourse", lautet daher auch der Epigraph des Essays von Stone in Halberstam und Livingstons *Posthuman Bodies*.

ist, nicht zuletzt wegen ihres Neuheitswertes,[47] eine spektakuläre Krankheit, das heißt, auch die Patientinnen und Patienten werden mitunter wieder zur 'Sideshow-Sensation'. Diesen sensationellen Aspekt nutzt auch *Dédales*, besonders, wenn der Moment des *switching* von Person zu Person inszeniert wird. Dabei bleibt es bei einer Oberflächenansicht; der eigentlich interessante Aspekt des Identitätswechsels, "when the seamless surface of reality is ripped aside *to reveal the nuts and bolts* by which the structure is maintained", wenn also, im übertragenen Sinne, sichtbar werden könnte, wie gesellschaftliche Verhältnisse konstruiert sind, tritt dagegen in den Hintergrund.

Die existenziellen Fragestellungen, die die MPD-Thematik aufwirft, die Fragen nach dem Verhältnis von Körper, Geist und (Geschlechts)identität, werden mit der Inszenierung Claudes zwar von neuem aufgeworfen, eine Auseinandersetzung mit ihnen – beginnend damit, wie sie eigentlich gestellt sind – wird erst durch den zusätzlichen Blick in Texte wie die von Stone und Hacking möglich.

Besonders mit der Auflösung, dass der 'Wirt' aller multiplen Identitäten des Films ein biologischer Mann ist, befindet sich *Dédales*, obwohl die Klassifikation der Krankheit als MPD neu ist, schon in einer älteren Tradition: In der literarischen Fiktion ist das Thema der gespaltenen Persönlichkeit, des Doppelgängers (die viel eher im Krankheitsbild MPD Entsprechung findet als im Krankheitsbild der Schizophrenie) nicht neu. Die romantische Literatur sei vom Gedanken der Dualität durchdrungen, schreibt Hacking im Zusammenhang mit der Entstehung von MPD als (psychologischer) 'Bewegung'. Als bekannteste Beispiele nennt er Stevensons Original *Dr. Jekyll and Mr. Hyde*, das er gewissermaßen als frühe MPD-Adaption betrachtet; außerdem Fjodor Dostojewskis *Doppelgänger*, Hoggs' *The Private Memoirs* und die *Confessions of a Justified Sinner*: "Stories, rather than medicine, entrenched the idea of the double in European consciousness" (40).

Hacking stellt den Bezug zur Literatur in *Rewriting the Soul* immer wieder her, besonders, wenn es um MPD und Geschlechterverhältnisse geht:

> We must not discount the interaction between *fact and fiction* here. At first glance, fact and fiction are completely mismatched. The fictional multiples are men, the diagnosed real ones women. But when we look again, the match is perfect, because the stories are almost all stories of violence or crime. [...] The prototype of the double in romantic fiction was furnished by E. T. A. Hoffmann, James Hogg, and Robert Louis Stevenson, all of them wrote about men, but all of whom were also well acquainted with the relevant medical literature and with experts who knew that women, not men, were the doubles. (72, Herv. JM)

---

47 MPD wurde erst 1980 zur offiziellen Diagnose der *American Psychiatric Association* (vgl. Hacking 8). Zur Aufnahme der MPD in das Diagnostische Handbuch der APA siehe auch Dietze, "Multiple Choice" 217.

Heinrich von Kleists Amazone *Penthesilea* von 1808 ist als weibliche Figur einzigartig, denn auch der literarische Doppelgänger ist traditionell eine männliche Figur: "Only one great female double was imagined during the nineteenth century [...]. [S]he is the only woman on the roster; all the rest of the better-known *Gothic tales* of doubling are about men" (ebd., Herv. JM). Damit fügt sich die Figur des Doppelgängers in ihrer konventionellen Repräsentation sowohl nahtlos in die konventionellen Monsterfiguren ein, die ich in Kapitel 3 beschrieben habe, als auch in die Traditionslinie, die mit *Psycho* beginnt und sich mit Filmen wie *Dr. Jekyll and Sister Hyde* oder dem bekannteren *Dressed to Kill* von Brian de Palma (1980) fortsetzt.

An dieser Stelle lässt sich noch einmal der Einfluss deutlich machen, den fiktionale kulturelle Repräsentationen auf die Realität haben können. Hacking sieht das große Interesse, mit dem Kliniker die Unverhältnismäßigkeit zwischen weiblichen und männlichen Multiplen untersuchen, nicht zuletzt in einem engen Zusammenhang mit der literarischen Tradition: "[C]linician and storyteller [obviously] reinforce each other. The earnest search for male multiples follows the trail laid by the novelist" (73).

Auch *Dédales* legt in dieser Hinsicht keine andere Spur als *Jekyll and Hyde* und *Psycho*. Zwar befindet sich das Publikum 85 Minuten lang in dem Glauben, Claude sei eine Frau, weil die von Testud gespielte Claude die Handlung dominiert und weil gerade die *alter*-Persönlichkeit Ariadne besonders ausgiebig inszeniert wird. Dennoch stellt sich Claude am Ende als Figur innerhalb der literarischen Tradition des Doppelgängers heraus, er ist ein Mann. Möglicherweise wird der Bruch mit der fiktionalen Konvention nicht durchgehalten, weil die Darstellung eines Bruchs mit der realen klinischen Konvention der weiblichen MPD-Patientin gewünscht wird. Doch die Suche nach den männlichen Multiplen, die den Fiktionen des Doppelgängers folgt, "distracts from more pressing questions of gender" (Hacking 73).

MPD ist eine sehr ergiebige Krankheit hinsichtlich Fragen der Kategorie Geschlecht, wie Hacking in "Gender", Kapitel 5 seiner Studie, detailliert beschreibt. Neun von zehn MPD-Patienten sind Frauen. Hacking distanziert sich – ganz im Sinne meiner Kritik an den Statistiken über männliches und weibliches Aggressionsverhalten, die ich in Kapitel 2 formuliert habe – davon, diese Statistik als objektive Größe zu betrachten, denn die Systeme Gesundheit und Justiz sind zentrale Einflussgrößen bei der Organisierung der Symptome und ihrer Präsentation. Menschen verschiedenen Geschlechts werden von verschiedenen Systemen unterschiedlich erfasst. Zugleich gibt das Phänomen, dass die Zählungen gegenwärtig eine Mehrheit weiblicher Multipler zum Ergebnis haben, durchaus Anlass zur (kultur)kritischen Betrachtung, auch wenn es nicht als objektiv erwiesene Tatsache verstanden wird (vgl. 70, 69).

Im Krankheitsbild MPD drückt sich nicht zuletzt ein (wenn auch sehr merkwürdiger und verzerrter) Widerstand gegen Geschlechterstereotype aus.

Hacking macht deutlich, dass MPD in vielfacher Hinsicht ein konstruiertes, 'gemachtes' Krankheitsbild ist. Er beschreibt eine Art Rückkopplungseffekt, ein Phänomen, das auch in allgemeiner gendertheoretischer Hinsicht aufschlussreich ist: Psychisch kranke Menschen 'wählen' aus "*socially available* and clinically reinforced *modes*" aus (73, Herv. JM). Diese Wahl richtet sich nach dem kulturellen Milieu; dissoziatives Verhalten erscheint als "language of distress preferred by women" (73). In der Ausbildung von *alter*-Persönlichkeiten liegt eventuell eine Möglichkeit, kulturell verordnete Hemmungen abzubauen.

Das heißt, ähnlich wie bei der Hysterie im 19. Jahrhundert erfolgt auch eine Zurichtung der Patientinnen auf die Formel eines nicht zuletzt 'geschlechtsspezifischen' Krankheitsbildes (vgl. von Braun; Didi-Huberman; Neuenfeldt, *Voyeurinnen*). Also kann das in den 1980ern etablierte Krankheitsbild MPD in letzter Konsequenz auch Aufschluss über einen bestimmten gesellschaftlichen Umgang mit Geschlechterrollen geben. Dietze entwickelt in ihrem Essay "Multiple Persönlichkeit und Multiple Choice in den USA. Eine Geschichte von Unschuld und Trauma" (1999) vielfältige Antworten auf *pressing questions of gender*, indem sie das Krankheitsbild in Bezug zu verschiedenen epochenspezifischen Konzepten US-amerikanischer Weiblichkeit stellt und die Effekte des *Cult of True Womanhood* analysiert, von der viktorianischen Weiblichkeit bis zu jenem Modell der Gegenwart, das "postfeministischen Lebensansprüchen" (Dietze, "Multiple Choice" 214) gerecht zu werden sucht.

Nach der zweiten Frauenbewegung und den darauf folgenden Backlash-Bewegungen – so ließe sich vermuten – hatten sich einerseits einige gesellschaftlichen Bedingungen für Frauen wesentlich geändert. Damit war ihnen theoretisch die Freiheit gegeben, sich aus rigiden Rollenzuschreibungen zu befreien, aber praktisch hatten traditionelle biologistisch-deterministische Denkmodelle nach wie vor Einfluss. Während die kausale Erklärung des hohen Frauenanteils in der Rolle begründet liegt, die der Kindesmissbrauch für das Krankheitsbild MPD spielt (Hacking 74),[48] kann MPD offensichtlich auch als psychische Krankheit interpretiert werden, die mit den Konflikten (post)feministisch enttäuschter Lebensansprüche in Zusammenhang steht.

---

48 Hier würde Pearson beispielsweise widersprechen, weil sie die Missbrauchsstatistiken als stark 'erwartungsgeleitet' betrachtet. Hacking selbst gibt zu bedenken: "[C]hild abuse is just one expression of the violence inherent in our existing patriarchal power structure" (74). Die pauschale Verurteilung des Mannes, der sexuellen Missbrauch treibt, so Hacking, "allows us to conceal from ourselves that the man's behavior is only an extreme form of a more commonplace aggression toward women and children that is condoned and even encouraged, both in popular media and within the economic power structure" (ebd., vgl. auch Dietze, "Multiple Choice" 217).

Einer der Gründe für den hohen Frauenanteil an MPD-Kranken könnte auch darin liegen, dass weibliche Aggressivität traditionell anders bewertet wird als männliche: "Most men with MPD are in jail" (vgl. 70, 73), werden also als kriminell wahrgenommen, während die tendenziell gegen sich selbst gerichteten Aggressionen von Frauen eher als psychiatrische Fälle – wie hier als MPD-Fälle – bewertet werden. Das entspricht den Annahmen, die ich in Zusammenhang mit der medialen Bewertung weiblicher Aggression beschrieben habe. Möglicherweise geht die Überzahl weiblicher Multipler ebenso auf eine heimliche, beziehungsweise strukturelle, Allianz zwischen Klinikern und Patienten zurück wie die Überzahl männlicher Straftäter mit bestimmten Erwartungshaltungen der Forensiker einhergeht:

> Troubled North American women in a therapeutic or clinical setting, even one that rigorously tries to avoid a stereotypical power structure, may cooperate more readily with therapeutic expectations than do men experiencing comparable distress. The men aggressively refuse to cooperate, and hence resist suggestion, while women, who are the cooperators in our society, accept it. (73)

Was Hacking unter Bezug auf die feministische Wissenschaftlerin Ruth Leys anregt, trifft sich mit den Thesen von Katrin Gabbert und Patricia Pearson: Es gilt, den Gedanken zuzulassen, dass das Bild des passiven weiblichen Opfers ein Stereotyp ist. Dieses Stereotyp erschwert zum einen eine umfassende, kritische Auseinandersetzung mit dem Phänomen menschlicher Aggressivität, zum anderen schränkt es den Handlungsspielraum des weiblichen Subjekts wesentlich ein, "[it] […] denies the female subject of all possibility of agency" (Pearson 75).[49]

Ich habe in Kapitel 2 schon ausführlich beschrieben, dass es nicht darum gehen soll, Gewalttätigkeit als erstrebenswerte Handlungsoption auszuweisen. Es geht darum, die fixe Assoziationskette 'Masculinity – authority, control, competitive individualism, independence, aggressiveness, and the capacity for violence' zu unterbrechen. Entsprechende Fragestellungen, die über die klinische Disziplin hinausgehen und unmittelbar in Bezug zu den zentralen Fragestellungen meiner Studie gebracht werden können, formuliert Rivera in *Am I a Boy or a Girl?* im Gespräch mit MPD-Patientinnen: "Why are *these* your alters? Why are so many of them big men, or little children? Who in the real world do you think your alters resemble? Are the forms of your dissociation both personal and a reaction to the society that you find around you?" (41).

Würden diese Fragen an den fiktionalen Multiplen Claude Mathias in *Dédales* gerichtet, wäre eine Reihe von Antworten vorstellbar: Theseus ist der kleine Claude Mathias selbst, in einem Alter, als die traumatisierende Misshandlung durch die Mutter stattfindet. Der Mann Dédalus und der Doktor

---

49 Vgl. Kap. 2, S. 76.

können als wohlwollende, gütige *alters* verstanden werden, während die harte Ariadne sich vielleicht als eine Version der strafenden Mutter lesen lässt. Doch auch wenn der traumatisierte Claude Mathias seinen 'Abspaltungen' Ariadne und Theseus bestimmte Eigenschaften verleiht, die auf seine persönlichen und gesellschaftlichen Erfahrungen verweisen, ist der Spielraum in *Dédales* schon insofern eingeschränkt, als die *alter-personae* auch durch den Mythos des Minotaurus vorgegeben werden. Auch deshalb wirken die Gestaltungsmöglichkeiten, die das Thema bietet, in *Dédales* eher reduziert.

Eine Plot-Vorlage mit kulturkritischem Potential wäre zum Beispiel das Phänomen gewesen, dass MPD-Patientinnen typischerweise eine zweite Persönlichkeit ausbilden, die lebhafter, ausgelassener, ungezogener und sexuell aktiver ist als die eigene 'ursprüngliche' oder 'Wirtsperson'; oder dass Frauen männliche, beschützende *alter*-Persönlichkeiten entwickeln, die stark, robust und zuverlässig sind, wie Cowboys und Lastwagenfahrer (vgl. Hacking 76).[50] Wie die männlichen personae des Truckers und des Cowboys schon andeuten, entsprechen die alter-Personen oft ausgeprägten Stereotypen, darunter auch "racial, ethnic even stereotypes of old age" (77). Falls der Patient eine große Anzahl *alter*-Persönlichkeiten in sich vereint – gegenwärtige Fallbeispiele haben mitunter über 16 Persönlichkeiten –, richtet sich die Unterscheidung nach Differenzen, die in der westlichen (hier: der US-amerikanischen) Kultur als unveränderlich und prägend für die Identität erscheinen (vgl. 77), etwa Geschlecht, *Race* und Alter:

> In American culture the cardinal differences between people are gender, age, race, and, to a much lesser degree, income, job, ethnicity, language, or dialect. It is not surprising that when a host of type X (middle-class white American woman aged thirty-nine, say) develops distinct alters, many should be distinctly non-X [...]. (77)

Von 236 MPD-Fällen haben 62 Prozent geschlechtsdifferente *alter*-Persönlichkeiten. Die Kombinationen und Permutationen der geschlechtlichen Identität haben einen enormen Umfang angenommen, wobei der Kontrast zwischen 'gehemmt' und 'lebhaft' ein gemeinsamer Nenner bleibt. Als tiefere Funktion dieser kontrastierenden Persönlichkeiten sieht Hacking, dass die Patientin auf diese Weise geltende Machtverhältnisse unterwandern kann: "[G]iven the standard sex roles, male alters can be a way for an oppressed woman to assume power. Where in the nineteenth century the alter was naughty, mieschievous, or promiscuous, in the late twentieth century she can be a man" (78).

Damit kann MPD als 'Kranken an rigiden gesellschaftlichen Zuschreibungen' verstanden werden. Ich erinnere an Riveras Aussage, das Phänomen

---

50 Ich erinnere an Butlers Verwendung des Begriffs der 'impersonation' in *Gender Trouble*: "[Divines] impersonation of women implicitly suggests that gender is a kind of persistent impersonation that passes as the real" (viii). Vgl. Kap. 2, S. 137.

MPD sei beispielhaft für die soziale Konstruktion von Geschlechtsunterschieden, gewissermaßen eine Illustration der sozialen Konstruktion von Geschlecht. Damit ist, so auch Hackings zentraler Gedanke, das Phänomen der multiplen Persönlichkeit "one possible response to the roles assigned to women. One way to stop being a sex object is to adopt an alternative gender role. [...] One may break out of compulsory gendering, and in particular compulsory heterosexism, by adopting other roles" (78–79).[51]

Ganz wesentlich ist dabei der Gedanke, dass es in Zusammenhang mit dem Phänomen der multiplen Persönlichkeit nicht um die Frage nach dem 'wahren Selbst' gehen kann (wie es auch in Zusammenhang der Geschlechterforschung im allgemeinen nicht darum gehen kann): "We should not think that the patient discovers some 'true' underlying self but that she has broken through to the freedom to choose, create, and construct her own identity. Rather than being a pawn in a deterministic game, she has become an autonomous person" (79).[52] Das ist nicht länger im klinischen Zusammenhang zu verstehen, sondern wieder in einem kulturkritischen Zusammenhang. Es geht nicht darum, MPD als erstrebenswerten *Lifestyle* zu beschreiben, wohl aber als kulturelles Phänomen, an dem sich bestimmte gesellschaftliche 'Zumutungen', aber auch Veränderungen, ablesen lassen.

Hacking geht es also nicht in erster Linie um eine klinisch genaue Beschreibung des Syndroms, sondern um einen konstruktivistischen Ansatz. Wenn MPD als Verweis auf die Konstruiertheit von Geschlechtsidentitäten und deren repressive Aspekte verstanden werden kann, geben Analysen des Krankheitsbildes möglicherweise weniger Aufschluss darüber, ob es sich nun um eine 'echte' psychische Krankheit handelt oder nicht, als über die Wirkung der rigiden Geschlechterbilder einer Gesellschaft, die Menschen einer bestimmten Zurichtung aussetzen. Nur in diesem Sinne ist auch Hackings Frage im ersten Kapitel seiner Studie zu verstehen, nicht etwa als die 'Beschönigung' einer psychischen Krankheit: "Could this cease to be a disorder and become a way of life?" (37).

---

51 Vgl. dazu auch Flora Rheta Schreibers 'Pathographie' *Sybil* (1973), die den Untertitel "The True Story of a Woman Possessed by Sixteen Separate Personalities" trägt. Zwei dieser Persönlichkeiten sind Jungen: "These boys [...] were perhaps the objectification of a woman's rebellion not so much at being female as at the connotations of femaleness evoked by the retarded culture of [Sybil's hometown, JM]" (259).
52 Noch einmal der Verweis auf Wilkes: Es geht es nicht darum, die Objekte zu verstehen, sondern unsere Begriffe von den Objekten (vgl. Hacking 230).

'What Happened to Difference in Cyberspace?' – Die (Un)möglichkeit des *Disembodiment*

> Populäre Netzkultur transportiert und vertieft in der Regel stereotypisierte Bilder von Geschlechtlichkeit, Rassenidentität etc. und überwindet sie nicht. Um dies festzustellen, genügen wenige Ausflüge ins Netz, in die Welt der Computerspiele und Cyberfilme. Dies gilt auch, wenn die Einordnung cyberpopulärer Phänomene nicht immer eindeutig ist. So lässt sich *Tomb Raider*-Heldin Lara Croft unter Umständen als feministische Empowerment-Strategie oder als 'Performing Drag' lesen, oder eben als Wiedereinschreibung heterosexueller binärer Matrix.
>
> *Claude Draude*, Introducing Cyberfeminism

"Cyberfemmes are everywhere, but Cyberfeminists are few and far between", zitieren sowohl Sundén als auch Draude aus Nancy Patersons *Cyberfeminism* (1998) und illustrieren damit das Phänomen, dass das Bild des Cyborgs trotz Haraways früher Vorlage nur sehr allmählich feministisches Potential entfaltet.[53] Petra Mayerhofer schildert in "Frauen in der US-Amerikanischen Sciencefiction" den Vorwurf an das von William Gibson und dessen Roman *Neuromancer* (1984) initialisierte Subgenre des Cyberpunk, die Bürgerrechts- und die Frauenbewegung der sechziger und siebziger Jahre des zwanzigsten Jahrhunderts missachtet und in erster Linie eine weiße männliche Welt geschaffen zu haben, "diesmal eine Welt junger Rebellen, die die Loner-Figuren in den Krimis der Chandler-Tradition zitieren [Browning, 1997]" (3). Feministische Literaturkritikerinnen, so Mayerhofer, nannten es "bemerkenswert, dass der Cyberpunk sich durch eine 'zügellose' Heterosexualität auszeichnet, obwohl die Cyberpunk-Welt fast ausschließlich von Männern bevölkert sei. Ihrer Ansicht nach wurde der Cyberspace 'feminisiert', damit die (männlichen) Protagonisten ihre Männlichkeit beweisen und ausleben können" (ebd.).

Eine der wenigen Autorinnen, die als dem Cyberpunk-Genre verpflichtet gelten, ist Pat Cadigan. Cadigans Werk wurde von feministischen Literaturkritikerinnen als ähnlich problematisch empfunden wie Gibsons. Sie zeige, so die Kritik, zwar bewundernswerte Frauencharaktere (ebenfalls Einzelgänger respektive *Loner*-Figuren), doch fehle ihr ein feministischer Blickwinkel. Auch Cadigan würde Technik und Männlichkeit eng miteinander verknüpfen, kritisiert Jenny Wolmark in *Aliens and Others* 1993. Erst in den 1990er Jahren wurde Pat Cadigans Cyberpunk-Version vor allem in Folge von Haraways "Cyborg-Manifesto" neu bewertet. Mayerhofer zufolge attestierte die feministische Kritik Cadigans Frauencharakteren ab den 1990ern ein anderes Körper-

---

53 Ein cyberfeministischer Überblick findet sich beispielsweise bei Sadie Plant, *Zeros and Ones*.

verhältnis als den Protagonisten des 'männlichen' Cyberpunks. Karen Cadora spricht nun sogar von "feministischem Cyberpunk" (vgl. Mayerhofer 3).[54]

Ich möchte vor allem Mayerhofers zentrales Stichwort des 'Körperverhältnisses' aufgreifen. Nicht nur Cadigans Frauencharaktere haben möglicherweise ein anderes (unkonventionelles) Körperverhältnis als Charaktere konventioneller Cyberpunk-Erzählungen, auch die Besetzungen in Gibsons Werk haben sich seit 1984 in dieser Hinsicht massiv verändert. Gibsons jüngstes Buch *Pattern Recognition* stellt einen tiefen Bruch mit dem anfänglich gesetzten Muster des männlichen *Console cowboys* und *Loners* dar, das sich bereits mit dem Roman *Idoru* aufzulösen beginnt. In *Pattern Recognition* gibt es nicht nur eine weibliche *Loner*-Hauptfigur, sondern auch eine spürbare *gender consciousness*, beziehungsweise den genannten 'feministischen Blickwinkel', wie ich unten noch am Text demonstrieren werde. Zuvor werde ich mich mit einer älteren Erzählung Gibsons auseinandersetzen, "The Winter Market" aus der Sammlung *Burning Chrome*, in der die Vormachtstellung des männlichen *Loners* bereits aufweicht. Die Frage nach dem Körperverhältnis ist, wie ich in der Kapiteleinleitung schon angedeutet habe, hier besonders brisant, denn am Ende der Erzählung wird die Protagonistin Lise keinen Körper mehr haben und dennoch existieren. Was bedeutet die Körperlosigkeit für ihre (Geschlechts-)Identität? Doch noch bevor ich zu Lise komme, wende ich mich ihrem fiktionalen Vorbild aus den 1970er Jahren zu, Alice Sheldons alias James Tiptrees "The Girl who was plugged in".

Who the Hell is She? – "The Girl Who Was Plugged In" (1973)

Sheldons alias Tiptrees "The Girl Who Was Plugged In" ist ein Cyberpunk-Text, der entstand, bevor Gibson den Cyberpunk erfand, sogar, bevor die Bewegung des Punk sich verbreitete – "the year punk broke" war 1974.[55] Das heißt, "The Girl" ist in mehrfacher Hinsicht ein visionärer Text, auch für ein Werk der Science Fiction. Es ist überdies ein Text, der das 'Mind Genre' Science Fiction mit dem Body Genre Horror fusioniert, noch bevor Ridley Scott mit *Alien* beide Genres kreuzte.

Traditionell ist Science Fiction das Genre, das den Körper ausklammert – "Science fiction is about the brain, Horror is about the body", heißt es bei

---

54 So kündet der Titel von Cadigans Erzählung "Pretty Boy Crossover" von einem hübschen Jungen und legt damit auch die (gerade in der SF selten gestaltete) heterosexuelle weibliche Perspektive des Begehrens nahe (vgl. dazu auch Bukatman 256).

55 Die Version, die am häufigsten zitiert wird, stammt von 1975: James Tiptree, "The Girl Who Was Plugged In". *Warm Worlds And Otherwise.* (New York: Ballantine Books, 1975).

Bukatman; ein Aufsatz von Vivian Sobchack zum Genre der Science Fiction lautet "The virginity of astronauts".[56] "The Girl" dagegen beginnt damit, dass die 'körperlichste' aller monströsen Horrorfiguren angerufen wird – ein untotes Wesen, ein lebender Leichnam, dessen Verfall schon fortgeschritten ist: "Listen zombie. Believe me." Gleich zu Beginn wird deutlich: Der Körper hat innerhalb dieser Erzählung eine zentrale Bedeutung (der Zombie ist ein Wesen, das seine Körperlichkeit in besonders drastischer Weise zur Schau stellt); aber er steht nicht länger für ontologische Sicherheit. Wir können der "Konstanz der materialen Handlungsumwelt" nicht mehr vertrauen, wie die Erzählinstanz gleich zu Beginn deutlich macht: "Who in the world (and in what world) is speaking here?", fragt Bukatman (316–317) angesichts der Stimme, die die Eingangspassage eröffnet.

Während dieser eingangs angerufene Zombie vor allem eine Art Motto, vielleicht ein kulturpessimistisches Bild für den Konsumenten eines immer irrwitziger werdenden Kapitalismus zu sein scheint, ist der eigentliche Zombie der Geschichte ein junges Mädchen, von der die seltsame Erzählinstanz weiter berichtet: "See for instance that rotten girl? In the crowd over there, that one gaping at her gods. One rotten girl in the city of the future. (That's what I said.)"

Das "rotten girl"[57] ist erbarmungswürdig abstoßend: 'vergammelt' zum einen, aber auch monströs, ausgestattet mit einem riesigen, bizarr gefärbten Kiefer – "When she smiles, her jaw – it's half purple – almost bites her left eye out" (80) – und schütterem Haar, "a deformed woman", wie Bukatman sie knapp charakterisiert. Dieses 'verrottete' Mädchen erhält nach einem gescheiterten Selbstmordversuch ein Angebot von einer zwielichtigen, hochgradig marktorientierten Organisation: sie wird ausgewählt, ein wunderschönes, sogenanntes *remote* kybernetisch fernzusteuern.

Um zu veranschaulichen, wie das monströse Mädchen ihr ferngesteuertes künstliches Alter Ego, das *remote*, handhabt, ist der Vergleich mit der 35 Jahre später entstandenen Filmtrilogie *Matrix* hilfreich, deren virtuelle Realitäten mittlerweile als fester Bestandteil des westlichen kulturellen Imaginären des 21. Jahrhunderts gesehen werden können. Man muss sich den Fernsteuerungsvorgang in Tiptrees Erzählung ähnlich grauenhaft vorstellen wie im *Matrix*-Narrativ: In *Matrix 1* muss der Held Neo (Keanu Reeves) entsetzt feststellen, dass das, was er für seine Realität gehalten hat, von machtgierigen Maschinen erzeugte künstliche Träume sind. In einem riesigen Raum – der

---

56 In Annette Kuhn, Hg., *Alien Zone* (1990). Sobchack hat mit *Screening Space* (1993) außerdem ein Grundlagenwerk zum US-amerikanischen Science-Fiction-Film geschrieben.

57 Nur am Rande bemerkt: Eine der späteren Schlüsselfiguren der britischen Punkbewegung würde sich später Johnny Rotten nennen.

mit einem gigantischen künstlichen Uterus, einem riesigen Treibhaus oder einem Brutkasten assoziiert werden kann – liegt sein Körper in einer Art Kokon aus Plexiglas, der mit einer Nährlösung gefüllt ist. Der Körper ist haarlos, nackt, bleich und unterernährt, Elektroden stecken in einer Reihe von rötlich verfärbten künstlichen Körperausgängen, ein beispielhaft kulturpessimistischer Blick auf die Errichtung virtueller Welten. Der Körper ist wie scheintot, während sein virtuelles Selbst innerhalb des künstlich erzeugten Traums lebt, arbeitet, riecht, fühlt etc. Der bedauernswerte bleiche, schwache Körper von Neo, der den schönen Körper des virtuellen Selbst – mit dichtem schwarzen Haupthaar – indirekt steuert, gleicht dem des Mädchens P. Burke: "a gaunt she-golem flab-naked and spouting wires and blood [...] clawing with metal studded paws" (118).[58]

Wie Neo zu Beginn des *Matrix*-Narrativs ist auch P. Burke in einer Art Kapsel eingeschlossen. Fast punktgenau entspricht ihr Standort und der ihres *remotes* den beiden unterschiedlichen Standorten, an denen das Kritikerduo Pil und Galia die zwei zentralen Repräsentationen der Pop-/Rockmusikerin ansiedelt, das subversive "girl monster", das sich normierenden weiblichen Schönheits- und Verhaltensidealen verweigert, und die 'reaktionäre' Figur des "fembot", die sich Weiblichkeitskonventionen und Schönheitsidealen anpasst:

> The girl monster obviously lives in a cave, a drippy, slimy, dank place modelled after the Alien planet's womb cave, stacked with rows upon rows of fertilised eggs, waiting to hatch their spawn in some unsuspecting crewman's tummy. As feminist writer Barbara Creed explains in her book about *The Monstrous Feminine*, it's in places like this that we find the abject, that too fluid, over-determined representation of the female body, always morphing, going through the icky sticky transformations that make up the subject matter of so many horror films. Stuck in the cave, the girl monster grows boobs, blobby, bulbous protrusions made of all the failed plastic surgery procedures in the world. Meanwhile outside, the sun shines and refracts when it meets the metallic surfaces of the smooth fembots, the clean, sharp leftovers assembled when the girl monster was banished. (1)

P. Burkes Köper, das heißt, der 'verrottete' Körper des "Girl who was plugged in" verbirgt sich wie Neos Körper in *Matrix* und wie der des 'metaphorischen' *girl monster* an einem dunklen, höhlengleichen Ort: "wired into a battery of medical and cybernetic apparatuses in an underground laboratory" (Hicks 69). Währenddessen steuert ihr Geist den Körper des schönen künstlichen Mädchens Delphi, "the perfect, genetically engineered but literally brainless body of a young woman [...] [c]alled Delphi" (ebd.). Auch der Ort, an dem sich Delphi bewegt, erinnert an die ('männlich dominierte') Musikindustrie, wie

---

58 Der Körper des Mädchens ist noch abjekter, verfallener und deformierter als der von Neo. Mit dem Begriff "she-golem" wird auch hier die Nähe zur Erzähltradition des *Gothic horror* deutlich.

Pil und Galia sie beschreiben, an den sonnenbeschienenen Tummelplatz des/ der *fembot*: "[R]emote-controlled by P. Burke, the body quickly achieves a place in the *pantheon of celebrities* Burke herself has always worshiped" (ebd, Herv. JM).

Vor allem aber gleicht P. Burke äußerlich dem gegenkulturellen *girl monster* in seiner Höhle ("stuck in the cave"), mit seinen "blobby, bulbous protrusions made of all the failed plastic surgery procedures in the world": mit ihrem in einem unterirdischen Raum verborgenen Körper, als "pumped-out hulk" (82), "girl-brute" (82), "big rancid girl-body" (83), "ill-shaped thing" (97), "carcass" (101), "monster" (106), "blind mole-woman" (107), "gutter-meat" (110) und "ugly madwoman" (116), eingesperrt wie die "madwoman in the attic" in Charlotte Brontës *Jane Eyre*, nur in Gestalt ihres *remote* überhaupt in der Lage, an die sonnige Oberfläche zu gelangen.

Wenn Mark 1997 fragt: "Should we really speak about *disembodiment*, or rather should we imagine a background-foreground relationship with our bodies where they exist more in the background as we enter a digital environment? To what extent do we project our own bodies into a virtual world?", richtet sich diese Frage allgemeiner an die Zusammenhänge von Ver- und Entkörperung im Cyberspace. Sie ist aber auch sehr passend für die Interpretation der körperlichen Zustände in "The Girl", oder, umgekehrt gesprochen: "The Girl" von 1973 wirft bereits die zentralen Fragen auf, die Cyberfeministinnen zur Jahrtausendwende nicht nur im bildlichen Zusammenhang, sondern für den Alltag der Internetkultur formulieren.

Die Erzählung "The Girl" beschreibt eine spezielle, schmerzhafte *background-foreground*-Beziehung mit dem Körper. Der Junge Paul, der sich in P. Burkes schönes *remote* namens Delphi verliebt hat, ahnt nicht, dass es einen *background* gibt, P. Burkes verfallenden Körper, der mit Drähten an Delphi befestigt und in seiner grotesken Hässlichkeit überpräsent sein muss für diejenigen, die sie betrachten. Er stellt sich vor, er müsse nur die Drähte kappen, und Delphi wäre frei. P. Burke in ihrer Katakombe wiederum imaginiert Paul als *ihre* große Liebe, die sie von der Last ihrer körperlichen Hässlichkeit befreien kann.

Als Paul sich Zugang zum Labor verschafft, geht sie mit ausgestreckten Armen auf ihn zu und scheint in diesem Moment zu denken: *bodies DO NOT matter*. Doch ihr grotesker Körper mag zwar im Bachtin'schen Sinne ein grenzenloser Körper sein; ohne die Umgebung des Karneval, innerhalb dessen das Groteske gefeiert wird, in einer Realität, die makellose Schönheit und Reinheit zum Ideal hat, sind diesem Körper unüberwindliche Grenzen gesetzt. Es erscheint als besondere Ironie, dass sie denselben Nachnamen trägt wie Edmund Burke, der das Erhabene des Schrecklichen beschreibt. Ihre Hässlichkeit ist nicht 'erhaben'. P. Burkes Körper ist zu sehr von Gewicht.

Pauls Reaktion illustriert dies dramatisch: Für ihn ist das Gewicht des ans Licht tretenden Körpers des "rotten girl" eine solche Last, dass er sich nur von ihm befreien kann, ihre Drähte zerreißt und sie und ihr ferngesteuertes schönes Double Delphi damit tötet. Das heißt: In den Momenten, wenn P. Burke Delphi fernsteuert, verliert ihr grotesker Körper zwar kurzzeitig an Bedeutung – sie muss sogar an ihn erinnert werden, weil sie sonst verhungern würde –, aber diese Momente sind nur wie ein vorübergehender Rausch. P. Burke kann das *remote* Delphi vielleicht nur deshalb mit einer solchen Hingabe und Selbstlosigkeit steuern, *weil* sie das schöne *remote* im Bewusstsein um den eigenen, belastenden Körper steuert, und am Ende muss sie wegen ihres Körpers sterben.

Im übertragenen Sinne nehmen P. Burke und ihr *remote* das Verhältnis zwischen Offline- und Online-Persönlichkeit vorweg – jemand sitzt an seinem Schreibtisch und steuert einen Avatar, gewissermaßen eine kontrollierte, digitale *alter*-Persönlichkeit. P. Burke sitzt in ihrem unterirdischen Labor und steuert ihr Double an der Oberfläche. Die Oberfläche gleicht strukturell dem Cyberspace: Delphi ist ein bis zur Unkenntlichkeit geschönter Avatar, während der unterirdische Raum, in dem sich Burkes grotesker Körper befindet, eine Steigerung des *meat space* ist. Dass dieser *meat space* nach dem Einloggen in den Cyperspace keinesfalls aufhört zu existieren, zeigt Gibsons Erzählung "The Winter Market".

If She Calls Me, Is It Her? – "The Winter Market" (1986)

In ihrem Essay "'Whatever It Is That She's since Become': Writing Bodies of Text and Bodies of Women in James Tiptree, Jr.'s 'The Girl Who Was Plugged in' and William Gibson's 'The Winter Market'" bezeichnet Heather Hicks Gibsons "Winter Market" als eine Art 'Coverversion' von "The Girl": "William Gibson, in particular, has acknowledged Sheldon's role as a major influence on his work, and I read 'The Winter Market' (1986) as a cyberpunk rewriting of 'The girl who was plugged in'" (74).

Gibsons Kurzgeschichte "The Winter Market" gehört zur ersten Phase von Cyberpunktexten der frühen 1980er, die die feministische Kritik für problematisch hielt. Doch hier steht schon nicht mehr ein einzelner männlicher *Loner* in Fokus, wie in Gibsons legendärem Roman *Neuromancer* von 1984. In "The Winter Market" von 1986 trifft der männliche Ich-Erzähler Casey auf eine Frau namens Lise, die schnell zur eigentlichen Hauptfigur der Erzählung wird: "First time I saw her: In the Kitchen zone [...]. First time I saw her: She had the all-beer fridge open, light spilling out, and I caught the cheekbones and the determined set of that mouth, but I also caught the black glint of polycarbon at her wrist, and the bright slick sore the exoskeleton had rubbed there" (143).

Lise mit ihrem Exoskelett gehört zu Gibsons eindrucksvollem 'Körperteil-Universum', das er mit *Neuromancer* zu erschaffen beginnt, lange vor dem realen Boom der plastischen Chirurgie um die Jahrtausendwende. Bereits in *Neuromancer* tauchen Menschen mit implantierten Spiegelbrillen und pinkfarbenen Armprothesen auf, in der Kurzgeschichte "Burning Chrome" lässt eine Figur sich Zeiss-Icon-Augen machen, so, wie Menschen sich gegenwärtig farbige Kontaktlinsen anpassen lassen. Bevor Lise am Ende von "The Winter Market" zu einer A. I., einer künstlichen Intelligenz, wird, ist sie eine ideale Repräsentantin des Körperteil-Universums und des posthumanen Zeitalters, eine Mischung aus Cyborg und Mensch mit Prothese:

> The exoskeleton carried her across the dusty broadloom with that same walk, like a model down a runway [...]. I could hear it click softly as it moved her [...]. I could see the thing's ribs as it moved her, make them out across her back through the scuffed black leather of her jacket. One of those diseases [...]. She couldn't move, not without that extra skeleton, and it was jacked right into her brain, myoelectric interface. The fragile-looking polycarbon braces moved her arms and legs, but a more subtle system handled her thin hands, galvanic inlays. (145)

Lise hat nicht nur einen 'posthumanen Körper', sie steht auch in besonderer Weise für Veränderungen weiblicher Handlungsspielräume. Zuerst macht sie dem Ich-Erzähler, dessen Beruf mit "editor" angegeben wird, in diesem Fall eine Art Mischung aus Programmierer und Musikproduzent,[59] ein eindeutiges Angebot: "You wanna make it, editor?" (145). Ihre Antwort auf seine zynische Frage, ob sie überhaupt etwas fühlen könne, bringt eine voyeuristische Neigung zum Ausdruck, die mit einem populären Geschlechterstereotyp bricht. Die voyeuristische Neigung wird vor allem männlichen Pornographiekonsumenten attestiert, denn das Klischee besagt, dass Frauen visuellen Reizen gegenüber weniger aufgeschlossen sind und die Pornoindustrie schon deshalb keine Produkte für weibliche Konsumenten anbietet. Lise jedoch antwortet auf den Kommentar des Editors: "No, but sometimes I like to watch" (146).

Im weiteren Verlauf der Erzählung wird Lise zum Rockstar. Der Kosmos des Rockmusikbusiness spielt eine zentrale Rolle in der fantastischen Literatur der Gegenwart, von Gibsons prothesenbewehrten ("Winter Market") und virtuellen (*Idoru*) Rockstars bis zu Anne Rices berühmtem Vampir Lestat in den *Vampire Chronicles*, der ebenfalls eine Karriere als Songwriter und Rockstar verfolgt. Ihrer Prothese halber ist Lise selbst in der Gibson'schen Zukunftswelt eine ungewöhnliche Erscheinung, im Alltag der Großstädte London, New York, Los Angeles und Tokio, deren hochgradig technoligisierter *spirit* sich

---

59 Die englische Bezeichnung '*editor*' kann im Deutschen für BearbeiterIn, LektorIn, HerausgeberIn, CutterIn und RedakteurIn stehen. 'Bearbeiter' trifft auf den Ich-Erzähler in "The Winter Market" wohl am ehesten zu.

unter anderem darin äußert, dass es keine Jahreszeiten mehr, sondern Modi gibt ("we were into the preholiday mode now" [158]). Das Exoskelett prädestiniert sie für die Rolle einer Prominenten.

Die Rolle, die der Produzent beziehungsweise 'Bearbeiter' im Zusammenhang mit Lises Entwicklung zum Rockstar einnimmt, scheint zunächst eine Einschränkung von Lises Subjektposition zu bedeuten. Er schneidert ihr gewissermaßen ein Album auf den Leib, ein Dr. Frankenstein des Musikbusiness, worauf folgende Beschreibung des Bearbeitungsvorgangs anspielt, die das Wort 'Monster' mit hineinbringt: "Maverick editors can be a problem, and eventually most editors decide that they've found something who'll be it, the next *monster*, and then they start wasting time and money" (149, Herv. JM).

Das *editing*, die Bearbeitung, kann also mit der Arbeit eines *mad scientist* verglichen werden. Als Produzent der Zukunft bearbeitet Casey nicht, wie im realen Popmusikgeschäft der Gegenwart üblich, die Songs, die die Künstlerin ihm in der Rohfassung (oder 'Demoversion') anbietet, sondern loggt sich direkt in ihre Gedankenwelt ein und 'ediert', was er dort an künstlerischen Ideen vorfindet. Auch der Ich-Erzähler selbst vergleicht seine Produzententätigkeit für Lise indirekt mit der Arbeit Dr. Frankensteins. Bei seiner ersten Begegnung mit Lise und einer eingehenden Betrachtung der Mechanik des Exoskeletts stellt er einen indirekten Bezug zu Shelleys Monster her, indem er auf Tierversuche mit Reptilien verweist: "I thought of frog legs twitching in a high-school lab tape, then hated myself for it" (ebd.). Die Versuche Ende des 18. Jahrhunderts, Frösche mittels Elektroschocks wiederzubeleben, gelten als maßgebliche Inspiration für *Frankenstein*.[60]

Zunächst gleicht der Produzent also jenen männlichen *creators*, die das Pil und Galia-Kollektiv am Ende ihres Texts "Girl Monster vs. Fembot" kritisieren: er macht die Künstlerin zu seiner Marionette, die passiv wartet, bis er seine Drähte an ihr befestigt und sie bewegt.[61] Doch Lises Genialität wird als große Kraft beschrieben, die ihre Subjektposition wieder stärkt. So weckt sie das Begehren des Editors, sich im *jacking*[62] auf Augenhöhe mit Lise zu messen: "I do know why I did it with Lise, snapped the optic lead into the socket on the spine, the smooth dorsal ridge, of the exoskeleton. It was high up, at the base of her neck, hidden by her dark hair. Because she claimed she was an artist, and because I knew that we were engaged, somehow, in total combat, and I was *not* going to lose." Es ist Lises Kunst und ihr Begehren als Künstlerin

---

60 Auch die Froschsektionsszene in der Verfilmung von *Foxfire* (siehe Kap. 2) könnte als Anspielung auf diesen Aspekt von *Frankenstein* verstanden werden.
61 Vgl. Kap. 2 sowie Pil und Galia.
62 "To jack" bezeichnet den Cybersex, den Casey und Lise nach dem Kennenlernen haben: "We jacked, straight across". *Jacking* ist aber auch ein allgemeiner Ausdruck für den Eintritt in die virtuelle Welt des Cyberspace.

(und möglicherweise als Gefangene eines versehrten Körpers), ihre Radikalität, die den Protagonisten zu ihr hinziehen "You never felt that hunger she had, which was spared down to a dry need, hideous in its singleness of purpose. People who know exactly what they want have always frightened me, and Lise had known what she wanted for a long time" (147).

Dadurch, dass Lise ein Genie ist, entsteht ein deutlicher Bruch mit weiblichen Geschlechterstereotypen ("there is no female Mozart ..."): "You see something like that and you wonder how many thousands, maybe millions, of phenomenal artists have died mute, down the centuries, people who could never have been poets or painters or saxophone players, but who had this stuff inside, these psychic waveforms waiting for the circuitry required to tap in" (154). Der Produzent hat die Aufgabe, das, was in Lises Kopf eingeschlossen ist, herauszuholen: "She had it all in there, *Kings*, locked up in her head the way her body was locked in that exoskeleton" (153).[63] Er hilft Lise also lediglich, ihre Kunst freizusetzen, die ganz allein in ihr entstanden ist. Die allgemein gehaltene Übersetzung von 'Editor' ins Deutsche umschreibt die Funktion des männlichen Parts treffend: Er ist (lediglich) der Bearbeiter, nicht der Kreative; der männlich besetzte Geniebegriff wird in Frage gestellt.

So ist dann auch eine Gruppe junger Männer, die nur als Randfiguren der Erzählung auftauchen, viel beeinflussbarer und 'leichter' zu bearbeiten als Lise. Auch in ihrem Fall wirkt der Ich-Erzähler Casey als Schöpfer, indem er sie für Lises Band zu 'Fertig- oder Instantmusikern' macht, zu Frankenstein-Monstern mit elektrischen Gitarren. Zunächst unbedarfte Jugendliche, lädt Casey ihnen Lises Album "King of Sleep" in ihre Gehirne. Nach einer Behandlung mit einer Art Headset, einem Satz Elektroden, sind sie Studiomusiker, die Lises Songs schnell umsetzen können: "I set them up in a row at the Pilot, in identical white Ikea office chairs, smeared saline paste on their temples, taped the trodes on, and ran the rough version on what was going to become King of Sleep. When they came out of it, they all started talking at once, ignoring me totally, in the British version of that secret language all studio musicians speak" (159). Den jungen Männern muss die Kunst erst 'auf die Festplatte' geladen werden, sie ist nicht vorher vorhanden wie bei Lise, die eine fortschrittliche Mischung aus *fembot* und *girl monster* ist.

---

63 *Kings* ist der Titel des einem Album vergleichbaren Datenträgers, den der Editor mittels einer speziellen Technologie herzustellen scheint. "It was like she was born to the form, even though the technology that made that form possible hadn't even existed when she was born" (154). Dabei wird nicht ganz deutlich, ob der Editor mit "the form" eine bestimmte Art der Musikproduktion meint, die es ermöglicht, die künstlerischen Gedanken direkt aus dem Geist der Kunstschaffenden zu entnehmen und zu einem Produkt zu 'editen', oder doch Lises spezielles Outfit, die Technik des Exoskeletts.

Hier lässt sich noch einmal die Frage nach Lises Körper anschließen. Als Casey Lises Karriere schon eine Weile begleitet, analysiert er ihren Körper und die Prothese genauer: "I learned a few things about her [...] That whatever was wrong with her body was congenital. That she had those sores because she refused to remove the exoskeleton, ever, because she'd start to choke and die at the thought of that *utter helplessness* [...]" (155, Herv. JM). Wie der von Bukatman als "Armored Arnold" bezeichnete T-100 hat auch Lise einen armierten Körper. Damit trägt sie ein traditionell männliches Outfit, das sie, möglicherweise im doppelten Sinne, vor der Hilflosigkeit schützt: vor der Hilflosigkeit als kranker Mensch und vor der Hilflosigkeit, die Frauen im Zusammenhang mit der Bezeichnung als 'schwaches Geschlecht' attestiert wird. "Our high tech Saint Joan" (164) nennt der Protagonist sie liebevoll, in Anspielung auf Jeanne D'Arc als eine der wenigen historisch (und kulturell) verfügbaren Bilder von Kämpferinnen, "with that corrosive, crazy drive to stardom and cybernetic immortality".

Den Trieb nach Unsterblichkeit im Cyberspace wird Lise am Ende befriedigt haben. Wie viele Rockstars ist Lise, wobei ihre körperliche Fragilität den Prozess zu beschleunigen scheint, schließlich ausgebrannt;[64] sie lässt sich – hier löst sich ihr Körper mit der Vollprothese im virtuellen Raum auf – in den Cyberspace einspeisen: "She's sure as hell the first person you ever met who went and translated themself into a hardwired program" (153). Damit lässt sie ihren Körper zumindest physisch endgültig hinter sich und dehnt das *jacking* zur Ewigkeit aus.

Die Übersetzung von Lises Persönlichkeit in ein Computerprogramm erinnert an diverse Grundsatzfragen von Cyberfeministinnen, an Stones: "What happened if you plugged a MPD person into the MUD?",[65] an Sundéns "What happened to difference in cyberspace?" und an "What if Frankenstein's monster was a Girl?". Die dringlichste Frage des Protagonisten nach Lises Einspeisung in den Cyberspace ist jedoch: "If she calls me, is it her?" (165). Caseys Frage beginnt mit einer merkwürdigen Sicherheit um das Fortbestehen Lises weiblicher Geschlechtsidentität, auch wenn sie keinen Körper mehr hat: If *she* calls me ... Erst in der zweiten Hälfte bringt er seine Unsicherheit zum Ausdruck: Is it (really) her?

Einen ersten Antwortversuch gibt ein männlicher Nebencharakter namens Rubin und zeigt große Nüchternheit angesichts der massiven ontologischen Verunsicherung Caseys. Rubin gibt zu bedenken, dass Lise Geld brauchen wird, um den teuren Speicherplatz im Cyberspace zu finanzieren, und deshalb ein neues Album herausbringen wird: "She's taking up a lot of ROM on some

---

64 "Better to burn out than to fade away", wie Neil Young in "Out of the blue" singt.
65 = M.ulti-U.ser D.ungeon oder M.ulti-User D.omain, vgl. S. 191 und 193 dieses Kapitels.

corporate mainframe, and her share at Kings won't come close to paying for what they had to do to put her there. And, you're her editor, Casey. I mean, *who else*?" (166, Herv. JM).

Die von Rubin gestellte Frage, "You're her editor, Casey, who else?" ist lediglich eine rhetorische Frage. Caseys Frage "If she calls me, is it her?" führt jedoch zu grundsätzlichen Fragen danach, wie Geschlecht (im Sinne von Gender) hergestellt wird, was Geschlecht überhaupt bedeutet, und (dies erinnert auch an die Fragestellungen des Falles MPD) in welchem Zusammenhang Körper und Identiät stehen. In "What if Frankenstein's monster was a girl" beschreibt Sundén den Fall einer MUD-Teilnehmerin, die versucht, im Forum keine Aussagen über ihre Geschlechtsidentität zu machen. In diesem Zusammenhang sagt eine andere Nutzerin des Forums über diese Teilnehmer'figur': "I still dont't know if she's a She." Diese Aussage scheint wie eine Antwort – oder eher wie eine *Reaktion* – auf Caseys Frage.

Caseys Frage zielt darauf ab, was von einem Menschen bleibt, wenn sein Geist vom Körper getrennt wird. Das führt zu Grundsatzfragen im Diskurs um Körper und Kultur, mit denen sich TheoretikerInnen von Descartes bis Butler auseinandersetzen.[66] Der Vorwurf Barbara Dudens an Butler, ihr 'Unbehagen der Geschlechter' respektive *Gender Trouble* entwerfe die Frau ohne Unterleib, legt nahe, die Gender Studies seien wieder bei der strengen cartesianischen Trennung zwischen Geist und Körper angekommen. Doch wie Butler schon mit dem Titel von *Bodies that Matter* (1993), ihrer Auseinandersetzung mit der Kritik an *Gender Trouble*,[67] klar macht, geht es nicht um den erneuten Vollzug dieser Trennung, sondern darum, zu zeigen, dass selbst die Materialität des Körpers in bestimmter Hinsicht als hergestellt, als 'Auswirkung von Machtverhältnissen' bezeichnet werden kann:

> [W]hat constitutes the fixity of the body, its contours, its movements, will be fully material, but materiality will be rethought as the effect of power, as power's most productive effect. And there will be no way to understand gender as a cultural construct which is imposed upon the surface of matter, understood either as 'the body' or its given sex. Rather, once 'sex' itself is understood in its normativity, the materiality of the body will not be thinkable apart from the materialization of that regulatory norm. 'Sex' is, thus, not simply what one has, or a static description of what one is: it will be one of the norms by which the 'one' becomes viable at all, that which qualifies a body for life within the domain of cultural intelligibility. (1–2)

Liest man Butlers Worte noch einmal genau und denkt dabei an Lise, so erinnert die Beschreibung dessen, "what constitutes the fixity of the body, its

---

66 Vgl. dazu bspw. Sundén, "She-Cyborg".
67 Mit *Undoing Gender* (2004) wird die Auseinandersetzung zur Trilogie.

contours, its movements", – das heißt, die regulierenden Normen des 'biologischen Geschlechts'[68] – an das Exoskelett.

Was bedeutet Butlers zentraler Gedanke, dass das biologische Geschlecht und die Geschlechtsidentität nicht in kausalem Zusammenhang stehen, das biologische Geschlecht jedoch eine Norm ist, die einen Körper 'kulturell intelligibel' macht, für die Frage danach, wer Lise ist, wenn sie ihren Körper inklusive Exoskelett hinter sich gelassen hat? Die Cyberfeministin Sundén gibt, wie Mark in Zusammenhang mit dem Begriff *disembodiment*, zu bedenken, dass der Mensch, der vom *meat space* aus seinen Online-Avatar bedient, schließlich nicht aufhört, in eben diesem 'Raum des Fleisches' zu existieren, inklusive all seiner Einschreibungen: "[T]he material body marked by gender, race and class not only forms the physical ground for the cyberspace traveler, but is also clearly introduced and reproduced in the new electronic spaces it inhabits" (225).

Lise hängt nicht an einem Draht wie P. Burke, sie gibt ihren Körper auf, aber dennoch gibt es eine unsichtare Verbindung zu ihrem Körper, die eine strukturelle Ähnlichkeit zu Marks Konzept der *foreground-background*-Beziehung herstellt. Bei Lise ist nur die Gleichzeitigkeit der Zustände verschwunden: Sie sitzt nicht mehr an einem Rechner und 'steuert' ein Avatar, sie existiert in Caseys Erinnerung – mit ihrem seltsamen Körper, den das Exoskelett durch den Raum trägt, ihren Eigenschaften als *fembot/ girl monster*-Hybrid. Das heißt, die Antwort an Casey könnte lauten: *Yes. It is her*. Und sie würde auch lauten: *She is a She*. Ihr soziales Geschlecht, das ihr die gesellschaftlichen Konventionen zuschreiben, ist Teil der Erinnerung an Lise.

"Why should our bodies end at the skin, or include at best other beings encapsulated by skin?" stellt Butler ihrer Einleitung zu *Bodies That Matter* voran, ein Zitat, das aus Haraways "Manifesto for Cyborgs" stammt. Während P. Burke in doppeltem Sinne "encapsulated" ist, in ihrem Körper und in der *plug-in*-Station, könnte Lises 'Übersetzung in den Cyberspace' ein Ansatz sein, den Körper nicht mit der äußersten Hautschicht enden zu lassen. Der Gang in den Cyberspace bedeutet nicht, den Körper ganz hinter sich zu lassen; es ist das Konzept des Körpers, das sich ändert – "materiality will be rethought".

Wenn man nun die Erzähler beziehungsweise Reflektorfiguren im Kontext von Gibsons Werken der letzten zwanzig Jahre betrachtet, lässt sich eine Entwicklung hin zu einer ausgeprägten *gender-consciousness* beobachten. Bereits die Wahl der Namen ist aufschlussreich: Der klassische, männliche *console cowboy* in *Neuromancer* (1984) heißt Case. Der 'ontologisch verunsicherte'

---

68 Vgl. *Körper von Gewicht* (dt. Fassung) 22. Vgl. dazu auch Foucault zum Stichwort der 'Bio-Macht', in *Der Wille zum Wissen. Sexualität und Wahrheit*. Bd. 1 (1977).

männliche Editor in "The Winter Market" (1986), den die Frage "If she calls me, is it her?" umtreibt, heißt Casey. Im realistischen Roman[69] *Pattern Recognition* (2005) ist die Reflektorfigur eine weibliche *Loner*-Figur, die Cayce heißt, beinahe ein Anagramm von Casey und phonetisch beinahe deckungsgleich mit *Neuromancers* 'Case'. Der intertextuelle Bezug zum Gesamtwerk wird in *Pattern Recognition* hergestellt, als Cayce sich – beginnend mit dem ersten Satz aus Melvilles *Moby Dick* – einem jungen Mann vorstellt: "'Call me Ishmael,' [Cayce] says, walking on. 'A girl's name?' Eager and doglike beside her [...]. 'No, it's Cayce.' 'Case?' 'Actually,' she finds herself explaining, 'it should be pronounced 'Casey,' like the last name of the man my mother named me after. But I don't'" (32).

Vergleicht man die Perspektiven in *Neuromancer* (1986), *Idoru* (1996) und *Pattern Recognition* (2005), fällt auf, dass sich die Subjektpositionen von einem männlichen zu einem weiblichen Fokus verschieben. Das Agens im Debütroman *Neuromancer* ist männlich. Im Roman *Idoru*, der in den 1990ern erschienen ist, verteilen sich die Subjektpositionen auf einen Mann (Laney) und eine Frau (Chia), die sich kapitelweise ablösen. Im aktuellen Roman *Pattern Recognition* bezieht schließlich eine Frau die zentrale Subjektposition. Beim Blick auf einige Textstellen in *Pattern Recognition* scheint die Besetzung dieser Position mehr als die bloße 'Mustererkennung' eines feministischen literaturwissenschaftlichen Interpretationsansatzes: "At the bar, a few Euromales of the dark-suited sort stand smoking their eternal cigarettes" ist Cayces Perspektive auf eine Gruppe von Menschen in einer Mall. Als Cayce von ihrem Arbeitgeber Hubertus Bigend die Aufgabe erhält, die Macher rätselhafter, im Internet kursierender Clips ausfindig zu machen, ergibt sich folgendes Gespräch, das ganz deutlich die impliziten Zuschreibungen des sozialen Geschlechts thematisiert: "'I want you to find him.' 'Him?' 'The maker.' 'Her? Them?' 'The maker'", antwortet der Arbeitgeber, wie um Cayces 'normenkritische' Frage zurückzuweisen (68).

Als eine Strategie, die Macher oder Macherinnen zu finden, loggen sich zwei (männliche) Freunde von Cayce mit einer ganz bestimmten Online-*alter*-Persönlichkeit in ein Fanforum ein. Zwei Männer werden in der MUD zu einem jungen Mädchen: "Darryl and I, curiosity's cats, began to lovingly generate a Japanese persona, namely one Keiko, who began to post, in Japanese, on that same Osaka site. Putting her cuteness about a bit. Very friendly. Very pretty, our Keiko. You'd love her. Nothing like *genderbait* for the nerds, as I'm sure you well know" (78, Herv. JM).

---

69 Bei *Pattern Recognition* handelt es sich um einen realistischen Roman, der immer wieder in den Horror- und SF-Modus wechselt, bspw. wenn Cayces Chef "metastasierte Zähne" (84) hat.

Cayce selbst ist nicht darauf bedacht, ihre "cuteness" hervorzuheben, also als *female impersonator* beziehungsweise *girl impersonator* aufzutreten, sondern sie sucht Möglichkeiten, den Grad solcher Zuschreibung herunterzufahren, beziehungsweise, zu *neutralisieren*: "The doormen are carefully neutral as she leaves the Hyatt in 501's and the Buzz Rickson's, declining their offer of a car. A few blocks on, she buys a black knit cap and a pair of Chinese sunglasses from an Israeli street vendor [...]. With the cap tugged low, hair tucked up into it, and the Rickson's to zip up and slouch down in, she feels relatively *gender-neutral*" (133, Herv. JM).[70]

Am Ende der Geschichte wird sich das, was Cayce als Kritik an Bigends 'Normdenken' formuliert hat, bestätigen und damit das Normdenken vorführen und entkräften. Die Macher der Clips sind zwei russische Zwillingsschwestern. Eine von beiden macht die Clips, die andere managt ihre Verbreitung. Die Clips stammen von einer Frau, die die Norm noch in mehrfacher Hinsicht unterläuft: Bei einem Bombenattentat, dem die Eltern der beiden Zwillingsschwestern zum Opfer fielen, drang, so die Vorgeschichte, ein T-förmiger Splitter in das Gehirn der Filmemacherin Nora ein. Damit nähert sie sich Gibsons 'futuristischeren', posthumanen Charakteren an. Wie Lise wird sie gerade durch ihre 'Behinderung' zum kreativen Genie.

Pattern Recognition setzt weibliche Subjektivität damit mehrfach in Szene: mit der personalen Perspektive von Cayce, mit der Problematisierung des Geschlechterverhältnisses, mit der Gestaltung der geheimnisvollen Künstlerpersönlichkeiten, die sich schließlich als Frauen herausstellen. *Pattern Recognition* ist feministischer Cyberpunk, um noch einmal auf den eingangs genannten Begriff von Cadora zurückzukommen.[71] Auffällig in Zusammenhang mit Gibsons Werk und Cadigans Roman *Synners* von 1993 ist weniger ein 'unterschiedliches Körperverhältnis der ProtagonistInnen' (wie es Cadora den Texten männlicher und weiblicher Cyberpunk-AutorInnen attestiert). Bemerkenswert ist vielmehr, dass in den 1990ern sowohl in Gibsons als auch in Cadigans Werk multiple Erzählperspektiven auftauchen. Diese Strategie wird in *Synners* radikaler vollzogen als in *Idoru* mit seinem Wechsel zwischen

---

70 Dass es in *Pattern Recognition* nicht zuletzt auch um das Bewusstsein um bestimmte Kategorien geht, die Normen setzen, wird noch deutlicher, als Cayce sich auch explizit mit der Kategorie *class* auseinandersetzt (oder vielmehr, die Auseinandersetzung irgendwann aufgegeben hat): "If there's any one thing about England that Cayce finds fundamentally disturbing, it is how 'class' works – a word with a very different mirror-world meaning, somehow. She's long since given up trying to explain this to English friends [...]. Mostly she manages to ignore it [how class works, JM], though there's a certain way they can have, on first meeting, of sniffing one another's caste out, that gives her the willies" (258).

71 Cadora allerdings hatte den Begriff in Zusammenhang mit Cadigans Werk der 1990er gebraucht.

der Perspektive Laneys und Chias: In *Synners* tritt praktisch mit jedem Kapitel eine neue Reflektorfigur auf, damit entsteht gewissermaßen eine Demokratisierung der Perspektiven. Vor diesem Hintergrund und der Entwicklung von Gibsons Gesamtwerk ist die radikale Betonung der weiblichen Perspektive offensichtlich das Verfahren des 21. Jahrhunderts.

Wenn 'ontologische Unsicherheit' – *Who the hell am I? If she calls me, is it her? How do I know that she's a She?* – der gemeinsame Nenner der MPD- und *virtual reality stories* ist, so ist das Geschlecht des Posthumanen – entsprechend der Entwicklung, die ich in Kapitel 3 in Zusammenhang mit dem *Gothic monster* beschrieben habe – eben nicht 'ohne Gewicht'. Das Geschlecht des Posthumanen ist häufig im monströsen Sinne weiblich. Doch 'monströs' im positiven Sinne: Lise und Nora sind Genies, und wo Lise noch einen männlichen Produzenten braucht, um ihre Imagination tanzen zu lassen, hat Nora, Gibsons aktuellste Figur, nun allein die Imaginationshoheit – sie braucht dazu nur die Hilfe einer anderen Frau, ihrer Schwester, ihrer (im Gegensatz zu Hyde: guten) Doppelgängerin.

Zum Schluss

Während Karin Esders' anregendem Vortrag "Trapped in the Uncanny Valley" (2005), in dem sie an zahlreichen, auch visuellen Beispielen, detailliert eine Reihe seltsamer virtueller weiblicher Figuren vorstellte (die am unheimlichsten erscheinen, wenn sie fast menschenähnlich aussehen, und nach Überschreitung einer bestimmten Schwelle [des namentlichen Uncanny Valley] dann wieder an Unheimlichkeit verlieren), erschien mir meine Frage angesichts des Geschlechts des Posthumanen dringlicher denn je: Es sind Bildwelten entstanden, deren polygone Strukturen in jedweder Form angeordnet werden können, der Kreativität sind praktisch keine Grenzen gesetzt, und Haraway schreibt bereits 1985 vom 'gender-kritischen' Potential des kybernetischen Organismus als kulturellem Mythos. Warum beantworten die neuen Bildwelten die Frage nach dem Geschlecht des Posthumanen nicht damit, dass herkömmliche Geschlechterbilder bedeutungslos werden, sich auflösen, oder, übergangsweise, alte Rollen neu besetzt werden und eine 'Multiplizität von Geschlecht' entsteht? Warum beantworten sie sie in den meisten Fällen damit, dass das Geschlecht des Posthumanen hypermaskulin ist (wie der Terminator 1 mit seiner festen, mechatronischen Körperstruktur) oder hyperfeminin (wie die Computerspiel- und Filmheldin Lara Croft)? Welche literarischen und filmischen Beispieltexte gibt es, die diese Frage anders beantworten?

Terminator 3, in dem zum ersten Mal ein weiblicher Cyborg der Terminator-Flotte beitritt, ist ein solcher Beispieltext. Wenn die Assoziation des Weiblichen mit dem Flüssigen in anderer Hinsicht auch alles andere als zweitrangig ist, spielt es für die repräsentative Bedeutung der Terminatrix nur eine untergeordnete Rolle, ob diese weibliche Figur sich jederzeit auch in eine quecksilbrige Lache und dann in einen Hund oder ein Auto verwandeln könnte. Mit der Gestalt der Terminatrix wird dem hypermaskulinen Terminator 1, "the Armored Arnold", ein neues kulturelles Bild von Weiblichkeit entgegengesetzt. Was den Cyborg als Figuration des Posthumanen anbelangt, lässt sich die Frage nach dem Geschlecht des Posthumanen durchaus im fortschrittlichen Sinn mit 'weiblich' beantworten.

Das binäre Gegenstück, das die Terminatrix zu ihrem männlich aussehenden Vorgängermodell darstellt, kann jederzeit zerfließen und jede beliebige Form annehmen. Damit trifft sie sich trotz ihres hyperfemininen Äußeren durchaus mit einer feministischen Lesart des Cyborg. Die komödienhafte Szene, in der die Terminatrix beim Anblick einer Victoria's Secret-Reklame spontan ihre Brüste vergrößert, kann beispielsweise als ironische Inszenierung dessen verstanden werden, dass auch Körper und damit auch Geschlechter im wahrsten Sinne des Wortes mittels kultureller Einflüsse konstruiert werden. Überdies stellt die Terminatrix den Schöpfungsmythos ganz explizit in Frage: in *Terminator 3* ist es nicht länger ein futuristischer Adam, der nackt aus einem Zeitfenster in die Gegenwart fällt, sondern eine 'Eva', die aus keiner Rippe geschnitten werden muss. Sie selbst ist der Ursprung.

Angsichts der Terminatrix lässt sich ausrufen: der Cyborg ist endlich eine Frau! Wie schon im Zusammenhang mit der Inszenierung des weiblichen Werwolfs gezeigt wurde, ist dieser Zwischenschritt notwendig, bevor sich binäre Geschlechterdifferenzen weiter auflösen können. Was das Phänomen der multiplen Persönlichkeit anbelangt, die das Konzept des Körpers als Refugium der Differenz in Frage stellt, scheint es eine seltsame Form des Fortschritts zu sein, dass weibliche Patientinnen mittlerweile 'männliche Identitäten' ausbilden.[72]

---

[72] Ich habe bereits beschrieben, dass es mir nicht darum geht, eine psychische Krankheit ('Modekrankheit', wie sich zynisch formulieren lässt) als erstrebenswerten Lebensstil darzustellen. Wenn Frauen sich jedoch Identitäten wählen/erschaffen, die beispielsweise aggressiv, laut und raumgreifend auftreten, führt das gewissermaßen die 'Konstruiertheit' der Zuschreibungen 'Mann: Aggressivität' etc. vor. Auf die Frage, wie sich Butlers zentrale Thesen in *Gender Trouble* und *Bodies That Matter* am einfachsten erklären ließen, erhielt ich einmal den Vorschlag, die Worte 'Sex', 'Gender' und 'Begehren' nebeneinander zu schreiben, Gleichheitszeichen dazwischen zu setzen und diese anschließend durchzustreichen: Sex ≠ Gender ≠ Begehren. Das ließe sich auch auf folgende Konstellation anwenden: Körper ≠ Identität ≠ Begehren. Was sich bei der MPD-Patientin als Leiden ausdrückt, scheint wie eine Umsetzung dieses Trennungs-

Bei den virtuellen Persönlichkeiten schließlich ist die Trennung von (biologischem Geschlechts-)Körper, Identität und Begehren größtenteils freiwillig. Das Verhältnis Körper/(Geschlechts)identität bleibt jedoch ein zentrales Thema der Cyberpunk-Narrative. Wenn das Genre Science Fiction "about the brain" ist und Horror "about the body" (Sobchack, Bukatman), ist 'Cyberpunk' wie der (*avant la lettre* entstandene) Text "The Girl who was plugged in" und "The Wintermarket" das Genre, das diese Unterscheidung aufhebt und die Neuordnung des Verhältnisses von Körper und Identität thematisiert.

Weder "The Girl" noch "The Wintermarket" sind Geschichten einer Befreiung vom Unbehagen der Geschlechter; sie sind jedoch Geschichten, die sich mit dem Ausmaß dieses Unbehagens auseinandersetzen. Möglicherweise liegt in beiden auch eine Antwort auf die Frage: "What if Frankenstein's Monster Was a Girl?" Wenn Frankensteins Monster ein Mädchen wäre, könnte sie sein wie Lise oder P. Burke. Beide verkörpern unterschiedliche Eigenschaften des Monsters. Das weibliche Frankenstein-Monster der 1970er hat am Ende keine Handlungsmöglichkeiten mehr, noch nicht einmal Rache. "The girl who was plugged in" *wird* 'eingestöpselt', während Lise, das Frankenstein-Monster der 1980er, sich selbst in ein Computerprogramm übersetzt ('translated [herself] into a hardwired program') und ihren Schöpfer Casey damit massiv verunsichert. Lise ist Virginia Woolfs Entwurf von Shakespeares Schwester erstaunlich ähnlich, wenn der *editor* die Gefangenschaft ihres Genies in ihrem versehrten Körper beschreibt: "how many thousands, maybe millions, of phenomenal artists have died mute, down the centuries, people who could never have been poets or painters or saxophone players, but who had this stuff inside, these psychic waveforms waiting for the circuitry required to tap in". Shakespeares Schwester gehört zu den stumm gestorbenen Künstlerinnen, die 'körperliche Störung', die sie hinderte, ihr Genie zu entfalten, war nichts anderes als ihre weibliche Geschlechtszugehörigkeit. Lise ist am Ende der Geschichte weiter, sie steht für die Frau des späten 20. Jahrhunderts, die politisch durchschlagende Emanzipationsbewegungen durchlaufen hat. Sie schafft sich selbst neue Handlungsmöglichkeiten, indem sie die Verbindung zu ihrem Körper im *meat space* kappt.

Auch im gegenwärtigen Alltag sind stereotype (Geschlechter)rollen noch wie mit unsichtbaren Drähten an uns befestigt, ähnlich wie bei P. Burke, die mit Drähten an ihrem *remote* hängt. "The Girl who was plugged in" ist in dieser Hinsicht sogar auf der Ebene der Produktion ergiebig, denn der berühmte SF-Autor James Tiptree ist das Pseudonym der Autorin Alice Sheldon.

---

versuchs. Die Trennung bedeutet nicht, dass eine der Komponenten wegfällt. Sie stehen nur nicht in einem unmittelbaren, kausalen Zusammenhang. Ich danke Carsten Junker und Julia Roth, die mich auf diese Möglichkeit der Schematisierung hingewiesen haben.

Bereits Sheldon selbst hat die vermeintlichen Kausalitäten zwischen Körper und (biologischem) Geschlecht und Identität/Fähigkeiten als Ergebnis von Vorannahmen entlarvt, indem sie Silverberg in einem Vorwort zur Sprache kommen ließ: "It has been suggested that Tiptree is female, a theory that I find absurd".[73] Auf der Erzählebene von "The Girl" wird die Absurdität und die Zumutung dieser Zuschreibungen in groteske Bilder gefasst. Wenn die Gleichheitszeichen zwischen Sex, Geschlechtsidentität und Begehren, die den kausalen Zusammenhang und damit die Zuschreibung symbolisieren, jedoch durchgestrichen werden können und der Kausalzusammenhang zwischen Körper und Identität sich als Setzung verweist, zeigt sich einmal mehr, dass sich 'die Drähte mittlerweile lösen lassen', ohne daran sterben zu müssen.

"Only SF and fantasy literature can show us women in entirely new or strange surroundings [and] can explore what we might become" hatte Pamela Sargent 1975 formuliert. Gibsons technisch versierte, wehrhafte, mit einem ausgeprägten kritischen Bewusstsein ausgestattete Protagonistin Cayce in *Pattern Recognition* ist in der Gegenwart angekommen.

---

73 Vgl. Kap. 1, S. 35.

Kapitel 5

Monströses Erzählen – Sprache des Unsagbaren: Elfriede Jelineks *Die Kinder der Toten* (1995) und Toni Morrisons *Beloved* (1987)

> What better motto for automobile license plates in Québec than Je me souviens? – I remember. Memories of the holocaust and of slavery must be passed on to new generations.
> *Ian Hacking*, Rewriting the Soul

> Leicht aufzuritzen ist das Reich der Geister
> Sie liegen wartend
> unter dünner Decke
> Und leise hörend
> stürmen sie herauf
> *Friedrich Schiller*, Die Jungfrau von Orleans

> She Was A Stranger Among The Living.
> *Werbezeile des Films* Carnival of Souls, 1962

Einstieg

"Memories of the holocaust and of slavery must be passed on to new generations", schreibt Hacking in seiner Einleitung zu *Rewriting the Soul*. Mit dem Begriff der Erinnerung und der Notwendigkeit dieser Erinnerung werden zwei historische Verbrechen verbunden, deren Vergleich sonst äußerst problematisch wäre: Das Verbrechen weißer US-Amerikaner an der afroamerikanischen Bevölkerung wird in Alltagsdiskussionen häufig gegen das Verbrechen der Nationalsozialisten an den Juden aufgewogen. Wenn ich nun den Holocaust und die Sklaverei zusammenbringe, indem ich über Jelineks *Die Kinder der Toten* und Morrisons *Beloved* spreche, geht es mir in keinem Punkt darum, beide Verbrechen zu vergleichen, denn Völkermorde sind nicht relativierbar. Was jedoch verglichen werden kann, sind Strategien des Erinnerns und des Weitergebens von Erinnerungen: "There is a productive, if difficult point of [...] closeness", schreibt Sabine Bröck 1999 in *White Amnesia – Memory?*, "between Jewish Holocaust memory work and Black and Third World diasporic texts in their shared engagement for cultural processes to transcend amnesia" (25).

Mit Jelinek und Morrison haben wir zwei Autor*innen*, die Erinnerung an die historischen Traumata ihrer Herkunftsländer im Modus des *Gothic horror* zur Sprache bringen. Was bedeutet es, wenn beide Autorinnen die Vorgänge des Verdrängens und Erinnerns mit monströsen, untoten Figuren inszenieren, die Zombies, Geistern und Vampiren gleichen, und sich damit in ein Genre mit einer speziellen Tradition 'gegenderter' Imaginationshoheiten einschreiben? Welchen Traditionen des *Gothic horror* folgt die jeweils sehr eigene Terminologie der Autorinnen? Was bedeutet es, wenn auch eine Autorin wie Morrison sich auf ein Genre bezieht, das nicht zuletzt für eine weiße Schreibtradition steht? Wie gelingt es den Autorinnen, Erinnerungs- und Ausdrucksformen für historische Grauen zu finden, die wiederum – zumindest aus bestimmten Perspektiven – mit einer Tradition des Verdrängens und Verschweigens behaftet sind?

Beide Romane haben eine Reihe von Gemeinsamkeiten, die wesentlich darin bestehen, wie die Autorinnen Motive und Mittel des Horrors mit dem Erinnern verdrängter Geschichtsverbrechen verknüpfen. Der US-amerikanische Film *Carnival of Souls* (1962) von Herk Harvey könnte für beide Texte eine Inspiration gewesen sein. "She was a stranger among the living" ist die Schlagzeile, mit der der Film beworben wird. Diese Beschreibung trifft auf viele Frauenfiguren Jelineks zu, von Carmilla aus *Krankheit oder moderne Frauen* über Erika Kohut aus *Die Klavierspielerin* bis zu Gudrun aus *Die Kinder der Toten*, und sie trifft ganz wesentlich auf die Figur Beloved aus Morrisons gleichnamigem Roman zu.

Hans Schifferles Beschreibung von *Carnival of Souls* in *Die hundert besten Horrorfilme* weist Gottfried Benns Worten "Kommt, reden wir zusammen, wer redet ist nicht tot" die Bedeutung eines Mottos zu:

> Mary Henry ist die einzige Überlebende eines bizarren Autounfalls. [...] Sie verliert zunehmend den Kontakt zu ihrer Umwelt. Ein totenbleicher Mann verfolgt sie, den nur sie sehen kann [...] [D]ie Straßenszenen sind manchmal von fast dokumentarischer Qualität. In diesem Realismus situiert Harvey das Traumhafte und das Unheimliche. Unvermittelt taucht der zombiehafte Mann [...] vor Mary auf: Jedermann als Todesbote. Faszinierend und beklemmend sind die Szenen, in denen Mary nicht mehr wahrgenommen wird von ihren Mitmenschen. Mit Gottfried Benn scheint sie zu rufen: '*Kommt, reden wir zusammen, wer redet ist nicht tot.*' Doch niemand hört sie. Harveys Film spielt mit Subjektivität und Objektivität. Es fällt schwer zu unterscheiden, ob Mary der Zombie ist oder die Leute um sie herum. [...] Der Film ist inspiriert von Ambrose Bierces berühmter Erzählung "Ein Vorfall an der Owl Creek-Brücke". (Schifferle 34, Herv. JM) (Bild 18a, 18b)

Die Sehnsucht, gehört zu werden, treibt Mary um, und die Bedeutung des Sprechens verbindet auch die Poetiken Jelineks und Morrisons.

Der Einfluss des Films auf Jelineks Schreiben ist dokumentiert: Die Kritik des Films, die Jelinek 1997 im *Meteor* veröffentlicht hat, ist eine regelrechte Poetik des Romans *Die Kinder der Toten*. Jelinek schreibt, dass die Frau, die wiederkehrt, nachdem sie mit ihrem Wagen im Wasser verunglückt war, fortan von einem "befremdlichen Stimulus" umgetrieben wird. Sie beschreibt die

Frau, Mary, als eine, "die lebt und auch wieder nicht, da sie schon im Leben nicht gelebt hat" (2).[1]

Bild 18a. Mary. Kurz nach dem Autounfall.

Bild 18b. Marys charakteristischer Blick.

Die mit dem Film verbundenen Assoziationen weisen auch in Richtung des Romans *Beloved*. Jelinek könnte, wenn sie sich auf den Film *Carnival of Souls* bezieht, auch *Beloved* meinen, und die Figur Beloved könnte auch von Mary inspiriert sein. Schon allein das Stichwort 'Carnival' lässt aufhorchen: Beloved manifestiert sich, nachdem ihre Mutter einen "Carnival for Coloreds" besucht hat. Mary aus *Carnival of Souls* steigt nach einem Autounfall aus einem See, und auch Beloved kommt – ungesehen von ihrer Umwelt, nur die auktoriale Stimme hat die Autorität, sie zu sehen – aus dem Wasser: "A fully dressed woman walked out of the water. [...] Nobody saw her emerge" (50). Weibliche Figuren, die in einem Zwischenreich zwischen Leben und Tod gefangen sind, spielen nicht nur bei Jelinek, sondern auch bei Morrison eine werkübergreifende Rolle. In Morrisons späterem Roman *Love* wird die Erzählerin L., wie schließlich klar wird, deshalb nicht von ihrer Umwelt wahrgenommen, nicht gehört, weil sie ein Geist ist. Die Geisterexistenz gleicht der Existenz aus der Gesellschaft ausgegrenzter Menschen. Mit den Figuren in *Carnival of Souls*, *Beloved* und *Die Kinder der Toten*, die mit Gedächtnisverlust, schmerzvoller Erinnerung und Ausgrenzung ringen, nimmt ein Gefühl existenzieller Unsicherheit Gestalt an.

Um prozesshaft nachzuvollziehen, dass es beiden Autorinnen auch darum geht, das Grauen für die Lesenden fühlbar zu machen, richte ich ein besonderes

---

1 Elfriede Jelinek, Zu *Carnival of Souls*. Meteor 1997. Der Artikel ist auf Jelineks Homepage zu finden: http://ourworld.compuserve.com/homepages/elfriede/. (Seitenangaben beziehen sich auf die drei Seiten der ausgedruckten Version).

Augenmerk auf die Bausteine, die die (veränderliche) Grundstruktur des *Gothic horror* bilden und spüre Jelineks und Morrisons Adaptionen und Modifikationen dieser Grundstruktur nach: Wie werden klassische Motive – Zombie, Geist – inszeniert? Wie werden 'Abjektes' und 'Ekelhaftes' eingesetzt? Mit welcher Terminologie wird das Grauen nicht nur in Worte gefasst, sondern auch für die Lesenden fühlbar gemacht (ich erinnere an Williams' Begriff von Horror als "body genre")? Inwiefern gehören Strategien der Verunsicherung dazu, das heißt, wie wird die klassische Strategie fantastischer Texte eingesetzt, die Lesenden im Unklaren darüber zu lassen, ob etwas 'Übernatürliches' vorgeht, oder ob es sich nur um etwas scheinbar Übernatürliches handelt, das doch erklärlich ist? Wie geht Jelinek mit dem 'unsäglichen' Verbrechen um, wie Morrison mit "things too terrible to relate" ("Site of Memory" 111), mit "Unspeakable Things, Unspoken"?

Zu fragen ist schließlich, inwiefern nicht nur von Monstern erzählt wird, sondern die Texte insgesamt zum Ausdruck eines im positiven Sinne monströsen Erzählens werden, das sich mit Wucht in herkömmliche Traditionen des *Gothic* einschreibt. In welchem Verhältnis steht das monströse Erzählen zu Fragen narrativer Autorität, zu traditionellen Genredefinitionen und der mit diesen Definitionen verbundenen Vorstellungen bestimmter Imaginationshoheiten? Bietet das monströse Erzählen die Möglichkeit einer Sprache, das Unsagbare zu benennen?

Elfriede Jelinek: *Die Kinder der Toten* – "Eine Geschichte, die nie ganz sterben kann und nie ganz leben darf"

Die Rückkehr der "Alpenzombies": Jelineks neuer Hypertext des Horrors

In *Die Kinder der Toten* erreicht der Bezug zu Genrevertretern des klassischjenseitigen Horrors eine neue Qualität. Das zeigt sich etwa mit der thematischen Annäherung an Stephen Kings Horrorroman *Pet Sematary*. Edgar Gstranz, eine männliche Hauptfigur Jelineks, gleicht der King'schen Figur des beim Joggen von einem Auto erfassten Victor Pascow, der dem *Pet Sematary*-Protagonisten Louis Creed als warnender Wiedergänger in blutiger Sportkleidung erscheint und seine tödliche Kopfverletzung offen zur Schau trägt. King stellt seinem dreiteiligen Roman jeweils Bibelverse über Lazarus voran.

Jelinek nennt Edgar "ein[en] Lazarus, der [...] sein Brett auf Rädern nimmt" (KdT 33).[2]

Schon in Zusammenhang mit den Vampirinnenfiguren in *Krankheit oder moderne Frauen* spricht Jelinek von einer besonderen gesellschaftskritischen Funktion jenseitig-fantastischer Figuren:

> In späteren Texten wende ich [die] Chiffre der Untoten auf unsere Geschichte an, die nie ganz tot ist und der immer die Hand aus dem Grab wächst. Wie dem 'Eigensinnigen Kind' aus dem Grimmschen Märchen. Da muß die Mutter mit der Gerte draufschlagen, und dann zieht das Kind die Hand wieder ins Grab hinein. Eine Geschichte, die nie ganz sterben kann und nie ganz leben darf, weil es nicht zugelassen wird, daß wir sie nicht noch einmal leben, sondern daß wir in irgendeiner Form an ihr arbeiten. Wir müssen uns an dieser Geschichte abarbeiten, und wenn es kein Gedicht nach Auschwitz geben darf, dann würde ich sagen, es darf auch kein Gedicht geben, in dem Auschwitz nicht ist. Es muß immer da sein, auch wenn es weg ist. Und man wird trotzdem nicht fertig werden damit. (Jelinek, "Republik" 90)

In die *Kinder der Toten* wird die 'Chiffre der Untoten' mit Gestalten besetzt, die in ihrer unablässig zerfallenden Fleischlichkeit noch bedrohlicher wirken als die Vampirinnen in *Krankheit oder moderne Frauen*. Als ausgewiesene Horrorgestalten unterscheiden sich der sportliche Untote Edgar Gstranz, ebenso wie die untoten weiblichen Hauptfiguren Karin Frenzel und Gudrun Bichler, auch von Erika Kohut in *Die Klavierspielerin*. Bei deren Darstellung – "Zwischen ihren Beinen Fäulnis, gefühllose weiche Masse. Moder, verwesender Klumpen organischen Materials [...]. Erika läuft dahin. Bald wird diese Fäulnis fortschreiten und größere Leibespartien erfassen" (198) – spielt Jelinek ebenfalls mit einer Terminologie des Horrors, aber die Erzählebene ist die der Realität. Erika Kohut lebt, mit welcher Qualität auch immer; alles Unlebendige an ihr ist im übertragenen Sinne zu verstehen. In *Die Kinder der Toten* wird das Thema der gebrochenen, gestörten Ordnung immer wieder in die programmatische ontologische Unsicherheit des Jenseitig-Fantastischen überführt, kommentiert von einer extradiegetischen Erzählinstanz: "Die Realität ist auch nicht mehr das, was sie mal war" (KdT 168).

Ähnlich wie zu *Die Klavierspielerin* verhält sich *Die Kinder der Toten* auch zu Thomas Bernhards Roman *Auslöschung. Ein Zerfall* von 1986.[3] Wie

---

2   Für Jelineks *Die Kinder der Toten* verwende ich mit KdT die einzige Sigle dieser Arbeit, da in diesem Kapitel in dichter Folge auch kurze Textabschnitte zitiert werden. Da diese Abschnitte meist nicht abgesetzt werden, könnte die stetige Wiederholung des abgekürzten Romantitels "*Kinder*" den Lesefluss stören.

3   Da *Auslöschung* zwar nur ausschnitthaft behandelt wird, Bernhards Werk und Rezeption jedoch eine wesentliche Rolle in der Auseinandersetzung mit Jelineks Schreiben spielt, hier nur der Verweis auf eine Auswahl an weiterführender Literatur zu Bernhards Werk, insbesondere *Auslöschung*: Jens Dittmar, *Thomas Bernhard. Werkgeschichte* (1990), Josef Donnenberg, "Thomas Bernhard und Österreich" (1970), Irene

Beloved und *Die Kinder der Toten* haben beide Romane deutliche Gemeinsamkeiten. Unter der Oberfläche des ländlich-idyllischen Österreich liegt das verdrängte Grauen des Nationalsozialismus, und es vollzieht sich ein Prozess des Aufbrechens, dem – hier wieder die thematische Verbindung zum Film *Carnival of Souls* – das Ereignis eines Autounfalls voransteht. In *Die Kinder der Toten* jedoch sind es nicht in erster Linie kognitive Schranken, die aufbrechen, es sind nicht nur Erinnerungsbarrieren, die niedergerissen werden, wie es beim Bernhardschen Protagonisten F. J. Murau der Fall ist. Das 'Grauenhafte unter der Oberfläche', das bei den Bernhardschen Protagonisten Teil ihres Seelenlebens ist, wird wörtlich genommen – es wird manifest. Die Toten entsteigen der Erde im Umkreis der Steiermärker Pension Alpenrose und kehren ins Leben zurück.

Wie die Nähe zu King schon andeutet, bezieht sich *Die Kinder der Toten* als "extremes intertextuelles Verweissystem" (Löffler, *SZ* 11.8.1995) in spezieller Weise auf Texte diesseitigen und jenseitigen Horrors in Schrift und Film. Während Hahn und Dorn in *Ein Mann im Haus* und *Die Brut* akzentuiert Filmklassiker wie *Psycho*, *Rosemarys Baby* oder *Alien* zitieren, schöpft Jelinek aus dem Vollen jenes Verweissystems, zu dem sich Motive des Horrors im Laufe einer langen Entwicklungsgeschichte zusammengesetzt haben, aufgeladen mit den vergeschlechtlichten Definitionen des *Gothic* wie der Vorstellung vom männlichen Horrorfilmfan. Aus dem 'kanonisierten' Horror Poes wie aus umstrittenen (Splatter-)Filmen, aus Versatzstücken von Formulierungen, die an Bernhards Maler Strauch erinnern, bis zu Reminiszenzen an populäre Genre-Figuren wie Kings Victor Pascow oder George Romeros Zombies in *Dawn of The Dead* (1978) entsteht ein neuer Hypertext des *Gothic horror*:

> Mutter Mutter, erkennst du mich nicht? Ich bin zwar kein Sohn, aber tot bin ich schon. [...] Auf der Anderen Seite verbreiten die großen Scheiterhaufen einen solchen Gestank, daß die Gegend im Umkreis von vielen Kilometern verpestet ist. Es verbrennt diese Frau oder wenigstens die Erscheinung dieser Frau. Ihre Lippen verdorren bereits, ziehen sich von den Zähnen zurück, und die Gestalt grinst, während die Lider von den Augäpfeln herunterschmelzen [...]. (KdT 488)

Je mehr sich die Murkatastrophe nähert, die Jelineks 666 Seiten lange Erzählung beschließt, desto offener präsentieren sich die lebenden Toten als Horrorgestalten. Im Gegenschnitt dazu werden die lebenden Figuren konsequent ignorant gezeichnet – wie die zu Beginn des Zitats angerufene Mutter, deren Weigerung zu erkennen, dass mit ihrer Tochter etwas ganz und gar nicht stimmt, ein Bild für die Verdrängungsleistung der deutschen und österreichi-

---

Heidelberger-Leonard, "Auschwitz als Pflichtfach für Schriftsteller" (1995), Hans Höller, "Politische Philologie des Wolfsegg-Themas" (1995) sowie Hans Höller und Matthias Part, "Auslöschung als Antiautobiographie".

schen Nachkriegsgenerationen ist. Dazwischen geschnitten werden explizite intertextuelle Bezüge, wie zu *Die Andere Seite*, der fantastischen Erzählung des Malers Alfred Kubin; und, wie Werbebilder, die dem Zuschauer ins Unbewusste dringen sollen, der Horror des Diesseits – in der Rede von den großen Scheiterhaufen, die an Krematorien erinnern.

Zombies sind, wie Hans D. Baumann sie nennt, "prädestinierte Erscheinungsformen des modernen Horrors". "Jeglicher Individualismus", spezifiziert er diese Art lebender Toter, "ist ihnen fremd, sie erscheinen als Masse, die einheitlich handelt, ohne Planung und Leitung, aber zielstrebig und effektiv [...]. Sie [...] zerreißen ihre Opfer in lustloser Aggression" (307–308). Wenn Jelineks Untote die Bergidylle frei von jeglicher Subjektivität in einen unheimlichen Ort verwandeln, sind sie genrenah und zugleich nah an der Realität des 20. Jahrhunderts. Sie sind Übersetzungen unterschiedlicher Ausprägungen des Faschismus und Jelinek'sche Prototypen, Konzentrate des Gesamtwerks: Edgar, den Ulrich Weinzierl in seiner Rezension "Blutalmenrausch" (*FAZ* 19.8.1995) treffend als "Pisten-Aas" bezeichnet, ist der Vertreter eines "böse verburschten Patriarchats" (Löffler, *SZ* 11.8.1995); die Splatterszenen, die die von ihrer Mutter in strenger "Mammarchie" (KdT 308) gegängelte Karin und Gudrun als grotesken Reigen durchexerzieren, sind auch als Reminiszenzen an die misogynen Anteile der Pornographie zu lesen: "So wollen wir die Frauen: daß man an jeder Stelle in sie hineinsehen kann" (KdT 261).

So durchzieht ein besonderes Spannungsfeld den Text, zwischen Metapher ('Chiffre') und Manifestation, zwischen dem diesseitigen Horror gesellschaftlichen Unrechts (des mörderischen Antisemitismus, aber auch des Sexismus, der sich in den Zerteilungsorgien um Gudrun und Karin ausdrückt), und Darstellungen, die wie Bilder eines jenseitigen Horrorfilms funktionieren, wo Urängste vor Tod und Zerfall in Gestalt des Zombies oder zerteilter Körper für die Betrachterin ganz unchiffriert manifest werden.

"[W]ir müssen sehen und auch wieder nicht (wie oft hab ich zwischen den Fingern dann doch durchgelugt, das gilt aber nicht!), aber auch wenn wir nicht hinzusehen wagen – was wir sehen sollten ist trotzdem DA!", charakterisiert Jelinek in ihrer Filmkritik zu *Carnival of Souls* (1) die Besonderheit des Horrorfilms. Im Widerstand gegen das Gesehene trifft sich der Zuschauer des Horrorfilms mit den ignoranten Lebenden in *Die Kinder der Toten* und mit den Geschichtsverdrängern der Nachkriegszeit. Jelineks Zombies durchbrechen den Reizschutz der Rezipienten mit Wucht.

Die Drastik des Zombie-Themas ist eingefasst in einen Wortschatz des Zerfalls und der Vernichtung. So entsteht Jelineks exemplarischer Hypertext des Horrors nicht nur durch den Rückgriff auf bestimmte Motive wie den Zombie, sondern auch in der Überspitzung und Konzentration von ohnehin extremen Erzählpraktiken besonders des jüngeren *Gothic horror* wie dem Splattergenre und dessen Appell an das menschliche Ekelgefühl. Jelineks

Schilderungen des Ekelhaften sind beispielhaft für die Kategorisierungen, die Kolnai in seiner grundlegenden Bestimmung des Ekels vornimmt. Dazu gehört der physische Ekel vor Insekten: "Männer und Frauen, durchsichtig wie Gudrun [...] quellen aus der steinernen Larvenhaut hervor [...], ein Brütlager [...] ist diese Ruine hier für die von diesem gesegneten Muttergottes-Staat als Ausschuß Verworfenen [...], [d]iese wimmelnden Larven und Lemuren" (KdT 461). Das Unheimliche der Formulierung wird noch vertieft, wenn die von organischem Verfall kündenden Larven mit einem weiteren symbolträchtigen Tier in einem Atemzug genannt werden, dem Halbaffen, in dessen Namen Nachtmahr und Hirngespinst anklingen.[4]

Den meisten Raum nehmen jedoch Darstellungen der Fäulnis ein, der nach Kolnai ersten Kategorie des physisch Ekelhaften. Sie werden in unterschiedlichen Wortschätzen präsentiert, besonders aber in mikrobiologischer und medizinischer Fachsprache: "Edgar [...] geht, um [...] dieser Allesfresserin [Natur] dasselbe aufgewärmte Essen [...] noch einmal zu servieren, [...] einen Nachschlag, in welchem sich inzwischen freundliche Wesen räkeln: yersinia enterocolitica, salmonella enteritidis, salmonella Panama, haemorrhagische colitis [...] und e.coli 0 157: H7" (KdT 34).

Wie in *Auslöschung* wird die Vergänglichkeit und Verletzlichkeit des menschlichen Körpers generell mit einer an Poe'sche Erzähler erinnernden Präzision geschildert. Dem 'nur noch an einem Fleischfetzen hängenden' Kopf der Mutter in *Auslöschung* entspricht in *Die Kinder der Toten* die Schilderung der Unfallfolgen für den Chauffeur eines Unglückswagens: "Der Chauffeur ist eingeklemmt und klebt hinter seinem Lenkrad, das ihm den Brustkorb zerquetscht hat, aus dem Mund rinnt noch etwas Flüssigkeit" (KdT 11). Die Schilderungen sind jedoch nicht einzelne schockierende Spitzen, wie in *Auslöschung*, sondern durchgängig bestimmend für eine lückenlose Sprache der Gewalt, des Ekels und des Hasses: ein Gesicht ist nichts weiter als ein "Fett- und Knochenbeutel" (KdT 98), Gedanken wimmeln im Kopf wie Würmer (vgl. KdT 171), Kaffeesatz erscheint als "längst gestocktes Blut" (KdT 184), Edgar wischt seine Hände ab an der "grüne[n] Verwesung der Grasrispen" (KdT 192).

---

4 Bernhards Protagonist Murau nutzt den Begriff in *Auslöschung* zur Bezeichnung seiner Verwandten: "Caecilia hat außerdem die Eingangstür zum ersten Stock abgesperrt auf meinen Wunsch, *damit die Lemuren nicht hereinkönnen*, habe ich gesagt" (Bernhard, *Auslöschung* 525). Auch der Name Murau selbst ist nicht nur ein Ort in der Steiermark und ein Konglomerat der Namen Maria und Saurau, er trägt auch selbst die als Albtraumsymbole gekennzeichneten Halbaffen im Namen, zusammen mit der häufigsten österreichischen Naturkatastrophe, von der der Fürst Saurau aus Bernhards *Verstörung* besessen ist: "diese riesige Mure!" (Höller, "Menschen" 218; Bernhard, *Verstörung* 116). Auch *Die Kinder der Toten* endet mit dem Niedergang einer riesigen Mure.

Die Terminologie des Ekelhaften findet Entsprechung im Wortfeld der Verflüssigung als Aggregatzustand des verwesenden Körpers: "Kraft des Abgrunddunkels, die den Lehm des alles verschlingenden Feuchten mit sich führt […]. Die Wasser regieren, sonst regiert niemand. Die Lüfte werden vom Wetter verwaltet, aber das Wasser herrscht allein" (KdT 575). Bei einer Vielzahl von Aspekten der Figuren gibt es eine nüchterne Aussage, die alle Widersprüche auf einen Nenner bringt und im Grunde zur Nichtigkeit erklärt: "Der Mensch ist nichts als eine Erscheinungsform von Wasser" (KdT 494), und andererseits "bedeutet es [für uns] den Tod, Wasser zu werden" (KdT 589). Die stetige Verknüpfung von Figuren und Fluten ruft Theweleits 'Klassiker zum Faschismus' *Männerphantasien* auf. So wird etwa der Themenkomplex des ersten Bandes "Frauen, Fluten, Körper, Geschichte" angedeutet, wenn Karin Frenzel auf ihrem Untotenstreifzug durch die Wälder ihrer Doppelgängerin begegnet: "Frau Frenzel muß also dem Wasser und dieser Wasserfrau, denn diese und das Wasser gehören zusammen, das weiß Karin instinktiv, ausgefolgt werden" (KdT 100). Das Wortfeld der Flut impliziert einen Diskurs, der sich zum Zusammenhang von Flut, Massenwahn, Faschismus kanalisieren lässt. Jelineks Einsatz von Technologien des *Gothic horror*, Motiven und Erzählpraktiken, ist beispielhaft für einen neuen Umgang gerade von Autorinnen mit dem Genre. Gleichzeitig wird eine eventuelle Lust am Grauen unablässig in Frage gestellt, etwa wenn die Darstellung des Zombies in ein Wortfeld der Verflüssigung gefasst wird, das die Assoziation dieser Figuration als Teil einer 'Masse, die einheitlich handelt' mit der faschistischen Masse offensichtlich macht.

Funktionen des Unsagbarkeitstopos

Im Gegensatz dazu, dass in *Die Kinder der Toten* ständig eher spektakuläre, zweidimensionale Schreckensvorstellungen verbalisiert werden, steht auch der Einsatz des 'Unsagbarkeitstopos'. Der Unsagbarkeitstopos ist ein häufig gebrauchtes Mittel des Horrortexts, etwa in Turgenjews "Gespenster" (1863): "[I]ch sah etwas unsagbar Grauenhaftes […]. Etwas Schwerfälliges, Finsteres, aus dem Gelblichen ins Schwarze Spielendes und wie ein Eidechsenbauch Geschecktes kroch langsam und mit Schlangenbewegungen über die Erde hin und war nicht Wolke und nicht Rauch" (168). Bei Lovecraft findet sich 1926 eine ähnliche Form der Darstellung: "The Thing can not be described – there is no language for such abysms of shrieking and immemorial lunacy, such eldritch contradictions of all matter, force, and cosmic order" (Lovecraft, "Cthulhu" 95). Dennoch nähert sich Lovecraft der Darstellung jener unvorstellbaren Kreaturen wiederholt über die Beschreibung tintenfischartiger Tentakelwesen an, wie etwa wenige Sätze vor der zitierten Unsagbarkeit: "[...] Everyone was listening still when It lumbered slobberingly onto sight and gropingly squeezed Its gelatinous green immensity through the black doorway into the tainted outside air of that poison city of madness" (ebd.). In seiner Erzählung "The Dunwich Horror" heißt es: "Oh, oh, my Gawd, that haff face – [...] that face with the red eyes an' crinkly albino hair, an' no chin [...]. It was a octopus, a centipede, spider kind o' thing, but they was a haff-shaped man's face on top of it" (134). In Kings *Pet Sematary* ist es eine Art indianischer Geist, der sogenannte Wendigo, in dem sich der Fluch des indianischen Begräbnisortes, der in unmittelbarer Nähe des titelgebenden Tierfriedhofs liegt, materialisiert:

> Its eyes [...] were a rich yellowish-gray, sunken, gleaming. [...] [T]he ears [...] were not ears at all but curving horns ... they were not like devil's horns; they were ram's horns. [...] [The tongue] was long and pointed [...].
> Whatever it was, it was huge.
> [...] The thing thudded toward him, and there was the ratcheting sound of a tree – not a branch, but a whole tree – falling over somewhere close by. Louis saw something. [...] [T]his diffuse, ill-defined watermark was better than sixty feet high. It was no shade, no insubstantial ghost [...]. (King 493)[5]

Im österreichischen Bergwald geht es ähnlich zu: "Die Gräben sind von Fichten gesprenkelt, die sich an Erdreste krallen, und auch hier: plötzlicher Nebeleinbruch, etwas stapft herauf, etwas, das vorläufig noch gesichtslos und mit seinen Gedanken anderswo ist" (KdT 126). Durch den Zusatz 'gesichtslos und mit seinen Gedanken anderswo' wird die Lovecraft und King verwandte Darstellung zwar ad absurdum geführt, bleibt in ihrer Funktion als Indikator der Unsagbarkeit jedoch deutlich.

Lovecraft hat den Einsatz dieses Mittels auf die Spitze getrieben; es scheint das einzig mögliche, um seine Vorstellungen des kosmischen Grauens zu benennen. Gleichzeitig bricht auch er das Gesetz der Unsagbarkeit an vielen Stellen und erschafft immer neue Wesen, die den Vorstellungen von etwas unvorstellbar Schrecklichem nie entsprechen können.

In *Die Kinder der Toten* scheint der Einsatz des Unsagbarkeitstopos wie eine Strategie zur Neutralisierung der Flut der Horrordarstellungen, die Gefahr läuft, das Grauen zu verschütten, anstatt es zu evozieren. Formulierungen wie "Etwas ist heute anders als sonst. Etwas will kommen [...] Mit einem kühnen

---

5   Die Szene, in der Louis Creed seinen toten Sohn durch den Sumpf zum indianischen Begräbnisplatz trägt, erscheint wie eine Überzeichnung des ohnehin grausigen Gedichts vom *Erlkönig*: Gage ist schon tot, dennoch birgt Louis ihn in seinen Armen, wie um ihn vor dem widderhörnigen Monstrum zu beschützen. Und wie dem Vater im *Erlkönig* gelingt es ihm nicht.

Schritt und dann einem Sprung setzt etwas ins Zimmer, das nur Karin Frenzel bemerkt" (KdT 214, 215) durchziehen den gesamten Text; so entsteht für die Leserin immer wieder der Eindruck des Ungreifbaren. Gleichzeitig findet mit den expliziten Darstellungen von Verwesungszuständen, Sex und Gewalt 666 Seiten lang eine überbordende Bewegung gegen die Unaussprechlichkeit statt. Beides steht in unauflöslicher Spannung zueinander. Das Horrorgenre ist nicht zuletzt deshalb die geeignete "Form" für Jelinek, weil Horrortexte die Verdrängung 'des Unaussprechlichen' gewissermaßen immer wieder formal nachvollziehen: Mit Sätzen wie "Ich sah etwas unsagbar Grauenhaftes" wird das Horrorgenre zum Genre des Verschweigens und findet gleichzeitig immer wieder neue Bilder für das Schreckliche.

Auch die Auflösung des Unsagbarkeitstopos als seine ständige Begleiterin ist ein gebräuchliches Verfahren im Horrortext, wie schon an Lovecrafts und Kings Darstellungen der Tentakelmonster und des Wendigo offensichtlich wird. "Diese Frau hat etwas aus dem Wagen entfernt, Herr Inspektor. Dieses tropfende Ding hat keinen Namen, und wenn, dann ist er so schrecklich, daß ihm das Wort erst nach Bewährung gewährt werden kann [...]" (KdT 339). Im Falle des 'tropfenden Dinges', das Karin aus dem Wagen holt, wird auch die Möglichkeit einer Auflösung in einer Art Überblendung mitgeliefert. Wenig später trägt sie einen Schädel herum, dessen Anblick die Rezipienten schon kennen. Er ist ein symbolischer Gegenstand, in dem sich die grausame Wirkung des Nazi-Regimes bündelt: zum einen die Zweckentfremdung von menschlichen Körperteilen zu Gebrauchsgegenständen, zum anderen den Totenschädel in Silber als Teil der Uniform der Waffen-SS. Vor allem aber ist der Totenschädel das Symbol des Todes schlechthin, und hier das Symbol des Todes eines ganzen Volkes. Ist dieser Schädel das unaussprechliche "Ding"? Diese Möglichkeit der Deutung besteht; und damit wäre das Textbeispiel das eines aufgelösten Unsagbarkeitstopos, der jedoch die Dimension des Schrecklichen in Zusammenhang mit diesem Gegenstand anschaulich illustriert. Die Szene lässt sich jedoch auch so deuten, dass es sich bei dem Gegenstand um einen Körperteil eines toten Autofahrers handelt, der, was keiner von den lebenden Romanfiguren weiß, Karin zum Opfer gefallen ist (vgl. KdT 265f). Die Textstelle, in der sie den Schädel trägt, würde dann zu einer neuen Bildeinstellung gehören.[6]

Ich habe die Terminologie der Filmanalyse nicht ganz zufällig gewählt: Filmische Techniken haben in Jelineks Werken eine wesentliche Funktion. Doll schreibt in Zusammenhang mit *Lust*: "Der Schock der Rezipienten und Rezipientinnen ist [...] von Jelinek intendiert. Erzielt werden soll er durch ihre

---

6 In der *FAZ* vom 8.11.2004 sagt Jelinek im Interview: "Ich kann ja sozusagen nichts auslassen. Es gibt keine Leerstellen".

stark verfremdende Darstellung der Wirklichkeit, die Jelinek mit den Mitteln der [...] filmischen Technik der harten Schnitte erzielt" (149). Walter Benjamin schreibt in seiner Analyse der Motive Baudelaires über die Funktion des Schocks in der Moderne: "Es kam der Tag, da einem neuen und dringlichen Reizbedürfnis der Film entsprach. Im Film kommt die schockförmige Wahrnehmung als formales Prinzip zur Geltung" (207). Dieses Zitat liefert eine mögliche Erklärung für die allgemeine Affinität schriftlicher Horrortexte zum Visuellen.

Jelineks Affinität zum Film äußert sich in *Die Kinder der Toten* in Merkmalen filmischen Schreibens und in zahlreichen Verweisen auf visuelle Horrortexte. Wegsehen ist beim Lesen allerdings bekanntermaßen nicht möglich. Der Reflex muss – mit einer Taktik der Reizüberflutung, die ein 'innerliches Wegsehen' beim Rezipienten erzeugt – gewissermaßen übersetzt werden. Das Oszillieren zwischen Sehen und Nichtsehen wird im Buch beziehungsweise schriftlichen Text *Die Kinder der Toten* mit zahlreichen Strategien der Verunsicherung umgesetzt.

Wenn die 'Unsagbarkeit', erkennbar am Beispiel der Textstelle des Schädels, genügend Fragen offen lässt, so reicht doch die gegenläufige Bewegung von wiederkehrender Thematisierung der Unsagbarkeit einerseits und konsequent anschaulich gemachter extremer Gewalt andererseits, um beide Darstellungsformen zu relativieren. Jelinek kombiniert den Topos mit einer wechselnden Erzählinstanz und unterzieht die Erzeugung von Unsicherheit damit einer weiteren Steigerung.

Die Erzählperspektive potenziert die ontologische Unsicherheit. In *Die Kinder der Toten* haben es die Lesenden mit einer in unterschiedlichen Stimmen, einer gesellschaftskonformen und einer gesellschaftskritischen, kommentierenden Erzählinstanz zu tun, wobei immer wieder, entgegen den Gesetzen der strikten Trennung von Autor und Text, deutliche Bezüge zwischen der gesellschaftskritischen Erzählstimme und der Stimme Elfriede Jelineks naheliegen. Wenn die 'Elemente des Gruselromans' vor allem auf inhaltlicher Ebene zu finden sind, sind sie formal auf ein Minimum reduziert, und zwar auf die Nennung von geheimen Dokumenten auf den Seiten des Epilogs (vgl. KdT 666). Die Mittel widersprechen sich bei der Fingierung von Authentizität, wie sie für den Gruselroman typisch ist, den ich hier, wie Jelinek den 'Grusel- und Gespensterfilm', frei von abwertender Konnotation als solchen bezeichne. Erst am Schluss wird 'Amtlichkeit' vorgegeben, mit Dokumenten, uneinsehbaren Akten, selbst dem Fund der Toten, deren eigentlicher Tod von Pathologen schon lange Zeit vor der Murkatastrophe angesetzt wird (vgl. KdT 666). "In einem geheimen Protokoll, das daher auch ich nicht gelesen habe" (KdT 666) ist zu lesen, dass ein Teil der Toten schon sehr lange tot war. Damit werden auch die Grenzen der Erzählinstanz als einer, wie es in älteren Erzähltheorien heißt, 'allwissenden' Erzählinstanz deutlich. Die Äußerung

"Mehr weiß ich nicht" (KdT 666) ironisiert die auktoriale Position angesichts des Versuchs, sich den menschlichen Geschichtsabgründen anzunähern. Die Unsicherheit macht auch hier nicht halt.[7]

Zum Schluss ist also 'die Wirklichkeit wirklich', und die Erzählinstanz nimmt mit der Äußerung "mehr weiß ich nicht" die Position des Berichterstatters ein. Andererseits ist, bei der Schilderung Gudruns und Edgars, von 'erdachten Figuren' die Rede: "Achtung, in diesem Augenblick kommen die beiden von mir geschaffenen Geschöpfe im feuchten Talgrund an" (KdT 460). Eine Formulierung wie die "von mir geschaffenen Geschöpfe" bezeichnet eine Relativität der Horrordarstellungen, wie sie sich sonst nur durch die Vorgabe subjektiver Wahrnehmung umsetzen lässt. Diese Formulierung entschärft zwar die Darstellungen und distanziert sie auch zusätzlich vom genretypischen Text, sie steht andererseits als einzige explizite Relativierung auf 666 Seiten recht einsam da. Der Satz ist äußerst trickreich und irreführend. Es ist ein im Zusammenhang mit Horrorrezeption häufig gesagter, tröstlicher Satz, dass die schrecklichen Darstellungen nur der morbiden Phantasie eines Horrorautors entstammen. Dieser tröstliche Satz lässt sich bei der Rezeption eines klassisch-jenseitigen Horrortexts über Vampire, Geister und Werwölfe oder eines Texts wie *Pet Sematary* anwenden, wenn ich ihre Funktion als Sinnbilder, die ihnen ein differenzierter Blick, beispielhaft bei Brittnacher und Baumann, immer zugestehen muss, einmal in den Hintergrund rücke. In *Die Kinder der Toten* jedoch, wo das Wandeln der Zombies mit dem Grauen des verdrängten Geschichtsverbrechens vernetzt wird, bringt der Satz keinerlei Trost mehr. Außerdem bleibt zu bedenken, dass das Zombie-Dasein nur die Manifestation jener gesellschaftlichen Versteinerungen ist, die Jelineks Figuren im gesamten Werk prägen; von daher sind die Figuren erdacht, nicht aber das, was sie verkörpern.

Die Erzählstimme selbst stellt immer wieder ausdrücklich Verbindungen zu den Geschichtsverbrechen her. Sie wechselt dabei von einer Position innerhalb der Vorstellungswelt der geschichtsvergessenen und geschichtslosen Protagonisten: "Ich will damit sagen, es ist alles Erde, und wenn nicht, dann machen wirs dazu" (KdT 554), zu einer kritischen, die Verbrechen benennenden Stimme: "[E]s wird eine Herde Geduldiger, die alle ersticken mußten, aus den Öfen herausgetrieben [...] ich meine, der Zug geht direkt in uns hinein, ein Bote des Grußes, der entboten wurde" (KdT 148). Gleichzeitig kommentiert die Stimme zynisch ihr eigenes Vorgehen, stellt selbst den literaturwissenschaftlich gesehen 'verbotenen' Zusammenhang von Autor und Text her: "damit ich fünfzig Jahre später über so etwas schreiben kann. (Ein Film wäre, glaub ich, besser, auf seinen Raupenketten können die Toten rascher fortgeschafft werden)" (beide KdT 148).

---

7 Zum Begriff des unreliable narrator vgl. Nünning (Hg.), *Unreliable Narration* (1998).

Ähnlich auch das nächste Zitat: "Ja, wie war das mit den Leibern, sie bedürfen keiner weiteren Anstrengung, wenn sie in Rauch aufgegangen sein werden, ohne daß jemand auch nur ihre Namen mitbekommen haben wird. Jetzt aber aufhören, *Frau Autorin*, sich in so triumphierender Wärme auszubreiten! [...] Besser, Sie halten sich ein wenig zurück" (KdT 282, Herv. JM). "Zurückblicken aus der Ferne und nicht mehr abschweifen [...]" (KdT 492), gibt sich die erzählende Instanz selbst Anleitung, und äußert weiter zu ihrem Vorgehen: "Ich sage jetzt eine Wahrheit: [...] anders ist es, wenn einen ein anderer umfaßt. Dann ist man der schrill klingende Einzige, der Größte, der Held einer ganzen Serie, die um einen herum gebaut worden ist: Man spricht Deutsch" (KdT 547).

Auch eventuelle Rezeptionsschwierigkeiten werden legitimiert: "[A]uf ebendiese Weise ist das verbrannte verlassene Bauernhaus daneben bis zu den Fenstern des ersten Stockwerks zugeschüttet, es sollte mich freuen, wenn Sie das jetzt beim ersten Mal begriffen haben, denn ich habe mir nicht viel Mühe mit der Beschreibung gegeben und auch nicht vor, sie zu wiederholen" (586f).

Jelinek ist also nicht schlicht "in puncto Genre am Ziel angelangt", wie Weinzierl in Bezug auf ihre Affinität zum Horrorgenre schreibt (*FAZ* 19.8. 1995). Schon allein die Kommentare der Erzählinstanz machen deutlich, dass stets auch ein Spannungsverhältnis zu mit dem Genre verbundenen Erwartungshaltungen besteht. Wenn Jelinek auf Strategien wie die des Flackerns zwischen Unsagbarkeit und Bebilderung des Grauens zurückgreift, erfüllt sie nicht die Musterkriterien einer formalen Bestimmung der *Gothic novel*, sie sprengt die Grenzen der Genrekonvention. Was bleibt, ist das Genre als Fundus der Ausdrucksmöglichkeiten für die Realität verdrängter Geschichte.

Toni Morrison: *Beloved*[8] – "Something beyond control, but not beyond understanding"

Bäume, Geister, Tiermenschen – Die Realität ist das Unheimliche

Mit den Worten "I got a tree on my back" (16) schildert Sethe als eine der zentralen Figuren in *Beloved* dem Neuankömmling Paul D die Narben auf ihrem Rücken. Sie sind entstanden, nachdem die neuen Machthaber der Farm

---

8   Es gibt zwei Motti des Buches, das erste erscheint wie eine Widmung für die Opfer der Sklaverei: "Sixty million / and more", das zweite stammt aus der Bibel, dem Römerbrief 9:25 und zeigt eine mögliche Konnotation des titelgebenden Namens: "I will call them my people, which were not my people; and her beloved, which was not beloved".

Sweet Home, der "*schoolteacher*" und seine Schergen, sie geschlagen haben. "Is something growing on your back?" versucht Paul D Sethes Aussage zu verstehen, und das Wort *growing* weckt die Assoziation mit einem 'Gewächs' im pathologischen Sinn. Weiter gedacht, lässt das Wort auch das 'Ekelhafte' wuchernder Pflanzen anklingen, wie Kolnai es in seiner Phänomenologie des Ekels beschreibt.

Das Bild des Baumes taucht wieder und wieder und auch immer detaillierter auf. Eine Intensivierung der Baummetapher findet sich etwa dann, wenn Sethe sich an die Flucht von der Farm Sweet Home erinnert. Als sie zerschlagen auf einem Feld inne hält und ihr eine junge Frau zu Hilfe kommt, findet diese angesichts von Sethes Verletzung zuerst keine Worte und kann sie dann nur in das Bild des Baumes fassen, das den Lesenden schon deutlicher erscheinen muss als bei der ersten Nennung im Gespräch Sethes mit Paul D:

> Amy unfastened the back of [Sethes] dress and said 'Come here, Jesus," when she saw. Sethe guessed it must be bad because after all that call to Jesus Amy didn't speak for a while […]. Amy spoke at last in her dreamwalker's voice 'It's a tree […]. A chokecherry tree. See, here's the trunk – it's red and split wide open, full of sap, and this here's the parting for the branches. Leaves, too, look like, and dern if these ain't blossoms. Tiny little cherry blossoms, just as white. Your back got a whole tree on it. In bloom. What God have in mind, I wonder. I had me some whippings, but I remember nothig like this. (79)

Wenn Blüten zu sehen sind, haben sich die wunden Stellen entzündet, der Euphemismus – weiße Blüten für das Weiß eiternder Wunden – ist zugleich ein erschreckend drastisches Bild.

Paul Ds Frage "Is something growing on your back?" erinnert an die Bedrohlichkeit von etwas, das dort wächst, wo es nicht wachsen sollte, wie manche es vielleicht auch aus Alpträumen kennen, in denen unbestimmbare Gewächse sich wie ein Ausschlag auf der Haut ausbreiten. So ist das Bild des Baumes schon bei der ersten Nennung zwar eine Umschreibung des realen Grauens einer Verletzung, evoziert das Grauen jedoch – allein schon wegen der Konnotation des Gewächses und der Wucherung – umso eindringlicher. Indem das Bild wieder und wieder in unterschiedlicher Deutlichkeit auftaucht, wird es zu Morrisons charakteristischem Stilmittel der Manipulation von Metaphern: "What you hear is what you remember. That oral quality is deliberate. It is not unique to my writing, but it is deliberate sound that I try to catch. The way black people talk is not so much the use of non-standard grammar as is the manipulation of metaphor" (Morrison, *Interview* 427).

Karsten Düsdieker (145) macht an Morrisons Umgang mit dem Bild des Baumes den Unterschied ihres Schreibens zu den 'Gesetzmäßigkeiten' des Magischen Realismus fest, weil die Verletzung an einem Punkt doch die Magie des Baumes einbüßt und realistisch beschrieben wird – Paul D denkt sie sich einmal als "clump of scars" (*Beloved* 21). Gerade das Oszillieren zwischen realistischer und fantastischer Beschreibung hat jedoch eine besonders unheimliche und bedrohliche Wirkung. Die Spannung und Unsicherheit, die so entsteht, kann sich auf die Lesenden übertragen. Darin besteht eine Möglichkeit, als 'unaussprechlich' geltende historische Ereignisse aus der Verdrängung zu holen und sie wahrnehmbar zu machen – ihre Unsagbarkeit zu thematisieren und sie doch zur Sprache zu bringen.

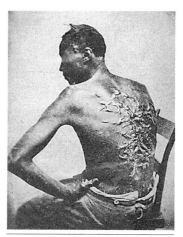

Bild 19. *Overseer Artayou Carrier whipped me. I was two months in bed sore ...* Orig. Baton Rouge, Louisiana, USA, 1863. College Park, National Archives.

Der Baum auf dem Rücken ist dokumentarisch belegt. Zu den heute ikonischen Zeugnissen der Verbrechen an der US-afroamerikanischen Bevölkerung gehört eine Fotografie aus dem Jahr 1863, die den Rücken eines sitzenden Mannes zeigt.[9] Diese Fotografie macht die Baummetapher sichtbar: Sein Rücken ist zernarbt von Peitschenhieben, die Narben sehen aus wie ein Geflecht von Ästen. Sie erinnern unmittelbar an den "chokecherry tree" auf Sethes Rücken (Bild 19). Die besondere, verstörende Qualität des Romans *Beloved* liegt darin, dass, was uns zunächst als unheimlich-fantastische Horrordarstellung erscheint – hier das Geflecht von Ästen auf einem menschlichen Rücken – und die Realität der Lebensbedingungen schwarzer versklavter Menschen in den USA des mittleren 19. Jahrhunderts als deckungsgleich vorgeführt werden.

Die schockierenden Überschneidungen werden in *Beloved*, ähnlich wie in *Die Kinder der Toten*, anhand mehrerer weiterer klassischer Horrormotive durchgespielt, an verwünschten Orten, Tiermenschen, Untoten und einer dräuenden Unheimlichkeit: Neben der bildhaften Darstellung der körperlichen Misshandlung ist eine diffuse dämonische Präsenz, die, wie in *Die Kinder der Toten*, immer wieder in Erscheinung tritt, eine weitere Quelle der Beunruhigung. Wenn, mit Sethe im Fokus, Denvers Geburt während Sethes Flucht erinnert wird, entwirft die personale Erzählinstanz den Zustand, dass Sethe halbtot in einem Kornfeld liegt und nur das Kind in ihrem Bauch sich bewegt, als ob plötzlich ein Dämon in sie fahre: "a *something* came up out of the earth

---

9   Als Namen des Mannes sind nur 'Peter' oder 'Gordon' überliefert; als seine Worte "Overseer Artayou Carrier whipped me. I was two months in bed sore from the whipping. My master come after I was whipped; he discharged the overseer". Simon Strick (2010) stellt das Bild ins Zentrum seines Essays zu Fotografie und Schmerz (vgl. 34).

into her" (31, Herv. JM). Auch als der *schoolteacher* und seine Schergen auf der Jagd nach Sethe und ihren Kindern nahen, nimmt Sethes Schwiegermutter Baby Suggs die Ankommenden in einer seherischen Weise wahr, die an die Wahrnehmung eines Dämons erinnert: "Now she stood in the garden smelling disapproval, *feeling a dark and coming thing* and seeing high-topped shoes that she didn't like the look of at all. At all" (147, Herv. JM). Das Flackern zwischen jenseitig-fantastischem und diesseitig-realem Grauen wird in Baby Suggs' Reflektion besonders deutlich, wenn sie zwei sprachliche Register in einen Satz fasst: den Jargon des Spirituellen und Fantastischen – *a dark and coming thing* – und des Banalen, Alltäglichen: *high-topped shoes*.

Das Leid von Sethe wird dort besonders deutlich, wo sie sich selbst nicht mehr als vollständigen Menschen wahrnehmen kann, sondern zu einem Grenzwesen, einer Art 'Tiermensch' und damit ebenfalls zur Horrorgestalt wird. Auch hier gibt es immer wieder unmittelbare Realitätsbezüge, denn es ist die Zurichtung der Weißen (*whitefolks*), durch die und in deren Perspektive Sethe zum Tier wird. Die Lebensumstände führen dazu, dass die – wenn auch nur in der Vorstellung stattfindende – Verwandlung in ein Tier sich mitunter sogar auch im Blickwinkel ihres Vertrauten Paul D und in Sethes eigenem Blickwinkel vollziehen: Als Sethe beispielsweise auf der Flucht vor Sweet Home und dem *schoolteacher* im Feld liegt, ist sie so hungrig, dass sie – als sie eine sich nähernde menschliche Stimme hört, die sie für die eines jungen Mannes hält – die Vorstellung hat, den Jungen anzufallen und seine Füße zu verschlingen: "I was hungry to do it. Like a snake. All jaws and hungry" (32). Das Bild der Schlange erinnert an ein biblisches Ausmaß des Bösen.

Nachdem Amy, das weiße Mädchen mit der Stimme eines sechzehnjährigen Jungen, Sethe zu Hilfe gekommen ist, setzen beide Frauen ihren Weg gemeinsam fort, das Mädchen gehend, die geschwächte Sethe kriechend (34). Wie Geist und Zombie ist auch die kriechende Gestalt ein Topos des Horrors, nicht nur das schlangenähnliche Wesen, wie es in Turgenjews "Gespenster" in Erscheinung tritt, sondern auch menschliche Wesen, die nicht länger aufrecht gehen: In Filmen von einem Hollywoodklassiker wie *The Exorcist* bis zum japanischen Horrorfilm *The Grudge* wird die kriechende menschliche Gestalt zur Quelle des Grauens. In *The Exorcist, Directors Cut* sieht man die Protagonistin Regan zu einer grotesken 'Brücke' verdreht eine Treppe hinunterkommen, in *The Grudge* ist es der Geist einer Frau, deren spinnenhaft kriechender Körper Schrecken verbreitet. Damit konzentrieren sich mehrere Mythen des Ängstigenden in der kriechenden Sethe, die nur noch aus "jaws" besteht.[10]

---

10 Der Film *Jaws*, im deutschen Sprachraum als *Der weiße Hai* bekannt, gehört zu den erfolgreichsten Monsterfilmen Hollywoods, was unter anderem an einer großen Anzahl Folgefilme deutlich wird. Spinnt man den intertextuellen Faden weiter, ergibt sich beispielsweise ein Bezug zu Morrisons "Disturbing Nurses and the Kindness of Sharks".

Auch hier liegt eine wesentliche irritierende Qualität darin, dass ein (biblisch altes) Motiv des Horrors – der kriechende, schlangenhafte Mensch – sich mit der Realität trifft: Sethe ist kein dämonisches Wesen, sie kriecht, weil sie auf der Flucht vor Schwäche nicht mehr laufen kann.

In *Beloved* laufen das Fantastische – der Tiermensch – und die Realität immer wieder zusammen: Innerhalb der rassistischen Logik der Zeit gehört der Tiermensch nicht in den Bereich des Unheimlich-Fantastischen, sondern ist es bis ins späte 19. Jahrhundert hinein Teil des Alltags US-amerikanischer Sklaven, dass Menschen als Tiere wahrgenommen und wie Tiere behandelt werden.[11]

Die zentrale Horrorgestalt des Romans, der Geist, ist zunächst genaugenommen keine Gestalt, nicht einmal ein Schemen, sondern eine Art Poltergeist, der das Haus mit der Nummer 124 heimsucht, es mit rotem Schimmer durchleuchtet oder Möbel umwirft. Alle Hausbewohner akzeptieren mit merkwürdiger Selbstverständlichkeit, dass es sich um den Geist eines kleinen Mädchens handelt, Sethes Tochter und Denvers Schwester, die von Sethe getötet wurde, um sie vor der Rückkehr nach Sweet Home zu bewahren. Auf den Grabstein hat Sethe den Namen Beloved schreiben lassen, und so wird das Wort im weiteren Verlauf der Erzählung zum Namen des Kindes, das in Rückblenden zu der Zeit, als es noch lebte, vor allem als "crawling already? child" bezeichnet wird.

Trotz seines unnatürlichen Todes erscheint "the baby ghost", in der Beschreibung ihrer Mutter Sethe und ihrer Schwester Denver, zunächst noch nicht als rächender Geist. Dass sie als Geist *existiert*, scheint jedoch unzweifelhaft: "Its not evil, just sad. Come on. Just step through" (8) heißt es, und: "We have a ghost in here" (13). "Lonely and rebuked. My sister. She died in this house" (14), charakterisiert Denver den Geist genauer (15). Paul D analysiert die Situation in 124 mit merkwürdiger Selbstverständlichkeit – "Its hard for a young girl living in a haunted house" (30) –, beinahe, als spräche er von einer alltäglichen Schwierigkeit – etwa von einem Mädchen, das kein eigenes Zimmer hat.

Mit einer ähnlichen Selbstverständlichkeit denkt Sethe an ein Leben nach dem Tod, beziehungsweise die eigene spirituelle Existenz als Ahnin: "I'll protect her when I'm live and I'll protect her when I ain't" (45). Sethes Vorstel-

---

Morrison setzt sich unter anderem mit einer Textstelle bei Hemingway auseinander, in der der Protagonist eine schwarze Frau beim Sex als "like nurse shark" charakterisiert.
11 Gleichzeitig gibt es auch einen freundlichen Vergleich mit einem Tier, wenn Sethe selbst ihr ungeborenes Kind, das lebendig bleibt, während sie kaum noch Kraft hat, als "little antelope" bezeichnet; dieses Tier weckt die Assoziation mit der afrikanischen Herkunft, was umso deutlicher wird, als "the antelope" auch ein Tanz ist, den die Gemeinde von Sethes Schwiegermutter Baby Suggs auf der Lichtung (einem spirituellen Ort, der stets als *the clearing* bezeichnet wird) tanzt.

lung, wer Denver schützen solle, wenn ihr, Sethe, etwas zustieße, lässt sich zwar auch als christlich inspirierte Vorstellung vom schützenden Engel lesen, verweist jedoch vor allem auf die aus westlicher Perspektive betrachtet seltsam unaufgeregten afrikanischen und afroamerikanischen Traditionen des Geisterglaubens und Ahnenkultes:

> I have talked about function [...] and I touched a little bit on some of the other characteristics [or distinctive elements of African-American writing], one of which was oral quality, and the participation of the reader and the chorus. The only thing that I would add for this question is the presence of an ancestor; it seems to me interesting to evaluate Black literature on what the writer does with an ancestor. Which is to say a grandfather as in Ralph Ellison [...]. There is always an elder there. And these ancestors are not just parents, they are sort of timeless people whose relationships to the characters are benevolent, instructive, and protective, and they provide a certain kind of wisdom. (Morrison, "Rootedness" 342–343)[12]

Der Glaube an das Spirituelle erscheint aus einer westlichen weißen Außenperspektive des 21. Jahrhunderts möglicherweise als ein Versuch, in einem unmenschlichen System zu überleben, kann jedoch auch etwas Alltägliches sein – damit geht es nicht zuletzt auch um eine Perspektive des Geisterhaften, in der das Geisterhafte nicht als fremd und unheimlich erscheint, sondern als Teil der kulturellen Tradition akzeptiert wird.

Als Paul D, "the last of the sweet home men", in das Haus mit der Nummer 124 eintritt, führt er deren Bewohnerinnen zunächst aus dem Einflussbereich der spirituellen Welt heraus und vertreibt den Geist mit seiner "loud male voice" (37). Hier klingt das Thema der Autorität der männlichen Stimme an, aber auch der zentrale Gedanke aus dem Film *Carnival of Souls*: Wer redet, ist nicht tot. Mit dem Besuch eines Jahrmarkts (*carnival* im englischen Original) scheinen Paul D, Sethe und Denver vergangene Leiden fast zu vergessen. Es entsteht der Eindruck, als könnten sie als Vater, Mutter und Kind einen Neuanfang machen – für Sethe drückt sich diese Möglichkeit im Bild ihrer drei Schatten aus, die sich an den Händen halten. Diese Szene markiert jedoch eine zentrale Wende in der Erzählung. Als die 'Kernfamilie' von ihrem Ausflug in die Bluestone Road 124 zurückkehrt, ist auch Beloved zurückge-

---

12 "In der afrikanischen Diaspora, besonders in Amerika, [...] wächst die Zahl der Anhänger von Afrika abstammenden Glaubensrichtungen stark an. Besonders in Amerika entwickelt sich zunehmend eine afrikanische Spiritualität. Überlieferte Praktiken, die noch von den Sklaven von Afrika mitgebracht wurden, wurden verwoben mit den religiösen Traditionen der Sklavenbesitzer. Diese Verwebung findet man besonders in Gegenden mit vorwiegend katholischem Glauben und wo man Heilige verehrt, Opfergeschenke bereitet, also alle Praktiken gefunden werden, die ähnlich denen in den afrikanischen Traditionen sind" (www.rpi-virtuell.net [Religionspädagogische Plattform im Internet]).

kommen, nicht als Geist, sondern als 'Fleisch gewordenes' Menschenkind (*Menschenkind* ist der Titel der deutschen Übersetzung). Wenn wir als Leser vermuten, dass die Frau vor dem Eingang des Hauses Nr. 124 Beloved ist, wissen wir mehr als Paul D, Sethe und Denver, die jedoch von un- und vorbewussten Ahnungen ergriffen werden. Es wird sich zeigen, dass auch die Ankunft der jungen Frau 'diesseitig', also erklärbar, und 'jenseitig', also unerklärlich, gedeutet werden kann.

Mit der Darstellung von Beloveds Rückkehr ergeben sich verstärkt die bereits angedeuteten Verbindungen zum Film *Carnival of Souls*.[13] "A fully dressed woman walked out of the water" beginnt das nächste Kapitel in *Beloved*, nachdem das vorige mit einer Art Versöhnung, mit Sethes Blick auf die Schatten von Denver, Paul D und sich selbst endet. Die Frau aus dem Wasser ist das erste, womit die Lesenden nach dem Besuch des *carnival* konfrontiert werden.

Für die Lesenden liegt, als Sethe die Frau aus dem Wasser zum ersten Mal sieht, sofort nahe, dass die junge Frau in Verbindung mit Sethes toter Tochter Beloved steht, auch wenn Sethe selbst den Zusammenhang noch nicht erkennt: "[F]or some reason she could not immeadiatley account for, the moment she got close enough to see the face, Sethe's bladder filled to capacity [...]. [She] ran around to the back of 124 [...] the water she voided was endless [...] like flooding the boat when Denver was born [...]. Just about the time she started wondering if the carnival would accept another freak, it stopped" (51). Später stellt auch Sethe den Zusammenhang her: "I would have known right away who you was when the sun blotted out your face the way it did when I took you to the grape arbor. I would have known at once when my water broke. The minute I saw you sitting on that stump, it broke" (202). Auch die plötzlich erschienene junge Frau hat in mehrfacher Hinsicht Bezug zu Wasser: sie ist aus dem Wasser gekommen, und sie hat Durst: "All three were inside [...] watching her drink cup after cup of water" (51). Wasser ist Leben, und Wasser ist Tod, das ist bereits mit der stetigen Verknüpfung von Mensch, Wasser und Tod, Figuren und Fluten in *Die Kinder der Toten* deutlich geworden. "Der Mensch ist nichts als eine Erscheinungsform von Wasser", heißt es dort (KdT 494), und andererseits "bedeutet es [für uns] den Tod, Wasser zu werden" (KdT 589).

---

13 Dabei soll und muss offen bleiben, ob diese Verbindungen mit tatsächlichen Kenntnissen der tatsächlichen Autorinnen zu tun haben. Im Zusammenhang mit dem Bild der Frau, die angezogen dem Wasser entsteigt, sei auch Jonathan Demmes Verfilmung von *Beloved* aus dem Jahr 1998 erwähnt, in der dieser Moment eindrucksvoll inszeniert wird. Wie in Trance schleppt sich Thandie Newton als Beloved von der Uferböschung fort, seltsam ungestört von einem Schwarm Insekten, der sie befallen hat.

Das Erscheinen der jungen Frau in *Beloved* lässt sich vielfach deuten. Obwohl wir als Lesende sie möglicherweise aufgrund unseres Vorwissens mit dem "baby ghost" in Verbindung bringen, ist Beloved zunächst, in Paul Ds Wahrnehmung, "a young coloredwoman drifting [...] from ruin" (52), auf der Flucht wie viele ihresgleichen. Zwei entsprechende Erklärungsmöglichkeiten für Beloveds Erscheinen beschreibt auch Martha Cutter in ihrem Essay "The Story Must Go On and On: The Fantastic, Narration, and Intertextuality in Toni Morrison's Beloved and Jazz" (2000), das Todorovs Bestimmung des Fantastischen als Schwebezustand zwischen Skepsis und Glauben mit der Interpretation von *Beloved* verschränkt.

Dass Beloved eine Wiedergängerin sein könnte, ist nur eine Erklärungsmöglichkeit. Es gibt auch die Möglichkeit einer Art von *explained supernatural*, für das es wiederum zwei Erklärungen im Text gibt: So könnte Beloved auch eine junge Frau sein, der nach jahrelangem Eingesperrtsein die Flucht gelungen ist (*Beloved* 235). Und was wie eine Beschreibung eines unheilvollen Jenseits oder Limbo klingt, könnte gleichzeitig die Erfahrung einer Überlebenden der Middle Passage sein: "In the dark my name is Beloved. I'm small in that place [...]. Nothing to breathe down there [...] A lot of people is down there. Heaps. Some is dead" (75). Wieder erweist sich die Beschreibung eines jenseitigen und eines diesseitigen Ortes nach und nach als deckungsgleich. Sie beginnt mit einer unheimlich-fantastisch anmutenden Formulierung, "In the dark my name is Beloved", die schon auf das lichtlose Zwischen- oder Unterdeck eines Transportschiffs verweist. "I'm small in that place" hat eine besondere Doppeldeutigkeit: als Sethe Beloved getötet hat, war sie noch ein Kleinkind. Das Wort 'klein' kann ein Verweis auf den Zeitpunkt des Todes sein, aber auch auf die Transportbedingungen im Bauchraum jener Sklaventransportschiffe, in denen Menschen dicht an dicht in bis zu 40 Zentimeter niedrigen Zwischendecks liegen mussten. "Down there" kann sich auf das 'Unten' beziehen, wo die christliche Vorstellung die Hölle ansiedelt, aber auch auf die tieferen Ebenen des Transportschiffes. Mit der Formulierung "Nothing to breathe down there. [...] A lot of people is down here. Heaps. Some is dead" werden alttestamentarische Höllenszenarien und die realen Szenarien des Völkermordes eins. Wenn die Transportschiffe Nordamerika erreicht hatten, waren unter den auf engstem Raum zusammengepferchten Menschen Lebende neben Toten.[14] Mit den Worten "Heaps. Some is dead" stellt sich schließlich eine erschreckende Verbindung zu *Die Kinder der Toten* her: "Die vielen Toten sind ein Haufen Volk" (KdT 168), heißt es dort an einer Stelle, an der

---

14 In "Unspeakable Things Unspoken" vergleicht Morrison die Anfänge der drei Teile des Romans *Beloved* mit den Zuständen im Bauch der Transportschiffe: "The house [...] changes from spiteful to loud to quiet, as the sounds in the body of the ship itself may have changed" (32).

die Erzählstimme sich der industriellen Vernichtung von Menschenleben in deutschen Konzentrationslagern annähert, indem sie indirekt auf den entmenschlichenden Begriff des 'Leichenbergs' Bezug nimmt.

Mit der Inszenierung der Figur Beloved wird die Gleichzeitigkeit des Weltlichen und des Übersinnlichen aufrechterhalten. So ist Beloved inkontinent (vgl. 54), also ein ungewöhnlich körperlicher Geist. Doch mit ihrem Erscheinen in Person, ihrer Manifestation, verschwindet auch der Haushund Here Boy, und das Vertreiben von Haustieren ist ein Charakteristikum eines Geistes, von alten Spukgeschichten bis zum Film *Ghost. Message from Sam*, in dem die Katze bei Sams Erscheinen wild zu fauchen beginnt.[15]

Neben einer schwachen Konstitution scheint Beloved kaum Erinnerungen zu haben: "[She didn't] have much of an idea of what she was doing in that part of the country or where she had been. They believed the fever had caused her memory to fail just as it kept her slow-moving. A young woman, about nineteen or twenty and slender, she moved like a heavier one or an older one, holding on to furniture, resting her head in the palm of her hand as though it was too heavy for a neck alone" (56). Sie hat – was, wie auch Cutter schreibt, zum einen ebenfalls die Assoziation mit einer Überlebenden der Middle Passage andeutet – eine seltsam raue Stimmme: "they still had not got used to the gravelly voice and the song that seemed to lie in it. Just outside music it lay, with a cadence not like theirs" (60). Das Wort "gravelly" erzeugt jedoch auch einen Eindruck des Jenseitigen, es erinnert, wie die langsamen Bewegungen, an das Phantasma des Untoten, des Zombies.

Beloved hat Hunger: zunächst nach Süßem (55), dann nach Sethes Anblick, was in der Verbindung ebenfalls die Assoziation mit einem monströsen, menschenfressenden Zombie weckt: "Sethe was licked, tasted, eaten by Beloved's eyes" (57). Vor allem aber ist sie gierig nach Sethes Worten – "Denver noticed how greedy she was to hear Sethe talk" (63), "just as Denver discovered and relied on the delightful effect sweet things had on Beloved, Sethe learned the profound satisfaction Beloved got from storytelling" (ebd.). Mit Beloveds Hunger nach erzählter Erinnerung kommt der Begriff des Unsagbaren wörtlich ins Spiel: "[Beloved's satisfacition] amazed Sethe (as much as it pleased Beloved) because every mention of her past life hurt. Everything in it was painful or lost. She and Baby Suggs had agreed without saying so that it was *unspeakable*" (58, Herv. JM). Der Schmerz ist immer da, die Erzählinstanz verschränkt ihn fast nebenbei mit der ungeheuren Demütigung des

---

15 In *Message from Sam* spielt Whoopie Goldberg eine Geisterbeschwörerin, mittels derer der verstorbene Mann (Patrick Swayze) mit seiner Frau (Demi Moore) Kontakt aufnimmt. Die Rolle der Geisterbeschwörerin ist ambivalent: Goldberg verkörpert eine starke Subjektposition, zugleich hat die Rolle immer wieder exotistische Momente.

Mundstücks ("the bit") für Sklaven: "the hurt was always there – like a tender place in the corner of her mouth that the bit left" (ebd.).[16]

Alle Figuren in *Beloved* werden unter Schmerzen zu Erforschern ihrer Vergangenheit. Nun, da Paul D in 124 einen Ort gefunden hat, beunruhigt ihn Beloved, obwohl er diese Unruhe nicht benennen kann: "I can't place it, its a feeling in me" (67). Beim Versuch, Beloveds Herkunft zu erforschen, erinnert Paul D sich gleichzeitig auch an das Leid, das er gesehen hat:

> This girl Beloved, homeless and without people, beat all, though he couldn't say exactly why, considering the coloredpeople he had run into during the last twenty years. During, before and after the War he had seen Negroes so stunned, or hungry, or tired or bereft it was a wonder they recalled or said anything. Who, like him, had hidden in caves and fought owls for food; who, like him, stole from pigs; who, like him, slept in trees in the days and walked by night; who, like him, had buried themselves in slop and jumped in wells to avoid regulators, raiders, paterollers, veterans, hill men, posses and merrymakers. Once he met a Negro about fourteen years old who lived by himself in the woods and said he couldn't remember living anywhere else. He saw a witless coloredwoman jailed and hanged für stealing ducks she believed were her own babies. Move. Walk. Run. Hide. Steal and move on. (65)

Beloved hat, als jenseitige Untote und als diesseitige Überlebende der Middle Passage, die klassische Funktion eines Geistes: die Vergangenheit nicht ruhen zu lassen und Menschen dazu zu bringen, sich zu erinnern. Geister geben, von Kleists Bettelweib von Locarno bis zu Jerry Zuckers Sam von 1990, keine Ruhe, bis das Unrecht, das ihnen wiederfahren ist, aufgeklärt wird (vgl. auch Brittnacher 83).[17] Wenn Sethe sich im Gespräch mit Beloved an ihre Mutter erinnert, die gelyncht, zur Unkenntlichkeit geschlagen und aufgehängt wurde (60),[18] kehrt etwas Verdrängtes wieder: "Sethe was remembering something she had forgotten she knew". Regine Welsch schreibt in einer Kritik von Jonathan Demmes Verfilmung des Romans[19] von 1998: "Was hier Gestalt

---

16 Zum *bit*/Mundstück vgl. auch Grada Kilomba, "The Mask. Remembering Slavery, Understanding Trauma" (2007).
17 Zu den Stichworten *Ghost/Hauntology/History* siehe Sladja Blazan, Hg., *Ghosts, Stories, History. Ghost Stories and Alternative Histories* (2007). Dass die Terminologie der Geistergeschichte und damit der Modus des Horrors eine der wenigen Möglichkeiten scheint, Verbrechen mit historischem Ausmaß zu verbalisieren, illustriert auch auch das folgende Textbeispiel: "Die Gräber sind noch offen. Die Erinnerung an unzählige Verbrechen gegen die Menschlichkeit darf nicht vergehen" von Louis Begley (1998).
18 Auch hier klingen die Topoi des *Southern Gothic* an, wie sie sich bei O'Connor oder Cormac McCarthy finden: die Bäume mit den Gehenkten, der blaue sonnenlose Himmel, die schwarzen Baumsilhouetten.
19 Mit Oprah Winfrey, Danny Glover, Thandie Newton, Kimberly Elise. Zu Demmes Film siehe auch Anissa Janine Wardi, "Freak Shows, Spectacles, and Carnivals" (2005).

annimmt in einer Regennacht, der Vampir, der geboren wird aus den Fluten, ist personifizierte Vergangenheit" (www.artechock.de).

Beloved ist zweifach Unrecht wiederfahren, sie ist Opfer von zwei Verbrechen, der Kindstötung und der Versklavung, eins die Folge des anderen. Paul D erkennt schnell, dass Sethes Liebe zu ihren Kindern gefährlich ist, gleichzeitig offenbart sich in seinen Überlegungen erneut das Grauen der Sklaverei: "For a-used-to-be-slave woman to love anything that much was dangerous [...] The best thing, he knew, was to love just a little bit; everything [...] so when they broke its back, or shoved it in a croaker sack, well, maybe you'd have a little love left over for the next one" (45). Sethes Liebe ist so groß und so verzweifelt, dass sie, als der Lehrer und seine Helfer kommen, um sie und die Kinder zurückzuholen, mit den Kindern in die Scheune des Hauses flieht, um sie dort alle umzubringen. Das Ereignis kommt in einer biblischen, oder, allgemeiner gesprochen, mythischen Dimension zur Darstellung: Neid, eine der sieben christlichen Todsünden, führt dazu, dass die Nachbarn Sethe und Baby Suggs nicht warnen, als der Lehrer und seine Gefolgschaft nahen wie die vier Reiter der Apokalypse: "the four horsemen came – schoolteacher, one nephew, one slave catcher and a sheriff" (148).

Die Tötung des eigenen Kindes ist ein alter tragischer Topos, die antike Mythologie wie das Alte Testament weisen eine hohe Zahl von in Unkenntnis oder Kenntnis, aus Rache oder Versehen getöteten nächsten Blutsverwandten auf. Doch hier ist es nicht die 'sagenhafte' Tat von Göttern oder Königinnen. Die Tötung des eigenen Kindes, das unaussprechliche Verbrechen einer einzelnen Frau, ist die Folge eines unaussprechlichen, jahrhundertelang ausgeübten Verbrechens des US-amerikanischen Systems. Es ist die weltliche Tat eines Menschen in einem Unrechtssystem. Worum es bei der Darstellung von Sethes Tat geht, ist nicht das Schockierende einer Mutter, die ihr eigenes Kind tötet, sondern das Ausmaß der Verletzungen durch das menschenverachtende Prinzip der Sklaverei. Die Perspektive, aus der die Tat geschildert wird, macht das Ausmaß der Menschenverachtung anschaulich, es ist der Fokus der whitefolks, der vier weißen Reiter der Apokalypse:[20]

> All four started toward the shed. Inside, two boys bled in the sawdust and dirt at the feet of a nigger woman holding a blood-soaked child to her chest with one hand and an infant by the heels in the other. She did not look at them [...]. Right off it was clear, to schoolteacher especially, that there was nothing there to claim. The three [...] pickaninnies they had hoped were alive and well enough to take back to Kentucky [...] and raise properly to do the work Sweet Home desperately needed, were not. Two were lying open-eyed in sawdust; a third pumped blood down the dress of the main one – the woman schoolteacher bragged about, the one he said made [...] damn good soup [...] besides having at least ten breeding years left. (149)

---

20 Vgl. dazu auch Düsdieker (161).

Auf diese Weise vermischen sich wiederholt Mythos und Realität. Die Kindstötung als mythisch aufgeladenes Motiv wird in den Augen der weißen Männer banalisiert. Einmal mehr erscheint ihnen Sethe wie ein Tier, ein ehemals gutes Arbeits- und Zuchttier, das nun nicht mehr zu gebrauchen ist.

Der Realitätsbezug der vormals mythisch konnotierten Tat der Kindstötung wird auch durch das Motiv des Zeitungsausschnitts hergestellt, ein Symbol für 'Faktizität'. Es geht um das Wissen, um das Aussprechen schlimmer Ereignisse, um die Wiederkehr des Verdrängten, wenn Stamp Paid, für Sethe eine Art Vaterfigur, meint, Paul D die Wahrheit über die traumatischen Ereignisse in 124 sagen zu müssen. Er zeigt Paul, der kaum lesen kann, einen Zeitungsausschnitt mit Sethes Foto und einem Text über das Verbrechen, das sie begangen hat. Das Motiv des Ausschnitts, des Dokuments, stellt auch den Bezug zur Ebene außerhalb der fiktionalen Handlung her. Ein Foto aus dem *Harlem Book of the Dead* diente Morrison als Inspiration für den Roman *Jazz*. Auch bei *Beloved* hat ein historisches Dokument Morrison inspiriert, das sich in dem fiktionalen Zeitungsausschnitt, den Stamp Paid Paul D zeigt, wiederfindet. Der Fall Margaret Garners, die am 28. Januar 1856 ihre Tochter tötete, um sie vor der Sklaverei zu bewahren, prägte die öffentliche Diskussion der Sklaverei Mitte des 19. Jahrhunderts.[21]

Nicht nur die Opfer der Sklaverei in *Beloved* scheinen vor allem in der Sprache des Monströsen fassbar – als Geist, als Mensch mit einem Gewächs auf dem Rücken–, sondern auch die Täter: In Paul Ds Überlegungen, warum er Beloved nicht vertreiben kann, erscheint der Ku Klux Klan ebenfalls als Monster, als vampirischer Drachen, der das Land 'infiziert': "[O]ne thing to beat up a ghost, quite another to throw a helpless coloredgirl out in territory infected by the Klan. Desperately thirsty for black blood, without which it could not live, the dragon swam the Ohio" (66).

Doch auch wenn der Süden zu einem Ort der Geister, Tiermenschen und Drachen wird, wird er ebenfalls zum Ort des Widerstands. Während Jelinek ihre Figurenkonstellationen sarkastisch als Welten ohne Subjekte entwirft (vgl. Doll; Jelinek, "Gegen die Wand" *FAZ* 8.11.2004), ist in *Beloved* das Gegenteil der Fall: Hier wird die Demütigung sichtbar gemacht, die es bedeutet,

---

21 Düsdieker (136) bezieht sich in Zusammenhang mit Garners Fall auf Cynthia Wolff, "Margaret Garner: A Cincinatti Story" (1991). In der Zusammenfassung des Falles auf *Wikipedia.de* spielt Morrisons *Beloved* eine zentrale Rolle: "Margaret Garner (Vereinigte Staaten von Amerika, ca. 1834 bis 1858) tötete 1856 ihre zweijährige Tochter, als sie den Häschern gegenüberstand, die sie zurück in die Sklaverei bringen wollten. Ihr Fall fand starke Beachtung in der Öffentlichkeit und wurde heftig diskutiert […]. Er bildet die Vorlage für den Kindesmord in *Beloved (Menschenkind)* von Toni Morrison, die auch das Libretto zu der 2005 uraufgeführten Oper "Margaret Garner" mit Musik von Richard Danielpour verfasste".

nicht als Mensch wahrgenommen zu werden – wie das Beispiel von Sethe und den "human and animal characteristics" zeigt. Die Figuren ringen immer wieder um ihre Subjektivität, das Gefühl von Individualität hat eine zentrale Bedeutung: "[W]hen [Baby Suggs] stepped foot on free ground, she could not believe that Halle [...] knew that there was nothing like it in this world. It scared her...[S]uddenly she saw her hands and thought with a clarity as simple as it was dazzling, 'These hands belong to me. These my hands.'" (141).

Unsagbarkeitstopos II – *Unspeakable Thoughts (Un)spoken – Rememory*

Die Bildsprache des Geisterhaften läuft in *Beloved* immer mit wie ein leiser, aber stets präsenter Background-Gesang. Es ist eine Metaphorik der flüsternden Schatten und Baumgeister: "Words whispered in the keeping room had kept her going. Helped her enduring the chastising ghost; refurbished the baby faces of Howard and Buglar and kept them whole in the world because in her dreams she saw only their parts in trees; and kept her husband shadowy but there – somewhere" (86).

Das Grauen körperlicher Misshandlung wird immer wieder in Bilder gefasst, die zunächst harmloser als die Realität wirken: Doch der Grad des evozierten Grauens steigert sich zum Horror, wenn sich die Bilder wie Refrains wiederholen und die Lesenden umso härter treffen. Das beste Beispiel ist die Verletzung auf Sethes Rücken, die ins wiederkehrende Bild, die stets von neuem manipulierte Metapher eines Baumes gesetzt wird. Ähnlich "[T]he ring around the neck", der eiserne Halsring, an dem Menschen wie Vieh gefesselt wurden, und das harmlos und klein klingende "bit" (schließlich heißt 'bit' auch 'bisschen'), in Wahrheit ein eisernes Mundstück, das den Sklaven angelegt wird, als ob sie Tiere wären, und den Mund derjenigen, die es länger tragen, zu einem grimassenhaften Dauerlächeln entstellt. Von einer weiteren Misshandlung, der Sethe ausgesetzt war –"they took my milk" –, ist ebenfalls wieder und wieder die Rede, bis sich diese Misshandlung zu dem Bild verdichtet, dass Sethe wohl festgehalten und wie ein Tier gemolken worden sein muss, ein Anblick, der Sethes Mann Halle, der vor den Peinigern versteckt hilflos zusehen muss, den Verstand kostet. Sethes Erinnerung daran wird plastisch, als sie sich vornimmt, Beloved ihre Tat zu erklären, sie wirkt um so plastischer, als die auktoriale Perspektive zum inneren Monolog wird: "They held me down and took it. Milk that belonged to my baby [...] they stole it; [...] they handled me like I was the cow, no, the goat, back behind the stable because it was too nasty to stay in with the horses" (200).

Mit der Wortschöpfung des *rememory* wird das für *Beloved* strukturbestimmende Erinnern der Vergangenheit ausgedrückt, der Begriff hebt den prozesshaften, narrativen Anteil des Erinnnerns hervor. Der zentrale Begriff *rememory* kommt ins Spiel, als Denver Sethe nach einer geisterhaften Szene fragt, die sie beobachtet hat: Sethe in Gebetshaltung, neben sich ein weißes Kleid, das, wie von einer unsichtbaren Gestalt ausgefüllt, den Arm um sie legt. "What were you praying for?" fragt Denver, und Sethe antwortet:

> I just talk [...]. I was talking about time. It's so hard for me to believe in it. Some things go. Pass on. Some things just stay. I used to think it was my *rememory*. You know. Some things you forget. Other things you never do. But it's not. Places, places are still there. If a house burns down, it's gone, but the place – the picture of it – stays, and not just in my *rememory*, but out there, in the world. [...] Oh yes, yes, yes [other people can see it]. Someday you be walking down the road and you hear something or see something going on. So clear. And you think its you thinking it up. A thought picture. But no. It's when you bump into a *rememory* that belongs to somebody else. Where I was before I came here, that place is real [...]. Even if the whole farm [...] dies. The picture is still there and what's more, if you go there – you who never was there – [...] and stand in the place where it was, it will happen again; it will be there for you, waiting for you. So, Denver, you can't go there. Never. Because even though its all over [...] it's going to always be there waiting for you. That's how come I had to get all my children out. No matter what. (36, Herv. JM)

"If it's still there, waiting, that must mean that nothing ever dies" vermutet Denver, und Sethe bestätigt: "Nothing ever does" (ebd.). Es sind nicht zuletzt traumatische Erinnerungen, die in einer Terminologie benannt werden, die auch aus einer (genre)typischen Horrorgeschichte stammen könnte, mit der gespenstischen Entität eines personifizierten Es: *It will be there for you, waiting for you. Nothing ever dies.*

Auch wenn Paul D den Geist zunächst aus Sethes Haus vertreibt, bleibt der *cantus firmus* des Vergessens und Erinnerns: "the last color she *remembered* were the pink chips in the headstone of her baby girl" (38); "she was *oblivious* to the loss of anything at all"; "[Howard's and Buglar's] thirteen year-old faces *faded* completely to their baby ones, which came to her only in sleep" (beide 39); "[Singing, Paul] contended himself with mmmmmmmm, throwing in aline if one *occured* to him" (40, alle Herv. JM). Paul D kämpft wie Sethe mit verdrängten Erinnerungen: "he shut down a generous portion of his head" (41). Die Vergangenheit ist kaum zu ertragen, sie muss regelrecht niedergekämpft werden: "To Sethe, the future was a matter of keeping the past at bay" (42).

Wieder und wieder umkreist die Erzählung das Thema des Vergessens und des Erinnerns. Die Erzählschleifen kreisen darum, wie jede der Figuren damit kämpft, das Unaussprechliche auszusprechen: "I just ain't sure I can say it" (71), sagt Paul D im Gespräch mit Sethe, als sie über ihre letzten Tage in Sweet Home sprechen. Paul D erzählt Sethe, was sie zuvor nicht wusste – dass ihr Mann Halle Zeuge war, wie die Schergen des *schoolteacher* sie misshandelten, und darüber den Verstand verlor:

'"He saw?' 'He saw.' 'He told you?' 'You told me.' 'What?' 'The day I came in here. You said they stole your milk. I never knew what it was that messed him up. All I knew was that something broke him. Not a one of these years of Saturdays, Sundays and nighttime extra never touched him. But whatever he saw go on in that barn that day broke him like a twig.' [...] 'I never knew he saw' [...] 'It broke him, Sethe. [...] You may as well know it all. Last time I saw him he was sitting by the churn. He had butter all over his face'. (70).

Dieses Ereignis übersteigt Sethes Vorstellungskraft: "Usually she could picture right away of what she heard. But she could not picture what Paul D said" (ebd.). Der Begriff des 'sich kein Bild machen können' ist es auch, den Morrison gestaltet, wenn die Narben auf Sethes Rücken erst mit dem Bild des *chokecherry tree* greifbar werden. Auf Sethes Frage hin, was Halle im Moment ihrer Misshandlung gesagt hat, kommt das Unaussprechliche zweifach ins Spiel: Halle hat kein Wort gesprochen, weil er über die Misshandlung, deren Zeuge er wurde, den Verstand und auch die Sprache verloren hat, Paul D, von dem man als Leser zunächst denkt, es sei ihm ähnlich ergangen ("I couldn't, Sethe. I just ... couldn't"), enthüllt kurz darauf die grausame Wahrheit, warum auch *er* nicht sprechen konnte: "I had a bit in my mouth" (69).

Doch nicht nur das Eisenstück im Mund hat Paul D sprachlos gemacht. Es geht weiterhin um Sprechen, Erzählen, Hören, nicht Hören wollen, Sprachlosigkeit und um den Wunsch, Dinge auszusprechen: "I didn't plan on telling you that" sagt Paul zu Sethe, sie antwortet: "I didn't plan on hearing it". Paul antwortet wiederum mit einem Satz, der als Schlüsselsatz gelesen werden kann: "I can't take it back, but I can leave it alone". Paul Ds Satz zieht eine weitere zentrale Überlegung Sethes nach sich: "He wants to tell me, she thought. He wants me to ask him about what it was like for him – about how offended the tongue is, held down by iron, how the need to spit is so deep you cry for it". Sie fragt ihn: "You want to tell me about it?" Und er beschreibt die Schwierigkeit des Sprechens, die nichts mit der körperlichen Behinderung durch das Mundstück zu tun hat: "I don't know. I never have talked about it. Sang it sometimes, but I never told a soul". Das Singen scheint eine Möglichkeit, sich einer Artikulation anzunähern, doch der Song, als Kunstform der Äußerung, schafft auch Distanz. "I can hear it" ermutigt Sethe Paul, obwohl die Lesenden wissen, dass Sethe selbst unaussprechliche Erinnerungen hat.

"I just ain't sure I can say it. Say it right, I mean, because it wasn't the bit – that wasn't it" (71). Die Schwierigkeit des Sprechens manifestiert sich in der nur allmählichen Annäherung an das, was es auszusprechen gilt; darin, wie Paul D das *it* einkreist, das, indem es für etwas steht, das kaum auszusprechen ist, immer bedrohlicher, fast wieder dämonisch (wie das *something*, das aus der Erde in Sethe 'fährt'), erscheint. Das Schlimmste, spricht Paul D endlich aus, sei es gewesen, an den Hähnen vorbeizugehen und sie dabei anzusehen, wie sie ihn ansahen, besonders einen Hahn genannt Mister, den Paul vor dem Tod gerettet hat:

> My head was full of what I'd seen of Halle a while back...But when I saw Mister I knew it was me too. Not just them, me too. One crazy, one sold, one missing, one burnt and me licking iron with my hands crossed behind me. The last of the sweet Home Men. Mister, he looked so ... free. Better than me. Stronger, tougher. Son a bitch couldn't even get out the shell by hisself but he was still king and I was ... (72)

In dieser Textstelle gehören die Auslassungspunkte zum Schriftbild. Sie stehen dafür, dass Paul D immer wieder nach Worten sucht, beziehungsweise dafür, dass es kaum Worte gibt, die seinen Zustand der Demütigung beschreiben können. Er fährt dennoch fort: "Mister was allowed to be and stay what he was. But I wasn't allowed to be and stay what I was [...] I was something else and that something was less than a chicken sitting in the sun on a tub." (ebd.). Nach einer tröstenden Berührung Sethes, mit der sie sich gleichzeitig selbst zu beruhigen sucht, unterbricht Paul D seine Erzählung, auch zu Sethes Schutz: "He would keep the rest where it belonged: in that tobacco tin buried in his chest where a red heart used to be. He would not pry it loose now in front of this sweet sturdy woman, for if she got a whiff of the contents it would shame him" (73). Das Kapitel schließt mit einer Perspektive, die sich wieder vom unmittelbaren Gespräch entfernt, während Sethe in Fokus bleibt: "Nothing better than to start the day's serious work of beating back the past" (ebd.).

Das nächste Kapitel beginnt damit, dass Beloved im oberen Stock tanzt: "Upstairs, Beloved was dancing" (74). Es scheint, als ob Beloved, die schließlich gierig nach Worten ist, aus Freude über die vielen ausgesprochenen Erinnerungen tanzt. Angesichts des Schmerzes, den die Erinnerungen für Sethe und Paul D bedeuten, wirkt ihr Tanz erbarmungslos auf den Leser, gleichzeitig wird jedoch auch ihre Funktion als Kämpferin gegen das Verdrängte offensichtlich.

Das Wort "rememory" ist kein gebräuchliches Wort. Im *Oxford Dictionary* oder *Webster's Thesaurus* ist es nicht zu finden. Dort gibt es nur *memory* oder *remembrance*. So könnte *rememory* eine Fusion aus beiden sein, oder eine Fusion aus dem Substantiv *memory* und dem Akt des Erinnerns, *to remember*, oder es könnte einfach eine Erweiterung des Wortes *memory* sein, dessen Präfix 're-' den Bezug zur Vergangenheit unterstreicht. Der Begriff *rememory* stellt den Bezug zum Phänomen des Traumas her. Er steht für eine traumatische Kreisförmigkeit des Erinnerns und veranschaulicht, dass das Geschehene wieder und wieder in der Erinnerung durchlebt wird.

Unter Bezug auf Haraways "Situated Knowledges" schreibt Gunzenhäuser über die Funktion des *rememory* als Auseinandersetzung mit dem Widerspruch von AußenseiterInnenpositionen (in den Worten Haraways: "the positions of the subjugated are not exempt from critical reexamination"). Es ist, so Gunzenhäuser, diese Auseinandersetzung, die "sich am *rememory* demonstrieren [lässt], einem Erinnern der Vergangenheit, welches das Leben und Erzählen in *Beloved* bestimmt" (243). Christine Braß und Antje Kley charakterisieren *rememory* in "Will the Parts Hold? Erinnerung und Identität in Toni Morrisons Romanen *Beloved* und *Jazz*" (1997) als "Begriff [...], der sowohl den Prozeß des Erinnerns aufgreift als auch die Bemühung, Erinnerung narrativ zusammenzusetzen" (13).

Kevin Cryderman schreibt in "Ghosts in the Palimpsest of Cultural Memory: An Archeology of Faizal Deen's Poetic Memoir Land Without Chocolate" (2002) in Zusammenhang mit Deens *memoir*, dass diese Memoiren mit einer Erinnerung zu tun haben, die persönlich und kollektiv zugleich ist, "an inscription to register something that may pass into nothingness". Er spricht von einer hypertextuellen Verbindung zum Schluss von *Beloved*, dessen Ende er ab dem Satz "This is not a story to pass on" zitiert:

> Down by the stream in back of 124 her footprints come and go, come and go. They are so familiar. Should a child, an adult place his feet in them, they will fit. Take them out and they disappear again as though nobody every walked there.
>
> By and by all trace is gone, and what is forgotten is not only the footprints but the water too and what it is down there. The rest is weather. Not the breath of the disremembered and unaccounted for, but wind in the eaves, or spring ice thawing too quickly. Just weather. Certainly no clamor for a kiss. (*Beloved* 275)

"This is not a story to pass on" heißt, wie auch Cryderman deutlich macht, keinesfalls, dass die Geschichte Beloveds nicht weitererzählt werden muss. Der Satz kann in dem Sinne begriffen werden, dass diese Geschichte keine ist, die wie eine Anekdote weitererzählt werden kann. Sie bedarf eines besonderen Modus, um das Ausmaß der Ereignisse greifbar zu machen:

> Although Morrison insistently repeats at the close of *Beloved*, "This is not a story to pass on," she does this only in order to engrave the event in the deepest resources of our amnesia, of our unconsciousness. When historical visibility has faded, when the present tense of testimony loses it power to arrest, then the displacements of memory and the indirectness of art offer us the image of our psychic survival. (Cryderman 18)

Wenn Homi K. Bhabha sich in *The Location of Culture* auf *Beloved* bezieht, betrachtet Cryderman diesen Bezug als Versuch, die Notwendigkeit zu artikulieren, "unofficial histories" festzuhalten. "To record unofficial histories" heißt, die Geschichten derer festzuhalten, "whose stories are not told by History[,] the stories and lives that are overwritten or rubbed off from permanent inscription" (Cryderman 7). Im Diskurs der Erinnerung, so Bröck in *White Amnesia – Black Memory*, werden gegenwärtig zwei unterschiedliche Ansätze augenfällig: ein eher deskriptiver Ansatz, den die Erinnerung vor allem als "human faculty, as a mnemonic technique" interessiert, und eine zweite Tendenz, die sich dem post- oder dekolonialen Schreiben von Autorinnen und Kritikerinnen wie Morrison zuordnen lässt: "They share a focus on a decidedly ethical and political need for a far reaching restoration of Western cultural memory to the effect of re-inscribing, foregrounding a crucial cultural lack by way of what Bhabha has called the supplement of memory of oppressed cultures" (23). Texte, die in diesem Bewusstsein entstehen, richten sich gegen die kollektive Amnesie von "modernity's imperial discourses", die Morrison in einem *Times*-Interview vom 22. Mai 1989 "national amnesia" (ebd.) nennt. Sie repräsentieren, so Bröck, die 'Unterseiten', "the undersides", westlicher imperialer Diskurse. Das Horrorgenre ist, im ganz wörtlichen Sinn, 'a genre of undersides', und so wird für Morrison – wie für Jelinek, die den Bezug zur hervorbrechenden 'Unterseite' mit ihren der Erde entsteigenden Wiedergängern explizit herstellt – auch der Rückgriff auf den Modus des Horrors zu einer Strategie gegen das Vergessen.

Definitionsmacht – narrative Autorität – Imaginationshoheit

> The concept of cultural memory comprises that body of reusable texts, images, and rituals specific to each society in each epoch [...]. Through its cultural heritage a society becomes visible to itself and to others.
>
> *Jan Assman, "Collective Memory and Cultural Identity"*

> Was die wahren, die wirklich großen Horrorfilme auszeichnet, ist die Sympathie, die wir am Schluß für das Monströse empfinden. [Die Verfilmung von] *Beloved* ist ein solcher Horrorfilm, Vampirfilm, Liebesfilm.
>
> *Regine Welsch, Filmkritik* Beloved

Mit der Analyse von Morrisons *Beloved* und Jelineks *Die Kinder der Toten* geht es mir weniger um 'manifeste' Neufassungen des Monströsen, wie es in den vorigen Kapiteln der Fall war, als um die Funktion von *Gothic horror* als Modus/Technologie/Strukturprinzip, oder auch, wie Halberstam formuliert, als *site* – was wiederum eine Verbindung zu Morrisons Gedanken von der Erinnerung als Ort – "The Site of Memory" – herstellt. Beide Texte, Jelineks wie Morrisons, stehen in einem besonderen Spannungsfeld von Definitionsmacht, Autorität des Erzählens und Imaginationshoheit: Die Symbolik des Horrors wird Teil der Erzählstrategie und damit auch zu einer Strategie, Subjektpositionen zu beziehen. Sie wird zur Technik, Vorgänge des Verdrängens und Erinnerns darzustellen, des Ringens darum, gehört zu werden. Diese Technik möchte ich 'monströses Erzählen' nennen, wobei 'monströs' im positiven Sinne gemeint ist ("not as a sign of pejoration but as the unfolding of virtual possibilities that point to positive alternatives for us all").[22] Gleichzeitig ist bei der Rezeption dieser Techniken auch ein bestimmtes 'offenes' Verständnis von Genredefinitionen des *Gothic horror* nötig, sonst könnte die vorschnelle Zuschreibung des Fantastischen, Mystischen und Magischen die Aussagemöglichkeiten der Texte erneut begrenzen, statt neue Lesarten möglich zu machen.

"I'm not comfortable with these labels": Probleme konventioneller Genredefinitionen

Auch wenn Morrison in "The Site of Memory" (1987) die Bedeutung des Mystischen und Magischen für ihr Schreiben betont – "if writing is thinking and discovery and selection and order and meaning, it is also awe and reverence and mystery and magic" –, wehrt sie sich gegen ein eingeschränktes Verständnis dieses Mystischen und Magischen. Wenn sie sich in "The Site of Memory" mit der Einordnung ihrer Texte in den Bereich des Fantastischen auseinandersetzt, macht sie deutlich, dass ihr Modus/ihre Technik keinesfalls mit einem konventionellen Verständnis des *'Unbelievable'* – des Übersinnlichen als dem Unglaubwürdigen, Ersponnenen und Realitätsfernen – verwechselt werden sollte: "The work that I do frequently falls, in the minds of most people, into that realm of fiction called fantastic, or mythic, or magical, or unbelievable. I'm not comfortable with these labels. I consider that my single gravest responsibility (in spite of that magic) is not to lie" ("Site of Memory" 113). Wenn 'fantastisch' synonym mit 'unglaubwürdig' ist, ist es als Label für Morrisons Schreiben nicht geeignet. Morrisons Unbehagen kann indirekt als Kritik daran verstanden werden, wie *Gothic horror* häufig definiert wird. Der Begriff des 'Labels' führt zur Thematik der Genredefinition.

Ein schlichtes 'Labeling' kann der Mehrstimmigkeit der Romane Jelineks und Morrisons nicht gerecht werden. Konstruktiver erscheint mir, den diversen Traditionen nachzuspüren, die jeweils anklingen. Für Jelinek scheint die bekennende Liebe zum Horrorgenre, auch zum US-amerikanischen, also westlich geprägten Horrorfilm, ein Teil der Selbstinszenierung zu sein. Mehrere Filmfestivals haben Jelineks Wahl zum Auswahlprinzip erhoben, so im Herbst 2006: "Horrorfilme für Elfriede Jelinek" lautet die Überschrift einer Nachricht in den *BNN* vom 20.10.2006:

> Horrorfilme, Wiederaufnahmen und ein Symposion: Wiener Institutionen vom Burgtheater bis zum Filmfestival Viennale ehren die Schriftstellerin Elfriede Jelinek mit Sonderveranstaltungen zu ihrem 60. Geburtstag am heutigen Freitag [...] Viennale-Leiter Hans Hurch lud die Literatur-Nobelpreisträgerin ein, eine eigene Reihe zu

---

22 Quellenangabe siehe Nennung des Zitats in Einleitung, S. 27 und Kap. 3, S. 183.

kuratieren. Als 'Medien-Junkie' mit Faible für Horrorfilme wählte Jelinek eine Reihe von Klassikern des Genres, von Hitchcocks 'Vertigo' bis Lynchs 'Lost Highway'.

Hier inszeniert Jelinek im Alltag, was auch als Autorisierungsstrategie in *Die Kinder der Toten* auszumachen ist: die Traditionslinie etablierter männlicher Horrorautoren wird anzitiert, was auch als Strategie der Aneignung verstanden werden kann.

Jelinek wird anlässlich des Nobelpreises 2004 mit den Worten portraitiert, das nächste Buch werde "wieder eine Gespenstergeschichte werden ... eine Gothic Novel, *da habe ich meine Form gefunden*" (Diez, *FAS* 10.10.2004, Herv. JM). Im wenig später folgenden *FAZ*-Gespräch sagt sie: "*Die Kinder der Toten* würde ich gern weiterführen, weil ich glaube, daß die Gespenstergeschichte, also das Unheimliche, mein *Genre* ist" (*FAZ* 8.11.2004, Herv. JM). Doch selbst wenn Jelinek im selben Interview sogar von der "englischen Gothic novel" (ebd.) spricht, heißen diese Äußerungen nicht, dass Jelinek der Formel Radcliffes folgt. Ganz im Sinne meiner Definition macht sie auch keine komplizierte Unterscheidung zwischen *female Gothic* und *male horror*. Das Faible für die *Gothic novel* als Form und das Faible für den Horrorfilm speisen sich aus einer Quelle und können als Faible für *Gothic horror* im Sinne einer 'Technologie' verstanden werden. Jelineks "Form" ist der Zugriff auf *Gothic horror* als Fundus diverser Formationen, historischer wie gegenwärtiger, auf Formen und Modi gleichermaßen.

Ihr Einsatz des Unheimlichen lässt sich auch als Zitat österreichischer Schreibtraditionen verstehen: Ähnlich wie das Schreiben südamerikanischer AutorInnen des 20. Jahrhunderts als magisch-realistisch betrachtet wird, beschreibt die Kritik auch das Schreiben österreichischer AutorInnen von Karl Kraus bis H. C. Artmann häufig als vom Unheimlichen oder Magischen durchdrungen.[23]

Wenn Löffler *Die Kinder der Toten* 1995 nicht nur "allegorischen Heimatroman" sondern auch "barocke Todesfuge" nennt, stellt dies wiederum eine Ähnlichkeitsbeziehung zu allegorischen Totentanzdarstellungen her, zu einer

---

23 Radisch spricht vom "Weltekel der österreichischen Entlarvungsliteratur" in der Tradition von Karl Kraus und Horvath, von einer "schlichten schwarzen (sic!) Botschaft", die auch "das monströse Endzeit- und Totenbuch der Elfriede Jelinek unermüdlich hinauf und herunter rattert" (*Die Zeit* 15.9.1995). Der Begriff des magischen Realismus kommt ins Spiel, wenn etwa H. C. Artmann als "Magier Lyriker" bezeichnet wird (www.litlinks.it/a/artmann.htm). Zugleich ist auffällig, dass sowohl die Texte Jelineks als auch Bernhards immer wieder als Heimatromane *à rebours* klassifiziert werden, wobei die Literaturkritik etwa den Begriff des 'Donau-Horror' gebraucht. Erklärungsmöglichkeiten finden sich in Jean Amérys Diagnose des 'Morbus Austriacus' und in Renate Langers "Die Schwierigkeit, mit Wolfsegg fertig zu werden. Thomas Bernhards *Auslöschung* im Kontext der österreichischen Schloßromane nach 1945".

Art der Schreckensdarstellung, die weit älter ist als die englische *Gothic novel* – zu oft "grausigen Schreckensbilder[n] in kraß naturalist[ischer] Ausführung" (Wilpert 954). Wenn darin jedoch das "drast[ische] Memento mori" die Menschen zu "moral[ischer] Besinnung" führen soll (ebd.), so weicht dies deutlich von der Gewichtung in *Die Kinder der Toten* ab, wo nicht vor dem Tod, sondern vor den Menschen gewarnt wird.

Und schließlich zieht das konkrete geschichtliche Ereignis der Massenvernichtung die Figuren in das Gravitationsfeld der Wirklichkeit, ganz abgesehen von den Formulierungen fingierter Authentizität, die Jelinek am Ende des Texts dem Prinzip der Allegorie entgegensetzt. Auch das Motto, das dem Roman in Hebräisch vorangestellt ist – die kabbalistische Beschwörung "Die Geister der Toten, die so lang verschwunden waren, sollen kommen und ihre Kinder begrüßen" – verleiht der Erweckung der Figuren eine Dimension, die weit über die Allegorie des barocken Totentanzes hinausgeht:

> [Die häßlichen Bilder in den Poetiken des 17. Jahrhunderts] sichern die Distanz des Lesers und der Leserin von den häßlichen Vorstellungen, es wird eine heilsgeschichtliche Wahrheit aktualisiert. Nicht Realität, sondern signifizierende 'res' werden dargestellt. Jelineks häßliche Bilder dagegen affizieren die Leser und Leserinnen als artistische Metaphern der Moderne. (Doll 129)

Am Beispiel von Jelineks Schreiben wird deutlich, wie wechselhaft und durchlässig das Prinzip *Gothic horror* sein kann. Dieses Schreiben lässt sich nicht nahtlos in die Formeln bekannter Textformen des Horrors – die englische *Gothic novel*, den Totentanz – einpassen, sondern nimmt bestimmte Elemente dieser Formen und ordnet sie neu.[24] Dies gibt einmal mehr Anlass, rigide Genredefinitionen in Frage zu stellen und auf alternative Perspektiven hinzuweisen: Es gibt eben nicht nur eine 'weiße', schriftorientierte, angloamerikanische Tradition des Unheimlichen, sondern es gibt zahlreiche weitere, wie die von der *oral tradition*[25] geprägte afroamerikanische – oder eine österreichische Tradition, die wiederum ebenso von einer "katholisch-barocken" Tradition wie von jüdischen Schreibtraditionen beeinflusst sein kann: nach Jelineks Selbstverständnis verbinden sich in ihrem Schreiben "der scharfe jüdische Witz" und "die andere Seite, das Katholische und das Barocke", "das ausladende, barocke Über-die-Ufer-Treten der Sprache" (*FAZ* 8.11.2004). Zugleich schildert Jelinek, welchen Einfluss die Verkennung bestimmter 'unerwarteter' Traditionen auf die Rezeption haben kann: "Ich habe das Gefühl, ich

---

24 Diese Strategie ist z. B. mit D'Haens' postmodernem Fantastikbegriff zu fassen: "fantastic" und "poststructuralist postmodernism" sind Variationen der Gegenwartsliteratur.
25 Zur *oral tradition* bei Morrison siehe Eva Boesenberg, "Das Überleben der Sprache in der Stille: Zur Adaption mündlicher Erzähltraditionen in drei Werken zeitgenössischer afro-amerikanischer Autorinnen" (1990).

stoße vor allem in Deutschland in ein vollkommen leeres Rezeptionsfeld. [...] Meine Vermutung ist, daß das mit dem verschwundenen jüdischen Biotop zu tun hat, von dessen Rändern ich doch irgendwie herkomme [...] Ich schreibe eigentlich aus dieser Tradition heraus und habe das Gefühl, ich schreibe ins Leere hinein" (ebd.).

Diese Problematik lässt sich auch an der Wahrnehmung von Morrisons Schreiben entfalten. Morrisons Technologie des *Gothic* ist wie Jelineks Technologie des *Gothic* nicht einpassbar in geläufige, 'westlich zentrierte' Definitionen des *Gothic horror*, ebenso wenig wie es nahtlos einpassbar in Definitionen des Magischen Realismus ist. David Lionel Smith beispielsweise versucht *Beloved* in die Sparte der sogenannten *ghost novel* einzuordnen, indem er den Roman als "masterpiece of supernatural literature" charakterisiert, ein Ausnahmewerk, ebenso wie Henry James' *Turn of the Screw*. Nicht nur, schreibt Smith weiter, sondern auch: "But beyond that accomplishment and beyond its exquisite writing and psychological subtlety, *Beloved* is also a book about the devastating cost of slavery, our great historical trauma, and the racist shadow it continues to cast on the United States" (196). Diese Charakterisierung ließe sich auch darauf anwenden, wie Jelinek in *Die Kinder der Toten* mit dem Faschismus umgeht, und sie erscheint zunächst durchaus plausibel. Gunzenhäuser (239) deutet Smiths Charakterisierung jedoch als ein Nebeneinanderstellen von *ghost* bzw. *Gothic novel* und *slave narrative,* was als problematisch empfunden werden kann, weil hier Definitionshierarchien sichtbar werden.

Dabei bezieht sie sich auf Karla F. C. Holloway, die eine Verbindung von Morrisons Werk zu "weißen Schreibtraditionen" ablehnt: "As Black critical theory calls for methods of literary criticism indigenous to the literature, to its African point of origin, Morrison writes a story that defies Western structuration" (Holloway 180).

Das traditionelle und prominente Genreverständnis der *Gothic novel* als Genre, innerhalb dessen Verschriftlichung und Aufklärung eine besondere Rolle spielen, bewegt sich innerhalb solcher 'westlicher Strukturierungen': "Der Genrebegriff der Gothic novel impliziert eine Subjektfunktion und eine Auffassung von Geschichtlichkeit und Geschichte, die sich traditionell gegen alle richten, die keine Schriftsprache und keine Geschichte im aufklärerischen Sinn besitzen" (Gunzenhäuser 240). Ein solches Genreverständnis steht in Kontrast zu einer afroamerikanischen Erzähltradition, die den Aspekt der mündlichen Überlieferung (*oral tradition*) positiv hervorhebt, beispielsweise mit der Trope des "Talking Book", die Henry Louis Gates in *The Signifying Monkey: A Theory of African-American Literary Criticism* (1988) beschreibt.

Die Figur des Talking Book bringt "the search of the black subject for a textual voice" (Gates 131) zum Ausdruck:[26]

> Bakhtin's metaphor for double-voiced discourse [...] comes to bear in black texts through the *trope of the Talking Book*. [...] Making the white written text speak with a black voice is the initial mode of inscription of the metaphor of the double-voiced. [...] [T]he curious tension between the black vernacular and the literate white text, between the spoken and the written word, between the oral and the printed forms of literary discourse, has been represented and thematized in black letters at least since slaves and ex-slaves met the challenge of the Enlightenment. [...] It was to establish a collective black voice through the sublime example of an individual text and thereby to register a black presence in letters. (ebd., Herv. JM)

Holloways Kritik muss diejenigen, die sich mit *Beloved* auseinandersetzen, indirekt darin bestärken, ihre Methoden zu erweitern, konkret gesagt, eben nicht nur das Label 'fantastisch' zu applizieren, sondern sich auch mit den Traditionen auseinanderzusetzen, in der, wie Gates formuliert, "black letters" stehen. Nicht einfach deshalb, weil Morrison eine schwarze Autorin ist, sondern unter anderem deshalb, weil sie eine *politische* schwarze Autorin ist.

Ich plädiere für eine Perspektive, in der Morrisons Techniken des Fantastischen – ebenso wie der Modus des Magischen Realismus – nicht einfach westlichen Schreibtraditionen wie der *Gothic novel* des späten 18. und frühen 19. Jahrhunderts zugeschlagen werden, sondern vielmehr der Umkehrschluss gemacht und der Einfluss nachvollzogen wird, den die süd- und mittelamerikanischen und die afroamerikanischen Schreibtraditionen auf die angloamerikanischen und europäischen Traditionen haben.

In *Beloved* klingen angloamerikanischer und afroamerikanischer Geisterglaube an. Aspekte einer westlichen *Gothic*-Tradition (wie die Idee des *explained supernatural*) werden mit der Vorstellung einer Welt überblendet, in der das Spirituelle Teil der Realität ist, beispielsweise in einer selbstverständlichen Präsenz der Vorfahren: "these ancestors are not just parents, they are sort of timeless people whose relationships to the characters are benevolent, instructive, and protective, and they provide a certain kind of wisdom".

Karsten Düsdieker unternimmt in seiner Dissertation *Kulturtransfer Renarrativierung Interamerika: Gabriel Garcia Marquez als Mittler zwischen*

---

26 Dorothea Löbbermann veranschaulicht das Phänomen des *talking book* anhand der Funktion, die die Sinnlichkeit der Kunstform Jazz für Morrisons Roman *Jazz* hat: "Als Element des *talking book* erneuert [diese Kunstform] den Roman und weist ihm spezifisch afroamerikanische Formen des kulturellen Gedächtnisses zu" (*Memories of Harlem. Literarische (Re)konstruktionen eines Mythos der zwanziger Jahre* [2002] 171). In diesem Zusammenhang kann auch der 'Griot' erwähnt werden, den beispielsweise Düsdieker in Verbindung mit Morrisons Erzählen bringt: Ein Griot ist eine Person, die in einer für Mali spezifischen afrikanischen Gesangstradition steht.

latein- und nordamerikanischem Roman den Versuch, das Zusammenspiel der diversen Schreibtraditionen in *Beloved* herauszuarbeiten, errichtet jedoch stellenweise neue Hierarchien des Einflusses:

> Bei soviel magisch-realistischem Inhalt könnte Toni Morrison als literarische Erbin von Garcia Marquez gesehen werden. Doch zwei Gründe mahnen zur Vorsicht. Zum einen schlägt Morrison das magisch-realistische Erbe – zumindest nach außen hin – aus und ordnet sich einer afroamerikanischen Genealogie zu (Morrison 1984: 343 [...]). Zum anderen lassen sich Morrisons Erzählschleifen nicht ausschließlich auf Garcia Marquez (sic!), sondern teilweise auch auf afrikanische Traditionen zurückführen (Page 1992: 31–39 [...]). (137)

Die Formulierung, Morrisons 'Erzählschleifen' – ihre narrative Strategie des "going back and working through" – ließen sich *nicht ausschließlich* auf Marquez, sondern *teilweise* auch auf afrikanische Traditionen zurückführen, wirkt nahezu komisch und gleichzeitig gönnerhaft. Düsdieker versucht in seinem Kapitel zu *Beloved* aufzudecken, dass Morrison eigentlich viel stärker von Marquez beeinflusst ist, als sie in Interviews und Werkkommentaren zugibt. Zwar ist dieser Ansatz, den Text auf diese Weise vom Autoren zu 'entkoppeln', literaturwissenschaftlich durchaus legitim, problematisch wird es aber dann, wenn die These damit untermauert wird, dass die Bedeutung, die Morrison dem "Ancestor as Foundation" zuspricht, schlicht nicht ernst genommen wird.[27]

Noch problematischer erscheint mir allerdings der Satz, den Düsdieker seiner Erkenntnis der 'teilweisen Zuordnung zu afrikanischen Traditionen' anfügt: "Neben *Marquezschen* transferiert sie nämlich auch *afrikanische* Elemente in die US-Literatur und schichtet sie – zusammen mit US-amerikanischen Zutaten – zu einer transkulturellen Lasagna, die sie mit anthropophagischem Gusto verschlingt und zu einem neokulturellen Endprodukt verdaut" (138). Die Terminologie des Verschlingens und Verdauens, noch dazu mit dem Gusto eines Menschenfressers, erweckt den Eindruck, als handele es sich nicht nur bei Beloved um einen Zombie ("Die verfluchte Stimme des eigenen Zombie" lautet die Überschrift von Düsdiekers Morrison-Kapitel), sondern auch bei der Autorin selbst um ein Monster, das noch im herkömmlichen Sinne "pejorative otherness" verkörpert. An dieser Stelle illustriert Düsdiekers Terminologie, dass selbst eine Studie, die (definitorische) Grenzen aufzuheben sucht, nicht vor (möglicherweise unbewussten) Stereotypisierungen und Hierarchisierungen gefeit ist. Insgesamt verbleibt Düsdieker allerdings nicht bei den Hierarchien des Einflusses, sein Fazit ist differenzierter: "Der Umstand, daß US- und lateinamerikanische Romane gemeinsam auf afrikanische Tradi-

---

27 Die Quelle "Morrison 1984", auf die sich Düsdiekers eben genanntes Zitat bezieht, ist ihr Text "Rootedness. The Ancestor as Foundation".

tionen zurückgreifen, ist eine nicht zu unterschätzende Facette des interamerikanischen Kulturtransfers" (170).

Dennoch steht das Unbehagen an der Zuschreibung des 'Mystischen und Fantastischen' möglicherweise in engem Zusammenhang mit der Problematik, dass "black letters" häufig (bewusst oder unbewusst) exotisiert werden. Gerade in der deutschen Kritik wird auch die Autorin Morrison selbst mitunter stark exotisiert: "Hohepriesterin eines unsichtbaren Volkes" nennt Sigrid Löffler sie 2004 in *Literaturen*. Eine Deutungsmöglichkeit dieser Wortwahl ist, dass Morrisons Autorität als 'seriöse', politische Stimme damit geschmälert wird (vgl. Roth, "Gefrorenes Weiss" 491).[28]

"I'm not comfortable with these labels" – Morrisons Kritik am 'Labeling', die sie in "The Site of Memory" äußert, bezieht sich möglicherweise auch auf den exotistischen Anteil, der dem 'Attest' des Fantastischen innewohnen kann. Diese Kritik trifft sich mit meiner Kritik eines herkömmlichen Verständnisses des Fantastischen, das die Textform auf das Unglaubwürdige im Sinne des Unrealistischen reduziert. Aber schon wenn man "unbelievable" mit 'unfassbar' und nicht mit 'unglaubwürdig' übersetzt, ändert sich das Bild. Denn die Realität kann immer wieder unfassbar, befremdend und seltsam sein, "truth is stranger than fiction", ein Sprichwort – eine "old chestnut", wie Morrison schreibt –, das sich häufig bestätigt: "It doesn't say that truth is truer than fiction, it's just stranger, meaning that it's odd" ("Site of Memory" 113). Der Begriff des Fantastischen, den ich auf Morrisons Schreiben, auf *Beloved*, anwenden würde, ist auf diesen Gedanken bezogen. Morrisons Kritik ist implizit eine Kritik des konventionellen Fantastikbegriffs, der weit verbreitet ist, aber der Vielfalt gegenwärtiger Texte des *Gothic horror* längst nicht mehr gerecht wird – und noch nie gerecht wurde. *Beloved* als fantastischer Text ist "beyond control, not beyond understanding", ähnlich wie Jelineks Text. Das Fantastische enthebt die Lesenden nicht der Verantwortung, sich mit der Realität eines Geschichtsverbrechens auseinanderzusetzen.

Imaginationshoheiten

Das Thema der Definitionsmacht – wie eine Autorin eingeordnet wird, hängt auch davon ab, wie ernst ihre Stimme genommen wird – führt zum Thema des Sprechens, der Sprecherpositionen. Dabei geht es sowohl um narrative Autorität als auch um Imaginationshoheit.[29] Bei politischen Autorinnen, als die ich Jelinek und Morrison bezeichne, ist es mitunter schwierig, beides zu trennen.

---

28 In seiner umstrittenen Rezension zu *Beloved* de-autorisiert Stanley Crouch Morrison auch als Frau: "Beloved is designed to placate sentimental feminist ideology".
29 Vgl. Kap. 1, S. 70–71.

In Werkkommentaren und Interviews sprechen sie sowohl über ihre eigenen gesellschaftlich hörbaren Stimmen – als Frau jüdischer Herkunft, als afroamerikanische Frau –, über Gender und Race, als auch über die Stimmen der Erzählinstanzen ihrer Romane. Ich betone auch hier, dass es nicht darum geht, die Instanzen AutorIn und ErzählerIn für austauschbar zu erklären. Möglicherweise ist es hilfreich, als gemeinsamen Nenner zu formulieren, dass es um Sprecherpositionen geht.

"[I]n spite of its implicit and explicit acknowledgement, 'race' is still a virtually *unspeakable thing* [...] not least of which is my own deference in surrounding it with quotation marks" (3), schreibt Morrison in ihrem Essay "Unspeakable Things Unspoken" (1988). *Beloved* ist in vielfacher Hinsicht eine Auseinandersetzung mit *Race* als dem Unaussprechlichen. Die Kategorie *Race* ist untrennbar mit der Geschichte der Sklaverei verbunden. Das Wort "unspeakable" taucht in *Beloved* immer wieder auf: "[E]very mention of her past life hurt. Everything in it was painful or lost. She and Baby Suggs had agreed without saying so that it was *unspeakable*"; "Mixed in the voices surrounding the house, recognizable but undecipherable to Stamp Paid, were the thoughts of the women of 124, *unspeakable thoughts, unspoken*" (58, 199, Herv. JM).

Es geht in Morrisons Texten nicht um "the unbelievable" im Sinne von etwas Realitätsfernem, sondern um "the unspeakable". Wenn Morrison das Unaussprechliche auf diese Weise thematisiert, ist das nicht zu verwechseln mit einer geläufigen Erzählstrategie der *slave narrative*, die in dem Satz "Let us drop a veil over these proceedings too terrible to relate" ("Site of Memory" 110) zum Ausdruck kommt.[30]

"The Site of Memory" ist im selben Jahr erschienen wie *Beloved*, 1987, und erscheint mir daher als wesentliche 'Poetik' des Romans. Morrison beschreibt ihren Umgang mit dem 'Schleier des Vergessens':

> For me – a writer in the last quarter of the twentieth century, not much more than a hundred years after Emancipation, a writer who is black and a woman – the exercise is very different. My job becomes how to rip that veil drawn over 'proceedings too terrible to relate'. The exercise becomes critical for any person who is black [...] for, historically, we were seldom invited to participate in the discourse even when we were its topics. (110–111)[31]

Wenn Morrison einen historischen Zeitungsausschnitt als einen Ausgangspunkt für *Jazz* wählt, und den Fall der Margaret Garner als Ausgangspunkt für *Beloved*, geht es sinngemäß auch um das, was sie im Zusammenhang mit den

---

30 Das namenlose Schreckliche taucht auch in *Die Kinder der Toten* immer wieder auf: "Dieses [...] Ding hat keinen Namen, und wenn, dann ist er so schrecklich, daß ihm das Wort erst nach Bewährung gewährt werden darf" (399).

31 Auch W. E. B. Du Bois verwendet in *The Souls of Black Folks* (1903) häufig den Begriff des "veil".

im *Harlem Book of the Dead* verzeichneten Schicksalen sagt: Es geht darum, Menschen eine Stimme zu geben, über deren Subjektivität auch die *slave narratives*, die in Editionspraktiken Weißer eingebunden waren, keine Auskunft geben konnten.[32]

Jemandem eine Stimme zu geben heißt auch, sich dem zu nähern, was geläufig in die Wendungen des '*unaussprechlichen* Grauens', des '*unsagbar* Grauenhaften' gefasst wird. 'Subversive' Horrortexte wie die von Jelinek und Morrison sind geprägt von dem Versuch, dieses Grauen zu umkreisen, sich ihm anzunähern. Den Schleier herunterzureißen heißt also nicht, das Unaussprechliche sofort eins zu eins zu benennen, sondern das getötete Kind ins Bild eines mahnenden Geistes und Zombies zu fassen, die Rückenverletzung ins Bild des Baumes, aber dann auch von der Tötung des Kindes zu erzählen oder davon, dass etwas, das wie die Äste eines Kirschbaums aussieht, Narben sind, "a clump of scars".

Das Fantastische kann Unsicherheit und Verwirrung im Lesenden auslösen, und Morrison wünscht den Effekt der Verwirrung: "[In *Beloved*], I wanted the compelling confusion of being there as they (the characters) are; suddenly, without comfort or succor from the 'author,' with only imagination, intelligence, and necessity available for the journey" ("Unspeakable" 33). So soll der Anfangssatz von *Beloved*, "124 was spiteful", die Lesenden gewissermaßen gewaltsam in das Geschehen werfen, wie Morrison in "Unspeakable Things Unspoken" schreibt. Sie charakterisiert ihn als "authoritative sentence" (32). Im Erheben einer "voice of authority" (Lanser) besteht eine wesentliche Strategie, endlich an jenem Diskurs teilzuhaben, in den Schwarze historisch gesehen lange nicht einbezogen wurden, obwohl sie es waren, um die der Diskurs kreiste. Es geht also einmal darum, die vehemente existenzielle Unsicherheit versklavter Menschen fühlbar zu machen, aber auch um ein Erzählen, das es, anders als das der *slave narratives*, ermöglicht, eigene, subjektive, individuelle Sprecherpositionen zu beziehen.

Julia Roth formuliert in "Make me – Remake me" eine zentrale Fragestellung für Morrisons Schreiben: die Frage danach, wie es Morrison gelingt, Autorität als Ausdruck von Unterdrückungsverhältnissen radikal zu unterwandern und in ihren Texten zugleich sprechende Subjekte – Subjekte narrativer Autorität – zu erschaffen, "and thereby [to] establish a 'black voice' in the project of re-writing and 'rememorying' African-American history".[33] In

---

32 "[In the] 1978 collection of death-portraits called *The Harlem Book of the Dead*, [...] the photograph and the compelling story behind it that inspired *Jazz* were published (Nancy Paterson 203).

33 Ich danke Julia Roth für die erhellenden Anregungen und Literaturhinweise, die ich durch ihre Studie erhalten habe, die als Abschlussarbeit zu Prof. Dr. Renate Hofs Seminar "Probleme narrativer Autorität" (2002) entstanden ist.

Bezug auf Susan Lanser und ihr Kapitel "Unspeakable Voice: Toni Morrison's postmodern authority" in *Fictions of Authority*, spitzt sie die Frage dahingehend zu, dass Morrsion zwei scheinbar gegensätzliche Anliegen vereint: "[T]o recognize 'the radical contingency of all authority' and at the same time offer 'possibilities for authorizing the hitherto 'unspeakable'" (3). Eine Möglichkeit, diese Anliegen zu vereinen, besteht darin, wie Gunzenhäuser für *Beloved* beschreibt, dass es in *Beloved* keinen Anspruch auf eine Subjektfunktion gibt, die das Zentrum des Repräsentationssystems darstellt – wie es etwa in Shelleys *Frankenstein* der Fall ist (Gunzenhäuser 249). Eine weitere Möglichkeit ist das Erzeugen der Emotion des Grauens in den Lesenden.

Über die Funktion, die Jazz als Musikform in Morrisons Roman *Jazz* hat, schreibt Roth: "I would not say that *Jazz* is meant to be a piece of jazz, but rather that Toni Morrison uses the function and effects of the music and includes them into her novel [...] She wants her writings to appear 'oral, meandering, effortless, spoken – to have the reader *feel* the narrator without identifying that narrator'" ("Remake Me" 28, 29, Herv. Roth).[34] Der 'verunsichernde' Anfangssatz "124 was spiteful. Full of a baby's venom", der die Lesenden packt und ins Geschehen wirft, evoziert genau diese fühlbare Erzählinstanz.

Morrisons Strategie besteht jedoch nicht nur darin, das unaussprechliche Grauen fühlbar zu machen, die Schilderung des Spuks ist auch ein Trick:

> Something is beyond control, but is not beyond understanding. The fully realized presence of the haunting is both a major incumbent of the narrative and sleight of hand. One of its purposes is to keep the reader preoccupied with the incredible spirit world while being supplied a controlled diet of the incredible political world. (Morrison, "Unspeakable" 32).

Zu Anteilen ist der Spuk also auch ein Zuckerstück, in dem die bittere Medizin der Erkenntnis über das historische Verbrechen der Sklaverei versteckt ist. Aber wenn sich herausstellt, dass Spuk und Realität immer wieder deckungsgleich werden, muss (um beim Bild zu bleiben) das Zuckerstück den Lesenden im Halse stecken bleiben.

Auch bei Jelinek sind gesellschaftliche Unrechts- und Machtverhältnisse, Geschichtsverbrechen und Spuk eng miteinander verbunden. "Der Wahn der Geschichte als Gespenstergeschichte" (Diez, *FAS* 10.10.2004), den Jelinek in *Die Kinder der Toten* inszeniert, hat einen hohen Stellenwert in ihrem Gesamtwerk. Es geht darum, dass über etwas Verdrängtes, Unausgesprochenes endlich etwas gesagt werden muss:

---

34 Das Zitat stammt aus Morrisons "Rootedness" 341. Die Idee, die ErzählerIn fühlbar zu machen, ohne sie zu identifizieren, erinnert auch an das Motiv der Blindheit in Morrisons Nobelpreisrede, ihrer "Nobel Lecture in Literature" (1993), die sie gleichnishaft mit dem Bild einer blinden schwarzen Frau beginnt.

> [S]ie redet von ihrem Buch *Die Kinder der Toten*, das sie für ihr entscheidendes Werk hält, der Wahn der Geschichte als Gespenstergeschichte. 'Das ist der Text, den ich schreiben wollte', sagt sie, 'alles andere waren dann Fleißarbeiten. Ich bin aber auch entlastet, dass ich darin gesagt habe, was ich sagen wollte.' Es war diese 'unglaubliche österreichische Geschichtsverlogenheit', an der sie sich abgearbeitet hat, dieses Land, das sich immer als erstes Opfer der Nationalsozialisten gesehen hat. 'Es waren', sagt sie, 'die Toten in meiner Familie, die mich verpflichtet haben, dieses Buch zu schreiben' (ebd.).[35]

Die Verpflichtung durch die Toten – Morrison würde sie "ancestors" nennen – führt zu einem Schreiben, das sich regelrecht verselbständigt, wie Jelinek im Gespräch mit Rose Maria Gropp und Hubert Spiegel äußert: "Mein Roman *Die Kinder der Toten* war eigentlich auch als kleine Gespenstergeschichte geplant. Aber ich bin jemand, bei dem es plötzlich anfängt zu wuchern. Und dann schießen aus dem Geflecht unter der Erde überall die Pilze heraus – bei guter Düngung" (*FAZ* 8.11.2004). Das Wort "gut" erscheint ironisch. Die "unglaubliche Geschichtsverlogenheit" hat die kleine Gespenstergeschichte in einen 666 Seiten starken Text verwandelt.

Neben dem Thema der 'Geistergeschichte' ist das der 'Schwierigkeit des Sprechens' zentral, nicht nur das Benennen verdrängter Verbrechen, auch das Sprechen als Frau in einer patriarchalen Gesellschaft. Beides ist gespenstisch: verdrängte Geschichte ragt wie die Hand eines Untoten aus der Erde, und Frauen erscheinen als geisterhafte Untote, die die Umwelt nicht hört und sieht, wie auch Mary in *Carnival of Souls*. So sagt Jelinek über den Vergleich mit Thomas Bernhard: "Bei Bernhard kommt natürlich auch dieser Herrschaftsanspruch des Erzählens dazu, den eine Frau gar nicht haben kann. Er hatte eine vollkommene Souveränität über seinen Gegenstand" (ebd.). Jelineks Formulierung ist Provokation und präzise Analyse zugleich. Hier kommen der Themenkomplex der narrativen Autorität und der Imaginationshoheit zusammen. Auch wenn man versucht, Autor und Erzähler zu trennen, es gibt bestimmte Punkte, vor allem in der öffentlichen Wahrnehmung eines Werks, innerhalb derer die Instanz des Autors, sein Geschlecht, seine Herkunft, ganz wesentlich damit zu tun haben, ob und wie man der Erzählinstanz des fiktionalen Texts zuhört. In diesem Zusammenhang erscheint die vergleichende Untersuchung von Jelineks *Die Kinder der Toten* und mit Bernhards Auseinandersetzung mit dem Nationalsozialismus in Österreich, *Auslöschung*, nochmals in einem neuen Licht.

---

35 Jelinek erzählt im Gespräch mit Diez, wie ihr Vater, der Jude war, sie als Kind zur Auseinandersetzung verpflichtete: "Er hat mich schon als Kind gezwungen, die Filme anzuschauen mit den Bergen von Leichen". Ich erinnere in diesem Zusammenhang an Jelineks Satz: "Film ist überhaupt – Gespenster sehen".

Die Unterschiede in der Wahl der Erzählperspektive und damit auch der Strategien narrativer Autorität scheinen beispielhaft für die gesellschaftliche Position Bernhards und Jelineks. Wenn der Blick auch in beiden Fällen auf eine Art Bühnenraum fällt, in dem die Bilder durch Kontraste entstehen – Bernhards finstere Bühne/Buchseite, auf der das Wort aufleuchtet und seine Überdeutlichkeit erhält,[36] Jelineks "Zelluloidraum", "wo etwas erscheint und wieder verschwindet" (Jelinek, "Carnival" 2) –, so ist doch der anvisierte Ausschnitt ein anderer. Jelineks Text bündelt die berstenden Ordnungen nicht in der Perspektive eines Protagonisten, sondern in einer unsicheren auktorialen Perspektive, die zwischen Allwissen und Nichtwissen wechselt, streckenweise einen Stephen King'schen Ton annimmt, an einer Textstelle alles als erdacht deklariert, dann wieder mit der Fingierung von Authentizität spielt. Wo bei Bernhard die Perspektive eines Subjekts Ansichten der Gesellschaft bündelt und vom persönlichen Umfeld immer weitere Kreise zieht bis zum verkommenen Staat und zur teuflischen Welt, wenn Murau sagt, "[d]ieser Staat ist wie meine Familie, die geradezu geschaffen ist für das nationalsozialistische Verbrechertum. Und die katholische Kirche [...] ist auch nicht besser. [...] Es graust mich vor diesen Leuten" (*Auslöschung* 460), bleibt jeder Figur Jelineks von Anfang an nur ihre gesellschaftliche Einschreibung.

Wo bei Bernhard das individuelle Leiden eines einzelnen modernen Subjekts auch ein Leiden an den Zuständen von Staat, Gesellschaft, Welt repräsentiert, sind es bei Jelinek diese Zustände, die die Existenzen aller Figuren bestimmen und ausmachen. Auch wenn es keinesfalls darum gehen kann, kausale Zusammenhänge zwischen Geschlecht des Autors und Textebene herzustellen, lässt sich bei den anvisierten Ausschnitten in den Texten eine unterschiedliche Lagerung der Problematik erkennen, die auf die Position eines Mannes und einer Frau in der Gesellschaft verweisen: so zum Beispiel, wenn bei Jelinek die Betonung der Strukturen von Macht- und Ohnmacht durchgängiger ist als bei Bernhard, wenn ihren Figuren – im Gegensatz zu beispielsweise F. J. Murau in *Auslöschung* – innerhalb der Logik des Texts gar nicht erst der Versuch zugestanden wird, sich von störenden Verhältnissen zu befreien, weil die Feststellung des gesellschaftlichen Unrechts Priorität hat. Dennoch lässt sich die Erzählperspektive in *Die Kinder der Toten* auch als

---

36 "In meinen Büchern ist alles künstlich, das heißt, alle Figuren, Ereignisse, Vorkommnisse spielen sich auf einer Bühne ab, und der Bühnenraum ist total finster. Auftretende Figuren auf einem Bühnenraum, in einem Bühnenviereck, sind durch ihre Konturen deutlicher zu erkennen, als wenn sie in der natürlichen Beleuchtung erscheinen wie in der üblichen uns bekannten Prosa. In der Finsternis wird alles deutlich. [...] [E]s ist auch mit der Sprache so. Man muß sich die Seiten in den Büchern vollkommen finster vorstellen: Das Wort leuchtet auf, dadurch bekommt es seine Deutlichkeit oder Überdeutlichkeit" (Bernhard, "Drei Tage" 83).

Kampf darum interpretieren, "Souveränität über den Gegenstand" zu gewinnen. Während in *Auslöschung* die Perspektive in einer Ich-Erzählsituation enggeführt wird, erscheinen die zahlreichen Bezüge zum Hypertext des Horrors und das klassische 'Allwissen' der Erzählinstanz in *Die Kinder der Toten* als eine Art Weitwinkel-Perspektive, die mehr sieht und darüber auch Autorität gewinnt.

Jelinek wählt die zugespitzte Formulierung der "phallischen Anmaßung" für die Strategien des Erzählens in ihren Texten, als Gropp und Spiegel ihr die Frage stellen, ob nicht "Sprache immer ein Herrschaftsinstrument" sei und ob nicht Jelineks Sprache auch einen "starken, fast männlichen Gestus [sic!]" habe. Die Frage ist frappant: Der männliche Gestus wird gewissermaßen automatisch mit einem starken Gestus gleichgesetzt, ein unbewusster Umgang mit gesellschaftlichen Stereotypen, den ich schon in Kapitel 2 beschrieben habe. Jelinek versteht die phallische Anmaßung als Auflehnung gegen die als schwach konnotierte weibliche Sprecherposition: "Das würde ich phallische Anmaßung nennen, aber das macht aus mir noch keinen Mann. Es liegt darin natürlich auch eine Auflehnung gegen die Tatsache, dass man sich als Frau nicht einschreiben kann. Man rennt mit dem Kopf gegen die Wand. Man verschwindet" (*FAZ* 8.11.2004). Weil das Horrorgenre traditionell als männliches Genre wahrgenommen wird, erscheint der Griff zum Instrumentarium des Horrors für Jelinek als "phallische Anmaßung" im Bemühen um Souveränität, das weniger ein Bemühen als ein Kampf ist.

Das Bild des an die Wand schlagenden Kopfes erinnert an Ingeborg Bachmanns *Der Fall Franza* und die ausgemeißelten Hieroglyphen der ägyptischen Königin, die die Protagonistin Franza als gleichnishaft empfindet. Das 'Gegen die Wand Rennen' erinnert ebenfalls an Franza, die mit dem Kopf an eine steinerne Wand schlägt. So ist Jelineks Antwort auf Gropp und Spiegels Frage auch wieder ein 'Sichtbarmachen' der Imaginationswelt der Autorin Bachmann. Wenn Jelinek fortfährt, scheinen mir ihre Antworten sämtlich Schlüsselsätze zur Frage der Imaginationshoheit (die ich mit '*imaginative sovereignty*' ins Englische übersetzen würde, damit klingt auch das Stichwort der Souveränität [über den Gegenstand] an): "Ich maße mir das aber trotzdem immer wieder an, und was mich trägt, ist die Wut auf Österreich [...] Aber das ist nicht die autoritäre Position, die Bernhard hat. Diesen Subjektstatus, diese Sicherheit des Sprechens – das hat nur ein männlicher Autor".

"Aber ist Bernhards Souveränität nicht auch nur Pose?" nehmen die Interviewer Jelineks Aussage der 'männlichen Souveränität über den Gegenstand', die ich stärker im literaturwissenschaftlichen Sinne verstehen würde, wörtlich. Jelinek antwortet: "Ja, aber er ist ein Subjekt, das das Recht des Zugriffs hat, das sozusagen Geschichte macht und das die Tradition all derjenigen hinter sich weiß, die Geschichte gemacht haben" (ebd.) Die Formulierung zu Bernhards 'machtvoller' Subjektposition ist treffend und beispielhaft. Auch in *Beloved* geht es ganz wesentlich um den Umgang mit – beziehungsweise um eine Kritik an – solchen Subjektpositionen, die 'das Recht des Zugriffs haben', nicht nur der männlichen, sondern vor allem auch der weißen, westlichen Subjektposition. Dabei geht es nicht darum, die Stimmen weißer, gebildeter *Männer* zum Schweigen zu bringen, sondern darum, darauf hinzuweisen, dass eine solche Sprecherposition nicht selbstverständlich ist, nicht unmarkiert, sondern auch 'situiert' ist und mitgedacht werden muss.

Beide Autorinnen setzen sich also damit auseinander, Machtverhältnisse sichtbar zu machen. Unterschiedlich ist ihr Umgang mit den Verhältnissen: knapp gesagt, erscheint Jelineks Ansatz eher fatalistisch und Morrisons aktivistisch. Anschaulich wird das, wenn man untersucht, in welchem Verhältnis Jelineks und Morrisons Figurengestaltungen zum 'Erlangen von Subjektpositionen' stehen: Während Karin und Gudrun, ebenso wie Emily und Carmilla, von Beginn an keine solche Position haben, sondern durchgängig nur durch die Zuschreibungen einer gnadenlos (spieß)bürgerlichen, konsumorientierten, patriarchalen Norm definiert werden, ringen Sethe, Paul D und Baby Suggs immer wieder um ihre Subjektposition.

Was die Kritik von Jelineks Schreiben als "gnadenlose" (*FAZ* 8.11.2004) Darstellung von Frauen empfindet, erweist sich als ebenso fatalistischer wie feministischer Standpunkt Jelineks: "Wenn die Frauen immer nur, vielleicht auch aus Angst, aus dem öffentlichen Raum weggedrängt werden, dann kommen sie natürlich als Ungeheuer zurück, als Gespenster, so wie die Toten in der österreichischen Geschichte in den Kindern der Toten. Das Verdrängte kehrt als Schrecken zurück, nur noch furchtbarer" (ebd.). Jelinek sieht wenig Auswege für Frauen: "Ich sehe [kein Ausweichen, kein Entkommen]. In meinen Versuchsanordnungen schon gar nicht. Da gilt es nur, die Dinge aufzuzeigen" (ebd.). "Nur aufzuzeigen" ist eine Untertreibung. Im Grunde ist die Darstellung der Ungeheuer die Setzung einer Wahrheit. Zu Ungeheuern werden die Frauen nicht etwa, weil Jelinek eine misogyne Haltung bezieht, sondern weil sie das Verdrängte zu benennen sucht. Die Ungeheuer sind nicht allein Ergebnis der Imagination der Autorin, sondern das Patriarchat gebiert Ungeheuer.

Synthesen

Im Zusammenhang mit ihrem Stück *Stecken, Stab und Stangl*, in dem es um das rassistisch motivierte Verbrechen an drei Roma geht, sagt Jelinek über ihre Strategie, das Verbrechen zur Sprache zu bringen: "Ich glaube, daß dieses Ereignis den Text auflädt wie eine Batterie. Ich glaube, daß dieses und ähnliche Ereignisse als Subtext durch den geschriebenen Text wandern, so wie in

Wolken.Heim die deutsche Geschichte als ein unsichtbares Raster durch den Text geht, ohne daß man jeden Augenblick davon reden muß" (Jelinek, "Republik" 90).

'Subtext' und 'Raster' sind relevante Konzepte für meine Lesart von *Die Kinder der Toten*, vor allem aber auch für *Beloved* und Morrisons Werkkommentar in ihrer Rede "Unspeakable Things Unspoken", in der sie eine wesentliche Funktion des Spuks in *Beloved* beschreibt. Morrisons Bestimmung einer zentralen Funktion des Spuks – "One of [the haunting's] purposes is to keep the reader preoccupied with the incredible spirit world while being supplied a controlled diet of the incredible political world" folgt eine genauere Beschreibung der Funktion des Subtexts: "The subliminal, the underground life of a novel is the area most likely to link arms with the reader and facilitate making it one's own" (32).

Jelineks Aussage vom unsichtbaren Raster und Morrisons Aussage vom "subliminal life of a novel" sind beispielhaft für eine zentrale Funktion, die *Gothic horror* bei beiden Autorinnen hat. In ihren Texten erzeugen sie eine 'Mehrstimmigkeit', die das Unsagbare schließlich zum Klingen bringt: Morrison mischt das Thema der Welt des Unheimlichen und Unfassbaren – wie eine Musikproduzentin die eine Tonspur mit der anderen – mit der ebenso unfassbaren Politik der Sklaverei. Und auch wenn Jelineks Begrifflichkeit des 'durch den Text wandernden Subtexts und des unsichtbaren Rasters' sich auf *Stecken, Stab und Stangl* und nicht auf *Die Kinder der Toten* bezieht, ist sie mindestens ebenso zutreffend auf *Die Kinder der Toten* anzuwenden. Dabei sehe ich weder bei Morrison noch bei Jelinek eine Hierarchie der Tonspur des Unheimlichen und der des 'Politikverbrechens', wie der Begriff des Subtexts zunächst nahelegt. Beide Spuren sind im Gesamtzusammenhang der Texte gleich präsent, an manchen Textstellen ist die eine deutlicher zu erkennen, an manchen dringt die andere deutlicher durch.

Als poetische Strategie, den Schleier von den Ereignissen zur Zeit der Sklaverei ("proceedings too terrible to relate") zu reißen, formuliert Morrison, was auch zutreffend für Jelineks literarische Verfahren in *Die Kinder der Toten* scheint:[37] "I must trust my own recollections. I must also depend on the recollection of others. Thus memory weighs heavy in what I write" ("Site of Memory" 111). Doch es ist nicht die Erinnerung allein, die der Verschleierung ein Ende setzen kann, es ist auch ein großer Imaginationsaufwand nötig: "Memories and recollections won't give me total access to the unwritten interior life of these people. Only the act of imagination can help me" (ebd.). In der Formulierung "the *act* of imagination" schwingt der Aufwand mit, den

---

37 Das Wort "veil" stellt auch die Verbindung her zu Radcliffes *The Myteries of Udolpho*, wenn Emily schließlich den Schleier von der Wachsnachbildung einer Leiche reißt.

diese Imagination erfordert. Es ist kein Zufall, dass die Imagination, die hier in einem 'gewaltigen' Akt vollzogen wird, eine 'monströse Imagination' ist.

Die Erinnerung an die Vergangenheit kommt einem *haunting* gleich. Rody weist in "History, Rememory, and a Clamor for a Kiss" auf Morrisons spezielle Strategie hin, das kollektive Trauma der Sklaverei zum Ausdruck zu bringen: "*Beloved* cannot recover the interior life of slaves, but by dramatizing the psychological legacy of slavery, it portrays that interior place in the African-American psyche where a slave face still *haunts*" (98, Herv. JM). Die Formulierung *haunting face* erinnert daran, wie Sethe die Gesichter ihrer zwei Söhne in den Bäumen sieht, Rodys folgende Worte veranschaulichen allgemein die Funktion, die das Grauen als 'hovering emotion' haben kann: "It was not history Morrison had to go back and through but an intensity of hovering emotion attributed neither to the ancestors nor to herself but filling the space between them. Merging the psychological, the communal, and the historical" (ebd.). Das stets präsente, schwebende Gefühl, das den Raum zwischen Morrison und den *Ancestors* füllt, erinnert auch an Jelinek: "Es waren die Toten in meiner Familie, die mich verpflichtet haben, dieses Buch zu schreiben".

Ebenso wie Rodys Begriff der "hovering emotion" stellt das Stichwort, das Roth hervorhebt, das 'Fühlen' der Lesenden, die Verbindung zu John Skipps und Linda Williams' Charkterisierungen des Horrors her: 'Horror is at first an emotion, not a genre' (Skipp), Horror is a 'body genre' (Williams). Was Roth über die Musik des Jazz und Morrisons Roman *Jazz* schreibt – Morrison uses the function and effects of the music –, lässt sich auf den Umgang mit *Gothic horror* in *Beloved* übertragen: Morrison wie auch Jelinek nutzen die Funktion und die Effekte des *Gothic horror*. Wo 'Jazz' jedoch ein überwiegend positives Gefühl evoziert, dient *Gothic horror* dazu, ein Grauen an Ereignissen der Vergangenheit fühlbar zu machen, denen eine lange Tradition des Verdrängens anhaftet. Wenn Morrison und Jelinek das Unheimliche auch aus ganz unterschiedlichen Traditionen kommend nutzen: Die Untoten in *Die Kinder der Toten* und in *Beloved* haben die Funktion, Verdrängtes zu evozieren, das sonst gefährdet ist, unaussprechlich und unsagbar zu bleiben.

Mary in Herk Harveys Film *Carnival of Souls*, Beloved, die aus dem Wasser steigt, Gudrun und Karin aus *Die Kinder der Toten*, die tote, sprechende L in Morrisons *Love* (2003): Sie alle sind "strangers among the living", wie die Frau in einer patriarchalen Gesellschaft, der schwarze Mann und die schwarze Frau in einer Gesellschaft, die Weißsein als Norm begreift. Auch wenn die Bildlichkeit des Horrors in *Carnival of Souls*, *Die Kinder der Toten* und *Beloved* eine zentrale Rolle spielt, ist sie untrennbar verbunden mit der Bedeutung des Sprechens, des Wahrgenommenwerdens und des Gehörtwerdens: "Kommt, reden wir zusammen, wer redet ist nicht tot".

Schluss und Ausblick

> In the [...] context of the second millenium a feminist quest for a new imaginary representation has exploded. Myths, metaphors, or alternative figurations have merged feminist theory with fictions.
>
> *Rosi Braidotti*

> As a discourse, gender includes representations, icons, symbols, utterances, significations, and codes. But this discourse is never separate from the bodies that are taken up within it or marked by it.
>
> *Ann Balsamo*

Braidotti schreibt in ihrer Studie des Monströsen von 2000, dass kulturelle Bilder, die ein verändertes gesellschaftliches Selbstverständnis von Frauen zum Ausdruck bringen könnten, ein dringendes Desiderat sind: "There is a hiatus between the new subject-positions women have begun to develop and the forms of representation of their subjectivity which their culture makes available to them" (172). Im ersten Jahrzehnt des 21. Jahrhunderts sind in der westlichen Kultur einige solcher Bilder 'verfügbar geworden'.

Die vorangegangenen Kapitel haben exemplarisch beleuchtet, wie diese veränderten Bilder zustande gekommen sind, auf welche Traditionen sie sich beziehen und mit welchen Traditionen sie brechen – und wer diese Bezüge und Brüche vornimmt. Dabei handelte es sich im Wesentlichen um zwei Ebenen weiblicher Subjektivität: *Erstens* ging es mit den Akteurinnen postmoderner Horrortexte um die Inszenierungen weiblicher Figuren mit veränderten Handlungsspielräumen und veränderter Allegoriefähigkeit. Weil viele dieser Figurendarstellungen von Horrorautorinnen stammen, ging es *zweitens* um die Instanz der Horrorautorin, deren Präsenz gleichzeitig die Imaginationshoheiten bisheriger Genredefinitionen in Frage stellt. Implizit wurde dabei schließlich auch immer wieder die Ebene der Rezeption und Identifikation mitgedacht, da die Umbesetzungen des traditionellen Horrorpersonals auch das Profil des männlichen Jugendlichen als repräsentativer Zielgruppe des Horrorgenres entkräften.

Es hat sich gezeigt, dass die kulturellen Bilder veränderter weiblicher Handlungsspielräume in beispielhafter Weise in Fiktionen des Unheimlichen und Schockierenden im späten 20. und frühen 21. Jahrhundert zu finden sind. Die Inhalte des *Gothic horror* verbinden sich mehr und mehr mit einem emanzipatorischen – in den vorliegenden Beispieltexten vor allem einem feministischen – Bewusstsein. So verschieden in ihrer kulturpessimistischen oder euphorischen Seinsweise die veränderten Figurationen (literarische Charaktere wie Bühnenpersönlichkeiten) sind: Darin, wie die Entwicklung der neuen Monsterheldin in Bezug zu Fragen nach dem Körper und nach Differenzen steht, zeigt sich die besondere Nähe zur Ideengeschichte feministischer Ansätze. Für Cayce in Gibsons *Pattern Recognition* von 2005 ist die Auseinandersetzung mit Geschlechterbildern Teil ihres Alltags. Ich möchte das Wort Auseinandersetzung betonen: eine solche ist ebenso selbstverständlich wie nötig, Ausdruck emanzipatorischen Denkens in 'postfeministischen' Zeiten.

Die Gestaltung der Vampirinnen Emily und Carmilla in Jelineks *Krankheit oder moderne Frauen* 1984 kann als Versuch gelesen werden, die Problemlage deutlich zu machen, die hierarchische Geschlechterverhältnisse gerade zu einer Zeit darstellen, als – mit dem (ersten öffentlich so bezeichneten) Backlash nach den Frauen- und Bürgerrechtsbewegungen der 1970er – die Behauptung 'Die Gleichberechtigung ist längst erreicht' zu einem Thema der medialen Öffentlichkeit wird. Toni Browns Text von 1996 – als die wesentlich von der US-amerikanischen Bewegung der Riot Girls geprägte dritte Welle des Feminismus Folge zeigt – entwirft euphorisch ein verändertes Monster, eine sympathische Vampirin. Es lässt sich weiter assoziieren, dass die Euphorie bei Angela Carters "The Company of Wolves" von 1977 den Kampfgeist der zweiten Welle der Bewegung anklingen lässt und die Gestaltung des Werwolfs Kelsey bei McKee Charnas (1989) die positive Umdeutung des *Bad Girl* der dritten Welle vorwegnimmt. Mit der Verfilmung der Lebensgeschichte von Aileen Wuornos zeigt die Regisseurin Patty Jenkins 2003 zum einen noch einmal die sich überschneidende strukturelle Gewalt, die hierarchische Geschlechter- und Klassenverhältnisse konkret für einen Menschen bedeuten können, mit Wuornos als Serienmörderin zum anderen jedoch auch eine Protagonistin, die mit dem Klischee des faszinierenden männlichen Schurken bricht.

Für die LeserInnen und FilmzuschauerInnen bedeutet das Aufkommen der Monsterheldinnen eine veränderte Rezeption. Wo die Gestaltung des *final girl*, der 'Opferheldin' des Slasherfilms der 1970er und -80er, für Clover die Idee nahelegte, dass sich vor allem männliche Heranwachsende mit dieser androgynen, nicht bedrohlich weiblichen Figur identifizieren könnten, erlaubt die Monsterheldin dem Publikum in mehrfacher Hinsicht, neue Begehrensmöglichkeiten zu entfalten. Zum einen erlauben es Figuren wie die Vampirin Celeste und die Werwölfinnen Kelsey und Ginger, sich mit dem Monströsen, dem traditionell Verwerflichen, zu identifizieren, zum anderen mit monströsen Figuren, die weiblich konnotiert sind. Dieses veränderte *monstrous feminine* verkörpert nicht länger das Abjekte, bei dem der Aspekt des Abstoßenden überwiegt, sondern das Faszinierende und Verheissungsvolle, das lange männlichen Figuren in der Tradition des *Gothic villain* vorbehalten war und mit Hannibal Lecter in *The Silence of the Lambs* Anfang der 1990er nochmals eine neue Dimension erfuhr.

Mit der Figur des Serienmörders lässt sich der Bezug zum Themenkomplex der Imaginationsmacht herstellen, denn die Figur des Künstlers und die Figur des Verbrechers werden mitunter in nahezu schwärmerischer Weise gleichgesetzt: "The psychopathic serial killer is a deep fantasist of the imagination, his fixations cruel parodies of romantic love and his bizarre, brutal acts frequently related to cruel parodies of 'art'" (Oates, "Thrill" 255, 261). Wie auch das Pronomen zeigt, das Oates gebraucht, ist das soziale Geschlecht des Serienkillers männlich. Vor dem Hintergrund der Gleichsetzung von Künstler und Verbrecher (vgl. auch Neuenfeldt, *Voyeurinnen* 6) schien die Vorstellung von den Möglichkeiten weiblicher Kunstproduktion damit begrenzt: "There is no female Mozart because there is no female Jack the Ripper" (Paglia 247). Die vergangenen Kapitel haben gezeigt, wie effektvoll sich diese alteingebrachte Schlussfolgerung brechen lässt. Ebenso, wie die Hoheit der Aggressivität bei gleichzeitiger Genialität nicht mehr bei männlichen Figuren liegt, lässt sich die Vorstellung der männlichen Imaginationshoheit innerhalb des Horrorgenres – die Autorität, das Schreckliche imaginieren zu dürfen – nicht länger aufrechterhalten. Autorinnen wie McDermid entwerfen drastische Gewaltszenarien, Hahn und Dorn beziehen sich explizit auf die Traditionslinie von Klassikern wie Roman Polanskis *Ekel*, Clive Barkers *Hellraiser* und Ridley Scotts *Alien*.

An Morrisons *Beloved* und Jelineks *Die Kinder der Toten* schließlich hat mich nicht zuerst der Kampf der Figuren um Selbstermächtigung interessiert (die bei Jelinek ohnehin Verliererinnen bleiben), sondern vor allem, wie die Autorinnen in besonderer Weise die Themenkomplexe des Horrors verdrängter Geschichte – die untoten Figuren, die die Geschichte ihrer Herkunftsländer nicht ruhen lässt – und die Schwierigkeit des Sprechens verbinden. Verdrängte Geschichte kehrt in Gestalt der zombie- und geisterhaften Frauen Gudrun und Beloved wieder. Zugleich wird, wenn die Frauen von ihrer Umwelt nicht wahrgenommen werden, nicht nur das Verdrängen von Geschichte inszeniert, sondern auch die Position von Marginalisierten unter Herrschenden.

In Jelineks Kommentar zu Thomas Bernhard kommen Aspekte narrativer Autorität (also der Erzählinstanz eines Werks) und Imaginationshoheit (die Teil der öffentlichen, gesellschaftlich-kulturellen Wahrnehmung ist) zusammen, wenn von Bernhards "Herrschaftsanspruch des Erzählens, den eine Frau gar nicht haben kann" die Rede ist, ebenso wie von Bernhards "vollkommener Souveränität über seinen Gegenstand". Damit betont Jelinek, dass die Instanz des Autors, sein Geschlecht, seine Herkunft, ganz wesentlich damit zu tun haben können, ob und wie man der Erzählinstanz des fiktionalen Texts zuhört, auch wenn die Trennung von AutorIn und ErzählerIn grundsätzlich mitgedacht wird.

Mit *Beloved* und *Die Kinder der Toten* schreiben sich Morrison und Jelinek nicht nur in die Traditionslinie männlicher Horrorautoren ein. Sie beanspruchen zugleich die Autorität des kommentierenden Zugriffs auf Politik und Geschichte und setzen sich kritisch mit den (weißen und männlichen) Positionen auseinander, die in der westlichen Kultur traditionell ein 'Vorrecht' des Zugriffs auf Wissen und das Sprechen darüber hatten. *Gothic horror* – eines der fantastischsten aller Genres – und Kritik an realen gesellschaftlichen Machtverhältnissen sind kein Widerspruch.

Wie gerade der Horrortext zum Genre besonderer Authentizität werden kann, zeigt eindrucksvoll auch *Lunar Park* (2006), das jüngste Werk von Bret Easton Ellis, neben Quentin Tarantino einer der Autoren und Regisseure, deren Werk hier zwar nicht im Zentrum stand, aber doch immer wieder einen Hintergrund bildete. Ellis wählt übersinnlichen Horror in der Tradition Lovecrafts und Kings, um eine besonders authentische Wirkung zu erzielen, *Lunar Park* überblendet Horrorroman und Autobiographie. Das ist umso eindrucksvoller, als Ellis in seinem zum umstrittenen Klassiker avancierten Roman *American Psycho* den diesseitigen Schrecken auf die Spitze treibt. Um eine Geschichte grauenvoller Gewalt zu erzählen, wählt Ellis 1989 den Modus des Hyperrealistischen, für *Lunar Park*, eine Geschichte, die als 'Quasi-Autobiographie' Authentizität atmen soll, wählt er 2006 den Modus des Fantastischen. Das zeigt noch einmal exemplarisch, was auf den ersten Blick so widersprüchlich scheint und doch gerade in der US-amerikanischen Literatur schon Tradition hat: "To perceive our situation as fundamentally grotesque and 'Gothic' [...] is nothing more than to make 'a fairly realistic assessment of modern life'."[1]

Dass im Genre des *Gothic horror*, dem Genre des Unheimlichen und der Gewalt also, gesellschaftliche und kulturelle Realitäten verhandelt werden können, wird auch durch den Stellenwert deutlich, den das Thema der Geschlechterdifferenz innerhalb des Genres hat. Die veränderte Darstellung von Geschlechterdifferenzen hat im ersten Jahrzehnt des 21. Jahrhunderts auch in Gewalt darstellenden Werken Konjunktur, denen keine dezidiert feministische Perspektive zugrunde liegt: Im Werk eines zweiten populären männlichen Autors des gewalttätigen Texts, Tarantino, zeigt der Blick auf das Gesamtwerk eine auffällige Entwicklung hin zur Darstellung immer stärker werdender weiblicher Subjektivität und Aktivität im Sinne von Handlungsmacht. Zeigte *Reservoir Dogs* 1992 noch *ladism* in Reinform, ist *Death Proof* (2007) ein Schauplatz eines *girl bonding*, das von der Stimmung her stärker an Oates' Mädchenbande in *Foxfire* erinnert als an Russ Meyers *Faster Pussycat, Kill! Kill!* (1966) mit seinen großbrüstigen Heldinnen, obwohl *Death Proof* Meyers Œuvre ästhetisch nahe steht. Wie in *Kill Bill* ist es nicht in erster Linie die wehrhafte Heldin, die das Besondere der Filme ausmacht (denn die gefährliche Frau und die rächende Frau sind keine ungewohnten Bilder), sondern die

---

1 Quellenangabe siehe erste Nennung des Zitats auf S. 39.

Ausführlichkeit, mit der die Persönlichkeit dieser Heldinnen erzählt wird, was ihren Subjektstatus und ihre Aktivität betont: In *Death Proof* begleitet das Publikum Mädchen ausführlich beim Autofahren, beim Musikhören und darüber Dozieren (Szenen, die gerade bei Tarantino traditionell mit Männern besetzt wurden) und beim Trinkgelage in der Bar.

In diesem Zusammenhang lässt sich noch ein dritter populärer männlicher Autor hinzuziehen, dessen Werk hier stärker im Fokus stand, William Gibson. Gibsons Frühwerk ist von einem starken Fokus auf männliche Subjektpositionen geprägt. Setzt man *Neuromancer* in Bezug zu *Pattern Recognition* mit seiner Protagonistin und den weiblichen Genie-Figuren, so zeichnet sich das Streben danach, Stereotypen (*closed images*) neue Bilder (*open images*) hinzuzufügen, deutlich ab.

An den veränderten weiblichen Subjektpositionen in Tarantinos Werk zeigt sich am deutlichsten, wie das feministische und gendertheoretische Gedankengut, das seit den 1970ern verstärkt zirkuliert und im alltäglichen Diskurs immer wieder als 'humorlos' und 'verbissen' problematisiert wird, sich auf humor- und lustvolle Weise einen Weg in die Unterhaltungskultur, den popkulturellen Mainstream gebahnt hat, zu dem Tarantinos Werk mittlerweile gehört.[2] Werken wie *Foxfire* – das Oates im Vorwort als ihren "Huck Finn" bezeichnet – kommt dabei eine wesentliche Vorreiterrolle zu.

Wenn ich von dieser Vorreiterrolle spreche, hat dies – wie meine Untersuchung gezeigt hat – nichts damit zu tun, dass ich Oates "a special language, distinct from male language" attestiere, (wie es Oates selbst in ihrem Essay "Where is an author" der feministischen Kritik vorwirft). Es hat sich gezeigt, dass es vor allem ein traditionelles Genreverständnis ist, das solche Distinktionen eröffnet – wie am Beispiel von Silverberg deutlich wird, der argumentiert, die SF-Literatur James Tiptrees hätte niemals von einer Frau geschrieben werden können, oder am Beispiel Tuttles, die die negativen Erfahrungen von Horrorautorinnen bei Fantreffen, sogenannten Conventions, beschreibt. Eine Autorin wie Oates hat keinen 'spezifisch weiblichen Schreibstil', möglicherweise aber, wie die Charakterisierung von *Foxfire* als "my Huck Finn" nahe-

---

2 Selbst das *final girl* des Slasherfilms ist seit *All the Boys Love Mandy Lane* (2008) von John Levine nicht mehr, was es einmal war. Am Ende von Hoopers Genreklassiker *The Texas Chainsaw Massacre* aus dem Jahr 1974 kauert die letzte Überlebende einer Teenagerclique noch traumatisiert auf der Ladefläche eines Wagens, dessen männlicher Fahrer sie vor dem ebenfalls männlichen Psychopathen gerettet hat. Mandy Lane dagegen sitzt am Ende selbst mit triumphierendem Lächeln am Steuer eines Geländewagens. Vorher hat sie den männlichen Psychopathen zu ihrem Gehilfen gemacht, die letzte Cliquenfreundin buchstäblich ins offene Messer laufen lassen und den Mann neben sich in Willkür vor ihrem Mittäter gerettet. Als plakativer Gegenentwurf zum *final girl* als Opferheldin, als beispielhafte neue Monsterheldin, zeigt sie einmal mehr, dass wir uns neue Begriffe für neue Bilder von Weiblichkeit ausdenken müssen.

legt, ein besonderes Bewusstsein davon, dass es an unkonventionellen weiblichen Heldinnen mangelt. Dieses Bewusstsein ist keinesfalls 'spezifisch weiblich', wie Gibsons und Tarantinos jüngste Werke zeigen.[3] Es ist das Bewusstsein davon, dass die Darstellung der Monsterheldin als Neufassung des Monströsen eine 'schockeffektvolle' Möglichkeit ist, die Kluft zwischen veränderten Subjektpositionen von Frauen und verfügbaren kulturellen Repräsentationsformen zu schließen, die sich lang genug in Femme fatale und sanftem Mädchen zu erschöpfen schienen. Dass Vertreter einer bestimmten normsetzenden Subjektposition nicht länger als zentrale Identifikationsfiguren gelten, zeigt sich beispielsweise auch darin, dass der letzte (und damit wieder erste) Mensch der Welt in der Neuverfilmung von *I am Legend* (2008) von Will Smith dargestellt wird. 1971 war dieser letzte Mensch noch ein Weißer, Charlton Heston als *The Omega-Man*.[4]

Pil und Galia formulieren am Ende ihres Essays "Girl monster vs. Fembot", mittels dessen sie die Positionen von Künstlerinnen in der popkulturellen Medienöffentlichkeit zu bestimmen suchen (hier das hässliche, aber produktive *Girl monster*, da die glatte, schöne, aber fremdbestimmte *fembot*), einen Ausblick auf die Möglichkeiten der Synthese beider Pole. Diese Synthese wird allerdings als etwas beschrieben, das erst noch kommen wird: "The final showdown between the erotic robotic and that thing we thought we'd locked away won't be a mud wrestling match but a cold fusion, an explosive meeting of matter and anti-matter when the monsters of the world unite and take over". Die Monsterheldin besetzt schon jetzt Zwischenräume und macht das Bild einer Figur verfügbar, die nicht länger dem einen oder dem anderen Extrem eines bipolaren Systems entsprechen muss.

TheoretikerInnen von J. Cohen bis Halberstam haben argumentiert, dass eine besondere Qualität des Monsters in seiner sexuellen Uneindeutigkeit liegt. Sexuelle Uneindeutigkeit ist deshalb verstörend, wie Butler in Zusammenhang mit der kulturellen Wahrnehmung des Hermaphroditen schreibt, weil sie kulturelle Intelligibilität verweigert. Wie ich gezeigt habe, sind die sexuell unein-

---

3   In diesem Zusammenhang ist auch ein Blick auf das Werk von Robert Rodriguez interessant, dessen *Planet Terror* zusammen mit *Death Proof* als Doublefeature angelegt war. Im Vergleich zu den vor allem attraktivitätsmächtigen Vampirinnen in *From Dusk Till Dawn* erfahren die Protagonistinnen auch hier einen deutlichen Zuwachs an Handlungsmacht (drastisch inszeniert mit einer Beinprothese in Form eines Maschinengewehrs).

4   Die Romanvorlage des Films, Richard Mathesons *I am Legend*, geht auf Mary Shelleys *The Last Man* zurück (vgl. Gross, Time 28.1.2008). Im Hinblick auf die Identifikationsfiguren ist es bezeichnend, dass bei Shelley noch ein adliger weißer Mann als Protagonist auftaucht. Wie die aktuelle Besetzung mit dem männlichen Schauspieler Smith andeutet, scheint es wiederum schwierig, die traditionelle normsetzende Subjektposition mehrfach zu unterwandern.

deutigen Monster nur eine Teilmenge des Monströsen. Es gibt zahlreiche konventionelle, männlich konnotierte und weiblich konnotierte Monster, deren Monstrosität sich gerade aus Stereotypen von Männlichkeit und Weiblichkeit speist.

Die Qualität der veränderten Monster, die ich vorgestellt habe – Kelsey oder Nike –, ist, dass sie nicht vor allem bedrohlich ambivalent, bedrohlich männlich oder bedrohlich weiblich sind, sondern dass sie Geschlechterbinarität generell in Frage stellen. Sie stehen für ein kulturelles Bild von Weiblichkeit und "in-between creature" zugleich: aggressiv und identitätsstiftend, hässlich und verheißungsvoll, gepanzert oder unbewaffnet, mit Schlangenhaar, Fell, Krallen, mit Exoskelett oder in Menschengestalt, radikal individuell und weiblich konnotiert. Als eine Kreatur, die ihr Haupt bei Tarantino wie bei Jenkins, bei Dorn wie bei Gibson erhebt, begräbt die Monsterheldin zugleich die Vorstellung geschlechtsspezifischer Imaginationshoheiten unter ihren glänzenden Pranken.

Verzeichnis der Illustrationen

Trotz intensiver Recherchen war es der Autorin nicht in allen Fällen möglich, die Rechteinhaber der Abbildungen ausfindig zu machen. Berechtigte Ansprüche werden im Rahmen der üblichen Vereinbarungen abgegolten.

Bild 1. "The horror boys of Hollywood". Von Arnold Steig, *Vanity Fair*, 1935. Entnommen aus Rhoda Berenstein. *Attack of the Leading Ladies.* New York: Columbia University Press, 1996. S. 199.
Bild 2a. Medusa in der Disney-Trickfilmserie *Hercules*, Phil Weinstein, USA 1998–1999. Walt Disney Company.
Bild 2b. "A hairy virgin conceived by the force of imagination". Von Pierre Boaistuau, *Histoires prodigieuses*, 1560. Entnommen aus Marie Hélène Huet. *Monstrous Imagination.* Cambridge: Harvard University Press, 1993. S. 20.
Bild 3a. Die 'echte' Aileen Wuornos. www.dcstateflorida.us. 9.9.2007.
Bild 3b. Charlize Theron als Aileen Wuornos in *Monster*. Patty Jenkins, USA 2003. Rough Trade Distribution.
Bild 4a. Angelina Jolie als Legs und die Foxfire-Bande in *Foxfire*. Annette Haywood-Carter, USA 1996. The Samuel Goldwyn Company.
Bild 4b. Jolie als Lara Croft im Film *Tomb Raider*. Simon West, USA 2001. Concorde Home Entertainment.
Bild 4c. Lara Croft im Computerspiel *Tomb Raider*. Eidos Interactive, 1996–2007.
Bild 4d. Jolie als Legs in *Foxfire*. Annette Haywood-Carter, USA 1996. The Samuel Goldwyn Company.
Bild 5. L7. Fotografie von Donita9. Quelle: s157.photobucket.com. 18.1.2010.
Bild 6a. Cover Art Doro. Album *Fight*. SPV, 2002.
Bild 6b. Cover Art Doro. Album W*arrior Soul*. AFM-Records, 2006.
Bild 7a. Joan Jett. Fotografie von Denis Gray.
Bild 7b. Joan Jett. Fotografie von Ellen Qbertplaya. Quelle: gigoblog.qbertplaya.com.
Bild 8. Lita Ford. Quelle: rebelgrrrl.wordpress.com. 9.9.2007.
Bild 9. Girlschool. Quelle: rocksbackpages.com. 25.12.2009.
Bild 10. Kittie, Cover Debutalbum *Spit*, Artemis Records 2000.
Bild 11a. "Femme fatale". Von Isaura Simon, 2002. Quelle: www.isauras.com. 24.52004.
Bild 11b. Pin Up-Vampirin. Von Jennifer Janesko, o. J. Quelle: www.janesko.com. 9.9.2007.
Bild 12a. Ruthven in der "predatory position". Cover Frank J. Morlock. *The Return of Lord Ruthven*. Fortsetzung des Originals von William Polidori, adaptiert von Alexandre Dumas. Encino, CA: Black Coat Press, 2004.
Bild 12b. Blue in der "predatory position". Cover Nancy Collins. *In The Blood*, 1992. Atlanta: Two Wolf Press, 2003.

Bild 13a. Ginger in *Ginger Snaps*. John Fawcett, Kanada 2000. Cover DVD. Concorde Home Entertainment.
Bild 13b. Ginger in vollendeter Metamorphose in *Ginger Snaps*. John Fawcett, Kanada 2000. Concorde Home Entertainment.
Bild 14. Schwarzenegger als Terminator T-100. Quelle: www.tejiendolahistoria.wordpress.com. 9.9.2007.
Bild 15a. Cover Art Manowar. Album *Kings of Metal*, 1988. Atlantic Recording Corporation.
Bild 15b. Manowar. Quelle: www.images.metalirium.com. 23.9.2009.
Bild 16a. Robert Patrick als T-1000 in *Terminator 2*. James Cameron, USA 1991. Kinowelt Home Entertainment.
Bild 16b. Der Reformationsprozess des T-1000 in *Terminator 2*. James Cameron, USA 1991. Kinowelt Home Entertainment.
Bild 17a. Kristanna Loken als T-X in *Terminator 3*. Jonathan Mostow, USA 2003. Columbia Tristar Home Video.
Bild 17b. Kristanna Loken als T-X in *Terminator 3*. Jonathan Mostow, USA 2003. Columbia Tristar Home Video.
Bild 17c. Schwachstelle der T-X: Magnetismus. *Terminator 3*. Jonathan Mostow, USA 2003. Columbia Tristar Home Video.
Bild 18a. Mary. Kurz nach dem Autounfall. *Carnival of Souls*. Herk Harvey, USA 1962. Sunfilm Entertainment.
Bild 18b. Marys charakteristischer Blick. *Carnival of Souls*. Herk Harvey, USA 1962. Sunfilm Entertainment.
Bild 19. Mann mit Narbenbildung als Folge schwerster Misshandlungen, archiviert unter *Overseer Artayou Carrier whipped me. I was two months in bed sore from the whipping. My master come after I was whipped; he discharged the overseer. The very words of poor Peter, taken as he sat for his picture. Baton Rouge, Louisiana, 04/02/1863*. College Park, National Archives.

Bibliographie

Primärtexte

Acker, Kathy. *Blood and Guts in High School*. London: Picador, 1978.
Anonym. *Josefine Mutzenbacher. Die Geschichte einer wienerischen Dirne. Von ihr selbst erzählt*. 1906. Hg. von Michael Farin. München: Schneekluth, 1990.
Armstrong, Kelley. *Bitten. Women of the Otherworld*. Band 1. New York: Plume, 2004.
Atwood, Margret. *Bodily Harm*. 1981. London: Virago, 1986.
Bernhard, Thomas. *Auslöschung. Ein Zerfall*. 1986. Frankfurt am Main: Suhrkamp, 1996.
——. *Die Billigesser*. 1980. Frankfurt am Main: Suhrkamp, 1988.
——. "Drei Tage". *Der Italiener*. 1970. Frankfurt am Main: Suhrkamp, 1989. 78–90.
——. *Verstörung*. 1967. Frankfurt am Main: Suhrkamp, 1988.
——. *Frost*. 1963. Frankfurt am Main: Suhrkamp, 1972.
Brite, Poppy Z. *Exquisite Corpse*. New York: Simon and Schuster, 1996.
Brown, Charles Brockden. *Wieland* [Auszug]. *American Gothic Tales*. Hg. Joyce Carol Oates. New York: Plume, 1996. 10–18.
Brown, Toni. "Immunity". *Night Bites. Vampire Stories by Women*. Hg. Victoria Brownworth und Judith Redding. Seattle: Seal Press, 1996. 71–79.
Cadigan, Pat. *Synners*. New York: Four Walls Eight Windows, 2001.
Carl, Ulrich B., Hg. *Geister, Gespenster und Vampire. Die unheimlichsten Grusel- und Spukgeschichten der Weltliteratur*. München: Blanvalet, 1978.
Carter, Angela. "The Company of Wolves". *Burning Your Boats. Collected Short Stories*. London: Vintage, 1996. 212–219.
Charnas, Suzy McKee. "Boobs". *Asimov's* 1989. *Skin of the Soul. New Horror Stories by Women*. Hg. Lisa Tuttle. London: Women's Press, 1990.
Collins, Nancy. *Paint It Black*. 1995. Atlanta: Two Wolf Press, 2005.
——. *In the Blood*. 1992. Atlanta: Two Wolf Press, 2003.
——. *Sunglasses After Dark*. 1989. 10. Aufl. Atlanta: Two Wolf Press, 2000.
Danielewski, Mark Z. *House of Leaves*. 2. Aufl. New York: Phanteon, 2000.
Dick, Philip K. "We Can Remember It For You Wholesale". *The Collected Stories of Philip K. Dick*. Bd. 2. New York: Citadel Twilight. 35–52.
Dorn, Thea. *Mädchenmörder*. München: Manhattan, 2008.
——. *Die Brut*. München: Manhattan, 2004.
——. *Die Hirnkönigin*. 1999. München: Goldmann, 2001.
du Maurier, Daphne. "Rebecca". *3 by Daphne du Maurier: Rebecca, King's General, Don't Look Now*. New York: Pocket Books, Avon, 1972.
Ellis, Bret Easton. *Lunar Park*. New York: Vintage, 2006.
——. *American Psycho*. New York: Random House, 1991.
Gibson, William. *Pattern Recognition*. New York: Berkley, 2005.
——. *Idoru*. New York: Berkley, 1996.

——. "Burning Chrome". *Burning Chrome*. London: Harper Collins, 1986.
——. "The Winter Market". *Burning Chrome*. London: Harper Collins, 1986.
——. *Neuromancer*. New York: Ace Books, 1984.
Goethe, Johann Wolfgang von. "Die Braut von Korinth". *Von denen Vampiren oder Menschen-Saugern. 2 Bde. Bibliothek Dracula*. Einmalige Sonderausgabe. Hg. Dieter Sturm und Klaus Völker. München: Hanser, 1968.
Gotthelf, Jeremias. *Die schwarze Spinne*. 1842. Stuttgart: Reclam, 1998.
Hahn, Ulla. *Ein Mann im Haus*. Stuttgart: Deutsche Verlags-Anstalt, 1991.
Hall, Willis. *The Last Vampire*. London: The Bodley Head, 1982.
Hambly, Barbara. *Die Upon a Kiss*. New York: Bantam, 2001.
Harris, Thomas. *The Silence of the Lambs*. New York: St Martins Press, 1988
Hayter, Sparkle. *Naked Brunch. A Howlingly Funny Novel of Love Run Wild*. New York: Three Rivers Press, 2003.
Heine, Heinrich. "Helena". *Von denen Vampiren oder Menschen-Saugern. 2 Bde. Bibliothek Dracula*. Einmalige Sonderausgabe. Hg. Dieter Sturm und Klaus Völker. München: Hanser, 1968.
Isle-Adams, Auguste Villiers de'l. *Eve of the Future Eden*. [O. *L'Eve Future*, 1886]. Lawrence: Coronado Press, 1981.
Jelinek, Elfriede. *Ulrike Maria Stuart*. Würzburg: Königshausen & Neumann, 2007.
——. "Stecken, Stab und Stangl". 1996. *Neue Theaterstücke*. Reinbek bei Hamburg: Rowohlt, 1997.
——. *Die Kinder der Toten*. 1995. Reinbek bei Hamburg: Rowohlt, 1997.
——. *Lust*. 1989. Reinbek bei Hamburg: Rowohlt, 1992.
——. *Die Klavierspielerin*. 1986. Reinbek bei Hamburg: Rowohlt, 1998.
——. *Krankheit oder moderne Frauen*. 1984. Köln: Prometh, 1987.
——. *Die Ausgesperrten*. 1980. Reinbek bei Hamburg: Rowohlt, 1998.
——. *Die Liebhaberinnen*. 1975. Reinbek bei Hamburg: Rowohlt, 1990.
Jong, Erica. *Fanny*. London: Granada, 1980.
Kafka, Franz. "Ein Landarzt". 1917. *Erzählungen*. Frankfurt am Main: Fischer, 1976.
Kane, Sarah. *Complete Plays*. London: Methuen, 2001.
Keats, John. "Lamia". 1819. *Norton Anthology of English Literature*. 6. Aufl., 1993.
King, Stephen. *Misery*. New York: Viking, 1987.
——. *Pet Sematary*. 1983. New York/London: Pocket Books, 2001.
——. *The Shining*. 1977. New York/London: Pocket Books, 2001.
——. *Carrie*. 1974. New York/London: Pocket Books, 1999.
Kirchner, Barbara. *Die verbesserte Frau*. Berlin: Verbrecher Verlag, 2001.
Kleist, Heinrich von. "Das Bettelweib von Locarno". 1810. *Geister, Gespenster und Vampire. Die unheimlichsten Grusel- und Spukgeschichten der Weltliteratur*. Hg. Ulrich B. Carl. München: Blanvalet, 1978. 7–11.
Kleist, Heinrich von. "Über das Marionettentheater". 1810. *Erzählungen*. Frankfurt am Main: Insel, 1986.
Kubin, Alfred. *Die andere Seite. Ein phantastischer Roman*. 1909. Reinbek bei Hamburg: Rowohlt. 1994.
Le Fanu, Sheridan. "Carmilla". 1872. *Three Vampire Tales: Dracula, Carmilla, and The Vampire*. Hg. Anne Williams. Boston: Houghton Mifflin, 2000. 86–148.

Lewis, Matthew Gregory. *The Monk.* 1794. New York/Oxford: Oxford University Press, 1980.
Lovecraft, H.P. "The Call of Cthulhu". *The Best of H.P. Lovecraft: Bloodcurdling Tales of Horror and the Macabre.* New York: Ballantine, 1982. 72–97.
——. "The Dunwich Horror". *The Best of H.P. Lovecraft: Bloodcurdling Tales of Horror and the Macabre.* New York: Ballantine, 1982. 98–135.
——. "The Shadow over Innsmouth". *The Best of H.P. Lovecraft: Bloodcurdling Tales of Horror and the Macabre.* New York: Ballantine, 1982. 262–317.
McDermid, Val. *The Mermaids Singing.* 1995. London: HarperCollins, 2002.
Melville, Herman. "The Tartarus of Maids". 1855. *American Gothic Tales.* Hg. Joyce Carol Oates. New York: Plume, 1996. 65–77.
Morlock, Frank J. *The Return of Lord Ruthven.* Fortsetzung des Originals von William Polidori, adaptiert von Alexandre Dumas. Encino, CA: Black Coat Press, 2004.
Morrison, Toni. *Love.* New York: Random House, 2003.
——. *Jazz.* Oxford: Picador, 1992.
——. *Beloved.* 1987. London: Vintage, 1997.
Murphy, Pat. *Nadya: The Wolf Chronicles.* New York: Tor Fantasy, 1997.
Neuwirth, Barbara, Hg. *Blaß sei mein Gesicht. Vampirgeschichten von Frauen.* Frankfurt am Main: Suhrkamp, 1990.
O'Connor, Flannery. "A Good Man is Hard to Find". 1955. *Concise Anthology of American Literature.* Hg. George McMichael. New York: Macmillan, 1984. 2030–2040.
Oates, Joyce Carol, Hg. *American Gothic Tales.* New York: Plume, 1996.
——. *Zombie.* New York: Dutton, 1995.
——. *Foxfire.* New York: Plume, 1993.
Perkins Gilman, Charlotte. "The Yellow Wallpaper". 1892. *Heath Anthology* II, 1995. 761–773.
Philostratos. "Die Empuse". *Von denen Vampiren oder Menschen-Saugern. 2 Bde. Bibliothek Dracula.* Einmalige Sonderausgabe. Hg. Dieter Sturm und Klaus Völker. München: Hanser, 1968.
Phlegon. "Die Braut von Amphipolis". *Von denen Vampiren oder Menschen-Saugern. 2 Bde. Bibliothek Dracula.* Einmalige Sonderausgabe. Hg. Dieter Sturm und Klaus Völker. München: Hanser, 1968.
Piercy, Marge. *Woman on the Edge of Time,* 1976. New York: Ballantine, 1983.
Plath, Sylvia. "Johnny Panic and the Bible of Dreams". *American Gothic Tales.* New York: Plume, 1996.
Poe. "Ligeia". *Tales of the Grotesque and the Arabesque.* Philadelphia: Lea and Blanchard, 1840.
Polidori, William. "The Vampyre". 1819. *Three Vampire Tales: Dracula, Carmilla, and The Vampyre.* Hg. Anne Williams. Boston: Houghton Mifflin, 2000. 68–85.
Pollack, Rachel. *Godmother Night.* New York: St Martins Press, 1996.
Radcliffe, Ann. *The Mysteries of Udolpho.* 1794. London: Penguin, 1986.
Rice, Anne. *Queen of the Damned.* 1988. New York: Ballantine, 1989.
——. *The Vampire Lestat.* 1985. London: Time Warner, 2004.
——. *Interview with the Vampire.* 1976. New York: Ballantine, 1997.

Schiller, Friedrich. "Leicht aufzuritzen ist das Reich der Geister". *Die Jungfrau von Orleans*. 1801. Stuttgart: Reclam, 2002. Prolog, 4. Auftritt, V. 412.
Shelley, Mary. *"Frankenstein, or, The Modern Prometheus"*. 1818. *Three Gothic Novels*. Hg. Peter Fairclough. London: Penguin, 1986.
Stevenson, Robert Louis. *Dr. Jekyll and Mr. Hyde*. New York: Scribner, 1886.
Stoker, Bram. "Dracula". 1897. *Three Vampire Tales: Dracula, Carmilla, and The Vampire*. Hg. Anne Williams. Boston: Houghton Mifflin, 2000. 149–460.
Sturm, Dieter und Klaus Völker, Hg. "Von denen Vampiren oder Menschen-Saugern". 2 Bde. *Bibliothek Dracula*. Einmalige Sonderausgabe. München: Hanser, 1968.
Taylor, Lucy. *Nailed*. New York: Simon and Schuster, 1999.
Tiptree, James. "The Girl Who Was Plugged In". *Warm Worlds and Otherwise*. 1973. New York: Ballantine Books, 1975.
Turgenjew, Iwan. "Gespenster". 1863. *Geister, Gespenster und Vampire. Die unheimlichsten Grusel- und Spukgeschichten der Weltliteratur*. Hg. Ulrich B. Carl. München: Blanvalet, 1978. 139–171.
Tuttle, Lisa. "Replacements". *American Gothic Tales*. New York: Plume, 1996. 460–474.
—, Hg. *Skin of the Soul. New Horror Stories by Women*. London: Women's Press Ltd, 1990.
Walther von der Vogelweide. "Absage an die Welt". *Sämtliche Lieder*. München: UTB, 1972 [um 1220].
Wilkomirski, Binjamin. "Die Knochen". *Jelineks Wahl. Literarische Verwandtschaften*. Hg. Elfriede Jelinek und Brigitte Landes. München: Goldmann, 1998. 153–155.
Zahavi, Helen. *Dirty Weekend*. 1993. San Francisco: Cleis Press, 2000.

Filme

All the Boys Love Mandy Lane. Jonathan Levine, USA 2008.
American Psycho. Mary Harron, USA 2000.
American Werewolf in London, An. John Landis, USA 1981.
American Werewolf in Paris, An. Anthony Waller, Großbritannien/Frankreich/Luxemburg/USA 1997.
Baise moi. Virginie Despentes und Corali Trinh Thi, Frankreich 2001.
Beloved. Jonathan Demme, USA 1998.
Blood Feast. Herschell Gordon Lewis, USA 1963.
Blood Moon alias *Wolf Girl*. Thom Fitzgerald, Kanada 2001.
Braindead. Peter Jackson, Neuseeland 1992.
Bram Stoker's Dracula. Francis Ford Coppola, USA 1992.
Bride of Frankenstein, The. James Whale, USA 1935.
Carnival of Souls. Herk Harvey, USA 1962.
Carrie. Brian de Palma, USA 1976. Nach dem Roman von Stephen King, 1974.
Cursed. Wes Craven, USA/Deutschland 2005.
Dawn of the Dead. George Romero, USA 1978.
Dawn of the Dead. Zack Snyder, USA 2004.

Deadly Weapons. Doris Wishman, USA 1974.
Death Proof. Quentin Tarantino, USA 2007.
Dédales. René Manzor, Frankreich 2004.
Die Gräfin. Julie Delpy, Deutschland/Frankreich, 2008.
Dr. Jekyll and Mister Hyde. Lucius Henderson, USA 1912.
Dr. Jekyll and Mister Hyde. John S. Robertson, USA, 1920.
Dr. Jekyll and Mister Hyde. Rouben Mamoulian, USA 1931.
Dr. Jekyll and Sister Hyde. Roy Ward Baker, Großbritannien 1971.
Dr. Strangelove or How I Learned to Love the Bomb. Stanley Kubrick, USA 1964.
Dr. X. Michael Curtiz, USA 1932.
Dressed to Kill. Brian de Palma, USA 1980.
Dracula. Tod Browning, Karl Freund, USA 1931.
Dracula's Daughter. Lambert Hillyer, USA 1936.
Exorcist, The. William Friedkin, USA 1973.
Faster, Pussycat! Kill! Kill! Russ Meyer, USA 1966.
Foxfire. Annette Haywood-Carter, USA 1996.
Frankenstein. James Whale, USA 1931.
Full Metal Jacket. Stanley Kubrick, USA 1987.
Ghost. Message from Sam. Jerry Zucker, USA 1990.
Ginger Snaps Back. The Beginning. Grant Harvey, Kanada 2004. Drehbuch von Stephen Masicotte und Christina Ray.
Ginger Snaps. John Fawcett, Kanada 2000. Drehbuch von Karen Walton.
Ginger Snaps. Unleashed. Brett Sullivan, Kanada 2003. Drehbuch von Megan Martin.
Hairspray. John Waters, USA 1988.
Halloween. John Carpenter, USA 1978.
Howling,The. Joe Dante, USA 1981.
Huntress: Spirit of the Night. Mark S. Manos, Rumänien/USA 1995.
I Am Legend. Francis Lawrence, USA 2007.
I Spit On Your Grave (alias *Day of the Woman*). Meir Zachi, USA 1977.
I Was A Teenage Werewolf. Gene Fowler Jr., USA 1957.
Identity. James Mangold, USA 2003.
Island of Lost Souls alias *The Island of Dr. Moreau.* Erle C. Kenton, USA 1932. Nach dem Roman von H. G. Wells von 1896.
Januskopf, der. F. W. Murnau, Deutschland 1920.
Jaws. Steven Spielberg, USA 1975.
Karla. Joel Bender, Kanada 2006.
Kill Bill I & II. Quentin Tarantino, USA 2003–2004.
King Kong. Merain C. Cooper und Ernest B. Schoedsack, USA 1933.
Lust for a Vampire, Jimmy Sangster, Großbritannien 1971.
Mad Love. Karl Freund, USA 1935. Nach dem Roman *Les Mains d'Orlac* ['Orlacs Hände'] von Maurice Renard, 1921.
Mary Shelley's Frankenstein. Keneth Branagh, USA 1994.
Mask of Fu Manchu, The. Charles Brabin, USA 1932.
Metropolis. Fritz Lang, Deutschland 1927.
Monster. Patty Jenkins, USA 2003.

My Mom's a Werewolf. Michael Frischa, USA 1989.
Near Dark. Kathryn Bigelow, USA 1987.
Nekromantik II. Die Rückkehr der Liebenden Toten. Jörg Buttgereit, Deutschland 1991.
Nosferatu – Eine Symphonie des Grauens. F. W. Murnau, Deutschland 1921.
Nutty Professor, The. Tom Shadyak, USA 1996.
Omega Man, The. Boris Sagal, USA 1971.
Otto, or, Up With Dead People. Bruce LaBruce, Deutschland/Kanada 2007.
Pet Sematary. Mary Lambert, USA 1989. Nach dem Roman von Stephen King, 1983.
Planet Terror. Robert Rodriguéz, USA 2007.
Platoon. Oliver Stone, USA 1986.
Predator. John McTiernam, USA 1987.
Psycho. Alfred Hitchcock, USA 1960.
Queen of the Damned. Michael Rymer, Australien/USA 2002. Nach dem Roman von Anne Rice, 1988.
Reservoir Dogs. Quentin Tarantino, USA 1992.
Robin Hood. Men in Tights. Mel Brooks, Frankreich/USA, 1993.
Serial Mom. John Waters, USA 1993.
Shining, The. Stanley Kubrick, USA 1980. Nach dem Roman von Stephen King, 1977.
Silence of the Lambs. Jonathan Demme, USA 1991.
Sixth Sense, The. M. Night Shimalayan, USA 1999.
Shallow Hal, Bobby Farrelly und Peter Farrelly, USA 2001.
Snuff. Michael Findlay, USA 1974.
Starship Troopers. Paul Verhoeven, USA 1997.
Terminator 2. Judgment Day. James Cameron, USA 1991.
Terminator 3. Rise of the Machines. Jonathan Mostow, USA 2003.
The Terminator. James Cameron, USA 1984.
The Texas Chainsaw Massacre. Tobe Hooper, USA 1974.
The Thing. John Carpenter, USA 1982.
Tomb Raider. Simon West, USA 2001.
Total Recall. Paul Verhoeven, USA, 1990. Nach "We Can Remember It For You Wholesale" von Philip K. Dick, 1987.
Twin Peaks. Fernsehserie. David Lynch, USA 1989–1991.
Twins of Evil, John Hough, Großbritannien 1971.
Underworld. Len Wiseman, USA 2003.
Vampire Lovers, Roy Ward Baker, Großbritannien 1970.
Vampyros Lesbos. Jesus Franko, Spanien/Westdeutschland, 1971.
Wolf. Mike Nichols, USA 1994.

Heavy-Metal-Musikerinnen/Bands

Girlschool
Kittie
Lita Ford
Joan Jett
Doro Pesch

Computer- und Videospiele

Counter-Strike. EA Games, 2001.
Tomb Raider. (I–V, Angel of Darkness, Legend, Anniversary). Eidos Interactive, 1996–2007.

Sekundärtexte

Aguirre, Manuel. *The Closed Space. Horror Literature and Western Symbolism.* Manchester/New York: Manchester University Press, 1990.
Améry, Jean. "Morbus Austriacus. Bemerkungen zu Thomas Bernhards 'Die Ursache' und 'Korrektur'. *Merkur* (1976): 91–94.
Andriano, Joe. *Immortal Monster: The Mythological Evolution of the Fantastic Beast in Modern Fiction and Film.* Westport, CT and London: Greenwood Press, 1999.
——. *Our Ladies of Darkness: Feminine Daemonology in Male Gothic Fiction.* University Park, PA: Pennsylvania State University Press, 1993.
Anolik, Ruth, Hg. *Horrifying Sex. Essays on Sexual Difference in Gothic Literature.* Jefferson: Mc Farland, 2007.
Anz, Thomas. *Literatur und Lust. Glück und Unglück beim Lesen.* München: Beck, 1998.
Arnold-de Simine, Silke. *Leichen im Keller. Zu Fragen des Gender in Angstinszenierungen der Schauer- und Kriminalliteratur.* St. Ingbert: Röhrig Universitätsverlag, 2000.
Assman, Jan. "Collective Memory and Cultural Identity". *New German Critique.* 65 (1995): 125–133.
Aster, Christian von. *Horror Lexikon. Von Addams Family bis Zombieworld: Die Motive des Schreckens in Film und Literatur.* Berlin: Schwarzkopf und Schwarzkopf, 1999.
Auerbach, Nina. *Our Vampires, Ourselves*, London: University of Chicago Press, 1995.
Bachmann-Medick, Doris. *Cultural Turns. Neuorientierungen in den Kulturwissenschaften.* Hamburg: Rowohlt, 2006.
Bachtin, Michail. *Literatur und Karneval. Zur Romantheorie und Lachkultur.* Frankfurt am Main et al.: Ullstein, 1985 [1965].
Bal, Mieke. *Narratology: Introduction to the Theory of Narrative.* Buffalo: University of Toronto Press, 1997.
Baldauf, Anette und Katharina Weingartner, Hg. *Lips Hits Tits Power?* Wien: Folio, 1998.
Balsamo, Ann. "Reading Cyborgs, Writing Feminism. Reading the Body in Contemporary Culture". *Technologies of the Gendered Body. Reading Cyborg Women.* Durham: Duke University Press, 1996. 17–40.
Barthes, Roland. "Der Tod Des Autors". 1968. *Interpretationen zur Theorie des Autors.* Hg. Gerhard Lauer, Fotis Jannidis, Matias Martinez und Simone Winko. Stuttgart: Reclam, 2000. 185–93.
——. *Mythen des Alltags.* 1964. Frankfurt am Main: Suhrkamp, 2003.

Bataille, Georges. *Die Literatur und das Böse*. [O. *La littérature et le mal*, 1957]. München: Matthes & Seitz, 1987.
Baumann, Hans D. *Horror. Die Lust am Grauen*. Weinheim/Basel: Beltz, 1989.
Bayer-Berenbaum, Linda. *The Gothic Imagination. Expansion in Gothic Literature and Art*. London / Toronto: Associated University Press, 1982.
Begley, Louis. "Die Gräber sind noch offen. Die Erinnerung an unzählige Verbrechen gegen die Menschlichkeit darf nicht vergehen". *Die Zeit* (22.12.1998).
Benhabib, Seyla. "Sexual Difference and Collective Identities: The New Global Constellation". *Signs* 24.2 (1999): 335–361.
Benjamin, Walter. *Illuminationen. Ausgewählte Schriften*. 1955. Frankfurt am Main: Surkamp 1997.
Berenstein, Rhoda. *Attack of the Leading Ladies. Gender, Sexuality, and Spectatorship in Classic Horror Cinema*. Columbia University Press: New York, 1996.
Beressem, Hanjo. "Father can't you see I'm Writing? Eigenvalue, Authenticity and Pathos in Bret Easto Ellis Lunar Park". *The Pathos of Authenticity: American Passions of the Real*. 21.–24.6.2008, John F. Kennedy Institute for North American Studies, Berlin.
Bhabha, Homi K. "Cultural Diversity and Cultural Differences". *Postcolonial Studies Reader*. Hg. Bill Ashcroft et al. London/New York: Routledge, 1995. 206–209.
Bhabha, Homi K. *The Location of Culture*. London/New York: Routledge, 1994.
Blazan, Sladja, Hg. *Ghosts, Stories, Histories. Ghost Stories and Alternative Histories*. Newcastle: Cambridge Scholars Publishing, 2007.
Boesenberg, Eva. "Das Überleben der Sprache in der Stille: Zur Adaption mündlicher Erzähltraditionen in drei Werken zeitgenössischer afro-amerikanischer Autorinnen". *Mündliches Wissen in neuzeitlicher Literatur*. Hg. Paul Goetsch. Tübingen: Narr, 1990. 229–250.
Bohrer, Karl Heinz. "Das Böse. Eine ästhetische Kategorie?" *Nach der Natur*. München: Hanser, 1988. 116–132.
Bolte, Christian und Klaus Dimmler. *Schwarze Witwen und Eiserne Jungfrauen. Geschichte der Mörderinnen*. Leipzig: Reclam, 1997.
Braidotti, Rosi. "Becoming Woman, or Sexual Difference Revisited". *Theory, Culture & Society* 20.3 (2003): 43–64.
——. *Metamorphoses: Towards a Materialist Theory of Becoming*. Cambridge: Polity Press, 2002.
——. "Teratologies." *Deleuze and Feminist Theory*. Hg. Ian Buchanan und Claire Colebrook. Edinburgh: Edinburgh University Press, 2000. 156–172.
——. "Comment on Felski's 'The Doxa of Difference': Working Through Sexual Difference". *Signs* 23.1 (1997): 23–40.
——. "Meta(l)morphoses". *Theory, Culture & Society* 14 (May 1997): 67–80.
——. "Mother, Monsters and Machines". *Writing on the Body, Female Embodiment and Feminist Theory*. Hg. Katie Conboy, Nadia Median, Sara Stanbury. New York: Columbia University Press, 1997: 59–79.
——. *Nomadic Subjects: Embodiment and Sexual Difference in Contemporary Feminist Theory*. New York: Columbia Univ. Press, 1994.

——. "Embodiment, Sexual Difference, and the Nomadic Subject". *Hypatia* 8.1 (Winter 1993): 1–13.
Braidt, Andrea B. "Kein Gender ohne Genre: Zum Zusammenhang von Geschlecht und Gattung in der Filmwahrnehmung". Hg Renate Hof. *Inszenierte Erfahrung*. Tübingen: Stauffenburg, 2008. 151–168.
Braun, Christina von. *Nichtich: Logik, Lüge, Libido*. 3.Aufl. Frankfurt am Main: Neue Kritik, 1990.
Braun, Christina von und Gabriele Dietze. *Multiple Persönlichkeit. Krankheit, Medium oder Metapher?* Frankfurt am Main: Verlag Neue Kritik, 1999.
Brittnacher, Hans Richard. *Ästhetik des Horrors*. Frankfurt am Main: Suhrkamp, 1994.
Bröck, Sabine. *White Amnesia – Black Memory? American Women's Writing and History*. Frankfurt am Main: Peter Lang, 1999.
Bronfen, Elisabeth. "Arbeit am Trauma". *Splatter Movies*. Hg. Julia Köhne, Ralph Kuschke und Arno Meteling. Berlin: Bertz & Fischer, 2005. 101–110.
——.. "Geharnischte Glucken. Im Hollywood-Kino blasen die Müttermonster zum Angriff." *Die Zeit* (11.4.2002).
——. *Nur über ihre Leiche. Tod, Weiblichkeit und Ästhetik*. [O. *Over Her Dead Body*, 1992]. München: Kunstmann, 1994.
Buddecke, Wolfram und Jörg Hienger, Hg. *Phantastik in Literatur und Film. Ein internationales Symposion des Fachbereichs Germanistik der Gesamthochschule-Universität Kassel*. Frankfurt am Main/Bern: Lang, 1987.
Bukatman, Scott. *Terminal Identity. The Virtual Subject in Postmodern Science Fiction*. Durham: Duke University Press, 1993.
Busche, Andreas. "Kein Anschluss unter diesem Leben". Filmkritik zu Monster von Patty Jenkins. *Taz* (14.4.2004).
Bußmann, Hadumod und Renate Hof, Hg. *Genus. Geschlechterforschung/Gender Studies in den Kultur- und Sozialwissenschaften*. Stuttgart: Kröner, 2005.
Burke, Edmund. *A Philosophical Enquiry into Our Ideas of the Sublime and Beautiful*. 1757. Oxford: Basil Blackwell, 1987.
Butler, Judith. Interviews. *Judith Butler – Philosophin der Gender*. Fernsehdokumentation, Arte, 2007.
——. *Undoing Gender*. New York /London: Routledge, 2004.
——. *Bodies That Matter*. London/ New York: Routledge, 1993.
——. *Gender Trouble*. London/ New York: Routledge, 1990.
Cadora, Karen. "Feminist Cyberpunk". *Science Fiction Studies* 22.67: 357–372.
Caillois, Roger. *Das Bild des Phantastischen. Vom Märchen bis zur Science Fiction. Phaicon 1*. [O. *De la féerie à la science-fiction*, 1958]. Hg. Rein A. Zondergeld. Frankfurt am Main: Insel, 1974.
Carter, Angela. *The Sadeian Woman and the Ideology of Pornography*. 1979. London: Penguin, 2001.
Cawelti, John. *The Six Gun-Mystique*. Bowling Green: Popular Culture Press, 1984.
Chase, Richard. *The American Novel and its Tradition*. New York: Doubleday, 1957.
Chin, Vivian. "Buffy – She's Like Me, She's Not Like Me. She's Rad". *Athena's Daughters. Television's New Woman Warriors*. Hg. Frances Early und Kathleen Kennedy. Syracuse: Syracuse University Press, 2003. 92–102.

Cixous, Hélène. "Fiction and its Phantoms: A Reading of Freud. Das Unheimliche". *New Literary History* 7.3 (1976).
——. "The Laugh of the Medusa". 1976. *Critical Theory Since 1965*. [O. *Le Rire de La Medusa*, 1975]. Hg. Hazard Adams und Leroy Searle. Tallahassee: Florida State University Press 1986. 309–321.
Culler, Jonathan. *Literary Theory*. Oxford: Oxford University Press 1997.
Claes, Oliver. *Fremde, Vampire. Sexualität und Kunst bei Elfriede Jelinek und Adolf Muschg*. Bielefeld: Aisthesis, 1994.
Clemens, Valdine. *The Return of the Repressed*. Albany: State University of New York Press, 1999.
Clover, Carol. *Men, Women, and Chain Saws. Gender in the Modern Horror Film*. Princeton, NJ: Princeton University Press, 1992.
Cohen, Jeffrey. "Monster Culture (Seven Theses)." *Monster Theory. Reading Culture*. Hg. Jeffrey Cohen, Jeffrey. Minneapolis: University of Minnesota Press, 1996. 3–25.
Cohen, Sara. "Grotesque Bodies. A Response to Disembodied Cyborgs". *Journal of Gender Studies* 15.3 (2006): 223–235.
Cornell, Drucilla. "Comment on Felski's 'The Doxa of Difference': Diverging Differences". *Signs* 23. 1 (1997): 41–56.
Cornwell, Patricia. *Portrait of a Killer: Jack the Ripper – Case Closed*. New York: Berkley, 2003.
Creed, Barbara. "Kristeva, Femininity, Abjection". *The Horror Reader*. Hg. Ken Gelder. New. York: Routledge, 2000. 64–70.
——. "Lesbian Bodies: Tribades, Tomboys and Tarts". *Sexy Bodies: The Strange Carnalities of Feminism*. Hg. Elisabeth Grosz und Elspeth Probyn. London: Routledge, 1995. 86–103.
——. "Baby Bitches from Hell: Monstrous Little Women in Film". 1994. *Scary Women*. http://www.cinema.ucla.edu/women. 17.3.2003.
——. *The Monstrous Feminine: Film, Feminism, Psychoanalysis*. London/New York: Routledge, 1993.
Cryderman. Kevin. "Ghosts in the Palimpsest of Cultural Memory: An Archeology of Faizal Deen's Poetic Memoir *Land Without Chocolate* (a.k.a. "the art of writing about authors before they are famous"). 2002. http://social.chass.ncsu.edu/jouvert/v6l3/cryder.htm. 2.3.2003.
Cutter, Martha J. "The Story Must Go On and On: The Fantastic, Narration, and Intertextuality in Toni Morrison's *Beloved* and *Jazz*". *African American Review* (Frühjahr 2000).
Dallmann, Antje. *ConspiraCity New York: Großstadtbetrachtung zwischen Paranoia und Selbstermächtigung*. Heidelberg: Winter, 2009.
Dangelmayer, Siegfried. *Der Riß im Sein oder die Unmöglichkeit des Menschen*. Frankfurt am Main: Lang, 1988.
Dath, Dietmar. *Sie ist wach. Über ein Mädchen, das hilft, schützt und rettet*. Freiburg: Implex, 2003.
——. "Notturno Neunzehnhundertsechzehn". *Frankfurter Allgemeine Zeitung* (14.9.2002).

Dath, Dietmar und Barbara Kirchner. *Schwester Mitternacht*. Berlin: Verbrecher Verlag, 2002.
de Beauvoir, Simone. "Soll man de Sade verbrennen?" [O. *Faut-il brûler Sade?*, 1951]. *Lesebuch. Der Wille zum Glück*. Reinbek bei Hamburg: Rowohlt, 1986.
de Lauretis, Teresa. *Technologies of Gender. Essays on Theory, Film, and Fiction*. Bloomington & Indianapolis, Indiana University Press, 1987.
Derrida, Jacques. *Points ... Interviews, 1974–1994*. Trans. Peggy Kamuf et al. Stanford: Stanford University Press, 1995.
D'Haen, Theo. "Postmodern Gothic". *Exhibited by Candlelight: Sources and Developments in the Gothic Tradition*. Hg. Valeria Tinkler-Villani and Peter Davidson. Amsterdam/Atlanta: Rodopi. 283–294.
Didi-Huberman, Georges. *Die Erfindung der Hysterie. Die photographische Klinik von Jean-Martin Charcot*. Paderborn: Fink 1997.
Dietze, Gabriele. "Bluten, Häuten, Fragmentieren. Melanie Klein und der Splatterfilm als Schwellenraum". *Splatter Movies*. Hg. Julia Köhne, Ralph Kuschke und Arno Meteling. Berlin: Bertz & Fischer, 2005. 89–100.
——. "Multiple Persönlichkeit und Multiple Choice in den USA. Eine Geschichte von Unschuld und Trauma". Hg. Christina von Braun und Gabriele Dietze. *Multiple Persönlichkeit, Krankheit, Medium oder Metapher?* Frankfurt: Neue Kritik, 1999. 202–236.
——. *Hardboiled Woman. Geschlechterkrieg im amerikanischen Kriminalroman*. Hamburg: Europäische Verlagsanstalt, 1997.
Dietze, Gabriele und Sabine Hark, Hg. *Gender kontrovers. Festschrift für Renate Hof*. Königstein: Ulrike Helmer, 2006.
Dietze, Gabriele, Antje Hornscheidt, Kerstin Palm und Katharina Walgenbach. *Gender als interdependente Kategorie. Intersektionalität – Diversität – Heterogenität*. Opladen: Budrich, 2007.
Dietze, Gabriele, Martina Tißberger, Daniela Hrzán und Jana Husmann-Kastein, Hg. *Weiss – Weißsein – Whiteness. Kritische Studien zu Gender und Rassismus*. Berlin: Peter Lang, 2006.
Diez, Georg. "Die Nobelpreis-Erträgerin. Am Tag danach: Besuch bei Elfriede Jelinek". *Frankfurter Allgemeine Sonntagszeitung* (10.10.2004).
Dittmar, Jens, Hg. *Thomas Bernhard. Werkgeschichte*. 2. erw. Aufl. Frankfurt am Main: Suhrkamp, 1990.
Doll, Annette. *Mythos, Natur und Geschichte bei Elfriede Jelinek. Eine Untersuchung ihrer literarischen Intentionen*. Stuttgart: Metzler, 1994.
Donnenberg, Josef. "Thomas Bernhard und Österreich. Dokumentation und Kommentar". *Österreich in Geschichte und Literatur* 1970. 273–251.
Dorn, Thea. *Die neue F-Klasse. Wie die Zukunft von Frauen gemacht wird*. München/Zürich: Piper, 2006.
——. "Keine femme fatale. Gequältes Fleisch". Filmkritik zu *Monster*. *Die Welt* (14.4.2004).
Düsdieker, Karsten. *Kulturtransfer – Renarrativierung – InterAmerika. Gabriel García Marquez als Mittler zwischen latein- und nordamerikanischem Roman*. Berlin: wvb Wiss. Verlag, 1999.

Draude, Claude. *Introducing Cyberfeminism.* www.obn.org/reading_room/writings/html/intro.html. 2.10.2006.
Dworkin, Andrea. *Pornography: Men Possessing Women.* 1979. New York: Plume, 1991.
Du Bois, W. E. B. *The Souls of Black Folks.* Chicago: A.C. McClurg & Co., 1903.
Duden, Barbara. "Die Frau ohne Unterleib: Zu Judith Butlers Entkörperung. Ein Zeitdokument". *Feministische Studien* 11.2 (1993): 24–33.
Duff, David. *Modern Genre Theory.* London: Longman, 2000.
Dunning. John. *Murderous Women. Shocking True Stories of Women Who Kill.* New York: Arrow Books, 1989.
Early, Frances und Kathleen Kennedy, Hg. *Athena's Daughters. Television's New Woman Warriors.* Syracuse: Syracuse University Press, 2003.
Ebert, Roger. Review *Monster. Chicago Sun Times* (9.1.2004).
Esders, Karin. "Trapped in the Uncanny Valley. Von der unheimlichen Schönheit künstlicher Körper". *Erlanger Schriften zur Anglistik und Amerikanistik.* Hg. Heike Paul. Münster, im Erscheinen.
Faludi, Susan. *Backlash. The Undeclared War Against Women.* New York: Crown, 1991.
Farin, Michael und Hans Schmid, Hg. *Ed Gein. A Quiet Man.* München: Belleville, 1996.
Felski, Rita. "The Doxa of Difference". *Signs* 23.1 (1997): 1–41.
Fest, Joachim C. "Hitler. Die reale Macht des Bösen. *Der Spiegel* 43 (25.10.1999).
Fiedler, Leslie A. *Love and Death in the American Novel.* 1960. New York: Stein & Day, 1975.
Fielitz, Sonja. "Informationsvergabe". *Roman: Text & Kontext.* Berlin: Cornelsen, 2001. 32–60.
Fleenor, Juliann E., Hg. *The Female Gothic.* Montreal/London: Eden Press, 1983.
Fluck, Winfried. *Das kulturelle Imaginäre: Funktionsgeschichte des amerikanischen Romans, 1790–1900.* Frankfurt am Main: Suhrkamp, 1997.
——. "Popular Culture as a Mode of Socialization: A Theory about the Social Functions of Popular Culture Forms". *Journal of Popular Culture* 21.3 (1987): 31–46.
——. *Populäre Kultur. Ein Studienbuch zur Funktionsbestimmung und Interpretation populärer Kultur.* Stuttgart: Metzler, 1979.
Forster, Edward Morgan. *Aspects of the Novel.* 1927. New York: Harvest, 1956.
Foucault, Michel. *Was ist Kritik?* Berlin: Merve, 1999.
——. *Der Wille zum Wissen. Der Wille zum Wissen. Sexualität und Wahrheit 1*, Frankfurt am Main 1983.
——. *Überwachen und Strafen.* 1975. Frankfurt am Main: Suhrkamp, 1994.
——. *Die Anormalen.* 1974–1975. Frankfurt am Main: Suhrkamp, 2003.
——. *Die Ordnung der Dinge.* 1974. Frankfurt am Main: Suhrkamp, 2003.
——. *Was ist ein Autor?* 1969. *Interpretationen zur Theorie des Autors.* Hg. Gerhard Lauer, Fotis Jannidis, Matias Martinez und Simone Winko. Stuttgart: Reclam, 2000.
Fowler, Alastair. *Kinds of Literature. An Introduction to the Theory of Genres and Modes.* Oxford: Oxford University Press, 1982.
Freud, Sigmund. "Das Unheimliche". 1919. *Freud-Studienausgabe. Reihe Conditio humana.* Frankfurt am Main: S. Fischer, 1970. 241–274.

Friebe, Jens. "Kathleen Hannah – 'The Left One'". *Madonna und Wir. Bekenntnisse*. Hg. Kerstin Grether und Sandra Grether. Frankfurt am Main: Suhrkamp, 2008. 194–200.
Friedrich, Regine. Nachwort. *Krankheit oder moderne Frauen*. Köln: Prometh, 1987.
Frow, John. *Genre*. London: Routledge, 2005.
Fuß, Peter. *Das Groteske. Ein Medium des kulturellen Wandels*. Köln/Weimar: Böhlau, 2001.
Gates, Henry Louis. "The Trope of the Talking Book". *The Signifying Monkey: A Theory of African-American Literary Criticism*. Hg. Henry Louis Gates Jr. New York/Oxford: Oxford University Press, 1988. 127–276.
Genette, Gerard. *Paratexte. Das Buch vom Beiwerk des Buches*. Frankfurt am Main: Suhrkamp, 2003.
——. *Die Erzählung*. München: Fink 1998.
——. *Palimpseste. Die Literatur auf zweiter Stufe*. Frankfurt am Main: Suhrkamp, 1993.
——. *Einführung in den Architext*. Stuttgart: Legueil, 1990.
Gerhart, Mary. *Genre Choices, Gender Questions*. Norman: University of Oklahoma Press, 1993.
Gilbert, Sandra und Susan Gubar. *No Man's Land. The Place of the Woman Writer in the 20*th *Century*. New Haven: Yale University Press, 1989.
Gleiberman, Owen. Review *Monster*. *Entertainment Weekly* (9.1.2004).
Gsoels-Lorensen, Jutta. "Elfriede Jelinek's Die Kinder der Toten: Representing the Holocaust as an Austrian Ghost Story. *The Germanic Review* 81.4 (Herbst 2006): 360.
Grein, Birgit. *Terribly effective. A Theory of Contemporary Horror Fiction*. Trier: Wissenschaftlicher Verlag Trier, 2000.
——. "Das dunkle Element in der englischen und amerikanischen Phantastik". Von der Gothic novel bis Poe. *Traumreich und Nachtseite. Die deutschsprachige Phantastik zwischen Décadence und Faschismus*. Hg. Thomas Le Blanc und Twrsnick, Bettina. Tagungsband. Wetzlar: Schriftenreihe und Materialien der Phantastischen Bibliothek, 1995. 28–44.
Griggers, Carmilla. "Phantom and Reel Projections: Lesbians and the (Serial) Killing Machine." *Posthuman Bodies*. Hg. Judith Halberstam und Ira Livingston. Bloomington/Indianapolis: Indiana University Press, 1995. 162–176.
Grossmann, Lev. "Apocalypse New. From *The Road* to *I Am Legend* to *Cloverfield*: Why We Can't Wait for the End of the World". *Time* (28.1.2008).
Grosz, Elisabeth. "Sexual Signatures: Feminism After the Death of the Author." *Space, Time, Perversion*. New York: Routledge, 1995. 9–24.
Gunzenhäuser, Randi. *Horror at Home. Genre, Gender und das Gothic Sublime*. Essen: Die blaue Eule, 1993.
——. "Frankenstein; or, The Modern Prometheus. Geburt des Helden – Tod der Autorin". *Horror at Home. Gender, Genre und das Gothic Sublime*. Essen: Die Blaue Eule, 1993. 112–123.
Hacking, Ian. *The Social Construction of What?* Cambridge, MA: Harvard University Press, 2000.
——. *Rewriting the Soul. Multiple Personality and the Sciences of Memory*. Pinceton: Princeton University Press, 1995.

Hahn, Barbara. *Unter falschem Namen*. Frankfurt am Main: Suhrkamp, 1991.
Halberstam, Judith. *Skin Shows: Gothic Horror and the Technology of Monsters*. Durham, NC: Duke University Press, 1995.
——. "Bodies That Splatter. Queers and Chainsaws". *Skin Shows: Gothic Horror and the Technology of Monsters*. Judith Halberstam. Durham, NC: Duke University Press, 1995. 138–160.
——. *Female Masculinity*. Durham, NC: Duke University Press, 2003.
Halberstam, Judith und Ira Livingston, Hg. *Posthuman Bodies*. Indianapolis: Indiana University Press, 1995.
Handke, Peter, Hg. *Der gewöhnliche Schrecken*. Salzburg: Residenz, 1969.
Haraway, Donna. *Simians, Cyborgs, and Women: The Reinvention of Nature*. New York: Routledge, 1991.
——. "Situated Knowledges: The Science Question in Feminism and the Privilege of Partial Perspective". *Simians, Cyborgs, and Women: The Reinvention of Nature*. New York: Routledge, 1991. 183–201.
——. "A Manifesto for Cyborgs: Science, Technology, and Socialist Feminism in the 1980s". *Socialist Review* 15.2: 65–107.
Harding, Sandra. "Subjectivity, Experience, and Knowledge: An Epistemology from/ for Rainbow Coalition Politics". *Who Can Speak? Authority and Critical Identity*. Hg. Judith Roof und Robyn Wiegman. Urbana/Chicago: University of Illinois Press, 1995. 120–150.
Hartmann, Rainer. "H. C. Artmann". www.litlinks.it/a/artmann.htm. 2.5.2005.
Haß, Ulrike. Kurz-Biographie Elfriede Jelinek. *Kritisches Lexikon zur deutschsprachigen Gegenwartsliteratur (KLG)*. Hg. H.L.Arnold. München: Edition Text&Kritik, 1.
Hawthorne, Nathaniel. Preface. *The House of the Seven Gables*. Boston: Ticknor, Reed and Fields, 1851. III–VI.
Heidelberger-Leonhard, Irene. "Auschwitz als Pflichtfach für Schriftsteller". *Antiautobiographie. Thomas Bernhards Auslöschung*. Hg. Hans Höller und Irene Heidelberger-Leonard. Frankfurt am Main: Suhrkamp, 1995. 181–196.
Helwig, Gisela und Hildegard M. Nickel, Hg. "Frauen in Deutschland 1945–1992". *Bundeszentrale für politische Bildung*, 1993.
Henschel, Petra und Uta Klein, Hg. *Hexenjagd*. Frankfurt am Main: Suhrkamp, 1998.
Hentig, Hans von. *Das Verbrechen*. Bd. 3. Heidelberg: Springer, 1963.
Herman, Eva. *Das Eva-Prinzip. Plädoyer für eine neue Weiblichkeit*. München: Pendo, 2006.
Hicks, Heather J. "'Whatever It Is That She's since Become': Writing Bodies of Text and Bodies of Women in James Tiptree, Jr.'s 'The Girl Who Was Plugged in' and William Gibson's 'The Winter Market'". *Contemporary Literature* 37.1 (Frühling 1996): 62–93.
Hiebel, Hans. *Überlegungen zu 'Ein Landarzt'*. München: UTB, 1984.
Hienger, Jörg. "Genre und Medium – Zur Phantastik in der Unterhaltungsliteratur und im Erzählkino". *Phantastik in Literatur und Film. Ein internationales Symposion des Fachbereichs Germanistik der Gesamthochschule-Universität Kassel*. Hg. Wolfram Buddecke und Jörg Hienger. Frankfurt am Main/Bern: Lang, 1987. 11–32.

Hilsberg, Regina. *Schwangerschaft, Geburt und erstes Lebensjahr. Ein Begleiter für werdende Eltern. Empfohlen vom Bund Deutscher Hebammen (BDH).* 1988. Reinbek bei Hamburg: Rowohlt., 2000.
Hof, Renate, Hg. *Inszenierte Erfahrung.* Tübingen: Stauffenburg, 2008.
——. "Geschlechterverhältnis und Geschlechterforschung – Kontroversen und Perspektiven". *Genus. Geschlechterforschung/Gender Studies in den Kultur- und Sozialwissenschaften.* Hg. Hadumod Bußmann und Renate Hof. Stuttgart: Kröner, 2005. 2–41.
——. "Kulturwissenschaften und Geschlechterforschung". *Konzepte der Kulturwissenschaften.* Hg. Ansgar Nünning und Vera Nünning. Stuttgart/Weimar: Metzler, 2003. 329–250.
——. "Beyond Gender? Vom Umgang mit Differenzen". *Un/Sichtbarkeiten der Differenz. Beiträge zur Genderdebatte in den Künsten.* Hg. Annette Jael Lehmann. Tübingen: Stauffenburg, 2001. 3–19.
——. *Die Grammatik der Geschlechter. Gender als Analysekategorie der Literaturwissenschaft.* Frankfurt am Main/New York: Campus, 1995.
Hoffmann, Kurt. *Aus Gesprächen mit Thomas Bernhard.* München: dtv, 1991.
Holland, Norman N. und Leona F. Sherman. "Gothic Possibilities". *New Literary History* 8 (1977): 279–294.
Höller, Hans. *Thomas Bernhard. Monographie.* Reinbek bei Hamburg: Rowohlt, 1993.
——. "Politische Philologie des Wolfsegg-Themas". *Antiautobiographie. Thomas Bernhards* Auslöschung. Hg. Hans Höller und Irene Heidelberger-Leonard. Frankfurt am Main: Suhrkamp, 1995. 38–49.
——. "Rekonstruktion des Romans im Spiegel der Zeitungsrezensionen". *Antiautobiographie. Thomas Bernhards* Auslöschung. Hg. Hans Höller und Irene Heidelberger-Leonard. Frankfurt am Main: Suhrkamp, 1995. 53–69.
——. "Menschen, Geschichte(n), Orte und Landschaften". *Antiautobiographie. Thomas Bernhards* Auslöschung. Hg. Hans Höller und Irene Heidelberger-Leonard. Frankfurt am Main: Suhrkamp, 1995. 217–234.
Höller, Hans und Erich Hinterholzer. "Poetik eines Schauplatzes. Texte und Fotos zu Muraus 'Wolfsegg'". *Antiautobiographie. Thomas Bernhards* Auslöschung. Hg. Hans Höller und Irene Heidelberger-Leonard. Frankfurt am Main: Suhrkamp. 235–250.
Höller, Hans und Matthias Part. "Auslöschung als Antiautobiographie. Perspektiven der Forschung". *Antiautobiographie. Thomas Bernhards* Auslöschung. Hg. Hans Höller und Irene Heidelberger-Leonard. Frankfurt am Main: Suhrkamp 1995. 97–115.
Holloway, Karla F. C. "Review of Beloved, by Toni Morrison". *Black American Literature Forum* 23 (1989): 179–182.
Hoobler, Dorothy und Thomas Hoobler. *The Monsters: Mary Shelley & the Curse of Frankenstein.* New York: Little, Brown, 2006.
Hooks, Bell. *Black Looks: Race and Representation.* Boston: South End Press, 1992.
Hortmann, Wilhelm. "Sour oder Sous? Ein literatur- und kunsttheoretisches Querfeldein". *Surrealismus: 5 Erkundungen.* Hg. Hans T. Siepe. Essen: Die Blaue Eule 1987. 151–202.

Huber, Martin. *Thomas Bernhards philosophisches Lachprogramm. Zur Schopenhauer-Aufnahme im Werk Thomas Bernhards*. Wien: WUV, 1992.
Huet, Marie Hélène. *Monstrous Imagination*. Cambridge: Harvard University Press, 1993.
Hume, Robert D. "Gothic versus Romantic: A Re-evaluation of the Gothic Novel". *PMLA* 84 (1969): 282–290.
Ickstadt, Heinz. "Die Darstellung von Gewalt im amerikanischen Roman". *Gewalt in den USA*. Hg. Hans Joas und Wolfgang Knöbl. Frankfurt: Fischer, 1994. 175–190.
Inness, Sherrie A., Hg. *Action Chicks: New Images of Tough Women in Popular Culture*. New York : Palgrave Macmillan, 2004.
Iser, Wolfgang. *Das Fiktive und das Imaginäre. Perspektiven literarischer Anthropologie*. Frankfurt am Main: Suhrkamp, 1993.
Jelinek, Elfriede. "Ich renne mit dem Kopf gegen die Wand und verschwinde". Ein Gespräch mit der Nobelpreisträgerin Elfriede Jelinek von Rose Maria Gropp und Hubert Spiegel. *Frankfurter Allgemeine Zeitung* (8.11.2004).
——. Carnival of Souls. *Meteor* 1997. Online-Version. http://ourworld.compuserve.com/homepages/elfriede/. 2.5.2007.
——. "Das katastrophale Ereignis der Zweiten Republik". Interview von Stefanie Carp über das Stück *Stecken, Stab und Stangl*, 1996. *Theater der Zeit* 3 (Mai/Juni 1996): 90–91.
Jenkins, Patty. Interview. Von Birgit Glombitza. *Taz* (11.2.2004).
Jens, Walter, Hg. *Kindlers neues Literatur-Lexikon*. Studienausgabe. München: Kindler, 1996.
Jervis, Lisa. "Die Auferstehung Der Bad Girls". *Lips Hits Tits Power?* Hg. Anette Baldauf und Katharina Weingartner. Wien: Folio, 1998. 72–78.
Jones, Lisa. *Bulletproof Diva. Tales of Race, Sex, and Hair*. New York: Anchor Books, 1997.
Junker, Carsten. "Weißsein in der akademischen Praxis. Überlegungen zu einer kritischen Analysekategorie in den deutschen Kulturwissenschaften". *Mythen, Masken und Subjekte. Kritische Weißseinsforschung in Deutschland*. Hg. Maisha M. Eggers, Grada Kilomba, Peggy Piesche und Susan Arndt. Münster: Unrast, 2005. 427–443.
Junker, Carsten, Julie Miess, Susan Neuenfeldt und Julia Roth."Was, wenn Bartleby eine Frau wäre?" *Gender kontrovers*. Festschrift für Renate Hof. Hg. Gabriele Dietze und Sabine Hark. Königstein: Ulrike Helmer, 2006. 243–260.
Junker, Carsten und Julia Roth. *Weiß sehen. Dekoloniale Blickwechsel mit Zora Neale Hurston und Toni Morrison*. Königstein: Ulrike Helmer, 2010.
Juno, Andrea. *Angry Women in Rock*. San Francisco: Re/Search Publications, 1996.
Kayser, Wolfgang. *Das Groteske in Malerei und Dichtung*. Rowohlts deutsche Enzyklopädie. Reinbek bei Hamburg: Rowohlt, 1961.
Kelleher, Michael und C. L. Kelleher. *Murder Most Rare. The Female Serial Killer.* New York: Dell, 1999.
Kilomba, Grada. "The Mask. Remembering Slavery, Understanding Trauma". 4.1.2008. http://africavenir.com/news/2007/12/1663/the-mask-remembering-slavery-understanding trauma. 19.3.2008.
King, Stephen. *Danse Macabre*. New York: Berkeley, 1981.

Kirchner, Barbara. "Es hat sich ausgegruselt, meine Herren". *Spex* 10 (1999).
Klein, Uta, Hg. *Hexenjagd. Weibliche Kriminalität in den Medien*. Frankfurt am Main: Suhrkamp, 1999.
Klepper, Martin, Ruth Mayer und Ernst-Peter Schneck, Hg. *Hyperkultur. Zur Fiktion des Computerzeitalters*. Berlin: Walter de Gruyter, 1996.
Klinger, Gerwin. "Bring mir den Kopf von Stefan Effenberg. Erzeugen Bilder erst die Gewalt, oder sind sie nur deren Ausdruck? Ein Symposion in Berlin". *Süddeutsche Zeitung* (19.1.1999).
Köhne, Julia, Ralph Kuschke und Arno Meteling, Hg. *Splatter Movies. Essays zum modernen Horrorfilm*. Berlin: Bertz & Fischer, 2005.
Kolnai, Aurel. "Der Ekel". *Jahrbuch für Philosophie und phänomenologische Forschung*. Hg. Edmund Husserl. Band 10, 1929. 515–595.
Kompisch, Kathrin. *Furchtbar feminin. Berüchtigte Mörderinnen des 20. Jahrhunderts*. Leipzig: Militzke, 2006.
Konrad, Christoph. *Gag und Gore*. Diplomarbeit der Gesellschafts- und Wirtschaftskommunikation, 1995.
Kormann, Eva, Anke Gilleir und Angelika Schlimmer, Hg. *Textmaschinenkörper*. Amsterdam: Rodopi, 2006.
Kristeva, Julia. "Bachtin, das Wort, der Dialog und der Roman" [O. "Bakhtine, le mot, le dialogue et le roman", 1967]. *Literaturwissenschaft und Linguistik. Ergebnisse und Perspektiven. Bd. 3: Zur linguistischen Basis der Literaturwissenschaft II*. Hg. Jens Ihwe. Frankfurt am Main: Athenäum, 1978. 345–375.
——. *Powers of Horror. An Essay on Abjection*. New York: Columbia University Press, 1982.
Kuhn, Anette, Hg. *Alien Zone. Cultural Theory and Contemporary Science Fiction Cinema*. London/New York: Verso, 1990.
Lacan, Jaques. *Kant mit Sade* [O. *Kant avec Sade*, 1966]. Herrsching: Pawlak, 1980.
Langer, Renate. "Die Schwierigkeit, mit Wolfsegg fertig zu werden. Thomas Bernhards Auslöschung im Kontext der österreichischen Schloßromane nach 1945". *Antiautobiographie. Thomas Bernhards Auslöschung*. Hg. Hans Höller und Irene Heidelberger-Leonhard. Frankfurt am Main: Suhrkamp. 197–214.
Lanser, Susan. *Fictions of Authority. Women Writers and Narrative Voice*. Ithaca/London: Cornell University Press, 1993.
Lauer, Gerhard, Fotis Jannidis, Matias Martinez und Simone Winko. *Interpretationen zur Theorie des Autors*. Stuttgart: Reclam, 2000.
Le Blanc, Thomas und Bettina Twrsnick, Hg. *Traumreich und Nachtseite. Die deutschsprachige Phantastik zwischen Décadence und Faschismus*. Tagungsband. Wetzlar: Schriftenreihe und Materialien der Phantastischen Bibliothek, 1995.
Lejeune, Philippe. *Der Autobiographische Pakt*. Frankfurt am Main: Suhrkamp, 1994.
Levine, George und U.C. Knoepflmacher, Hg. *The Endurance of Frankenstein. Essays on Mary Shelley's Novel*. Berkeley: University of California Press, 1979.
Löbbermann, Dorothea. *Memories of Harlem. Literarische (Re)konstruktionen eines Mythos der zwanziger Jahre*. Frankfurt: Campus, 2002.
Löffler, Sigrid. "Hohepriesterin eines unsichtbaren Volkes". *Literaturen* (2004).
——. "Wiedergänger und Kultfigur". *Die Zeit*, 11.2.1999.

——. "Am Eingang zur Unterwelt. Zum neuen Roman von Elfriede Jelinek 'Die Kinder der Toten'". *Süddeutsche Zeitung* (11.8.1995).
Lovecraft, H. P. "Supernatural Horror in Literature". 1937. *Lovecraft's Book of Horror. 21 Classics of the Supernatural, chosen by the Master of Horror himself.* Hg. Dave Carson und Stephen Jones. New York: Barnes & Noble Books, 1993.
Mangold, Michael. "Kein Naturalismus". Interview. Von Daniel Bax und Hannah Pilarzyk. *Taz* (22.2.2007).
Manners, Terry. *Deadlier Than the Male: Stories of Female Serial Killers.* Chicago: Trafalgar Square Publishing, 1997.
Mark, Gloria. "Flying Through Walls and Virtual Drunkenness: Disembodiment in Cyberspace?". *6th International IFIP-Conference on Women, Work and Computerization (WWC)* Duplox.wzb.eu/docs/panel/gloria.html. 14.11.2006.
Masters, Brian. *Killing For Company: The Story of a Man Addicted to Murder.* 1985. 11. Aufl. Hodder and Stoughton: Coronet Books, 1990.
Mayerhofer, Petra. *Frauen in der US-amerikanischen Sciencefiction.* www.feministische-sf.de/artikel/frauen-in-der-us-sf-lang.pdf. 11.11.2006.
McCarty, John. *Splatter Movies. Breaking the last Taboo of the Screen.* New York: St Martins' Press, 1984.
McDonald, Sharon. *Images of Women in Peace and War. Cross-cultural and Historical Perspectives.* Hg. Sharon McDonald, Pat Holden und Shirley Ardener. Madison: University of Wisconsin Press, 1987.
McDonell, Evelin und Ann Powers, Hg. *Rock She Wrote.* 2. Aufl. New York: Cooper Square Press, 1999.
McMichael, George, Hg. *Concise Anthology of American Literature.* 2. Aufl. New York: Macmillan, 1984.
Mellor, Anne. *Mary Shelley: Her Life, Her Fiction, Her Monsters.* London: Methuen, 1988.
Menninghaus, Winfried. *Der Ekel. Theorie und Geschichte einer starken Empfindung.* Frankfurt am Main: Suhrkamp, 1999.
Meteling, Arno. *Monster. Zur Körperlichkeit und Medialität in modernen Horrorfilmen.* Bielefeld: Transcript, 2006.
Miess, Julie. "Was für ein Monster ist Madonna?" *Madonna und wir. Bekenntnisse.* Hg. Kerstin Grether und Sandra Grether. Frankfurt am Main: Suhrkamp, 2008. 358–364.
——. "Lemmy, I'm a Feminist, But I Love You all the Way". *Hot Topic.* Hg. Sonja Eismann. Mainz: Ventil, 2007. 212–228.
——. "Another Gendered Other: The Female Monster-Hero". *Horrifying Sex. Essays on Sexual Difference in Gothic Literature.* Hg. Ruth Anolik. Jefferson, NC: McFarland, 2007. 233–247.
——. "Glamour, Girls, Gesprengte Ketten". Über Kittie. *Taz* (22.2.2002).
——. "Mein Kumpel, die Amazone". Über Doro Pesch. *Taz* (4.11.2002).
Miles, Robert. "Ann Radcliffe and Matthew Lewis". *A Companion to the Gothic.* Hg. David Punter. Oxford: Blackwell, 2000. 41–57.
Moers, Ellen. *Literary Women.* 1977. London: Women's Press, 1978.
Moll, Andrea. Flintenweib. 23.2.2007. http://dictionaryofwar.org/endict/concept/Flintenweib. 15.1.2008.

Morrison, Toni. "Nobel Lecture in Literature". 1993. *Toni Morrison. Critical and Theoretical Approaches*. Baltimore/London: John Hopkins University Press, 1997. 267–273.
——. *Playing in the Dark. Whiteness and the Literary Imagination*. New York: Vintage, 1992.
——. "Disturbing Nurses and the Kindness of Sharks". *Playing in the Dark. Whiteness and the Literary Imagination*. New York: Vintage, 1992. 61–91.
——. "Unspeakable Things Unspoken: The Afro-American Presence in American Literature". *Michigan Quarterly Review* (Winter 1989): 1–34.
——. "The Site of Memory". *Inventing the Truth. The Art and Craft of Memoir*. Hg. William Zinsser, 1987. Boston: Houghton and Mifflin. 103–124.
——. "Rootedness: The Ancestor as Foundation". *Black Women Writers (1950–1980): A Critical Evaluation*. Hg. Mari Evans. Garden City: Doubleday, 1984. 339–345.
——. Interview. Von Nelly Y. McKay. *Comparative Literature* 24.2 (1983): 413–429.
Morrow, Patrick D. *The Popular and the Serious in Select Twentieth Century American Novels*. Queenston et al.: The Edwin Mellen Press, 1992.
Neffe, Jürgen. "Risikofaktor Mann". *Taz* (8./9.3.2003).
Neuenfeldt, Susann. "Schau-Spiele des Sehens: Die Figur der Betrachterin im nordamerikanischen Essay. Über Flaneurinnen, Voyeurinnen und Stalkerinnen". Dissertation, Humboldt-Universität zu Berlin.
——."Schau-Spiele des Sehens: Das essayistische Ich als Betrachterin". *Inszenierte Erfahrung*. Hg. Renate Hof. Tübingen: Stauffenburg, 2008. 267–290.
Norton, Rictor. *Introduction to Gothic Readings*, 2000. http://www.infopt.demon.co.uk/gothintr.htm. 05.08.2002.
Nünning, Ansgar, Hg. *Literatur- und Kulturtheorie*. Stuttgart: Metzler, 2004.
——. *Unreliable Narration. Studien zur Theorie und Praxis unglaubwürdigen Erzählens in der englischsprachigen Erzählliteratur*. Wissenschaftlicher Verlag Trier, 1998.
Oates, Joyce Carol. "The Mystery of JonBenét Ramsey". *The New York Review of Books* 46.11 (24.6.1999).
——. "Where is an Author?" [*The Gettysburg Review*, 1999]. *Where I've Been, And Where I'm Going. Essays, Reviews, and Prose*. New York: Penguin, 2000. 3–8.
——. "'I Had no Other Thrill or Happiness': The Literature of Serial Killers." *Where I've Been, And Where I'm Going. Essays, Reviews, and Prose*. New York: Penguin, 2000 [*New York Review of Books*, 1994], 244–266.
Olkowski, Dorothea. "Body, Knowledge and Becoming-Woman: Morpho-logic in Deleuze and Irigaray". *Deleuze and Feminist Theory*. Hg. Ian Buchanan und Claire Colebrook. Edinburgh: Edinburgh University Press, 2000. 86–109.
Osinski, Jutta. *Einführung in die feministische Literaturwissenschaft*. Berlin: Erich Schmidt, 1998.
——. "Poesie und Wahn. Aspekte des Phantastischen in romantischen Texten". *Traumreich und Nachtseite. Die deutschsprachige Phantastik zwischen Décadence und Faschismus*. Tagungsband. Hg. Thomas Le Blanc und Bettina Twrsnick. Wetzlar: Schriftenreihe und Materialien der Phantastischen Bibliothek, 1995. 12–27.
Paechter, Carrie. "Masculine Femininities/Feminine Masculinities: Power, Identities and Gender" *Gender and Education* 18.3 (May 2006): 253–263.

Paglia, Camille. *Sexual Personae*. Yale: Yale University Press, 1990.
Pearson, Patricia. *When She Was Bad. Violent Women and the Myth of Innocence*. New York: Viking, 1997.
Penguin Dictionary of Literary Terms and Literary Theory. 4. Aufl., 1999. J. A. Cuddon.
Peterson, Nancy J. *Toni Morrison. Critical and Theoretical Approaches*. Baltimore/ London: John Hopkins University Press, 1997.
Pfammatter, René. *Essay – Anspruch und Möglichkeit. Plädoyer für die Erkenntniskraft einer unwissenschaftlichen Darstellungsform*. Hamburg: Kovac, 2002.
Pil and Galia Collective. "Girl Monster versus Fembot". Booklet des CD-Samplers *Girl Monster*. Chicks on Speed Records, 2006.
Poe, Edgar Allan. "The Poetic Principle". *Essays: English and American*. Hg. Charles W. Eliot. Harvard Classics. NewYork: P. F. Collier & Son. 1909–1914.
Praz, Mario. *Liebe, Tod und Teufel. Die schwarze Romantik*. 1930. München: Fink, 1981.
Pschyrembel. Klinisches Wörterbuch. 258. Aufl. Berlin/ New York: Walter de Gruyter, 1998.
Radcliffe, Ann. "On the Supernatural in Poetry." *New Monthly Magazine* 16 (1826): 145–152.
Radisch, Iris. "Maxima Moralia. Elfriede Jelinek und ihr österreichisches Gesamtkunstwerk 'Die Kinder der Toten'". *Die Zeit* (15.9.1995).
Raphael, Amy. *Never Mind the Bollocks. Women Rewrite Rock*. London: Virago, 1995.
Rivera, Margot. "Am I a Boy or a Girl? Multiple Personality as a Window on Gender Differences. *Resources for Feminist Research/Documentation sur la Recherche Feministe* 17.2 (1987): 41–43.
Roberts, Bette. "The Mother Goddess in H. Rider Haggard's She and Anne Rice's Queen of the Damned". *The Fantastic Vampire. Studies in the Children of the Night – Selected Essays from the Eighteenth International Conference on the Fantastic in the Arts*. Hg. James Craig Holte. Westport: Greenwood Press, 2002. 103–109.
Rödig, Andrea. "Die Hirnkönigin. Kriminalroman". Rezension. *Die Wochenzeitung, Zürich* (7.10.1999). http://www.lyrikwelt.de/rezensionen/diehirnkoenigin-r.htm. 11.11.2003.
Rose, Tricia. *Black Noise. Rap Music and Black Culture*. Dartmouth: Wesleyan University Press, 1994.
Rosenkranz, Karl. *Ästhetik des Häßlichen*. 1853. Reclam: Leipzig, 1996.
Roßmann, Andreas. "Nägel mit Totenköpfen". *Frankfurter Allgemeine Zeitung* (15.4.1996).
Roth, Julia. "'Stumm, bedeutungslos, gefrorenes Weiss'". Der Umgang mit Toni Morrisons Essays im weißen deutschen Kontext". *Mythen, Masken und Subjekte. Kritische Weißseinsforschung in Deutschland*. Hg. Maisha M. Eggers, Grada Kilomba, Peggy Piesche und Susan Arndt. Münster: Unrast, 2005. 491–505.
——. "'All Necks are on the Line'. Toni Morrisons Essays als Interventionen in dominierende literaturkritische Diskurse". Magisterarbeit, Humboldt-Universität zu Berlin, 2004.
——. "'Make Me, Remake Me'. Strategies of Narrative Authorization in Toni Morrison's Jazz". Hauptseminararbeit, Humboldt-Universität zu Berlin, 2003.

Rubin, Gayle. "The Traffic in Women. Notes on the Political Economy of Sex". *Toward an Anthropology of Women*. Hg. Rayna R. Reiter. New York: Monthly Review Press, 1975. 157–210.
Rückert, Sabine. "Tödliche Mutterliebe". *Die Zeit* (13.6.2006).
Russo, Mary. *The Female Grotesque*. New York: Routledge, 1994.
Rusterholz, Peter. "Aktualität und Geschichtlichkeit des Phantastischen – Am Beispiel von Friedrich Dürrenmatts Novelle Der Auftrag". *Phantastik in Literatur und Film. Ein internationales Symposium des Fachbereichs Germanistik der Gesamthochschule-Universität Kassel*. Wolfram Buddecke und Jörg Hienger. Frankfurt am Main/Bern: Lange, 1987. 163–186.
Ruthner, Clemens. "Jenseits der Moderne? Abriss und Problemgeschichte der deutschsprachigen Phantastik 1890–1930". *Traumreich und Nachtseite. Die deutschsprachige Phantastik zwischen Décadence und Faschismus*. Tagungsband. Hg. Thomas Le Blanc und Bettina Twrsnick. Wetzlar: Schriftenreihe und Materialien der Phantastischen Bibliothek, 1995. 65–85.
——. "Der ganz gewöhnliche Schrecken. Parallelaktionen zur Phantastik 1945–95 (Artmann, Bernhard, Jelinek et al.)". *Germanistische Mitteilungen* 43–44 (1996): 201–218.
Sargent, Pamela. Introduction. *Women of Wonder – The Classic Years: Science Fiction by Women from the 1940s to the 1970s*. Hg. Pamela Sargent. San Diego: Harvest/Harcourt Brace & Company, 1995. 1–20.
Schabert, Ina. *Englische Literaturgeschichte aus der Sicht der Geschlechterforschung*. Stuttgart: Kröner, 1997.
Schemme, Wolfgang. "Vom literarischen Hunger nach Horror". *Deutschunterricht, Berlin* 49 (1996): 586–600.
Schifferle, Hans. *Die hundert besten Horrorfilme*. München: Heyne, 1994.
Schirrmacher, Frank. *Das Methusalem-Komplott. Die Macht des Alterns*. Kirchheim Tek/München: Blessing, 2004.
Schneck, Ernst-Peter. *Bilder der Erfahrung. Kulturelle Wahrnehmung im amerikanischen Realismus*. Frankfurt am Main/ New York: Campus, 1998.
Schneider, Steven J. Introduction. *Freud's Worst Nightmares*. Hg. Steven J. Schneider. Cambridge: Cambridge University Press, 2002.
Scholder, Amy. *Critical Condition. Women on the Edge of Violence*. New York: City Lights, 1999.
Schreiber, Flora Rheta. *Sybil*. New York: Penguin, 1973.
Showalter, Elaine. *Sexual Anarchy: Gender and Culture at the Fin de Siècle*. London: Virago, 1992.
Siepe, Hans T., Hg. *Surrealismus: 5 Erkundungen*. Essen: Die Blaue Eule, 1987.
Siepe, Hans T. et al. Vorwort. *Surrealismus: 5 Erkundungen*. Hg. Hans T. Siepe. Essen: Die Blaue Eule. 7–10.
Skal, David J. *The Monster Show. A Cultural History of Horror*. London: Plexus, 1994.
Sklar, Robert. *Movie-Made America*. New York: Vintage, 1994.
Sobchack, Vivian. *Screening Space. The American Science Fiction Film*. New York: Ungar, 1993.

——. "The Virginity of Astronauts". *Alien Zone. Cultural Theory and Contemporary Science Fiction Cinema*. Hg. Anette Kuhn. London/New York: Verso, 1990. 103–115.
Sontag, Susan. "Notes on Camp". 1964. *Against Interpretation and Other Essays*. New York/London: Picador, 2001. 275–292.
——. "The Pornographic Imagination". *Trip to Hanoi*. London: Panther, 1969.
Spivak, Gayatri Chakravorti. "Can the Subaltern Speak?". *Norton Anthology of Theory and Criticism*. New York/London: W. W. Norton & Company. 2197–2208.
Stanzel, Franz K. *Theorie des Erzählens*. Göttingen: Vandenhoek, 1991.
Stockhammer, Robert. *Grenzwerte des Ästhetischen*. Frankfurt am Main: Suhrkamp, 2002.
Stone, Sandy. "Identity in Oshkosh". *Posthuman Bodies*. Hg. Judith Halberstam und Ira Livingston. Bloomington/Indianapolis: Indiana University Press, 1995. 23–37.
Strick, Simon. "Schmerz in nordamerikanischen Fotografien von Ex-Sklaven um 1863". *Zwischen Konstruktion und Destruktion: Fotografische Ordnungen von Menschenbildern*. Hg. Klaus Krüger, Matthias Weiß und Leena Crasemann. München: Wilhelm Fink, 2009. 29–47.
Sundén, Jenny. "What Happened to Difference in Cyberspace? The Return of the She-Cyborg." *Feminist Media Studies* 1 (2), 2001. 205–299.
——. "What if Frankenstein('s Monster) was a Girl? Typing Female Machine Bodies in the Digital Age". *Keynote Speech* anläßlich der *5th European Research Conference: Gender and Power in the New Europe*, 20.–24. August 2003, in Lund, Schweden.
Theweleit, Klaus. *Männerphantasien. Bd. 1. Frauen, Fluten, Körper, Geschichte. Der Klassiker zum Faschismus, Bd. 1.: die Frauenbilder als die Männerphantasien von der Frau*. 1977. München: dtv, 1995.
——. *Männerphantasien. Bd 2. Männerkörper. Zur Psychoanalyse des weißen Terrors. Der Klassiker zum Faschismus, Bd. 2.: die männlichen Gegenbilder zur alles verschlingenden erotischen Frau*. 1977. München: dtv, 1995.
Todorov, Tzvetan. *Einführung in die phantastische Literatur*. Dt. Erstveröffentlichung 1972. Trans. Karin Kersten et al. [O. *Introduction à la littérature fantastique*, 1970.] Frankfurt am Main: S. Fischer, 1992.
Tucker, Marcia. "The Attack of the Giant Ninja Mutant Barbies". *Bad Girls*. New York: The Museum of Contemporary Art/MIT Press, 1994. 14–46.
Turkle, Sherry. "Computertechnologien und multiple Bilder des Selbst". *Multiple Persönlichkeit. Krankheit, Medium oder Metapher?* Hg. Christina von Braun und Gabriele Dietze. Frankfurt am Main: Verlag Neue Kritik, 1999. 86–104.
——. "Constructions and Reconstructions of Self in Virtual Reality". *Mind, Culture, and Activity* 1.3 (Sommer 1994). http://web.mit.edu/sturkle/www/constructions.html. 3.3.2007.
Tuttle, Lisa. "Women SF Writers". *The Encyclopedia of Science Fiction*. Hg. J. Clute und P. Nicholls. New York: St. Martin's Griffin, 1995. 1344–1345.
——. Introduction. *Skin of the Soul*. Hg. Lisa Tuttle. London: Women's Press Ltd, 1990. 9–17.
Van der Zee, James. *The Harlem Book of the Dead*. Greensboro: Morgan and Morgan, 1978.

Varma, Devendra. *The Gothic Flame*. New York: Russell and Russell, 1966.
Vetter, Ingeborg. "Lykanthropismus in einigen deutschen Horrorgeschichten um 1900". *Quarber Merkur* 49 (1978): 17–22.
Vossen, Ursula, Hg. *Filmgenres. Horrorfilm*. Stuttgart: Reclam, 2004.
Walser, Robert. *Running With the Devil. Gender, Madness and in Heavy Metal Music*. Hanover/London: Wesleyan University Press, 1993.
Walton, Anthony. "Willie Horton and Me". *New York Times* (10.11.1989).
Wardi, Anissa Janine. "Freak Shows, Spectacles, and Carnivals: Reading Jonathan Demme's *Beloved*". *African American Review* (Winter 2005).
Weinzierl, Ulrich. "Blutalmenrausch". Elfriede Jelinek in der Pension Austria. *Frankfurter Allgemeine Zeitung* (19.8.1995).
—. "Bernhard als Erzieher. Thomas Bernhards *Auslöschung. Spätmoderne und Postmoderne. Beiträge zur deutschsprachigen Gegenwartsliteratur.* Hg. Paul M. Lützeler. Frankfurt am Main, 1991. 186–196.
Welsch, Regine. "*Beloved*. Filmkritik". http://www.artechock.de/film/text/kritik/m/mensc2.htm. 12.12.2006.
White, Patricia. "Female Spectator, Lesbian Specter. The Haunting". *The Horror Reader.* Hg. Ken Gelder. London/New York: Routledge, 2000.
Wiegmann, Robin und Judith Roof, Hg. *Who can speak? Authority and Critical Identity*. Chicago: University of Illinois Press, 1995.
Wilchins, Riki. *Gender Theory. Eine Einführung*. Berlin: Querverlag, 2006.
Willemsen, Roger. "Wir sind alle Launen der Natur. Eine Reise in das Innerste unserer Ängste". *Süddeutsche Zeitung Magazin* (6.10.2000).
Williams, Stephen. *Karla: A Pact With the Devil*. 2003. New York: Seal Books, 2004.
—. *Invisible Darkness: The Horrifying Case of Paul Bernardo and Karla Homolka*. New York: Bantam, 1997.
Williams, Linda. *HardCore. Power, Pleasure, and the Frenzy of the Visible*. Berkeley/Los Angeles: University of California Press, 1989.
—. "Film Bodies: Gender, Genre, and Excess". *Film Quaterly* 44.4 (1991): 2–13.
Wilpert, Gero von. *Sachwörterbuch der Literatur*. 7. Aufl. Stuttgart: Kröner, 1989.
Winkel, Hubert. "Schluß mit lustig". Über Ulla Hahns *Ein Mann im Haus. Tempo* (Mai 1991): 130.
Wisker, Gina. "'Disremembered and Unaccounted For': Reading Toni Morrison's *Beloved* and Alice Walker's *The Temple of My Familiar*. Black Women's Writing. New York: St Martin's Press. 78–95.
—. "Love Bites. Contemporary Women's Vampire Fictions." *A Companion to the Gothic*. Ed. David Punter. Oxford: Blackwell, 2000. 167–179.
Wolff, Cynthia. "Margaret Garner: A Cincinatti Story". *Massachusetts Review* 32.3 (1991): 417–440.
Wollstonecraft, Mary. *A Vindication of the Rights of Woman*. Boston: Peter Edes, 1792. www.bartleby.com/144/. 28.2.2008.
Wolmark, J. *Aliens and Others: Science Fiction, Feminims and Postmodernism*. Chicago: University of Iowa Press, 1993.
Wünsch, Michaela. "Von Untoten und Kannibalen – Weiße Männlichkeit im Horror". Dissertation. Humboldt-Universität zu Berlin, 2008.

——. "Who's Afraid of the White Man's Mask". *Weiß – Weißsein – Whiteness. Kritische Studien zu Gender und Rassismus*. Hg. Gabriele Dietze, Martina Tißberger et al. Berlin: Peter Lang, 2006. 165–181.

Zylka, Jenny. "Mord ist mehr als ihr Hobby". Über Kathrin Kompisch. *Taz* (21.12.2006).

Index

Abjektion/*abjection*, 16, 21, 46–47, 91, 160
Agens, 115, 169, 229
Aggression, 22, 25, 34, 61, 73–77, 81–87, 135–136, 157, 171, 175, 213, 241
Aktivität, 15, 19, 61, 78, 182, 286
Alien, 103, 160, 185, 197, 218, 240, 285
Alter-Persönlichkeit, 191–192, 204
American Psycho, Roman von Ellis, Bret Easton, 178, 286; Verfilmung von Harron, Mary, 18, 98
Andere, das, 15, 155–156, 175
Androidin, 140
Artificial Intelligence (A. I.), 23, 189, 196, 223
Autorin, 18–20, 27, 29, 31, 35, 37, 47, 52–53, 65–72, 87–88, 123, 143, 147, 183, 217, 236, 243, 248, 270–272, 278–279, 287; Ausblendung der ~, 18, 34–35, 68; Horror~, 17, 35, 66, 72–73, 87, 97, 179, 283, 287, 175; Instanz der ~, 18, 35, 67, 276; politische ~, 270
Avatar, 191, 222, 228
Ax Wound Zine, 125

Bates, Norman, 15, 60, 83, 98, 120, 180, 203–205, *siehe auch Psycho*
Báthory, Elisabeth, 151–152, 173
Bibel, 87, 92, 167, 194, 248, 251
Binarismus, 23, 37, 180, 205, 217, 289
Body Genre, 91, 97, 218, 238, 281
Bonding, 80, 119, 130, 133; *Ladism/Male* ~, 80, 119, 122, 130, 143, 156, 286; *Girl* ~, 119, 120, 286
Borden, Lizzie, 192
Braidotti, Rosi, 14–15, 24, 26–27, 59, 72, 149, 158, 166, 169, 182–183, 187, 283
Bronfen, Elisabeth, 16–17, 21, 69, 181
Butler, Judith, 25, 59, 117, 125, 137, 192, 194, 204, 227–228, 288

Caillois, Roger, 43
Camp, 124, 152, 203

Captivity narrative, 38
Carmilla, 14, 19, 61, 147, 150–158, 236, 279, 284
Carrie, 62–63, 112, 139, 167, *siehe auch* King, Stephen
Clover, Carol, 16, 25, 42, 60, 136, 284
Cramps, the, 121, 162–163
Crane, Lila, 205, *siehe auch Psycho*
Creed, Barbara, 13, 16, 27, 47, 62–63, 91, 149, 159, 164, 198, 220, 238, 244
Croft, Lara, 56, 116–117, 189–190, 231; *Tomb Raider*, 116–117, 189
Cyborg, 14, 16, 23, 95, 131, 138, 185–201, 223, 232; She-Cyborg, 23, 185, 188, 190, 227

Dämonin, 160
Dath, Dietmar, 18, 44, 128, 163
de Beauvoir, Simone, 42, 81, 178
Definitionsmacht, 265, 272
Determinismus, 34, 75, 144, 213, 216
Deutungshoheit, 24
Differenz, 26, 35, 55–65, 144, 186, 286
Diskursformationen, 21, 45, 47–48
Dominanz, 59, 104, 123, 161
Doppelgänger, 201, 211–212, *siehe auch* Jekyll and Hyde
Dracula, 15, 56, 61, 147, 148, 150–154, 203; Țepeș Drăculea, Vlad, 151

Ekel, 46, 91, 93, 97, 99, 242, 285; Phänomenologie des ~, 46, 91, 249
Erinnerung, 228, 235, 237, 256–257, 260, 263–265, 280–281
Rememory, 260–263, 281
Erzähltradition, 203, 220, 269; Afroamerikanische ~ 253, 268–271; Dekoloniale ~ 265; Jüdische ~ 268; Weiße westliche ~ 268
Essentialismus, 66–67, 143–145; Strategischer ~ 66, 144

Fantastik/Fantastische, das, 43–45, 128, 272, 274
Fembot, 23, 139–141, 220–221, 224–225, 228, 288, *siehe auch* Girl monster
Feminismen, 29, 144, 200; Popfeminismus, 126, *siehe auch* Waves of Feminism
Femme fatale, 16, 18, 23, 60, 62, 77–78, 86, 100, 114, 126, 148, 138–140, 147–151, 154–162, 165–166, 170, 173, 182, 198–199, 201, 288
Final girl, 16, 60, 63–64, 284, 287
Ford, Lita, 132–135
Foucault, Michel, 26, 68, 123, 191, 228
Freikorps-Soldat, 14, 131, 138, 196, *siehe auch* Theweleit, Klaus
Freud, Sigmund, 42, 45, 62, 88, 90

Gattungstheorie, 19, 51–53, 127, 266
Gender, 15–16, 19–20, 24–27, 32, 35, 37, 51–52, 55, 59, 71, 76, 81, 112, 117, 123–125, 128, 136–137, 140, 143–144, 159, 176–177, 182, 185–192, 202, 212–218, 227–228, 232, 273, 283; ~ als Wissenskategorie, 25; ~-*consciousness*, 26, 72, 123, 228; Interdependenz mit Genre, 32
Genie, 62, 73, 94, 173, 204, 225, 233
Genre-Theorie, *siehe* Gattungstheorie
Geschlecht, 14, 19, 35, 58, 62, 69, 70–71, 81, 95, 111, 161, 177, 182, 185, 187–188, 190, 195, 200, 205, 210, 212, 215–216, 226–228, 231–234, 276–277, 285; das armierte ~ 95, 97, 136, 138, 195; ~sidentität, 23, 35, 136–137, 167, 188, 190, 201, 204–205, 207, 209–210, 226–228, 234, *s. auch* Gender; Geschlechterbilder, 19, 187, 190, 216, 231; ~dichotomie 20, 32–33; ~hierarchien, 156, 200, 284; ~klischee, 13, 19, 34, 77, 94, 100, 122, 145, 176, 181, 200–204, 223, 284; ~stereotyp, 24–25, 58, 78, 88, 97, 122, 148, 175, 190, 212, 223, 225; ~verhältnisse, 25, 29, 37, 51, 75, 130, 145, 193, 211, 284
Gewaltdarstellungen, 20, 42, 67, 88, 98, 129, 178; Diskurs über ~ 42, 128–129
Giftmord, 78–79, 88, 92, 141

Girl monster, 23, 124, 127, 139–141, 220–221, 224–225, 228, 288, *siehe auch* Fembot
Gitarristin, 134, 136, 141
Gorgone, 15–16, 62, 66, 147, 158–160
Gothic, 18–21, 25–26, 29–64, 67, 70, 86–88, 90, 96–97, 128, 143, 151, 180, 183, 185–186, 212, 231, 238, 240, 257, 269–270; *American* ~, 36–38, 40, 47, 49, 67; ~ *horror*, 19, 21, 24–26, 29–30, 36–44, 46–57, 61, 63, 69, 87–88, 90, 96, 99, 143, 185–186, 188, 200, 205, 207, 220, 235, 238, 240–241, 243, 265–272, 280–281, 283, 286; *'Female'* ~, 20, 30–33, 183; ~ *villain*, weiblicher, 188
Gothic novel, 18, 24, 29–48, 54, 60, 67, 88, 96–97, 100, 130, 151, 163, 248, 267–270; epochenspezifische ~ 36–37, 213; Theorien der ~, 18, 30–35
Groteske, das, 21, 36, 39, 45–49, 55, 72, 87, 90, 126, 221–222, 234, 241, 251

Hairy Virgin, the, 57, 65
Halberstam, Judith, 17, 19, 37, 40, 42, 45, 54, 63, 185, 192, 210, 265, 288
Haraway, Donna, 125, 142, 154, 185, 186, 187, 188, 190, 191, 209, 231
Harker, Lucy, 18, 150, 151, *siehe auch* Dracula
Harron, Mary, 18, 98, *siehe auch American Psycho*
Hawthorne, Nathaniel, 36, 38, 42
Heavy Metal, 24, 124, 126–132, 134, 136, 138, 195; Doro/Warlock, 127, 131–134, 138–144; Iron Maiden, 128, 137; Kiss, 128, 132, 148, 161, 166, 264, 281; Kittie, 127, 133–135, 143, 144; Motörhead, 44, 128, 131–133
Hegemonie, 17, 24
Heldin, 29, 60, 63, 116, 158, 161, 201, 206, 286; *Female monster-hero*, 64, 147; *Female victim-hero*, 16, 60, 63, 163; Monsterheldin, 54, 64, 71, 80, 138–139, 142, 147, 158, 163, 169, 181–182, 200, 283–284, 287–289
Heterosexualität, 16, 63–64, 117, 121, 136, 152, 175, 204, 217–218
Holocaust, literarische Annäherung an, 235–248

Horror, 13, 15–21, 24, 29–43, 45–56, 61–63, 66–67, 69, 71, 91, 97, 99, 112, 125, 130–131, 139, 143, 156, 159–160, 168, 179, 188, 201, 205, 207, 218, 220, 229, 233, 236, 238, 240–241, 244, 260, 266–267, 281, 286; ~fan, 124–125; 'Male' ~ 20, 37, 61
Horror Boys of Hollywood, the, 15
Horrorfilm, 21, 42, 62, 64, 97, 112, 128, 201, 251, 265–267; Slasherfilm, 25, 42, 54, 60, 130; Splatterfilm, 21, 42
Hyperfemininität, 116, 138, 231–232
Hypermaskulinität, 25, 95, 117, 195
Hypertext, 93, 104, 238, 240–241, 278
Hysterie, 213

Identität, 14, 20, 144, 186, 190–192, 195, 201, 205–206, 209–211, 215, 218, 232–234, 264
Image, 25, 62, 64, 86–88, 139, 195, 264; *Closed image*, 64, 138, 154, 181, 204, 287; *Open image*, 64, 120, 181, 287
Imaginationshoheit, 17–18, 20, 24, 29, 31, 34, 54, 65–73, 92, 143, 173, 175, 178, 180, 231, 265, 272–278, 285
Industrialisierung, 39; bei Melville, Herman, 38
Intersektionalität, 25, 159
Intertextualität, 93
Jekyll and Hyde, 23, 201–212
Juvenile delinquency, 113; *Juvenile delinquency*-Film, 113, 130

King, Stephen, 18, 37, 41, 49, 60, 63, 67, 88, 97, 101, 167, 238, 240, 244, 277
Konstruktion, 58–59, 68, 99, 129, 138, 192, 204, 216; Femininität, 191–192; Maskulinität, 89, 129, 142, 163, 191
Konvention, 27, 54, 87, 91, 122–123, 171, 200, 212; ~sbruch, 54, 64, 66, 88, 117, 122, 125, 150, 166, 176, 198
Körper, biologischer, 190, 233
Kriminalroman, 49, 161, 179, 217
Kriminologie, 175
Kristeva, Julia, 21, 46–47, 93, 152, 167
Kulturelle Imaginäre, das, 25
Künstliche Menschen, 188, *siehe auch* Androidin; Cyborg

LaBruce, Bruce, 17–18
Lewis, Herschell Gordon, 124
Lewis, Matthew Gregory, 31, 42, 53–54, 124, 127, 202

Machtverhältnisse, 15, 24, 33, 53–55, 70, 129, 175, 215, 227, 275, 279, 286
Magischer Realismus, 48, 249, 267, 270
Männerfantasien, 16, 47, 95, 131, 138, 198, 243, *siehe auch* Bronfen, Elisabeth und Theweleit, Klaus
Männlichkeitsbilder, 69, 78, 129, 159, *siehe auch* Geschlechterbilder
Medusa, *siehe* Gorgone
Monster, 13–18, 20–23, 26–27, 29, 32, 35, 38, 41–42, 48, 54, 55–65, 68, 71–72, 77, 81–82, 84, 86, 103, 124, 127, 139, 140–141, 145, 154, 156, 158–160, 163, 165, 168–169, 171–172, 174, 181–188, 194, 203, 207–208, 220–221, 224, 226–227, 231, 233, 259, 271, 284, 288–289
Monsterheldin, *siehe* Heldin
Multiple Persönlichkeitsstörung/*Multiple Personality Disorder* (MPD), 191–193, 205–206, 210–216, 226–227, 231
Multi-User Domain/Dungeon (MUD), 141, 191, 193, 226, 229, 288
Murderous couple, 82, 174
Mutter, 13–14, 16, 23, 31, 39, 47, 56, 58, 62, 65–66, 83, 96–100, 104, 106–108, 112, 127, 149, 158–161, 180, 205, 208, 210, 214, 237, 239, 240–242, 252–253, 257–258; Bates, Norma, 205; *Serial Mom*, 113, 124, 125, 177

Narrative Autorität, 65–72, 265–272
Norm, 22, 25–26, 46–47, 55, 58, 71, 105, 149, 156–158, 161, 168–169, 172, 175, 182, 195, 227–228, 230, 279, 281; Normbruch, 55, 124

Objektposition, 69
Opferheldin, 16, 63, 67, 284, 287
Oral tradition, 268–269

Passivität, 19, 62–63, 78, 138, 148, 182
Postfeminismus, 29, 64, 133, 201, 213
Posthumane, das, 23, 185–194, 200, 223
Predatory position, 61, 71, 77, 162, 171

Produktionsästhetik, 24
Psycho, Verfilmung von Hitchcock, Alfred, 15, 23, 54, 60, 83, 91–92, 98–99, 112, 121, 160, 204, 207, 212, 240, 287; Roman von Bloch, Robert, 83, 98

Queer horror, 17, 27, 171
Queer theory, 17, 27, 171

Race, 25, 52, 125, 159, 161, 215, 228, 273
Rache, 13, 41, 82, 87–88, 94–97, 120, 127, 233, 258; *Rape revenge*-Plot, 42, 63, 168, 181
Radcliffe, Ann, 18, 25, 29–31, 33, 42, 53
Ramones, the, 113
Realität, 24, 39–40, 42, 45, 48, 51, 58, 60, 85, 97, 103, 190–193, 200, 205, 210, 212, 219, 239, 241, 248, 250, 252, 259–260, 268, 270, 272, 275; virtuelle ~, 23, 190–193, 219, 226
Rebellion, 113, 115, 118, 142, 216
Rezeption, 34, 52, 63, 72, 97, 130, 165, 239, 247, 266, 268, 283, 284
Rice, Anne, 18, 37, 97, 161, 185
Riot girl-Bewegung, 22, 113, 125–127, 129, 140, 141, 143–144, 284; Babes in Toyland, 125; L7, 113, 125
Romantik (Epoche), 29, 33, 41, 147, 189
Russo, Mary, 21, 45–47, 55
Ruthven/*The Vampyre*, 60, 62, 151, 162

Sade, Alphonse Donatien Marquis de, 17, 42, 48, 81, 96, 178
Serienmörder/in, 17, 56, 58, 60, 77, 83, 92, 98, 164, 172–174, 176, 179–180, 205; Dahmer, Jeffrey, 172, 174, 177; Gein, Ed, 83; Homolka, Karla, 82; Wuornos, Aileen, 13, 17, 22, 26, 56, 58, 77, 81–87, 135, 174, 284
Sexualökonomie, 180
Sexualverbrechen, 13, 74, 172–180
Shelley, Mary, 18, 31, 42, 68, 224, 288
Sklaverei (USA), 24, 235, 248, 258–259, 273, 275, 280–281
Slave narrative, 269, 273–274
Stalkerin, 80
Subjektposition, 16, 62, 97, 179, 224, 229, 256, 279, 288; männliche ~ 16, 18, 287;
weibliche ~ 13, 17, 24–25, 27, 52, 59, 88, 139, 166, 201, 230
Surrealismus, 48

Täterin, 74, 76–77, 79, 87, 142
Teratologie, 57
Terminator, 14, 23, 60, 188–190, 194–199, 231–232
Terminatrix, 14, 189, 194, 196, 198–201, 232
Text, Filmnarrativ als ~, 86, 114
Theweleit, Klaus, 16, 95, 195, 198
Tiermensch, 251, 252
Todorov, Tsvetan, 43–44, 97
Totentanz, 268
True crime, 13, 22, 58, 77–83, 87, 142, 172, 175, 177, 188

Ungeheuer, 56, 58, 82, 165, 170, 279
Unheimliche, das, 36, 45, 90, 236, 242, 248, 267, 281
Unsagbarkeitstopos, 243–245, 260
Unterwerfungsfantasien, 14, 165, 170, 181

Vampirin, 14, 62, 66, 147–165, 170, 284; Empuse, 147–148; Lamie, 66, 158, 160, 181; Vampirjägerin, 162–163
Vater, 53, 92, 107, 154, 197, 203

Waters, John, 113, 124, 136, 137, 177
Waves of Feminism, 29; *First Wave*, 29, 39; *Second Wave*, 98, 150, 187, 191; *Third Wave*, 29, 113, 143, 158, 187
Weiblichkeitsbilder, 150, 179, 198, *siehe auch* Geschlechterbilder
Werwölfin, 14–15, 29, 64, 112, 147, 164, 166, 171, 181, 194, 199
Weißsein/*Whiteness*, 25, 281
Wishman, Doris, 18
Wollstonecraft, Mary, 39

Yarn, Medea, 18, *s. auch* LaBruce, Bruce

Zielgruppe, 23, 112, 130, 168, 171, 283
Zombie, 17–18, 79, 172, 219, 236, 238, 241, 251, 256, 271, 285
Zuschreibung, 120, 202, 230, 234, 264, 266, 272

LITERATUR – KULTUR – GESCHLECHT
STUDIEN ZUR LITERATUR- UND KULTURGESCHICHTE
GROSSE REIHE

Eine Auswahl.

47: Maya Gerig
JENSEITS VON TUGEND UND EMPFINDSAMKEIT
GESELLSCHAFTSPOLITIK IM FRAUENROMAN UM 1800
2008. VI, 185 S. Br.
ISBN 978-3-412-20099-2

48: Anne-Kathrin Reulecke (Hg.)
VON NULL BIS UNENDLICH
LITERARISCHE INSZENIERUNGEN NATURWISSENSCHAFTLICHEN WISSENS
2008. 237 S. Mit 18 s/w-Abb. Br.
ISBN 978-3-412-20144-9

49: Sabine Graf
POETIK DES TRANSFERS
»DAS HEBRÄERLAND« VON ELSE LASKER-SCHÜLER
2009. VIII, 284 S. Br.
ISBN 978-3-412-20228-6

50: Isabelle Stauffer
WEIBLICHE DANDYS, BLICKMÄCHTIGE FEMMES FRAGILES
IRONISCHE INSZENIERUNGEN DES GESCHLECHTS IM FIN DE SIÈCLE
2008. VIII, 351 S. Br.
ISBN 978-3-412-20252-1

51: Verena Ronge
IST ES EIN MANN? IST ES EINE FRAU?
DIE (DE)KONSTRUKTION VON GESCHLECHTERBILDERN IM WERK THOMAS BERNHARDS
2009. 291 S. Br.
ISBN 978-3-412-20325-2

52: Ralf Junkerjürgen
HAARFARBEN
EINE KULTURGESCHICHTE IN EUROPA SEIT DER ANTIKE
2009. X, 321 S. Br.
ISBN 978-3-412-20392-4

53: Marie Biloa Onana
DER SKLAVENAUFSTAND VON HAITI 1791
ETHNISCHE DIFFERENZ UND HUMANITÄTSIDEALE IN DER LITERATUR DES 19. JAHRHUNDERTS
2010. X, 217 S. Br.
ISBN 978-3-412-20453-2

54: Lydia Bauer
VOM SCHÖNSEIN
IDEAL UND PERVERSION IM ZEITGENÖSSISCHEN FRANZÖSISCHEN ROMAN
2010. 316 S. 24 s/w-Abb. auf 16 Taf. Br.
ISBN 978-3-412-20477-8

55: Inwon Park
PARADOXIE DES BEGEHRENS
LIEBESDISKURSE IN DEUTSCHSPRACHIGEN UND KOREANISCHEN PROSATEXTEN
2010. VIII, 276 S. Br.
ISBN 978-3-412-20470-9

56: Julie Miess
NEUE MONSTER
POSTMODERNE HORRORTEXTE UND IHRE AUTORINNEN
2010. 320 S. Mit 34 s/w-Abb. Br.
ISBN 978-3-412-20528-7

57: Ulrike Stamm
DER ORIENT DER FRAUEN
REISEBERICHTE DEUTSCHSPRACHIGER AUTORINNEN IM FRÜHEN 19. JAHRHUNDERT
2010. Ca. 384 S. Br.
ISBN 978-3-412-20548-5

BÖHLAU VERLAG, URSULAPLATZ 1, 50668 KÖLN. T: +49(0)221 913 90-0
INFO@BOEHLAU.DE, WWW.BOEHLAU.DE | KÖLN WEIMAR WIEN

LITERATUR – KULTUR – GESCHLECHT
STUDIEN ZUR LITERATUR- UND KULTURGESCHICHTE
KLEINE REIHE

Eine Auswahl.

Band 15: Stéphane Mosès, Sigrid Weigel (Hg.)
GERSHOM SCHOLEM
LITERATUR UND RHETORIK
2000. X, 201 S. Br.
ISBN 978-3-412-04599-9

Band 17: Kerstin Gernig (Hg.)
NACKTHEIT
ÄSTHETISCHE INSZENIERUNGEN IM KULTURVERGLEICH
2002. 357 S. 24 s/w-Abb. Br.
ISBN 978-3-412-17401-9

Band 19: Waltraud Naumann-Beyer
ANATOMIE DER SINNE IM SPIEGEL VON PHILOSOPHIE, ÄSTHETIK, LITERATUR
2003. XII, 378 S. Br.
ISBN 978-3-412-09903-9

Band 20: Inge Stephan
INSZENIERTE WEIBLICHKEIT
CODIERUNG DER GESCHLECHTER IN DER LITERATUR DES 18. JAHRHUNDERTS
2004. 279 S. 12 s/w-Abb. Br.
ISBN 978-3-412-15204-8

Band 21: Claudia Benthien, Inge Stephan (Hg.)
MEISTERWERKE
DEUTSCHSPRACHIGE AUTORINNEN IM 20. JAHRHUNDERT
2005. 414 S. 20 s/w-Abb. Br.
ISBN 978-3-412-21305-3

Band 22: Jost Hermand
FREUNDSCHAFT
ZUR GESCHICHTE EINER SOZIALEN BINDUNG
2006. VI, 218 S. 17 s/w-Abb. Br.
ISBN 978-3-412-29705-3

Band 23: Inge Stephan, Alexandra Tacke (Hg.)
NACHBILDER DES HOLOCAUST
2007. 303 S. 46 s/w-Abb. Br.
ISBN 978-3-412-22506-3

Band 24: Inge Stephan, Alexandra Tacke (Hg.)
NACHBILDER DER RAF
2008. 328 S. 65 s/w-Abb. Br.
ISBN 978-3-412-20077-0

Band 25: Inge Stephan, Alexandra Tacke (Hg.)
NACHBILDER DER WENDE
2008. 351 S. 59 s/w-Abb. Br.
ISBN 978-3-412-20083-1

Band 26: Alexandra Tacke, Björn Weyand (Hg.)
DEPRESSIVE DANDYS
SPIELFORMEN DER DEKADENZ IN DER POP-MODERNE
2009. 247 S. 38 s/w-Abb. Br.
ISBN 978-3-412-20279-8

Band 27: Claudia Benthien, Manuela Gerlof (Hg.)
PARADIES
TOPOGRAFIEN DER SEHNSUCHT
2009. 274 S. Mit 25 s/w-Abb. Br.
ISBN 978-3-412-20290-3

BÖHLAU VERLAG, URSULAPLATZ 1, 50668 KÖLN. T: +49(0)221 913 90-0
INFO@BOEHLAU.DE, WWW.BOEHLAU.DE | KÖLN WEIMAR WIEN